Albrecht von

Das Leben des Generals Dumouriez

Albrecht von Boguslawski

Das Leben des Generals Dumouriez

ISBN/EAN: 9783743319127

Hergestellt in Europa, USA, Kanada, Australien, Japan

Cover: Foto ©Raphael Reischuk / pixelio.de

Albrecht von Boguslawski

Das Leben des Generals Dumouriez

Das Leben

des

Generals Dumouriez.

Von

A. v. Boguslawski,

Major und Bataillons-Commandeur im 1. Westpreußischen Grenadier-Regiment Nr. 6.

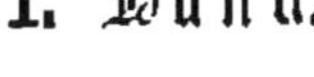

I. Band.

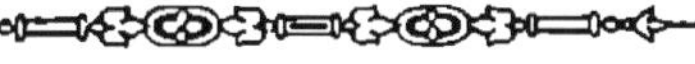

Berlin.

Verlag von Friedrich Luckhardt.

1879.

Vorwort.

Das Leben des französischen Generals Dumouriez ist schon durch so viele äußere Umstände interessant, daß deshalb allein die Abfassung einer Lebensbeschreibung gerechtfertigt erscheint. Ich glaube, man kann mit Recht behaupten, daß eine gleiche Vielseitigkeit des privaten, militairischen und politischen Lebens überhaupt in der Neuzeit schwer aufzufinden sein dürfte.

Ein Mann, der den größten Theil des siebenjährigen Krieges mitgemacht, der in Corsica, Spanien, Polen als Soldat und Politiker thätig gewesen und in letzterem Lande unbestritten vor der ersten Theilung eine Zeit lang die Seele des Widerstandes gegen die Russen war, der ferner in dem politischen Treiben unter der Regierung Louis XV. eine, wenn auch subalterne Rolle gespielt, endlich aber in der großen Revolution als Minister des Aeußeren und als Oberbefehlshaber eines großen Theils der französischen Streitkräfte Frankreich in jene große geschichtliche Epoche hinüberführte, deren unmittelbare Einwirkungen auch jetzt noch nicht überwunden sind, muß mit Recht als eine außerordentliche Erscheinung betrachtet werden. — Zudem spielt sich sein Leben in den grundverschiedensten Epochen ab.

Welchen größeren Gegensatz könnte man finden, als die Zeit Louis XV. und die Zeit der Revolution? Diese Epochen in dem Leben dieses merkwürdigen Mannes sich spiegeln zu lassen und dem deutschen Publikum derart vorzuführen, war ein weiterer Beweggrund zur Abfassung dieses Buches, denn es darf mit Recht angenommen werden, daß im Allgemeinen die Kenntniß der Geschichte Dumouriez's und somit auch die seiner Bedeutung wenig verbreitet ist, während wir von vielen, verhältnißmäßig unbedeutenden Persönlichkeiten der großen Revolution eingehende Skizzen besitzen. Viele Geschichtsschreiber sind sehr schnell mit dem Urtheil über ihn fertig geworden: daß ihm das sittliche Princip gefehlt habe, welches allen Thaten erst die Weihe geben soll. Wie weit dies begründet, möge der Leser am Ende dieses Buches selbst beurtheilen, vorläufig will ich nur daran erinnern, daß es für den Mann von wirklich überlegenen staatsmännischen Einsichten oft sehr schwer ist, sich einer Partei ganz und voll anzuschließen, daß er aber hierdurch zugleich die Parteien gegen sich aufbringt. Jedenfalls ist sein Bild, sein Charakter durch die Anfeindungen der Parteien, ganz besonders durch die wüthenden Jacobiner und die Royalisten „reinen Schlages" sehr entstellt auf die Nachwelt gekommen.

Meine Darstellung wird, hoffe ich übrigens, zeigen, daß es mir fern liegt, aus ihm einen jener Heroen der Geschichte machen zu wollen, welche eigentlich keines Biographen bedürfen. Es würde dies ebensowenig der historischen Wahrheit entsprechen, als Zeugniß für mein Urtheil ablegen.

Ein drittes Motiv für mich war der wahrhaft dramatische Zug in dem Ausgange Dumouriez's als Feldherr und Staatsmann, welcher der Darstellung seines Lebens einen großen Reiz verleiht, da dieser Ausgang ebensowohl durch die in seinem Innern wirkenden Triebfedern herbeigeführt ist, als durch äußere Motive. Sagt man doch, daß der Sturz Dumouriez's ein wesentlicher Antrieb für Schiller zur Dichtung des Wallenstein gewesen sei.

Aber es existiren Memoiren von Dumouriez, von ihm selbst geschrieben, wird man mir vielleicht bemerken. Sie geben sogar eine Geschichte seines politischen und militairischen Lebens bis 1793. Daß dieselben dieses Buch nicht überflüssig machen, braucht jedoch kaum bewiesen zu werden, denn gleich nach den Ereignissen von 1793 verfaßt, sind sie zwar eine werthvolle Quelle, leiden aber an allen den Uebelständen, welche solchen des geschichtlichen Ueberblicks doch zum

Theil entbehrenden und die eigene Handlungsweise gegen die Parteiangriffe vertheidigenden Büchern in der Regel eigen sind. Ob absichtlich, ob unabsichtlich finden sich wichtige Dinge nicht nur fortgelassen, sondern wohl auch pro domo gefärbt, so daß einem Biographen ein weiter Spielraum in der Abfassung seines Buches bleibt, ja er wohl oft den Zusammenhang der Dinge anders darzustellen genöthigt ist, wie die Memoiren ihn geben.

Eine spätere Ausgabe derselben ist nur in wenigen Punkten geändert, da das hohe Alter Dumouriez's ihn an einer gründlichen Umarbeitung verhinderte. Man kann also mit Recht behaupten, daß es an einer unparteiischen und für das größere Publicum brauchbaren Lebensbeschreibung dieses Mannes fehlt.

Es ist mein Bestreben gewesen, in derselben nur die wichtigsten Momente und von Einzelheiten nur die characteristischen für Person und Zeit hervorzuheben. Den militairischen Ereignissen in den Feldzügen 1792 und 1793 mußte selbstverständlich ein bedeutender Platz eingeräumt werden, jedoch habe ich mich bemüht, die Operationen der Gegner Dumouriez's nur in so weit zu berühren, als dies für das Verständniß der Erzählung unumgänglich nöthig ist.

Gerade die mannigfache Thätigkeit Dumouriez's in der Revolution, und die damit verknüpften ihn betreffenden Ereignisse bieten gewaltige Lehren, und dürfte die Betrachtung wohl auch für die jetzige Zeit, in welcher die Anarchie — wenn auch in anderer Weise — abermals ihr Haupt zu erheben sucht, nicht ohne jeden Nutzen erscheinen.

Die Geschichte der französischen Revolution ist in neuester Zeit so vielfach gesichtet und von den ihr anhaftenden Legenden entkleidet — von deutscher Seite besonders durch Sybel — die Archive so vielfach durchforscht worden, daß ein ausreichendes Material für Abfassung dieser Lebensgeschichte, in Bezug auf diese Zeit, zu Gebote steht. Es galt daher vor Allem, dasselbe in Bezug auf diesen Mann zu sichten und zu koncentriren, seine eigenen Angaben mit jenen zu vergleichen, was Alles um so nöthiger, da man Schriften, von der erbittertsten Feindschaft und von der höchsten Verehrung erfüllt, über Dumouriez vorfindet.

Die 1870 in unsere Hände gefallene Metzer Bibliothek hat mir auch noch einige Ausbeute älterer, in Vergessenheit gerathener, und wohl wenig oder garnicht benutzter Sachen geliefert.

Die Angaben Dumouriez's über seine früheren Erlebnisse sind von mir an der Hand anderer Quellen möglichst kontrollirt worden. Was die Thätigkeit in Polen betrifft, so war ich im Stande, die Kontrolle gründlicher auszuüben, als in den vorhergehenden Abschnitten, und entsprangen derselben mehrfache Abweichungen von den Schilderungen Dumouriez's, ohne daß sich dabei eine absichtliche Entstellung der Thatsachen durch diesen herausgestellt hat.

Man hat den Deutschen oft vorgeworfen, sich mit Vorliebe fremden Stoffen für literarische Bearbeitung zuzuwenden. Es würde sehr unrichtig sein, diesen Vorwurf auf die Betrachtung und Kenntniß fremder Ereignisse ausdehnen und darin seine nationale Gesinnung zeigen zu wollen. Die Erforschung und Kenntniß des Fremden kann nur Vortheil bringen, nur die blinde Bewunderung schadet.

Posen, 1. December 1878.

Der Verfasser.

Inhalt.

I. Abschnitt.

Vom siebenjährigen Kriege bis zur Revolution.

1. Kapitel.

Die Kindheit Dumouriez's.

Charles François Dumouriez wurde am 25. Januar 1739 zu Cambray geboren. Er stammte aus einer Familie vom Parlamentsadel, noblesse de robe, mit Namen Duperier, welche ursprünglich südfranzösischer Abkunft war. Ein Fräulein de Mouriès heirathete den Großvater des Generals, dessen Lebensgeschichte hier erzählt werden soll.

Aus dieser Ehe gingen sehr zahlreiche Nachkommen hervor, von denen mehrere den Namen ihrer Mutter de Mouriès annahmen, der später in Dumouriez verändert wurde. Der Vater des Generals befand sich unter den Familienmitgliedern, welche sich Dumouriez nannten, und sein Sohn hat nie daran gedacht, den ihm von Rechtswegen zukommenden Namen Duperier wieder anzunehmen.

Der Vater Dumouriez's war zuerst Offizier im Regiment de Picardie, in dem er mit sechs Brüdern zusammen diente. Später verließ er den Dienst mit der Waffe und wurde Kriegskommissarius, wie man damals die Intendanturbeamten nannte. Zugleich heirathete er ein Fräulein de Chateauneuf, welche ihm zwei Töchter und einen Sohn gebar. —

Mit den Schicksalen dieser beiden Schwestern, deren Leben in geringem Zusammenhange mit dem ihres Bruders steht, finden wir uns sogleich ab, indem wir erwähnen, daß die eine Aebtissin von Fervacques in der Nähe von Saint Quentin wurde, die andere den General von Schomberg, einen Sachsen von Geburt, der in französischen Diensten starb, heirathete.

Charles François war nach seinen Angaben ein außerordentlich schwaches kränkliches Kind. Um seine krummen Glieder gerade zu machen, steckte man ihn, nach der Kurmethode jener Zeit, Tag und Nacht in ein eisernes Gestell, welches auf einem Rollstuhl befestigt war. Ein Kantor der Kathedrale von Cambray ertheilte zu dieser Zeit den Schwestern Dumouriez's Musikunterricht. Derselbe erhielt auf seine Bitten die Erlaubniß, das Kind bei sich in Pension zu nehmen, befreite es von seinen Fesseln und ließ es in der Stube herumkriechen.

Zum Erstaunen des Hausarztes der Familie Dumouriez erholte sich das schon aufgegebene Kind vollständig. Es wurde diesem Kantor, einem Priester Namens Fontaine, bis zum zehnten Lebensjahre von dem erfreuten Vater zur Erziehung überlassen. Fontaine scheint überaus günstig auf das Kind eingewirkt und besonders das Gemüthsleben desselben entwickelt zu haben. Dumouriez erzählt später: Fontaine hätte zugleich mit dem Körper auch die Seele des Kindes nach der seinigen zu formen gesucht und diese sei „tugendhaft und gut" gewesen. —

Als er mit dem zehnten Jahre in das väterliche Haus zurückkehrte, verlor er seine Mutter und konnte bei dem Begräbniß nur mit Gewalt abgehalten werden, sich in das offene Grab zu stürzen.

Sein Vater muß ein außergewöhnlich gebildeter und unterrichteter Mann gewesen sein. Nicht nur, daß er seinen Sohn in den militairischen Wissenschaften unterrichtete, er sorgte auch sonst für eine höchst sorgfältige Ausbildung desselben.

Zuvörderst schickte er ihn in das „Collége de Louis le Grand". Dieses Collége wurde von Jesuiten geleitet. Die frommen Väter schienen bald in dem sehr wißbegierigen und lebendigen Schüler ein brauchbares künftiges Mitglied gewittert zu haben, denn die dem Knaben in die Hand gegebene Lectüre war der Art, daß sie in ihm den brennenden Wunsch erweckte, Reisemissionär zu werden.*)

Im Uebrigen trug der sonst vorzügliche Unterricht in diesem Collége zu seiner wissenschaftlichen Ausbildung ungemein bei. Im

*) Die Jesuiten betrieben solche Rekrutirung ihres Ordens sehr systematisch So sollte der spätere Geschichtschreiber Rulhière, der sich 1760 in demselben Collége befand, auch zum Eintritt in den Orden bewogen werden.

Jahre 1755 kehrte er zu seinem Vater zurück, welcher ihn in der englischen, italienischen, spanischen und griechischen Sprache selbst unterrichtete, ihn auch in der Mathematik unterwies und ihm einen deutschen Sprachlehrer hielt. Wie weit dieser Unterricht ging, mag dahingestellt bleiben, jedenfalls ist soviel unbestritten, daß Dumouriez mehrerer Sprachen — so auch der deutschen — mächtig war.

Um jene Zeit begann sich schon in dem Leben der französischen Nation der Einfluß jener Männer zu äußern, welche den Umwälzungsprozeß vorbereiten sollten. Das damalige geistige Leben, die Philosophie, die Wissenschaft, war vom Geiste der antiken Weltanschauung getränkt. Anschauungen und Bestrebungen wurden aus der Kenntniß der Werke des Alterthums fast ausschließlich geschöpft.

Es ist zwar von den Gegnern Dumouriez's vielfach bestritten, aber es ist kein Zweifel, daß Dumouriez, dessen Erziehung in diesem Winde trieb, eine gründliche Kenntniß vieler Schriftsteller des Alterthums erlangte, und daß die großen Gestalten desselben seinen lebhaften Geist erfüllten und fesselten. — Er faßte sie in ihrer Eigenthümlichkeit richtig auf und brachte in seiner Phantasie ihre Handlungsweise vielfach in Verbindung mit seiner eigenen.

Neben dem Studium der Wissenschaften aber wurden die körperlichen und kriegerischen Uebungen nicht vernachlässigt. Die französische Nationalwaffe damaliger Zeit, den Stoßdegen, führte er gewandt, er pistoletirte gut und ritt sicher und kühn. — Schon diese Art und Weise der Erziehung, die in jener Zeit verhältnißmäßig selten war, — denn fast in allen Ländern, so auch in Frankreich, war die Erziehung des homme d'épée und des homme de lettres eine sehr verschiedene — weist darauf hin, daß aus ihr ein außergewöhnlicher Mann hervorgehen mußte, falls das Samenkorn auf guten Boden fiel.

Ein großer Theil des französischen Adels fing damals an, sich den freigeistigen Anschauungen, welche die Literatur beherrschten, zuzuwenden. — Die Revolution — die in den Köpfen — beginnt in der Regel von oben. Auch Dumouriez's Vater war, was man später einen Voltairianer nannte. Das hinderte ihn aber nicht, seinen Sohn in's Jesuitencollegium zu schicken — ein Zug, dem wir im jetzigen Frankreich noch ganz ebenso oft begegnen. Als ihm Dumouriez, aus dem Collegium zurückgekehrt, seinen Wunsch aussprach, Missionär zu werden, ließ er sich in keine Widerlegung ein, sondern spielte ihm nur nach und nach mehrere Bücher in die Hände, welche die Thätigkeit dieses Ordens im Sinne der Philosophie des achtzehnten Jahrhunderts beleuchteten.

Nach etwa einem halben Jahre leitete der alte Dumouriez das Gespräch auf die zu ergreifende Laufbahn unter Hinweis auf seine nicht glänzenden Vermögensverhältnisse, und Charles François erklärte mit aller Entschiedenheit, Alles werden zu wollen, nur nicht Mönch oder Missionär.

Seine Neigung zog ihn zum activen Militairdienst. Sein Vater aber bestand darauf, daß er in die Büreaux des Kriegskommissariats eintreten solle, welchem Verlangen er sich im Alter von siebenzehn Jahren fügen mußte.

---

2. Kapitel.

Der siebenjährige Krieg.

Das Jahr 1756 brachte ein fernes Gewitter im Osten, und ein dumpfes Waffenklirren ging durch die Welt.

Fast ganz Europa erhob den bewaffneten Arm, um den kühnen Angreifer Sachsens zurück zu schmettern, und die schon seit lange eingeleitete Verschwörung gegen ihn zur Ausführung zu bringen.

Es handelte sich darum, wie Dumouriez in seinen Memoiren sagt, den König von Preußen „muthig zu plündern."

Der Ruf der philosophischen Gesinnungen Friedrichs, sein Umgang mit Voltaire, die Kenntniß der in seinen Landen eingeführten Reformen waren unter den gebildeten Ständen Europa's sehr verbreitet. —

Die Anhänger der durch Voltaire, Montesquieu und Rousseau vertretenen Grundsätze begannen in dem König von Preußen ihr Ideal, das lebende Gegengewicht gegen die Theorie des französischen

Königthums und den verderblichen Einfluß jenes Hofes auf das ganze Staatswesen, gegen die mißbräuchlichen Vorrechte des Adels und des Klerus, zu sehen. Vorläufig freilich äußerte sich diese Stimmung hauptsächlich in Epigrammen und Wortspielen und nur in den erlesensten Geistern der Nation wohnte die Ueberzeugung, daß ein Umsturz des Bestehenden früher oder später eine Folge der herrschenden Zustände in Frankreich sein werde.

Dumouriez's Vater wurde als Kriegskommissar der gegen Hannover bestimmten fast 100,000 Mann starken Armee des Marschalls d'Etrées zugetheilt.

Er nahm seinen Sohn als eine Art Adjutanten mit sich in's Feld. Es ist bezeichnend für den Geist der damaligen Periode, daß Beide mit heißen Wünschen für den großen Friedrich zur Armee abgingen.

Die französischen Heere waren im Bündniß mit dem „Reiche" bereits in Deutschland eingerückt. Das Kriegsglück war den Franzosen zu Anfang sehr günstig und nach der Schlacht bei Hastenbeck und der Kapitulation von Kloster Seven besetzten sie Hessen und Hannover. —

Bald jedoch wurde der fähige d'Etrées durch den Herzog von Richelieu ersetzt, welcher sich nicht nur durch die Plünderung von Hannover auszeichnete, sondern auch durch den Leichtsinn, mit dem er die englisch-hannöverschen Truppen sich unter seinen Augen reorganisiren ließ.

Dumouriez's Vater wurde nach Wesel geschickt, woselbst er mit seinem Sohne der Division des Marquis d'Armentières überwiesen wurde. An diesem fand Charles François einen großen Gönner. Er verwendete ihn, seine Lust und Liebe zum eigentlichen Waffenhandwerk erkennend, häufig als Adjutanten. Bald jedoch wurde der junge Dumouriez als Intendanturbeamter dem Herzog von Broglie bei einer Unternehmung gegen Bremen zugetheilt. Er traf bei demselben gerade ein, als ein Angriff auf die Hannoveraner, welche in dem Dorfe Osterwick standen, nahe bei Bremen stattfand. Hingerissen von seinem Muthe und seiner Neigung zum Soldatenstande, machte er sogleich das Gefecht bei Osterwick als Combattant mit, indem er sich den Grenadieren der Königlichen Legion anschloß, wobei er contusionirt wurde und sich auszeichnete. Dies entschied sein Loos. Er wurde, trotzdem ihn der Herzog von Broglie zu Anfang hart anließ, die Feder ohne Erlaubniß mit dem Schwerte vertauscht zu haben, mit mehreren militärischen Aufträgen, so unter anderen mit der Anlage von Batterien im Hafen von Emden betraut.

Im Winter von 1757 und 1758 übernahm der Graf von Clermont*) das Kommando. Er fand eine durch die eigene Unbotmäßigkeit und Unordnung vollständig augelöste Armee vor, war aber selbst nicht werth, ein anderes Heer zu führen.

So gelang es dem berühmten Herzog Ferdinand von Braunschweig, welcher das Kommando über die neu zusammen gebrachten deutschen und englischen Truppen übernommen hatte, das französische Heer ohne größere Kämpfe nur durch ein entschlossenes Vormarschiren zum fluchtartigen Rückzuge aus Hannover und Hessen zu nöthigen. Dumouriez machte denselben in der Arrièregarde mit, und er ist einer seiner schrecklichsten Erinnerungen geblieben.

Nachdem sein Vater mit ihm nach dem Feldzuge von 1757 nach Frankreich zurückgekehrt war, bewarb er sich um eine Lieutenantsstelle bei der Kavalerie und erhielt dieselbe im Alter von 19 Jahren im Regiment des Vicomte d'Escars.

Hierbei scheint seine Persönlichkeit, sein gewandtes schneidiges Wesen, der Ruf der Tapferkeit, die er im Felde gezeigt, nicht unbedeutend eingewirkt zu haben. — Das Regiment d'Escars hatte in der alten französischen Armee einen vorzüglichen Ruf. Es führte auf seinen Standarten die Inschrift: Fais ce que dois, avienne que pourra. — Aber auch sein Ruhm war vor dem mächtig anschwellenden der preußischen Reiterei erblichen. Bei Roßbach war es mit den Gardes du corps des Königs von Preußen zusammen gerathen und derart vor die Klinge genommen worden, daß von 8 Kapitains vier todt blieben und überhaupt nur 100 Mann davon kamen. Es mußte nach der Normandie zurückgesendet werden, um sich neu zu rekrutiren.

*) Der Graf von Clermont war zugleich Abbé de Saint Germain des Prés. Man sang in Paris:

Moitié plumet, moitié rabat
Aussi propre à l'un comme à l'autre
Clermont se bat comme un apôtre
Il sert son dieu comme il se bat.

Hier trat Dumouriez in dasselbe ein und führte die ersten Monate über ein Garnisonleben. Entgegen den Sitten und der Lebensweise des jungen französischen Militairadels, benutzte er seine freie Zeit zum Studium seiner kleinen mitgeführten Bibliothek und nahm wenig an den gemeinschaftlichen Vergnügungen Theil.

Sein offenes heiteres Wesen, sein militairisches Geschick aber machten ihn dennoch beliebt bei seinen Kameraden, und er behauptet, nie einen Feind in seinem Regiment gehabt zu haben.

Es war im Jahre 1758. Die Schlacht bei Roßbach hatte die französische Waffenehre tief gebeugt. Sie erholte sich von diesem Schlage erst während der großen Revolution. Deutschlands Volk hatte dem preußischen Helden zugejubelt, aber auch die französischen Schöngeister, die galanten und witzigen Abbés, die Encyklopädisten und Philosophen in Paris fanden in diesem Tage einen genügenden Vorwurf, ihre Satyren und Wortspiele gegen den Hof, die allmächtige Pompadour und ihre Coterie, sowie gegen die Führung der Armee, wie ein Feuerwerk sprühen zu lassen. Die französische Armee des siebenjährigen Krieges erscheint uns nach Geschichte und Ueberlieferung zusammengesetzt aus Soldaten ohne Disciplin und Zucht, befehligt von einer Gesellschaft durch die Hofluft und die Weiberwirthschaft entarteter Edelleute, welche mit einem unglaublichen Trosse von höheren und niederen Maitressen und mit einem Luxus umgeben, in's Feld rückten, von dem die märkischen und pommerschen Junker, welche die Armee Friedrichs als Offiziere führten, auch nicht die entfernteste Ahnung hatten. — Im Allgemeinen ist das Bild richtig und soll auch nicht geleugnet werden, daß das französische Offiziercorps durch die schon lange währende Mißwirthschaft bei Hofe und in der Armee an Gesinnung und Thatkraft viel eingebüßt hatte, aber dennoch war die Ueberlieferung der großen Armee unter Ludwig XIV., der Geist der Disciplin, Ehre und Kriegszucht nicht vollständig erloschen. Er lebte fort in den unabhängigsten Characteren, in den besten Köpfen, welchen ein Urtheil über die Zustände in Frankreich nicht abging. So fand in der Armee ein fortwährender Kampf zwischen den Resten des französischen Soldatenthums, welches noch die großen Ueberlieferungen der Pflichttreue und Disciplin, wie sie unter Louvois, Turenne, Condé, Villars, Catinat, Vendome und dem Marschall von Sachsen maßgebend gewesen waren, in Ehren hielt, und den Günstlingen des Hofes statt, welche jene wahren Soldaten officiers de fortune benannten. Diese Offiziere waren meist aus dem niederen Landadel, welcher dadurch in einen gewissen Gegensatz zum Hofadel trat. Je nachdem also ein wirklicher Soldat, wie d'Etrées, der Enkel von Louvois, oder ein Höfling, wie Soubise, Clermont, Contades u. a. m. die Armee kommandirte, änderte sich die Physiognomie derselben.

Zum Glück für den großen Friedrich blieb die Höflingsgattung meist obenauf.

Die Armee Louis XIV. war zu ihrer Zeit das vollkommenste Kriegsinstrument in Europa. Jedoch trat schon um das Lebensende des Königs eine Aenderung zum Schlimmen ein. Die nothwendigste Reform, die Beseitigung der Vollmachten der Inhaber der Regimenter, welche nach Gutdünken die Offiziere ernannten, oder die Stellen verkauften, blieb aus, und hieraus entwickelten sich nun, als die Herrschaft Louis XV. die Regierung in die Hände der Weiber und ihrer Günstlinge gab, die entsetzlichsten Mißbräuche. Die Errichtung möglichst vieler Offizierstellen, um den Hofadel auszustatten, war manchmal das einzige Bestreben der leitenden militairischen Persönlichkeiten. Die Offizierstellen bis in die höchsten Grade hinauf, wurden nicht nur an Leute ohne jede Dienstkenntniß, ja sogar an Kinder vergeben, so daß es 10jährige Majors und Obersten gab. Schon dieses eine Verhältniß, die Besetzung der Offizierstellen, genügt, um die Ueberlegenheit der preußischen Armee, in welcher jeder Fähnrich vom Könige ernannt wurde, festzustellen. Den Hauptübelstand in der französischen Armee aber bildete die Lockerung der Disciplin. Die damaligen Truppen waren nur durch Strenge zusammenzuhalten. Dies war vergessen: die Strafen waren zu gelinde und wurden die strengeren fast nie angewendet. So sehen wir hier den Verfall der Kriegszucht, wie immer, wenn die Kriegsgesetze, sei es nun aus Leichtsinn, sei es aus einem mißverstandenen Humanitätsprincip, zu milde werden. — Die Erpressungen, welche sich Richelieu in Hannover erlaubte, und die Plünderungen, welche den Truppen vielfach gestattet wurden, trugen natürlich dazu bei, die Mannszucht noch mehr zu lockern.

Eine Eigenthümlichkeit der französischen Armee waren die zahlreichen fremden Soldtruppen, welche eine sehr geachtete Stellung einnahmen, und unter welchen die Schweizer-Regimenter eigentlich ein eigenes Heer bildeten, da sie sich durch ein besonderes Offiziercorps, eigenthümliche Gerichtsbarkeit und viele andere Privilegien auszeichneten. Der Verfall des militairischen Geistes in Frankreich selbst wird hierdurch am Besten gekennzeichnet.

Die Ruhe des Regiments d'Escars nahm bald ein Ende, die Engländer landeten in der Normandie und bemächtigten sich der Stadt Cherbourg, so daß alle in der Provinz befindlichen Truppen eiligst gegen diesen Punkt in Marsch gesetzt wurden, welchen jedoch der Feind nach unbedeutenden Gefechten wieder verließ.

1758 nun wurde das Regiment d'Escars wieder nach Deutschland gezogen, kam jedoch in diesem Jahre nicht mehr in Thätigkeit.

Das Jahr 1759 war eins der interessantesten der Feldzüge am Rhein. Frankfurt wurde von den Franzosen überrumpelt, in der Schlacht bei Bergen waren sie siegreich, Minden und Münster fielen in ihre Hände. Aber am 1. August schlug Ferdinand von Braunschweig das französische Hauptheer unter Contades bei Minden vollständig aufs Haupt, wodurch sich die Lage sofort änderte. Minden, Cassel, Marburg wurden zurückgenommen, und Münster von dem hannöverschen Corps Imhof eingeschlossen. — Das Regiment d'Escars befand sich in diesem Jahre bei der Division des Marquis d'Armentières, welcher abermals den jungen Dumouriez sehr bevorzugte. Das belagerte Münster sollte entsetzt werden, wobei es zu einigen Gefechten in der Umgegend kam. Der Zweck der Franzosen wurde nicht erreicht, denn Münster mußte sich schließlich den hannöverschen Truppen ergeben. Dumouriez hatte in dem Gefecht von Endstetten einen Streifschuß erhalten, der ihn aber von der Truppe nicht trennte.

Inzwischen hatte sein Vater aus Anlaß eines Conflicts mit dem Grafen de Broglie, dem Chef des Generalstabes der Armee seines Bruders, des Herzogs de Broglie, den Dienst verlassen und sich in der Nähe von Saint Germain en Laye ein kleines Gut gekauft. Es scheint, als ob sein rechtlicher strenger Sinn — mit dem er übrigens große Reizbarkeit verband — an vielen Dingen im Hauptquartier Anstoß genommen hätte.

In dem Feldzug von 1760 befehligte der Herzog de Broglie die gesammten französischen Armeen in der Stärke von ca. 150,000 Mann. Die Hauptarmee unter Broglie selbst war zwischen Frankfurt a. M., Hanau und Friedberg versammelt. Der Erbprinz von Braunschweig verlor am 10. Juli das Treffen von Corbach, Herzog Ferdinand hielt jedoch Broglie in dieser Gegend in Schach und hinderte ein weiteres Vordringen.

Das Regiment d'Escars war der Division des Herrn de Saint Germain zugetheilt. Derselbe war ein vorzüglicher Offizier, der sich jedoch vollständig mit dem Herzog de Broglie überwarf.

Sich durch die Eifersucht und Eitelkeit des Herzogs schwer verletzt glaubend, verließ er willkürlich die Armee und trat in fremde Dienste, wie denn überhaupt ein Verlassen der Truppe ohne Urlaub Seitens der Offiziere damals nicht zu den Seltenheiten in der französischen Armee gehörte.

Es erfolgten nun hartnäckige Gefechte zwischen den detachirten Korps, welche in die Flanken der sich gegenüberstehenden Armeen geschickt wurden. Am 31. August machte Dumouriez das Treffen von Warburg mit, in welchem das von der Armee des Herzogs de Broglie entsendete Korps des Generals du Moy von dem Erbprinzen von Braunschweig vollständig geschlagen wurde. Der Lieutenant Dumouriez hatte, als der Rückzug in Flucht ausartete, um eine Standarte seines Regiments 200 Reiter aus verschiedenen Regimentern gesammelt, mit welchen er einen Theil der Infanterie deckte und nach seinen Angaben eine Batterie von 5 Geschützen heraushieb. Er wurde dabei zweimal contusionirt. Als Anerkennung erhielt er 100 Thaler nach der Sitte der Zeit, von denen er die Hälfte an seine Kompagnie gab.*)

Der Erbprinz wendete sich, während Herzog Ferdinand dem Herzog de Broglie bei Corbach gegenüber blieb, einer Aufforderung des englischen Cabinets gemäß, plötzlich gegen Wesel und eröffnete die Belagerung dieser Stadt, wurde aber von dem herbeieilenden Korps des Marquis de Castries gezwungen, die Belagerung aufzuheben und durch das Treffen von Closterkamp am 16. October zum Rückzuge genöthigt. — Dem Korps de Castries war das Regiment d'Escars zugetheilt.

---

*) Auch Friedrich II. verabreichte oft an seine Offiziere Geldbelohnungen

Am Tage vor diesem Treffen in der Nähe von Wesel wurde Dumouriez bei einem mit einer geringen Anzahl Reiter unternommenen Ordonnanzritt von circa 20 feindlichen Husaren angegriffen. Seine Reiter nahmen den Reißaus. — Die Preußen ereilen ihn, drängen ihn an eine Hecke, erschießen ihm das Pferd. Er vertheidigt sich mit äußerster Tapferkeit, aber Säbelhiebe und Pistolenschüsse strecken ihn nieder. Ein Adjutant des Erbprinzen, ein Herr von Behr, rettet ihn und bringt ihn mit Wunden bedeckt zum Braunschweiger. Von Karl Wilhelm Ferdinand wird er sehr wohlwollend behandelt und schließlich ohne Auswechselung zurückgeschickt.

Dreißig Jahre später sollte derselbe Fürst als Oberbefehlshaber der preußischen Armee dem General en Chef der französischen Armee des revolutionären Frankreichs Charles François Dumouriez gegenüberstehen.

Dumouriez behauptet, der Erbprinz von Braunschweig sei in der französischen Armee ebenso beliebt gewesen, wie in der preußischen, welche in ihm ihren Achilles verehrt hätte. Dieser Achill hatte allerdings schon in diesem Jahre zwei Treffen verloren, bei welchem er sich jedoch durch den größten persönlichen Muth hervorgethan hatte.

Zu seiner Heilung nach Saint Germain zu seinem Vater zurückgekehrt, wird ihm das Ludwigskreuz und eine Compagnie versprochen, jedoch erklärt ihm der Herzog de Choiseul, als er sich ihm vorstellt, daß zwei Gnadenbeweise zu viel auf ein Mal seien, und er einen zu wählen habe. Er riethe ihm zu dem Ludwigskreuze, da er die nächste Campagne doch nicht mitmachen würde.

„Geben Sie mir die Compagnie, Monseigneur," erwidert ihm Dumouriez lebhaft, „ich werde die Campagne mitmachen, und Sie werden mir das Kreuz auch baldigst verleihen müssen."

Er erhielt die Compagnie, machte nach seiner Heilung die folgenden Feldzüge unter Soubise mit und hatte das Glück, bei einem Streifzuge in der Grafschaft Mark sich nochmals auszuzeichnen.

Das Jahr 1762 beendigte das Ringen. Man hatte ihn nicht „muthig zu plündern" vermocht, den Marquis de Brandebourg.

3. Kapitel.

Dumouriez und Mademoiselle de Broissy.

Die französische Armee wurde nach dem Frieden sehr stark vermindert. Im Frühjahr 1763 wurden die 64 Reiter-Regimenter auf 30 reducirt. Die der einfachen Edelleute wurden denen der Prinzen und vornehmen Adlichen einverleibt. Das Regiment d'Escars ging in das von Penthièvre auf. Erwägt man, daß nach der damaligen französischen Kriegsverfassung jedes Regiment zugleich eine Art Sinecure war, so begreift man diese Maßregel leicht.

Eine sehr große Anzahl von Offizieren wurde entlassen, unter denen sich Dumouriez befand, dem man jedoch vor seiner Entlassung das Ludwigskreuz verlieh, eine sehr große Auszeichnung, welche man als Kriegsorden etwa mit dem preußischen pour le mérite — wie er unter Friedrich II. ausgegeben wurde — auf eine Stufe stellen kann.

Das Regiment d'Escars marschirte, ehe es aufgelöst werden sollte, im Herbst 1762 nach der Normandie und für Dumouriez begann hier eine Epoche seines Lebens, welche nicht unbedeutend auf sein ferneres Dasein einwirken mußte.

Sie leitet sich ein, wie so viele Soldatenromane — auf dem Marsch, heimkehrend aus dem Kriege fand er ein Mädchen, das sein Herz erfüllte. Die Reiter von d'Escars passirten das Städtchen Pont-Audemer. Daselbst lebte eine Schwester seines Vaters, Marquise de Belloy mit zwei reizenden Töchtern. Die Familie zählte zu jenem Provinzialadel, auf den die Verderbniß des Hofes noch nicht seine Einwirkung hatte äußern können. Der Titel des Vaters ging nach damaligem Recht nicht auf die Töchter über, welche den Namen de Broissy führten.

Beide Töchter hatten eine vortreffliche Erziehung genossen, waren unterhaltend, aber von mädchenhafter Sittsamkeit und Bescheidenheit. Die älteste war bereits Braut und heirathete später den Marquis Perry de Saint Auvart von Noailles Kavallerie. Ein Bruder dieser anziehenden jungen Damen war im Kriege gefallen.

Man kann sich vorstellen, wie freundlich der aus den Feldzügen mit Wunden bedeckte und mit dem Ludwigskreuz geschmückte junge Reiterofficier, eine zugleich elegante und martialische Gestalt, dort empfangen wurde.*)

Da das Regiment d'Escars vor seiner Auflösung in der Umgegend von Pont Audemer auf längere Zeit Standquartiere bezog, so war nichts natürlicher, als ein Liebesverhältniß zwischen Dumouriez und der noch nicht verlobten Cousine, welche zu dieser Zeit 17 Jahre zählte. —

Die tiefgehendste Neigung fesselte Beide aneinander, und Dumouriez verlebte einen sehr glücklichen Winter im Hause seiner Tante, welche diesem Verhältniß nicht hindernd in den Weg trat. Bis hierher war die Sache in natürlichem Verlauf geblieben, aber ein sehr fataler Umstand schwebte schon als drohendes Ungewitter über diesem zärtlichen Beisammensein.

Dumouriez's Vater und Frau von Belloy waren seit lange aus Anlaß einer Erbschaftsangelegenheit tief entzweit. Beide besaßen nur ein geringes Vermögen, und es erschien Dumouriez wohl gleich zu Anfang seines Verhältnisses mit Fräulein von Broissy nicht sehr wahrscheinlich, daß sein Vater seine Einwilligung zu einer Heirath mit der Tochter der von ihm bitter gehaßten Schwester geben würde. Er hatte daher demselben die Angelegenheit gänzlich verheimlicht. Frau von Belloy aber scheint auf das Verhältniß der jungen Leute die Hoffnung einer Aussöhnung gesetzt zu haben. —

Im Anfang des Jahres 1763 wurde dem alten Dumouriez jedoch durch die Indiscretion eines Kameraden Alles bekannt. —

Sofort sendete er in heftigster Aufwallung einen Brief nach Pont Audemer ab, in welchem er seine Schwester in den schärfsten Ausdrücken beschuldigte, seinen Sohn zur Verstellung und Heuchelei gegen ihn verleitet zu haben, ja sogar sehr verletzende unbegründete Verdächtigungen gegen das junge Mädchen aussprach: Abgesehen von den nicht ausreichenden Vermögensverhältnissen würde er nie seine Einwilligung zu einer Heirath seines Sohnes mit der Tochter seiner

---

*) Dumouriez giebt uns zwar kein Portrait seines Aeußeren während dieser Zeit, jedoch besitzen wir solche aus der Revolutionsperiode, nach welchem er eine zugleich interessante und männliche Erscheinung gewesen sein soll, mit dem Wesen eines homme d'épée aus der alten Schule.

Schwester geben, hieß es in dem Briefe. Frau von Belloy, eine sehr entschlossene und wie es scheint, ihrem Bruder an Temperament und Character nicht unähnliche Frau, forderte sofort die Auflösung der geheimen Verlobung, und da das Mädchen sich mit aller Bestimmtheit dessen weigerte, griff sie zu dem in damaligen Zeiten sehr schnell von den Eltern liebebedürftigen aber ungehorsamen Töchtern gegenüber angewendeten Mittel: sie schickte sie sofort in ein Kloster und zwar in das zu Caen.

Die Söhne in die Bastille — wenn sie nicht gehorchten — siehe Leben Mirabeau's — die Töchter in's Kloster — so wurde damals einzig und allein noch gerade von dem Theil des französischen Adels gehandelt, der sich noch eine gewisse Strenge und Autoritätsausübung durch die lockeren Sitten und das Beispiel des Hofes nicht hatte nehmen lassen — womit nicht gesagt sein soll, daß die Lettres de cachet nicht noch zu ganz anderen Dingen gebraucht worden wären.

Dumouriez fühlte sich von einer wahren Verzweiflung erfaßt. Nicht nur der Schmerz der Trennung, das Bewußtsein den Unfrieden in die Familie Belloy getragen zu haben, sondern auch die Ueberzeugung von der leidenschaftlichen und ungerechten Handlungsweise des von ihm bisher so hoch verehrten Vaters, endlich der Wunsch, seiner so jungen und reizenden Braut die Freiheit einer anderen Partie zu eröffnen, ließen ihn zu dem Entschluß des Selbstmordes kommen.

Er machte den Versuch desselben in Dieppe durch Vergiftung, nachdem er seinen Vater brieflich davon benachrichtigt hatte. Er selbst erzählt, nachdem er das Gift genommen, sei ihm die Thorheit einer solchen Handlungsweise und das seinem Vater zugefügte Unrecht klar geworden, und die Sache ihm im Verlauf von zwei Minuten in ganz anderem Licht erschienen.

Sei es nun dies oder der erwachende Selbsterhaltungstrieb und die Reaction eines jugendlich kräftigen Körpers, — genug er greift zu dem nächsten Rettungsmittel, das er zur Hand hat. Er verschluckt das Oel seiner Lampe — es tritt eine heftige Krisis ein, und er ist einem langen denkwürdigen Leben — freilich mit verfehltem traurigen Ausgange erhalten. —

Es erfolgt eine Aussöhnung mit seinem Vater, die jedoch einen Stachel zurückläßt, und er beschließt, Alles daran zu setzen, um sich eine neue Stellung zu erringen und den Widerstand gegen eine Verbindung mit seiner Cousine zu brechen.

Jedenfalls war es diese damals so tiefe Neigung, die ihn zunächst zur Thätigkeit auf einem andern Felde anspornte.

---

4. Kapitel.

Reise nach Italien. Einmischung in die Corsicanischen Angelegenheiten.

Dumouriez's Vater wohnte in der Regel auf seinem Gute bei Saint Germain.

Er besaß jedoch ein Haus in Paris, und Charles François bewohnte dasselbe, mit Erlaubniß seines Vaters. — Die militairische Laufbahn schien ihm auf lange Zeit versperrt, er wußte nicht, welchen Weg er einschlagen sollte, als er in Paris die Bekanntschaft eines gewissen Favier machte. Derselbe war ein Mann von nicht unbedeutendem, schriftstellerischem Talent, einer großen Gewandtheit in Rede und Ausdruck, von großer Arbeitskraft, aber von unbändiger Genußsucht. Er war ein politischer Agent und spielte damals in Paris eine wichtige Rolle.

Es war die Zeit in Europa, in welcher die sogenannte Kabinetspolitik sich auf ihrer Höhe befand. Das Interesse der Völker stand in zweiter Linie, das der Höfe ging mit wenigen rühmlichen Ausnahmen voran. Die politischen Actionen waren unter solchen Umständen fast immer gleichbedeutend mit Intriguen. Die Träger der Politik bedienten sich damals ganz besonders häufig niederer und meist käuflicher Werkzeuge, welche etwas vom Diplomaten, etwas vom Spion, in jedem Falle viel vom Abenteurer an sich hatten, deren Schritte an und für sich zu nichts verpflichteten, welche man belohnte, wenn sie Erfolg erzielten, sie ungestraft verläugnen konnte, wenn ihnen derselbe fehlte, sie aber oft sogar verfolgte und gefangen setzte, sei es nun, um Indiscretionen zu bestrafen, oder um den Schein zu retten.*)

Der Herzog von Choiseul leitete damals die Politik von Frankreich. Er hatte unbedingt volles Bewußtsein von der erniedrigenden Lage, in welcher sich Frankreich Europa gegenüber befand. Sein Bestreben ging dahin, durch eine allmälige Verbesserung der Zustände in der Armee und durch Vermehrung der Flotte den Krieg gegen England zur Wiedereroberung der Machtstellung Frankreichs vorzubereiten. —

Auch war er entschlossen, die entsetzlichen Uebel, an welchen der ganze Staatskörper krankte, zu bekämpfen. Daß er hierbei auf einen Widerstand stieß, den er nicht zu bewältigen vermochte, kann nicht Erstaunen erregen.

Kaum einem Richelieu und einem Bismarck zusammengenommen, würde es gelungen sein, diesen Augiasstall zu reinigen, und Choiseul, obgleich ein kluger und aufgeklärter Edelmann, kann mit keinem von Beiden verglichen werden. —

Seine Pläne wurden vom ersten Moment ab fortwährend von den Maitressen, von 1765 ab besonders von der Dubarry, durchkreuzt, und als er nach dem Beispiel Josephs II. und Pombals die Jesuiten verbannt hatte, war der Klerus sein erbittertster Gegner.

Damals fiel während der Unterhandlungen mit Rom über den Jesuitenorden das so berühmt gewordene Wort des Vaticans: Sint ut sunt, aut non sint.

Louis XV. — dieser König der kleinen Gedanken und der kleinen Mittel — wie ihn Lamartine nennt — hatte die Schwachheit, oft gegen seine eigenen Minister kleine artige Verschwörungen anzuzetteln, um ihnen Verlegenheiten zu bereiten und sich zu diesem Behufe jener subalternen Agenten zu bedienen.

Favier, der in allen diesen Dingen seine Hand hatte, weihte Dumouriez in diese Verhältnisse ein. Der Letztere erklärt, daß er sein Lehrmeister in der Politik geworden sei.

---

*) Viele Enthüllungen haben bewiesen, daß dies Geschlecht auch jetzt noch unentbehrlich ist, und wenn der Gebrauch von Agenten dieser Art sich vermindert haben sollte, so tritt der Reporter oft an ihre Stelle, durch welchen man absichtlich in die Presse „glissirt", was man nöthig findet.

Favier empfahl Dumouriez dem Herzog von Choiseul zur Verwendung in politischen und militairischen Dingen. Ehe jedoch diese Empfehlung wirksam werden konnte, faßte Dumouriez einen selbstständigen Entschluß.

Er erwirkte sich eine Audienz bei dem Herzog von Choiseul und bat ihn um einen Paß nach Italien, da er zu seiner weiteren Ausbildung reisen wolle, um später einer diplomatischen oder militairischen Anstellung würdig zu sein. Der Herzog billigte seinen Entschluß und ließ ihm den Paß ausstellen.

Nachdem er seinem Vater brieflich mitgetheilt, daß er dies Leben ohne Stellung, ohne Vermögen und ohne Selbstständigkeit nicht länger ertragen wolle und entschlossen sei, Alles das in fremden Landen zu suchen, brach er sogleich, meist zu Fuß, nach Italien auf.

Sein entrüsteter Vater griff zu dem schon vorhin erwähnten gewöhnlichen Mittel, den Tollkopf zu bändigen. Er eilte zu Choiseul und bat um einen Lettre de cachet. Dieser jedoch theilte ihm beruhigend mit, daß er die Schritte seines Sohnes gebilligt habe, und der alte Dumouriez blieb von da ab ruhiger Zuschauer der weiteren Erlebnisse desselben.

Die außerordentliche Begabung Dumouriez's, sich bei älteren wie jüngeren Leuten beliebt zu machen und seine Fähigkeiten ohne Ueberhebung, sondern nur durch sein Betragen', seine Unterhaltung und durch seine Handlungsweise darzulegen, verließ ihn auch in Genua nicht, wo er einen längeren Aufenthalt nahm. Er war dort bald der Liebling der guten Gesellschaft.

Er sprach italienisch, machte Verse, sang und war bald, ungeachtet seiner Neigung für seine Cousine, der Cicisbeo einer der gefeiertesten Damen, ein Verhältniß, das er jedoch bald langweilig fand und zu ernsteren Beschäftigungen zurückkehrte. Denn der vierundzwanzigjährige Reiteroffizier hatte vollen Ernstes die Absicht, auf jeden Fall eine Rolle in den Welthändeln, sei es nun auf dem Schlachtfelde, sei es in der Politik, zu spielen.

Die Republik Genua befand sich damals im Kampfe mit den aufständischen Corsen. Das war für ihn der Punkt, wo er glaubte, die Hebel ansetzen zu können.

Er bot der Republik seine Dienste an und wurde abgewiesen,

weil man einen so jungen Kavalerieoffizier auf Corsika im Gebirgskrieg nicht brauchen zu können meinte.

Da ihm die Partei ganz gleichgültig war, so beschloß er, es auf der andern Seite zu versuchen. Aber Paoli, der berühmte Chef des Aufstandes und glorreiche Vertheidiger der Freiheit seines Landes, lehnte sein Gesuch gleichfalls höflichst ab. Nun ergriff er eine dritte Partie. —

In Livorno hatte er einen jungen Corsicaner, französischen Offizier im Regiment Royal-Corse — eines der in Frankreich unterhaltenen fremden Soldregimenter — Namens Costa de Castellana kennen gelernt, dessen Vater der Chef einer dem Paoli feindlich gesinnten Partei auf Corsica war. Durch denselben knüpfte er Verbindungen mit dieser Partei an, welche endlich bis zu einer vollkommenen Verschwörung gegen Paoli gediehen.

Er schlug den Chefs der Partei Castellana den Aufstand gegen Paoli vor und glaubte ihnen sodann die heimliche Unterstützung Frankreichs gegen Genua versprechen zu können.

Zwar unterhandelte Frankreich eben mit Genua, um Garnison in einige feste Plätze von Corsica zu legen, aber dies erschien Dumouriez wohl nicht mit Unrecht als ein nicht gegen sein Unternehmen sprechender Umstand, da die französische Politik auf jeden Fall in diesen Wirren nur bemüht war, ihren Vortheil — als Endziel die Besitznahme der Insel — wahrzunehmen. Vierundachtzig corsische Kirchspiele stimmten dem Entwurf Dumouriez's zur Errichtung einer corsischen Republik bei, in welcher er Oberbefehlshaber der bewaffneten Macht werden sollte.

Hierauf schritt Dumouriez zur Ausführung. Er segelte mit fünf abgedankten französischen Officieren auf einem kleinen von ihm gemietheten französischen Fahrzeuge nach Corsica ab und landete in Porto-Vechio. Er bemächtigte sich dieses kleinen Hafens und fand die Partei zum Theil unter Waffen. Der Zustand war ein höchst eigenthümlicher. Die gegen Paoli feindliche Partei schlug sich gegen diesen, machte aber zugleich gegen die Genuesen Front. Dumouriez versuchte mit 3000 Mann denselben die kleine Festung Bonifacio durch Ueberfall zu nehmen, aber die Corsicaner hielten, wie alle dergleichen Naturvölker, das Geschützfeuer schlecht aus und liefen nach drei bis vier Kanonenschüssen davon. —

Nunmehr entschloß sich Dumouriez nach Frankreich zu gehen, um den Herzog von Choiseul zur Hülfeleistung für die von ihm zu Stande gebrachte Bewegung zu bestimmen.

Nach einer sehr stürmischen und langen Ueberfahrt, während welcher die kleine Felucke bis an die Küsten von Afrika trieb, gelangte er nach Paris. Hier war gerade eine politische Intrigue im Werke, welche von Favier geleitet wurde. Derselbe suchte im Verein mit Mademoiselle l'Ange,*) dem Grafen Dubarry und mit der eigenen Schwester des Herzogs, welche ihrerseits durch eine Kammerzofe geleitet war, Choiseul zur Unterzeichnung eines definitiven Hülfsvertrages mit Genua zu bestimmen. Sofort nach Dumouriez's Ankunft suchte man die von ihm erworbenen Kenntnisse Corsischer Zustände derart zu verwerthen, daß man ihn durch Anerbieten einer bedeutenden Summe auf diese Seite zu ziehen beabsichtigte. Es war diesen Leuten gegenüber gewiß kein Unrecht, das Dumouriez ihnen seine Absichten verbarg und ihnen vorläufig ausweichend antwortete. Er hielt seine Vorschläge für die bei Weitem vortheihafteren für Frankreich und setzte dieselben dem Herzog von Choiseul auseinander. —

Mehrere Tage lang dauerte nun der Kampf zwischen Dumouriez und der Partei Favier. Bald war der Herzog der Unterstützung der Corsicaner, bald der Ausführung des Vertrages mit Genua geneigt. Am dritten Tage glaubte Dumouriez triumphirt zu haben und fand sich voller Freude bei der öffentlichen Audienz, die bei dem Herzog am nächsten Morgen stattfinden sollte, ein.

Die Thür öffnet sich, der Herzog schreitet durch die sich verneigende glänzende Versammlung auf ihn zu und sagt mit schneidender Stimme: „Also Sie, mein Herr, haben mit den Corsen ohne Auftrag unterhandelt und sind als Kapuziner verkleidet hierher zurückgekehrt?"

Wie vom Donner gerührt sieht Dumouriez die Höflinge rings um ihn die Entrüsteten spielen, aber er richtet sich auf und antwortet dem Herzog: „Ich bin seit drei Tagen von Marseille zurück. Wollen Monseigneur meine Haare betrachten! Wenn ich als Kapuziner verkleidet gewesen wäre, könnten sie nicht voll sein." „Entfernen Sie sich," entgegnet ihm der Herzog wie ein Wüthender, „Sie haben sich als ein Abenteurer betragen!"

*) Die spätere Dubarry.

„Monseigneur," erwidert ihm Dumouriez, dessen Blut in unbändigem Zorn aufsiedete, „die Abenteurer sind diejenigen, welche mit Ihnen spielen. Ich bin ein ehrenhafter Offizier! Mit meinem Degen und meinem Kopfe finde ich überall mein Brod!" Er drehte sich um und schritt durch die Höflinge, die mit vor Erstaunen weit aufgerissenem Munde dieser Scene beigewohnt hatten, festen Schrittes zum Saal hinaus.*) —

Dumouriez that gewiß wohl daran, daß er sich sofort in bürgerlicher Kleidung verbarg, und in dieser einen Zufluchtsort bei einem früheren Regimentskameraden aufsuchte, sodann aber über die Belgische Grenze nach Mons entwich. Die Bastille wäre doch anderenfalls die sofortige Antwort auf seine Dreistigkeit gegen den Minister gewesen. —

Von Mons aus trat er in einen Briefwechsel mit Favier, welcher den in der Intrigue von ihm durch die Hülfe der Schwester des Herzogs und ihrer Kammerzofe Besiegten in seiner Art ritterlich behandelte und ihm Kleider und etwas Geld mit den Worten schickte: Tes mauvais desseins ont échoué. Le roi de France ne venge point les injures du duc d'Orléans.

Von Mons aus leitete er die Versöhnung mit dem Herzog von Choiseul durch einen zwar unterwürfigen, aber durchaus nicht in kriechendem Tone geschriebenen Brief ein und bat endlich um die Erlaubniß, in Spanien dienen zu dürfen. Eine Denkschrift für Corsica, worin er die Vortheile seiner Pläne für Frankreich abermals auseinander zu setzen suchte, legte er bei. — Auch schrieb er an seinen Vater, der sich sogleich zum Herzog begab und zu seinem Erstaunen denselben sehr beruhigt und leidlich gegen Dumouriez gestimmt fand; „Ihr Sohn ist teufelmäßig lebhaft, aber er ist ein Mann von vielen Talenten und von großen Gesichtspunkten" (il voit en grand), bemerkte der Herzog. Choiseul entging zwar dem am französischen Hofe gewöhnlichen Schicksal nicht, seinen Willen durch die Intriguen der Maitressen und ihres Anhanges beeinflußt zu sehen, aber seine gesunde Denkweise und Begabung brach sich endlich immer wieder Bahn.

Dieser Abschnitt in Dumouriez's Leben hatte über sein Schicksal

---

*) Nach Dumouriez's eigener Erzählung.

entschieden. Der brave Reiterofficier hatte sich auf die Irrwege damaliger Politik begeben. — Aber er behandelt die Politik nicht wie ein Agent von der Sorte der Favier, sondern als ein Soldat und versucht, indem er einen kühnen und großartigen Gedanken verfolgt, seine eigene Person preisgebend, in dieselbe einzugreifen.

---

5. Kapitel.

Reise nach Spanien und Portugal. Seine Erlebnisse daselbst.

Mit Empfehlungen des Herzogs und von Favier an den französischen Gesandten, den Marquis d'Ossun, ging er im Winter von 1763—64 auf dem Seewege nach Spanien. Auch hier gelang es ihm sehr bald, nicht nur die Gunst des französischen Gesandten, sondern auch der einheimischen Gesellschaft und des Diplomatischen Corps, in welche er durch den Marquis d'Ossun Zutritt erhielt, zu erringen. Man muß hierbei nicht vergessen, daß man damals fast in ganz Europa von der Gallomanie besessen, daß die französische Sprache vielfach die der höheren Kreise, daß die französische Literatur und Philosophie maßgebend war, und ein einigermaßen gebildeter Franzose auf fremden Gebiet immer schon vor anderen gewöhnlichen Sterblichen viel im voraus hatte.

Der Marquis d'Ossun rieth ihm, mit dem Eintritt in Spanische Dienste zu warten; er sei überzeugt, daß er von Choiseul über kurz oder lang zurückgerufen werden würde. Er war so eingenommen von seinem jungen Landsmann, daß er ihm auf die zarteste Weise die Mittel anbot, in Spanien länger zu verweilen. Dumouriez nahm diese Anerbietungen an und fing an, dies Land zu studiren.

Spanien hatte 1764 einen Feldzug gegen Portugal geführt, der, trotz der großen Uebermacht der Spanischen Heere, auf die jämmerlichste Weise endete.

Dumouriez suchte die Ursache dieses schmachvollen Ausganges nicht in dem Werth der portugiesischen Heere, sondern in der Unfähigkeit der spanischen Führer und in allerlei Intriguen am Hofe zu Madrid. Er übersieht dabei sowohl die Leitung Portugal's durch den energischen und aufgeklärten Minister Pombal, als auch die Führung des portugiesischen Heeres durch den Grafen Wilhelm von Schaumburg-Lippe, eines ausgezeichneten Generals aus Friedrich's Schule, welcher bekanntlich auch nach dem Kriege das Heer ganz neu organisirte.

Er beschloß den Kriegsschauplatz zu studiren und um daran nicht gehindert zu sein, ließ er sich vom Marquis d'Ossun Empfehlungsschreiben nach Lissabon mitgeben. Hierauf hin suchte er selbst zum Schein eine Anstellung in portugiesischen Diensten nach, welche, da er dort keine Protection besaß, kühl abgelehnt wurde. — Jedenfalls war er aber auf diese Weise den portugiesischen Behörden unverdächtig und gelang ihm das Studium des Kriegsschauplatzes vollkommen. Er verfaßte, zurückgekehrt nach Spanien, binnen vierzehn Tagen eine Denkschrift, in welcher er die militairischen Verhältnisse Portugal's beleuchtete. Auch gab er später über diesen Gegenstand ein Buch heraus, — das erste — welches in Lausanne erschien und sehr vollständig und methodisch gearbeitet war.*)

In Madrid argwohnte man übrigens nach seinem Aufenthalt in Portugal, daß er wirklich habe in die Dienste dieses Staates treten wollen, und sogar der Marquis d'Ossun benahm sich kühler gegen ihn. —

Während des Aufenthalts in Madrid, schon bevor er nach Portugal ging, hatte er plötzlich einen Brief von seiner Cousine, Fräulein de Broissy erhalten. Sie hatte unter dem Einfluß ihres Beichtvaters im Kloster von Caen den Entschluß gefaßt, ihrer Neigung zu entsagen. Der Ton des Briefes war ein frömmelnder. Sie glaubte ein Gott wohlgefälliges Werk zu thun und sandte ihm seine Briefe und Andenken zurück mit der Erklärung, den Schleier nehmen zu wollen. —

Dumouriez erfuhr später, daß der eigentliche Grund dieser plötzlichen Aenderung ihrer Gesinnung eine schwere Krankheit gewesen war, welche das junge Mädchen sehr entstellt hatte. — Seine Braut ließ

*) Später erschienen noch zwei ihm zugeschriebene Bücher über diesen Gegenstand und zwar: Mémoire sur le Portugal. Paris. Floréal, an IX; und Etat présent du royaume de Portugal. Hambourg 1797.

sich in ein Kloster aufnehmen, welches sich mit Krankenpflege beschäftigte. Sie übernahm sich von übermäßigem Eifer getrieben derart in der Pflege der Kranken, daß sie selbst in eine neue schwere Krankheit verfiel und aus dem Noviziat zurücktreten mußte.

Dumouriez behauptet in seinen Memoiren, die Sache habe ihn sehr erschüttert, und wir haben keine Ursache, dies in Abrede stellen zu können, wenn wir auf die erzählten Ereignisse zurückblicken. Jedenfalls aber haben wir nach seiner Rückkehr von Portugal ein neues Verhältniß mit der Tochter eines in Madrid lebenden französischen Architecten, Namens Marquet, zu erwähnen, über welches wir nicht näher berichten, da es sehr bald durch die freiwillige Entsagung der jungen Dame, welche, selbst ohne Vermögen, der Laufbahn Dumouriez's nicht im Wege stehen wollte, beendet wurde.

Er bezeichnet jedoch die Zeit in Madrid als eine der glücklichsten seines Lebens. — Im November 1767 erhielt er plötzlich eine Aufforderung des Herzogs von Choiseul, nach Frankreich zurückzukehren. —

Die Corsischen Angelegenheiten hatten sich derart zugespitzt, daß die Republik Genua, unfähig den Aufstand Paoli's zu bewältigen, die Insel an Frankreich abgetreten hatte und diesem Staate nun die Aufgabe zufiel, mit Paoli fertig zu werden.

Dumouriez behauptet in seiner 1763 eingereichten Denkschrift dem Herzog diesen Verlauf vorausgesagt zu haben. Mag dem sein, wie dem wolle, jedenfalls bleibt es ein Zeichen der Schätzung seiner damaligen Thätigkeit und seiner Kenntnisse, daß man ihn zurückrief und ihn zum ersten Adjutanten des Generalquartiermeisters — aide-maréchal-général des logis — der gegen Paoli auftretenden Armee ernannte. —

Er kam im December 1767 in Paris an, wurde vom Herzog von Choiseul sehr gütig empfangen, erhielt eine Gratification und versöhnte sich mit seinem Vater.

6. Kapitel.

Der corsische Krieg.

Das Expeditionscorps, welches Frankreich nach Corsica schickte, befehligte der General de Chauvelain. Dasselbe zählte zwar eine beträchtliche Anzahl Bataillone, aber dieselben waren so schwach, daß der wirkliche Bestand kaum 5—6000 Mann betrug, wie Dumouriez berechnet, also eine große Brigade. Frankreich hatte damals nur Geld für die Maitressen, für das Theater und für den Hof, und obgleich man das Geschenk der Genuesen angenommen hatte, um Frankreichs Ansehen wieder zu heben und den Engländern vorläufig indirekt entgegenzutreten, so war doch die Ausrüstung dieses Corps jämmerlich, abgesehen davon, daß es viel zu schwach war. Es fehlte die Bagage, die in diesen Gebirgsgegenden hauptsächlich auf Maulthieren fortgeschafft wird, und die Munitionskolonnen. Die Offiziere hatten keine Feldzulage. — Es war die Zeit der Lineartaktik, der Gefechte im freien Felde. Von der Kriegsweise jenes Gebirgsvolkes hatte man keine Ahnung. Das Schützengefecht, welches die Fechtart jedes solchen geborenen Kriegervolkes an den Pässen und Grenzen ist, verstand man nicht zu bekämpfen. Die Kenntniß ihres Landes gab den Corsen ein großes Uebergewicht, wie sich das in allen den Kriegen gegen solche kriegerische Gebirgsvölker, die Tyroler 1709, 1809, die Montenegriner, die Basken in den Karlistenkriegen, neuerdings gegen die Bosniaken wiederholt hat.

Eine große Menge junger französischer Edelleute, gens de la cour, welche den Krieg auf leichte Weise kennen lernen wollten, begleitete die Armee. Paoli beschränkte sich in der Regel mit der Vertheidigung der Päße und ging nur zur Offensive über, wenn er entscheidende Vortheile errungen hatte.

Als Stützpunkte besaß er eine Anzahl alter, aber sehr fest liegender Thürme auf verschiedenen Punkten der Insel, in denen sich auch Geschütz befand.

Die Stellung Dumouriez's, im heutigen Sinne die eines Generalstabsoffiziers, brachte es naturgemäß mit sich, daß er den Berathungen der höheren Führer beiwohnte. Seine Gegner belächeln seine Angaben über die von ihm gegebenen Rathschläge und seine ausgesprochenen Ansichten über die Führung des Feldzuges, aber jeder, der das Getriebe einer Heeresmaschine einigermaßen kennt, wird es natürlich finden, daß er eine wichtige Rolle spielte. War er denn nicht der einzige, der Land und Leute schon kannte, und war er nicht deshalb nach Frankreich zurückgerufen?

In Corsica wiederholt sich nun dasselbe Schauspiel im Kleinen, welches man früher in Deutschland gesehen hatte. Wie man den Marquis de Brandebourg unterschätzt hatte, so auch Paoli mit seinen Bauern. Der Kampf der Hofleute mit den Officiers de fortune fand auch hier statt.

Dumouriez warnte vor einem übereilten Vorgehen und rieth dringend, auf die Absendung von Verstärkungen zu bestehen.

Ueberstimmt von seinen Kameraden im Quartiermeisterstab, verspottet von den gens de la cour, mußte er sich erst durch eine That hervorragender Tapferkeit Achtung schaffen, ohne die gefaßten Entschlüsse ändern zu kennen. — Die Folgen dieses übereilten Verfahrens waren im hohen Grade traurig, und anstatt des gehofften Aufschwungs erfuhr Frankreich vorläufig eine neue militärische Schmach.

Es würde dem Interesse zu fern liegen, wenn wir in die Einzelnheiten jenes Gebirgskrieges näher eingehen wollten, und wir beschränken uns daher darauf, als Endresultat mitzutheilen, daß Ende 1768 der General du Lude mit einer Division von 4 Bataillonen, der Legion royale und einer beträchtlichen Artilleriemasse genöthigt war, vor den Bauern die Waffen zu strecken, und die Festung Borgo zu übergeben, nachdem ein zu seiner Befreiung unternommener Versuch absolut gescheitert war.

Die französischen Bataillone hatten dabei, in Linien vorrückend, ein Dorf angegriffen und nahmen dasselbe. Aber daselbst eingedrungen, wurden sie aus jedem Fenster derart mit Kugeln überschüttet, daß sie mit kolossalen Verlusten weichen mußten.

Nach diesen Ereignissen ging der Oberbefehlshaber General de Chauvelain nach Frankreich ab, gefolgt von sämmtlichen Herren vom Hofe, um Verstärkungen zu erbitten. Der zurückgebliebene General

Marbeuf schlug einem zusammengerufenen Kriegsrath einen Waffenstillstand mit Paoli vor.

Dumouriez behandelte diesen Vorschlag als eine Schmach ohne Gleichen, da eine unmittelbare Gefahr für das französische Corps nicht vorlag, und widersetzte sich auf das Entschiedenste. Als seine Einsprache nicht gehört wurde, verließ er zusammen mit einem Herrn von Narbonne, welcher gleichfalls protestirt hatte, die Armee und führte den Krieg gegen Paoli an der Spitze einer Abtheilung der auch jetzt noch existirenden Gegenpartei weiter. —

Eigenthümliches Schauspiel! Ein Oberbefehlshaber, der seine Armee verläßt, um persönlich am Hofe Verstärkungen zu erbetteln, ein General, der eine unbegründete Capitulation schließt, ein Generalstabsoffizier, der einen eigenen Krieg weiter führt und zum Ueberfluß auf Paoli's Seite ein französischer Offizier, der einen Haufen der Corsicaner befehligt.

Nach dem großen siebenjährigen Kriege wimmelte Europa von abgedankten Offizieren, deren Schicksal uns in unserem besten Lustspiele so drastisch vor Augen geführt wird. Aber jeder fand nicht ein Fräulein von Barnhelm, und demnach suchten sie überall, wo der Pulverdampf in der Luft lag, Dienst, und wenn nun einmal einer gegen sein Vaterland fechten mußte, so machte ihn dies nicht schlechter.

Dumouriez erzählt: Der Waffenstillstand mit Paoli soll nach mannigfachen Nachrichten ebenfalls Weiberwerk gewesen sein. Marbeuf nämlich führte eine nicht mehr sehr junge Dame mit sich, welche ehemals dem Marschall Cortades gefolgt war. Durch eine Verkettung von Umständen war sie nach Corsica gekommen, Paoli's Maitresse geworden, und von diesem zum Feinde übergegangen, d. h. zum General Marbeuf, welcher sie freundlichst bei sich aufnahm, wie denn der Soldat im Felde in dieser Beziehung oft nicht wählerisch ist.

Dieser Dame nun wäre es gelungen, jenen Waffenstillstand herbeizuführen, ob auf directes Anstiften Paoli's oder nicht, bleibe dahingestellt.

Dumouriez versuchte im Januar 1769 an der Spitze einer kleinen Flotille von Felucken und einer Mannschaft von einigen hundert Köpfen den Hafen der Isola Rossa (rothe Insel), welcher durch einen stark armirten Thurm beherrscht wurde, zu überrumpeln. Dies Unternehmen aber scheiterte, obgleich er Einverständnisse mit einem Theil der Besatzung hatte. Der den Posten befehligende corsische Capitain spielte doppeltes Spiel und hatte die Sache an Paoli verrathen. Inzwischen hatte Marbeuf über ihn an den Herzog von Chioseul berichtet und ihn als fou furieux bezeichnet.

Auf diesen Bericht kommen die Feinde Dumouricz's oft zurück, indem sie gegen ihn den Vorwurf der Anmaßung, Eitelkeit und Ueberspanntheit erheben und erklären, daß de Marbeuf ganz Recht gehabt habe, Dumouriez sei wirklich ein Narr. Verfolgen wir hier die Ereignisse genauer. Doumouricz hatte seinerseits an den Herzog berichtet und ihn von seinem Benehmen und seiner Handlungsweise in Kenntniß gesetzt. Dem Herzog, welcher so genau über die Verhältnisse nicht unterrichtet sein konnte, erschien das Benehmen Duvouriez's wohl Anfangs zweifelhaft. Derselbe wurde, obgleich einige der Offiziere vom Quartiermeisterstabe das Patent als Obersten erhielten, nicht zu dieser Charge, sondern nur zum Oberstlieutenant ernannt.

Mißmuthig bot er seine Entlassung an, welche zurückgewiesen wurde. Auch wollte er eine ihm außergewöhnlich angebotene Gratification in Geld nicht annehmen.

Bald jedoch erhielt er gänzliche Genugthuung und zwar durch zweierlei Ereignisse.

Das eine war der Bruch des Waffenstillstandes durch die Corsen, welche dabei ein Bataillon vernichteten. Das zweite war die Ernennung des Generallieutenant Marquis de Vaux zum Oberbefehlshaber der Armee in Corsica, welche nunmehr auf 42 Bataillone, 2 Legionen mit einem Troß von 1200 Maulthieren gebracht worden war.

Dieser General war einer der wenigen französischen Heerführer, welche damals den Ruf unbeugsamer Strenge (une réputation terrible d'austérité) besaßen. Er nahm den Dienst ernst und unterdrückte die Ausschweifungen bei Hoch und Niedrig.

Dennoch aber behauptet Dumouriez, daß er kameradschaftlicher und wohlwollender Empfindungen fähig gewesen sei. Seine Anrede an die Officiere des Stabes bei seiner Landung in Saint Floreni athmet etwas von der kernigen kurzen Rauheit der Reden unserer York,*)

*) „Ihr seid eine Räuberbande geworden, aber ich habe nicht Lust den Rinaldo zu spielen!" Anrede York's nach einigen Excessen in Frankreich.

Steinmetz u. a. m. Er musterte die Herren vom Stabe geringschätzig und finster und sprach sodann: „Der König ist sehr unzufrieden mit Ihnen, meine Herren! Einige Offiziere haben die Schlaffheit gehabt (lâcheté), Capitulationen zu unterzeichnen. Ich verbiete jedem detachirten Offizier den Gebrauch von Tinte und Feder ausdrücklich. Das sind Flecken auf unserer Fahne! Wir müssen sie abwaschen, hoffe ich. Nur zwei Offizieren (Dumouriez und Narbonne) kann ich die Zufriedenheit Seiner Majestät aussprechen. Der Oberstlieutenant Dumouriez ist in einer Unternehmung gescheitert, aber das thut nichts! Das ist Kriegsgeschick!*) (Sort de la Guerre.) —

Der Feldzug von 1769 wurde nun derart in's Werk gesetzt, wie man bei Bekämpfung eines Aufstandes der Bewohner eines Gebirgslandes in der Regel verfährt, und wie man es neuerdings wieder in Bosnien beobachten konnte.

Man ging in mehreren Kolonnen in breiter Front vor, jedoch schließlich concentrisch auf einen Punkt. Auf diese Weise fegte man das Land und gelangte endlich dazu, die feindliche Macht an einen Punkt zum Stehen zu bringen und zum Schlagen zu zwingen.

Der General de Vaux behielt Dumouriez in seinem Stabe. Langsam schritten die Operationen vor. Die vier Hauptkolonnen nahmen die Richtung nach der Stadt Corte.

In der Nähe des Dorfes Valle laufen vier Gebirgsthäler in eine Hochfläche aus, welche ihrerseits von einer bedeutenden Höhe beherrscht ist. Auf derselben befand sich eine alte Kapelle Namens Sanct Peter. Der Punkt war von äußerster Wichtigkeit für den weiteren Vormarsch, der durch eine energische Vertheidigung auf mehrere Tage gehemmt werden konnte.

---

*) Das Buch „Réfutation des mémoires du général Dumouriez" Hambourg 1794, bringt von diesem Abschnitt des Lebens des Generals eine kurze ganz verschiedene, aber durch nichts begründete Schilderung. Es beschuldigt Dumouriez nicht undeutlich des Mangels an Muth bei dem Angriff auf die rothe Insel. Sein Betragen wäre sehr ernst aufgenommen worden, und er wäre bald nach Frankreich zurückgekehrt. Wir fragen dagegen: unternimmt ein Mann ohne Muth eine gefährliche Expedition freiwillig? Ist Dumouriez nicht als Oberst aus Corsica zurückgekehrt und wurde ihm nicht einige Monate später die polnische Mission anvertraut? Auch dieses Werk ist von einem französischen Royalisten der ersten Emigration geschrieben.

Dumouriez, mit der Avantgarde der Hauptkolonne marschirend, entsendet eine Meldung an den Oberbefehlshaber, welcher mit dem Gros bereits das Lager bezogen hatte, und rieth zum Angriff. Inzwischen greift der die Avantgarde kommandirende General Viomesnil die stark besetzte Stellung wirklich an und nimmt sie zur Hälfte. In diesem Moment trifft ein Befehl des Oberbefehlshabers ein, welcher den Angriff verbietet und den Oberstlieutenant Dumouriez ins Hauptquartier befiehlt.

Inzwischen ist aber die Meldung von dem bereits erfolgten Angriff bei de Vaux angelangt, welcher nunmehr hierin einen offenbaren Ungehorsam sieht.

Als Dumouriez das Dorf erreicht, in welchem sich das Hauptquartier befindet, wird er von dem Major-General sogleich in Arrest genommen.

Dem General Viomesnil wird der Befehl zum Rückzuge ertheilt. Derselbe räumt nicht nur in Folge dessen die schon halb genommene Höhe, sondern erleidet natürlich beim Rückzuge empfindliche Verluste Die Corsen drängen nach und alarmiren das ganze Lager.

Ein nicht uninteressantes Beispiel von Friction, und ein Belag, daß das Ertheilen von genauen Befehlen von hinten, ohne bestimmte Kenntniß der Sachlage vom Uebel ist.

Dumouriez rechtfertigte sich binnen einiger Stunden und der General de Vaux erkannte die Richtigkeit seiner Handlungsweise an.

Der Posten wurde am nächsten Tage genommen. Die mit ungeheurer Uebermacht von allen Seiten angegriffenen Corsen wurden auf allen Punkten zurückgedrängt, der Aufstand erlosch.

Paoli ging nach England, und die Vertheidigung der Unabhängigkeit Corsica's war zu Ende. In demselben Jahre wurde Napoleon Bonaparte auf Corsica geboren.

Dumouriez fällt das Urtheil, daß Paoli während des letzten Feldzuges nicht genug auf Flanke und Rücken der Franzosen operirt hätte.*)

Mag nun aber dieser Vorwurf begründet sein oder nicht, jedenfalls wollen wir daran erinnern, daß Friedrich der Große Paoli le plus grand capitaine de l'Europe genannt hat.

*) Es muß dies allerdings im Gebirgskriege das Bestreben des Vertheidigers sein, wie auch neuerdings Feldzeugmeister Kuhn treffend nachgewiesen.

7. Kapitel.

Leben in Paris. Madame Dubarry.

Dumouriez, welcher zum Schlusse des Feldzuges zum Oberst ernannt worden war, wurde mit dem Herzog von Lauzun nach Frankreich geschickt, um dem Könige über die Eroberung Bericht zu erstatten.

Dieser Herzog war der spätere General Biron, welcher der Sache der Revolution so treu diente, dafür aber bald nach dem General Marquis de Custine 1794 hingerichtet wurde. Als der Henker ihn abholte, war er beim Austernessen. Er bat ihn artig, einige mit ihm zu essen, was der Henker annahm. Sodann bestieg er mit dem Anstande eines Edelmannes der alten Schule das Schaffot.

Als Dumouriez eintraf, war der Hof gerade in Compiègne, wo sich ein Lustlager befand, diese Erfindung des 18. Jahrhunderts, welche nicht zur Ausbildung der Truppen, sondern nur zur Belustigung der Höfe diente. —

Die beiden aus dem Felde zurückkehrenden Offiziere sahen mit tiefem Schmerz Louis XV. während des Vorbeimarsches der Truppen mit abgezogenem Hute an dem Phaeton der Dubarry stehen, mit welcher Dumouriez, als sie noch Mademoiselle L'ange hieß, oft genug soupirt hatte, und die ihm feil gewesen wäre — wenn er die entsprechende Summe besessen hätte.

Marie Jeanne Gomart war in Vaucouleurs im Jahre 1744 geboren — im Geburtsort der Jungfrau von Orléans. Sie kam früh in ein Modegeschäft nach Paris, und gelangte bald dahin, ihre Reize auszunutzen. Und in der That, auch ihr späteres Leben konnte die Anmuth und Lieblichkeit ihrer Erscheinung nicht beeinträchtigen. Ihr Bild in dem Pavillon von Luciennes, — ein entzückend gelegenes Dörfchen bei Paris, jetzt Louveciennes genannt — trägt diesen bezaubernden Ausdruck, welcher ihr den Beinamen L'ange verschaffte. Sie wurde von ihren Freunden geleitet und leitete selbst den König. Die Maßregeln gegen die oberen Gerichtshöfe Frankreichs, die Parlamente, in den siebenziger Jahren waren hauptsächlich ihr Werk. Einst saß sie mit dem König in dem kleinen Boudoir des Pavillon Louveciennes dem Bildniß Karl's I. von England gegenüber. „Eh bien La France",*) sagte sie, „tu vois ce tableau! Si tu laisses faire ton parlement, il te fera couper la tête, comme le parlement d'Angleterre l'a fait couper à Charles."

Sie prophezeite dem König das Schicksal, das sie selber traf.

In der großen Revolution nach England geflüchtet, kehrte sie zurück, um einen bedeutenden von ihr im Garten des nämlichen Pavillons von Louveciennes vergrabenen Schatz zu retten. Von einem kleinen Scheusal, einem Negerknaben, den sie mit Zärtlichkeit und Wohlthaten überhäuft hatte, verrathen, wird sie verhaftet und zur Guillotine geschickt. Ungleich den anderen Opfern der Revolution stirbt sie ohne Fassung. „L'air de la cour avait dépravé son ame" sagte später Lamartine von ihr.

Diese Frau beherrschte den König von Frankreich, als Dumouriez zurückkam und wurde von den Feinden des Herzogs von Choiseul gebraucht, diesem das Regieren möglichst zu verleiden. — Dumouriez näherte sich ihr nicht, was sie sehr übel vermerkte; sie hatte ihn gut im Gedächtniß behalten.

Dumouriez wurde von dem Herzog freundlich empfangen und berichtete ihm über die corsischen Angelegenheiten. — Das Gespräch kam sodann auf den Aufenthalt des Hofes in Compiègne und auf die Dubarry. Dumouriez war nicht im Stande dem Herzog den empfangenen Eindruck zu verbergen.

„Was wollen Sie, mein Freund," erwiderte dieser, „daß der König eine Maitresse hat, ist ja nothwendig, aber wenn die Spitzbübin (la coquine) nur die Intriguen gegen mich lassen wollte!"

Vorläufig ohne Commando, bezog er doch als activer Oberst sein volles Gehalt, und erhielt außerdem noch eine außergewöhnliche Zahlung vom Ministerium.

Sein Vater war kurz vorher gestorben, aber er fand angenehme Aufnahme im Hause seiner verheiratheten Schwester, der Frau von Schomberg. Das von seinem Vater geerbte Vermögen belief sich auf 70,000 Livres, so daß er sich also in einer ökonomisch ausreichen-

*) Bekanntlich war dies der Rufname des Königs für sie.

den Lage befand. Während des Winters lebte er in Paris in einer schöngeistigen Gesellschaft, die er als sehr liebenswürdig schildert. Favier befand sich aber auch unter diesen. Es ist merkwürdig, daß Dumouriez von dieser von vielen Seiten als zweideutig anerkannten Persönlichkeit — trotz seiner eigenen Erfahrungen — nie etwas Uebles sagt. Es ist dies ein Characterzug, der ungemein sympathisch berührt. Favier, obwohl er ihn in der corsicanischen Sache scharf bekämpft hatte, wollte ihm persönlich wohl. Dies vergaß er ihm nicht. Außer mehreren belletristischen Schriftstellern befand sich in diesem Kreise der bekannte Taktiker Guibert. — Die kriegswissenschaftliche Literatur war nach dem siebenjährigen Kriege in Frankreich eine sehr bedeutende. Die Preußen waren das Muster von Europa geworden, wie sie es 1866 zum zweiten Male wurden. Vor Allem studirte man ihre Taktik.

Guibert war der Vertreter der Lineartaktik und überhaupt des preußischen Kriegswesens. Die Vorrede zu seinem taktischen Werke wird von Voltaire als ein Muster von Styl bezeichnet. Friedrich dagegen nennt den „Essai sur la tactique" seinem Inhalte nach eine Schülerarbeit.

Merkwürdig ist, daß damals die literarische Welt entschieden von diesen Arbeiten Notiz nahm, während jetzt — in der Zeit der allgemeinen Wehrpflicht — das große Publikum in Deutschland an den militär-wissenschaftlichen Arbeiten kaum Antheil nimmt. Sogar der Name Clausewitz in seiner allgemeinen Bedeutung als Prosaiker und Philosoph ist den meisten Gebildeten in Deutschland vollständig unbekannt.

Guibert war übrigens auch der Verfasser einiger Trauerspiele, von denen das eine, le Connétable de Bourbon großen Enthusiasmus in den Salons erregte.

Nicht ohne starke Eitelkeit, reizbar und vielfach angefeindet, erlebte er noch den Ausbruch der Revolution und starb 1790, in seinem Ehrgeiz und seinen Erwartungen getäuscht. Die vergnüglichen Versammlungen der Freunde Dumouriez's fanden statt bei Mademoiselle Legrand, einer früheren Gefährtin der Dubarry, mit welcher Dumoriez längere Zeit in sehr enger Verbindung stand. Er sagt von ihr, sie hätte nicht ein so großes Glück wie die Dubarry gemacht, weil sie zu viel Geist für Versailles gehabt hätte. Auch wurde er damals sehr genau mit dem Grafen von Broglie bekannt, welcher ein Vertrauter Louis XV. war. Louis ließ sich von dem Grafen über die politischen Angelegenheiten brieflich unterrichten, um nachher im Stande zu sein, seinen Ministern, wenn die Dinge nicht nach Wunsch gingen, Vorwürfe zu machen. Da der Graf aber selbst sehr wenig wußte, ließ er sich von Favier die Denkschriften anfertigen, die er als die seinigen ausgab. In diesen Briefwechsel wurde auch Dumouriez eingeweiht,*) und hat Manches darin mitgearbeitet. Er gewann hierdurch neue Einblicke in das Intriguenspiel bei Hofe und die damaligen politischen Verhältnisse.

---

8. Kapitel.

Die Thätigkeit Dumouriez's in Polen 1770, 1771.

Im fernen Osten begann sich inzwischen das Geschick eines Volkes zu vollziehen, welches nicht die Energie und wohl auch nicht die Fähigkeit besaß, zur richtigen Zeit die bessernde Hand an seine Verfassung und an seine übrigen Institutionen zu legen. Noch einmal war der Geist der polnischen Nation mächtig und glückverheißend emporgeflammt in den kriegerischen Erfolgen Sobieski's. Aber dieser große Soldat hatte nicht die Energie, der Retter Polens vor sich selbst zu sein. Er mußte das thun, was ein Gustav III. fast 100 Jahre später in Schweden that. Er mußte die schlechte Verfassung seines Landes über den Haufen werfen, um das Land selbst zu retten. Freilich hatte er es viel schwieriger als dieser, denn während Schweden einen ausgebildeten Bürger- und Bauernstand besaß, waren von ersterem in Polen nur schwache Anfänge, der letztere aber wurde von

*) Der Verfasser der „Briefe über die Memoiren des Generals Dumouriez" 1798 bestreitet dies, kann aber keine Beweise für seine Ansicht anführen. Derselbe gehört der royalistischen Partei an. Die geheime Correspondenz von Broglie mit Louis XV. wird auch von Rulhière, dem Sekretair des Grafen von Provence und Geschichtschreiber, welchem die französischen Archive offen standen, bestätigt.

seinen Besitzern oft kaum zu den Menschen gezählt. Der auf seine persönliche und politische Freiheit stolze und kriegerische Adel bildet den politischen Körper der Nation. Derselbe hatte sich bis Anfang des 18. Jahrhunderts eine urwüchsige Kraft bewahrt. In unbändigem Stolz auf seine politische und persönliche Freiheit stand er in scharfem Gegensatz zu dem durch die strengste staatliche Autorität jeder freien Bewegung beraubten Bevölkerung der Nachbarstaten. Jedes Mitglied dieser zahlreichen Aristokratie fühlte sich in seiner Freiheit und in seiner Wichtigkeit wohl, auf seinem kleinen Landsitz unter dem Strohdache dünkte sich der Szlachczic ein König. War er doch gesetzlich berechtigt, zum König gewählt zu werden, wie der erste Magnat. Er baute seinen Acker, er jagte, er beherrschte seine Bauern, die es je nach der Individualität des Herrn besser oder schlechter hatten. Wenn er auf leichtem Rosse, oder im Schlitten in schärfster Gangart durch die Heiden flog, den Nachbarn zu besuchen, dann empfing ihn der Wirth freundlich an der Thür seines Hauses, trank ihm den Humpen vor und der Gastfreund ihm nach, in derselben Form und mit demselben Wesen, das wir an dem Polen auch heute noch schätzen müssen.

Oft genug freilich sah man ein ganz anderes Bild. Auf Waldpfaden reiten Bewaffnete unter den Fichten hin nächtlicher Weile; sie tauchen aus dem Dunkel auf und nahen dem Edelhofe. Bald röthet sich der Horizont und der persönliche, politische oder religiöse Feind des Angreifers sah seinen Sitz in Flammen, sich selbst vertrieben. — Gerechtigkeit gegen den Stärkeren zu erlangen, war schwer.

In den Zeiten der Gefahr aber, wenn es gegen den Türken oder Russen ging, dann stieg die gesammte Szlachta mit Schuppenhemde, Krummschwert, Pistol und Lanze zu Pferde, um dem Ruf des Königs zu folgen. Erst unter den sächsischen Königen begann durch die Einführung eines westeuropäischen Luxus und der Maitressenwirthschaft, die Entartung und Verweichlichung. —

Diese war um so gefährlicher, als alle Versuche, die Verfassung durch Aufhebung des unseligen liberum veto, welche den kleinsten Edelmann zur Sprengung des Reichstages berechtigte, erfolglos blieben. Es fehlte in Polen einer jener Männer, wie sie die Vorsehung hin und wieder den Völkern schickt, um mit ihrem Kopf und ihrer Existenz für die ihres Volkes einzutreten. Das Herkommen der Conföderationen gab dem Adel ein Recht, welches wir jetzt als ein wahnsinniges, mit der Existenz eines Staates überhaupt unvereinbares erklären. Und dennoch galten diese Conföderationen als ein Palladium der Freiheit.

Die Conföderationen wurden von einer Partei des Adels gebildet, sobald sie ein ihr mißliebiges Votum umstoßen wollte. Sie hatten rechtliche Gültigkeit. Ihre Beschlüsse mußten aber von einem polnischen Gerichtshofe registrirt werden. In der Regel versuchte man den König in die Conföderation zu ziehen. Gelang dies nicht, bildete derselbe häufig eine Gegenconföderation. Die Conföderationen setzten auch den König ab. Diese gesetzliche Organisation des Bürgerkrieges führte natürlich fortwährende Einmischungen des Auslandes herbei.

Das achtzehnte Jahrhundert brachte Polen die Verfolgung der Reformirten, welche bis dahin auf dem Boden der Republik Ruhe gehabt hatten und beraubte das Land — wie Frankreich durch die Aufhebung des Edicts von Nantes — Tausende seiner besten Söhne. Den Vortheil davon hatte Preußen, dessen Offizierkorps durch diese flüchtenden reformirten Edelleute eine bedeutende Verstärkung erlitt.*)

Als Katharina 1767 ihre Heere ins Land gesendet und ihren ehemaligen Geliebten Poniatowski auf den Thron gesetzt hatte, bildeten sich verschiedene Conföderationen gegen die Russen, unter denen die zu Bar die bedeutendste war, um mit den Waffen in der Hand der russischen Vergewaltigung entgegenzutreten. Der König vereinigte seine Truppen mit den Russen. Der conföderirte Adel aber saß nach der Väter Weise auf, um in einzelnen größeren oder kleineren berittenen Korps die Russen zu bekämpfen. — Ueberall in Polen flammte der Kampf auf; dem Lande fehlen meist die Berge, aber die Wälder bieten dem Parteigängerkriege eine Stütze. Jedoch war nach mehreren Gefechten die Conföderation von Bar genöthigt, ihren Sitz nach Eperies in Ungarn zu verlegen. Die Türkei aber, welche diese Wirren auszubeuten suchte, erklärte auf Choiseuls Betreiben Rußland den Krieg und unterstützte somit die Conföderirten. Dumouriez, in seinem schöngeistigen Kreise in Paris lebend, mochte

*) Sehr viele der seit lange in der preußischen Armee heimischen Namen stammen von diesen damals vertriebenen Familien ab.

sich damals wenig genug um diese fernliegenden Händel bekümmert haben, als ihn eines Tages der Herzog von Choiseul zu sich kommen ließ. Er theilte ihm mit, daß er ihn nach Polen schicken wolle. Die Conföderation von Bar, bei welcher er schon mehrere geheime Agenten gehabt habe, rufe die Hülfe Frankreichs an. Sie verfüge über bedeutende Streitkräfte. Ehe er jedoch Partei nehme, wolle er sich genau durch einen Sachverständigen darüber berichten lassen.

Dumouriez war über Polen, über seine Zustände, Verfassung und Kriegsmacht selbstverständlich sehr wenig unterrichtet. Man kann es daher nur als einen Beweis seiner Gründlichkeit ansehen, wenn er sich eine Zeit von drei Monaten erbat, um die polnischen Angelegenheiten sowohl aus den diplomatischen Correspondancen, als aus den Archiven und Bibliotheken des Staates zu studiren. Zum Studium setzte er sich täglich sechs Stunden an, die er, um nicht von seinen Freunden gestört zu werden, in einem kleinen, von ihm gemietheten Hause in Meudon zubrachte. Das von ihm hierbei beobachtete Verfahren erscheint mustergültig für solche Arbeiten. Er machte sich erst einen Begriff von der Geschichte und dem Zustand des Landes, ehe er die diplomatischen Actenstücke durchsah, welche soviele Einzelnheiten und Winkelzüge enthalten, daß man leicht die Hauptsache aus den Augen verliert, wenn man nicht allgemein politische Studien vorher gemacht hat.

Er trat mit mehreren Gelehrten in Verbindung, um seine Studien zu vervollkommnen. Unter anderen Schriften las er auch Rousseau's Schrift: „Considérations sur le gouvernement de Pologne," welche er als eine Arbeit speculativer Philosophie bezeichnet — ein Urtheil, was dieselbe durchaus nicht verdienen soll. Nach Verlauf von drei Monaten reichte er dem Herzog eine Denkschrift ein, welche vorschlug, auf ein Zusammenfassen der Litthauischen und der Conföderation von Bar hinzuwirken, falls dies gelänge, die Polen mit Offizieren, Geld, Waffen u. s. w. zu unterstützen. Jedoch erklärte Dumouriez ausdrücklich, daß alles das vorläufig ohne sicheren Hintergrund sei, da es hier gälte, vorher mit eigenen Augen zu sehen.

Der Herzog billigte diesen sehr einfachen Plan und ertheilte ihm die Erlaubniß, nach seiner Ankunft in Polen ganz nach Umständen, indeß mit Vorsicht zu handeln. Er theilte ihm in der letzten Unterredung die Grundzüge seiner Politik vertraulich mit, welche dahin gingen Rußland, und das — wie er annahm — mit ihm im Einverständniß stehende Preußen in Polen festzuhalten, um freie Hand gegen England zu bekommen, auf welches durch eine Landung ein vernichtender Schlag geführt werden sollte. Die Unterredung schloß mit den Worten Choiseuls: „Reisen Sie schnell ab, ich gebe Ihnen gar keine Instruction". „Ich glaube es wohl", erwiderte Dumouriez lebhaft, „Monseigneur wissen ebenso wenig wie ich, was ich zu thun haben werde". Der Herzog lachte und gab ihm die Hand.

Er hat diesen Mann, der Frankreich und seinen König aus tiefer Schmach emporheben wollte, nicht wieder gesehen. Von allen Ereignissen in seinem Leben vor der Revolution ist seine Mission nach Polen die am Meisten verkleinerte und herabgesetzte. Die Schriften der Royalisten insbesondere spötteln über die geheimen Unterredungen, welche Dumouriez als simpler Oberst mit dem Herzog von Choiseul gehabt haben will. Ihre Einwürfe sind nur als Aeußerungen des Hasses anzusehen. Sie sehen eben nur die äußere Seite der Dinge. So streng die Etikette am französischen Hofe war, so war sie für einen Mann wie Choiseul gewiß nicht bindend, und daß dergleichen Missionen durch mündliche Unterredungen am besten eingeleitet werden, ist so klar, daß es keines Beweises bedarf. Die neueste Zeit zeigt uns ebenfalls, daß bedeutende Männer die Politik auf sehr einfache Weise betreiben. Die Etikette ist eben dann am Orte, wenn man sich nichts zu sagen hat. — So haben wir nach sorgfältiger Prüfung auch hier durchaus keinen Grund, die Wahrheitsliebe Dumouriez's in diesem Punkte in Zweifel zu setzen, um so weniger, als die ihm übertragene wichtige Mission von allen Historikern als eine feststehende Thatsache anerkannt wird. Ehe er abreiste, stiegen alte Gedanken und Bilder in ihm auf. Er sah die Geliebte seiner Jugend eingeschlossen im Kloster, von ihrer Krankheit entstellt, ihr Leben vertrauernd und entschloß sich, ihr nochmals seine Hand anzutragen.

Er wußte sie frömmelnder Gesinnung verfallen, betrachtete aber diese Stimmung als eine Folge der erzwungenen Entsagung auf ihr Glück. Die Antwort war ein Brief, welcher mit den Worten begann: „Ich schreibe Ihnen zu den Füßen meines Krucifixes" — sodann in demselben Tone fortfuhr und ihn schließlich ermahnte, der Welt zu entsagen.

Auf dieses hin reiste er, leichten Herzens und mit dem Bewußtsein, Alles gethan zu haben, was in seinen Kräften stand, nach Polen ab.

Schon in München eröffnete er seine Thätigkeit damit, sich bei dem französischen Gesandten zu melden und sich eine Audienz bei dem dort anwesenden Kurfürsten von Sachsen und dem von den Russen vertriebenen Herzog von Kurland,*) dem Bruder des Ersteren, zu erbitten. Die Aenderung des Glaubens ihrer Väter hatte bekanntlich den sächsischen Kurfürsten nicht dazu verholfen, den Thron von Polen in ihrer Familie erblich zu machen. Augenblicklich saß Stanislaus Poniatowski von Katharina's Gnaden auf demselben. Aber der jetzige Kurfürst hatte die Wiedererlangung dieses Thrones nicht aufgegeben, ein Bestreben, welches Sachsen von der erhabenen Mission, die es in Deutschland durchführen konnte, entfernte, und das sich in seinen Folgen mit den Römerfahrten der deutschen Könige vergleichen läßt.

Dumouriez eröffnete beiden Prinzen einen Theil der Absichten Choiseuls in Bezug auf Polen, fand sie sehr überrascht, aber auch sogleich geneigt, ihn durch eine unter der Hand betriebene Anwerbung sächsischer Infanterie und Lieferung von Waffen möglichst zu unterstützen. In Wien fand er schon zwei Edelleute, welche die Conföderation auf die Nachricht von seiner Reise an ihn abgesandt hatte. Der französische Gesandte in Wien, ein Herr Durand, machte ihm unnütze Schwierigkeiten. Er vermißte eine schriftliche Instruction von Choiseul und entschloß sich endlich, ihm selbst eine solche zu geben. Als Dumouriez die ersten Worte: La saison, qui suit la moisson étant celle, qui est la plus favorable ꝛc. erblickte, las er nicht weiter, sondern reiste sogleich ab, begleitet von seinen beiden Polen, mit denen er sich nur lateinisch unterhalten konnte, wie dies denn überhaupt vielfach seine Verkehrssprache mit der Conföderation und seinen Untergebenen blieb.**) Im August 1770 in Eperies angekommen, erhielt er einen Eindruck der Dinge, welcher ihn beinahe bestimmt hätte, seine Thätigkeit sofort einzustellen.

Die eigentlichen Chefs der Conföderation von Bar — mit welcher

*) Katharina hatte die Familie Biron in Kurland eingesetzt.

**) Die allgemeine Kenntniß des Latein hat seit lange in Polen aufgehört. In Ungarn findet man sie aber immer noch hin und wieder in der früheren Weise.

sich schon vor Dumouriez's Ankunft die anderen, gegen die Russen in Waffen stehenden Conföderationen vereinigt hatten — und zwar der Marschall und der Generalregimentair d. h. das bürgerliche und militairische Oberhaupt, der Graf Krasinski und der Graf Potocki, befanden sich bei der türkischen Armee in der Moldau. In Eperies befand sich nur eine Repräsentation derselben.

Es waren daselbst gegenwärtig die Grafen von Pac, ein anderer Potocki und Zamoiski; die Fürsten Sapieha und Radziwil. Der Bischof von Kaminieck, Krasinski, und der Graf Wetzel sollten später eintreffen.

Die bereits anwesenden Herren fand Dumouriez alle sehr wenig ihrer Aufgabe gewachsen. Jedoch erscheint sein Urtheil über die Persönlichkeiten nicht ganz vorurtheilsfrei. Graf Pac war ein Mann von bedeutender Verstandesschärfe, von großem persönlichen Muth und äußerst gewandten Manieren. Das Vergnügen soll er, wie die meisten seiner Landsleute, bedeutend geliebt haben. Er präsidirte der repräsentativen Versammlung.

Fürst Radziwill war der echte Repräsentant des alten Polenthums. Er trug den Kopf noch geschoren; von kolossalem Vermögen, war er verschwenderisch gastfrei; von mittelmäßigen Fähigkeiten und in Kriegs- und Staatssachen ziemlich unerfahren, aber großer Aufopferung fähig. Bischof Krasinski, der Bruder des Marschalls, war ein Mann von diplomatischer Begabung, wenn auch von geringem physischen Muthe. Graf Zamoiski wird als ein braver aber unbedeutender alter Herr geschildert. Der befähigste der dort anwesenden Chefs war unbezweifelt — und hiermit stimmen auch Dumouriez's Angaben überein — der Generalsekretär der Conföderation Bohucz, ein Mann von durchdringendem Verstande und ausgezeichneter Rednergabe. — Außerdem zählte noch der Fürst Sapieha und viele andere Edelleute zu den Chefs der Conföderation. — Das Leben und Treiben in Eperies setzte Dumouriez in Erstaunen. Ein halb asiatischer, halb west-europäischer Luxus, eine unglaubliche Verschwendung waren an der Tagesordnung. Bälle wechselten mit Theatervorstellungen und Mahlzeiten, welche sich bis tief in die Nacht hinein ausdehnten und bei denen der Ungarwein in Strömen floß — dann rollte das Silber und das Gold auf den Spieltischen, oder der Mazurek ließ seine berauschenden Weisen erschallen. Man kann es Dumouriez nicht verdenken, daß er dieses Leben in jenen Zeiten höchster Gefahr für die polnische Freiheit, befremdlich fand.*)

Was die Streitkräfte betrifft, so fand er, anstatt der in Aussicht gestellten 40,000 Mann, nur 16—17,000 vor. Diese waren in einzelnen größeren und kleineren Schaaren über das ganze enorme Land zersplittert und führten den Krieg auf eigene Hand. Die Corps bestanden meist aus den berittenen Edelleuten und den in ihrem Solde stehenden eigenen Truppen, welche von regelmäßigem Dienstbetrieb keine Ahnung hatten, die aber, wenn sie Disciplin besessen hätten, gewiß eine recht gute irreguläre Reiterei abgeben konnten. Indeß gab es doch einige sehr gut geleitete Corps unter den Conföderirten.

Die bestgehaltenste Truppe war die des Generals Zaremba, etwa 5000 Pferde stark, welche in Groß-Polen im Felde stand. Zaremba war ein sehr fähiger Parteigänger. Er hatte seine Schule im preußischen Dienst gemacht. Sobald die Russen gegen ihn mit starken Kräften vorgingen, befahl er die Auflösung seines Corps. Die Soldaten verschwanden in den Dörfern und in den adligen Höfen. Er selbst mit einer ganz kleinen Abtheilung zog sich in die Wälder an der schlesischen Grenze zurück. Sobald die Russen sich theilten, oder die Gegend verließen, ging die Losung von Dorf zu Dorf, von Hof zu Hof und die Conföderirten fanden sich an einem bestimmten Sammelpunkte wieder zusammen, fielen in die Verbindungen der Russen, schnitten ihre Detachements ab und thaten vielen Schaden.

Sodann ist zu nennen Pulawski's Corps. Dieser sehr energische und fähige Führer hatte sein Corps während des Winters in den Karpathen organisirt, war dann in die Ebene hervorgebrochen und hielt sich in den Landstrecken zwischen Krakau und Czenstochau, bis gegen Posen streifend.**)

Aber nicht ein Geschütz, nicht ein fester Platz, nicht ein Mann Infanterie waren vorhanden. Alle diese anscheinend sehr üblen und aussichtslosen Verhältnisse ließen Dumouriez den Entschluß zur Abreise

*) Wer das Wesen der Polen aus eigener Anschauung kennt, wird die Richtigkeit dieser Schilderung bestätigen. Hierin hat sich nicht viel geändert.

**) In Schilderung dieser Persönlichkeiten sind wir den Angaben Rulhières „Histoire de l'anarchie de la Pologne", einer 1809 in Paris preisgekrönten Schrift, wie mehrerer polnischer Schriftsteller mehr gefolgt, als denen Dumouriez's.

fassen, als die Gräfin Mniczek, eine energische und geistreiche Frau, welche mit vierunddreißig Jahren ihre Schönheit vortrefflich conservirt hatte und also nach Balzac im verführerischsten Alter stand, eintraf. Man behauptet, sie sei nicht nur von Patriotismus, sondern auch durch das Mißlingen eines galanten Anschlages auf den König Stanislaus, eine Feindin desselben und der Russen geworden. Mir scheint die Sache auch einfach deshalb erklärbar, weil sie eine Tochter des bekannten Grafen Brühl war und also wahrscheinlich sächsische Verbindungen hatte. Diese energische Frau, die neben ihren Talenten bedeutendes Geschick und Hang zur Intrigue besaß, wendete ihren Einfluß, ihre Schönheit, ihren Geist dazu an, die trinkende und tanzende Conföderation zusammenzuhalten und sie zur Annahme der Vorschläge des französischen Abgesandten zu vermögen; und es gelang ihr, da sie ihre Landsleute richtig zu nehmen verstand. Ihre sechszehnjährige Tochter fesselte mit der Anmuth und dem Liebreiz der ersten Jugend mehrere der jüngeren Magnaten und mußte in so früher Jugend schon in dem politischen Intriguenspiel eine Rolle mit übernehmen.

Dumouriez legte nun der Conföderation die Grundzüge einer Verfassung, welche sie proclamiren sollte, und sodann einen Entwurf vor, nach welchem der Kampf gegen die Russen zu organisiren und die Geschäfte zu vertheilen waren. Die Executivgewalt wurde 4 Ausschüssen übertragen, für die Verwaltung, für die Justiz, die Finanzen und die bewaffnete Macht. Das liberum veto wurde nach langem Kampfe für suspendirt erklärt.

Hiermit hatte er zum Mindesten einen Nagel auf den Kopf getroffen, wenn man auch sonst seine Verfassungsgrundsätze als ein recht papierenes Machwerk betrachten wollte.

Jedenfalls scheint es ihm darauf angekommen zu sein, einige vernünftige politische Grundsätze gleichsam als Programm der Conföderation zu verkünden.

Das Wichtigste nun, die Organisation der Kriegsmacht, nahm Dumouriez direct in die Hand. Zuerst wurden die einzelnen Chefs der conföderirten Streifcorps zum Gehorsam gegen die Conföderation verpflichtet, was auch mit Hülfe der schönen Verbündeten Dumouriez's gelang. Sodann wurde an Choiseul Bericht erstattet, und er nach

Darlegung des Kriegssystems um eine Anzahl Offiziere, Ingenieure und Artilleristen ersucht, die denn auch nach und nach eintrafen.

Der Partisanchef Pulawski wurde aufgefordert, sich des Klosters Czentochau zu bemächtigen. Dieses Kloster, an der schlesischen Grenze gelegen, war damals eine vollkommene Festung, sowohl durch seine Lage, als durch die ungeheure Stärke seiner Mauern und Thürme. Es enthält noch jetzt das Heiligthum Polens, die schwarze Madonna, die Königin. Die Mönche hatten eigene Garnison und wehrten den Conföderirten die Besatzung. Pulawski nahm das Kloster durch List. Man fand daselbst 40 Geschütze, die theilweise für Feldartillerie eingerichtet wurden. Als zweiten Waffenplatz wählte Dumouriez ein nahe der ungarischen Grenze, nicht weit von Krakau gelegenes altes Schloß, Namens Landskron.*) In diesen Waffenplätzen organisirte er nun Infanterie und Artillerie.

Die von Sachsen versprochene Infanterie traf in kleinen Trupps, ohne Waffen, sich durch Oesterreich oder durch den preußischen Truppencordon an der schlesischen Grenze durchschleichend, in Czentochau und Landskron ein.

Dumouriez ordnete Aushebungen für die Infanterie unter den Bauern in den Gegenden an, wo die conföderirten Scharen standen, eine Maßregel, welcher der Adel Anfangs heftig widerstrebte, weil er den Bauer nicht selbstständig machen wollte. Aufgekaufte Gewehre und Geschütze aus Bayern und Sachsen kamen an, und die Infanterie zählte bald einige Tausend leidlich exercirter Leute; die Russen standen in der Stärke von etwa 25 bis 30,000 Mann in dem weiten Lande. Ihre Führer waren der Generallieutenant Weymar und der nachmals so berühmt gewordene Generalmajor Suwarow. Auf die polnischen Kronvölker war wenig Verlaß, und waren nur die Russen in Anschlag zu bringen. Die Preußen standen beobachtend an den Grenzen. Die Politik der Theilung war damals noch nicht ausgesprochen. Die Russen in Polen hatten sich in viele kleine Detachements getheilt, um die conföderirten Streifcorps zu bekämpfen, deren Vernichtung ihnen aber noch keineswegs gelungen

*) Da sich Oesterreich gegen die Pläne Rußlands und Preußens sehr kühl verhielt, und die Conföderirten auf ungarischem Gebiet vorläufig duldete, so wurde ihm die Aufgabe der Organisation einigermaßen erleichtert.

war. Der nun von Dumouriez unterworfene Feldzugsplan ging auf ein allgemeines concentrisches Zusammenwirken der conföderirten Streitkräfte nach Warschau und auf die Verbindungen der Russen hin. Ja, er beabsichtigte, den General Grafen Oginski, welcher in Lithauen die Fahne des Aufstandes erheben sollte, auf Smolensk marschiren zu lassen und so den Krieg in Feindes Land zu tragen. Diese Pläne waren weit ausgreifend, und ob sie Aussicht auf Gelingen haben konnten, erscheint mehr als zweifelhaft, wenn man die Mangelhaftigkeit und die Unterbrechung der Verbindungen unter den verschiedenen Corps, die höchst geringe Botmäßigkeit der Chefs und alle die enormen Schwierigkeiten erwägt, welchen somit eine gemeinsame Leitung unterlag. Die Frage ist nur, ob man in Dumouriez's Lage hätte anders handeln können, einen besseren Kriegsplan bei der Hand gehabt hätte. Abgesehen von der beabsichtigten Expedition nach Rußland, erscheint der Hauptgedanke immerhin ein practischer, um so mehr, als die Türken gegen Rußland im Felde standen und die russischen Streitkräfte in der Moldau größtentheils fesselten.

Daß diese Pläne Dumouriez's von den Gegnern desselben absolut getadelt und als ungeheuerlich betrachtet werden, kann uns nicht in unserem Urtheil irre machen.

Daß Dumouriez freilich seiner Erzählung nach auf den Erfolg mit Sicherheit baute und die Verhinderung desselben nur in dem am 24. December 1770 erfolgten Sturze Choiseuls sah, dürfte zu weit gegriffen sein.

Sein brennender Ehrgeiz und sein abenteuerlicher Unternehmungsgeist erzeugten bei ihm manchmal in der Phantasie Voraussetzungen, deren Richtigkeit oder Unrichtigkeit freilich später nicht mehr zu beweisen war, die man aber, als auf fester Basis ruhend, ebensowenig anzuerkennen braucht.

Außerdem kann man wohl die Frage aufwerfen, ob es nicht besser gewesen wäre, die polnischen Scharen zwar durch Infanterie und Artillerie zu verstärken, sie aber vorläufig noch auf ihre Weise den Krieg weiter führen zu lassen; der Ausgang des Feldzuges und eine hierauf bezügliche Aeußerung Dumouriez's selbst, wonach die Polen nicht fähig gewesen wären, den großen Krieg zu führen, scheint dies zu bestätigen. Allerdings mußte man schließlich doch zu einem solchen übergehen, falls man ernste Erfolge erringen wollte, denn der Partisankrieg ist immer nur ein Hülfsmittel, kann nie das Hauptmittel sein.

Die Sache der Conföderation hatte inzwischen mit einer Intrigue zu kämpfen gehabt, welche aber durch einen sehr energischen Schritt durchkreuzt wurde.

Der König Stanislaus sollte von der russischen Partei bewogen werden, sich an die Spitze der Conföderation zu stellen, zu dem Zweck, dieselbe allmälig auf die russische Seite herüber zu führen. Für diesen Plan waren mehrere einflußreiche Mitglieder der Conföderation selbst gewonnen, als derselbe durch die Thätigkeit der Gräfin Mniezek und durch eine ausgezeichnete Rede des oben genannten Generalsecretairs Bohusz an die versammelten Repräsentanten vereitelt und sogar die Absetzung des Königs Stanislaus beschlossen wurde. Dieselbe wurde sogleich in einem kleinen polnischen Städtchen registrirt und sodann dem König Stanislaus durch zwei Unbekannte in Warschau übergeben. Sie drängten sich als Bittsteller an ihn, als er in den Reichstag fuhr und verloren sich nach der Abgabe des Dokuments in der Menge. Dieser Beschluß der Conföderation, der uns jetzt als leere Form erscheint, war nichtsdestoweniger ein sehr wichtiger und gewann ihr viele Anhänger. Die Hoffnungen der Russenfreunde waren getäuscht, aber diese Absetzung machte bei den Höfen und auch in Frankreich einen guten Eindruck.

Sogar der Herzog von Choiseul interpellirte Dumouriez deshalb. Dieser antwortete ihm ehrerbietig mit der Auseinandersetzung der ganzen Sachlage, citirte aber zuletzt die von dem Herzog selbst bei Verabschiedung Dumouriez's gebrauchten Worte: „Je ne crois pas aux télescopes de quatre cents lieues.“

Am Weihnachtsabend 1770 triumphirte die Dubarry über die Politik eines erleuchteten Staatsmannes. Das hauptsächlichste Motiv zum Sturz Choiseuls gab die kriegerische Politik desselben, denn Louis XV. wollte sich um keinen Preis aus seiner schmachvollen Ruhe stören lassen.

Die nun folgenden Machthaber waren der Herzog von Aiguillon, der Kanzler Maupon und als Minister des Aeußern der Herzog von Argenson.

Dieselben ließen indeß, wenn auch die Pläne Choiseuls zu den Todten geworfen wurden, die polnische Sache nicht sofort gänzlich im Stich, aus Furcht, Frankreich in den Augen Europas noch mehr zu erniedrigen. Dumouriez erhielt den Auftrag, auf seinem Posten zu bleiben, aber im Geheimen wurde ihm entgegengewirkt. Obgleich Dumouriez hiervon bald genug Anzeichen bemerkte, so beschloß er dennoch, die nun einmal eingeleiteten Unternehmungen nicht zu unterbrechen.

Die Befehle an die verschiedenen Chefs wurden abgeschickt, um die Bewegungen, deren genaue Erzählung nicht das nöthige Interesse bieten würde, zu beginnen. Im Palatinat von Krakau stand Suwaroff mit 6—7000 Mann. Es gelang Dumouriez die Corps von Pulawski, Miaczynski und Walewski gegen Krakau zu concentriren.

Er selbst war mit einer kleinen französischen Bedeckung nach Landskron gegangen, um die Bewegungen zu leiten, hatte aber, da er formell den Oberbefehl nicht führen konnte, den Ausschuß für den Krieg mitgenommen, um seine Befehle zu zeichnen.

Nachdem die Russen mehrere Nächte hindurch durch einzelne conföderirte Scharen allarmirt worden waren, gelang es am 29. April, während in Krakau ein großer Ball stattfand, sie zu überraschen, ihnen den verschanzten Ort Skawina zu nehmen und sie nach Krakau hineinzuwerfen. Sofort ordnete Dumouriez die Verschanzung einer von ihm bestimmten Linie an, um das Gewonnene festzuhalten und die Insurrection zu organisiren. Hiermit aber hatten die Erfolge ein Ende. Die Polen, berauscht durch den Sieg am 29. April, glaubten schon ganz Polen erobert zu haben.

Die Uneinigkeit brach wieder in hellen Flammen aus. Die Truppen begingen die schändlichsten Ausschweifungen. Die aufgeboten Bauern wurden von den adligen Towarczyks*) für sich selbst zwar auf Feldwache geschickt, dabei aber scheußlich behandelt, geprügelt und liefen wieder nach Hause. Die ausländische Infanterie, die das Meiste gethan, wurde über die Achsel angesehen.

---

*) Adlige Lanzenreiter. Das 1. und 2. preußische Ulanenregiment waren ursprünglich eine dergleichen angeworbene polnische Truppe und führte diese auch im preußischen Dienst zuerst den Namen: Regiment Towarczik's.

Die Offiziere aber lagen Tag und Nacht betrunken auf den benachbarten Edelhöfen bei Spiel und Wein.

Umsonst versuchte Dumouriez mit eiserner Strenge durchzugreifen, umsonst ließ er einen Towarczik, Namens Bronikowski, vor der Front der Armee erschießen, die Disciplin besserte sich nicht. Die Chefs rückten Dumouriez zu Leibe und verlangten drohend Geld, „da es der König von Frankreich für sie geschickt habe." — Dumouriez schlug ihnen vor, 1000 Towarcziks absitzen und aus Mangel an Infanterie nur auf einige Zeit zu Fuß dienen zu lassen, was mit Verachtung, als eines polnischen Edelmannes unwürdig, abgelehnt wurde.

Von polnischer Seite wird dagegen angeführt, daß der französische Oberst durch ein zu hochfahrendes und befehlshaberisches Wesen die Polen erbittert, und daß er besonders Pulawski ganz zu Unrecht der Feigheit beschuldigt habe.*)

Der unparteiische Erzähler muß dem Rechnung tragen, es ist aber die ungemein schwierige und peinliche Lage Dumouriez's in politischer und militairischer Beziehung zu bedenken, um seine Reizbarkeit und Heftigkeit jenen unbotmäßigen Schaaren gegenüber zu erklären.

Bis Mitte Juni blieben die Dinge auf diesem Fleck. Zu dieser Zeit waren Verstärkungen für Suwaroff in Anmarsch und zwar von Sendomir, einer etwa 6 Märsche östlich Krakau gelegenen Stadt.

Dumouriez entsendete Pulawski, um an dem Flusse Donajec mit seinem Corps Stellung zu nehmen und auf diese Weise die Aufstellung der Conföderirten um Krakau zu decken. Am 18. Juni erhielt er Meldung von Pulawski, daß aus dieser Richtung kein Feind zu erwarten sei. Am 20. jedoch erschien der Feind wirklich an der Donajec, welche Pulawski verlassen hatte.**) Dumouriez erhielt von ihm einen Brief, daß er sich nicht unter einem Fremden länger schlagen wolle und nach Czenstochau marschire.

Die Folge hiervon war, daß die Russen, verstärkt durch die herangekommene Abtheilung, auf das rechte Ufer der Weichsel gingen und angriffsweise vorrückten.

Dumouriez befahl, die conföderirten Streitkräfte bei Landskron zusammenzuziehen, aber dieselben waren, durch den Abmarsch

*) Dies führt auch Rulhière an: „Histoire de l'anarchie en Pologne.

**) Nach Dumouriez ohne Gefecht, nach Rulhière nach mehreren Kämpfen.

Pulawski's, zahlreiche Fahnenflucht und einige Verluste, auf etwa 2500 Mann vermindert. Er nahm seine Stellung auf einem langgestreckten Höhenrücken. Das mit schwerem Geschütz armirte Landskron deckte ihm die linke Flanke. Vor seiner Front und auf seiner Rechten hatte er zwei dichte Fichtenbüsche.

Diese Büsche ließ er von 200 französischen Jägern besetzen, auch 2 Geschütze zwischen ihnen auffahren.

Suwaroff kommandirte etwa 3000 Pferde und 2500 Mann Infanterie mit 25 Geschützen. Er entwickelte sich auf einer Höhe gegenüber der Stellung Dumouriez's und ließ, allen sonstigen Regeln der Taktik zuwider, die Kavallerieregimenter Petersburg und Astrachan in das zwischen den Höhen liegende Thal, in scharfer Gangart vorgehen. Diese Regimenter, obgleich durch die Bewegung ganz aufgelöst, sprengten an den Fichtenbüschen vorbei und stürzten sich in vollem Galopp gegen die auf der Höhe haltende polnische Reiterei. Die Szlachta hielt den Stoß der Russen nicht aus, sondern wandte sich nach kurzem Handgemenge zur Flucht.

Der junge Fürst Sapieha, der die lithauischen Towarczik's wieder vorführen wollte, wurde von seinen eigenen Leuten getödtet, Miaszynski gefangen. Und obgleich Schloß Landskron in die Russen hineinkanonirte, war durch diesen kühnen Angriff Alles entschieden. Dumouriez zog sich mit einer französischen Eskadron in der Richtung auf Biela an der österreichischen Grenze zurück. Dies war die „sogenannte Schlacht bei Landskron", wie Dumouriez spöttisch bemerkt. Die Stellungen der Polen um Krakau wurden hierauf geräumt.

Da auch die türkische Armee aus der Moldau gedrängt wurde, und die Erhebung Oginski's in Lithauen mißlang, konnte man die Sache der Conföderirten als verloren ansehen. Heftige gegenseitige Beschuldigungen folgten. Dumouriez entschloß sich endlich, auf die dringenden Bitten von Bohucz, noch einige Zeit auf seinem Posten auszuharren, weil seine Abreise wohl den Rest der fremden Infanterie und die ganze Organisation zur Auflösung gebracht hätte.

Das französische Ministerium suchte sich inzwischen allmälig von den polnischen Angelegenheiten los zu machen und die Polen ihrem Schicksal zu überlassen. Schon vor der Katastrophe von Landskron hatte es Dumouriez heimlich entgegengewirkt. Jetzt sandte es den

General Viomesnil als Bevollmächtigten zur Conföderation. Derselbe hatte eine Instruction, welche eine förmliche Anklageschrift gegen Dumouriez war und diesem sowohl eine abenteuerliche Handlungsweise, Unerfahrenheit, als auch seine Hartnäckigkeit in Verfolg ungeheurer Pläne vorwarf. Auch war er beauftragt, sich ganz genaue Rechnung über die Dumouriez anvertrauten Gelder legen zu lassen.

Alle diese Dinge aber erfuhr Dumouriez durch eine Abschrift jener Instruktion, welche ihm ein Commis des Ministeriums, Namens Gerard, — wie Dumouriez behauptet, nur aus persönlicher Neigung — zusandte. Viomesnil fand nicht nur die Kasse in voller Ordnung, sondern war gezwungen, da er in diesen Verhältnissen ganz unerfahren war, eine Stütze in Dumouriez's Rathschlägen zu suchen. Derselbe flößte ihm allmälig solches Vertrauen ein, daß er den Angaben Dumouriez's, trotz der Instruction seines Ministeriums, mehr Glauben schenkte, als denen der mit seiner Thätigkeit unzufriedenen Polen.

Er berichtete auch in diesem Sinne an das Ministerium. — So konnte Dumouriez Ende 1771 ziemlich beruhigt abreisen. Von den fähigsten Köpfen der Conföderation, besanders von Bohusz wurden seine Leistungen voll und ganz anerkannt.

Viomesnil nahm 1772 Krakau durch Ueberfall, verlor es jedoch nach hartnäckiger Belagerung wieder, und konnte eben so wenig als Dumouriez die gänzliche Niederlage der Polen verhindern.

Derselben folgte, nachdem Rußland, Oesterreich und Preußen sich verständigt hatten, die erste Theilung Polens.

Ueberblicken wir diese ganze Thätigkeit Dumouriez's seit dem siebenjährigen Kriege. Mit Feuereifer hatte er die verschiedensten Unternehmungen ergriffen, mit Geschicklichkeit in dem verwickelten politischen Intriguenspiel seine Rolle durchgeführt, in die fremdesten Verhältnisse sich mit Schnelligkeit gefunden, sie studirt, sie begriffen, sie beherrscht. Das von ihm gezeigte Talent als Organisator von Streitkräften, die er aus dem Nichts mit unsäglicher Mühe hervorrief, ist unbezweifelt und sein kriegerisches Feuer, wie sein militairisches Führerthum trotz der Niederlage bei Landskron bei allen Gelegenheiten bewährt. —

Es beweist uns schon diese Periode seines Lebens, daß wir es hier mit einem außerordentlichen Manne zu thun haben, der sowohl als Politiker, wie als General verdiente, auf einem weiteren Schauplatz die Triebfedern seines Geistes und Kopfes wirken zu lassen.

Schlagen wir seine Thätigkeit besonders bei Organisation der conföderirten Streitkräfte nicht zu gering an.

Wir, die Söhne eines großen, wohlgeschulten Heerwesens, das seine Adler in drei Länder siegreich getragen, haben dergleichen Verhältnisse selten kennen gelernt, und nicht wenige von uns, die an der Spitze einer geschulten Truppe berühmte Führer geworden sind, würden vielleicht dort rathlos gewesen sein.

Obgleich in Verbindung mit zweifelhaften Existenzen, wie z. B. dem Agenten Favier, hatte er es doch verstanden, dem Princip der persönlichen Ehre und der Achtung vor sich selbst treu zu bleiben. Dagegen war es sehr erklärlich, daß diese Jahre auf seine ganzen Anschauungen und auf seine Behandlung der politischen und militärischen Angelegenheiten bedeutenden Einfluß übten. Die Anwendung von Verschlagenheit und von berechneten Täuschungen, die Neigung, ungeheure und riesenmäßige Pläne zu entwerfen, die Kennzeichen eines gewaltigen großartigen Abenteurerthums lassen sich in den späteren, großen, von ihm in's Werk gesetzten Staats- und Kriegshandlungen oft erkennen.

Was sein Urtheil über die polnischen Angelegenheiten anbelangt, so beweist die Geschichte dieses Landes, daß dasselbe im Großen und Ganzen ein gerechtfertigtes war, wie denn der Geist der Uneinigkeit, der Unbotmäßigkeit seit lange dem polnischen Adel zur Gewohnheit geworden war und bis in die neueste Zeit zum Verderben seines Landes fortgewirkt hat.

---

9. Kapitel.

Dumouriez's Rückkehr nach Frankreich. Aufenthalt in Paris. Schwedische Mission.

Dumouriez kam im Januar 1772 wieder in Paris an. Seine Freunde unterrichteten ihn von der gegen ihn im Ministerium herrschenden üblen Stimmung, nichtsdestoweniger ging er nach Versailles und erbat eine Audienz bei dem Herzog von Aiguillon. Beide hatten sich noch nie gesehen. Die Unterhaltung gewann sofort einen sehr stürmischen Charakter.

Der Herzog redete ihn mit den Worten an: „Ah, da sind Sie! Ich hoffe nicht, daß Sie Belohnungen erwarten?"

„Ich glaube, daß Sie zu gerecht sind, Herr Herzog, um mich dieselben erbitten zu lassen."

„Wirklich! Nun davon ist keine Rede! Der König ist sehr unzufrieden mit Ihnen."

Dumouriez berief sich auf den Bericht von Viomesnil über ihn, der Herzog aber brachte eine Reihe Beschwerden gegen ihn vor, welche Dumouriez Punkt für Punkt widerlegte, was den Herzog immer mehr reizte.

Endlich brach er in Beleidigungen aus.

„Sie wollen mir trotzen, mein Herr? Sie, eine Kreatur von Choiseul?"

„Ich bin nur Gottes und meines Degens Kreatur," erwiderte ihm Dumouriez. „Nennen Sie Ihre Bedienten so! — Ich ziehe mich zurück."

„Ich werde Sie in die Bastille schicken, mein Herr!"

„Das können Sie wohl, Herr Herzog; aber Sie werden mich nicht herausziehen."

„Sie sind ein Eisenkopf."

„Mag sein, Monseigneur, aber warum behandeln Sie mich so schlecht?" erwiederte Dumouriez, sich gewaltsam zur Ruhe zwingend.

Der Herzog suchte sich gleichfalls zu beherrschen und antwortete ihm mit mehr Ruhe in Ton und Geberde: „Lassen wir das! Man ist Ihnen noch Sold schuldig. Man wird ihn zahlen, aber erwarten Sie nichts weiter."

„Gut, Monseigneur, man giebt mir nur wieder, was ich für die auswärtigen Angelegenheiten verlor. Ich werde zu meinem Minister gehen!"

Damit war die Unterredung zu Ende.

Das Kriegsministerium war durch den General de Monteynard besetzt, welcher sich mit d'Aiguillon schlecht stand. Der General empfing ihn freundlich und schien von dem Konflict mit dem Herzog mit Wohlgefallen zu vernehmen.

Dumouriez wurde der Lothringischen Legion attachirt und ihm seine Rückstände, wie sein Sold fortlaufend ausgezahlt.

Was das Verhältniß zwischen d'Aiguillon und dem Könige anbelangt, so hatte der König gegen diesen bald einen viel größeren Widerwillen gefaßt, als er gegen Choiseul persönlich je gehabt hatte, und die geheime Correspondance zwischen Broglie und Seiner Majestät dauerte fort. Die Unterredung zwischen Dumouriez und dem Herzog kam auf diese Weise auch zu des Königs Ohren. —

Dumouriez verlebte einen Theil des Jahres 1772 sehr ruhig in Paris. Er beschäftigte sich vielfach mit militairisch-literarischen Arbeiten, unter denen eine „Instruktion für leichte Truppen" bemerkenswerth gewesen sein soll.

Seine unbeschäftigte Zeit verbrachte er größtentheils in derselben liebenswürdigen und unterrichteten Gesellschaft, die er schon vor der polnischen Expedition schätzen gelernt hatte. — Oft erinnerte er sich später mit Wehmuth daran, wie viele dieser edlen und liebenswürdigen Menschen der Revolution als Schlachtopfer fielen, wie viele Stätten der heiteren Zusammenkünfte der Zerstörung preisgegeben wurden.

Aber der Ruf der Thätigkeit und Gewandtheit als Soldat und Unterhändler, den er sich erworben, führte ihn bald wieder auf die schlüpfrigen Wege damaliger Politik. —

Gustav III., der König von Schweden, stürzte im August 1772 die Verfassung seines Landes um, welche bis dahin eine rein aristokratische gewesen war. —

Der Zustand des Königreichs war aber dennoch, vielleicht sogar in Folge dieser Umwälzung, ein von innen und außen bedrohter. Gustav, auf einen früher mit Frankreich geschlossenen Vertrag fußend, verlangte vom König Louis Subsidien oder Hülfstruppen. Aiguillon leitete Unterhandlungen über diesen Punkt mit England ein. Dieser Staat gestattete zwar den Seetransport einer deutschen Brigade Soldtruppen im französischen Dienst nach Schweden, aber nur unter dem Geleit englischer Schiffe.

Inzwischen hatte sich Dumouriez angeboten, die nöthige Mannschaft in Hamburg, wo sich ein geheimes Werbebüreau für fremde Staaten befand, unter der Hand aufzubringen, und die Leute einzeln nach Schweden zu schaffen. Der Kriegsminister griff dies mit Begierde auf, um den Plan d'Aiguillons zu durchkreuzen, den er gewiß nicht mit Unrecht als eine abermalige, der französischen Flagge zugefügte Demüthigung betrachtete und trug die Sache dem König vor. Seine Majestät, entzückt seinem Minister einen Streich spielen zu können, ließ sich Dumouriez selbst vorstellen und befahl ihm kurz, sofort abzureisen und die Befehle des Herrn von Monteynard auszuführen. Der Herzog d'Aiguillon wußte nichts davon. Alles geschah im Geheimen wider seinen Willen. Dumouriez sah Unheil voraus, aber er mußte abreisen. Als er aber in Hamburg antraf, war in Schweden eine allgemeine Pacification eingetreten. Sein ganzer Auftrag war zwecklos geworden. Er beschloß Berlin einen Besuch zu machen, um den großen Friedrich zu sehen, — aber d'Aiguillon's Spione wachten. — Das Werkzeug der Königlichen Intrigue sollte bestraft werden. — Mitten in der Nacht wurde Dumouriez in Hamburg von dem französischen Geschäftsträger und mehreren Agenten aufgehoben, und er, der Beauftragte des Königs von Frankreich, als Gefangener nach Paris und — in die Bastille gebracht. —

---

10. Kapitel.

Dumouriez in der Bastille.

Die sowohl durch ihre Existenz als durch ihren Untergang berühmt gewordene Bastille war ein ungeheueres mittelalterliches Schloß, von jener Bauart, wie man sie jetzt noch oft in dem schloßreichen Frankreich sehen kann. Es bestand im Allgemeinen aus einem mächtigen Viereck, welches von großen vorspringenden Thürmen flankirt wurde, von deren Plateforme man Paris unter sich in seiner ganzen Ausdehnung liegen sah. Die Mauern der Bastille waren aus Feldsteinen und Granit und von einer so enormen Stärke, daß sogar die Geschosse eines jetzigen Feldgeschützes kaum einen nennenswerthen Schaden an denselben angerichtet hätten. Das Gebäude war von einem mit Futtermauern versehenen sehr tiefen Graben umgeben. In einiger Entfernung von diesem zog sich eine Mauer von ungemeiner Stärke — den Wall vertretend — um das Ganze herum, welche einen zweiten äußeren mit Wasser gefüllten Graben vor sich hatte.

Ueber die Gräben führten Zugbrücken.*) Auf der Plateforme der Thürme standen zahlreiche Geschütze. Die Bastille war die Verkörperung des alten Regimes, der Willkür desselben. Auf sie fiel instinctmäßig der Haß des Volkes zuerst, als die Revolution ausbrach. Noch standen die kolossalen Thürme, finster drohend, noch gähnten die Geschütze auf die Vorstadt Saint Antoine und auf ganz Paris; das Bild des Schreckens war noch da, aber in Wahrheit war seit der Regentschaft und unter Louis XV. der Schrecken selbst entwichen. Man verfolgte nicht mehr à la Richelieu oder Marazin. Freilich gab es einige Unglückliche in der Bastille, welche entweder vergessen wurden, oder welche man mit Absicht in derselben den Verstand verlieren und sie langsam sterben ließ, wie Eustache Faroy, Capitain vom Regiment Piémont, welcher ein Spottgedicht auf die Pompadour gemacht hatte, aber dies waren Ausnahmen. Selten kerkerte man für immer ein. Ein Systemwechsel befreite den Gefangenen gewöhnlich in einigen Jahren. Dies Regime konnte sich weder Liebe erwerben, noch hatte es die Kraft, schrecklich zu sein; es war nur verachtet. Als Dumouriez deshalb die Bastille betrat, faßte er die Sache nicht allzu tragisch auf. Sein Empfang war indeß nicht erbaulich. Der alte Major, welcher die Aufsicht über die Gefangenen hatte, befolgte die Vorschriften des Reglements genau an ihm, d. h. er ließ ihn durchsuchen, nahm ihm sein Geld, seine Papiere, seine Uhr, sein Messer und auch seine Schuhschnallen, damit er dieselben nicht zum Aufhängen gebrauchte, ließ ihm aber die Knieschnallen, weil davon nichts im Reglement stand. Untergebracht wurde er im Thurm der Freiheit (tour de la liberté), wie

---

*) Die Bastille wurde am 14. Juli 1789 nicht durch die Macht des Angriffs, welcher, zehn Mal wiederholt, nicht zum Ziel geführt hätte, sondern durch das Parlamentiren mit dem Volke und durch die Feigheit der Garnison, welche den Kommandanten zur Uebergabe zwang, genommen.

man mit anmuthigem Scherze den mächtigsten jener Thürme nannte. Sein Zimmer in diesem Thurme war sehr schlecht möblirt, sein Wächter und Wärter ein sehr brutaler Mensch. Bei seinem Eintreffen bat er um ein Huhn zum Abendbrot. „Wissen Sie nicht, daß heute Freitag ist," erwiederte der alte Major bedenklich.

„Bekümmern sie sich nicht um mein Gewissen," antwortete Dumouriez. „Im Uebrigen bin ich krank. Meine Krankheit nennt sich Bastille."

Am nächsten Morgen wurde er zum Gouverneur, einem Grafen von Jumilhac geführt, der sich ihm im Schlafrock vorstellte und sich im Laufe der Zeit als ein durchaus gutmüthiger Alter erwies. Es ist wohl vorauszusetzen, daß Dumouriez seine liebenswürdigste Seite herausgekehrt hat, denn der Gouverneur war auch binnen Kurzem sehr für ihn eingenommen und verschaffte ihm bald mannigfache Erleichterungen, besonders aber Bücher.

Am neunten Tage wurde er durch eine Kommission vernommen, welche aus einem alten Rath, Herrn von Marville, aus einem Polizeilieutenant dem in den Untersuchungen und Intriguen damaliger Zeit oft genannten Herrn von Sartines, und aus zwei anderen Beamten bestand. Die Kommission war nicht etwa ein Gerichtshof. Solche gab es für die Staatsgefangenen der Bastille in der Regel nicht, sondern eine commission arbitraire, welche auf Befehl des Ministers das ihm Passende aus dem Gefangenen herauszuquetschen beauftragt war.

Dumouriez machte ihr die Arbeit möglichst schwer und hatte dazu guten Grund. Vor allererst war er entschlossen, den König selbst nicht zu compromittiren, nicht aus Verehrung für denselben, sondern weil ihm dies nie verziehen worden wäre. Er wurde über eine Unterredung mit dem Könige, welche er rund ableugnete, über sein Verhältniß zu Choiseul, zu Favier, zu d'Aiguillon, über seine Reise nach Hamburg, seine projectirte Reise nach Preußen*) vernommen. Er antwortete ausweichend, mit Schnelligkeit und zog sich oft aus einer Verwickelung durch Scherze, welche die Mehrzahl der Kommission selbst belachen mußte.

---

*) Auf die Frage, weshalb er nach Preußen habe gehen wollen, antwortete er: „Pour voir un grand roi et de belles troupes."

Dieselbe schied nach vier Verhören freundlichst von ihm, rieth ihm aber doch, sich auf eine längere Gefangenschaft vorzubereiten. Im Laufe dieser Quasi-Untersuchung hatte er nämlich nach und nach Folgendes erfahren:

Der Herzog d'Aiguillon, allarmirt über die ohne sein Wissen geschehenen Schritte in der Schwedischen Sache, hatte an eine Verschwörung Choiseuls gegen ihn geglaubt — oder vielmehr sich gestellt, als wenn er daran glaubte.

Er hatte beschlossen in der Weise seines Urgroßvaters, des großen Cardinals Richelieu, aufzutreten. Fast die ganze Gesellschaft Dumouriez's war verfolgt und mehrere von ihnen, darunter der Graf von Broglie und Favier verhaftet worden. Letzterer war ebenfalls in die Bastille gesetzt. Den Kriegsminister Monteynard, welcher mit keinem Worte für Dumouriez eintrat, hatte er gestürzt und sich selbst das Ministerium übertragen lassen. —

Und das Alles ließ Louis XV., auf dessen bestimmten Befehl Dumouriez nach Hamburg abgereist war, nicht nur ruhig geschehen, sondern las mit Behagen jeden Morgen in seinem Polizeirapport, in welchem ihm von allen dergleichen Sachen eine pikante Sammlung zusammengestellt wurde, — auch einen Auszug aus den mit Dumouriez in der Bastille aufgenommenen Verhandlungen.

Die in Aussicht stehende längere Gefangenschaft schlug ihn Anfangs nieder, aber die ihm innewohnende merkwürdige Spannkraft ließ ihn bald sich in seine neue Lage finden. Er beschloß dieselbe für seine weitere Ausbildung auszunützen. Vorläufig war sein Bestreben, ein besseres Zimmer zu erhalten und sich möglichst bequem einzurichten. — Der Gouverneur erklärte ihm, das Zimmer sei ihm auf höheren Befehl angewiesen, er würde ihm von Herzen gern das beste in der Bastille geben, wenn z. B. das von ihm benutzte auf irgend eine Weise unbrauchbar würde. Dumouriez entwickelte, um dies herbeizuführen, die List und die Geschicklichkeit, die man in solchen Lagen oft an Gefangenen bemerkt hat. Es gelingt ihm künstlich einen Einsturz des Kamins in seiner Stube herbeizuführen, und ein sehr schönes und nettes Zimmer wird ihm durch den ihm so wohlgesinnten Gouverneur sogleich angewiesen. Er freut sich über die ungemein reinliche und elegante Einrichtung desselben und erfährt, daß soeben eine Mademoiselle

Tiercelin, eine der Nebenmaitressen Louis XV. dasselbe bewohnt hatte, welche der Dubarry gefährlich erschienen war. Im Laufe der Zeit gelangte er durch Beobachtung der verschiedensten Kleinigkeiten dazu, mit Favier eine Art Briefwechsel durch Einschreiben auf Holzscheiten, welche zum Heizen in den Zimmern der Gefangenen verwendet wurden, einzuleiten und er wird durch dessen Nachrichten darüber unterrichtet, daß auch seine Mademoiselle Legrand hatte verhaftet werden sollen, aber entwichen war, daß aber die Untersuchung auch bei Favier ein Resultat gleich Null geliefert hatte. —

Seine Zeit brachte er mit Studiren, Lesen und Spaziergehen in den Höfen und auf der Plateforme zu. Er fühlte sich nicht unglücklich in der Einsamkeit. Als der Winter herankam, die Tage kurz wurden, man in den Thürmen der Bastille den ganzen Tag über Licht brennen mußte, saß er in seinem Lehnstuhl an dem Arbeitstisch, nahe am Kamin, in seine Bücher und Manuscripte vertieft. Manchmal unterbrach er sich, um dem Toben des Sturmes zu lauschen, der um die alten Mauern fuhr und Regen und Schnee an die fest vergitterten Fenster warf. Oft glaubte er seltsame Laute in dem Heulen des Windes zu unterscheiden, als wenn die Geister der Opfer, die in diesen Mauern dem Wahnsinn verfallen, oder sie nur verlassen hatten, um das Schaffot zu besteigen, klagten und drohten. Und wahrlich, sein Zimmer konnte ihn dazu verleiten, solchen Phantasieen Raum zu geben, denn in diesem Gemach hatten der Connétable de Saint Pol, der Marschall Biron, der Chevalier de Rohan und der General Lally gewohnt, ehe ihre Häupter dem Henkerbeil verfielen. Ja! hätte er in die Zukunft sehen können, so hätte er vielleicht in dem Sturmwind das Brausen des empörten Volkes, die mächtige Stimme der Revolution erkannt, die 16 Jahre später diese Mauern stürzte und ihn selbst vom Boden des Vaterlandes vertrieb. — Wie vielseitig sein inneres Leben war, zeigte sich wieder jetzt. Er verfaßte zwei militairische Abhandlungen: „Principes militaires“ und „Traité des légions“, deren Manuscripte auch später den Revolutionairen in die Hände fielen. — Im Uebrigen versäumte er nicht, alle vierzehn Tage einen Brief an den König zu schreiben, in welchem er ihn um ein richterliches Verfahren bat. Diese Briefe wurden wirklich durch den Gouverneur an ihre Stelle befördert, und der König ermannte sich endlich zu einer Aeußerung zu Gunsten Dumouriez's und der anderen Verhafteten gegen den Herzog d'Aiguillon. Auch der Prinz von Soubise verwendete sich für dieselben, und so mußte d'Aiguillon, der kein Richelieu war, Ende des Winters Dumouriez und Favier aus der Bastille entlassen und ersterem das Schloß von Caen, letzterem das Schloß von Doulens zum Aufenthalt anweisen.*) So endete die angebliche Verschwörung zu Gunsten Choiseul's, an welche das Publicum zu jener Zeit noch lange geglaubt hat.

---

11. Kapitel.

Wiedersehen und Hochzeit.

In Caen angekommen, wurde er sehr angenehm im Schloß untergebracht. Er hätte wohl sehr bald seine Studien wieder aufgenommen — aber hier in' dieser Stadt wohnte im Kloster, wenn auch nicht als Nonne, so doch in tiefer Frömmigkeit und in deren fortwährender Uebung — das Mädchen, welches ihm noch immer geschmückt mit den Reizen der Anmuth und Jugend, wie sie damals seine Liebe gewonnen hatte, vor Augen stand.

Freilich war die heiße Neigung zu ihr erloschen. Der Sturm seines abenteuerlichen Lebens, sein Verhältniß zu anderen Frauen war darüber hinweggegangen, aber es soll immer ein eigen Ding sein, wenn man sich plötzlich der alten Liebe gegenübersieht. Es ist gewissermaßen ein Stück des eigenen Sein's aus der Vergangenheit, das wieder leibhaftig vor uns steht, jedes Wort, jeder Kuß, jedes Zeichen der Liebe, jede Rose, die wir der Geliebten brachten, wird wieder lebendig, nimmt wieder Leben und Farbe und Duft für uns an, wenn auch der geliebte Gegenstand soganz anders wie damals aussieht.

Dumouriez verwünschte den Zufall, der den Herzog d'Aiguillon gerade bestimmt hatte, ihm Caen zum Aufenthalt anzuweisen, aber

*) Favier ist einige Jahre später in Paris gestorben. Auch der Graf von Broglie erlebte nicht die Revolution.

sein Tactgefühl ließ ihn keinen Augenblick Schwanken, Fräulein von Broissy aufzusuchen. Am vierten Tage nach seiner Ankunft begab er sich zu ihr. Als sie sich erblickten, erbebten Beide. Ihre Züge, entstellt durch verherende Krankheiten, abgemagert und blaß stand sie vor ihm.

Er konnte den wenig galanten Ruf: „oh que tu es changée!“ nicht unterdrücken — „mais je t'aime toujours!“ setzte er sogleich hinzu und warf sich in ihre Arme. Trotz dieser lebhaften Begrüßung scheint von Wiederverlobung und Heirath vorläufig nicht die Rede gewesen zu sein.

Erst als sie 14 Tage später abermals in eine sehr gefährliche Krankheit verfiel, deren Ursache der erlittenen Gemüthsbewegung und dem Kampfe zwischen ihrer Frömmelei und der wiedererwachten Leidenschaft für ihren Cousin zugeschrieben wurde, entschloß er sich, von einem zarten Gefühl der Liebe und Freundschaft erfüllt — wie er sich ausdrückt — ihr seine Hand abermals anzubieten. Er pflegte sie vier Wochen lang mit aller Aufopferung. — Sie sieht darin einen Wink des Himmels und nimmt seine Hand an. Einige Monate später führt er sie wirkich zum Altar, nachdem er dem heiligen Vater für den Dispens, der nahen Verwandtschaft wegen, 3200 Livres gezahlt hatte. —

Inzwischen war Louis XV. gestorben. Alles war geändert. Die Dubarry verwiesen, d'Aiguillon gestürzt, ein anderes Ministerium ernannt. Dumouriez reichte sogleich ein neues Gesuch um richterliche Revision und Spruch ein. Diese Forderung wurde jedoch nicht erfüllt, die Acten des Prozesses dagegen durch eine commission arbitraire revidirt und vernichtet. Alle damals Verhafteten wurden freigelassen, da die Lächerlichkeit dieser Anklagen auf der Hand lag.

So war die Justiz im alten Frankreich. Ohne Untersuchung, ohne Richterspruch wurde man eingekerkert, und wenn die Sache so verlief, wie hier, so war dies doch ein besonderes Glück. Dumouriez zog mit seiner Frau zuerst nach Saint Quentin. Da sich dieselbe aber durchaus nicht mit seiner Schwester, der Aebtissin von Fervaques, vertrug, nahmen sie einen ländlichen Aufenthalt in der Nähe von Rouen.

Es erscheint vortheilhaft für unsere spätere Erzählung, die Schicksale dieser Verbindung hier gleich zu berichten. — Er fand keineswegs das gehoffte Glück, vielmehr das Gegentheil. Der Character seiner Gattin hatte durch ihre Schicksale und Leiden, aber auch durch die ihr von ihren Jesuiten-Seelsorgern anerzogene Frömmelei gelitten. Dumouriez schildert sie als unduldsam, während er sich ausdrücklich als indifferent gegen die Form der Religion bezeichnet. Er hatte den Vers Voltaire's:

„Dieu nous juge de nos vertus,
Et non de nos sacrifices"

zum Muster genommen. Sie lebte und webte in den fantatischen Anschauungen von fortwährendem Opfer und fortwährender Entsagung. Sie soll eifersüchtig, nie ohne Krankheit und in Leitung ihres Haushaltes so unverträglich gewesen sein, daß sie fast alle Wochen neue Dienstboten hatte. Sie zwang ihn, seine beiden Bedienten, die mit ihm die letzten Feldzüge gemacht hatten, zu entlassen. Kinder blieben ihr versagt. Er ertrug dies Leben 15 Jahre lang, wie er behauptet, nur durch den Gedanken getröstet, daß er sich daran gewöhne, seine Schroffheiten abzuschleifen und seine Heftigkeit zu mildern. — Aber nachdem Madame Dumouriez ihrem Gatten oft genug die Trennung vorgeschlagen hatte, nahm er sie endlich beim Wort. Sie nahm Anfang 1789 ihren Aufenthalt in Paris.*)

So endete die zarte Neigung, welche zwischen dem jungen Kavalerieoffizier und dem anmuthigen Fräulein von Broissy nach der Rückkehr aus dem siebenjährigen Kriege zu Pont Audemer sich entspann.

---

12. Kapitel.

Thätigkeit in verschiedenen Richtungen. Die Kommandantur zu Cherbourg.

Die nunmehr folgende Zeit bis zur großen Revolution trägt für Dumouriez einen ganz anderen Character, als die vorhergehenden

*) So die Angaben Dumouriez's. In einigen 1794—96 erschienenen Schriften werden alle seine Angaben über den Verlauf seines Verhältnisses und seiner Verheirathung mit Fräulein von Broissy bezweifelt, ohne indeß irgend welche Gründe für diese Zweifel angeben zu können.

abenteuerlichen Jahre, nämlich meist den des ruhigen Schaffens und Wirkens. Sie zeigt indeß immerhin die ungeheure Vielseitigkeit des Mannes und gewährt im Einzelnen interessante Einblicke in die damalige französische Verwaltung der Armee.

Auf dem französischen Thron saß ein junger Monarch von guter Gemüthsart und Sittenreinheit. Das Leben am Hofe seines Großvaters hatte ihn nicht verführt, sondern im Gegentheil ihm Abscheu eingeflößt. So sah denn Frankreich und die Nation zum ersten Male seit einem Jahrhundert auf dem Thron ein anständiges Familienleben. Louis XVI. war nicht unwissend, er war auch nicht gerade beschränkt zu nennen, aber es fehlte ihm jede Schwungkraft, jede Elasticität des Geistes, die unbedingt nöthig ist, um wirkliche Reformen in's Werk zu setzen. Vielmehr war ihm eine Schwäche eigen, welche ihn von einem Wege auf den andern irren ließ und ihn sogar in den Verdacht der Falschheit brachte. Auch reichte sein Verstand nicht aus, um die gänzlich verwirrte und zerrüttete Lage des Landes auch nur entfernt zu übersehen. So blieb die Regierung in den Händen von Männern, welche nicht wie rechte Staatsmänner und Politiker Rettung zu schaffen suchten, sondern nur wie großartige Escamoteurs mit der Nation Fangball spielten, wie z. B. der Finanzkünstler Calonne. Die wenigen Momente des Heils gingen vorüber. Marie Antoinette ist zu oft geschildert, ihr Verhalten und ihr Leben ist auf das Eingehendste von Geschichtsschreibern zerlegt und von Belletristen nach allen Richtungen hin ausgebeutet worden, als daß wir bei Gelegenheit dieser Lebensbeschreibung versuchen sollten, ein neues Bild von ihr zu liefern.

Nur die Bemerkung können wir nicht unterlassen, daß der Einfluß tugendhafter Frauen auf Staatsangelegenheiten manchmal ganz ebenso schlimm ist, wie der einer Dubarry, denn es kommt hierbei wesentlich darauf an, die Fähigkeit zur Beurtheilung der Dinge zu besitzen, und für diese bietet die Tugend absolut keine Garantie.

Die erste Mission Dumouriez's war eine rein militairische. Wir haben schon erwähnt, daß die preußische Taktik oder vielmehr die Formen derselben sich in Frankreich Eingang verschafft hatten. Ein Herr von Pirch, ein ehemaliger preußischer Offizier, sollte diese unfehlbaren Recepte des Sieges einüben. Zu diesem Behufe waren Schulbataillone aus der ganzen Armee in drei Lagern und zwar bei

Straßburg, Metz und Lille, zusammengezogen. Dumouriez erklärte diese „Prussiomanie" überall für übertrieben und behauptete schon damals, daß der Sieg nicht in der und jener Form absolut zu finden sei. Er wurde nach dem Lager von Lille geschickt, um dem Kriegsminister General de Moy über diese Uebungen Bericht zu erstatten. Eine weitere Mission bestand in der Prüfung des Projects einer Regulirung der Lys, eine dritte in dem Befehl einer Kommission für die Anlage eines Kriegshafens im Kanal La Manche beizutreten. Die Kommission sprach sich für einen Hafen in Cherbourg und einen anderen in Boulogne aus. Dumouriez fügte eine Denkschrift über den wahrscheinlich zu erwartenden Krieg gegen England hinzu. Er vertrat die Ansicht, daß die Theilnahme Frankreichs an dem Unabhängigkeitskampfe der Amerikaner unausbleiblich sei. —

Das Jahr 1777 brachte er auf einem kleinen Landsitze nahe bei Rouen zu, mit schriftstellerischen Arbeiten beschäftigt. Der Januar 1778 führte in der That den Krieg mit England herbei. Er wurde nach Versailles berufen und machte daselbst in einer ganz kurzen Denkschrift auf die Wichtigkeit von Cherbourg, woselbst die Engländer während des siebenjährigen Krieges gelandet waren, aufmerksam. In Folge dieser Denkschrift wurde er auf speciellen Befehl Louis XVI. selbst sogleich zum Kommandanten von Cherbourg ernannt. Cherbourg war damals ein kleiner Flecken von vielleicht 7000 Einwohnern, aber es besaß einen natürlichen Hafen, in dem Fregatten von 32 Kanonen flott blieben; die Vorbereitungsarbeiten für Herstellung eines Hafens für Linienschiffe waren bei Ausbruch des Krieges unterbrochen worden. Die Besatzung war äußerst gering und bestand nur aus einem Bataillon, wenigen Artilleristen und Ingenieuren. Die Werke waren verfallen und schlecht armirt. Dumouriez, von der Wichtigkeit des Platzes, der nur neun deutsche Meilen von der Englischen Küste entfernt war, durchdrungen, legte mit seinem gewohnten Feuer sogleich Hand an's Werk, um denselben in guten Vertheidigungszustand zu setzen, aber dabei stieß er auf die größten Hemmnisse. Dieselben entsprangen der Organisation und der unglaublichen Schwerfälligkeit der damaligen französischen Kriegsverwaltung. Der Kriegsminister stand zwar an der Spitze des Ganzen, aber die Chefs der Artillerie, des Geniewesens, des Commissariats, waren so unabhängig gestellt, und vertraten so einseitig ihre Interessen, daß eine kriegerische Maßregel, welche in mehrere dieser Fächer eingriff, nur mit den größten Schwierigkeiten ins Werk zu setzen war. Hierzu kam der Unterschied zwischen Civil- und Militairgouverneuren in den Provinzen. Die Letzteren waren Vorgesetzte der Garnisonen, kam aber ein General mit einem Truppenkorps in die Provinz, so gab es stets Reiberei und Verwirrung zwischen diesen beiden Autoritäten.

Außer dem Gouverneur existirten mehrere Generallieutenants, ebenfalls eine Sorte von Territorialkommandanten in jeder Provinz, welche alle hin und wieder ihre Befehle schickten. Jedes Städtchen, jede Halbinsel an der Küste, ja sogar Flecken hatten Kommandanten. Alle diese Stellen dienten zur Versorgung des Hofadels, um dessentwillen die Armee eigentlich da zu sein schien.

Dumouriez wollte Geschütze zur Armirung von Schanzen bei Cherbourg; man verweigerte sie Seitens der Artillerie-Verwaltung. Er nahm sie aus alten Redouten an unwichtigen Küstenpunkten. Der Kriegsminister rügte dies heftig. Dumouriez wollte an den wichtigen Punkten von Cherbourg Batterien bauen; die Fortification verweigerte ihm die Offiziere und die Arbeiter. Dumouriez ließ seine Liniensoldaten zur Arbeit antreten und tracirte die Werke selbst; neue Rügen des Kriegsministers über diese Eigenmächtigkeiten. Doch als schließlich Dumouriez einen Plan der fertig gestellten Werke von Cherbourg, welche 150 schwere Geschütze und 30 Mörser aufwiesen, einreichte, war man ganz zufrieden und bewilligte allmälig nachträglich alle Kosten. Die französischen Kaper, die in diesem Kriege große Kühnheit entfalteten, wie denn überhaupt der letzte Waffenglanz der altfranzösischen Marine in diesen Jahren unter Suffren und anderen verwegenen Seeoffizieren errungen wurde — die Kaper also suchten, von den englischen Fregatten verfolgt, mit ihren Prisen Schutz in dem befestigten Hafen. In Folge des Verkaufs zahlreicher Arbeiten hob sich der Verkehr in Cherbourg und vermehrte sich die Einwohnerschaft bedeutend.

Im Jahre 1778 fand in der Normandie mitten im Kriege mit England die Formation eines Lagers statt, in welchem der Herzog von Broglie und der General Luckner*) gegeneinander manöveriren

*) Luckner war ein alter preußischer Offizier, der durch große finanzielle Vortheile bewogen wurde, in den Dienst Frankreichs zu treten.

mußten, und zwar wendete der erstere mit einem zahlreichen Korps die tiefe Gefechtsordnung, d. h. die Kolonnen, der letztere die flache Ordnung, d. h. die Linie an. Diese beiden Systeme bekämpften sich damals in Frankreich. Folard und Guibert waren die Repräsentanten derselben in der Literatur: Der Herzog wollte Dumouriez's Ansicht wissen und derselbe antwortete:

„Ich werde immer für die Gefechtsordnung sein, welche Monseigneur nach den Umständen anwenden werden. Die wahre Taktik besteht in der Bewegung großer Massen und nicht in der Ausnutzung der oder jener Form."

Ein wahres Wort, welches auch heute noch nicht ganz verloren ist, denn die Einseitigkeiten sterben nie aus, und es giebt eine Gattung von Leuten, welche nach Ablegung des einen Zopfes sich sofort einen anderen ansteckt. Der Streit um Kolonne und Linie aber wurde damals in Frankreich mit solcher Erbitterung geführt, daß Duelle, Rencontres und Strafversetzungen die Folge waren. — Dumouriez trug sich mit dem Gedanken, die Inseln Guernsey und Jersey, welche der Normännischen Küste sehr nahe liegen, oder sogar die Insel Wigth durch Handstreiche zu nehmen. Er meinte, der Herzog von Broglie würde besser thun, eine solche Unternehmung mit den versammelten Truppen auszuführen, als seine tiefe Ordnung zu üben, aber seine Vorschläge, die er in den von ihm nicht veröffentlichten Memoiren sehr geheimnißvoll behandelt, wurden zurückgewiesen.*) Später versammelte man eine Armee von 30,000 Mann, um eine Landung in England auszuführen. Dieser Armee theilte man einen kolossalen Generalstab zu, von dessen harmloser Unwissenheit der Herzog von Lauzun in seinen Memoiren die drolligste Schilderung machte. Dumouriez wurde endlich auch noch zur Mitwirkung berufen und sollte die Vorbereitungen der Einschiffung einer Abtheilung in Saint Malo leiten. Doch kam es überhaupt nicht zur Abfahrt, da die französische Flotte den Kanal nicht halten konnte. Dumouriez kehrte nach Cherbourg zurück, wo nur hin und wieder eine Kanonade gegen zu kecke englische Fregatten seine Arbeiten unterbrach. 1783 wurde ein nicht unehrenhafter

*) Dumouriez erklärt, daß er die Art und Weise der Unternehmung nicht veröffentliche, weil dieselbe noch seinem Lande nützlich sein könnte. Er schrieb dies 1794.

Friede für Frankreich geschlossen, dessen Seeleute sich tapfer geschlagen hatten.

Gleich darauf wurde der Plan der Errichtung eines Kriegshafens wieder von der Regierung aufgenommen. Die verschiedensten Projecte für die Erbauung eines ungeheuren Dammes, welcher bestimmt war, einen Theil der Rhede abzuschließen, wurden vorgelegt. Dumouriez nahm an den Berathungen thätigen Antheil und sah mehrere Versuche, den Damm zu errichten, an der auf der Rhede von Cherbourg ganz außerordentlichen Gewalt der Winde und Wellen scheitern. Louis XVI. war selbst 1787 in Cherbourg und besichtigte die Bauversuche. Er befand sich damals auf der Fregatte Le Patriote. Zwei Jahre später führten diesen Namen seine erbittersten Feinde. — Nachdem man zu dem einfachsten Project, der Versenkung großer Steine, zurückgekehrt war, wurde der Hafendamm noch vor Ausbruch der Revolution vollendet. Dumouriez, inzwischen zum Maréchal de camp (Generalmajor) befördert und immer mit Studien und Entwürfen für die Festung und Stadt, für Straßen und sonstige Verbindungen beschäftigt, fühlte sich von seiner Thätigkeit befriedigt. Die von ihm während des Krieges gegen England errichteten Schanzen hatten die Grundlage zu den permanenten Werken gegeben, die sich nun zum Schutze des Hafens erhoben. — Wenn er auf der halb vollendeten Steinmole, an welcher sich die Wogen des Kanals La Manche brachen, einsam sich erging, vergaß er den ihn drückenden häuslichen Kummer.

Er äußert sich stolz über das Wachsthum der Stadt während der Zeit seines Kommando's daselbst, mißt sich aber persönlich wohl eine zu große Einwirkung auf diese Verhältnisse zu, welche sich aus dem Bau des Hafens und der hierdurch vermehrten Arbeiterbevölkerung genugsam erklären.

Dumouriez spricht bei Gelegenheit der Erzählung dieses Lebensabschnittes im Jahre 1794, also während des großen Coalitionskrieges einen Gedanken aus, welcher später, und längere Zeit über der europäischen Politik die Richtung anwies. Es ist dies die Ansicht, daß Frankreich zur See England gewachsen sein müsse, um das Gleichgewicht und somit den Frieden mit diesem Staate aufrecht zu erhalten. Dies war ja auch der Grundgedanke der unter Napeleon III. maßgebenden

Entente cordiale, des Bündnisses der Westmächte, und es beweist zum wenigsten die Originalität und Frische der Ansichten Dumouriez's, daß er eine solche, unbeirrt durch den damaligen erbitterten Kampf zwischen England und Frankreich, äußern konnte.

II. Abschnitt.

Dumouriez in der Revolution als Minister und General.

1. Kapitel.

Ausbruch der Revolution.

Niemals, so lange man die Geschichte mit Sicherheit übersehen kann, ist der Boden für eine große Umwälzung derartig geebnet, ist die Zerrüttung eines Landes größer, ist die Verwaltung elender und weniger ergiebig, die Finanzen unordentlicher, die Lasten ungerechter vertheilt, und ein Heer unzuverlässiger gewesen, als in Frankreich vor der großen Revolution.

Nie auch hatte sich eine Dynastie so muthwillig aller Stützen beraubt, wie dies unter den Vorgängern Louis XVI. geschehen war, und nie hat ein Fürst einen solchen Mangel an Thatkraft bewiesen, wie dieser unglückliche König selbst.

Nie hat eine Revolution größere und gerechtere Ursachen gehabt, als die von 1789 in Frankreich.

Welche Uebel aber eine solche Umwälzung mit sich bringt, und wie sich der Abgrund derselben oft ein Jahrhundert lang nicht schließen läßt, davon hatte man damals in Frankreich und in Europa keine Ahnung. Diese Sätze muß man sich immer vor Augen halten, wenn man die Handlungsweise der in jenem großen Drama auftretenden Personen richtig und gerecht beurtheilen will, und dies ist auch bei Dumouriez zu beachten.

Die besten Köpfe in Frankreich, insbesondere die dem Hofe fern stehenden, hatten die Ueberzeugung von der Nothwendigkeit einer furchtbaren Krisis. Ganz allein die Finanz-Wirthschaft würde eine solche unausbleiblich gemacht haben, und diese gab auch den unmittelbaren Anstoß zum Beginn der Umwälzung.

Auch Dumouriez sah das Unwetter heraufziehen und erwägte oft, wie es zu beschwören sei.

Der Hof wähnte sich noch im Vollbesitz der Gewalt, und wenn er auch die Existenz großer Uebel zugeben mußte, so hatte er doch keine Ahnung davon, daß die Grundbedingungen des staatlichen Daseins in totaler Auflösung begriffen waren; auch daß es für gewaltsamen Widerstand an Mitteln gebrach, war dem Hofe unbekannt geblieben, denn die von uns früher erwähnten Schäden in der Armee hatten sich von Jahrzehnt zu Jahrzehnt vergrößert und vermehrt.

Der Kriegsminister Saint Germain hatte einen besseren Zustand nicht herbeizuführen vermocht. Die Strenge der von dem Minister eingeführten preußischen Disciplin hatte nur Erbitterung erzeugt. Gesetze und Strafbestimmungen sind leicht eingeführt, aber sie sind schwer ausgeführt, wenn man nicht die richtigen Personen dazu findet.

Der Geist der Opposition, der Kritik, welcher sich in den Massen gegen Hof, Adel und Clerus und gegen die entsetzlichen Mißbräuche regte, war auch in die Armee gedrungen, in die Armee, welche seit einem Jahrhundert keinen König von Frankreich mehr an ihrer Spitze gesehen hatte. Besonders die Unteroffiziere waren unter den Unzufriedenen, aber auch ein Theil des Offiziercorps war den philosophischen und revolutionairen Ideen geneigt. Konnte man es dem armen Edelmann aus der Provinz, der nur bis zum Kapitain aufrückte, verdenken, wenn er auf Aenderung der Mißbräuche hoffte, welche ihm 12jährige Obersten aus den Kindern des Hofadels gaben?

Die Vernachlässigung der französischen Armee in jener Zeit durch ihre Könige bietet furchtbare Lehren. Ein König muß Soldat sein, heißt die erste derselben, denn vom Heere hängt die Ehre und Sicherheit des Staates ab. — Der Verfall des Kriegswesens ist ein sicheres Zeichen des Verfalls des Staates, zum Mindesten des herrschenden Systems.

Es soll ein Unterschied zwischen Offizier und Soldaten sein; dieser, gegründet auf Erziehung und Bildung, ist unbedingt nöthig — um keinen Preis aber ein Gegensatz. Das Princip der Kameradschaftlichkeit, der Genossenschaft muß auch zwischen Offizier und Soldaten herrschen. Ein Gegensatz erzeugt Haß und führt schließlich, je strenger man die Zügel anzieht, unbedingt zur Auflösung der wahren Disciplin, was den Sieg der Revolution unausbleiblich zur Folge hat.*)

Auch ein Theil des hohen französischen Adels war den Ideen der Reform und den aus dem Amerikanischen Kriege mitgebrachten Vorstellungen eines freien Staatswesens geneigt.

Die politische Schule des modernen Frankreich begann, aber es war eine furchtbare Lehrzeit, furchtbarer, als die vieler Völker, und wer weiß es, ob sie unter der dritten Republik vorüber ist?

Dumouriez begab sich im Winter 1788/89 nach Paris. Es war der letzte Winter des alten Frankreichs. Der letzte jener glänzenden Feste in Versailles, jener Salons, in denen sich die Form, die Anmuth und Grazie so gut mit dem zersetzenden Witz und mit der Verderbniß des gesellschaftlichen Lebens zu vereinen wußten. Die jungen aus Amerika zurückgekehrten Offiziere, die fähigsten und begabtesten Glieder des Adels, die Voltairianer, die Philosophen und Encyklopädisten — sie alle spöttelten und witzelten das Königthum und seine Institutionen herunter, bis in der Meinung des Volkes nichts mehr von ihnen stehen blieb. — Die Schlange der Verläumdung ringelte sich an den höchsten Personen in die Höhe, und wenn man im Schauspiel saß, und Beaumarchai's Figuren über die Bühne gingen, wenn Almaviva Susanne hinter den Taxuswänden suchte, dann stand vor den Augen der Zuschauer die Gräfin de la Motte-Valois und der Cardinal Rohan im Garten von Versailles, aber man glaubte, oder wollte nicht glauben, daß es nur diese gewesen sei. In den Tiefen der Gesellschaft aber bebte der Boden, es wühlte und gährte, dumpfe Unzufriedenheit und nagender Hunger ging in den Massen um. Der Tiers état in seinem erwachten Selbstgefühl, der in seiner dumpfen Höhle sein Haferbrot essende Bauer, die schwärmerischen Fanatiker in den geheimen Orden, die Marats mit ihrem giftigen Haß gegen Alles, was da oben in jener strahlenden Gesellschaft lebte und webte — Alles wartete, bewußt

*) In unseren jetzigen Zuständen in Deutschland handelt es sich vor Allem darum, den Gegensatz, in den eine ruchlose künstliche Agitation den sogenannten vierten Stand gegen die Besitzenden geworfen hat, nicht in die Armee übergehen zu lassen; um so sorgfältiger muß für des Soldaten leibliches und geistiges Wohl, für ehrenhafte Behandlung gewirkt werden. Alles das ist sehr wohl möglich unter strenger Mannszucht.

oder unbewußt, auf seine Zeit, auf jene Zeit, welche sie zu Erben jenes Adels, jener Priester und endlich jener Philosophen selbst machen sollte.

Dumouriez vertiefte sich in Paris sogleich in das politische Leben, oder er wurde in dasselbe hineingezogen. Sein umfassender Verstand und sein Ehrgeiz trieben ihn zur Erörterung der brennenden Fragen. Die Strenge, mit der wir die Armee vom öffentlichen politischen Leben fern halten, existirte damals in Frankreich nicht. Zudem, er war sein Lebelang auch Politiker gewesen. — Es galt die Einberufung der Generalstände. Sie war die Parole des Tages. Dumouriez war ebenfalls der Meinung, daß dieselbe das einzige Mittel einer durchaus nöthigen Reform sei. — In Paris begann sich schon offen die Gährung der Massen zu zeigen. Dumouriez glaubte den Ausbruch nahe, und sein Gefühl für den König trieb ihn an, den Versuch zu machen, durch den Günstling des Grafen Artois, Vaudreuil, auf diesen Fürsten einzuwirken und ihm die Größe der Gefahr zu zeigen. Die Stimme eines solchen Officier de fortune verhallte nicht minder, wie die vieler Anderer im Winde.

Noch dazu war der Hof damals in verschiedene Fractionen gespalten. Monsieur war mit dem König, und Graf Artois mit Beiden gespannt. Dumouriez verkehrte in einem Kreise älterer Bekannter, darunter die beiden Herrn von Crillon, ein Prinz von Salm-Salm, der Herzog von La Rochefoucould-Liancourt und Herr von Kersaint, die letzteren beiden jener Partei angehörend, die zu spät vor den Gräueln der Revolution erschrak. Auch wurde er mit Maleherbes, dem edlen Vertheidiger Louis XVI., mit Lafayette und vielen anderen später berühmten Persönlichkeiten bekannt.

Er verfaßte bei diesem Aufenthalt in Paris mehrere politische Schriften, unter welchen eine erwähnenswerth erscheint, und zwar deßhalb, weil sie einen Gedanken enthält, welcher zu großem Schaden der Entwickelung eines gesunden Staatslebens in Zeiten entscheidender Krisen fast immer vergessen wird. Der lauteste Ruf zu jener Zeit galt der Festsetzung und Erklärung der Menschenrechte (droits de l'homme). Dumouriez wies damals nach, daß es vor Allem darauf ankomme, die Pflichten (devoirs de l'homme) festzusetzen und daß man die Erklärung dieser allem übrigen vorausschicken müsse, daß eine Verfassung, die mit den Menschenrechten beginne, auf einem theoretischen schwankenden Boden stehe, und wenn man die droits de l'homme durchaus als Vorrede haben wolle, man doch erst das Buch, die Constitution, machen müsse. Einfach freilich ist dieser Gedanke, aber die Lehren der Geschichte werden in politischen Stürmen so selten befolgt.*)

Durch den Vorschlag einer freiwilligen Entsagung eines Theils der grundherrlichen Rechte machte sich Dumouriez bei dem Adel in der Normandie, vorzüglich seines Bezirks, sehr verhaßt. Als er im Frühjahr 1789 nach dieser Provinz voll trüber Ahnungen für die Zukunft zurückkehrte, zeigte ihm der Adel vielfach durch sein Benehmen Unwillen über sein Verhalten.

Schon einige Wochen vor Ausbruch der Revolution war ganz Frankreich im Zustande vollständiger Desorganisation. Die Conflicte zwischen dem Hofe und den einberufenen Generalständen, der Mangel jeder Grenze der verschiedenen Machtbefugnisse, und endlich die in Wahrheit herrschende Noth gaben dazu den äußeren Anlaß. Ueberall fanden Unruhen statt, wurde die Autorität verhöhnt, hatten sich Gemeindeausschüsse gebildet, die Parlamente und Gerichtshöfe zu fungiren aufgehört, die Märkte wurden gestört, die Getreidehändler geprügelt und gequält, ihre Transporte in's Wasser geworfen. Der Gouverneur der Normandie war in Versailles beim König. Sein Stellvertreter, der Herzog Beuvron hatte in Caen an einem hohen Punkte der Stadt drei Galgen aufrichten lassen. Eitler Trotz, der bei dem Mangel an Energie und Kraft nur Erbitterung und Spott zu erzeugen vermochte. —

In jeder Nacht hing man denn auch todte Katzen an diese Galgen, denen man spöttische Inschriften umband z. B.: „Gerichtet wegen Naschens an der Milch der Philosophie,“ oder: „Weil er sich erlaubt hat, an einem Freitage Fleisch zu essen,“ „weil er in der Kirche mißvergnügt miaute“ 2c.

Dumouriez, dessen Beliebtheit beim Volke bekannt war, erhielt von dem Herzog von Beuvron Commandobriefe (Lettres de commandement) für die ganze Nieder-Normandie, mit denen er von Stadt

*) Fingen wir nicht 1848 in der Paulskirche mit den „Grundrechten des deutschen Volkes“ an? Erst in den letzten Jahren hat man in Deutschland die Unfruchtbarkeit solcher metaphysischer Abhandlungen einzusehen begonnen.

zu Stadt reiste und vielfach, theils mit Güte, theils mit Gewalt, Ruhe stiftete.

Am 10. Juli kehrte er nach Caen zurück, um dem Herzog von Beuvron Bericht zu erstatten. Beim Eintritt in dessen Empfangszimmer fand er eine Gesellschaft von circa 60 Personen, Damen und Herren vor, deren freudestrahlendes Aeußere eine außerordentliche Nachricht zu verkündigen schien. Die Herzogin von Beuvron rief ihm als er sich ihr näherte, triumphirend entgegen: „Was sagen Sie, Dumouriez? Ihrem Freunde Necker hat man den Laufpaß gegeben! (chassé) Der König sitzt noch fest auf dem Thron. Die Nationalversammlung ist gesprengt. Ihre Freunde, die siebenundvierzig,*) Mirabeau und ein hundert von dem unverschämten Tiers-état sind in der Bastille, und der Marschall Broglie ist in Paris mit 30,000 Mann."

Er nimmt den Herzog bei Seite, zeigt ihm kurz, wie unsicher diese Nachrichten noch seien. Er macht ihn ferner auf die üble Gesinnung der Truppen in der Normandie aufmerksam, und daß es daher die höchste Gefahr mit sich bringe, unnütz aufzureizen.

Die Herzogin wird gerufen und zur Vorsicht ermahnt. Der Herzog schwankt von einer Maßregel zur anderen. Man beschließt, weitere Nachrichten abzuwarten.

Am 12. kam der Herzog von Coigny aus Paris und überbrachte Nachricht von der Aufstellung der Truppen von Broglie um die Hauptstadt, aber auch von der Verbrüderung der französischen Garden mit dem Palais Royal.**) Dumouriez fand die Aufstellung der Truppen um Paris sehr mangelhaft. Er tadelte die Zersplitterung in viele kleine Lager, die viel zu nahe an die Stadt herangeschoben wären. Er wollte vor Allem die Besatzung der Bastille auf 4 Bataillone gebracht, ferner die Truppen auf den südwestlichen Höhen bei Sévres und Saint-Cloud aufgestellt wissen.***) Er bat den Herzog von Coigny

---

*) Die 47 Edelleute der Generalstände, welche sich am 23. Juni zum Tiers-état begeben hatten, um an dessen Sitzungen Theil zu nehmen.

**) Damaliger Sammelpunkt der Unzufriedenen und Revolutionaire.

***) Dieselben Höhen, welche die Deutschen während der Belagerung 1870 besetzt hielten.

einen Boten nach Paris an den Herzog von Broglie zurückzuschicken, dem er diese Dispositionen auf einen Zettel schrieb.

Ein solches Verhalten kann in normalen Verhältnissen mit Recht befremden. Was würde man in Deutschland sagen, wenn ein Generalmajor einem Marschall unberufener Weise schriftliche Rathschläge zukommen lassen wollte? Aber die in den höheren Stellen der französischen Verwaltung und der Armee herrschende furchtbarste Unfähigkeit legte freilich die Versuchung sehr nahe, überall helfend eingreifen zu wollen. Dumouriez fühlte sich mit Recht fähig, als Politiker und als Soldat. Die Richtigkeit der Vorschläge, besonders was die Bastille anbelangt, liegt auf der Hand.

Am 15. Juli hatte man in Caen die Nachrichten von der Untreue der Armee, der Eroberung der Bastille, der Flucht der Prinzen und des Marschalls Broglie und der Rückberufung Necker's in's Ministerium. Die Rathlosigkeit war nun um so größer, je unbegründeter das Vertrauen gewesen war. Ueberall Volksbewaffnung, Errichtung der Nationalgarde, Emissäre, welche Unruhen hervorriefen, Verbrüderung der Linie mit dem Volke, da und dort Plünderungen durch den Pöbel, Flucht des Adels, Aufstand des hart gedrückten Landvolkes, das war das Schauspiel, welches Frankreich in jenen Tagen darbot.

Die Sache war entschieden. Das alte Regime war zusammengebrochen. Es gilt, sagte sich Dumouriez mit vielen Patrioten, das neue in Ordnung zu errichten, die schlechten Leidenschaften niederzuhalten.

Dumouriez reiste sogleich nach Cherbourg ab. Er fand die Stadt in voller Gährung.

Eine Deputation der Bürgerschaft stellte sich bei ihm ein und ersuchte ihn, an die Spitze der Nationalmiliz zu treten. Er nahm das Commando an, weil er glaubte, so am Besten für die Ordnung wirken zu können, und weil er auf diese Weise den Befehl über die bewaffnete Macht in einer Hand vereinigte. Am nächsten Morgen fand dann unter einem neu gefertigten, sehr schönen Nationalbanner eine jener feierlichen Versammlungen statt, welche thatsächlich sehr wenig zu bedeuten haben, auf welche man aber damals einen sehr großen Werth legte.*) Dumouriez redete das Volk in jener damals

*) Wie lange ist es her, daß wir in Deutschland in Schützenfesten ein bedeutendes Mittel der Einigung erblickten? Verwechselung zwischen Symptom und Mittel.

beliebten, sehr ernst gemeinten und begeistert aufgenommenen Sprache an und ließ die Versammelten schließlich schwören, die Freiheit und Ordnung aufrecht zu erhalten. Man marschirte zum Herzog von Beuvron, der auch nach Cherbourg gekommen war, stellte ihn nebst Dumouriez unter die Nationalfahne und hielt einen feierlichen Umzug durch die Stadt. Alles war Friede und Einigkeit.*) —

Doch schon am nächsten Tage zeigte es sich, daß die Bestie, die überall die nämliche ist, der Pöbel, damit nicht zufrieden war. Ein Haufen Männer und Weiber rottete sich vor dem Hause des in Cherbourg sehr verhaßten Maire zusammen. Man verlangt das Brod zu 2 Sous. Man stürzt zu dem Herzog von Beuvron und fordert die Schlüssel zum Kornmagazin. Dieser schwache Herr liefert sie aus. Dumouriez eilt herbei und bemächtigt sich mit Anwendung der höchsten Energie der Schlüssel wieder. — Die Rebellen plündern das Haus des Maire.

Nun läßt Dumouriez Generalmarsch schlagen, aber die Truppen verweigern, auf die Canaille zu feuern. Tumult und Plünderung wüthen die ganze Nacht.

Endlich am Morgen ermannen sich einige Bürger, eilen Dumouriez zu Hülfe; ein Theil der Soldaten folgt, von Scham ergriffen, nach. Der Pöbel wird überwältigt, 150 Männer und Weiber werden verhaftet und gebunden auf Schiffe gebracht. —

Da die Justiz durch die Wirkung der Pariser Ereignisse und durch die Beschlüsse der Nationalversammlung vollständig in ihren Functionen gehemmt war, so läßt Dumouriez von der Bürgerschaft eine Art Volksgericht abhalten. Zwei der Empörer werden gehängt, Viele zu Galeeren und Gefängniß verurtheilt. — Wir erzählen diese Episode deshalb genauer, weil sie im Kleinen ein Bild der ganzen Revolution ist. Die gemäßigte Bewegung wird sofort überflügelt, der Socialismus, — mit oder ohne Princip — mischt sich hinein, wie bei allen solchen Bewegungen. Man fordert die Herabsetzung des Preises des Brodes, die Ausgabe von Getreide. Die Truppen versagen, die Revolte siegt — verzehrt sich in sich selbst und der Rückschlag durch den besseren Theil der Bürger tritt ein.**)

*) Diese Volkskundgebungen und Versöhnungsfeste bei solchen Gelegenheiten bleiben sich ganz gleich. Auch wir haben dergleichen Tage 1848 in Preußen gesehen.

**) Sybel weist in seiner Geschichte der Revolutionszeit mit vollem Recht auf

Dumouriez hielt die Ruhe in Cherbourg weiter aufrecht. In Caen kam es anders. Hier stand der Major von Belsunce beim Regiment Bourbon-Infanterie. Eine echte Soldatennatur, suchte er die Disciplin in seinem Regiment aufrecht zu erhalten. Nach Anderen hätte er die Masse durch die ihr gezeigte Verachtung aufgereizt. Anscheinend schienen ihm die Truppen geneigt zu sein. Es brach eine Revolte aus, der Pöbel belagerte die Kaserne, in welcher Belsunce wohnte. Es kommt zum Wechsel von Flintenschüssen, das Volk schleppt Kanonen herbei und droht die Kaserne in Brand zu stecken. Da capitulirt das Regiment und liefert Belsunce aus, welcher buchstäblich in Stücke zerhackt, sein Herz von den Furien der Revolution gegessen wird. Charlotta Corday lebte damals in Caen. Einige Schriftsteller haben behauptet, sie hätte Belsunce leidenschaftlich geliebt, und der Tod des jungen Majors, gegen welchen Marat in seinem: „Ami du peuple“ besonders gehetzt hatte, wäre einwirkend auf ihren Entschluß, die Ermordung Marat's, gewesen.

Diese Epoche im Leben Dumouriez's hat auch ganz besonders seinen Gegnern zum Angriff gedient, vorzugsweise den royalistischen.*)

Man beschuldigte ihn offen des Einverständnisses mit den Anstiftern der Aufstände und schilderte ihn als einen Erzrevolutionär. Wenn auch diese Anschuldigung offenbar vom Parteihaß eingegeben erscheint, da ihr die Thatsachen widersprechen, so wird das Verhalten Dumouriez's nicht gerade nach dem Geschmack eines in den strengen Begriffen der militairischen Ehre und Pflicht erzogenen deutschen Soldaten, eines wohl disciplinirten unerschütterten Heeres sein.

Dieses Unterhandeln mit dem Aufstande, die Annahme des Postens eines Commandeurs der Nationalmiliz widerstrebt den Anschauungen des militairischen Selbstbewußtseins, wie es in einem disciplinirten und tüchtigen Offiziercorps leben muß. Und doch, wenn man die Verhältnisse Frankreichs in diesem Moment recht in Betracht zieht, so wird man sich sagen müssen, daß ein besserer Weg für

---

den Umstand hin, daß das socialistische Element sich so bald in die große Revolution mischte. Man nannte es nur damals nicht Socialismus Diese jetzige Krankheit Deutschland's wurde erst später in ein System und in eine Rubrik gebracht, vorhanden war sie schon damals.

*) „Réfutation de la vie du général Dumouriez.“ „Lettres sur la vie du général Dumouriez.“ „Dumouriez démasqué“ par Viette.

einen General in Dumouriez's Lage wohl kaum zu finden möglich war. Wenn die oberste Leitung der Armee die Waffen gestreckt hat, wenn der König in der Gewalt der empörten Hauptstadt, die Truppen in Auflösung und Empörung sind, dann ist der gesammte Organismus so gelähmt, daß der Einzelne nicht mehr viel zu thun vermag. Eine energische Handlungsweise ist nur möglich, wenn der Boden, auf dem man steht, ein fester, unerschütterlicher ist wie bisher der Rocher de bronce, die deutsche Armee. Das stramme Soldatenthum, das die Revolution von 1848 bei uns niederwarf, existirte nicht in Frankreich.*) Seine Könige hatten es selbst zerstört. Ein furchtbarer Belag hierfür ist der Tod des braven, unglücklichen Majors de Belsunze. Daher blieb nur ein Verhalten, ähnlich dem Dumouriez's, für die kommandirenden Offiziere übrig, falls man überhaupt nicht sofort auswandern wollte, was zwar bequem, aber immerhin ein Verlassen des Postens in einer furchtbaren Krisis war.

Einige Tage später erschien eine Deputation der Nationalgarde bei Dumouriez und forderte die Besetzung der Magazine und der Forts durch ihre Leute. Dumouriez gab sogleich nach und befahl die Ablösung der Truppen. Nach Verlauf von 14 Tagen erschien abermals eine Deputation Gevatter Schneider und Handschuhmacher und bat himmelhoch, sie von diesem anstrengenden und zeitraubenden Dienst zu befreien, was er denn nach einigem Widerstreben zugab. Er behauptet, dies Resultat vorausgesehen zu haben.**)

In ganz Frankreich schritt indeß die Auflösung und die Anarchie ganz besonders auch in der Armee vor. Ueberall, wo es Zusammenstöße gab, verweigerten die Soldaten, unter Anführung der Unteroffiziere, den Gehorsam, jagten die Offiziere, welche ihnen mißfielen fort; setzten selbstgewählte ein, nahmen den Obersten die Kassen weg, brachten die

*) Schwankungen der militairischen Gewalt haben auch wir 1848 durch die Befehle von oben und die allgemeine Lage zu verzeichnen. Ich erinnere besonders an die Zeit vom 20. März bis Ende April 1848 in Posen. — Ein besonnenes sich selbst Ueberlassen der Empörung thut manchmal Wunder. So das Verfahren der preußischen Generale 1848 in Köln und Trier. Immer ist die Disciplin der Truppen Bedingung.

**) Ich erinnere mich aus meiner Jugendzeit einer ganz ähnlichen Geschichte der Bürgerwehr in einer schlesischen Stadt. Die Völker sind eben in der Kindheit ihres politischen Lebens überall dieselben.

Fahnen auf die Rathhäuser, besuchten die Clubs, ja bildeten eigene Clubs in den Regimentern und erlaubten sich die größten Ausschweifungen. Die demokratische Partei nahm diese Dinge überall in Schutz, denn sie wollte die vollständige Desorganisation der Armee, um ihre Absichten durchzusetzen. Binnen wenigen Wochen fehlten 33,000 Mann bei den Fahnen in Folge von Desertionen. Die Lage der Offiziere wurde furchtbar. Täglich den gröbsten Insulten ausgesetzt, konnten sie nur daran denken, durch Ueberredung, nicht durch Strenge zu wirken. Schon begannen die Auswanderungen derselben, jedoch blieb der größte Theil noch bei den Fahnen.

Die Zahlung der Steuern, die Handhabung der Verwaltung, der Justiz hatte aufgehört und durch ganz Frankreich tobte die Erhebung des Landvolkes und flammten die adligen Schlösser. Dieser erste Sturm der Anarchie wurde nicht, wie man geglaubt hatte, durch die Erklärung der Menschenrechte und die in der berühmten Nacht vom 4. August decretirte Aufhebung sämmtlicher Vorrechte des Adels, des Clerus und der Abschaffung aller Ungleichheiten und Mißbräuche entkräftet. Die ununterbrochen folgenden Decrete, deren offenbare Schädlichkeit dem scharfblickenden und umfassenden Geiste Mirabeaus nicht entging, und welche den Saamen zu neuen Aufregungen, Mißverständnissen und gegenseitigem tiefen Mißtrauen streuten, hätten sogar einen Monarchen von freiem, offenerem Gesichtskreise, als Louis war, die Annahme der Grundsätze der Revolution sehr erschwert. Um so weniger war es diesem Hofe möglich, mit Offenheit dieselben zu erfassen. Man fiel im Gegentheil in Unbesonnenheiten — wie das Gastmahl des Regiments Flandern und der Garde du corps in Versailles, welche, ohne besondere Schuld des Königs und der Königin Mißtrauen und Erbitterung säeten.

Zum letzten Male sonnte sich die höfische und fürstliche Verblendung an dem schwachen Abglanz der Anhänglichkeit der alten Armee, zum letzten Male prangte die weiße Kocarde über den weißen Uniformen, zum letzten Male ertönten die Lieder der Treue für den Monarchen, jene ritterlichen Weisen zur Verherrlichung des Königthums und der Frauen — es war nur ein Reflex der Thatkraft im Sturm des Weins und der Tafel; die wahre That zur Beendigung der Revolution konnte daraus nicht hervorgehen.

Die Megären der Revolution und die Banden der Hauptstadt standen schon bereit, mit Pike und Axt in das Schloß Louis XIV. das Verderben zu tragen, und den Hof in die Mitte der Hauptstadt zu reißen, in den Strudel der entfesselten Volkswuth. —

Die Gemäßigten, die beiden Lameth, die Barnave, Lally-Tolendal Larochefouceauld, Narbonne, vor allem Lafayette, welcher die neuorganisirten Nationalgarden des ganzen Königreiches befehligte, wähnten sich auf dem Gipfel der Macht. Nur Mirabeau, den ich als den verkörperten Gegensatz des Dotrinarismus bezeichnen möchte, sah, daß die Zukunft Anderen gehören mußte, wenn der bisher beschrittene Weg derselbe blieb. Jene schwächlichen Parteiführer aller Zeiten welche ohne die dringensten äußeren Motive nicht zum Entschluß kommen können, deren Eitelkeit zittert, etwas von der Popularität einzubüßen, die sie als das höchste Gut anzusehen gewohnt sind, können sich für immer an dem Selbstbewußtsein, mit dem Mirabeau 1789 und 1790 auf den richtigen Weg verwies, ein Beispiel nehmen.

Dumouriez empfand das Bedürfniß, dem großen Herde der Revolution näher zu sein. Er nahm Urlaub nach Paris. Nach den Octobertagen von Versailles residirte der König in den Tuilerien, die Nationalversammlung tagte in der, nahe dem Schlosse gelegenen Reitbahn.

---

2. Kapitel.

In Paris von 1789 bis Frühjahr 1791.

Es kann keinem Zweifel unterliegen, daß Dumouriez den brennenden Wunsch und die Absicht hatte, sich in der Revolution ein Feld der Thätigkeit zu suchen, in jenen großen Ereignissen eine Rolle mitzuspielen. Einer der gelesensten Dichter und Schriftsteller Frankreichs glaubt ihn zu charakterisiren, wenn er von ihm sagt: Ce n'était pas le héros de la révolution, ce n'était que le héros de l'occasion.

Zugegeben, daß der Ehrgeiz in allen seinen Handlungen eine

bedeutende Rolle spielte, so schließt derselbe beim Politiker ebensowenig als beim Soldaten die Triebfedern der Vaterlandsliebe, der wahren Ueberzeugung und des allgemeinen menschlichen Gefühls aus, und wir werden in entscheidender Stunde alle diese Triebfedern auf ihn selbst und seine Handlungsweise einwirken sehen können.

Angekommen in Paris, suchte er seine Freunde vom vergangenen Winter wieder auf, vor Allem die Herrn von Crillon, die zu den Siebenundvierzig gehörten. Durch den älteren derselben ließ er sich bei den Jacobinern einführen. Diese waren damals noch nicht, was sie später wurden; die gemäßigten Freunde einer verfassungsmäßigen Freiheit hatten sich noch nicht von ihnen getrennt. Er wurde mit Mirabeau und mit Barnaoe*) bekannt und erneute die Bekanntschaft mit Lafayette. Mit dem später als Terroristen so bekannt gewordenen Barrère, dem ewig schlauen und ewig lavirenden, der bei Beginn der Conventsitzung am 9. Thermidor zwei Reden in der Tasche gehabt haben soll, eine für, eine gegen Robespierre, wohnte er in einem Hause.**) Mehrfach wurde er zu Besprechungen von diesen Parteihäuptern aufgefordert, und es ist daher mit Bestimmtheit anzunehmen, daß dieselben schon damals auf seine Meinung großes Gewicht legten.

Indeß wurden seine schriftlich niedergelegten Vorschläge, welche sich sowohl auf die Aufhebung der Rechte des Clerus, als auch der Sklaverei in den Kolonien bezogen, und in denen er Mäßigung anempfahl, nicht zu seiner Zufriedenheit beachtet. —

Aber auch mit dem Hofe schienen sich ihm neue und unmittelbare Verbindungen zu öffnen.

Ein alter Schulfreund Dumouriez's, ein Herr de Laporte, wurde im Winter von 1789 zu 1790 Intendant des Hofes des Königs. Er war eifriger Royalist. Dennoch, erzählt Dumouriez, sah er die Richtigkeit meiner Ansicht, daß der König sich streng und aufrichtig an

*) Barnaoe spielte in der ersten Nationalversammlung eine große Rolle. Er war später unter den Commissaren, welche Louis nach seiner Flucht zurückbrachten. Durch die Anmuth der Königin und der Madame Elisabeth gefesselt, wirkte er von da ab für den Hof allerdings in constitutionellem Sinne. Diese Version bestreitet Sybel und führt seine Handlungsweise auf allgemeine Gründe zurück.

**) Seine Schlauheit bewahrte ihn vor der Guillotine, aber nicht vor der Deportation, welche er 1795 als angeblich Mitschuldiger Robespierres' erlitt.

das verfassungsmäßige Königthum halten solle, ein, und es gelang mir durch Laporte, demselben meine Meinung hierüber zu unterbreiten.

Daß die von ihm vertretene Meinung nicht durchschlug, und es am Hofe ein beständiges Schwanken zwischen den Rathschlägen der Freunde der Königin und denen der Constitutionellen gab, ist bekannt. Sonderbarer klingt ein anderer Vorschlag, den Laporte in seinem Auftrage der Königin machen mußte. Der Dauphin sollte in ein Bataillon von Knaben eintreten, das sich in einem Stadtviertel formirt hatte, zu dem Zweck, denselben und mit ihm die Königin bei der Pariser Bürgerschaft populär zu machen.

Dumouriez vergaß hierbei, daß eine Popularitätshascherei nie eine Dynastie wirklich populär macht, sondern, daß dies von ganz anderen Dingen abhängt. Der Vorschlag wurde mit Recht von der Königin zurückgewiesen. Die Absicht Dumouriez's seine Fähigkeiten in der Laufbahn, welche die Revolution unternehmenden und vorurtheilslosen Männern eröffnete, zur Verwendung zu bringen, zeigt sich in diesen an und für sich unbedeutenden Vorkommnissen deutlich, aber man kann durchaus nicht, wie seine Feinde es thun, behaupten, daß dies auf den krummen Wegen der Intrigue und gegen seine Ueberzeugung geschah, denn Dumouriez hatte wohl die Partei ergriffen, welche allein im Stande gewesen wäre, die Monarchie auf neuen Grundlagen aufzurichten. Vor Allem mußte diese Partei fähig sein, zu richtiger Zeit Energie zu zeigen, zu richtiger Zeit Alles zu wagen, und hierdurch sowohl dem Hofe als auch den Jacobinern zu imponiren. Dazu gehörte ein Führer in der Partei und diesen verlor sie bald in Mirabeau.

Die Anschauung, daß Dumouriez von Anfang der Revolution an mit dem Herzog von Orléans im Einverständniß gewesen sei, und den Plan consequent verfolgt habe, diesen auf den Thron zu bringen, kann durch die Angabe, er habe mit Madame de Genlis, der Erzieherin der Kinder des Herzogs, nächtliche Zusammenkünfte gehabt, durchaus nicht erhärtet werden. —*)

Schon vor dem Ausbruch der französischen Revolution hatte der

*) Viette „Dumouriez démasqué," macht diese Angabe. Die Sache soll schon vor der Revolution in Cherbourg eingeleitet gewesen sein; ist ohne jeden Beweis.

Aufstand Belgiens gegen Oestreich stattgefunden. Die Aufständischen hatten gesiegt und hielten das Land besetzt. Die Führer der französischen Revolution — damals noch Lafayette, Mirabeau, Bailly, die Häupter der Constitutionellen, auch die Feuillants genannt, — hielten es für geeignet, mit den Aufständischen Verhandlungen anzuknüpfen, um im Kriegsfalle gegen Oestreich Verbündete zu haben. Dumouriez wurde, hauptsächlich auf Lafayettes Anregung, beauftragt, sich über den Stand der Dinge in Belgien zu unterrichten. Er reiste dahin ab, trat mit den Führern des Aufstandes in Verbindung und fand sich in seinen Erwartungen so getäuscht, daß er binnen Kurzem nach Frankreich zurückkehrte. Er schilderte die Führer als theils ungebildete, theils unfähige Leute, das Heer als nicht brauchbar für den Felddienst. — Jedenfalls gewannen die Oestreicher, als sie Ende 1790 wieder in Belgien einrückten, mit der größten Leichtigkeit einen vollständigen Sieg, und dies trug nicht wenig dazu bei, die Hoffnungen der Hofpartei auf die Erfolge einer etwaigen Invasion in Frankreich zu erhöhen. —

Während dessen hatte die National-Versammlung die meisten Kommandanturen aufgehoben, und Dumouriez befand sich somit ohne Anstellung zur Disposition des Kriegsministers.

Sein Privatvermögen hatte ungemein abgenommen. Es wurde ihm schwer, die Pension von 5000 Franken, die er seiner Frau ausgesetzt hatte, aufzubringen.

Eine Verbindung zarter Natur, von welcher er nur mit der größten Achtung spricht, zwischen ihm und einer Dame aus den höheren Ständen, Madame de Beauvert, fällt in diese Zeit. Er gesteht zu, daß diese Dame ihm viel geopfert und ihn auch in den Stand gesetzt habe, die Pension für seine Gattin weiter zu zahlen. Dieselbe bewies ihm auch eine unerschütterliche Anhänglichkeit in den furchtbaren Wechselfällen, die ihn später trafen. — Es ist keine Frage, daß Dumouriez den Eindrücken der Frauenschönheit sehr offen stand. Sein Verhalten gegen Fräulein von Broissy beweist auch, daß ihm Tiefe des Gemüths und Herzens eigen war. Seine ungeheure Lebenskraft seine Lebensanschauungen und Lebensgewohnheiten lassen seine vielfachen anderen Verhältnisse sehr erklärlich erscheinen. Während seiner Ehe aber ist von Beziehungen mit anderen Frauen nichts bekannt geworden.

Im Dezember 1790 wurde eine Verschwörung in Lyon entdeckt, welche diese Stadt den in Turin sich aufhaltenden französischen Prinzen in die Hände spielen sollte. Der Sicherheitsausschuß bestimmte auf Lafayettes Vorschlag Dumouriez dazu, nach Lyon abzugehen und die nöthigen Gegenmaßregeln zu treffen. Unglücklicher Weise ging diese Notiz in den „Patriote," damals redigirt von dem späteren Girondisten Brissot, über, und als dem Könige die Bestätigungsordre für Dumouriez's Mission vorgelegt wurde, hatte er den „Patriote" schon gelesen und erklärte nunmehr, daß die Jacobiner sich in die Ernennung der Generale nicht zu mengen hätten. Er schicke jeden Anderen, ausgenommen Dumouriez. Diese Festigkeit wäre in größeren Angelegenheiten für den unglücklichen König sehr wünschenswerth gewesen, aber leider zeigte er sie in dem großen Gange der Revolution selten und dann nicht am richtigen Fleck. Das Jahr 1790 hatte die fortdauernde Beunruhigung der Ordnung durch die von den Jacobinerklubs in den Städten erzeugten Unruhen und erneute Bewegungen auf dem Lande gebracht, welche einen ganz entschieden communistischen Charakter trugen. Es begann schon damals der Gegensatz zwischen dem vierten Stande und der Bourgeoisie, welcher in unseren Zeiten eine so große Rolle spielt. Nur war der vierte Stand nicht wie jetzt, meist durch Fabrikarbeiter, sondern durch die Tagelöhner, Gesellen und Kleinbürger repräsentirt, der Socialismus war damals nicht in ein System gebracht, aber er spielte nicht unbedeutend in die Revolution hinein. Die Versuche der Theilung des Länderbesitzes auf dem Lande, die Errichtung von Nationalwerkstätten in Paris, die Unterstützung der Stadtgemeinden vom Staate, die Fixirung der Preise, die allgemeine Hetzerei des „Armen" gegen den „Reichen" waren socialistischer Natur.

Im Laufe des Sommers 1790 waren die Arbeitseinstellungen durch bestimmte Vereine ebenso Mode, wie in unserer Zeit. 30,000 meist fremde Arbeiter waren in den Nationalwerkstätten, die ebenso wie ihre Nachkommen von 1848 eine Pflanzstätte der Bummelei und Faulheit waren. Die Gefahr war dringend und am 14. Juli 1791 wurden dieselben aufgelöst, ganz ebenso wie im Juni 1848 die damaligen Nationalwerkstätten in Paris.

Man hat all' das vielfach vergessen, obgleich es aus dem Studium der großen Revolution sehr genau zu erkennen ist.

1792 trat dies durch die Anträge Beffroiz's im Convent auf Schutz gegen die „Tyrannei des Kapitals" noch offener und schon principienmäßiger hervor. — Der Socialismus ist alt, nur sein Name ist neu. — Er mischt sich in der Regel mehr oder weniger in jede revolutionäre Bewegung. Ein Umstand jedoch unterscheidet unsere heutigen Socialisten von den damaligen Revolutionären, daß ist der Mangel an Vaterlandsliebe und jedes Idealismus. — Was nun das Verhalten des Königs anbetrifft, so hatte er die ungeheure Beschränkung seiner Befugnisse, die zahllosen organisatorischen Decrete, die Besitzergreifung der Kirchengüter, die Abschaffung des Adels, die Verlegung des größten Theils der Executivbefugnisse in die Nationalversammlung, die Civilconstitution des Clerus, — Alles das hatte er angenommen, wenn auch der Pabst auf seine heimliche Veranlassung die Bestätigung der letzteren Maßregel versagt hatte, aber das Vertrauen der Nation hatte er deshalb nicht gewonnen. Das Constitutionsfest am 14. Juli 1790 hatte in diesen Verhältnissen eine durchgreifende Aenderung nicht herbeigeführt. Der Jacobinerklub, geleitet durch Camille Desmoulins, Danton, Robespierre, Marat, wühlte ununterbrochen gegen jede Autorität und stellte sich in seiner weit verzweigten Organisation als eine respectabele Macht neben die Regierung und Nationalversammlung. Die ausgewanderten Prinzen suchten die Mächte in die Waffen zu bringen — am Hofe bekämpften sich die Parteien, die Pläne und Gegenpläne.

Den König hatten die Decrete über die Civilconstitution des Clerus zum entschiedenen heimlichen Gegner der Revolution gemacht; eine Beichte bei einem constitutionellen Priester erschien ihm eine Unmöglichkeit. Von dieser Zeit an wurden die Verhandlungen wegen einer Entweichung im Geheimen lebhaft, und zwar nach verschiedenen Seiten hin geführt, mit den Prinzen, mit dem Kaiser Leopold und mit Mirabeau.

Dumouriez, auf den alle Parteien sehr aufmerksam geworden waren, wurde abermals von mehreren Seiten zu Besprechungen aufgefordert, die jedoch ohne Resultat verliefen. Im April 1791 jedoch begab er sich auf Mirabeaus Einladung zu diesem.

Dumouriez spricht sich in seiner Darstellung des Vorganges sehr hart über ihn aus, er nennt ihn groß an Talenten und Verbrechen.

Er erwähnt, daß er 1791 vom Hofe bezahlt wurde, um Front gegen die Jacobiner zu machen. Nichtsdestoweniger ist er mit ihm auf seine Aufforderung in politische Verbindung getreten. Mirabeau hat ihm nun Eröffnungen gemacht über eine demnächstige Uebernahme des Ministeriums durch ihn und über eine Aenderung des diplomatischen Korps, die er sodann vornehmen wollte. Er bot Dumouriez den Gesandtschaftsposten in Preußen an. Dumouriez erklärte, daß die Gesandschaft in Mainz (damals geistliches Kurfürstenthum) ihm noch wichtiger erscheine, da er von da aus mit den ausgewanderten Prinzen unterhandeln könne, um sie zur Rückkehr nach Frankreich zu bewegen, im Falle dies jedoch nicht gelänge, sei er im Stande, sie von dort aus in ihren Umtrieben und Rüstungen auf deutschem Boden gut zu überwachen.

Mirabeau nahm diese Vorschläge an und begab sich zu dem damals im Rathe des Königs die Hauptrolle spielenden Minister des Aeußeren Herrn von Montmorin, welcher die Verhandlungen mit Mirabeau führte. Dumouriez erinnerte sich nun der Weigerung des Königs in Bezug auf seine Ernennung in Lyon. Er bat deshalb Laporte, dem König einen Brief zuzustellen, den wir hier in wörtlicher Uebersetzung, nur mit Weglassung einiger unwesentlicher Stellen, folgen lassen, nebst einem Auszuge eines Anschreibens von Laporte an den König.*)

Brief Dumouriez's an den König.

Sire!

Euer Majestät kennt mich nur durch meine Dienste, weil mein Rang mich niemals in die Lage gebracht hat, mich Ihnen persönlich zu nähern. Ich habe eine Laufbahn von 35 Jahren in der Armee und im diplomatischen Verkehr hinter mir. Ich habe weder eine Belohnung erbeten, noch eine solche erhalten, sondern nur durch meine langjährigen Arbeiten und durch viele Wunden den Grad erreicht, den so viele Andere nur durch den Vorzug erhalten, sich an Euer Majestät Hofe bewegen zu dürfen. — Ich bin Euer Majestät

*) Diese Briefe sind in den zuerst erschienenen Memorien Dumouriez's nicht enthalten, sondern erst einer späteren Ausgabe derselben zugefügt.

auf das Aufrichtigste ergeben, und diese Ergebenheit ist noch durch die jetzigen Verhältnisse verstärkt (est redoublé par les circonstances). Herr von Laporte, welcher mein früheres Leben und meinen Character kennt, wird meine Bürgschaft sein. Er kennt meinen Eifer und die Beweise für denselben.

Indessen Sire, bin ich bei Euer Majestät verleumdet worden, und der Eindruck dieser Verleumdung muß ein sehr großer gewesen sein, da Euer Majestät meine Wahl zu der Mission in Lyon nicht bestätigt hatten.

Es ist sehr wichtig, Sire, in einer so großen Krisis eine gute Wahl für alle Stellungen zu treffen. Um die Wahl auf richtige Männer zu lenken, muß ihr ganzes Leben, und nicht nur das Gute oder Schlechte, in Betracht gezogen werden, was schwache oder verderbte Höflinge über sie verbreitet haben, die stets nur bestrebt waren, die Wahrheit Euer Majestät zu verhüllen (qui toujours ont mis un voile entre la vérité et Votre personne).

Aus den beifolgenden Anmerkungen werden Euer Majestät erkennen, daß sich mir eine neue Gelegenheit bietet, Euer Majestät zu nützen, wenn Sie geruhen wollten, mich nach Mainz als Gesandten zu senden.

1. Nichts ist gefährlicher für die Person Euer Majestät, für den Staat und für das Volk, als die Projecte der Prinzen, welche unsere Grenzen bedrohen. Meine Verbindungen und meine Erfahrungen setzen mich in den Stand, dort zur Beschwichtigung der Gemüther einzuwirken.
2. Ich kann in Mainz die Unterhandlungen mit den deutschen Fürsten beginnen, welche in ihren Besitzungen im Elsaß durch die Decrete der Nationalversammlung verletzt, ihre Rechte zurück verlangen. Ein äußerer Krieg würde unsere Leiden unerhört steigern und Euer Majestät großen Kummer über die Lage unendlich erhöhen.

   Herr von Montmorin soll Euer Majestät meine Wahl für diese Mission vorschlagen. Wenn ich jedoch das Unglück hätte, Ihnen zu mißfallen, Sire, wenn Euer Majestät an meinem Eifer und meiner Treue zweifelten, so würde ich mich bescheiden und zu verzichten wissen. Wollen Euer Majestät mich Ihre Meinung wissen lassen und mir so eine zweite Zurückweisung ersparen — ich würde sodann Herrn von Montmorin ersuchen, meinen Vorschlag zurückzuziehen.

Ich werde Sie stets verehren, Sire, und habe die heißesten Wünsche für das Wohl Euer Majestät.

Indem ich den Moment erwarte, Euer Majestät meine Dienste weihen zu können, bin ich Euer Majestät unterthänigster und gehorsamster Diener Dumouriez

Maréchal-de-camp.

Paris, den 14. März 1791.

Auszug aus dem Briefe Laportes an den König bei Vorlegung obigen Schreibens Dumouriez's.

Sire!

Ich habe die Ehre Euer Majestät ein Schreiben Dumouriez's vorzulegen. Obgleich ich mit ihm durchaus nicht einer politischen Meinung bin, habe ich doch nicht eine alte Verbindung mit ihm abbrechen wollen.

Ich habe ihm indeß seit 18 Monaten nicht getraut, aber sei es, daß er mich zu täuschen suchte, sei es, daß er es aufrichtig meint, — genug er hat mir gegenüber soviel Ergebenheit für Euer Majestät Person und für das Königthum gezeigt, soviel Widerwillen gegen die Parteichefs, daß ich zwar fortfuhr, seine Meinungen zu bekämpfen, ihn aber nicht hassen konnte. Daß er nicht fähig ist, die Unruhen zu begünstigen, beweist sein Verhalten in Cherbourg, wo er 2 Rebellen hinrichten ließ und 8—9 zu den Galeeren und zur Peitsche verurtheilte.

Endlich habe ich ihn überhaupt nur als Freund der monarchischen Verfassung und im reellen Gegensatz zu den Demagogen kennen gelernt. Aber dennoch bleibt er in gewissem Grade revolutionair*), und so sehr ich mich zu ihm hingezogen fühle, werde ich ihn in manchen Dingen nie zum Vertrauten machen.

---

*) Diese Stelle in dem Briefe von Laporte ist schwer wörtlich zu übersetzen. Sie lautet: Avec cela Dumouriez est révolutionnaire. Laporte will sagen: Mit diesen monarchischen Gesinnungen ist er doch revolutionär, d. h. mit anderen Worten, er ist constitutionell gesinnt, was den Anhängern des alten Königthums natürlich als revolutionär galt.

Was den Gegenstand seines Briefes betrifft, so fühle ich wohl die Unzuträglichkeiten, die es für Euer Majestät hat, im Auslande Minister von revolutionärer Gesinnung zu haben, und ist dies eine so delikate Sache, daß ich mir nicht erlaube, darauf weiter einzugehen.

Dumouriez hat Geist, viel Character, Talent; ich glaube ihn zu zeichnen, wenn ich sage, daß ein Mann seines Schlages sehr nützlich, oder sehr gefährlich sein kann.

Euer Majestät unterthänigst und treugehorsamster Diener

de Laporte

Intendant des Königlichen Hauses.

Diese Briefe*) sind nicht unwichtig zur Beurtheilung des Characters Dumouriez's und Laporte's, auch gewähren sie ein interessantes Bild der Vorsicht, welche sogar ein so alter Freund, wie Laporte, gegen den anderen beobachtete.

Der Brief Dumouriez's zeigt lebhaftes Gefühl für die Person des Königs, aber kann man mit Recht behaupten, daß er seine Gesinnung darin verbirgt?

Die auf die Höflinge bezügliche Stelle stellt ihn in Gegensatz zu der ultra-royalistischen Partei bei Hofe. Die Projecte der Prinzen werden für gefährlich erklärt. Dumouriez bietet also keineswegs seine Dienste an, um in die reactionären Absichten derselben und der intimen Freunde des Hofes einzutreten. Der Vorwurf der Unwahrheit und Heuchelei kann ihm also hier nicht gemacht werden. Laporte spricht das noch deutlicher aus und zeichnet dem Könige Dumouriez's politische Meinung ganz offen, wenn auch nicht ganz geschickt. Der König konnte sich also über den Character der Anerbietungen Dumouriez's nicht in Zweifel befinden.

Die letzte Aeußerung in Laporte's Brief characterisirt den Mann von Selbstbewußtsein, Talent und Ehrgeiz, der nicht mit sich spielen lassen will, sondern selbsthandelnd auftritt, ungemein richtig. Ich kann darin aber auch nicht finden, was darin gefunden worden ist, nämlich einen Beweis für die Gesinnungslosigkeit Dumouriez's.

*) Sie wurden in dem eisernen geheimen Wandschrank Louis' in den Tuilerien gefunden, und trugen, obgleich ohne Grund, nicht wenig dazu bei, Dumouriez bei den Jacobinern zu verdächtigen.

Was die mit der Mission in Mainz verbundenen Absichten betrifft, so wollte er also die emigrirten Prinzen für die constitutionellen Grundsätze gewinnen, sie mit den Zuständen in Frankreich befreunden, oder sie nöthigenfalls bewachen. Hierin spiegelt sich zuerst in seiner Handlungsweise der Schüler der Politik des 18. Jahrhunderts wieder. Er übersieht, daß die Personen in der Revolutionszeit sich auf Principien stützen mußten, gegen welche die kleinen Mittel versagten, die bei den Ministerwechseln eines Choiseul, d'Aiguillon u. a. m. ausreichen konnten.

Uebrigens muß angenommen werden, daß Mirabeau von seinen damaligen Plänen, den König nach Compiegne unter den Schutz einiger treuer Regimenter zu führen, daselbst die Royalisten und Constitutionellen der Nationalversammlung zu berufen und dann die Verfassung auf gemäßigten Grundlagen aufzustellen, Dumouriez nichts mitgetheilt hat.

Einige Tage nach der ersten hatte er mit Mirabeau eine zweite Zusammenkunft. Sie besprachen die äußere Politik und kamen dabei auf den preußischen Minister Hertzberg. „Der Mann ist von 5—6 tödtlichen Krankheiten bedroht und denkt an nichts als politische Pläne zu machen, das Schwert des Damokles hängt über seinem Haupte," bemerkte Mirabeau spöttisch.

Einige Tage darauf starb Mirabeau plötzlich. „Eh bien", sagte Dumouriez zu Sainte Foy, „Mirabeau s'est trompé sur la glaive de Damocles".

Montmorin leugnete nun Dumouriez gegenüber jede Verbindung zwischen Mirabeau und ihm, was diesem abermals als ein Beweis von der Falschheit der am Hofe herrschenden Politik war.

Jedenfalls war ihm dieses gänzliche Beiseitewerfen seiner Person nach dem Tode Mirabeaus nicht mit Unrecht empfindlich, besonders da ihm der König durch Laporte hatte sagen lassen, daß er ihm gern den Posten in Mainz geben würde, sobald er vorgeschlagen würde.

Auch war er empört über das bekannte Rundschreiben Montmorin's vom 23. April, welches in den exaltirtesten Ausdrücken die in Frankreich herrschenden Zustände pries. Er meinte, eine solche Sprache zu führen, wäre weder aufrichtig noch praktisch, denn an eine solche Anhänglichkeit des Hofes an die Principien der Freiheit würde doch nicht geglaubt.

Bald darauf trat er in einer Denkschrift gegen die Absicht der Jacobiner auf, die Offizierstellen sämmtlich zu kassiren und die Wahl derselben durch die Soldaten einzuführen. Er hatte die Genugthuung, daß die Nationalversammlung die dahingehenden Anträge der Jacobiner ablehnte. Die massenhafte Auswanderung höherer Offiziere hatte ein schnelleres Avancement möglich gemacht, und so wurde Dumouriez im Juli zum Maréchal de camp der 12. Division ernannt. Es scheint dies eine Art Ablatus des Kommandanten der Division gewesen zu sein.

Ehe er auf seinen Posten abging, hielt er es für nöthig, den Jacobinerklub in Paris wieder zu besuchen, damit er, mit der nöthigen Popularität ausgestattet, in Nantes, wo die Jacobiner eine sehr mächtige Filiale hatten, erscheinen könnte. — Er verständigte jedoch den König durch Laporte, daß er dies nur thue, um in Nantes die Bevölkerung besser leiten zu können.

Der genaue Verfolg der Ereignisse wird zeigen, ob diese Politik die richtige war.

---

3. Kapitel.

Die Flucht des Königs. Dumouriez's Verhalten. Seine Wirksamkeit in der Vendée. Gensonné.

Die 12. Division war 12 Bataillone und 6 Eskadrons stark. Ihr Territorium erstreckte sich über fünf Departements und zwar ungefähr von Nantes bis Bordeaux. Sie war durch den Generallieutenant de Verteuil befehligt; ein alter Mann, durch die Jahre abgenutzt und durch die Ereignisse niedergebeugt. Verteuil hatte sein Hauptquartier in La Rochelle. Dumouriez nahm das seinige in Nantes, wo er am 19. Juni 1791 eintraf. Dort befand sich ein Bataillon vom 25. Regiment Poitou, dessen Offiziercorps er mit Ausnahme des Kommandeurs als Anhänger des alten Régime bezeichnet.

Durch seine neuesten Erfahrungen darin bestärkt, daß die bei

Hofe herrschende Partei der neuen Ordnung der Dinge nur feindlich sei, und daß eine Neuordnung der Verhältnisse von dort aus sobald nicht zu erwarten, glaubte er bei dem Offiziercorps auf eine constitutionelle und freisinnige Gesinnung hinwirken zu müssen. —

Er führt für sein Verhalten an, daß er geglaubt habe, einen einheitlichen Geist in demselben herzustellen, sei ein Haupterforderniß gewesen. Das alte Régime sei aber nicht mehr lebensfähig, nicht wiederherstellbar gewesen, und die constitutionelle Gesinnung des Offiziercorps hätte er als einen neuen Schritt für die Herstellung geordneter Zustände betrachtet.

Durch das Organisations-Decret vom 28. Februar 1790 war die Kriegsherrlichkeit des Königs außerordentlich beschnitten worden Der Fahneneid war dem entsprechend. Er lautete: Treue der Nation, dem Gesetz, dem König und der Constitution. Abgesehen davon war in dem Decret die Abschaffung der Käuflichkeit der Offizierstellen und sogar die ganz weise Bestimmung enthalten, daß das Wahlrecht von Soldaten in ihren Cadre's nicht auszuüben sei.*)

Die Zügel der Autorität waren factisch den Händen des Königs ganz entfallen und an die Nationalversammlung übergegangen. Diese erließ Anweisungen, Belobigungen, Proclamationen unmittelbar an die Truppen. Die am 14. Juli 1790 der Armee verliehene neue Oriflamme, Hauptfahne der Armee, war nicht zum König, sondern zur Nationalversammlung gebracht worden.

Der Kriegsminister hatte am 4. Juli 1790 die Nationalversammlung vollständig um Unterstützung gebeten, da die Autorität der Regierung und des Königs nicht mehr ausreiche.**)

Die Nationalversammlung erließ in Folge dessen und auf die Nachricht fortwährender Ausschreitungen am 6. August ein Decret, welches gegen die herrschende Unbotmäßigkeit gerichtet war, das aber zugleich den Soldaten die Erlaubniß gab, sich direct an die Nationalversammlung zu wenden. —

Erst die blutige Unterdrückung der Insurrectionen der Regimenter

*) Dieselbe Nationalversammlung, welche diese vernünftige Bestimmung traf, hatte aber kürzlich den Soldaten den Besuch der Clubs förmlich erlaubt!

**) Siehe über diese Zustände W. Blume „Die Armee und die Revolution in Frankreich von 1789 bis 1793.“

des Königs, und Mestre de camp, sowie des Schweizerregiments — Château-vieux durch General de Bouillé in Nancy hatte auf eine Zeit lang Ruhe vor den gröbsten Excessen geschafft. —

Wenn man alle diese Zustände erwägt, so wird man den Gedankengang Dumouriez's einigermaßen verstehen, wenigstens irgend einer Autorität in der Armee Geltung verschaffen zu wollen. Anstatt aber die militairische Disciplin als solche zu kräftigen und über die Partei zu stellen, suchte er zu dieser Zeit seinen Zweck durch Festigung einer Parteiansicht, der constitutionellen, zu erreichen. —

Am 22. Juni Abends wurde er durch einen Brief des Präsidenten des Departements ersucht, sich nach der Bank zu begeben. —

Er leistete dieser Einladung Folge. Mehrere Tausend Menschen waren in heftiger Aufregung vor dem Gebäude versammelt. Er trat in den Saal, welcher von Behörden und Bürgern angefüllt war, und in welchem eine ungeregelte Debatte stattfand.

Der Präsident gebietet Ruhe und sagt zu dem General: „Herr General! Der König von Frankreich ist abgereist. Er ist auf der Flucht!"

Dumouriez war wie vom Donner gerührt. — Vor 6 Tagen hatte er Paris verlassen und nicht das Mindeste von einem solchen Schritte geahnt. Dennoch faßte er sich sofort. „Wenn er abgereist ist, — die Nation ist geblieben," erwiderte Dumouriez ohne Stocken, „berathschlagen wir, was zu thun ist." — Mit dieser Antwort ist schon gesagt, auf welche Seite Dumouriez sich stellte.

Er schlug sogleich eine Proclamation vor, um das Volk zu beruhigen, widersetzte sich dem Projecte, die Offiziere sämmtlich zu verhaften und verbürgte sich für sie. — Er ließ denselben hierauf die Wahl, mit Pässen abzureisen, oder den von ihm verlangten Eid: „Treue der Nation und dem Gesetz", sofort zu leisten.*)

Alle Offiziere gingen auf dies Verlangen ein. Er ertheilte Befehle zur Versammlung der Truppen des Bezirkes in der Absicht, der National-Versammlung zu Hülfe zu marschiren, denn er setzte voraus, daß der Hof bei seiner Abreise eines Theils der Armee sicher ge-

*) Das häufige Schwören war damals Mode. Man schwor in der National-Versammlung, in den Kommunen, in den Clubs, in der Armee bei den geringfügigsten Veranlassungen.

wesen sei, um den Bürgerkrieg sofort zu eröffnen. Die Flucht des Königs erschien um so verwerflicher, als derselbe erst vierzehn Tage vorher seine Anhänglichkeit an die Principien der Revolution öffentlich ausgesprochen hatte. — Die Concentrirungen hatten begonnen, alles war bereit zum Abmarsch, als ein Courier anlangte mit der Nachricht, daß der König angehalten sei und nach Paris zurückgebracht werde. Diese Nachricht beruhigte ihn ungemein, denn, obgleich er äußerlich die größte Ruhe zeigte, hatte doch in seinem Innern ein gewaltiger Kampf zwischen dem, was er seine Pflicht nannte, und dem Bedauern, dem König gegenüber stehen zu müssen, stattgefunden.

In ganz Frankreich gestalteten sich die Dinge ähnlich wie in Nantes. Der bei Weitem größte Theil der Nation sah als Folge der Flucht des Königs den Einmarsch der Fremden und mit ihm die Wiederherstellung des alten traurigen Zustandes. Der Tiers-état sah den Uebermuth des Adels, der Bauer die Leibeigenschaft und die Feudallasten, der Soldat die Wiederherstellung der Käuflichkeit der Stellen, den niedrigen Sold und die entehrenden Strafen wieder in der Ferne.

Die National-Versammlung hatte die Zügel der Regierung in die Hand genommen, und es war ihr unbedingt Folge überall geleistet worden. — Ganz abgesehen von den Verstellungskünsten, welche der Flucht vorausgingen, entbehrte der Plan des Königs jeder Großartigkeit und wahren Kühnheit. Hierin sind die meisten Schriftsteller der Revolution einig. Sein schwächliches Betragen in Varennes ließ ihn vollends in den Augen jedes Soldaten und entschlossenen Mannes sinken. Denn Männer, wie Dumouriez, zu fesseln, dazu bedurfte es der Entschiedenheit und eines Soldaten auf dem Throne.

Jetzt jedoch erschien die verhängnißvolle Stunde für die constitutionelle Mittelpartei. Sie hatte das Schicksal Frankreichs, ihr Schicksal in der Hand — aber, wie so viele Mittelparteien, und wie die Girondisten später, wagte sie nur einen, nicht den mit Nothwendigkeit folgenden zweiten Schritt. Der Aufstand der Jacobiner in Paris, um die Nationalversammlung zur Absetzung des Königs zu zwingen, wurde am 17. Juli, nachdem das Kriegsgesetz verlesen, und die rothe Fahne der Vorschrift gemäß entfaltet worden war, von der Nationalgarde durch einige Salven unterdrückt, und dies warf den Schrecken in die demagogische Partei; — aber die Feuillants verstanden dies nicht zu benutzen. Camille Desmoulins schwieg, Robespierre wurde von Madame Roland versteckt, Marat verkroch sich in einen Keller, und Danton verschwand aus Paris. — Aber anstatt die Clubs zu sprengen, der ganzen Anarchie ein Ende zu machen, ließ Lafayette Alles beim Alten.

Die Haft des Königs war aufgehoben, die Verfassung angenommen, aber das gegenseitige Vertrauen wurde damit zwischen König und Volk nicht wiederhergestellt. In dieser Stimmung, diesem Gefühl der Unzufriedenheit, welches durch alle Parteien und alle Klassen ging, fühlte sich Dumouriez abermals gedrängt, mit zu rathen und ließ dem König durch seinen Freund Laporte im Geheimen eine Denkschrift unterbreiten, welche den Gang der zu befolgenden Politik erörterte. Laporte gab sie wirklich dem König. Dieser hat sie nach Dumouriez's Angabe gelesen, dann aber in den bekannten Eisenschrank geschlossen.*) Inzwischen hatte die Flucht des Königs einige royalistische Bewegungen in der Vendee hervorgerufen. Dumouriez unterdrückte dieselben an der Spitze einer mobilen Kolonne mit leichter Mühe. Hierbei wird ihm royalistischer Seits die Verbrennung und Plünderung des Schlosses eines Herrn de Lazarières zugeschrieben.**) Diese Anschuldigung ist unwahr, da die mobile Kolonne, welche diese Plünderung verübte, aus einem anderen Bezirk war und gar nicht unter ihm stand.

Zurückgekehrt nach Nantes, wurde er von dem dortigen sehr exaltirten Jacobinerclub heftig angegriffen. Die Forderungen desselben betrafen Einmischungen in die militairische Verwaltung und Führung, welche sämmtlich von ihm abgelehnt wurden. Bald darauf begab er sich nach La Rochelle und machte dem Divisions-Commandanten einen Besuch. Es wurde verabredet, daß er sein Quartier inmitten der Vendee in Fontenay le comte nehmen sollte. Die Vendee war bereits in Gährung, hauptsächlich der auf dem linken Loireufer von Nantes bis zur See sich erstreckende Theil: die Bocage***) und Le Marais. Diese Namen bezeichnen schon die Natur des Landes. In

*) Auch diese Denkschrift war unter den später daselbst gefundenen Papieren.

**) „Réfutation de la vie de Dumouriez". Viette „Dumouriez demasqué".

***) Kleines Gebüsch.

viele kleine Besitzungen von nur einigen Morgen Umfang getheilt, ist die Bocage von zahllosen Hecken durchzogen, die, auf kleinen Wällen wachsend, jeden Acker einschließen wie die Knicks in Schleswig. Die Meierhöfe liegen meist einzeln; zusammenhängende Dörfer sind selten. Größere und kleinere Waldstücke sind vielfach über das Gelände zerstreut. Das Marais senkt sich allmälig zum Atlantischen Ocean hinab. Es ist eine sumpfige Niederung, die, von tausenden von kleinen Canälen durchschnitten, wie die Bocage den Bewegungen größerer Truppenmassen große Hindernisse entgegensetzt. Die Besitzungen der Edelleute sind wie die bäuerlichen nicht groß. Das Leben des Landadels war zu dieser Zeit sehr einfach; die Lasten hier durchaus nicht drückend. Die Edelleute traten ihren Unterthanen nahe, das Verhältniß zu ihnen war ein vertrauliches, wohlwollendes. In der Anhänglichkeit an die katholische Kirche, deren Formen und Bilderdienst, fühlten sich Edelleute und Bauern vereint und zufrieden, und der Clerus, welcher hier, wie die Edelleute, dem Volke durch Einfachheit der Lebensweise und der Anschauungen nahe stand, übte einen mächtigen Einfluß. Dieses Land war unberührt geblieben von der sittenverderbenden Einwirkung des Hofes und auch der modernen Philosophie. Dies Volk war nur erstaunt über die Revolution, zu der es keinen Grund zu entdecken vermochte. Nach Aufhebung der Feudalrechte zahlte es freiwillig seine Steuern an die Grundherren weiter. Erst mit Einführung der Civilconstitution des Clerus fingen sich die Gemüther an zu empören. Das Landvolk versammelte sich in den Wäldern und Büschen, um seine vertriebenen Priester zu hören. Diese Versammlungen erschienen aufrührerisch gegen die neue Ordnung der Dinge. Die Jacobiner verlangten ihre Sprengung, und die inzwischen zusammengetretene zweite Nationalversammlung befahl dieselbe.

Dumouriez unterzog sich diesen Aufträgen ohne Anwendung von Waffengewalt. Zu Pferde, nur von einem Adjutanten begleitet, ritt er durch die Bocage und erschien bei den Versammlungen, um die Bauern zum Auseinandergehen zu bewegen, was ihm in den meisten Fällen gelang. Später wüthete der Bürgerkrieg in seiner furchtbarsten Gestalt daselbst zwischen den „Weißen“ und „Blauen“. — Dumouriez behauptet, daß derselbe durch verständige Maßregeln zu vermeiden gewesen wäre. Wir sehen also, daß er Mäßigung und

Ruhe nicht nur gegen eine, sondern auch gegen alle Parteien zu zeigen verstand.

Dieses Verhalten gegen die armen gläubigen Bauern in der Vendee macht nicht nur seiner Klugheit und Festigkeit, sondern auch seinem Herzen Ehre.

Zu dieser Zeit hatte die gesetzgebende Nationalversammlung den berühmten Gelehrten Gensonné, Mitglied der Partei der Gironde, abgeschickt, um ihr Bericht über die Verhältnisse in der Vendee zu erstatten. Gensonné durchreiste mit Dumouriez das Land, und fühlte sich, wie so Viele vor ihm, gefesselt von der Persönlichkeit jenes Soldaten, der die militairischen Pflichten mit der Action eines Politikers vereinigen zu können schien, und dessen enorme Vielseitigkeit ihm über alle Verhältnisse ein Urtheil gestattete. Gensonné kehrte mit der Ueberzeugung nach Paris zurück, daß Dumouriez eine Rolle auf der großen politischen Bühne spielen, daß er sich selbst den Weg dazu frei machen werde, und daß es weise für eine jede Partei sei, diesen ehrgeizigen Soldaten zu gewinnen.

Von Anfang des Winters bis zum Januar 1792 nahm Dumouriez sein Quartier in Niort, dessen Bewohner er sich wie die von Cherbourg sehr zu Freunden zu machen verstand. In Nantes dagegen zählte man ihn einerseits zur aristokratischen, andererseits zur jacobinischen Partei, und war er fortwährenden Anfeindungen ausgesetzt.

---

4. Kapitel.

Dumouriez, Minister des Aeußeren.

Die Zeit war gekommen, in welcher Dumouriez aus den subalternen Stellungen heraustreten sollte, in denen ihn im alten Frankreich seine Herkunft vom niederen und zweifelhaften Adel so lange gefesselt gehalten hatte. — Die neue Nationalversammlung trug eine andere Physiognomie als die alte. Die Anhänger des alten Königthums waren verschwunden, die Feuillants (Constitutionellen) saßen auf der Rechten. Ihr Credit war als parlamentarische Partei schon im Sinken, jedoch hatte der König bis dahin noch sein Ministerium aus denselben gewählt. Die heftigen Jacobiner hatten noch nicht das Uebergewicht in der Versammlung, sondern die Partei der Gironde.

Ueber diesem Namen schwebt noch immer ein eigenthümlicher Zauber. Und mit Recht! Denn mögen die menschlichen Schwächen der Selbstsucht, des Neides, der Eifersucht, dort so stark wie andernorts hervorgetreten sein, möge doctrinäres Wesen die staatsmännische Einsicht in den meisten Fällen in der Partei verdunkelt haben, möge endlich die Energielosigkeit im richtigen Moment als ihr schlimmster Fehler genannt werden, so bleibt doch soviel wahr, daß die Gironde durch Geist und Bildung, durch die Kunst der Rede und der Form, endlich durch die Aufrichtigkeit der Gesinnung sich als die Blüthe, als die Aristokratie der Revolution kennzeichnete. Der Gironde schwebte als Ideal der Staatsform die Republik in dem Sinne des Alterthums vor. Sie erstrebte die Durchführung der humanen Grundsätze der Philosophie unter Leitung der gebildeten Klassen, also Alles in Allem genommen des Tiers-états. Obgleich es der Gironde durchaus nicht an einzelnen energischen Männern fehlte, so unterlag sie doch der fortschreitenden Revolution wie die Feuillants. Die Mittelparteien repräsentiren in der Regel die Mäßigung, den Verstand, das Talent, sehr oft aber fehlt gerade ihren Leitern der Character, welcher bei Durchführung von politischen Aufgaben ebenso nöthig ist, wie in den militärischen. Von den anderen Parteien gedrängt, wurde die Gironde zu Schritten verleitet, die sie eigentlich nicht beabsichtigt hatte, um schließlich im Kampfe gegen die ultrarevolutionären Parteien selbst, welche den geistreichen Reden die Pikenmänner und Sansculotten der Pariser Vorstädte entgegenstellten, zu erliegen.

Einen ungemeinen Einfluß auf die Partei bis zu ihrem 1793 erfolgten Untergange besaß Madame Roland, die Gattin des schon in höherem Alter stehenden, späteren Ministers des Innern. Diese, sowohl durch Schönheit als durch Geist ausgezeichnete und von einer leidenschaftlichen Neigung für die Philosophie und die republikanischen Ideen erfüllte junge Frau leitet von den in ihrem Hause stattfindenden, fast alltäglichen Versammlungen aus großentheils die Politik jener Partei und somit auch der Majorität der Nationalversammlung. Zwei Frauen ragen aus dem Kampfe der sich gegenüberstehenden Parteien hervor; die eine kämpft für ihr Recht, die andere für ein Princip. Beide sahen die Ihrigen zerstreut, geächtet, oder todt, beide traten denselben Weg zur Guillotine an, und beide starben mit der, großen Characteren im Unglück eigenen Würde.

Da kein Mitglied der alten Versammlung in die neue hatte gewählt werden dürfen, so saß auch Robespierre nicht in der Nationalversammlung. Einen desto größeren Einfluß gewann er auf den Jacobiner-Club. Seine lange andauernde Beliebtheit und endliche Herrschaft verdankte er vor Allem dem Grundsatz in der consequentesten Weise dem „Volke", d. h. der Masse der Kleinbürger und Tagelöhner, auf's Kräftigste zu schmeicheln, ein Princip, in dem er mit Geschick von unseren jetzigen socialistischen Demagogen nachgeahmt wird. Danton hatte den Club der Cordeliers, damals die heftigsten Jacobiner, gegründet. Seine volksthümliche kräftige Beredsamkeit, seine kolossale Erscheinung machten ihn besonders zur Leitung von Massen in stürmischen Tagen geeignet, wenn er auch nicht der Mann war, sich den Chancen eines Straßenkampfes persönlich auszusetzen. Camille Desmoulins war die Gabe der Rede nicht besonders eigen, aber durch sein Blatt hatte er bedeutenden Einfluß auf die Massen. Eine Anzahl niederer Demagogen hielt den Pöbel der Vorstädte und die zahlreich in Paris angesammelten fremden Abenteurer zur Verfügung der Chefs bereit, besorgte die Zusammenrottungen (rassemblements), für deren Bildung und Leitung sich eine förmliche Taktik herausgebildet hatte und war auch bereit, bei den Zusammenstößen den Befehl zu übernehmen.

Marat*) stand damals noch nicht im Vordergrunde, jeder der Parteiführer vermied sogar mit ihm in Verbindung zu treten, aber von seiner Kellerpresse aus warf er täglich durch den „Ami du peuple" seine Brandartikel gegen das Königthum, gegen die Gemäßigten, gegen die Reichen in die Straßen.

*) Marat ist der von unseren Socialdemagogen als Vorbild eines echten Revolutionärs am meisten hingestellte Führer des vierten Standes. Robespierre genügt ihnen nicht.

Schon Anfang 1792 begann sich ein gewisser Gegensatz zwischen der Gironde und den Jacobinern festzustellen, der zuerst hauptsächlich seinen Grund in persönlichen Zwisten zwischen dem Literaten Brissot, welcher in früheren Zeiten vielfach in politischen Intriguen gearbeitet hatte, und Robespierre, später erst im Princip, zu suchen war.

Brissot war Ende 1791 und Anfang 1792 das treibende Element in der Gironde. Seinem unruhigen Geist war der Hochgang des politischen Meeres und die damit verbundene Aufregung Bedürfniß. So war er auch der erste, der das Kriegsgeschrei erhob, als die Verhältnisse mit Oesterreich sich zuspitzten.

Die Stimmung des Hofes kann man trotz der bei der Fluchtreise gemachten Erfahrungen im allgemeinen als die frühere characterisiren. Nur war die Entschluß- und Rathlosigkeit noch größer, als früher, die geheimen Hoffnungen waren auf ein Einschreiten der fremden Mächte gerichtet. Der König schwärmte für einen Kongreß mit bewaffneter Unterstützung behufs einer Einmischung in die inneren Angelegenheiten Frankreichs. Vertrauliche Versammlungen fanden in den Tuilerien statt, deren Resultate in der Regel gleich Null waren. Man suchte Verbindungen mit den Parteien, wies aber die aufrichtigen Anerbietungen Vergniaud's im Namen der Gironde zurück und machte sich diese zu erbitterten Gegnern. Die Civilliste wurde dagegen durch Zahlungen erschöpft — unter anderen auch an Danton, die fast niemals einen durchgreifenden Nutzen gewährten.

Inzwischen hatte sich die auswärtige Lage bedrohlich gestaltet. Die Ausgewanderten hatten damals Trier zu ihrem Hauptquartier gemacht. Ihr Treiben erhitzte die Stimmung. König Friedrich Wilhelm II., Gustav von Schweden waren für den Krieg und die Wiederaufrichtung des französischen Königthums. Die Zusammenkunft von Pillnitz (1791) zwischen den Herrschern Preußens und Oesterreichs war zwar ohne sofortige kriegerische Folgen verlaufen, aber die französischen Demokraten glaubten sich auf das gefährlichste von den Emigrirten und Oesterreich bedroht, oder heuchelten diesen Glauben. Nach einer glühenden Rede Brissot's für den Krieg (20. Oktober) erließ man Decrete, welche den Prinzen und allen Emigrirten die schärfsten Strafen androhten. Kurz zuvor war ein gleichfalls sehr scharfes Ausnahmegesetz gegen die unbeeidigten Priester ergangen. Der König wies diese Decrete zurück. — Hierauf beschloß die Versammlung am 23. November mit großer Majorität, den Kurfürsten von Trier zum Einschreiten gegen die Emigrirten aufzufordern und Streitkräfte an den Grenzen zu versammeln.

Graf Narbonne übernahm das Ministerium des Krieges. Dieser, unterstützt von der in Paris als Frau des schwedischen Gesandten weilenden Frau von Staël und von Lafayette, der sich ebenfalls für den Krieg entschieden hatte, stand mit der Gironde in Verbindung, die von allen Parteien am Meisten nach dem Kriege drängte Narbonne entwarf — in der alten Intriguenweise des Reichs Louis XV. — den Plan, Preußen von Oesterreich abzuziehen. Unterhandlungen, versuchte Bestechungen am preußischen Hofe folgten. Der Herzog von Braunschweig empfing französische Abgesandte, welche ihm sogar die französische Königskrone in der Ferne zeigten. Um das Bild des politischen Intriguenspiels à la Louis quinze zu vollenden, vereitelte der französische Minister des Auswärtigen Delessart in Gemeinschaft mit Barnave*) die in Berlin gemachten Unterhandlungen durch die Sendung des Grafen Ségur an den preußischen Hof.

Narbonne war im Uebrigen Feuer und Leben. Die Aufstellung von drei Armeen wurde beschlossen. Der gelehrte Girondist Condorcet begeisterte die Versammlung durch den Satz, daß es die Befreiung der Völker gelte. Eine starke Anleihe wurde bewilligt.

Somit waren so ziemlich alle Parteien in Paris für den Krieg. Nur Robespierre war dagegen. Diese mittelmäßige pedantische Natur ohne eigentliche Entschlußkraft und ohne physischen Muth haßte jedes militairische Wesen, jeden kriegerischen Ruhm, wie er Alles haßte, was mit ihm wirksam zu rivalisiren im Stande war und errieth auch mit richtigem Instincte, daß ein ruhmreicher Feldherr der gefährlichste Feind seines auf Rousseau'sche Theorien aufgebauten Staates sein würde.

Es war fast das einzige Mal, daß er nicht bei den Jacobinern durchdrang, und er war klug genug, nicht gegen den Strom

---

*) Barnave war der einzige Constitutionelle, zu welchem die Königin Vertrauen hatte. Es fanden daher häufige Zusammenkünfte zwischen ihnen in den Tuilerien statt.

zu schwimmen, sondern erst zu schweigen,*) sodann den Krieg ebenfalls zu fordern, aber als Volkskrieg, nicht unter den Befehlen des Grafen Narbonne und des Marquis de Lafayette.

Dies war der Zustand in Frankreich als Dumouriez, zum Generallieutenant aufgerückt, auf Befehl des Kriegsministers nach Paris berufen, dort Januar 1792 ankam. Narbonne empfing ihn sehr bald und theilte ihm die beabsichtigte Aufstellung der Armeen mit. Er sollte unter dem General Luckner im Elsaß Verwendung finden. Dumouriez bat Narbonne um Erlaubniß, ihm einen Vertheidigungsplan gegen Sardinien und Spanien vorlegen zu dürfen. Narbonne genehmigte denselben, aber schon nach einigen Tagen erfolgte sein Sturz in Folge von Spaltungen im Ministerium, bei welchem er den royalistischen Mitgliedern unterlag. Der Oberst de Graves wurde sein Nachfolger.

Dumouriez war mit Délessart, dem Minister des Aeußern, zusammen auf dem Collège gewesen. Délessart hatte die Verhandlungen mit Oesterreich geführt. In Erwiderung einer französischen Note vom 25. Januar traf am 19. Februar eine Depesche vom österreichischen Cabinet ein, welche besonders auf die Jacobiner als Grund des Uebels und der Aufregung in Frankreich hinwies und deren Ränke zu enthüllen trachtete. Délessart wies in einer Note vom 1. März diese Anschuldigung als Einmischung in die französischen Angelegenheiten zurück, welche Antwort auch in der Nationalversammlung beklatscht wurde. Dieses Klatschen empfing jedoch sehr bald ein furchtbares Dementi. Dumouriez wußte durch seine Verbindungen mit der Gironde, daß die Kriegspartei mit der Führung der diplomatischen Verhandlungen durch Délessart dennoch sehr unzufrieden war und gegen den Minister einzuschreiten beabsichtigte, um den Bruch mit Oesterreich möglichst bald herbeizuführen. Er warnte Délessart, konnte ihn aber nicht aus seiner Sicherheit aufschrecken. Am 10. März wurde durch zwei Reden von Brissot und Vergniaud der Schlag geführt, der den König zum Bruch mit Oesterreich treiben sollte und Délessart unter

---

*) „Der Krieg dünkte Robespierre als eine gemeine und mitunter gefährliche Rauferei. Er liebte zu reden aber nicht zu schlagen“. Sybel, Band I. S. 312. Siehe über den Character Robespierres das vorzügliche Buch Héricault's: Révolution de Thermidor.

dem tobenden Beifall der Gallerien als Hochverräther verhaftet und unter Anklage gestellt, weil seine Unterhandlungen die Ehre Frankreichs Preis gegeben hätten.*)

Durch diesen echt revolutionären Gewaltstreich der Gironde — den Dumouriez heftig tadelte — war das Ministerium gesprengt.

Um Mitternacht an demselben Tage erhielt er die Aufforderung des Königs, das Ministerium des Aeußeren vorläufig zu übernehmen. Er lehnte jedoch eine vorläufige Uebernahme ab und führte an, daß die äußeren Verhandlungen sich zu sehr zugespitzt hätten, um von einem Interimsminister mit Aussicht auf Erfolg geführt zu werden. Hierauf bot man ihm den Posten endgültig an, und Dumouriez fügte sich, obgleich er weit lieber ein Kommando übernommen hätte. Der diplomatische Ausschuß der Nationalversammlung hatte auf Gensonné's Betreiben ihn dem König zur Ernennung empfohlen. Der König hatte nach diesem Antrage seiner „Feinde" mit Laporte gesprochen, und dieser zu seiner Ernennung gerathen. So war dieselbe ein Werk sehr verschieden gesinnter Menschen, die aber Alle in dem General einen der kraftvollsten und befähigsten Männer seiner Zeit erblickten.

Nachdem er am 15. März einem Ministerrath von nur drei Ministern, in dem über die Ergänzung der ausscheidenden Mitglieder verhandelt wurde, beigewohnt hatte, empfing ihn der König am folgenden Tage in besonderer Audienz.

So stand der „Roturier" — denn als solcher war er von dem hohen Adel immer betrachtet worden, — der officier de fortune, der verwegene Abenteurer von Corsica, der Insurgentenführer in Polen, vor seinem Monarchen mit dem Recht, ja mit der Pflicht, ihm Rathschläge zum Besten seines Landes zu ertheilen. Er fand den König absolut anders, als man ihn sich im Publikum vorstellte, nämlich statt eines aufbrausenden heftigen Mannes, von ruhiger und höflicher Gelassenheit. Louis erschien ihm sogar von großer Schüchternheit — gewiß nicht mit Unrecht — denn er besaß wenig Vertrauen zu sich selbst und drückte sich ungewandt aus. Er liebte nicht krumme

*) Délessart, vor den hohen Gerichtshof in Orléans gestellt, wurde in den Septembertagen mit 54 Angeklagten nach Versailles gebracht und daselbst ermordet.

Wege.*) Sein Herz und Sinn waren rein. Er hatte ausgesprochene Vorliebe für die Kunst und für die Mechanik, war in Geschichte und Geographie sehr bewandert und besaß ein erstaunliches Gedächtniß.**) In seinem Character war die Resignation der herrschende Zug. In dieser war er ruhig und groß. Er sprach im Verlauf der Ministerzeit Dumouriez's oft mit ihm von seinem Tode. —

Das Gespräch in jener Audienz zwischen dem Könige und Dumouriez begann, nachdem der Minister die Erlaubniß zu sprechen vom Könige erbeten hatte, mit den Worten Dumouriez': „Ich hoffe, Sire, daß Ew. Majestät von der vorgefaßten Meinung zurückgekommen sind, welche man Ihnen über mich unterbreitet hatte."

„Vollkommen," erwiderte der König.

„Ich will mich Ihrem Dienst vollständig widmen, Sire! Aber der Platz eines Ministers ist nicht der nämliche wie früher. Ohne aufzuhören Euer Majestät getreuer Diener zu sein, bleibe ich der Mann der Nation! Ich werde zu Eurer Majestät immer die Sprache der Freiheit und der Verfassung sprechen."

Er setzte dem König sodann weiter auseinander, daß das diplomatische Corps geändert werden müsse, und daß diese Forderung unerläßlich sei. Er rieth dem König, angesichts der furchtbaren, den Thron umringenden Gefahren das öffentliche Vertrauen zu erwerben, es sei dazu nicht zu spät. Der Styl und die Grundsätze der Depeschen, die er dem König morgen schon vorlegen würde, sei ganz verschieden von denen seiner Vorgänger. Sollte der König mit seiner Thätigkeit nicht zufrieden sein, so sei er jeden Augenblick bereit, sein eigentliches Handwerk wieder zu ergreifen und zur Armee abzugehen.

Der König hatte dieser offenen Auseinandersetzung sehr erstaunt zugehört. Er faßte sich jedoch und antwortete gütig: „Ich liebe Ihre Offenheit, General! (J'aime votre franchise.) Ich weiß, daß Sie Anhänglichkeit an mich haben. Ich will die Verfassung aufrichtig! — Man hatte mir viel Böses über Sie gesagt!"

Der König erhob sich und ging in die Messe. Er forderte Du-

*) Aber er schlug sie aus Schwäche ein.

**) Nach der Schilderung von Dumouriez. Bekanntlich schwebte die Geschichte Karls I. von England Louis immer vor Augen, besonders die Anklage auf Krieg gegen die Nation.

mouriez auf, ihn bis zur Kapelle zu begleiten. Die Hofleute wichen ihm wie einem Pestkranken aus. Sein Verfahren in der Normandie hatte ihm bei denselben den Gnadenstoß gegeben. — Die von Dumouriez bei dieser Gelegenheit gegen den König beobachtete Offenheit und Loyalität liegt auf der Hand. Auch sein heftigster Gegner kann ihm Doppelsinnigkeit in keiner Weise unterschieben. Ich bin überzeugt, daß er die Schwierigkeiten jener Aufgabe nicht verkannte, daß er den dem Könige vorgeschlagenen Weg indeß nicht für hoffnungslos hielt. Aber es giebt manche Lagen, die derart verwickelt sind, daß eine Lösung eine baare Unmöglichkeit geworden ist, insbesondere, wenn ein Minister in einem durchaus unzuverlässigen Material arbeitet; wenn er mit seinen Vorschlägen auf Anschauungen trifft, die in Gewohnheiten eines ganzen Lebens wurzeln, wenn er endlich sich auf Personen stützen muß, die während der ganzen Revolutionszeit es nicht verstanden, auch in den kritischen Momenten, eine Partei ganz und voll zu ergreifen.

Der König billigte am nächsten Tage die Depeschen; sie gingen sofort ab. Die Depesche an Oesterreich verlangte mit größter Entschiedenheit die Regelung der Verhältnisse der deutschen fürstlichen Besitzungen im Elsaß*) und wies die Anschuldigungen der letzten österreichischen Note, welche sich über die Zügellosigkeit der Jacobiner und die der königlichen Familie zugefügten Beleidigungen beklagte, zurück, indem sie den fremden Höfen das Recht jeder Einmischung absprach.

Inzwischen hatte sich das neue Ministerium formirt. Auf Dumouriez's besondere Empfehlung wurde Lacoste, ein vortrefflicher Arbeiter und aufrichtiger gerader Mann, Marineminister, der sich auch das Wohlwollen des Königs besonders erwarb.

Ein Advocat aus Bordeaux, Duranton, übernahm das Justizministerium. Er war ein Mann von großer Rechtlichkeit und Gewandtheit, aber von schwachem Character und ein langsamer Arbeiter. Finanzminister wurde Clavière, ein Mann von vielem Geist, bekannt durch eine gute Denkschrift über das Finanzwesen.

Zum Minister des Innern wurde Roland ernannt, welcher durch

*) Eine Anzahl deutscher Fürsten übten auf Besitzungen im Elsaß feudale Rechte unter vertragsmäßiger Garantie aus. Diese Rechte waren mit der Revolution aufgehoben worden, und führte dies natürlich zum Conflict.

seine Frau berühmt geworden ist. Er war etwa sechszig und einige Jahre alt; als Generalinspector der Manufacturen in Lyon, war er im Handel und Wandel erfahren. Sein Aeußeres war quäkerhaft. Er trug die schwarzen Haare glatt anliegend mit wenig Puder, und es ist bekannt, daß er im bürgerlichen Kleide und mit Schuhen ohne Schnallen in den Tuilerien erschien. Er huldigte also offenbar jener Geschmacklosigkeit, die Würde eines freien Mannes in der Lossagung von der vor dem Monarchen zu beobachtenden Form zu suchen.

Der Hof war darüber außer sich. Er nannte das Ministerium das der Sansculotten und man behauptet, daß erst von diesem Moment an diese Bezeichnung für die jacobinischen Schaaren*) acceptirt worden war, gerade so wie die flanderischen Rebellen des 16. Jahrhunderts den ihnen vor der Regentin Herzogin von Parma durch einen Höfling an den Kopf geworfenen Spottnamen Gueux einst als Ehrentitel angenommen hatten.

Eines Tages wurde Dumouriez von einem Hofmann etwas spöttisch mitgetheilt, wie das Ministerium in diesen Kreisen genannt würde. „Si nous sommes sansculottes," erwiderte er, „on s'en apercevra d'autant mieux. que nous sommes des hommes."

Dumouriez speziell wurde vom Hofe le ministre bonnet rouge genannt.

Diese Bezeichnung war nicht ohne Grund, und der Zufall, welcher sie herbeiführte, ist Dumouriez immer als eine unfaßbare und ganz besonders verwerfliche, ja unwürdige Handlung ausgelegt worden.

Am Tage nach seiner Ernennung sagte er dem König, daß er den Jacobinern einen Besuch machen wolle, um es mit dieser mächtigen Gesellschaft nicht zu verderben. Er folgte darin nur demselben Gedanken, den er einmal Laporte gegenüber ausgesprochen hatte: „Wenn ich der König wäre, würde ich mich zum Jacobiner machen." — Auch in der Normandie und in Nantes hatte ihn die Absicht geleitet, die Revolution zu führen, indem man sich ein revolutionäres Aussehen giebt, indem man revolutionäre Principien annimmt, sich revolutionärer Mittel bedient. Daß das manchmal bedenkliche Consequenzen haben kann, sieht man aus der älteren und neueren Geschichte.

*) Dumouriez sagt: il fut regardé comme le Rhinocéros.

Dumouriez begab sich in den Club. Es herrschte gerade eine bedeutende Aufregung in demselben. Der exaltirteste Theil der Jacobiner hatte die rothe Mütze als Parteizeichen proclamirt, und Alle waren mit derselben geschmückt. Der Eintritt der militairischen und strammen Erscheinung Dumouriez's erregt Staunen, aber die Sicherheit seines Auftretens Beifall. Er steigt auf die Tribüne; da reicht man ihm aus der Masse eine rothe Mütze, und er ist gezwungen, sich mit diesem Parteizeichen zu bedecken, gegen dessen Annahme er und die Girondisten sich schon vorher ausgesprochen hatten. —

Hierauf erklärte er in wenigen Worten seinen Willen, der Nation treu zu dienen. Er wolle einen ehrenhaften Frieden oder den Krieg; sobald der Krieg erklärt sei, werde er wieder zum Degen greifen.

Hierauf entfernte er sich. Nach wenigen Minuten lief ein Schreiben von Petion ein, welches sich gegen dies Zeichen erklärte, wodurch dasselbe vorläufig beseitigt wurde. So Dumouriez's Darstellung. Andere behaupten, daß die Comödie sich noch im Jacobinerclub fortgesetzt und zu einer Umarmung Robespierre's und Dumouriez's geführt habe. —

Heute ist die rothe Mütze die rothe Fahne geworden. Ein preußischer Offizier von heute würde freilich lieber sterben, als sich mit der rothen Farbe decoriren. Die Stellung und Lage sind klar gezeichnet. Anders war es in diesem Moment in Frankreich. Der Fehler war nur hier wieder, daß er durch kleine Mittel zu wirken suchte, die schließlich aber doch keinen vollen Gewinn ergaben, denn ein einziger Besuch im Jacobinerclub konnte diese Gesellschaft unmöglich ganz auf seine Seite ziehen.

Jedenfalls hatte ihn sein System zu einer bedenklichen symbolischen Handlung geführt, die nicht ohne Folgen für seine Beurtheilung in der Geschichte bleiben konnte.

Dumouriez war 53 Jahre alt, als er Minister wurde. Er hatte die Elasticität und das Feuer der Jugend. Seine Erscheinung war mittelgroß. Er trug sich leicht und elegant. Sein markirtes Gesicht mit der Adlernase, seine blitzenden Augen kündigten Muth und Begeisterung an. Das dunkle Haar trug er leicht gepudert; die Haltung des Kopfes war stolz und ein wenig zurückgeworfen. Seine Stimme soll von angenehmem Klange, aber von lauter, bestimmter Betonung gewesen sein. Im Ganzen war sein Anblick der eines adligen Soldaten des 18. Jahrhunderts, leicht, gefällig in der Form, vertrauenerweckend und sicher im Auftreten.

Seine Frische, seine Heiterkeit, seine Neigung zum Witz, den er bei den gefährlichsten Situationen walten ließ, waren sich gleich geblieben. Seine Gesundheit war die beste, seine geistige Kraft befand sich auf dem Höhepunkt. Er war einer jener eisernen Männer, deren Thätigkeit erst mit seinem Tode erlischt. Mit Stolz blickte er auf seine Laufbahn. Was er war, er war es durch sich selbst. Mit sicherem Blicke die politischen Verhältnisse beurtheilend, sich auf militärischem Felde zu Hause fühlend, sah er in der Ferne, wenn auch in nicht bestimmten Umrissen ein großes Ziel. Es hieß die Beherrschung der Parteien, die Führung der Revolution. Das persönlich gute Verhältniß, in welches er zu dem Könige trat, und die gewonnene Ueberzeugung, daß dieser Mann so unwerth der Krone nicht sei, ließen ihn Hoffnung für die monarchische Sache fassen, und seine Absicht, dem König nach besten Kräften zu dienen, kann nicht wohl bezweifelt werden. Jedenfalls hoffte er damals auf diesem Wege das angesteckte Ziel, die Ueberführung der Revolution geordnete Verhältnisse erreichen zu können.*) Wurde doch auch

*) Dumouriez n'avait jamais en vue qu'un objet. C'était de lier d'un manière indissoluble le roi et la nation par la constitution. (Seine Worte.) Wie verschieden er von den Parteien in damaliger Zeit beurtheilt wurde, davon hier einige Proben: In den „Notes sur les mémoires du général Dumouriez relativement à la campagne de Belgique" ist zu lesen: „Dumouriez était-il l'ami du Roi, quand il ne lui ouvrit pas les yeux sur sa faiblesse et sa crédulité envers la reine, l'abbé Lenfant, Montmorin, Cossé-Brissac, ses frères émigrés, sa soeur Elisabeth et tant d'autres personnes composant les Conseils d'Antoinette et de sa soeur? Dumouriez était-il l'ami du peuple? Il avait été fait ministre par les intrigues auprès de la reine, de Laporte, de Sainte Foy et de Bonnecarrère, intriguant de la basse classe. Und an einer andern Stelle: Le général voulait des corporations, il voudrait des aristocrates, des prêtres, en un mot il voudrait un peuple esclave et des priviléges dominateurs. — In der „Réfutation des mémoires du général Dumouriez", Hambourg et Leipzig 1794, liest man dagegen: Je n'eusse jamais présumé, lors de la déclaration de la guerre au 20. Avril 1792, que Dumouriez après son aventure de bonnet rouge et un pareil rapport osa prétendre à l'avenir, qu'il n'était pas Jacobin, ni associé des Marat, des Camille Desmoulin et tous ces scélérats. Man sieht hieraus, wie verschieden ihn die Parteien beurtheilen.

Roland durch die einfache, rein menschliche, wohlwollende Manier des Königs in seinen feindlichen Gesinnungen irre, so daß seine Gattin ihn mehrere Male zur Consequenz in dem Kreise ihrer Parteigenossen ermahnte. Roland mußte — sozusagen — seine Gesinnungen immer erst im Salon seiner Frau auffrischen, um dem Könige mit jener Strenge und republikanischen Rauheit entgegentreten zu können, die er zu Anfang versucht hatte, hervorzukehren.

In Dumouriez dagegen lebte der Soldat und Edelmann. Er fühlte anders, als der philosophische Doctrinär. Er hielt Rolands Art und Weise im Ministerrath durch sein respektvolles Benehmen gegen den König das Gegengewicht. Sein Verhältniß zu den Girondisten suchte er zwar aufrecht zu erhalten, doch beabsichtigte er nicht, sich von dieser Fraction beherrschen zu lassen. Es ist klar, daß ein solcher Mann das Gegentheil versuchen wollte. Er erschien denn auch in dem Salon der Roland, wo die glühenden Köpfe begeisterter Redner, die berühmten Gelehrten der Gironde, die Vergniaud, Brissot, die Barbaroux, Louvet, Buzot, die Gensonné und Condorcet sich zusammenfanden, mit der ihm eigenen liebenswürdigen und heiteren Sicherheit.

Einige haben behauptet, daß er denselben mit ganz besonderen Absichten betreten habe. Er habe nämlich die Partei dadurch beherrschen wollen, daß er das Herz ihrer Führerin zu gewinnen versucht hätte. Hierin hätte er sich geirrt, denn er hätte eine andere Frau vor sich gefunden, als die von ihm unter dem ancien régime gemachten Bekanntschaften.

Sei dem wie ihm wolle, Frau Roland fand das Wesen und die Manieren Dumouriez nicht dem republicanischen Ideal eines Staatsbürgers gemäß, das sie in ihrer Seele trug, und dies wappnete sie gegen jede Versuchung. Ob dies Ideal damals schon Reellität angenommen hatte, durch die Neigung zu dem jungen Girondisten Buzot mag gänzlich dahin gestellt bleiben. Jedenfalls soll die Roland am ersten Tage ihrer Bekanntschaft mit Dumouriez zu ihrem Gatten gesagt haben: „Gieb auf diesen Mann Acht, er ist fähig, diejenigen aus dem Ministerium hinauszujagen, die ihn hineingebracht haben“. Obschon das Ministerium als ein girondistisches bezeichnet wurde, war die Stellung der Partei zum König keine freundlichere geworden.

Die Gironde glaubte nicht an die Aufrichtigkeit der constitutionellen Absichten des Königs und war mit dem Stande der Angelegenheiten nicht zufrieden. Sie erstrebte eine weitere Schwächung des Königthums — unter Umständen eine Regentschaft als allmäligen Uebergang zur Republik. Petion hatte erst vor einigen Wochen Lafayette in der Wahl zum Maire von Paris geschlagen. Jetzt setzte er die ganze Kommune auf revolutionären Fuß, um sie zur Verfügung der Gironde zu halten. Roland, obschon Minister des Königs, that auf Antrieb der Partei das möglichste, um denselben in Mißkredit zu bringen, ein Verfahren, das nicht grade für seine Ehrlichkeit als Parteimann zeugt.

Dem arbeitete Dumouriez entgegen.

Sein Verhältniß zur Gironde lockerte sich, als diese Partei sah, daß er selbstständig bleiben und handeln wollte. — Auch die Minister Lacoste und Duranton empfingen ihre Parole nicht von der Gironde, sondern bewahrten eine parteilose Haltung.

Werfen wir, ehe wir zu seiner Thätigkeit in den großen politischen Actionen übergehen, noch einen Blick auf einige kleine, aber auch nicht unwichtige Vorfälle, auf die Arbeitslast, die er übernommen, und auf seine Art und Weise dieselbe zu überwältigen.

Gleich zu Anfang seines Ministeriums hatte er sich einen Fond von 6 Millionen Franken für die geheimen Ausgaben seines Ministeriums zur Verfügung stellen lassen. Die Nationalversammlung hatte denselben gegen den Widerspruch der Feuillants bewilligt. Wir werden sehen, in welcher Weise diese Angelegenheit wieder erschien.

Er hielt es für nöthig, seine Bureaus gründlich zu reformiren. Er vereinfachte den Geschäftsgang und die Verwaltung, er machte Ersparnisse von einer Million, wobei er sein eigenes Gehalt um 30,000 Livres verringerte, außerdem aber besetzte er die Abtheilungen mit ausgesuchten Leuten, möglichst seiner Farbe. Hierbei wird ihm besonders von vielen Seiten die Auswahl eines gewissen Bonne-Carrére zum Vorwurf gemacht.

Er gesteht selbst zu, daß derselbe ein Mann von leichten Sitten, ein Spieler, ein „homme de plaisir“ gewesen sei, der einen üblen Ruf in Paris gehabt habe, aber er suchte ihn sich aus, weil er ganz Paris und die persönlichen Verhältnisse genau kannte, und weil er in jeder Beziehung ein vorzüglicher Arbeiter war. Leitende Persönlichkeiten können eben solche Werkzeuge nicht immer entbehren. Es fehlt auch in unserer Geschichte bis in die neueste Zeit hinein nicht an Beispielen der Art. — Die Aenderungen im diplomatischen Corps nahm er nach und nach in Angriff. Nur die entschiedensten Widersacher der neuen Ordnung der Dinge beseitigte er sofort. Seine Zeiteintheilung war, wenn nicht in der Nationalversammlung besonders wichtige Dinge verhandelt wurden, folgende:

Er war schon um 5 Uhr in seinem Arbeitszimmer. Um 11 Uhr ertheilte er mehrere Stunden Audienzen, oder ging in die Nationalversammlung, um 4 Uhr aß er zu Mittag; arbeitete von 6 Uhr bis Mitternacht, nahm sein Abendessen und ging um 1 Uhr zu Bett.

Diese Arbeit aber vollzog sich nicht wie in ruhigen Zeiten, sondern während äußerer und innerer Erschütterungen, welche die Nation in einem ungeheuren Grade aufregten.

Außer der Thätigkeit in seinem Ministerium ist es außer Zweifel, daß er sich bemühte, auf die Leitung des Ganzen Einfluß zu gewinnen und ihn auch in bedeutendem Grade wirklich gewann. De Graves, der Kriegsminister, war ein verhältnißmäßig junger und unerfahrener Mann. Es war daher natürlich, daß Dumouriez, der erfahrene Soldat, sowohl in Fragen der Organisation, als auch der aufgestellten Feldzugspläne eine entscheidende Stimme hatte. —

So war er eigentlich der verantwortliche Leiter von zwei Ministerien und repräsentirte also ganz und voll die äußere Action Frankreichs. —

Inzwischen erhielt er durch ein besonderes Ereigniß noch einen weiteren Impuls, seine Kräfte der Sache des Königthums zu widmen. Die Königin wollte ihn sprechen, und der König forderte ihn persönlich dazu auf. Die verlangte Unterredung war, in Anbetracht des Rufes, in welchem die „Oesterreicherin" bei der patriotischen Partei stand, nicht nach seinen Wünschen, aber es blieb ihm nichts übrig, als sich zu fügen.*)

---

*) Die hier folgende Schilderung der Zusammenkünfte mit der Königin hat in mehreren Geschichtswerken Aufnahme gefunden da sie von Dumouriez selbst herrührt; dieselbe wird von den Memoiren der Madame de Campan ihrem wesentlichen Inhalt nach bestätigt.

Als Dumouniez in das Zimmer der Königin geführt wurde, fand er dieselbe in einem Zustande großer Aufregung. Mit geröthetem Gesicht ging sie heftig im Zimmer auf und nieder, ehe sie sich dem wartenden Minister näherte. „Mein Herr", sagte sie, „Sie sind in diesem Augenblick sehr mächtig, aber Sie sind durch die Volksgunst erhoben, und das Volk zerbricht seine Abgötter schnell. Ihr Dasein hängt von ihrem Betragen ab! Man sagt, sie besitzen viele Talente! Dann werden Sie einsehen, daß weder der König noch ich alle diese Neuerungen, wie die Verfassung, ertragen können. Ich erkläre Ihnen dies freimüthig: Treffen Sie ihre Wahl!"

„Ich bin verwirrt, Madame", erwiderte der Minister, „daß mir Euer Majestät ein so peinliches Bekenntniß machen. Ich werde es nicht verrathen, aber ich bin zwischen König und Nation gestellt und gehöre meinem Vaterlande an."

Er entwickelte nun kurz seine Ansicht über das nothwendige politische Verhalten, worauf ihm die Königin mit erhobener Stimme sagte: „Das wird keine Dauer haben! Nehmen Sie sich in Acht!" —

„Ich bin über fünfzig Jahre alt, Madame," antwortete Dumouriez, „und bin durch viele Gefahren gegangen. Als ich das Ministerium übernahm, habe ich wohl gewußt, daß die Verantwortlichkeit hierbei nicht die größte der Gefahren war."

„Das fehlte noch!" rief Maria Antoinette. „Noch Verläumdungen! Sie scheinen zu glauben, daß ich fähig bin, Sie ermorden zu lassen!"

Die Thränen stürzten ihr aus den Augen, und sie lehnte sich an den Kamin, indem ihr Körper krampfhaft zitterte. Dieser Anblick machte einen unbeschreiblichen Eindruck auf Dumouriez, der Cavalier und der Unterthan regten sich zugleich in ihm.

„Gott behüte mich vor jedem Gedanken der Art!" rief er sich hastig der Königin nähernd. „Euer Majestät Character ist edel und groß. Die Beweise davon habe ich stets bewundert!"

Die Königin faßte sich, erhob ihr Gesicht und näherte sich, die Augen in Thränen schwimmend, dem Minister, auf dessen Arm sie sich stützte.

„Glauben Sie mir, Madame", fuhr Dumouriez fort, „ich verabscheue so gut wie Sie die Verbrechen und die Anarchie. Aber ich bin besser im Stande, die Ereignisse zu beurtheilen, als Euer Majestät! Diese Bewegung ist keine vorübergehende, wie Sie zu glauben scheinen. Es ist die Erhebung eines großen Volkes gegen eingewurzelte Mißbräuche. Ich arbeite, um den König und die Nation zu vereinen, nicht um sie zu trennen. Euer Majestät können mir dazu helfen! Wenn ich aber ein Hinderniß Ihrer Wünsche bin, Madame, so sprechen Sie es aus, und ich ziehe mich auf der Stelle zurück!"

Die Königin sah dem General fest in's Auge, dann deutete sie auf einen Sessel und setzte sich selbst.

Dumouriez entwickelte ihr nun seine Ansicht genauer, besprach die Stellung der Parteien und suchte sie zu überzeugen, daß sie von ihren intimen Freunden schlecht berathen sei.

Die Fürstin hörte aufmerksam zu und neigte einige Male leicht das Haupt. Er glaubte sie überzeugt zu haben, als er sie verließ.

Es handelte sich hier freilich nicht darum, ihr eine andere Ansicht beizubringen, sondern nur darum, ihr einen praktisch betretbaren Weg für die Politik des Hofes zu zeigen. Dieser Vorfall ist nur ein Zeichen mehr, daß Marie Antoinette damals nach allen Mitteln der Rettung griff, daß sie Alles versuchen wollte, und sich schließlich mit dem Könige zu nichts entscheiden konnte. — Einen tiefen Einblick in den verzweifelten geistigen Zustand der unglücklichen Fürstin und ihre Leiden gewinnt man bei Betrachtung der verschiedenen Versuche, das Geschick des Königthums durch Umstimmung einzelner Persönlichkeiten zu ändern. Es war nicht das erste Mal, daß sie diese Sprache zu hören bekam. Aber ihre nächste Umgebung erfüllte ihr Herz mit dem heftigsten Hasse gerade gegen die Gemäßigten — eine Erscheinung, die sich Seitens der extremen Parteien zu allen Zeiten wiederholt. — Die Einwirkung ihrer intimen Freunde einerseits, und die Ausschreitungen des Pöbels andererseits, welche Tag und Nacht rings um die Tuilerien vorfielen, die zahllosen Schmähungen und die Artikel des Marat'schen Blattes, sowie der anderen jacobinischen Zeitungen warfen sie bald in den alten Abscheu gegen die Revolution zurück. Eines Tages sagte sie ihm in Gegenwart des Königs: „Sie sehen mich verzweifelt, mein Herr! Ich wage es nicht mehr an's Fenster zu treten. Gestern Abend zeigte ich mich an einem offenen Fenster, um Luft zu schöpfen. Ein Kanonier der Wache rief mir sofort zu:

Welches Vergnügen, deinen Kopf auf meinem Bajonnett zu sehen, Oesterreicherin! Im Garten wirft man dort einen Abbé in's Wasser, dort einen Militair; auf der einen Seite liest man Schändlichkeiten gegen uns, auf der anderen spielt man Fangball. Welch eine Lage! Welch ein Volk!"

Von einem Eingreifen in diese Dinge sah man ganz ab. Es fehlte an Kraft und auch an Willen für den Schutz der königlichen Familie. Der noch monarchisch gesinnte Theil der Nationalgarde war nicht der entschlossenste. Die Truppen standen an den Grenzen — auch war auf sie kein Verlaß. Die nach der Constitution von 1791 dem König bewilligte „constitutionelle Garde" wurde auf Forderung der Nationalversammlung im Juli aufgelöst, da sie unconstitutionell zusammengesetzt sei, in Wahrheit, weil sie als Sammelpunkt der altroyalistischen Elemente und als dem König ergeben galt. Der sie commandirende Herzog von Brissac war vor den hohen Gerichtshof nach Orléans geschickt worden.*)

Die Nationalversammlung, die nichts that, um die königliche Familie vor fortwährenden Beleidigungen zu schützen, wunderte sich nichts destoweniger, daß dieselbe an den neuen Zuständen keinen Geschmack gewann. Ein interessanter Zwischenfall war zu dieser Zeit die Frage der Erziehung des Dauphin. Auch hierin griff die Versammlung ein. Man war dabei, einen Gesetzentwurf über diesen Gegenstand auszuarbeiten.**)

Von seinen intimen Freunden war dem Könige vorgeschlagen, durch Zahlung von zwei Millionen die nöthigen Stimmen zn erkaufen und damit die Wahl auf den von der königlichen Familie beliebten Schiffskapitain Fleurieu zu lenken. Der König hatte Dumouriez

*) Derselbe wurde mit Délessart zusammen im September in Versailles ermordet. Sein ehrwürdiges weißes Haupt, auf das Gitter des Schloßhofes gespießt, schien noch im Tode das Haus seiner Könige zu bewachen.

**) Fabelhaft klingt es, aber wird durch Héricault belegt, daß sogar Robespierre — den man zu dieser Zeit noch nicht als Blutmenschen betrachten konnte, sondern der damals noch mehr seine philantropische Seite à la Rousseau herauskehrte, — in der Constituante hatte er für Abschaffung der Todesstrafe gestimmt — Hoffnung auf den Erzieherposten beim Dauphin gemacht worden war, und wirklich schrieb und redete Robespierre damals einige Tage hindurch gemäßigter und verwahrte sich gegen republikanische Absichten.

hiervon nichts anvertraut, aber der Letztere erfuhr dennoch von der Sache, worauf er bei dem Monarchen eindringliche Vorstellungen erhob. Er sagte ihm offen, dies Opfer von zwei Millionen würde keinen Erfolg haben und warnte vor übereilten Schritten. Er versprach ferner, die Gironde für den Wunsch des Königs zu gewinnen.

Am nächsten Tage 10 Uhr wurden die Minister zum Könige befohlen. Als sie eintraten, fanden sie zu ihrem Erstaunen die Königin im Zimmer. Hoch aufgerichtet stand Marie Antoinette neben ihrem Gatten. Sie ergriff das Wort und erklärte mit voller wohltönender Stimme, daß sie sich absichtlich in diese Sache mischen wolle. Man könne der Königin nicht das Recht verweigern, das die geringste Bürgersfrau besitze. Herr von Fleurieu sei von ihr und dem Könige gewählt. Es handele sich darum, der Nationalversammlung dies sofort anzuzeigen.

Niemals hat Dumouriez die Königin so erhaben und würdevoll gesehen, als in diesem Moment. Einer der Minister will eine Einwendung machen; der König unterbricht ihn mit den Worten: „Gehen Sie sogleich, meine Herren! Ueberbringen Sie dies Schreiben der Nationalversammlung. Ich befehle es!"

Die Versammlung lehnte jede Debatte des Königlichen Schreibens, welches Dumouriez vorlas, ab, da der Brief nicht gegengezeichnet war, wie es das neue Verfassungsrecht vorschrieb.

Bald sollte der Monarch seinem Sohne selbst Stunden zu geben genöthigt sein.*)

Diejenigen aber — die Gironde — die damals so eifrig an seinem Sturze arbeiteten, sahen nicht, daß sie ihr eigenes Blutgerüst Balken für Balken damit aufzimmern halfen.

---

*) Im Temple während der Gefangenschaft.

5. Kapitel.

Dumouriez's Antheil an dem Ausbruch des Krieges.

Man kann mit Recht annehmen, daß der Krieg damals sehr in den Wünschen Dumouriez's lag. Frankreich zu erheben, ihm die seit Louis XV. verlorene Stellung zurückzugeben, die neue französische Verfassung durch den Krieg mit dem Königthum zu verschmelzen, mochten Gedanken sein, deren Impuls er folgte. Aber überzeugt von der Unfähigkeit der bisherigen militairischen Welt, sah er eine bedeutende Rolle für sich selbst voraus und dachte wohl auch an die Ausnutzung der im Kriege gewonnenen militairischen Gewalt gegen die Factionen. Mit der Ansicht über den Krieg, welche er im Jahre 1791 in dem an den König gerichteten Briefe aussprach, steht diese Denkweise in einem eigentlichen Widerspruch nicht. Dumouriez spricht dort nicht von seiner persönlichen Neigung, sondern von den Folgen des Krieges im Allgemeinen. Der Krieg, der im Jahre 1791 zu vermeiden möglich war, konnte jetzt eine Nothwendigkeit sein, nachdem nicht nur die äußeren Verhältnisse sich sehr ernst gestaltet, sondern sich auch im Innern ein Umschwung für den Krieg vollzogen hatte.

Am 7. Februar hatten Preußen und Oesterreich ein Bündniß geschlossen, durch welches sie sich Unterstützungen für den Fall eines Angriffes und Garantie ihres Gebietes zusagten, zugleich aber die andern Mächte zu einer Besprechung der französischen Angelegenheiten einluden.

Am 9. März trat ein unerwartetes Ereigniß ein.

Kaiser Leopold, der friedliebende und philosophische Fürst starb plötzlich. Derselbe hatte während der Revolutionsperiode im Allgemeinen hohe politische Einsicht bewiesen, wovon sein Briefwechsel mit Marie Antoinette zeugt. Er wies die Emigranten so viel wie möglich zurück. Sein Wunsch war, einen erträglichen Zustand in Frankreich durch die Einwirkung der fremden Mächte herbeizuführen und durch die Herstellung einer gemäßigten Verfassung der königlichen Familie Sicherheit und dem Könige die nöthige Gewalt zurückzugeben.

Franz II. war dem Kriege geneigter, aber ein sofortiger Losbruch lag auch nicht in seinen Wünschen.

Ehe ich auf die Thätigkeit Dumouriez's in Betreffs der Kriegserklärung gegen Oesterreich eingehe, will ich noch kurz geheimer Unterhandlungen mit Preußen Erwähnung thun.

Ebensowenig, wie die Feuillants konnten Dumouriez und die Gironde daran glauben, daß Preußen seinen alten Ueberlieferungen zum Trotz ein Bündniß mit Oesterreich zur Bekämpfung Frankreichs schließen würde. Besonders Dumouriez war überzeugt, zuerst, daß dieses Bündniß ganz wider das Interesse Preußens sei, und sodann, daß dieser Staat leicht davon zurückzuhalten sein würde. In ersterer Ansicht kann man Dumouriez auch jetzt nur vollkommen beistimmen, aber man hatte eben damals nicht die Erfahrungen von heute, und der Grundsatz, sich nur im äußersten Nothfalle in die Angelegenheiten fremder Völker zu mischen, stand zu jener Zeit durchaus nicht fest. Letztere Meinung Dumouriez's war unrichtig, denn Friedrich Wilhelm II. war, durch den Einfluß der Ausgewanderten, und durch seine eigene Neigung geführt, wirklich entschlossen, als Kämpfer für das royalistische Princip aufzutreten.

Man hatte französischerseits den Sohn des Generals Custine, welcher in der Schreckenszeit als ein Opfer der Furcht des Jacobinismus vor dem militärischen Uebergewicht enden sollte, nach Berlin und Braunschweig gesendet. Dessen Unterhandlungen hatten aber ebensowenig Erfolg, wie die durch Narbonne einige Monate früher eingeleiteten.

Die von Dumouriez nach seinem Eintritt in das Ministerium abgesandte Note war entschieden gehalten, und der Ton derselben so scharf, daß der Marquis de Noailles, französischer Gesandter in Wien, der royalistischen Partei angehörend, zuerst Anstand nahm, dieselbe zu übergeben und schließlich um seine Entlassung bat.

Dumouriez hatte in derselben die Auflösung aller an den Grenzen versammelten österreichischen Streitkräfte und die Auflösung des Bündnisses mit Preußen gefordert.

Die Verbindungen, welche zwischen Maria Antoinette und dem österreichischen Hofe bestanden, waren inzwischen immer argwöhnischer betrachtet worden. Man schob die Schärfe der österreichischen Noten dem Einfluß der Königin und deren Benehmen wieder dem Einfluß des österreichischen Hofes zu. Die Stimmung wurde immer erbitterter. — In diese Aufregung hinein fiel das Entlassungsgesuch des Marquis de Noailles. Dumouriez faßte einen entschiedenen Entschluß. Er begab sich zum König und trug ihm vor, daß der Augenblick gekommen sei, sich schnell zu entscheiden und die öffentliche Meinung zu seinen Gunsten zu leiten. Er möge einen eigenen Brief an den König von Ungarn richten und diesen durch einen außerordentlichen Botschafter überreichen lassen, der zugleich den Marquis de Noailles ersetzen sollte. Der König stimmte zu, und der Brief wurde abgefaßt. Ein Herr de Maulde wurde zum Ueberbringer dieses Briefes bestimmt. Diese Maßregeln wurden der Nationalversammlung vorgetragen, mit Beifall begrüßt, gebilligt und sofort Noailles in Anklagezustand versetzt. Am nächsten Tage jedoch trafen Depeschen von Noailles ein. Derselbe nahm sein Entlassungsgesuch zurück und übersandte eine Depesche des Ministers von Cobenzl, der für Kaunitz die Unterhandlungen führte.

Dumouriez selbst, sowie viele französische Historiker, geben den Text dieser Note derart an, daß Oesterreich gefordert hätte, dem Papste das ihm 1791 durch einen Gewaltstreich abgenommene Avignon wieder zu geben,*) die deutschen Fürsten im Elsaß wieder in ihr Recht zu setzen und endlich, die französische Verfassung auf Grund der königlichen Entschließung vom 23. Juni 1789 neu zu gestalten.**)

Erfülle Frankreich diese Bedingungen, so wolle der Kaiser entwaffnen. — Wenn die letzte der Forderungen in der Note wirklich gestanden hätte, müßte man die Entrüstung der französischen Nation als berechtigt anerkennen, obgleich immer zu bedenken wäre, daß die Revolution durch ihre Uebergriffe auf andere Gebiete ein Beispiel unmittelbarer Bedrohung anderer Staaten gegeben hatte. — Von anderer Seite ist jedoch der Wortlaut des Textes dieser Stelle ausdrücklich bestritten, so besonders von Sybel in seiner „Geschichte der Revolutionszeit". Hiernach hätte die österreichische Regierung nur

*) Thiers nennt diese ohne einen Schatten von Recht ausgeführte Annexion „une grande détermination."

**) Hiernach wären die neuen socialen und politischen Freiheiten der Nation fast alle vernichtet worden.

gefordert: „die Franzosen sollten sich in eine Lage bringen, daß die Rechtssicherheit Europas nicht in Frage komme; in welcher Weise dies geschehen müsse, darüber hätten sich die Franzosen selbst zu berathen".

Was die Forderung der Herstellung einer Verfassung auf Grund der in den königlichen Vorschlägen vom 23. Juni 1789 anbelangt, so wäre dies vielleicht als Ansicht vom österreichischen Gesandten in Paris ausgesprochen worden, im Texte der Note sei hiervon nichts zu finden. Nach den von Dumouriez selbst in seinem unten erwähnten Bericht an die Nationalversammlung veröffentlichten Textstellen der Note lautet die betreffende Forderung:

„Le roi de Hongrie et de Bohême ne saurait anticiper sur les opinions des Puissances, mais toutefois, il ne croit point qu'elles jugeront convenable ou possible, de faire cesser leur concert avant que la France fasse cesser les motifs graves et légitimes, qui en ont ou provoqué ou nécessité l'ouverture."

Hiernach halten wir die Ansicht von Sybel für die richtige und somit auch die nun folgende Kriegserklärung für formell nicht berechtigt. Unmöglich kann man aber dieses Umstandes halber den Franzosen allein die Schuld am Kriege aufbürden wollen. — Beide Parteien trieben zum Kriege. Die Ursachen des Conflicts waren so zahlreich vorhanden, daß es früher oder später doch zum Zusammenstoß gekommen wäre. Einerseits verkannten die Fürsten die Macht der Bewegung, und andererseits fing die Revolution schon an, den Ueberfluß der Anarchie, den sie über Frankreich gebracht hatte, nach Außen hin zu ergießen und die Rechtslosigkeit in die äußeren Verhältnisse überzutragen. (Avignon.) Ob daher Dumouriez von der Gerechtigkeit der französischen Sache durchdrungen war, oder ob er den Krieg einfach als nothwendig und unvermeidlich ansah, bleibt sich gleich. Der Mann wird hierdurch weder besser noch schlechter.

Er selbst sucht sich sowohl in seinen Memoiren, als auch in anderen Schriften gegen den Vorwurf der Ueberstürzung durch Hinweis auf seine Verhandlungen zu vertheidigen.

Interessant ist hierbei sein Ausspruch, daß er immer die kleinen Intriguen der Höfe sehr diskret verschwiegen habe, daß aber die großen Unterhandlungen immer offen und frei vor der Oeffentlichkeit geführt werden müßten. Man kann dies als wünschenswerth bezeichnen, aber durchführbar wird es nicht immer sein, jedenfalls erst dann, wenn die Stunde der That gekommen ist. Folgt aber die Politik eines Staates consequent den Anforderungen der Entwickelung, welche sich aus der Geschichte des Staates und des Volkes wirklich herleitet, so wird die größtmöglichste Oeffentlichkeit sich schon von selbst ergeben.*)

Dumouriez begab sich mit der österreichischen Note zum König, welcher die Mittheilung derselben an die Nationalversammlung billigen mußte.

Die Entrüstung derselben über die Antwort Oesterreichs war allgemein. Das Kriegsfeuer war genug geschürt, die Parteien, sogar die Feuillants, die Gironde und die eigentlichen Jacobiner waren einig.

Dumouriez machte sich an die Ausarbeitung seines Berichts für die Nationalversammlung und übergab denselben nach einigen Tagen dem Könige, der mehrfache Aenderungen daran mit eigener Hand ausführte.

Nach der Verfassung von 1791 erklärte der König nicht mehr den Krieg, sondern er beantragte denselben selbst bei der Volksvertretung. Nachdem daher der Ministerrath nach einigen mehr formellen Streitereien über die Sache selbst einig geworden war, wurde am 20. April eine sogenannte königliche Sitzung anberaumt. Man fühlte die Bedeutung des Tages. Die Tribünen waren gedrängt voll, die Nationalversammlung gewährte ausnahmsweise das Bild ruhiger Würde. Der König trat mit Gefolge, von allen Ministern begleitet ein. Seine Haltung war ruhig und sogar majestätisch. Die Anrede des Königs lautete:

„Meine Herren, ich komme in ihre Mitte zur Erledigung einer der wichtigsten Sachen, welche Sie beschäftigen kann. Mein Minister

---

*) Bismarck konnte der preußischen Kammer 1862—66 nicht sagen, daß man die vermehrte Armee zur Durchführung der deutschen Einheitsidee gebrauchen wolle.

Seine Verhandlungen mit Oesterreich 1866 treten sehr bald in die Oeffentlichkeit, aber die mit Italien mußten geheim bleiben. Auch die freiesten Völker müssen ihren Leitern in Führung solcher Verhandlungen Vollmacht geben, sonst würden sie sehr in Nachtheil kommen. Beaconsfield führte die Unterhandlungen wegen Cypern verdeckt, und das englische Volk nahm dies durchaus nicht übel.

der auswärtigen Angelegenheiten wird Ihnen einen Bericht über unsere politische Lage vorlesen."

Der König und die Versammlung nahmen ihre Plätze wieder ein. Dumouriez betrat die Tribüne und begann seinen Vortrag, aus dem wir einen Ueberblick geben.

Er begann damit, festzustellen, daß sowohl der König als die französische Nation durch ihren Willen, der Freiheit und der Constitution Treue zu halten, der Gegenstand des Hasses und der Verleumdung eines Theils des Auslandes geworden sei.

Frankreich habe durch den Vertrag von 1756 sein Blut und Geld für Oesterreich in ungerechten Kriegen dahingegeben und hätte sich von Jahr zu Jahr mehr erniedrigt.

Seit Oesterreich nicht mehr das gefügige Instrument in Frankreich fände, sänne es auf Demüthigung der Nation. Leopold, der Philosoph von Toskana, hätte, — untreu seinen früheren Ansichten — diese Politik gegen Frankreich durch die Verabredungen von Reichenbach und Pillnitz mit Preußen, durch die Abwendigmachung des Königs von Schweden von der französischen Alliance fortgesetzt,*) den Nachfolger des unsterblichen Friedrich habe er gegen Frankreich aufgereizt.**)

(Die schon in seiner ersten Jugend für den großen König gehegte Verehrung spricht sich an dieser Stelle aus.)

Leopold habe sich an die Spitze einer Liga gestellt, um die französische Verfassung umzuwerfen. — Der Bericht detaillirte sodann das angeblich scheinheilige Verfahren des Wiener Hofes in Bezug auf die Versammlung der Emigrirten im Trierer Gebiet, und auf die Truppenansammlungen im Breisgau, und verbreitete sich über den unpassenden Ton der Note vom 18. Februar, welche durch Kaunitz im Auftrage von Leopold abgesandt worden war.

Die Note vom 18. März aber, im Namen des Königs von Ungarn und Böhmen***) abgesendet, sei noch viel beleidigender. Sie suche die

---

*) Gustav III. am 17. März 1792 in Stockholm von Ankarström ermordet.

**) C'est Leopold qui a animé contre la France ce successeur de l'immortel Frédéric, contre lequel par une fidélité à des traités imprudents, nous avions depuis près de quarante ans défendu la maison d'Autriche.

***) Franz war damals noch nicht zum deutschen Kaiser gewählt.

französische Regierung vom Könige getrennt darzustellen, erkläre sodann die Uebereinstimmung Franz des Zweiten mit den Grundsätzen seines Vorgängers und läugne die Vorbereitungen zum Kriege in den österreichischen Staaten. Das Gegentheil sei aber erwiesen. Der König von Ungarn wolle die Constitution der Franzosen ändern, wie sein Vorgänger, er rufe einen Theil der Nation gegen den andern auf.

Es folge aus Allem dem, daß das Haus Oesterreich den Vertrag von 1756 gebrochen habe;

daß das Einverständniß der Mächte gegen Frankreich ein Act der Feindseligkeit sei;

daß, nachdem die letzte französische Note eine bestimmte Erklärung gefordert habe, diese Antwort einer Kriegserklärung gleichkomme. —

Hierauf bleibe nichts übrig, als gemäß der Verfassung der Nationalversammlung den Krieg gegen Oesterreich vorzuschlagen. — Dumouriez verbeugte sich nach Vorlesung dieses Berichts vor dem König und dem Hause und trat in die Reihen der übrigen Minister zurück. Der König, welcher während der Vorlesung hin und wieder seine Zustimmung durch Handbewegungen und Neigen des Kopfes kund gegeben hatte, erhob sich.

Seine Stimme bebte, und Thränen füllten seine Augen, als er seine Zustimmung zu den Worten des Ministers ausdrückte und den Krieg gegen Oesterreich beantragte. — Niemals hatte ein Fürst Worte sprechen müssen, die seinen innersten Gefühlen mehr widerstrebten. Und doch sollten alle diese Opfer umsonst sein. — Die Falschheit wird durch die Schwäche groß gezogen.

Der Präsident erwiederte ihm, dem König würde über das Resultat der Berathung alsbald Bericht erstattet werden. Die Versammlung war einig, nicht eine Stimme erhob sich gegen den Krieg. Um 10 Uhr Abends war der Beschluß gefaßt, man trug das Decret zum König, der es sofort unterschrieb. —

So war der zwanzigjährige Kampf eröffnet, der Europa erschöpfen sollte. Eine gesetzgebende Versammlung, größtentheils von Schwärmern und Doctrinärs erließ die Kriegserklärung nach einer Tagesberathung in einem langathmigen Decret in damaligem Revolutionsstyl. Ein gekrönter Soldat wurde als ihr Nachfolger 22 Jahre später durch Europa vom Throne gestürzt, den er in Ausbeutung der Revolution sich errichtet hatte. —

Als die Triebfeder der Kriegserklärung erblicken wir Dumouriez. Seine Politik entsprach seinem eigentlichen Handwerk. Sie war kriegerisch, sie war offen und entschieden. Unehrlichkeit und krumme Wege waren in dem Gange der auswärtigen Politik gegen Oesterreich absolut nicht zu finden. Der Abenteurer, welcher sich 1764 zuerst unberufen in die Angelegenheiten eines anderen Volkes mischte, hatte die Revolution in einen neuen Abschnitt hinübergeführt, und man erkennt denselben kühnen Muth, mit welchem er damals mit einer Hand voll Abenteurer in Corsica landete.

---

6. Kapitel.

Dumouriez und die Leitung der Operationen.

Schon Ende 1791 hatte man die Aufstellung von kriegsbereiten Heeren an den Grenzen beschlossen. Im Allgemeinen stellten sich zu dieser Zeit schon drei große Gruppen für die Versammlung derselben heraus: die Nordarmee gegen Belgien; die Armee von Metz; die Armee im Elsaß. Die erste übernahm der alte Marschall Rochambeau, die zweite Lafayette und die dritte der Marschall Luckner.

Anfang 1792 kam nun noch eine vierte Armee unter dem General Montesquion dazu, welche von Lyon aus gegen Sardinien operiren sollte.*)

Rochambeau war ein Offizier vom alten Schlage, von vielfachen Verdiensten. Derselbe nahm unter dem Oberbefehl Washington's als Befehlshaber der französischen Hülfsarmee im amerikanischen Freiheitskriege rühmlichen Antheil an der Belagerung von Yorktown, welche am 19. October 1781 zur Waffenstreckung der englischen Hauptarmee unter Lord Cornwallis führte. Er hatte kein Vertrauen zu den Truppen, und diese Ansicht war gewiß gerechtfertigt. Seine Kränklichkeiten, sein Alter und die Gewohnheiten seiner Dienstzeit machten

---

*) Ueber die Verwickelungen mit Sardinien siehe unten.

ihn unfähig, diese Truppen zu bearbeiten und sie zu brauchbaren Feldsoldaten durch die Energie seines Willens umzuschaffen. Er wollte sich daher auch in Nordfrankreich auf die Vertheidigung beschränken drang jedoch mit seiner Ansicht gegen Dumouriez nicht durch. Neue Ideen über die Kriegführung und Ausbildung in sich aufzunehmen, war er nicht im Stande.*)

Lafayette ist so oft beurtheilt, und sein unentschlossener schwankender Character so oft festgestellt, daß wir uns eine Schilderung ersparen. Er war hauptsächlich mit den politischen Vorgängen in der Hauptstadt beschäftigt und war nach der Bildung des Ministeriums sehr verstimmt, daß seine Partei und die Feuillants dabei nicht berücksichtigt worden waren, sondern daß die Gironde im Allgemeinen triumphirt hatte.

Luckner war ein hitziger alter Haudegen, dessen spätere Thaten aber keineswegs seinen Worten entsprachen.

Narbonne hatte die Armeen noch besichtigt und eine glänzende Schilderung von denselben gemacht, die der Wahrheit durchaus nicht entsprach. — Zu Ende des Jahres 1791 war der Schrecken der „Massacre" des Marsfeldes längst verraucht. — Die anarchischen Auftritte hatten überall wieder begonnen und natürlich ihren weiteren zersetzenden Einfluß auf die Armee geäußert. — Außerdem befand sich die Verwaltung in großer Unordnung. Es fehlte an Material zu feldmäßiger Ausrüstung der Truppen, an Munition, an Trains. Dieselbe hatte unterdeß auch ein ganz neues Element in sich aufgenommen. Dies waren die Freiwilligen-Bataillone.

Als Verwickelungen mit den Mächten in Aussicht standen, hatte man sehr bald sein Augenmerk auf eine Verwendung der überall organisirten Nationalgarde geworfen. Nur wollte man damals, im grellen Widerspruch zu später, noch keine Verpflichtung zum Kriegsdienst, als den freiheitlichen Principien zuwider, sondern nur freiwilligen Eintritt.

Durch Decrete vom 11. und 13. Juni 1791, Artikel 14, 15 verordnete die Nationalversammlung, daß 169 Freiwilligen-Bataillone

*) Wie sich das so oft in der Geschichte und sogar manchmal nach den glorreichsten Siegesperioden in den Armeen zeigte.

aus der Nationalgarde aufgestellt werden sollten, welche nach ihrer Formirung ihre Offiziere und Unteroffiziere selbst zu wählen hatten. Nach ihrer Einziehung sollten die Freiwilligen vom Staate bezahlt werden. Dieselben behielten die blauen Uniformen der Nationalgarden bei, traten also damit schon äußerlich in Gegensatz zu den weißuniformirten Linientruppen.

Die Bestrebungen der Jacobiner hatten sich stets bewußt auf die Zerstörung der Disciplin in der französischen Armee gerichtet. Es gab aber auch gutmüthige Schwärmer, welche die Disciplin für einen frei gewordenen Franzosen für unwürdig und für unnütz hielten. Es ist die immer wiederkehrende Verkennung in der Menschennatur, welche wir in allen Gestalten in der Geschichte wiederfinden, und welche stets über das Ziel hinausschießt, hierdurch die Bande der Autorität lockert und somit der Revolution die Thür öffnet. Für diese Leute war das Ideal einer Kriegsmacht diese Freiwilligen-Bataillone, wie in unseren Tagen das Ideal eine Volksbewaffnung mit möglichst kurzer Dienstzeit war, oder noch ist. Ueber diese Freiwilligen von 1791 hatte sich nun durch die meisten Geschichtschreiber der Revolution eine Anschauung gebildet, welche man mit Recht als „Legende" bezeichnet hat.

Sie waren die Muster des Enthusiasmus, der Tapferkeit, des Edelmuths und freiwilligen Gehorsams, gerade so, wie eine doctrinäre Partei in Deutschland es früher liebte und noch liebt, die Freiheitskriege als eine That der Landwehr hinzustellen, während der unparteiische Beurtheiler längst wußte, daß die Landwehr 1813 sowohl, als später, ungemein viele Schwächen zeigte, wie sie ein solches Institut vermöge seiner ganzen Organisation immer gezeigt hat und auch in Zukunft zeigen wird, trotzdem sie jetzt sehr verbessert ist.

Diese Legende von der Unübertrefflichkeit der Freiwilligen hat nun erst Sybel, in neuester Zeit aber in noch durchschlagender Weise für das nicht militairische Publicum Camille Rousset*) gründlich zer-

*) Camille Rousset, früher Generaldirector (conservateur) der französischen Kriegsarchive, Professor der Geschichte und Mitglied der Academie, schrieb über die französischen Kriege der Neuzeit und über Louvois. Das Werk auf welches ich mich hier beziehe, ist: Les volontaires de 1791. Uebersetzt von Karl Braun. Verlag von Otto Janke, Berlin.

stört. Er hat die Zügellosigkeit, die Verbrechen derselben, sowie die geringen Dienste, welche diese Bataillone im Felde leisteten, uns genau vorgeführt. Aus verschiedenen, auf die Revolution bezüglichen Memoiren, unter anderen auch besonders denen von Dumouriez konnte man dies schon früher entnehmen. Indessen bedarf es immer dazu einer durchschlagenden Zusammenstellung, und diese hat Camille Rousset geliefert. Wir werden später das Talent Dumouriez's sich auf diesem Felde offenbaren sehen und gehen deshalb genauer auf diese Verhältnisse ein, um den Zustand der Armee zu schildern, mit welcher er den ersten Anprall des Feindes aushielt.

Das Urtheil Saint Cyr's, welcher im Allgemeinen eine günstige Meinung von den Freiwilligenbataillonen hat, kann hierin nichts ändern, denn erstens ist Saint Cyr ein grundsätzlicher Schwärmer für alles aus Frankreich stammende, zweitens ist er aus jener Zeit, wie so viele Napoleonische Generale, hervorgegangen, und endlich gesteht er selbst zu, daß die Freiwilligen eine sehr lange Zeit brauchten, um Soldaten zu werden, worin eben des Pudels Kern liegt.*)

Von allgemeiner Wehrpflicht war also beim Ausbruch des Krieges noch gar keine Rede. Die Armee war in ihrer Organisation ein Gemisch von sehr desorganisirten Linientruppen und Freiwilligen-Bataillonen, denen Disciplin und Organisation noch fehlte. Die fremden Truppen wurden im Laufe des Jahres 1792 fast alle aufgehoben, zuverlässige Regimenter gab es noch einige bei der Kavalerie. Die Tirailleur- und Kolonnentaktik, wie sie sich später durch die Revolutionskriege ausbildete, war kaum in ihren Anfängen da. Das Reglement von 1791 hatte eher die Lineartaktik zu Grunde gelegt, nach welchem

*) Die Schrift von Rousset hat zu vielen Commentaren Veranlassung gegeben. Man hat oft in Militairjournalen neuerdings die Freiwilligen mit Milizen verwechselt. In Milizen ist auch zu unterscheiden eine freiwillige Miliz und eine aus einem Wehrgesetz hervorgegangene, wie die in der Schweiz. So sehr ich nun grade von der ausschließlichen Wirksamkeit eines regulären Heeres im großen Kriege durchdrungen bin, so kann doch nicht geläugnet werden, daß man auch jetzt unter besonderen Verhältnissen mit dem Factor von freiwilligen Aufgeboten, Milizen, Insurgenten zu rechnen genöthigt werden kann (Bosnien), daß es also nicht taugt, dieselben in Bausch und Bogen zu verdammen. Leute freilich, welche um einer vorherrschenden Richtung zu huldigen, dieselbe noch zu übertreiben bemüht sind, richten stets Confusion an. Im Uebrigen wirkten die Freiwilligen damals durch ihre Masse, wie die Landwehr 1813. Begeisterung wirkt zeitweise trefflich, reicht aber auf die Dauer nicht aus.

das französische Bataillon zu 508 Köpfen in 9 Kompagnien rangirte. Auch die späteren Errungenschaften der Revolution: das Requisitionssystem, die ausgedehnte Anwendung der Biwaks ohne Zelte u. s. w. sollten sich erst Bahn brechen. Der ganze Zustand war ein Uebergangsstadium.

Die österreichische Armee, obwohl im siebenjährigen Kriege meist von den Preußen geschlagen, hatte sich nicht so sehr, wie die anderen Armeen nach denselben gemodelt, sondern ihre Eigenart beibehalten. Sie hatte in den Türkenkriegen unter Coburg neues Selbstvertrauen geschöpft und bestand aus alten gut gedienten Soldaten. Ihre Infanterie war etwas schwerfällig, ihre Kavallerie aber, wie Jomini sagt, nach der preußischen die beste von Europa*).

Dumouriez hatte mit de Graves zusammen den Feldzugsplan vollständig entworfen. Er war es, der die Idee und das Wort von den natürlichen Grenzen hierbei zuerst entwickelte, das Wort, was als ein Schlagwort chauvinistischer Politik uns Deutsche so oft in Unruhe setzte und zu den Waffen rief. —

Auf seinen damaligen Feldzugsplan angewendet, hieß diese Idee: die Offensive bis zu den Alpen im Süden ergreifen, also Savoyen schnell besetzen; sich vorläufig in der Vertheidigung an den Grenzen von Elsaß und Lothringen halten, dagegen aber sofort zum Angriff auf Belgien übergehen, um die dort versammelte österreichische Armee von etwa 35,000 Mann unter dem Herzog Albert von Sachsen-Teschen über den Haufen zu werfen.

Belgien, soeben erst von den Oesterreichern wieder besetzt, sollte revolutionirt werden. Durch die Eroberung dieses Landes gewann man zugleich eine drohende Ausfallsstellung gegen den Nordwesten Deutschlands.

Schon vor der Kriegserklärung waren die Corps von Lafayette und Rochambeau in Lagern versammelt worden, um zum Schlagen bereit zu sein. Belgien war von Ostende bis Luxemburg von starken

*) Das österreichische Bataillon rangirt in 6 Kompagnien, das Regiment in 3 Bataillonen. Die Kavallerie focht noch in 3 Gliedern. Die Taktik der Infanterie war die Linear-Taktik, d. h., sie fochten in langen dünnen Linien, welche hauptsächlich durch ihr Feuer wirkten. Es gab eine Anzahl leichter Truppen, hauptsächlich Kroaten und Tyroler, welche ein naturwüchsiges Schützengefecht führten.

Festungen entblößt, wogegen die Franzosen von einem doppelten Festungsgürtel aus gegen das offene, fruchtbare Land vorgehen konnten. Es war vor Allem auf ein Zusammenwirken der Armeen von Rochambeau und Lafayette abgesehen. Dumouriez wollte damals durchaus auf gutem Fuß mit Lafayette bleiben, erst kürzlich hatte er ihn durch eine Division der Nordarmee verstärkt, um ihm gefällig zu ein. Auch hatte er ihm vorher mehrfach geschrieben, um ihn zum Zusammenwirken mit seiner Politik aufzufordern. Lafayette war aber mit dem ganzen Gange der Dinge in Paris durchaus unzufrieden, auch scheint er sehr bald persönliche Eifersucht gegen Dumouriez und den von ihm ausgeübten Einfluß empfunden zu haben. Er sprach brieflich sein Mißfallen über die Zustände im Innern sehr deutlich aus.

Es schien nun Dumouriez andererseits nicht räthlich, die Leitung des Ganzen an Lafayette zu übertragen, zuerst nicht, da Lafayette durch seine Verbindungen mit dem Hofe und den Feuillants, den Girondisten und Jacobinern verdächtig war, und seine Ernennung auf großen Widerspruch in der Nationalversammlung stoßen konnte sodann aber, weil ihm das Talent und der Character Lafayette's doch nicht die Garantie für das Gelingen eines so großen Unternehmens zu bieten schien, und endlich, weil sowohl Rochambeau als Luckner Marschälle von Frankreich waren. So die Aussage Dumouriez's! Man wird wohl nicht fehlgehen, wenn man behauptet, daß es Dumouriez bedenklich erschien, Lafayette vorzeitig an die Spitze einer starken Armee zu setzen und ihm dadurch eine Gelegenheit zur Dictatur zu geben, die er sich lieber selbst vorbehalten wollte. Dennoch wollte er ihm Gelegenheit geben, in Belgien zu kommandiren, und es entsprach diesen Absichten, daß Rochambeau am 22. April den Befehl erhielt, in Valenciennes zu bleiben, dagegen sollte Biron*) mit 12000 Mann auf Mons vorgehen, eine Abtheilung von circa 4000 Mann von Lille auf Tournay, eine von 1200 von Dünkirchen zur Demonstration auf Furnes. Lafayette aber sollte bei der kleinen Festung Givet, hart an der belgischen Grenze etwa 12000 Mann seiner Armee versammeln und am 1. Mai auf Namur, von da

*) Der Herzog von Lauzun, Dumouriez's Freund von Corsica her.

je nach den Umständen auf Brüssel oder Lüttich vorgehen. Der verfügbare Rest seiner Armee sollte ihm folgen. Dumouriez setzt die Vortheile des schnellen Angriffsverfahrens auf die wenig zahlreichen und nicht versammelten österreichischen Truppen in Belgien mit vollem Recht in seinen Memoiren auseinander. Die Franzosen waren stärker, sie hatten die Ueberraschung für sich.

An den Dispositionen zur Eröffnung der Feindseligkeiten muß vor Allem ausgesetzt werden, daß Lafayette nicht von Anfang an den Oberbefehl über die vorrückenden Kolonnen erhielt, da die spätere Uebernahme des Befehls in Belgien ohne Wechselfälle und Frictionen nicht wohl denkbar erschien. Hierbei mußten alle politischen Rücksichten den militairischen nachstehen.

Was die Art und Weise des Vorgehens anbelangt, so war dasselbe allerdings nicht in dem Geiste kühner Strategie angeordnet, wie Bonaparte sie später anwandte. Die Kolonnen rückten, durch sehr große Entfernungen von einander getrennt, vor; es waren in den Festungen und in einzelnen Stellungen Truppen zurückgelassen, die besser sogleich mit vorgerückt wären — indeß das weite Auseinanderhalten der Streitkräfte war nun einmal dem Geiste damaliger Kriegführung gemäß — die Oesterreicher waren nicht minder auseinandergezogen — und das Zurücklassen vieler Truppentheile wird mit deren mangelnden Feldausrüstung entschuldigt.

Alles in Allem genommen, konnten die Operationen wohl Erfolge erringen, wenn Schnelligkeit und Entschlußkraft bei Führern und Truppen zu finden waren.

Am 29. April begann die Vorwärtsbewegung. Wir beschreiben diese für die französischen Waffen so schmachvollen Ereignisse nicht. War doch Dumouriez nicht persönlich an ihnen betheiligt.

Am 30. April traf die Nachricht in Paris ein, daß die Abtheilungen von Biron und Theobald Dillon vor wenigen österreichischen Ulanen mit Verlust von Geschützen, Bagage und vielen Gefangenen die unordentlichste Flucht ergriffen, und der General Dillon von der Verrath schreienden Soldateska ermordet worden sei. Beide Generale Biron und Dillon hatten sich sowohl unvorsichtig als auch unentschlossen gezeigt. Letzteres war wieder eine Folge der schlechten moralischen Verfassung der Truppen, von Verrath derselben war natürlich keine Rede, ebensowenig wie in unseren Tagen ein vernünftig und logisch denkender Mensch Bazaine für einen Verräther gehalten hat. Beide, Führer und Truppen hatten Schuld an ihrer Schmach. Dumouriez deutet dunkel auf eine Verschwörung hin, welche in den Reihen der Kavalerie bestanden haben soll, dies ist möglich, aber die Flucht ist schon erklärlich durch die oben berichteten Umstände.*)

Lafayette, welcher seine Avantgarde bis Bouvines vorgeschoben hatte, zog sie nun schleunigst zurück.

In Paris erhob sich Anfangs ein Sturm gegen Dumouriez, dem man zurief, bei den Geschäften seines Ministeriums zu bleiben. De Graves nahm sofort seinen Abschied und wurde durch den Obersten Servan, einen Girondisten von schneidigem Charakter und vielen Fähigkeiten ersetzt.

Lafayette und Rochambeau erhoben harte Anklagen gegen Dumouriez, die Feuillants griffen ihn heftig an. Die Nationalversammlung drehte ihm fast den Rücken zu, als er eintrat. Doch änderte sich die Stimmung bald und richtete sich gegen die Führung der Truppen. Die Jacobiner und die Girondisten tobten über die Unfähigkeit der aristokratischen Generale und diesmal nicht ganz mit Unrecht.

Die Feinde der Revolution aber jubelten und sahen in diesen Ereignissen den Beweis für die Unbrauchbarkeit der Revolutionsheere. Für Dumouriez persönlich war das wichtigste Ereigniß die ausgesprochene Feindschaft Lafayette's. Nachdem dieser die bittersten Klagen über die ihm zugegangenen Befehle, die Verpflegung, die mangelnde Vorbereitung erhoben, machte er Anspruch auf die Führung des Nordheeres, welche er jedoch jetzt nicht erhielt. Rochambeau aber, der alte Soldat, gebeugt von der Schmach der französischen Armee, nahm bald darauf seine Entlassung, und Luckner übernahm den Befehl über das Nordheer.

Lafayette, welcher Dumouriez als einen leichtgesinnten Mann betrachtete, wandte sich in einem sehr heftigen Briefe an denselben und

*) Es giebt in der Kriegsgeschichte einzelne Seiten der Schmach, welche man nicht erklärlich und begreiflich findet. Sie sind in der Regel nicht Schuld des Einzelnen, sondern Schuld eines veralteten Systems, welches plötzlich auf einen überlegenen Gegner stößt. So z. B. die Kapitulation unserer Festungen 1806, so Roßbach für die französische Armee, so Ulm für die österreichische.

lehnte in der Folge jedes energische Vorgehen, ehe die Ordnung in Paris wieder hergestellt sei, ab. Der schmälige Feldzug ging an den Grenzen in einen langweiligen Cordon- und Postenkrieg über, der allerdings die Truppen allmälig ein wenig zu schulen begann, aber jede energische Action ausschloß.

So war die Lage Frankreichs eine höchst schwierige geworden. Der König von Preußen hatte sich zum Kriege entschlossen, und die mobilgemachten Truppen befanden sich auf dem Marsch. Die Emigrirten sammelten sich bei Coblenz zu einem kleinen Heere an, und endlich schrieb Montesquiou von den Grenzen Sardinien's, daß dort so gut wie nichts fertig sei, und daß der Krieg nicht begonnen werden könnte. Man möge also die Unterhandlungen mit Sardinien hinhalten.

Dieser mit dem Hause Bourbon nahe verwandte Hof hatte von Anfang an eine sehr feindseelige Haltung gegen das neue Frankreich gezeigt. Die Emigrirten hatten Turin und Nizza zu ihren Sammelplätzen gemacht, Truppen waren in Savoyen concentrirt worden. Während aber die offiziellen Verhandlungen zwischen dem französischen Ministerium und der Turiner Regierung sich abspannen, flogen zwischen den Höfen die Couriere hin und her. Es war eben überall dasselbe Spiel. Die alten Interessen, die alten Gewohnheiten fanden sich in einen unauflösbaren Widerspruch mit den neuen Grundsätzen verwickelt, der nur durch „Blut und Eisen" gelöst werden konnte. Die Bourbon's bezahlten das Lehrgeld für die erlauchten Dynastien, welche in unseren Tagen, mit fester Hand eingreifend, die Bewegung selbst in die Hand nahmen, so zu sagen, die Revolution von oben machend. Der Turiner Hof ging endlich so weit, den von Dumouriez geschickten außerordentlichen Bevollmächtigten verhaften zu lassen, weil derselbe als heftiger Jacobiner bekannt und der Anzettelung von revolutionären Bewegungen in Piemont verdächtig war. Trotz dieser zugespitzten Verhältnisse suchte Dumouriez Zeit zu gewinnen, weil nach dem Unglück der französischen Waffen in Belgien jeder weitere Bruch vermieden werden mußte. Aber dies wahrhaft politische Verhalten wurde entweder, wie so oft, von der Masse nicht durchschaut, sondern diente auch den Gegnern, und zwar den Feuillants und Jacobinern vereint, zu weiteren Angriffen gegen den Minister. Seine Stellung wurde immer gefährdeter. Von den Feuillants und Lafayette gehaßt, mit der Gironde täglich mehr entzweit, mit dem Hofe in einem Verhältniß, was auch nicht auf voller Aufrichtigkeit basirte, bedurfte er seiner ganzen Gewandheit und Geistesgegenwart, um dem herannahenden Sturm zu trotzen, um so mehr, als seine Feinde wohl nicht ganz mit Unrecht sein Privatleben vielfach angriffen.

Dumouriez war im Alter von 53 Jahren noch eine Natur von Zähigkeit und vollster Kraft, und ich glaube sehr gern, daß er noch nicht ganz jene Zeiten vergessen hatte, als er mit Mademoiselle Legrand unter dem Scepter Louis XV. soupirte. Er war einer von jenen Männern, denen der Tribut an das Vergnügen und die Freude nichts von ihrer Thatkraft und Ausdauer nimmt. — Die Anklagen aber, welche Lafayette besonders in damaliger Zeit auf ihn häufte, sind nichtig, denn angenommen, daß der Angriffsplan Dumouriez's gegen Belgien in seinen Einzelnheiten viele Fehler aufwies, so trugen die Hauptschuld am Mißlingen doch die vor dem Feinde stehenden Führer und ihre Truppen. Dumouriez aber war sehr berechtigt, seinem alten Freunde, dem Herzog von Lauzun, nunmehrigen Biron, mit Bezug auf die Führung des Feldzuges zu schreiben: „Ihr seid ausgerückt, wie die Thoren und zurückgekehrt wie die Narren."

---

7. Kapitel.

Dumouriez im Gegensatz zu den Girondisten. Er tritt für den König ein.

Der neue Kriegsminister, Oberst Servan, war ein Mann von festem Willen und großer Thätigkeit, von ruhigem, kaltem Wesen, vielem Ehrgeiz und sehr revolutionärer Gesinnung.*)

Er glaubte sich selbst befähigt, das Ministerium leiten zu können, und das nicht ohne Grund. Mit Dumouriez's Einfluß auf den

*) Dumouriez entwirft freilich ein anderes Bild von ihm, aber hier führt der politische und persönliche Gegner die Feder.

Gang der Operationen war es vorbei. Außerdem schloß sich Servan fest an die eigentlichen girondistischen Minister Clavière und Roland an; er stand unter dem directen Einfluß der Gironde und somit wohl auch unter dem der schönen und geistreichen Führerin dieser Partei.*)

Er beantragte sofort eine neue Recrutirung von 80,000 Mann. Auch vermochte er es, die Nationalversammlung zum Erlaß eines scharfen Disciplinargesetzes zu bewegen, zum großen Aerger von Robespierre und Marat, denen die Ausschweifungen der Freiwilligen von den besten Auspicien für die baldige jacobinische Revolution erschienen.

Die Mitglieder des Ministeriums, obschon eigentlich bereits in zwei Fractionen gespalten, hatten noch die Gewohnheit beibehalten, einige Tage der Woche bei einander zu speisen und fanden sich an jedem Freitag immer auch viele Mitglieder der Gironde hierzu ein. Hier verlangte eines Tages der Girondist Guadet die Unterzeichnung eines Briefes an den König durch die Minister, in welchem der König ersucht wurde, nur beeidigte Priester zu seinem Gottesdienst zuzulassen.

„Ich erkläre mich auf das Entschiedenste dagegen," nahm Dumouriez sogleich das Wort. „Mir ist es gleichgültig, und wir haben nichts dareinzureden, wenn der König sich einen Iman, Rabbi, oder meinetwegen den Pabst selbst zu seinem Hausgottesdienst bestellt!"

Seine Meinung schlug durch, aber die Spaltung wurde schlimmer, und die jacobinischen Blätter griffen Dumouriez heftiger an. Jene vertraulichen Zusammenkünfte mit der Gironde hörten endlich ganz auf. —

Diese Partei sah von jetzt ab in Dumouriez nur einen Stein auf ihrem Wege und war entschlossen, ihn sobald als möglich zu beseitigen.

Es dauerte nicht lange, und er fand sich in eine Angelegenheit verwickelt, welche ihn beinahe zum Verlassen des Ministeriums ge=

---

*) Dumouriez sagt: Il jouait auprés de Madame Roland le rôle d'un amant, soit que cela fût ou non. Aber kein anderes Zeugniß aus damaliger Zeit erwähnt ein näheres auch nur äußeres Verhältniß zwischen Servan und Madame Roland.

nöthigt hätte. „L'heure est venue de perdre Dumouriez!“ hatte Madame Roland gesagt. — Man forderte in der National-Versammlung plötzlich Rechnungslegung über den ihm bei Eintritt in das Ministerium bewilligten Fond von sechs Millionen Livres. Die Rechnungslegung war aber damals auf sein Verlangen ausdrücklich ausgeschlossen worden. Das Decret war erlassen worden, und Dumouriez hatte die Ausfertigung desselben erhalten. Als er nun dieselbe, um die Forderung der Rechnungslegung abzulehnen, durchlas, bemerkte er erst, daß die Ausfertigung eine unrichtige war. Die Klausel von dem Erlaß der Rechnungslegung war nämlich fortgelassen — was er beim Empfang der Ausfertigung im Drange der Geschäfte nicht bemerkt haben will. —

Er erklärte sogleich, daß er auf keinen Fall Rechnung legen werde, da ihn der Beschluß der National-Versammlung davon entbunden habe, die Ausfertigung dieses Beschlusses aber falsch sei. Er wollte sogleich seine Entlassung einreichen und zog diese nur auf dringendes Ersuchen des Königs — der in der That mit ihm seine letzte Stütze aus dem Ministerium scheiden sah — sowie sehr vieler Abgeordneter, auch der Gironde, zurück, unter der Bedingung, daß die National-Versammlung die Ausfertigung für falsch erklärte, was auch in der nächsten Sitzung nach Feststellung der damaligen Verhandlungen geschah. — Dieser Vorfall beweist, daß sogar damals eine Versammlung voll der überspanntesten Ideen über die Rechte des Volkes einem Minister einen Fond von so bedeutender Höhe zu geheimen Ausgaben bewilligte, und wenn wir das nicht als normal hinstellen wollen, so ist es jedenfalls ein blasser Doctrinarismus, wenn man geheime Fonds für durchaus entbehrlich hält. Hat man kein Vertrauen zur Regierung, so bewillige man sie nicht. —

Die Gironde war zu dieser Zeit entschlossen, auf den Sturz des Königs hinzuarbeiten, sei es auch durch Gewalt. Ob sie eine Regentschaft oder eine Republik einsetzen wollte, darüber war sie sich noch nicht vollkommen klar, aber die republikanischen Neigungen herrschten vor. Madame Roland wirkte damals im Kreise ihrer Freunde mit besonderem Eifer gegen eine Versöhnung mit dem Königthum. Die schöne Führerin der Gironde besaß einen ungemein practischen Blick und faßte manchmal die ganze Situation in zwei Worten zusammen.

„Nein, der halb entthronte König kann die Verfassung nicht lieben, die ihn gefesselt hat. Er mag heuchelnd seine Fesseln liebkosen, aber ich bin überzeugt, daß er in jedem Moment über seine Befreiung nachdenkt," soll sie geäußert haben.

Die jüngeren thatkräftigen Mitglieder der Gironde drängten zum Handeln. Aber sie hatten einen instinctiven Widerwillen, das Volk der Vorstädte zu gebrauchen und waren der Nationalgarde nicht ganz sicher, deren bessere Elemente zu dieser Zeit anfingen, sich gegen die wachsende Frechheit des Pöbels in Paris aufzubäumen, daher hatten sie beschlossen, sich eine eigene Armee zu schaffen.

Der Girondist Barbaroux, ein Mann von 26—27 Jahren, von hervorragendem Aeußern und von energischem thatkräftigem Sinn hatte sich erboten, aus seiner Vaterstadt Marseille einige ihm vollständig ergebene Schaaren heranzuziehen. Marseille nämlich unterhielt zu dieser Zeit eine vollständige mobile bewaffnete Macht. Es hatte sich im Laufe der Revolution fast als selbstständige Stadt gerirt. Seine Municipalbehörde hatte mit italienischen Städten unterhandelt und Verträge geschlossen. Die Stadt hatte mißliebige Linienregimenter entwaffnen lassen, und die Gegenrevolution in dem widerrechtlich annectirten Gebiet von Avignon unterdrückt. So trieb die Anarchie damals in Frankreich die wunderbarsten Blüthen empor.

Die Marseillaise, deren Weise jetzt von denen, die kein Vaterland kennen wollen, in Deutschland gemißbraucht wird, wurde durch den Marsch der Marseiller auf Paris in Frankreich bekannt. Dieselbe stammte aber nicht aus Marseille, sondern war von einem jungen Artillerieoffizier Rouget de l'Isle in Straßburg gedichtet. Dieser mußte schließlich, von den Jacobinern geächtet, aus Frankreich fliehen. Sein eigenes Lied schallte dem Flüchtling nach. Welches Bild der Revolution!

Paris war ein gährender Kessel geworden, in den die verschiedensten Elemente sich ergossen. Schon steigt die Masse höher und höher, weißer Gischt bedeckt hin und wieder die Oberfläche, die wunderlichsten Blasen springen auf, und ein dumpfer erschütternder Ton bezeugt, daß die Sicherheitsklappen nicht mehr lange halten können.

Schon das Aeußere von Paris und seiner Bevölkerung zu jener

Zeit gab ein treues Bild, in welcher Veränderung das politische und sociale Leben begriffen war.

Die Trachten des Volkes waren in einem vollständigen Uebergange begriffen. Bei Hofe und in den besseren Klassen erschien man noch vielfach mit gepudertem Haar, in Schnallenschuhen, der Kniehose und Strümpfen. Auch der dreispitzige Hut wurde noch hierzu getragen. Diese Tracht galt jedoch als aristokratisch und verschwand mehr und mehr. Die gebräuchlichste Kleidung der Männer der gebildeten Stände war der vielfarbige Frack mit hoher weißer Kravatte, weißem Spitzenhemde, langer Weste, glatt ansitzenden Beinkleidern und Stulpenstiefeln, dazu trug man entweder den niedrigen aus England eingeführten Cylinderhut, oder auch einen spitzen, mit breiten aufgeschlagenen Krempen. Die Kocarde durfte bei den Gutgesinnten nicht fehlen. Die öffentlichen Beamten und die Volksrepräsentanten trugen eine kolossale dreifarbige Schärpe um den Leib, das niedere Volk trug sämmtlich das Haar ungepudert, die Beinkleider lang, Wämmser und Mützen. Das Militair sollte noch das Haar gepudert tragen, die Farbe der Uniform-Fracks war noch weiß; die damalige Nationalgarde prunkte in schönen blauen Uniformfracks, Lederzeug auf der Brust kreuzweise, weißen Gamaschen, dem Dreispitz oder theilweise eine Art Tschako. — Das Volk der Vorstadt war mit Piken bewaffnet und trug die rothe Jacobinermütze als Abzeichen. Pike und rothe Mütze standen in einem gewissen Gegensatz zu dem Dreispitz und Bajonnett der Nationalgarde. Die Tracht der Frauen fing an von den Reifröcken und hohen Frisuren in anliegende Kleider und einfache Haartracht überzugehen.

Je mehr die Revolution vorschritt, je heftiger begann man die gute und freie Sitte zu richten, und ein rüdes plumpes Wesen zur Schau zu tragen. Die Anrede von Monsieur und Madame wurde bald für aristokratisch erklärt und Citoyen und Citoyenne trat an ihre Stelle.

Die Reden in den Clubs der Volksversammlungen und der Nationalversammlung hatten einen hochtrabenden und pathetischen Ton. Man liebte es fortwährend Vergleiche mit den Helden des Alterthums einzuflechten, an die Thaten derselben zu erinnern, die eigenen Tugenden zu loben und die Absichten und Ansichten der Gegner auf das schmachvollste zu verdächtigen. Lange metaphysische Abhandlungen bekam man auf der Tribüne zu hören, denen man in jetzigen parlamentarischen Verhandlungen schnell, als nicht zur Sache gehörig, ein Ende machen würde. Dazwischen freilich sprühte dann wieder mit hinreißender Gewalt das Feuer patriotischer und revolutionärer Beredsamkeit und entflammte um so mehr die Gemüther. Wie weit der Einfluß der Frauen in der Revolution sich erstreckte, kann man schon aus der Rolle der Roland und der Königin ermessen. Eine Reihe niederer Existenzen spielte aber in den Aufständen und in den Debatten der Clubs eine bedeutende Rolle. Die Octobertage 1789 waren durch die Damen der Halle eingeleitet, und vor Allem muß man auf Robespierre hinweisen, der einer widerlichen Verehrung der Megären des Jacobinerklubs theilhaftig wurde. — Die „Strickerinnen Robespierres“ füllten die Gallerien, empfingen ihn mit Beifall, umdrängten ihn und waren glücklich, ihm die Rockzipfel küssen zu dürfen.

Der König wurde in dieser Zeit im Ministerrath immer schlechter von den drei Girondisten behandelt, und da Dumouriez, Lacoste und Duranton sich dem widersetzten, so gab es sehr heftige Scenen. Dumouriez, mit den Girondisten täglich mehr entzweit, glaubte nicht verschmähen zu sollen, vorkommenden Falls eine Stütze gegen die Girondisten in dem Club des Cordeliers und in Danton zu suchen.

Wie weit damit die Verbindungen Danton's mit dem Hofe zusammenhingen, ist nicht aufgeklärt. Bekanntlich erhielt damals Danton bedeutende Summen aus der Civilliste des Königs, um im Geheimen für den Hof zu wirken, oder im Falle der Revolution wenigstens das Leben der königlichen Familie zu retten.

Der Hof war vollkommen rathlos, die nächtlichen Berathungen mit den intimen Freunden Bertrand de Molleville, Montmorin, Laporte, die Conferenzen mit den Vertretern der Feuillants, Barnave und den Lameths fanden noch immer statt, dazwischen liefen Verhandlungen mit Lafayette, um den König in die Mitte seiner Truppen zu führen, aber ein Entschluß wurde nicht gefaßt, und die Königin hatte im Herzen nur die eine Hoffnung: die Ankunft der Deutschen in Paris.

Um diese Zeit fällt auch die geheime Sendung des Schweizer Mallet du Pan an die deutschen Mächte, um sie zur Vorsicht zu ermahnen — und der Emigrirtenpartei, von welcher man im Falle des Sieges eine Beiseiteschiebung des Königs fürchtete, entgegen zu arbeiten. — Es war etwa Ende Mai, als durch eine Reihe von Umständen die Crisis im Ministerium zum Ausbruch kam. Der Kriegsminister Servan hatte, ohne die Zustimmung des Ministeriums und des Königs einzuholen, den Vorschlag einer Verstärkung der Wehrkraft vorgelegt und zwar in der Form, daß 20,000 aus den Departements gewählte Nationalgarden, sogenannte Föderirte, sich bei Paris versammeln sollten. Diese Maßregel konnte gegen den äußeren Feind sehr wenig nützen, sie konnte aber dazu dienen, den König in die Gewalt seiner Feinde zu liefern, falls die Gironde diese Truppen beherrschte, was sehr wahrscheinlich war. — Der Antrag wurde von der Nationalversammlung trotz des Widerstandes der Feuillants und Dumouriez's gebilligt, und das Decret abgefaßt.

Dumouriez richtete hierauf am nächsten Tage im Ministerrath die Frage an Servan, ob er die Befehle des Königs vor Einbringung des Vorschlages eingeholt hätte? Servan gestand zu, daß dies nicht der Fall gewesen.

„Haben Sie Fühlung mit Ihren Collegen darüber genommen?“ frug Dumouriez weiter. Auch dies mußte Servan verneinen, denn er hatte sich nicht mit Allen, sondern nur mit Clavière und Roland darüber in's Einvernehmen gesetzt. „Ich habe überhaupt diesen Antrag nicht als Minister, sondern nur als einfacher Bürger eingereicht,“ fuhr Servan fort.

„Wenn das der Fall ist, warum haben Sie ihn als Minister gezeichnet?“ erwiederte Dumouriez scharf und schneidend.

Servan erhob sich und frug, ob Dumouriez die Absicht habe, ihn zu beleidigen. Dumouriez antwortete mit der Geringschätzung, welche er vortrefflich anzunehmen verstand, wenn er Jemandem feindlich gegenüberstand, und der Wortwechsel wurde so lebhaft, daß es schien, als ob die beiden Herren zum Degen greifen wollten. Die Gegenwart des Königs jedoch verhinderte Weiteres. Am nächsten Ministerrath wurde das Decret formell von Servan vorgelegt, der König theilte Dumouriez mit, daß er beabsichtige, sein Veto dagegen einzulegen. Er behielt es fast acht Tage, ehe er es wieder in den Ministerrath zurückbrachte.

Dumouriez hatte an dem Tage den Vorsitz und tadelte in seiner Darlegung der Sache scharf die Vorlage des Gesetzes durch Servan, rieth aber zugleich, da die Nationalversammlung nun einmal das Decret genehmigt hatte, dennoch zur Unterzeichnung und zwar aus dem Grunde: weil dem Könige die Macht fehle, sich zu widersetzen, und das Lager der Föderirten mit oder ohne seinen Willen errichtet werden würde. Es könne jetzt nur davon die Rede sein, die üblen Folgen möglichst abzuschwächen.

Der König bat sich abermals Bedenkzeit aus.

Wie die Sache damals stand, war sie eine reine Machtfrage, und damit Dumouriez's Vorschlag auch gerechtfertigt. Keine Armee, kein Königthum, ohne bewaffnete Macht keine Autorität. Diese bewaffnete Macht konnte der König damals haben, wenn er sich an die Spitze der gut gesinnten Bataillone der Nationalgarde setzte und sie für die Sache der Ordnung zu begeistern verstand, denn der bon bourgeois von Paris fühlte sich in diesem Moment sehr unangenehm durch die Aussicht von der Ankunft der Föderirten berührt. Aber Louis hatte in seinem Leben niemals einen Degen gezogen. Zu einem solchen Schritte war er ganz untauglich, und dies wußte Dumouriez.

Gleich darauf nahm die Nationalversammlung ein Gesetz an, welches die den bürgerlichen Eid verweigernden Priester mit harten Strafen bedrohte.

Der König erachtete dies Gesetz gegen sein Gewissen, und in diesem Punkt war er von großer Festigkeit. Er erklärte im nächsten Ministerrath, das Decret nicht unterschreiben zu wollen. Dumouriez's Vortrag machte dem König bemerklich, daß nach der Genehmigung der Civilconstitution des Klerus, welche den Eid der Priester forderte, die Bestrafung der Eidesverweigerung nur folgerichtig sei. Umsonst, der König weigerte sich. Außerdem spielte damals noch eine andere Angelegenheit. Es handelte sich um die Ernennung eines Protocollführers für die Verhandlungen des Ministerraths, welche allerdings von dem Gesetz gefordert war. Der König war auf die Forderung Rolands und seiner Genossen bis jetzt nicht eingegangen. Es widerstrebte ihm, die unerquicklichen Scenen auch noch aufschreiben zu lassen.

In der nächsten Sitzung nun las Roland jenen berühmten, ihm von seiner Gattin dictirten Brief vor, welcher dem Könige eine

Menge Rathschläge über sein politisches und persönliches Verhalten gab und ihn zur Unterzeichnung der vorliegenden Decrete und Anstellung eines Protocollführers aufforderte. Der Ton des Briefes sollte von antiker Einfachheit und Gradheit sein. Er war, in moderne Verhältnisse übersetzt, nur anmaßend und kränkend.

Der König ertrug diese Schmach mit jener Resignation in der Haltung, welche seine einzige Größe war und antwortete nur ruhigen Tones: „Diesen Brief haben Sie mir schon vor drei Tagen geschickt, mein Herr! Es war daher unnütz, ihn hier zu lesen, besonders, da er ein Geheimniß zwischen uns bleiben sollte.“

Am nächsten Morgen wurde Dumouriez in das Schloß gerufen. Der König empfing ihn in seinem Zimmer, zusammen mit der Königin.

„Glauben Sie, mein Herr,“ redete ihn die Königin sogleich an, „daß der König länger die Drohungen und Unverschämtheiten von Roland und seinen Genossen ertragen soll?“

„Nein, Madame,“ erwiederte er. „Ich bin entrüstet und bewundere die Geduld des Königs. Möge er uns sofort entlassen und Männer nehmen, welche keiner Partei angehören.“

„Das ist nicht meine Absicht,“ sagte der König. „Ich will, daß Sie sowohl als Lacoste und der gute Duranton bleiben. (Le bon homme Duranton). Nur befreien Sie mich von diesen unverschämten Parteimännern!“

Dumouriez erklärte sich hierzu bereit, gab aber dem König zu bedenken, daß er augenblicklich mit den Girondisten zerfallen, überhaupt nicht mehr populär und also nicht sehr geeignet sei, ein Ministerium zu bilden. Im Uebrigen müsse auch er auf die Unterzeichnung der Decrete bestehen.

Es gab ein mehrstündiges Gespräch über diesen Gegenstand. Dumouriez setzte ferner auseinander, daß man als Sammelpunkt für die Föderirten Soissons angeben, daß man sie unter militairische Aufsicht nehmen und bataillonsweise an die Grenze schicken könne, und erlangte so endlich die Zusicherung der Unterzeichnung des ersten Decrets. Der König stellte aber dabei die Bedingung, daß nur Dumouriez Kriegsminister würde. Nachdem sich die Königin endlich Dumouriez's Ansicht von der absoluten Nothwendigkeit der Unterzeichnung des zweiten Decrets angeschlossen, versprach der König nach langem

Widerstande auch dessen Sanctionirung. Am nächsten Tage gab der König seine Zustimmung zur Ernennung mehrerer von Dumouriez vorgeschlagener Beamter zu Ministern, deren Namen ich hier als unwesentlich für die Geschichte Dumouriez's ganz fortlasse.

Am 13. Juni erhielten die drei girondistischen Minister zur großen Ueberraschung ihrer Partei ihre Entlassung.

---

8. Kapitel.

Drei Tage Kriegsminister.

Dieser unerwartete, in das Parteigetriebe geführte Schlag brachte die Nationalversammlung, die Vorstädte, die Clubs in die lebhafteste Gährung. Besonders die Gironde empfand ihn als eine directe Beschimpfung. Parteihaß, gekränkte Eitelkeit und Ehrsucht ließen sie nunmehr auf das Entschiedenste gegen den König in die Schranken treten. Das Wort von Madame Roland war wahr geworden. Dumouriez hatte die aus dem Ministerium getrieben, die ihn hineingebracht hatten.*) Die Feuillants waren ebenfalls in Bewegung und erwarteten viel von diesem Ministerwechsel.

Leider war es nur ein kalter Schlag und, anstatt einer Armee, um seinem Willen Nachdruck zu geben, hatte der König nur einen einzigen Mann. Aber dieser zeigte sich in diesen Tagen wirklich als ein solcher. Nichts ist schwerer, als seine Popularität zu opfern, nichts verlangt kräftigere Nerven, als den tobenden Gallerien und einer souveränen Versammlung gegenüber zu treten, die geneigt ist, ihre Gewalt zu mißbrauchen.

Wenn in damaliger Zeit ein Sturmtag nahte, wurden vor Allem die Gallerien gefüllt. Die Partei, welche am unmittelbarsten über den Demos gebot, hatte natürlich auch auf den Gallerien die Majorität.

---

*) Laporte's Ansicht: „Dieser Mann ist entweder sehr nützlich, oder sehr gefährlich", erfuhr damit eine neue Illustration.

In der zweiten Nationalversammlung spielten dieselben schon eine große Rolle, sie wirkten nicht unbedeutend auf die Abstimmungen ein. Im Convent wurde später das Unwesen fast legalisirt. Auch bei den Jacobinern und bei den Communen, jenen beiden Nebenautoritäten, zwischen welchen und dem Convent später die Macht so oft hin- und herschwankte, wurden die Tribünen als eine legale Macht betrachtet, mit der man rechnen mußte.*)

Als Dumouriez am 11. Juni in die Nationalversammlung ging, hatte er dem Sturme der revolutionären Kräfte zu trotzen, und er that dies als ein Mann und ein Soldat. Bei seinem Eintritt in den Saal empfing ihn bereits das Geheul der Gallerie, das Zischen der Montagne und der Gironde. Die Feuillants, wahrscheinlich durch Briefe Lafayette's angewiesen, verhielten sich ruhig und abwartend.

Roland hatte soeben seinen an den König gerichteten Brief auch in der Versammlung vorgelesen, und dieselbe hatte den Druck und die Versendung desselben beschlossen.

Madame Roland und ihre Freunde glaubten hierdurch einen besonderen Streich gegen den König geführt zu haben. Es ist die Epoche, welche man als die schwächste und kleinlichste in der Laufbahn der Gironde bezeichnen muß.

Frau Roland dachte damals nicht an die Angst jener Frau an der Spitze Frankreichs, gegen welche die Meute der Vorstädte bald losbrechen sollte. Aber es kam der Tag, wo sie selbst in den Corridoren der Tuilerien unter eine rüde bewaffnete Menge gepreßt, nicht vermögend, den Saal des Convents zu erreichen, in furchtbarer Bewegung auf das Toben der Gallerie, das Geheul der Montagne, das Läuten der Glocke des Präsidenten, sowie auf das Rollen der Trommeln und das Dröhnen der auf dem Carousselplatz abprotzenden Geschütze lauschte, die ihre Mündungen auf die Tuilerien richteten, — des revolutionären Orkans, in welchem ihre idealen Hoffnungen, ihre Freunde, ihr Gatte, — der Mann, den sie liebte, untergehen sollten. —

*) Es war ganz dasselbe Princip, welches das Wesen unserer jetzigen socialdemocratischen Versammlungen der Jahre 1874—1878 in Berlin und Leipzig ausmachte. Es galt den Gegner niederzuschreien, wobei ich im Uebrigen weder die Chefs der Gironde noch die Danton, Camille Desmuliers, Saint Just u. a. m. mit diesen vaterlandslosen Parteimännern vergleichen will. —

Dumouriez verlangt das Wort. Er kündigt zuerst den Tod des Generals Gouvion an, welcher in einem Gefecht in Belgien gefallen war und will eine Denkschrift über das Kriegsministerium vorlesen.

Das revolutionäre Gewitter fängt an zu grollen und verschlingt seine Stimme. Endlich gelingt es ihm, sich Gehör zu verschaffen. Der Eingang seines Vortrages war gegen die Anmaßungen der Parteien gerichtet, welche sich in die Einzelheiten der Verwaltung mengten. Neuer Sturm! „Der Mann will uns Rathschläge ertheilen,“ ruft Guadet! „Warum nicht?“ erwidert Dumouriez, sich gegen den Berg wendend.

Er fuhr fort, seine Denkschrift zu verlesen und unterzog in derselben die Maßnahmen seines Vorgängers allerdings einer scharfen Kritik. Insbesondere tadelte er, daß man fortwährend neue Aushebungen decretirt habe, ohne die älteren Bataillone auch nur annähernd voll zu machen, wodurch überall nur unvollständige und schlechte Truppentheile entstanden seien. Auch den Zustand der festen Plätze unterwarf er einer Betrachtung, die im Ganzen höchst ungünstig ausfiel. —

Als er geendet, bestieg ein Mitglied des Militairausschusses der Versammlung die Tribüne, um die angeblichen Verläumdungen gegen den früheren Kriegsminister zurückzuweisen. Dumouriez steckt seine Denkschrift kaltblütig ein und will den Saal verlassen.

„Die Denkschrift, die Denkschrift auf den Tisch des Hauses!“ schallt es von allen Seiten.

Er überreicht sie einem Huissier. Derselbe wirft einen Blick hinein und ruft: die Schrift ist nicht gezeichnet! Er nimmt sie zurück, zeichnet sie und legt sie, indem er seine Blicke durch die ganze Versammlung laufen läßt, selbst auf das Büreau des Hauses nieder. Dieses feste und ruhige Betragen, welches sich gegen die schon öfter vorgekommenen pöbelhaften Scenen im Hause — und noch mehr gegen die späteren Ausbrüche der Parteien gegeneinander im Convent — scharf abhob, die martialische, aufrechte, furchtlose Haltung Dumouriez's verfehlte für dies Mal nicht seine Wirkung, und er verließ den Saal inmitten eines tiefen Schweigens. Nicht ein Pfiff erscholl von den Gallerien, nicht ein Ruf aus den Reihen des Berges und der Gironde. Auf der Straße drängte man sich, um den furchtlosen Minister zu sehen, welcher der Majorität getrotzt hatte.

„Sie debattiren jetzt, ob Sie nach Orléans geschickt werden sollen," benachrichtigt ihn ein Bekannter.

„Meinetwegen," erwiderte er lachend, „dann kann ich mich ausruhen und Molken trinken."

---

9. Kapitel.

Rücktritt, Abschied vom Könige.

Gleich nach der Sitzung der Nationalversammlung fand Ministerrath statt. Der König beglückwünschte ihn wegen seiner Festigkeit und erklärte seine Zustimmung zu dem Decret der 20,000 Föderirten. Was das gegen die Priester betrifft, so nahm er sein Dumouriez gegebenes Versprechen zurück und verweigerte seine Unterschrift.

Alle von den vier anwesenden Ministern vorgebrachten Gegengründe vermochten seinen Entschluß nicht zu ändern. —

Die Rathschläge seiner intimen Freunde hatten ihre Wirkung gethan. Der König, welcher sonst in der Regel ruhig und fast furchtsam den Ministern gegenübertrat, befahl in vollem Tone des Monarchen vom ancien régime: „Ich werde Ihnen morgen einen Brief übergeben, einer von Ihnen wird ihn gegenzeichnen, und Sie werden ihn Alle der Versammlung überbringen." Diese Entscheidung mag gewissenhaft gewesen sein, klug war sie in diesem Moment nicht. Dumouriez erhob sich und fragte den König, ob er noch etwas zu befehlen hätte.

Der König antwortete verwirrt: „Nein, mein Herr!" —

Man trennte sich schweigend. Schon gährte es in der Vorstadt Saint Antoine, und es bildeten sich Zusammenrottungen. Dumouriez schrieb dem Könige davon, aber der Monarch glaubte, man wolle ihn einschüchtern und blieb bei seinem Entschluß. —

Am 15. Juni empfing Louis abermals die Minister, welche ihm sämmtlich erklärten, den Brief nicht gegenzeichnen zu können, sowohl ihre Meinung, als auch hauptsächlich die Sorge für den König selbst verböten es ihnen. Sie müßten daher ihre Entlassung anbieten. Der König war in furchtbar erregter Stimmung und wandte sich noch ein Mal an Dumouriez, um ihn zu fragen, ob seine Ansichten sich nicht geändert hätten.

„Ich muß dabei verharren, Sire, wenn unsere Bitten Sie nicht zu rühren vermögen!"

„Es ist gut!" erwiderte der König mit düsterem Ausdruck, „ich nehme Ihre Entlassung an!" —

An demselben Abend machten die Feuillants einen Versuch, ihn zu sich hinüberzuziehen. Ein Unterhändler schlug ihm vor, dem Verlangen des Königs nachzukommen und den Brief zu zeichnen. Dumouriez erblickte in diesem Antrage nur eine Intrigue, in welche er die Königin verwickelt glaubte, um ihn durch die Unterzeichnung zu kompromittiren. Außerdem kannte er die Schwäche dieser Partei zu gut, um nicht vorauszusehen, daß sie in ihren Bestrebungen, den König zu retten, scheitern würde. Diese Ansicht bewahrheitete sich einige Tage später glänzend. Die reinen Royalisten bei Hofe bekämpften ihrerseits die Feuillants und riethen dem Hofe viel eher zu einer Verbindung mit den Jacobinern, als mit diesen, so daß von einer energischen Handlungsweise zur Rettung der königlichen Familie nicht die Rede war. Besonders war Lafayette der Königin verhaßt, und sie erklärte bei jeder Gelegenheit, nichts mit ihm zu thun haben zu wollen. Am 17. übergab er das Ministerium des Aeußeren und des Krieges an Chambonas und Lajard, beide wie das ganze neue Ministerium aus den Reihen der Feuillants.

Am 18. Juni hatte er eine letzte Unterredung mit dem Könige. Er fand denselben wieder ruhig und gütig wie immer. Das Gewicht dieser Stunde drückte schwer auf Dumouriez. Man kann es ihm glauben, wenn er versichert, daß er mit dem Bewußtsein der Gefahr für den Thron, an Leib und Leben für den König, vor den so tief gebeugten Monarchen trat, um Abschied von ihm zu nehmen. Er legte dem König die Berechnung der Ausgaben aus den geheimen Fonds vor, wobei der König Kenntniß von den Namen der Empfänger nahm, welche sein großes Erstaunen erregten. Der König zeichnete die ihm vorgelegten Blätter und frug sodann:

„Sie gehen zur Armee von Luckner?"

„Ja, Sire! Ich bin glücklich, diese Stadt verlassen zu können, aber ich habe den Kummer, Euer Majestät in Gefahr zu sehen!“

„In Gefahr — ja wohl!“ entgegnete der König. „Noch einmal, Sire“, fuhr Dumouriez dringend und sehr bewegt fort, „bitte ich Sie, und zwar jetzt nicht als Minister, — ich habe kein Interesse mehr als solcher — um des Heils Ihrer Gemahlin, Ihrer erlauchten Familie willen, legen Sie nicht Ihr Veto gegen die beiden Decrete ein. Es kann zu nichts führen!“ — „Sprechen Sie mir nicht davon, mein Entschluß ist gefaßt!“ — „Sire! Ich werde Sie nicht wiedersehen! Verzeihen Sie meine Freiheit! Man mißbraucht Ihr Gewissen, man führt Sie zum Bürgerkriege. Sie werden unterliegen, Sire, es fehlt Ihnen die Macht! Ich fürchte mehr von Ihren Freunden, als von Ihren Feinden!“ Dumouriez stand neben dem am Tische sitzenden König. Er hatte die Hände gefaltet. Sein Ausdruck war bittend und unterwürfig. Der König legte seine Hand auf die seinige. „Gott ist mein Zeuge“, sagte er mit schmerzerfüllter Stimme, „daß ich nur das Glück Frankreichs will.“

„Ich zweifle nicht daran, Sire“, erwiderte Dumouriez in tiefster Bewegung. „Sie schulden aber Gott Rechenschaft nicht nur von der Reinheit Ihrer Absichten, sondern auch von dem aufgeklärten Gebrauch derselben. Sie glauben die Religion zu retten, Sie zerstören sie. Die Priester werden niedergemetzelt, — Ihre Krone wird Ihnen genommen werden, vielleicht Sie selbst, Ihre Gattin, Ihre Kinder! —“

Er drückte seine Lippen auf die Hand des Königs, welchem die Thränen in den Augen standen. — Sie blieben einige Augenblicke stillschweigend, dann drückte ihm der König die Hand.

„Sire, wenn alle Franzosen Sie so kennten, wie ich, wären unsere Leiden bald zu Ende! Euer Majestät wünschen das Glück Frankreichs. Es fordert das Opfer Ihrer Gewissensskrupel. Diejenigen, welche sie in Ihnen pflegen, verstehen nur ihr eigenes Interesse. Euer Majestät haben sich seit 1789 der Nation geweiht. Fahren Sie fort, und die Unruhen werden aufhören, der Rest Ihrer Regierung wird glücklich sein. Noch sind Sie der Herr Ihres Schicksals. Glauben Sie mir, ich habe Euer Majestät stets die Wahrheit gesagt!“

„Ich bin auf den Tod gefaßt“, antwortete der König trübe, „und ich verzeihe ihn meinen Feinden im Voraus. Dank für Ihre Empfindungen. Ich schätze Sie hoch! Wenn bessere Zeiten kommen, werde ich Ihnen Beweise davon geben."

Der König erhob sich und ging an ein Fenster, um seine Bewegung zu verbergen. Dumouriez legte langsam seine Papiere zusammen und war bestrebt, den Eindruck dieser Scene aus seinem Gesicht zu verbannen, um den in den Vorzimmern befindlichen Herren vom Hofe keinen Grund zu allerlei Vermuthungen zu geben.

Die Thüre des Zimmers bewegte sich, der König drehte sich um, machte einige Schritte gegen den General und sagte in herzlichem Tone: „Leben Sie wohl und seien Sie glücklich!" Die Thür schloß sich hinter Dumouriez. Er hat den König nie wieder gesehen.

Im Vorzimmer traf Dumouriez seinen treuen Laporte, von dem er gleichfalls Abschied nahm. Laporte erklärte, bei dem König ausharren zu wollen.*)

Dumouriez zog sich noch an demselben Tage zu seinem Neffen, dem Sohne des Generals von Schomberg zurück und lebte mehrere Tage der Ruhe und Erholung. Am 20. Juni hörte er durch Lacoste mit tiefem Schmerz von dem Einbruch der Volksmassen in die Tuilerien, den Beschimpfungen, welchen die königliche Familie dabei ausgesetzt war und der unerschütterlichen Ruhe des Königs und der Königin.

Der Tag war für die revolutionäre Partei resultatlos verlaufen. Dagegen rief er eine so starke Entrüstung in dem besseren Theil der Pariser Bürgerschaft hervor, daß dieser Moment geeignet gewesen wäre, dieselbe zu sammeln und für das Königthum in die Schranken treten zu lassen. Wäre Dumouriez noch am Ruder gewesen, so würde dieser Moment sicher nicht unbenutzt vorüber gegangen sein.

Lafayette, welcher es in diesen Tagen versuchte, die Ordnung herzustellen, war dieser Aufgabe nicht gewachsen. Am 18. Juni schon war jener berühmte Brief an die Nationalversammlung eingetroffen, welcher die jacobinische Fraction auf das Heftigste angriff, die Nationalversammlung einlud, der Agitation jener Secte entgegenzutreten und sich in Ausfällen gegen das entlassene girondistische Ministerium, aber auch gegen Dumouriez, erging. —

*) Im August starb Laporte als Verschwörer gegen die Nation auf der Guillotine. —

Nach den Ereignissen des 20. glaubte Lafayette auf seine Armee, bei welcher er sehr beliebt war, zählen zu dürfen. Er erschien am 28. plötzlich in Paris. — Aber in der Nationalversammlung durch die Girondisten und Jacobiner paralysirt, von dem Hofe kühl empfangen, ließ er es beim Schreiben und Reden bewenden.

Es fehlte ihm die Entschlußkraft, den zahlreichen gutgesinnten Theil der Nationalgarde zu versammeln, die Jacobiner zu sprengen und mit oder ohne Nationalversammlung, mit oder ohne Hof, eine Dictatur zu versuchen. — Beschämt und ohne jedes Resultat reiste er zur Armee wieder ab. In seinem ganzen Verhalten trat eine starke Abneigung gegen Dumouriez zu Tage, ja er erklärte sich offen als seinen Feind. Vereint hätten diese beiden Männer vielleicht damals der Revolution Halt gebieten können, entzweit entschlüpfte das rollende Rad um so schneller ihren Händen. — Es ist gerade dieses Moment, welches von Doctrinären so oft verkannt wird: der Einfluß der persönlichen Gefühle auf die Staatsactionen, welches aber praktische Staatsmänner nie aus den Augen verloren haben.

Es ist keine Frage, daß das Verhalten Lafayettes damals einen tiefen Stachel in Dumouriez's Herzen zurückließ. — Er war bereit gewesen, für die Sache des Königthums in die Schranken zu treten, aber er wollte nicht zurückgesetzt, er wollte nach dem Siege nicht bei Seite geschoben sein. Dumouriez war ehrgeizig; sein Selbstgefühl war verletzt.

Wir werden später urtheilen, ob diesen Gefühlen ein Einfluß auf seine Handlungsweise beizumessen sein dürfte. —

Vor seiner Abreise legte er der Nationalversammlung Rechnung, und obwohl er nach dem damaligen Decret derselben nicht dazu verpflichtet war, fügte er auch eine specialisirte Abrechnung über den Sechsmillionenfond bei, aus welcher hervorging, daß nur 500,000 Livres von diesem verausgabt worden waren. Die Ordnung seiner Rechnungslegung machte die über ihn ausgestreuten Verläumdungen sogleich wieder verstummen und verschaffte ihm neue Anerkennung bei allen Parteien.

Am 26. Juni reiste er zur Nordarmee ab. Mit ihm verlor das Königthum den einzigen Mann, dessen Geschick und Energie vielleicht noch eine schwache Aussicht eröffnet hätten, das Schiff der Monarchie durch die revolutionären Klippen zu steuern — wenn man entschlossen gewesen wäre, sich dem Lootsen anzuvertrauen.

Im Gegensatz so vieler anderer Behauptungen finde ich in der Ministerlaufbahn Dumouriez's einen sich bestimmt zeichnenden Characterzug. Dieser ist: Die Versöhnung des Königthums mit den Principien der bürgerlichen Freiheit und die Wiederherstellung des Vertrauens zwischen dem Monarchen und der Nation. Diese Absicht äußert sich in der Kette seiner Handlungen offenkundig. Sein Verhalten gegenüber den Jacobinern, seine Aufrichtigkeit gegen den König, die entschiedene Sprache gegen die Mächte und die Kriegserklärung gegen Oesterreich, endlich seine Ansicht von der Anerkennung der Decrete sind die Beweise hierfür. Wie weit freilich diese Pläne auf Erfolg Aussicht haben konnten, gehört auf ein anderes Feld. Ich glaube nicht, daß Dumouriez die Constitution von 1791 für eine auf die Dauer ausführbare und mögliche hielt. Aber die Verfassung konnte als ein Sammelpunkt zur Befestigung oder Wiederherstellung der Ordnung dienen, es konnte sich eine starke Partei bilden, welche das Königthum in dieser Gestalt stützte, die bewaffnete Macht konnte demselben wieder zugeführt, und ein Zustand somit angestrebt werden, welcher ein geordnetes Staatsleben möglich machte. Freilich war die Aussicht hierzu eine schwache. Nicht nur die Principien standen sich gegenüber, das Mißtrauen war zu tief gewurzelt, die Ordnungsparteien in sich zu tief gespalten. Wir, die wir im jetzigen Augenblick auf eine Kette von Revolutionen von 1789 bis 1871 und auf zahlreiche Erfahrungen bis in die neueste Zeit blicken, haben gut über die Unmöglichkeit urtheilen. Wir wissen, daß die Revolutionen, bis auf eine gewisse Höhe gelangt, in unaufhaltsamem Laufe, gleichsam einem Naturgesetze folgend, weder durch kleinlichen Widerstand, noch durch Bewilligung des Geforderten zum Stillstand zu bringen sind, sondern, daß sie entweder die Reaction in sich selbst erzeugen, oder durch eine großartige, gut geleitete Anwendung von Gewalt gebrochen werden, eine Gewalt, welche mit gesunden Mitteln und kräftigen Triebfedern arbeitet.

Ich bin aber überzeugt, daß der außergewöhnliche politische Scharfblick Dumouriez's auch diesen Moment nicht außer Acht ließ. Nur war, als Dumouriez Minister wurde, noch keine Armee vorhanden, welche den Gebrauch gegen den inneren Feind gestattete. Man kann daher den von Dumouriez eingeschlagenen Weg gewiß nicht unbedingt verwerfen. Die Stunde der Gefahr hätte den unerschrockenen Soldaten von Klostercamp und Corsica gewiß auf dem Posten gefunden. Was nun sein Gefühl anbetrifft, so tritt das rein menschliche in seinem Verhältniß zum Könige und der königlichen Familie in den Vordergrund. Dumouriez besaß brennenden Ehrgeiz, verwegenen Sinn, Gefühl für die Freiheit und Größe seines Landes. Wie er durch den Zauber seines lebendigen Geistes aber die Menschen zu fesseln wußte, so war er leicht durch persönliches Gegenübertreten, vertraulichen Verkehr, durch die nahe Betrachtung menschlichen Unglücks, durch entgegengebrachtes Vertrauen gerührt und geneigt, seine Kraft zur Vertheidigung einer Sache einzusetzen. — Er war der Vertreter eines Princips gewesen, welches trotz aller gegentheiligen Behauptungen und Verhöhnungen schließlich doch das bewegende Element im modernen Staatswesen ist, und welches, zum Durchbruch gelangt, die Staaten immer hoher Blüthe entgegengeführt hat. Dieses Princip heißt die Kunst, gemäßigte Grundsätze mit Entschiedenheit des Handelns zu verbinden.

Er ging zur Armee mit dem Bewußtsein, das Beste gewollt, für sein Land mit allen Kräften gearbeitet zu haben.

Bald sollte die Stunde schlagen, in welcher er die Wahl treffen mußte, die für sein ganzes öffentliches Dasein die entscheidende war.

---

10. Kapitel.

Eintreffen bei der Armee von Luckner. Uebernahme einer Division.

Als der Marschall Luckner das Kommando über die Nordarmee übernahm, hatte er Dumouriez versprochen, das Angriffsverfahren gegen Belgien sogleich wieder aufzunehmen. — Bei der Armee eingetroffen, spielte er aber den Mißvergnügten gegen das Ministerium, blieb längere Zeit in der Defensive, und entschloß sich erst Mitte Juni — also zur Zeit der Ministerkrisis in Paris — den Angriff auf Belgien zu beginnen. Seinen Plan hierzu nennt Jomini eine strategische Ungeheuerlichkeit und gewiß mit großem Recht. Anstatt in enger Vereinigung mit Lafayette den etwa bei Charleroi stehenden linken Flügel der Oesterreicher anzufassen, um sie in ihren Verbindungen mit Deutschland zu bedrohen, und sie womöglich in nördlicher Richtung abzudrängen, that Luckner das Entgegengesetzte, er rückte auf Courtray vor und bemächtigte sich dieses Ortes.

Lafayette, der mit etwa 18,000 Mann im Lager bei Maubeuge stand, hatte seine Avantgarde bis Glisnelle über die Sambre vorgeschoben, dieselbe war am 11. Juni von Clerfait geschlagen worden, wobei General Gouvion fiel.

Lafayette war nun allerdings zu gleicher Zeit mit Luckner in der Richtung auf Mons bis Teinières vorgerückt, daselbst jedoch stehen geblieben, da die Nachrichten aus Paris ihn bewogen, seine ganze Aufmerksamkeit gegen die Jacobiner zu richten. Diesem Beweggrund folgend, ging er am 22. Juni in das Lager von Maubeuge zurück. Obgleich der Herzog von Sachsen-Teschen seine Kräfte auch sehr zersplittert hatte, glaubte nun Luckner, der sich vergebens nach einer Belgischen Revolution umgesehen hatte, ebenfalls zum Rückzuge gezwungen zu sein, und ging daher auf das Erscheinen eines schwachen österreichischen Corps vor Courtray über die Grenze unter dem Schutze der französischen Festungen zurück, womit das Angriffsverfahren abermals aufgegeben wurde. — In so kraftloser lächerlicher Weise begann der ungeheure Kampf, der Europa zwanzig Jahre durchtoben sollte. Die Generale dieser Epoche vertraten ein altes überlebtes System und zwar in seiner Carrikatur. Jede Straße soll gedeckt, kein Schritt vorwärts ohne die allergrößte Sicherheit gethan werden, was natürlich jeden kühnen Entschluß und damit jeden größeren Erfolg ausschließt. Neue Anschauungen der Kriegskunst mußten sich erst Bahn brechen, um dem Kriege neues Leben einzuhauchen. Der Vertreter derselben war zu dieser Zeit ohne Zweifel Dumouriez. Seine Aufgabe war um so schwieriger, als sie, wie ich schon gezeigt habe, grade in eine Uebergangsperiode und in einen Zwitterzustand der Armee, welche theils nach alten, theils nach neuen Principien zusammengesetzt war, hineinfällt.*) Er hatte auf Wiederaufnahme der Offensive gedrungen, sie war mißglückt, und er traf gerade zu dieser Zeit bei der Armee ein, als dieselbe über die Grenze, das Hauptquartier nach Valenciennes, zurückgegangen war.

Er fand daselbst eine sehr kühle Aufnahme. Der Generalstab Luckner's war aus Anhängern Lafayette's gebildet, die Ansicht der Feuillants hatte das Uebergewicht. Man betrachtete Dumouriez offenbar als einen neuen Jacobiner, während er doch gerade durch die selbstständige Haltung, welche sich keiner Partei unterordnen wollte, seinen Ministerposten verloren hatte.**) Er befand sich mehrere Tage in Valenciennes, ohne daß man ihm die Parole schickte und ein Kommando gab. Luckner erwartete Lafayette, um mit ihm einen Plan zu verabreden, welcher sich auf die Vertheidigung beschränken sollte. Dumouriez entwirft eine Schilderung von Luckner, nach welcher derselbe als ein Führer von leichten Truppen nicht übel gewesen sein soll, gänzlich unfähig aber als Führer einer Armee.***) Auf alle Auseinandersetzungen des Ministers oder seines Chefs des Generalstabes, des später so berühmt gewordenen Berthier hatte er in seinem gebrochenen Französisch nur stets geantwortet: Oui, Oui, moi tourne par la droite, tourne par la gauche et marcher vite.

Von der Politik hatte er keine Ahnung, war am Morgen für die Nation und am Abend für den König und warf Alles durcheinander. Das aristokratische Wesen (grand air) Lafayette's imponirte ihm, und er ließ sich sehr durch ihn beeinflussen. Zu dieser Zeit hielt sich auch der Herzog von Orléans im Lager in Valenciennes auf, ohne irgend wie mit Erfolg Propaganda für sich machen zu können. —

*) Es ist keine Frage, daß mehrere der Geschichtsschreiber dieser Epoche seine Thätigkeit zu verkleinern suchen, indeß müssen sie Alle seine große Befähigung zugeben z. B. Saint Cyr Mémoires pag. l. x. v. zu Anfang des Krieges: Dumouriez avait étudié la guerre, on ne saurait pas lui contester des connaissances étendues.

**) Wie falsch und verblendet darin manchmal sehr bedeutende Schriftsteller urtheilen, beweist eine Stelle aus Jomini: guerres de la Révolution, page 25 tome II: Dumouriez ayant perdu la confiance du roi par ses intrigues contre Servan remit le porte-feuille. Gerade das Gegentheil ist das Richtige.

***) Diese Meinung Dumouriez's theilt auch Jomini: (Histoire des guerres de la Révolution.)

Dumouriez beklagte sich endlich bei dem Marschall persönlich über die ihm widerfahrene Behandlung. Luckner versprach Besserung, aber nach der Ankunft Lafayette's war er wieder umgestimmt, so daß Dumouriez eine neue Auseinandersetzung mit ihm hatte. Luckner wurde Anfangs heftig, beruhigte sich sodann, weinte und versprach Dumouriez Alles, was er wollte.

Am nächsten Tage erhielt Dumouriez das Kommando des Lagers von Maulde; sein Freund Biron wurde nach dem Elsaß geschickt, um die wenigen dort stehenden Truppen zu übernehmen. Das Deutsche Reich war damals noch neutral, man konnte dort also, wenn man diese Neutralität hielt, mit geringen Streitkräften auskommen.

---

11. Kapitel.

Dumouriez im Lager von Maulde. Die Märsche der Armeen Lafayette's und Luckner's.

Luckner war nach dem mißlungenen Versuch gegen Belgien zu dem reinen Cordonsystem übergegangen. Er hatte deshalb seine Armee an der Grenze in einzelne Corps in verschanzten Lagern auseinandergezogen. Jedes dieser Lager sollte einen gewissen Abschnitt decken. Die Oesterreicher standen den Franzosen ähnlich gegenüber, führten aber den kleinen Krieg mit viel größerer Lebhaftigkeit, als ihre Gegner.

Das Dorf Maulde liegt in der Nähe des Zusammenflusses der Escarpe und der Schelde, etwa 3 deutsche Meilen nordöstlich Valenciennes. Das Lager, welches nur 8 Bataillone und 2 Escadrons enthielt, befand sich hinter dem Dorfe, von Sandhügeln umgeben, welche mit Feldwerken gekrönt waren. Die Lager von Dünkirchen und Maubeuge zählten eine bedeutend stärkere Truppenzahl, und da Dumouriez der älteste Generallieutenant war, mußte er von Rechtswegen ein größeres Kommando erhalten. Es ist leicht zu begreifen, daß sein Ehrgeiz durch diese offenbare Zurücksetzung sich sehr gekränkt fühlte.

Das Lager von Maulde war mit der geringen Anzahl von Truppen schwer zu vertheidigen. Man konnte es leicht umgehen und in den Flanken fassen. Dumouriez vermuthete, vielleicht nicht mit Unrecht, daß man ihn absichtlich an diesen gefährlichen Posten gestellt habe, um im Falle einer Niederlage ihn in der Meinung der Armee herabzusetzen. Er nahm zuerst sein Hauptquartier in dem nahen Städtchen Saint Amand, einige Tage später jedoch verlegte er es in das Lager selbst. Er hatte unter seinem Befehl den Maréchal de camp Beurnonville, einen sehr thätigen und braven Offizier, der ihn trefflich unterstützte.

Dumouriez ordnete Verstärkungen der Verschanzungen an und ließ das etwa eine Meile nördlich gelegene Städtchen Orchies besetzen und ebenfalls verschanzen, um einer Umgehung des Feindes aus dieser Richtung entgegentreten zu können. Er ließ längst der Grenze eine regelmäßige, wenn auch schwache Vorpostenlinie aussetzen, ordnete den Verbindungsdienst mit den Nebenlagern und den Städten Douay und Lille und eröffnete endlich einen lebhaften kleinen Krieg gegen die österreichischen Stellungen in der Richtung auf Tournay.

Zu Anfang war dies den Truppen sehr ungewohnt und unbequem, bald aber gewannen sie Geschmack daran, besonders als sie sahen, daß Dumouriez mit seinem Stabe bald die Hauptstellungen, bald die äußersten Posten bereitend, immer rastlos die Beschwerden der Soldaten theilend, dort mit Strenge den Ausschreitungen wehrend, dort freundlich mit den Soldaten verkehrend, sich als ein wahrer Führer erwies, der seine eigenen Kräfte ganz und gar einsetzte. Das Talent, das Zutrauen des Soldaten schnell zu gewinnen, in volksthümlicher Rede den Ton des gemeinen Mannes zu treffen, ihn mit einem Scherzwort aufzuheitern, seine Besorgnisse zu beschwichtigen, sich nach seinen Bedürfnissen zu erkundigen, ist jedem Feldherrn nützlich. In den damaligen Verhältnissen, als die französischen Truppen erst wieder ein Heer werden sollten, wurde es um so wichtiger. — Die Folgen dieses Verhaltens zeigten sich bald. Die Haltung der Truppen wurde besser, sie gewannen das durch die schmachvollen Rückzüge tief erschütterte Selbstbewußtsein allmälig wieder. Bald knallten sich seine Husaren mit den gefürchteten österreichischen Streifparteien herum und wehrten ihnen den Eintritt auf das französische Gebiet.

Die Bevölkerung an der Grenze fing an, sich an den kleinen Kämpfen zu betheiligen und die Ulanen*) erhielten aus den Gehöften und Wäldern Feuer, wenn sie vorbeiritten. Dumouriez war begleitet von seinem Diener Baptiste, der ihn auch in der Bastille nicht verlassen hatte, dann auf Wunsch seiner Gattin entlassen, in der Revolutionszeit wieder in seinen Dienst getreten war. Diesen Mann werden wir später eine Rolle spielen sehen, welche die eines Kammerdieners weit hinter sich läßt. —

Außerdem muß noch einer interessanten Erscheinung hier gedacht werden, nämlich der Theilnahme der beiden Töchter des alten Wachtmeisters Ferney an den Kämpfen der Truppen Dumouriez's. Diese beiden Mädchen, welche von den verschiedensten Seiten als sehr hübsch und anmuthig geschildert werden, konnten dem Verlangen nicht widerstehen, in Männerkleidung die Reiter Dumouriez's auf den Patrouillenritten zu begleiten, und es wird übereinstimmend berichtet, daß sie an Muth den Männern nicht nachstanden und sich sogar mit Pistole und Säbel am Kampfe betheiligten. Dumouriez verschmähte, in Anbetracht des durch die schmählichen Niederlagen tief gebeugten moralischen Elements der Truppen, auch dieses Mittel nicht. Er stellte den Mannschaften den Patriotismus und die Tapferkeit dieser modernen Jungfrauen von Orléans als Beispiel hin, und er behauptet, daß dies in der That seine Wirkung nicht verfehlte.

In der französischen Revolution war eben nichts unmöglich. Sie brachte die edlen Gestalten einer Roland und Charlotte Corday, die bluttriefenden gräßlichen Strickerinnen Robespierre's und Megären der Guillotine hervor, und so können uns diese beiden Kämpferinnen nicht Wunder nehmen, deren es übrigens bei den Deutschen 1813 und sogar 1870 mehrere gab.

Inzwischen waren Lafayette, der damalige Kriegsminister Layard und Luckner einig geworden, daß Ersterer die Nordarmee, Letzterer die Armee des Centrums übernehmen sollte. — Dabei aber wollten Beide einen Theil ihrer Truppen mit sich nehmen, weil sie dieselben

*) Der Schrei von den „Ulans", der 1870 so allgemein war, ist nichts Neues. Schon damals brauchten die Franzosen mit Vorliebe diesen Ausdruck für die Reiterpatrouillen der Oesterreicher und Preußen. Beide Nationen besaßen Ulanen-Regimenter, die Franzosen nicht. —

als für ihre Person ganz besonders anhänglich erachteten. Mögen dies nun wirklich nur einige Regimenter gewesen sein,*) so ist dieser Entschluß ein wahrhaft ungeheuerlicher, da er die Truppen in unnützen Hin- und Hermärschen an den Grenzen ermüdete — und wird derselbe mit vollem Recht von Dumouriez sehr hart beurtheilt.

Lafayette sagt aus, Luckner hätte auf diesen Wechsel gedrungen, was jedoch in keiner Weise mit den Berichten des Letzteren an den Kriegsminister stimmt. Andrerseits wird behauptet, Lafayette hätte keine Neigung gehabt, sich mit den Preußen zu messen, die sich damals dem Rheine näherten. Der wahrhafte Grund scheint die Absicht der Feuillants, den König aus den Händen der Pariser Parteien zu befreien, gewesen zu sein. Man wollte bei den Märschen der auszutauschenden Truppen einige Tausend Mann in Compiegne vereinigen, den König dorthin bringen und die nöthigen Aenderungen in's Werk setzen. Dieser Plan scheiterte an der Unentschlossenheit des Hofes, und die Katastrophe eines Zusammenstoßes in Paris kam mit immer rascheren Schritten heran.

Dumouriez wußte von diesen Plänen nichts und sah daher damals nur die militärische Seite der Bewegung, welche ihm unbegreiflich erschien.

Am 10. Juli wurde er nach Valenciennes berufen und von Luckner empfangen. Bei dem Marschall eintretend, fand er Lafayette bei demselben. Beide begrüßten sich kalt und förmlich.

Luckner unterrichtete nun Dumouriez über die Bewegung der Armeen. Er selbst würde am 12. von Famars (bei Valenciennes) abmarschiren, 6 Bataillone würden jedoch daselbst zurückgelassen werden. — Alle übrigen Truppen der Nordarmee würden stehen bleiben, und Dumouriez sollte das Kommando übernehmen, bis der General Dillon — von der Armee Lafayettes — eingetroffen sein würde. Diesem sollte er sodann das Kommando übergeben und demnächst mit seinen Truppen nach Metz abmarschiren, um sich daselbst wieder bei ihm — Luckner — zu melden. Sollte sich inzwischen irgend etwas Wichtiges an der Grenze zutragen, so hatte sich Dumouriez an Lafayette zum Empfange der Befehle zu wenden.

*) Dumouriez giebt stärkere Truppenzahlen an.

Dumouriez konnte nicht umhin, dem Marschall sein Erstaunen über die befohlenen Bewegungen auszusprechen, wandte sich sodann zu Lafayette und sagte: „Mein Herr! Sie sehen es ohne Zweifel nicht gern, daß ich auf einige Tage unter Ihren Befehl gestellt bin, aber ich verspreche treue Dienste, wenn Sie für das Wohl des Vaterlandes arbeiten. — Nach dem Kriege jedoch wird es Zeit sein, unsere persönliche Angelegenheit zu erledigen.“

Lafayette wollte antworten, aber Luckner trat dazwischen und sagte später zu seinen Offizieren in seiner gutmüthigen Weise: „Dumouriez ist wirklich sehr gut! Er hat seine Querelle bis nach dem Kriege vertagt.

Dumouriez verfügte nach Luckner's Abmarsch zur Abwehr eines Angriffs nur über 14 Bataillone und 7 Escadrons in den Lagern von Famars und Maulde. Dem gegenüber hatte Herzog Albert fast 20,000 Mann bei Mons versammelt.

In der Nacht vom 13. zum 14. Juli wurde die Postirung in Orchies von 5000 Kaiserlichen scharf angegriffen, und die französische Besatzung herausgeschlagen. Dumouriez concentrirte am 14. seine Truppen gegen diesen Punkt, um ihn umfassend anzugreifen, in Folge dessen ihn die Oesterreicher in der letzten Nacht räumten, ohne den Angriff abzuwarten. Nach diesem Gefecht, welches ihm der Vorläufer eines größeren zu sein schien, zog er fast alle ihm verbleibenden Truppen im Lager von Maulde zusammen.

Am 11. Juli hatte die National-Versammlung das Vaterland in Gefahr erkärt und somit alle Nationalgarden — auch die seßhaften, und die Behörden für den Krieg zur Verfügung gestellt. Die diese Erklärung begleitenden Ceremonien — in allen Orten wehten schwarze Fahnen, läuteten die Sturmglocken, schlug man den Appell und wurde die betreffende Erklärung verlesen — verfehlten nicht, die Begeisterung des Volkes in gewissem Grade zu entflammen und zahlreiche Freiwillige herbeizuführen, denen man einzelne Sammelpunkte im Innern des Reiches anwies.

Am 20. und 22. Juli trafen 13 Bataillone von Lafayette nebst dem General Dillon in Französisch-Flandern ein, und Dumouriez übergab diesem General sogleich das Kommando. Am 20. Juli aber hatte Herzog Albert thatsächlich mit circa 20 Bataillonen die französische Grenze überschritten und lagerte bei Bavay, um das Angriffsverfahren zu ergreifen. Diesen Vorbereitungen und Bewegungen gegenüber glaubte Dumouriez, daß der von Luckner befohlene Abmarsch mit der unter ihm stehenden bedeutenden Heeresabtheilung nicht ausführbar sei. Er theilte sogleich Dillon seine Ansichten darüber mit. Dieser trat denselben bei, und das Resultat war der von einem Kriegsrath in Valenciennes unter Vorsitz Dillon's und unter Zustimmung dieses Generals gefaßte Beschluß, daß Dumouriez mit seinen Truppen nicht abmarschiren, sondern in Französisch-Flandern verbleiben sollte, bis die Offensive der Oesterreicher zum Stehen gekommen wäre. Wegen dieses Ungehorsams gegen die Befehle Luckner's ist Dumouriez hart angegriffen worden. Aeltere und neue Schriftsteller haben seine Weigerung nur als ein Partei-Manöver und als eine Intrigue gegen Lafayette aufgefaßt und bebesprochen.*) Mir ist diese ganze Behauptung, obgleich sie in den Memoiren Lafayette's natürlich einen Stützpunkt findet, vollkommen unverständlich; die thatsächliche Bedrohung der französischen Armee durch die Versammlung der österreichischen Truppen bei Bavay erklärt den Schritt Dumouriez's zur Genüge.

Jeder höhere Truppenführer muß die Selbstständigkeit besitzen, angesichts eines bevorstehenden Angriffs auf seine Verantwortung hin die Ausführung eines unter anderen Umständen erhaltenen Befehls aufzuschieben, was nicht nur sein Recht, sondern sogar unter gewissen Umständen seine Pflicht ist. Zahlreiche Thatsachen der Kriegsgeschichte älterer und neuerer Zeit geben uns den Beweis. Hier aber war ja Dumouriez noch durch den Beschluß des Kriegsrathes und den Befehl des älteren Generals gedeckt. Man hat behauptet, der damals in der Nähe von Maulde sich aufhaltende spätere Genosse Robespierre's, Couthon,**) habe Dumouriez zu diesem Schritte bewogen und Einfluß auf sein ganzes Verhalten gehabt. Es ist dies im Allgemeinen nicht unmöglich, aber nicht sehr wahrscheinlich in Bezug auf diesen Fall. Denn abgesehen davon, daß es doch jedem französischen General am

---

*) So ist es unter anderen auch in dem vortrefflichen Buche von Renouard „Geschichte des Krieges von 1792.“

**) Am 9. Thermidor mit Robespierre verhaftet, starb er am 10. Thermidor auf dem Schaffot.

Herzen liegen mußte, ähnlichen schmachvollen Ereignissen, wie im April vorzubeugen, stand Dumouriez, so lange er in Französisch-Flandern verblieb, unter dem Oberbefehl Lafayette's, was doch kaum in seinen Wünschen gelegen haben kann. Die Vermuthung aber, daß er mit Beseitigung desselben den Oberbefehl habe an sich bringen wollen, ist doch zu weit hergeholt, um sie als maßgebend für sein Verhalten anerkennen zu können, denn Dumouriez konnte die Entwickelung der Dinge, die Erhebung und die Flucht Lafayette's doch mit solcher Bestimmtheit unmöglich voraussehen.

Es soll aber nicht geleugnet werden, daß er durch den ihm aufgedrungenen Gegensatz zu Lafayette immer tiefer in das democratische Fahrwasser gerieth, und dies natürlich auf seine späteren Entschlüsse mit einwirkte.

Der Angriff des Herzogs Albert kam nur deshalb nicht zur Ausführung, weil er den Befehl erhielt, den General Clairfait mit 20,000 Mann zur Unterstützung der preußischen Armee aufbrechen zu lassen, mit deren Bewegungen wir uns bald zu beschäftigen haben werden.

Inzwischen hatte der Hof nach langem Erwägen die Rettungspläne Lafayette's abgelehnt. Die Gironde, welche sich durch den Haß Robespierre's und das Wüthen der Cordeliers schon selbst bedroht glaubte, machte jetzt noch Annäherungsversuche an den Hof, die jedoch kein Resultat hatten. Der König ergänzte vielmehr sein Ministerium am 21. und 22. Juli im Sinne der Feuillants; für den Krieg trat d'Abancourt für Lajard ein. — Nunmehr mußte die Gironde wohl oder übel mit dem Strome schwimmen, den die Cordeliers gegen die Tuilerien zu treiben suchten. —

12. Kapitel.

Fortgang des Cordonkrieges. Die Nachricht vom 10. August. Lafayette's Erhebung. Die entscheidende Stunde. —

Der Marschall Luckner antwortete Dumouriez auf seine Meldung vom Geschehenen, daß er ihn nicht mehr zu seiner Armee gehörig betrachte. Er schrieb an den König und bat um Untersuchung. Dumouriez hatte gleichfalls von seinem Verhalten Meldung erstattet, auch hatten Dillon und er der Nationalversammlung das Protocoll des Kriegsrathes zugesandt. Die Girondisten und Jacobiner sahen damals ihren Hauptfeind in Lafayette.

Da sie nun den Gegensatz zwischen Lafayette und Dumouriez sehr deutlich bemerken konnten, so unterstützten sie letzteren ohne ihn zu lieben, aus rein politisch-taktischen Gründen und hinderten möglichst entschiedene Schritte wegen seines Verhaltens gegen ihn. Trotz dieser Verhältnisse scheint mir die Aussage Dumouriez's nicht anzuzweifeln, daß er damals noch nicht abgeneigt gewesen wäre, einer Aufforderung Lafayette's zum Vorgehen gegen die Jacobiner und zur Proclamirung einer Militairdictatur zu folgen, denn daß das jacobinische Treiben seinem ganzen Character widersprach, beweist sein späteres Verhalten genugsam. Lafayette aber, von unüberwindlichem Mißtrauen und persönlichem Stolz erfüllt, unterließ es gänzlich, einen Schritt der Annäherung zu thun, und Dumouriez fühlte sich andererseits zu sehr, um in Zeiten, welche einem glücklichen General alles zu versprechen schienen, einem so feindlich gesinnten Nebenbuhler das Feld zu überlassen.

Es ist der Gegensatz dieser beiden Männer, welcher damals von ungeheuren Folgen war, und wie man vielfach behauptet, eine Befestigung des Königthums auf verfassungsmäßiger Basis verhindert hat. — Aber kann man mit Recht fragen, was würde der Hof, einmal aus den Klauen der Jacobiner befreit, gethan haben? Sicherlich wären dann Lafayette und Dumouriez zu Gunsten der Montmorin, der Molleville, der Emigrirten in letzter Instanz bei Seite geschoben worden.

Dumouriez, von den politischen Plänen Lafayette's nicht unterrichtet, fuhr fort, seine Truppen im Lager von Maulde zu schulen. Er hatte besondere Partisankorps eingerichtet, welche alle acht Tage ergänzt wurden, und ihre Streifereien weit ausdehnten, denn die Oesterreicher hielten sich, nachdem Clairfait mit seinem Korps zur Unterstützung der Preußen in Marsch gesetzt worden war, strenge in der Vertheidigung. Immer ergebener wurden ihm die Truppen, und immer fester konnte er auf ihre Anhänglichkeit bauen. Es war natürlich, daß zu einer Zeit, in welcher Alles wankte, ein befähigter General schließlich, ähnlich wie zu Zeiten des dreißigjährigen Krieges, festen Ankergrund nur in sich selbst und in seinen Truppen fand, und hiernach handelte.

Dillon hatte zwar Dumouriez's Entschluß, in Flandern zu bleiben, gut geheißen, deswegen aber war er nicht sein Freund geworden. Im Gegentheil, er war ein entschiedener Anhänger Lafayette's. Er wollte sich in der Vertheidigung halten, Dumouriez schlug ihm den Angriff auf Belgien mit allen verfügbaren Kräften vor. Dies war ein neuer Grund zum Hader.

Dillon hatte die Truppen in drei größeren Lagern vereinigt, und zwar in dem zu Maulde unter Dumouriez, woselbst 23 Bataillone und 5 Eskadrons standen, zu Maubeuge und zu Pont-sur-Sambre, in welchem letzteren er selbst unmittelbar befehligte. —

Zwischen den Truppen dieser Lager stellte sich bald ein entschiedenen Gegensatz heraus. Die von Maubeuge und Pont-sur-Sambre waren für Lafayette, die von Maulde ganz für Dumouriez. So war auch die Armee vor dem Feinde in Parteien zerrissen und, es war dringend nöthig, diesen Zustand in irgend einer Weise zu beendigen, wenn nicht das Vaterland schließlich den schwersten Schaden davon tragen sollte. —

Mitten in den rein kriegerischen, der Politik fern liegenden Beschäftigungen Dumouriez's, traf die Nachricht von der Revolution des 10. August ein.

Nach langen Vorbereitungen, durch den hauptsächlich von den Cordeliers eingesetzten geheimen Insurrections-Ausschuß war der Schlag gelungen.

Um Mitternacht begannen die Sturmglocken in den democratischen

Quartieren von Paris zu läuten und gegen Mittag des 10. war das Schloß erstürmt, seine Vertheidiger und ein großer Theil seiner Bewohner niedergemetzelt, der König und seine Familie Gefangene der Nationalversammlung und — die Commune von Paris, die Vorgängerin der von 1871 — hatte sich in Wahrheit der höchsten Gewalt bemächtigt.

Nur einen Tropfen Soldatenblut in den Adern Louis XVI., und der Sturm wäre nicht allein mißlungen, der König hätte sich wahrscheinlich auch der Regierungsgewalt wieder bemächtigen, oder sich wenigstens an der Spitze seiner Getreuen einen Ausweg aus Paris bahnen können.

An diesem Tage wurde Louis' Schwäche Verbrechen an seiner Sache, an seiner Familie, an seiner Ehre und der des Königthums. Unrühmlich hörte der Nachkomme des großen vierten Heinrich hinter dem eisernen Gitter der Journalistenloge unter dem Todesgeschrei seiner verendenden Vertheidiger und unter dem Hohngelächter seiner Feinde das Decret seiner Suspendirung mit an.*)

Die Nachricht vom 10. August brachte zuerst keine besondere Aufregung im Lager Dumouriez's hervor. Man war zu sehr mit dem kleinen Kriege beschäftigt, der den Truppen Aufregung und Abwechselung gab. Außerdem unterschätzte man zu Anfang die Wichtigkeit der Nachricht. Die Gefangennahme des Königs in Varennes hatte schließlich auch mit seiner Wiederbefreiung geendet, man vermuthete, daß sich dies wiederholen würde.

Währenddessen aber hatte Lafayette sich entschlossen, die Revolution vom 10. August nicht anzuerkennen, sondern dem widerrechtlich angegriffenen und gefangen gesetzten Könige zu Hülfe zu kommen.

Es war aber der nämliche Lafayette, welcher den ungeheuerlichen Artikel von der Berechtigung des Volkes zum Widerstande gegen die Unterdrückung in die Verfassung gebracht hatte, womit, von dem oder jenem Standpunkte aus gesehen, jeder Aufstand gerechtfertigt war.

*) Sein Appetit und seine passive Ruhe verließen ihn auch in dieser Lage nicht. „Ce ne me semble pas trés constitutionel, ce que vous faites là, Messieurs!" sagte er aus seiner Gitterloge heraus zu den zunächst sitzenden Abgeordneten, als die Nationalversammlung seine Suspension erklärte.

In dem Moment des Eintreffens der Nachricht war nur eins möglich: Eine sofortige Proclamation Lafayette's an seine Armee mit dem offen bezeichneten Ziele der Befreiung des Königs aus der Hand der Jacobiner in Paris, ein Aufruf an die Civilbehörden und an die Gemäßigten der Nationalversammlung, sich unter dem Schutze seiner Fahnen zu versammeln.

Die Truppen waren Lafayette größtentheils ergeben, die Civilbehörden der Grenzdistricte erklärten sich für den König und die Verfassung. In Sedan ließ der Gemeinderath die Abgesandten der Nationalversammlung, welche dieselben behufs Anerkennung der neuen Revolution abgeschickt hatte, verhaften, und Alles ließ sich einige Tage sehr günstig an. Aber Lafayette erklärte „gegen die Jacobiner kämpfen zu wollen und steckte das Schwert in die Scheide."*) Als Freund der bürgerlichen Freiheit nach amerikanischem Muster, jeder Militairdictatur abgeneigt, wartete er auf Kundgebungen des Volkes und der Civilbehörden, um die entscheidenden Schritte zu thun, aber diese warteten in einer Zeit des Krieges, und der inneren Unruhen mit Recht auf ihn, auf den Soldaten.

So verharrte er in vollkommener Unschlüssigkeit in seinem Hauptquartier in Sedan, während die Jacobiner ihre Sendboten in seine Armee warfen, und Tag für Tag die Nachrichten eingingen, daß die Revolution vom 10. August von vielen Behörden und Truppenführern anerkannt worden sei, wobei der Anmarsch des preußischen Heeres, dessen Spitzen sich den französischen Grenzen näherten, nicht unbedeutend eingewirkt haben mag.

Bei der Nordarmee gab nun Dumouriez's Haltung die Hauptentscheidung.

Der in Französisch-Flandern commandirende General Dillon — wie schon bemerkt, ein Partisan Lafayette's — sandte am 14. August den Befehl an Dumouriez, die Truppen auf's Neue schwören zu lassen und zwar den durch die Constitution vorgeschriebenen Eid: „Treue der Nation, dem Gesetz und dem Könige."

Dumouriez verweigerte diesem Befehl den Gehorsam, und hiermit war sein Widerstand gegen Dillon und Lafayette erklärt.

---

* Wortlaut des Textes von Sybel. Revolutionszeit.

Er selbst giebt als Ursache an, daß der König Gefangener einer siegreichen Fraction gewesen sei, daß er durch eine Erklärung der Armee in Gefahr gerathen wäre, baldigst als Geißel das Schlachtopfer der Jacobiner zu werden, daß die Armee in diesem Moment, in welchem 120,000 Deutsche und Italiener das Vaterland bedrohten, nicht hätte Politik treiben können, sondern die Entwickelung der Dinge in Paris sich selbst hätte überlassen müssen, und daß das Heil des Vaterlandes in solchem Falle über die Person des Königs zu setzen sei, so geheiligt dieselbe sonst auch sein möge.

Diese Einwürfe ließ er Dillon zukommen. Derselbe hatte jedoch schon in öffentlichen Blättern bekannt gemacht, daß die Truppen den constitutionellen Eid auf's Neue geleistet hätten. Dumouriez fühlte sich nun in Folge seiner Erklärung berufen, dies in den nämlichen Blättern als unrichtig bezeichnen zu lassen. Von den Absichten Lafayette's hatte Dumouriez zu dieser Zeit immer noch nichts Zuverlässiges erfahren, doch kann man als festgestellt annehmen, daß er über dieselben, sowie über den Verlauf der Dinge in Sedan einigermaßen unterrichtet war.

Am 14. August trafen in Valenciennes drei Commissare der Nationalversammlung ein, welche Dillon des Kommandos entsetzen sollten. Dillon benahm sich sehr schwächlich, er schrieb einen Entschuldigungsbrief an die Nationalversammlung und wurde von den Commissaren im Befehl bestätigt. In diesem Moment aber wirkte Couthon, welcher noch in den Bädern von Saint-Amand, nahe bei Valenciennes weilte, auf dieselben ein. Auf die Vorstellung desselben, daß Dillon unsicher sei, und daß sie einen falschen Schritt gethan hätten, der ihnen von der Nationalversammlung vielleicht sehr übel ausgelegt werden würde, kamen sie in das Lager von Maulde, wahrscheinlich in der Absicht, sich mit Dumouriez zu berathschlagen. Gleich darauf aber traf ein Courier der Nationalversammlung ein, welcher die Nachricht von dem Abfall Lafayette's und die Ernennung Dumouriez's zum Oberbefehlshaber der gesammten Nordarmee brachte.

Dumouriez ergriff hierauf sogleich entschiedene Maßregeln. Er ließ an alle Truppentheile Befehle abgehen, welche seine Ernennung bekannt machten. Die Behörde in Sedan forderte er unter Androhung der schärfsten Strafen auf, die dort verhafteten Commissare in Freiheit zu setzen und Lafayette zu arretiren. Dieser Befehl traf am 21. in Sedan ein.

Lafayette's Zögern hatte seine Früchte getragen. Als die Nachrichten aus allen Theilen des Reiches von der Zustimmung zur Revolution des 10. August eintrafen, als die jacobinische Partei sich in Sedan regte, und als die Truppen in Folge des Beispiels des Lagers von Maulde zu wanken anfingen, gab er die Sache des Königthums verloren. Er bereitete in den letzten Stunden seines Kommandos noch den Widerstand der Armee gegen einen möglichen Angriff vor und verließ schon am 14. Abends mit 23 höheren Officiren sein Hauptquartier, um nach Belgien überzutreten, woselbst er von einer österreichischen Abtheilung gefangen und auf sehr widerrechtliche Weise lange Zeit seiner Freiheit beraubt blieb.

So stand denn Dumouriez an einer Stelle, welche ihm den Weg zur Erfüllung des höchsten Ehrgeizes als Feldherr, als Gebieter der Zukunft eröffnete.

Betrachten wir nun noch einmal die Motive seines Verhaltens, welches ja in einem so offenbaren Widerspruch mit seinem Verhältniß zum König, wie sich dasselbe im Juni herausgestellt hatte, zu stehen scheint.*)

Wenn man ein Gefecht kritisiren will, muß man sich wenigstens zeitweise an den Platz des Truppenführers versetzen können, ebenso ist es auch in einer politischen heftigen Krisis, die noch dazu unmittelbar mit militairischen Actionen zusammenhängt.

Die unglückliche Verfassung von 1791 verlegte den Schwerpunkt so gänzlich in die Nationalversammlung, daß jedermann bei einem Conflict zwischen dem Könige und dieser, falls man die Verfassung beobachten wollte, in eine sehr zweifelhafte üble Lage kam. Die gesetzgebende und die ausübende Gewalt waren allergrößten Theils auf die Nationalversammlung übergegangen, der König war eigentlich nur ihr vollziehender Beamter. Zwar war nominell der König der oberste Führer der Armee, aber er besaß keine kriegsherrlichen Rechte mehr, und

---

*) Hierbei muß man sich hüten, den zweifellos klaren monarchischen Sinn, wie er z. B. in der deutschen Armee lebt, als Ausgangspunkt der Beurtheilung des konkreten Falles zu wählen, sondern man muß die Lage der Dinge in Frankreich selbst zu Grunde legen.

ohne diese ist jener Titel von gar keiner Bedeutung. Indeß war immer seine Unverletzlichkeit decretirt und daher auch vom Standpunkte der Verfassungsrechte Grund genug vorhanden, um für ihn in die Schranken zu treten.

Die Gründe, welche Dumouriez selbst angiebt, kann man als Bewegkraft seiner Handlungsweise allein als nicht ausreichend annehmen, obgleich durch den einen Umstand, daß der Feind an den Grenzen stand, ein vollwichtiges äußeres Motiv gegeben ist.

Dumouriez's staatsmännischer Blick betrachtete den Sieg der Erhebung unter einen Führer, welcher noch im Juni Beweise seiner Unentschlossenheit in Paris gegeben hatte, als ganz unwahrscheinlich, und somit die Lage des Königs verschlimmernd; im Falle diese Erhebung aber zu einem siegreichen Vordringen des Feindes und der Emigrirten führte, für die Entwickelung der öffentlichen Angelegenheiten Frankreichs als schädlich. Ein Abkommen mit dem Feinde aber, um dessen Neutralität bis nach erfolgter politischer Action zu erwirken, war nicht geschlossen. Es ist dies der Hauptpunkt, welchen Dumouriez gegen den Vorwurf ins Feld führt, er habe 7 Monate später dasselbe gethan, wie Lafayette. —

Wenn für jetzt nach Dumouriez's Ansicht eine Erhebung erfolglos war, so konnte sie später gelingen, und zwar dann, wenn das militairische Element sich durch Siege gekräftigt haben würde. Dumouriez wollte erst Feldherr sein, um Monk oder Cromwell zu werden.

Aber alle diese Gründe würden vielleicht die Schaale des Königthums bei Dumouriez nicht haben schnellen lassen, wenn das Mißverhältniß und der Zwiespalt mit Lafayette nicht als Gegner des monarchischen Sinnes in ihm aufgetreten wären. Es war dies offenbar der entscheidende Beweggrund. Sollte er zurückgestoßen von Lafayette, in dieser Krisis diesem plötzlich zu Hülfe springen ohne Aussicht auf Erfolg?

Die Gesammtwirkung dieser Motive hat damals Dumouriez verhindert, seinen Arm für den König zu erheben. Vom Standpunkte des Rechtes und des monarchischen Gefühls würde dagegen der Augenblick richtig gewählt worden sein, um für das Königthum aufzutreten und sich dafür einzusetzen. Noch characterisirte sich die Lage in Paris als der Sitz eines Aufstandes, noch war die aus diesem Aufstande hervorgegangene Regierung durch Zeit und Gesetz nicht legalisirt. Jede Erhebung in späterer Zeit gegen dieselbe war daher viel schwerer zu rechtfertigen. Die Aussichten des Ehrgeizes auf den Ruhm des Feldherrn gegen den äußeren Feind mußten dabei freilich auf das Spiel gesetzt werden, den Ruhm von Jemmapes und von den Argonnen hätte Dumouriez verloren, aber er hätte auch nicht nöthig gehabt, die Hinrichtung des Königs aus der Ferne mit ansehen zu müssen und als Genosse der Jacobiner aufzutreten. — Er wäre von der Geschichte zu einem jener Krieger der Treue für die Monarchie erklärt worden, wie wir sie in der englischen Revolution, in den Kämpfen der Vendée mit Bewunderung erblicken. Das monarchische Gefühl aber muß seine Wurzeln in einem Boden von Fruchtbarkeit und Triebkraft haben. Dieser Boden ist die Tüchtigkeit der Dynastie und die Nothwendigkeit ihres Bestehens für die beherrschte Nation. Fehlt dieser, so wird früher oder später dem Baum der Monarchie die belebende Frische entzogen.

Es bleibt dann nur das Princip übrig. Dasselbe allein ersetzt aber noch nicht die nothwendigen Eigenschaften einer Dynastie und somit die Anhänglichkeit der Nation an dieselbe.

Die Legitimität verhindert Unruhe und Schwankungen in dem Staatsgebäude, aber sie ist ebensowenig unfehlbar wie der Pabst, und die Auffassung derselben als ein Abstractum wird nie verhindern, daß eine Dynastie von der beanspruchten Gottähnlichkeit eines Louis XIV. zu der Entwürdigung eines Louis XV. und zu der Schwäche eines Louis XVI. herabsinken kann.

In Dumouriez war das monarchische Gefühl nicht stark genug, um die einem Auftreten für die königliche Sache entgegenstehenden Bedenken in diesem Moment zu besiegen.

Er sah das Heil nur in einer späteren Zeit und hoffte die Schuld, welche er gegen das Königthum auf sich geladen hatte, dann durch seinen Degen sühnen zu können. —

Ende des ersten Bandes.

Druck von F. Hoffschläger in Berlin.

Das Leben

des

Generals Dumouriez.

Von

A. v. Boguslawski,

Major und Bataillons-Commandeur im 1. Westpreußischen Grenadier-Regiment Nr. 6.

II. Band.

Mit 2 Karten und 3 Skizzen.

Berlin.

Verlag von Friedrich Luckhardt.

1879.

Vorwort zum zweiten Bande.

Seit dem Erscheinen des I. Bandes war mir von verschiedenen Seiten neues Material zugeflossen. Besonders will ich die Ueberlassung handschriftlicher Auszüge durch Heinrich von Sybel aus den Pariser Kriegsarchiven anführen, welche mir, obgleich von dem ausgezeichneten Historiker zur Abfassung seiner „Revolutionszeit" verwendet, für den Zweck der Lebensbeschreibung Dumouriez's, sowie zur Charakterisirung der Periode eine Fülle interessanter Einzelnheiten lieferten. Daß sich außer diesem archivalischen Material in den französischen Archiven nichts Erhebliches mehr herausfinden lassen würde, dafür liegt mir ein sehr kompetentes Zeugniß vor, nämlich dasjenige Camille Rousset's, welcher mir bereitwilligst Auskunft ertheilte. — Was die preußischen Archive anbelangt, so sind die Schriftstücke über die Unterhandlungen zwischen dem Herzog von Braunschweig und Dumouriez, sowie über die im Sommer 1792 zu Berlin geführten, ebenfalls von Sybel herausgezogen, womit das in unseren Archiven auf Dumouriez bezügliche Material wohl erschöpft sein dürfte. Der maßgebende Gesichtspunkt, auch für die Abfassung des II. Bandes, war also nicht die archivalische Forschung, sondern die Sichtung und Verarbeitung des neueren und älteren Materials.

Für die Darstellung der Feldzüge 1792/93 und der gleichlaufenden politischen Thätigkeit habe ich außer den Excerpten Sybel's mit besonderer Aufmerksamkeit benutzt: die Briefwechsel zwischen Miranda, Dumouriez, Beurnonville, Pache und Valence, welche zwar gedruckt, aber jetzt so selten, wie archivalische Manuscripte zu finden sind, — die Berichte der Unterführer Dumouriez's, wie Miranda und Champmorin, die Mittheilungen des K. K. Kriegsarchivs aus dem Feldzuge 1793, die Angaben des Obersten Mack über die Unterhandlungen Dumouriez's mit dem österreichischen Hauptquartier 1793, endlich das „Leben des Prinzen von Coburg" von Witzleben. Die Angabe der übrigen benutzten Quellen findet sich in Anmerkungen und im Text. Was übrigens die Darstellung der Operationen der verbündeten Armeen gegen Dumouriez anbetrifft, so verweise ich auf das im Vorwort zum I. Bande darüber Gesagte.

Je größer die Beschränkungen sind, welche dem Zeitgenossen bezüglich der Kritik der neuesten Feldzüge auferlegt werden müssen, desto wichtiger wird es für den Militär, hin und wieder ältere Kriegsereignisse zu betrachten, in deren Besprechung auf persönliche Verhältnisse nicht Rücksicht genommen zu werden braucht. Die über die Ereignisse — besonders die Schlacht bei Neerwinden — angestellten Betrachtungen habe ich an einzelnen Stellen zusammengefaßt, damit sie ohne Schaden für den Fortgang der Erzählung von dem Nicht-Militär überschlagen werden können. Der Vergleich der damaligen taktischen und organisatorischen Verhältnisse mit den heutigen wird hoffentlich für den Militär nicht ohne Interesse sein. —

An Karten hielt ich für nöthig 2 Uebersichtskarten und drei einfache Skizzen der Gefechtsfelder von Valmy, Jemmapes und Neerwinden beizufügen. Die letzteren sind ohne Truppeneinzeichnungen entworfen, und ist das Hügelterrain durch einige Horizontalen nur flüchtig angedeutet, um das Buch nicht zu vertheuern. Anstatt die belegenden Schriftstücke (pièces justificatives), wie man es in vielen historischen Büchern findet, hinten anzuhängen, habe ich vorgezogen, die meisten auszugsweise in den Text zu verflechten, mit Ausnahme zweier Auszüge aus Briefen Dumouriez's an den Kriegsminister Beurnonville, des Aufrufes Dumouriez's vom 3. April 1793 an die Truppen, welchen letzteren ich erst nach dem fast vollendeten Druck des Buches auffand, und einer Ordre de bataille des Korps von Kellermann 1792. —

Noch immer ist der Irrthum nicht ganz beseitigt, daß der Lauf der großen Revolution durch die Anwendung und Durchführung festgehaltener Principien, Seitens der Parteien und deren Chefs, allein bestimmt worden sei, die Einwirkung der persönlichen Verhältnisse und der menschlichen Leidenschaften nicht genug erkannt.

Mein Buch wird hoffentlich einen neuen Beitrag zur Beurtheilung der Wichtigkeit jener Einwirkung durch die Schilderung des Verhältnisses Dumouriez's zu den Mitgliedern der Regierung und der Parteihäupter im Winter 1792—93 liefern.

Gerade das Uebergangsstadium der großen Revolution vom 10. August 1792 bis zu der vollständigen Herrschaft des Schreckens im Jahre 1793 mit seinen wunderbaren und unglaublichen Erscheinungen ist für die Beurtheilung der Entwickelung der Dinge eine höchst interessante, aber nicht allgemein bekannte Periode. Demzufolge ist auch die Bedeutung der großen Katastrophe vom April 1793 an den Grenzen Frankreich's, welche für den weiteren Verlauf der Revolution die eigentliche entscheidende Krisis war — in ihrer ganzen Bedeutung noch nicht gewürdigt worden.

Ebenso verhält es sich mit dem Wirken Dumouriez's in Belgien, welches bisher in Deutschland wenig beachtet und in Belgien vielleicht vielfach vergessen worden ist, und doch knüpft sich an dasselbe in voller Deutlichkeit ein Bild der damaligen politischen und socialen Verhältnisse jenes Landes.

Für das Leben Dumouriez's nach der großen Krisis sind die Quellen sehr mangelhaft, indeß glaube ich genug Material erhalten zu haben, um in großen Zügen ein Bild seines Lebenslaufes in der Verbannung zu entwerfen und besonders seine literarische Thätigkeit zu verfolgen, welche für seinen Scharfblick als Politiker ein glänzendes Zeugniß ablegt. Hierbei muß ich der Gefälligkeit meines Freundes H. A. Smyth, Obersten in der königlich englischen Artillerie, sowie des Pfarrers in Henley-on-Thames gedenken, welche mir mehrfache Auskunft über die letzten Lebensjahre des Generals in England gaben.

Die Handlungen historischer Persönlichkeiten nur nach dem Ausgange ihres Wirkens zu beurtheilen, ist leicht; wie oft aber gewinnen hierbei der Parteistandpunkt und die Voreingenommenheit das Uebergewicht! Die Betrachtung der rein menschlichen Momente ist von den politischen nicht zu trennen, denn nur so lernen wir die Entwickelung der Dinge richtig verstehen.

Hauptsächlich von diesem Standpunkt aus kann die nähere Beleuchtung eines solchen Mannes oft nutzbringend für die Verbreitung der Kenntniß einer bestimmten Geschichtsperiode werden, denn das Bild des Menschen zieht den Menschen an. —

Posen, im April 1879.

Der Verfasser.

Inhalt.

Vorwort zum II. Bande.

Seite

III. Abschnitt.

Der Feldzug in den Argonnen und die Eroberung Belgien's.

IV. Abschnitt.

Der Feldzug von 1793 in Holland und Belgien und die Schilderhebung gegen den Convent. — Schluß.

III. Abschnitt.

Der Feldzug in den Argonnen und die Eroberung Belgiens.

1. Kapitel.

Ueberblick. Die Preußen. Dumouriez's Pläne. Sein Eintreffen in Sedan.

In Paris war das girondistische Ministerium mit dem 10. August wieder an's Ruder gekommen, und zwar hatte Servan den Krieg, Roland das Innere, Danton aber die Justiz übernommen.

Robespierre und Marat fingen in der Commune von Paris an, einen Einfluß auszuüben, welcher die Autorität der Nationalversammlung und der in ihr noch herrschenden Girondistenpartei zum mindesten aufwog.

Jacobiner und Girondisten fürchteten nach dem 10. August die Haltung der Armee unter Lafayette. Als sie nun die Nachrichten aus dem Lager Dumouriez's erhielten, wetteiferten beide Fractionen, den thatkräftigen General auf ihre Seite zu ziehen und waren darin einverstanden, ihm die Armee anzuvertrauen. Die im Juni stattgefundenen Mißhelligkeiten wurden, wenn nicht vergessen, so doch vorläufig ad acta gelegt.

Und wahrlich die Gefahr war dringend. Die Armee von Sedan, der Kern der Nordarmee, war durch die Flucht Lafayette's und eines großen Theiles seiner Stabsoffiziere in der Auflösung begriffen, und das in einem Augenblick, in welchem die berühmteste Armee Europa's die Grenzen überschreiten wollte, ein Heer, an dessen wirksamer Bekämpfung die damaligen Franzosen die gegründetsten Zweifel hegten. Vergegenwärtigen wir uns in einem kurzen Rückblick die politische Lage.

Der Friede Oesterreich's und Rußland's mit der Pforte kam 1791, die Einigung zwischen Preußen und Rußland über das Schicksal

Polen's aber im Frühjahr 1792 zu Stande. Im Mai war der Feldzugsplan gegen Frankreich in Sanssouci festgestellt worden. Demnach sollte die Hauptarmee, 42,000 Preußen und ohngefähr 10,000 Emigranten, sich bei Coblenz sammeln, über Luxemburg auf Longwy und Verdun marschiren und sich dieser Festungen durch Bombardement schnell bemächtigen. Eine Division von 6000 Hessen sollte dieser Armee folgen und vorläufig hauptsächlich zur Einschließung der anderen Festungen dienen. Der von der österreichischen Armee in Belgien zu entsendende General Clairfait sollte mit 22,000 Mann, darunter 4000 Emigranten, die rechte Flanke der Hauptarmee decken und gegen Rheims vordringen.

Der Herzog Albert von Sachsen-Teschen mit dem Rest der in Belgien verbliebenen Truppen hatte inzwischen einen Angriff auf eine nordfranzösische Festung zu richten, um die in Flandern stehenden französischen Truppen festzuhalten. Der österreichische Prinz Hohenlohe aber sollte von dem oberen Rhein aus mit circa 15,000 Mann auf Thionville gehen und so die linke Flanke der Armee gegen Metz decken.

Ein schwaches Armeekorps unter Esterhazy und das Emigrantenkorps Condé sollten am Oberrhein, um diesen zu schützen, stehen bleiben.*)

Nach dem Falle von Longwy und Verdun wollte man, falls die Voraussetzungen der Emigrirten von dem Abfall der Französischen Linientruppen in Erfüllung gingen, womöglich direct auf Paris vormarschiren, war dies nicht der Fall, sich methodisch der Maas-Festungen bemächtigen und im nächsten Frühjahr weiter operiren.

Die preußische Armee galt seit Friedrich dem Großen für die erste. Alles erkannte ihre Ueberlegenheit willig an. — Friedrich der Große hatte die Manövrirkunst und die Bewegung großer Massen durch seine berühmten Manöver auch im Frieden in glänzender Schule weiter entwickelt. Es ist bekannt, daß man nach seinem Tode die Instructionen des Königs und seine einfachen großen Grundsätze zu Gunsten von Detailkunststücken zu vergessen angefangen hatte.

---

*) Ihnen gegenüber stand Byron in der Pfalz, als Avantgarde hatte er Custine mit einer schwachen Division vorgeschoben.

So z. B. war der berühmte Echellonangriff, wodurch er die Masse seiner Armee auf eine Flanke des Gegners warf, in ein taktisches Detailverfahren ausgeartet, aus welchem der eigentliche Sinn fast vollständig geschwunden war. Auch die Grundsätze der kühnen Strategie Friedrich's waren zu Gunsten einer Manier verändert worden, welche den Erfolg eben so oft in künstlichen Umgehungsmanövern, combinirten Märschen, als im Schlagen suchte.

Die charakteristischen Merkmale dieser Periode, methodische allmälige Kriegführung durch Wegnahme von Festungen, weite Ausdehnung der Streitkräfte, Abhängigkeit von den Magazinen, große Bagagen, Lagern unter Zelten, sind zu bekannt, um sie hier genauer auseinanderzusetzen.*)

Auch eine Schilderung der Lineartaktik, wie sie damals in allen Armeen Europa's als Gipfel der Kunst des Schlagens galt, kann ich billig, als auch dem größeren Publicum bekannt, übergehen.

Die Truppen waren von glänzendem Aeußeren, die Regelmäßigkeit ihrer Handgriffe, ihrer Bewegungen, die Gravität ihrer Dienstformen gewährte ein prächtiges Bild. Der Dienst war in strengster Ordnung und in der Weise geregelt, wie er unter Friedrich dem Großen gehandhabt wurde. Der Geist des jüngeren Offizierkorps war ein durchaus kriegerischer, dagegen war ein Theil der älteren Befehlshaber einem Kriege gegen Frankreich abhold.

Im ganzen preußischen Offizierkorps waren die Grundsätze der Treue und Hingebung für den Monarchen und die Ehre der Fahnen auf das Höchste entwickelt, im Gegensatz zu dem zuchtlosen, schwankenden Treiben im französischen Heere. Doch schloß dies nicht aus, daß philosophische und politische Fragen in den höchsten Militairkreisen oft mit einer Freiheit besprochen wurden, welche später als verpönt gegolten hätte.

In König Friedrich Wilhelm II. war, trotz aller Fehler und Mängel seines Charakters, trotz des üblen Beispiels, das er in Bezug

*) Wir führen speciell an, daß ein preußisches Infanterie-Regiment eine Bagage von 404 Pferden und 28 Wagen zählte. Der Soldat erhielt 2 Pfund Brot täglich. Er trug es für 3 Tage bei sich, für 6 Tage wurde es auf Wagen mitgeführt. Kam die Ergänzung des Brotes in's Stocken, so wurde der Weitermarsch aufgegeben. Fleisch wurde gewöhnlich nicht geliefert.

auf Sittlichkeit gab, der kriegerische Sinn lebendig, und die Lehren des großen Friedrich aus dem Feldlager, wenigstens was seine persönliche Haltung anbelangte, nicht vergessen.

Die Geschichte ist über die Verblendung der Emigranten in ihren Anschauungen über die Revolution längst zur Tagesordnung übergegangen, aber wer wollte damals die Richtigkeit oder Unrichtigkeit ihrer Behauptungen durchschauen?.

Als im Juli Friedrich Wilhelm in Mainz mit Kaiser Franz zusammentraf, verloren die Emigranten durch ihr anmaßendes Betragen zwar bei den Höfen an Ansehen, wozu auch der von Louis XVI. als geheimer Agent abgesandte Mallet du Pan beitrug, immerhin aber kam, trotz des mäßigenden Einflusses desselben, das so höchst verfehlte Manifest des Herzogs von Braunschweig zur Abfassung. Dieser freisinnige und dem Kriege gegen Frankreich höchst abgeneigte Fürst nahm mit Widerwillen das Kommando der Hauptarmee an. Schon im höheren Lebensalter stehend, fühlte er keine Neigung, seinen Feldherrnruhm durch eine über die hergebrachte Kriegführung hinausgehende Methode auf's Spiel zu setzen. Seine Erkenntniß der Dinge war vielfach die richtige, aber er wagte niemals dem Könige gegenüber seine Meinung ganz frei herauszusagen, sondern fügte sich der königlichen Ansicht, war aber dann gleichwohl nicht im Stande, die beschlossenen Maßregeln mit der nöthigen Entschiedenheit in's Werk zu setzen, sondern suchte eher seiner früheren Ansicht auf Umwegen und Verzögerungen aller Art wieder Geltung zu verschaffen. Die Emigranten waren ihm im höchsten Grade unsympathisch, und er versprach sich nichts Gutes von ihnen. Seit jenem Tage, als der Lieutenant Dumouriez mit Wunden bedeckt, ein braver, durch die Uebermacht gefangener Reitersmann, vor ihn gebracht wurde, waren 32 Jahre verflossen — aber Dumouriez war noch derselbe, mit nicht erloschenem Jugendfeuer, mit aller Entschiedenheit seines Charakters, getrieben von jener furchtbaren dämonischen Macht der Revolution, trat er dem Herzog gegenüber So war das Verhältniß in Wahrheit. Aber die Welt sah damals nur den Feldherrnruhm des Herzogs; Dumouriez war ein unbekannter Mann.

Die Ernennung Dumouriez's zum Oberfeldherrn stellte ihn über Dillon, welcher älterer General war. Dumouriez schlug dem Mini=

sterium vor, Dillon mit dem Kommando der bei Sedan versammelten Armee zu betrauen und ihm den Befehl über die Armee in Flandern zu belassen, mit welcher er sofort gegen Belgien loszubrechen gedachte.

Er machte diesen Vorschlag, weil ihm die Vereinigung des Befehls über die ausgedehnte Linie von Dünkirchen bis in die Nähe von Metz in den Händen eines Mannes nicht praktisch erschien, und weil er Dillon auf diese Weise einen Grund zur Unzufriedenheit nahm.

Das Ministerium schlug jedoch dieses Ansinnen ab und erachtete den Oberbefehl Dumouriez's für zweckentsprechender. Der eigentliche Grund mochte das Mißtrauen in Dillon's Gesinnung sein, denn es konnte Dillon seine monarchischen Neigungen nicht so bald vergessen und drang eine Zeit lang auf seine Entlassung.*) Im Uebrigen kamen die Mitglieder der Gironde im Ministerium Dumouriez sehr entgegen, und er erhielt von ihnen sehr herzliche Glückwunschschreiben, zu gleicher Zeit jedoch auch die Aufforderung des Ministerraths (Briefe von Servan an Dumouriez vom 22. 8. und 24. 8.), den Angriffsplan gegen Belgien aufzuschieben und nach Sedan abzugehen, um sich an der Maas der anrückenden Hauptarmee der Verbündeten vorzulegen. Dieser Befehl harmonirte mit den Ansichten Dumouriez's von der Führung dieses Feldzuges durchaus nicht. Vorläufig beauftragte er Dillon mit der Vertheidigung des Departements der Ardennen, zu welchem Zweck Luckner von Metz aus mitwirken sollte.

Dumouriez rechnete darauf, daß die Festungslinie dieses Landestheils der preußischen Armee das Vordringen längere Zeit verwehren würde, und er war hierzu nach den Kriegserfahrungen und der Operationsweise des 18. Jahrhunderts nicht unberechtigt.

Die Festungen Mézières, Sedan, Montmédy, Longwy, Verdun, bildeten ein dem Anschein nach achtungswerthes Hinderniß gegen den Einmarsch der Preußen in die Champagne oder in Lothringen, wobei sie noch genöthigt waren, Diedenhofen und Metz in der linken Flanke liegen zu lassen.

Seine Absicht ging also dahin, sich von Sedan bis zum Elsaß auf das Vertheidigungsverfahren zu beschränken und den von ihm

*) Brief Servan's an Dumouriez, 25. 8. 1792.

zu Anfang des Krieges aufgestellten Plan, in Belgien einzubrechen, auch jetzt noch weiter zu verfolgen. Dieser Gedanke ist im Allgemeinen verurtheilt worden. Es kann indeß nicht geläugnet werden, daß ein siegreicher Vorstoß in Belgien immerhin als eine mächtige Diversion gegen die verbündete Hauptarmee zu erachten war.

Nach den später von Jomini aufgestellten Theorien des großen Krieges freilich hätte die verbündete Hauptarmee ihre Bewegungen auf Paris fortgesetzt, doch glaube ich, wäre dies nach den damaligen Begriffen doch wohl ganz zweifelhaft gewesen, und hätte die Regierung von Brüssel vielleicht Clairfait mit seinem Korps schleunigst nach Belgien zurückgerufen. Von Belgien aus über Aachen nach dem Rhein zu operirend, bedrohte die französische Armee die Verbindungen der Preußen schließlich und spielte den Krieg in Feindesland. Dumouriez setzte diese seine Ansicht dem Kriegsminister am 23. August brieflich auseinander. „Die Einnahme Belgiens", schrieb er, „ist viel wichtiger, als die Einnahme einiger Festungen an der Maas. Lafayette's Flucht verhindert den Bürgerkrieg. Die Gefahr des auswärtigen Angriffs ist nicht groß. Der Feind erschöpft sich vor den Festungen und kann nicht weiter kommen. Halten wir zusammen und retten wir das Vaterland! Dillon ist brav und loyal, aber es kostete Mühe ihn dahin zu bringen, daß er als älterer General unter mir diente." Er bat um Truppenverstärkungen nach Flandern und um mehrere Millionen baaren Geldes.

Zuvörderst organisirte er die Stäbe der Flander'schen Armee durch die Ernennung von fünf Generallieutenants und sieben Generalmajors. Unter den Generallieutenants erwähne ich Moreton, den er zum Chef seines Stabes machte, und Beurnonville, welcher das Lager von Maulde behielt.

In das Lager von Pont-sur-Sambre sendete er den Obersten Duval, einen alten, der Sache der Revolution ergebenen Soldaten ab, um die dortigen für Lafayette gestimmten Truppen zu gewinnen, was demselben nach Absetzung einiger Stabsoffiziere auch gelang.

Bei der Armee von Sedan waren nur drei Generalmajors geblieben, von denen Dangest die Armee kommandirte. Von diesem traf ein Schreiben bei Dumouriez ein, welches nicht nur die Verwirrung, in welche die Armee durch den plötzlichen Verlust so vieler höherer Führer versetzt worden war, sondern auch das Erscheinen der Preußen vor Longwy und der Oesterreicher in der Gegend von Thionville meldete. Dangest ersuchte Dumouriez dringend, den Befehl in Sedan zu übernehmen, da sonst die Dinge eine sehr üble Gestalt gewinnen könnten. Dumouriez hatte hierauf noch kein großes Gewicht gelegt, als am 24. August der Oberstlieutenant Westermann bei ihm eintraf, und ihm die Nachricht von der am 23. August erfolgten Einnahme der Festung Longwy durch die Preußen brachte.

Diese Nachricht bestimmte Dumouriez, den Befehl über die Armee von Sedan zu übernehmen. Er übergab die Nordarmee an Labourdonnaye, zeigte den Truppen mit großer Zuversicht an, daß er binnen sechs Wochen wiederkommen werde, um den Belgischen Feldzug in's Werk zu setzen, und reiste am 26. in Begleitung von Westermann*) und seines Kammerdieners Baptiste Renard nach Sedan ab.

Am 26. hatte übrigens Servan einen bestimmt lautenden Befehl an Dumouriez erlassen, nach Sedan abzugehen und sich, falls der Feind in seinem Marsche auf Paris nicht aufzuhalten sei, in die Flanke desselben zu werfen. Da Dumouriez angiebt, schon am 26. nach Sedan abgereist zu sein, so kann man mit Recht annehmen, daß nicht das Schreiben des Kriegsministers, sondern die direct aus Sedan erhaltenen Nachrichten das ihn bestimmende Motiv gewesen sind.

Die Lage Frankreichs schien in diesem Moment eine wahrhaft verzweifelte. Es fehlte an einem bestimmten Kriegssystem, welches Massen auf die Beine gebracht hätte. Der große Gedanke der Revolution, die allgemeine Verpflichtung zum Kriegsdienst, war noch nicht geboren. Im Innern Frankreich's eilten zwar zahlreiche Freiwillige zu den Waffen, die man in den Lagern von Soissons, Châlons und Rheims sammelte, aber es fehlte an Waffen, an Kleidung, die Verpflegung war nicht organisirt und daher nicht aus-

*) Westermann, ein Elsasser, einer der brennendsten Freunde der revolutionairen Principien war nach Paris gekommen, um den Parteihäuptern seinen Arm und seinen Muth anzubieten. Er war der militärische Führer des 10. August. Er ganz allein machte die Sache. Kein Parteihaupt war bei dem Kampf gegenwärtig. Santerre bewies keine Entschlossenheit, nur Westermann leitete den Sturm in erster Reihe. Hierfür erhielt er ein Oberstlieutenantspatent und war als Beauftragter zur Armee geschickt worden.

reichend, die Leute waren ohne Uebung, ohne Mannszucht, und begingen die entsetzlichsten Ausschweifungen, die Stimmung war in Folge der Einnahme von Longwy und der Fortschritte der Verbündeten, deren Stärke man übertrieb, eine höchst entmuthigte.

Der Kriegsschrecken diente denn auch den Demagogen in Paris als Vorwand, um, wie sie sagten, den Schrecken unter die inneren Feinde der Revolution zu werfen, und zwar durch die Massenmorde des September, des größten Verbrechens in der Geschichte nächst der Bartholomäusnacht.

---

2. Kapitel.

Dumouriez's Ankunft in Sedan. Zustand der Armee. Die Argonnen. Kriegsrath und Entschluß.

Dumouriez kam am 28. in Sedan an. Er traf die Armee in einer Verfassung, die sie nahezu untauglich machte, dem Feinde entgegenzutreten. Die verschiedensten Stimmungen herrschten unter den Truppen. Der größte Theil war erbittert über den Verlust ihres geliebten Generals und erwartete nichts von Dumouriez, von dem Niemand etwas wußte, und den man ihnen als einen Federfuchser (homme de plume) dargestellt hatte. Die Armee war, wie es Westermann und Dangest berichtet hatten, durch Parteiungen zerrissen, der Abgang so vieler höherer Offiziere hatte den Dienst und die Befehlsführung desorganisirt, der Zuchtlosigkeit den höchsten Vorschub geleistet. Die Offiziere wurden andererseits als Verräther beschimpft und wahrlich, es war zu viel für den gemeinen Soldaten, das politische Parteigetriebe der Chefs zu verstehen, er mußte in die äußerste Verwirrung gerathen. Der Anmarsch der Preußen, vor deren Generalen man einen unendlichen Respect hatte, sowie der Fall von Longwy hatten eine ungeheure Niedergeschlagenheit hervorgebracht, und Viele fingen an, den Widerstand als Thorheit zu betrachten.

Und wirklich hatte die preußische Armee nach einem sehr

langsamen Marsch am 19. August die französische Grenze in der Nähe von Longwy überschritten, sich mit dem aus Belgien kommenden Korps Clairfait (25,000 Mann) vereinigt, Longwy eingeschlossen und durch ein Bombardement zur Uebergabe gezwungen (23. August). Jetzt befand sie sich nach einem Aufenthalt von mehreren Tagen, welchen die Einrichtung der Feldbäckereien in Longwy erfordert hatte, auf dem Marsche nach Verdun. Der Feldzeugmeister Clairfait aber mit seinen Truppen und einem Emigranten-Korps war auf Dun zur Beobachtung der Armee von Sedan entsendet worden. Der österreichische Prinz Hohenlohe-Kirchberg war, wie im Allgemeinen verabredet, von der Pfalz nach Lothringen marschirt, hatte Thionville eingeschlossen und Luckner, der mit 25,000 Mann (Armee von Metz) ihm gegenüber stand, von dieser Festung abgeschnitten.

Soweit war für die Verbündeten Alles gut gegangen. Hätten sie sich entschließen können, auf die Nachricht von der Flucht Lafayette's die Operationslinie zu ändern und mit ihrer Hauptmasse gegen die Armee von Sedan vorzugehen, so würde diese Armee in ihrem damaligen Zustande verloren gewesen sein.

Schon Clairfait würde hingereicht haben, sie zu zersprengen. — Der etwa beabsichtigte Marsch auf Paris hätte nach der Niederlage jener Armee wieder aufgenommen werden können.

Dumouriez trat in diesem Wirrwar mit der ganzen Kühnheit seines Soldatensinnes, mit der Klugheit und Sicherheit auf, welche ihm im persönlichen Verkehr immer so schnell Freunde verschafft hatten. Kaum angekommen, ließ er sich die Verwaltungsbehörden in Sedan vorstellen, erklärte ihnen kurz, daß sie zu gehorchen hätten, und daß sich Alles zum Besten wenden würde. Hierauf bestieg er ein Pferd Lafayette's und ritt in das Lager hinaus, welches etwa 17,000 Mann dicht bei Sedan bezogen hatten. Hier, wo die Kriegsglorie des aus der Revolution entstandenen Cäsarengeschlechts 78 Jahre später endgültig zu Grunde gehen sollte, trat ein französischer General den zuchtlosen, entmuthigten Truppen gegenüber, der wohl von der Größe eines Cäsar etwas in sich zu spüren meinte. —

Die Truppen waren vor den Zelten angetreten; man sah nur verdrießliche und widerspenstige Mienen, nicht das Schweigen der Disciplin, sondern das des Mißmuths, der Unzufriedenheit herrschte, welches sich in jedem Augenblick und bei dem geringfügigsten Anlaß zur blutigen Empörung entladen konnte.

Dumouriez's Erscheinung vor der Truppe, sein Wesen und seine Haltung waren im hohen Grade geeignet, um den Soldaten wahrhaft zu imponiren. Die pedantische Steifheit der alten Militairs war ihm ebenso fremd, als das prahlerische bramarbasirende Wesen, welches von den damaligen Führern so oft angenommen wurde, aber so leicht von dem gemeinen Manne durchschaut wird. Leicht, ungezwungen und aufrecht zu Pferde sitzend, sprach sich in seiner Haltung jenes wahrhaft aus Lust und Liebe zur Sache hervorgehende, kriegerische Selbstgefühl aus, welches schnell Vertrauen erweckt. Als er am 28. August vor den Truppen erschien und, sie fest in's Auge fassend, langsam die Front hinunterritt, hier und da in jener ihm eigenen, gewinnenden und volksthümlichen Weise ein Wort in die Glieder hineinwerfend, gewannen sie bald das Gefühl, daß ihnen hier ein Soldat, nicht ein Federfuchser gegenüberstehe. Einzelne aufrührerische Rufe erschallten freilich aus den Bataillonen. Er hielt es in diesem Moment für besser, sie durch schlagfertige, entschiedene Antworten zu pariren, als mit Schärfe einzuschreiten.

So rief ein Grenadier aus einer Liniencompagnie: „Da ist der Hallunke, der den Krieg hat erklären lassen!" Er hielt sofort sein Pferd an und sah scharf in das Peleton, aus welchem die Stimme gekommen war. „Ist hier wirklich Jemand so feige, daß er den Krieg haßt? Glaubt Ihr, daß Euch die Freiheit in den Mund geflogen kommt, ohne daß Ihr Euch schlagt?"

Ein Gemurmel des Beifalls ging durch das Bataillon und verbreitete sich weiter die Linie hinunter. Gerade ein solches Auftreten indisciplinirten und schlechten Truppen gegenüber, ist ein Act echten Soldaten- und Feldherrnthums. Es ist ein schweres Stück Arbeit, wenn der Feldherr sich erst selbst das Instrument schleifen muß, mit dem er schlagen soll, es ist eine der größten Eigenschaften, die Truppen in dieser Weise aufrichten zu können, eine Eigenschaft, die sich nur zu leicht nach großen Siegesperioden verlernt.

An demselben Tage empfing man die Nachricht, daß der König von Preußen mit seiner Armee auf Verdun marschire. Dieser Platz war, wie Dumouriez wußte, in sehr schlechtem Zustande. Er hatte eine ungenügende Besatzung von kaum 3000 Mann.

Dumouriez ernannte auf der Stelle den Oberstlieutenant Galbaud zum Maréchal de camp*), um ihm die nöthige Autorität zu geben und sandte ihn sofort mit 2 Bataillonen zur Verstärkung der Besatzung von Verdun ab. Galbaud fand diesen Platz schon vollständig eingeschlossen, und war gezwungen, nach Saint-Menehould auszuweichen. Hier traf er die beiden entwaffneten Bataillone der Besatzung von Longwy, welche freien Abzug gegen das Versprechen, nicht mehr in diesem Feldzuge zu dienen, erhalten hatten. Er berichtete an Dumouriez und erhielt von demselben den bestimmten Befehl, sofort den Paß Les Islettes zu besetzen und denselben, es koste, was es wolle, hartnäckig zu behaupten. Galbaud führte diesen entschiedenen und von großer Einsicht zeugenden Befehl sogleich aus, nachdem er die beiden Bataillone von Longwy wieder bewaffnet und auf Dumouriez's Befehl die Maréchaussée, sowie alle Forstleute aufgeboten hatte, um seine schwache Truppenzahl zu verstärken.

Diese Abtheilung täuschte die Erkundungsabtheilungen der Verbündeten. Sie glaubten den dortigen Paß sehr stark besetzt und trug dies mit zu dem späteren Entschluß des Rechtsabmarsches der Verbündeten bei.

Dumouriez berief nun noch am 28. einen Kriegsrath,**) in welchem der Generallieutenant Dillon, die Generalmajors Chazot, Dangest, Dietmann, sein Generalstab, bestehend aus dem General Vouillers, dem Oberstlieutenant Thouvenot und noch einem Adjutanten, ferner der Intendant de Petiet gegenwärtig waren. Auch 2 bis 3 Subalternoffiziere, unter andern Capitain Gobert, wohnten der Sitzung — wahrscheinlich als Protokollführer — ohne Stimmrecht bei.

*) Die französischen Obergenerale hatten damals das Recht, Ernennungen vorzunehmen. Dieselben mußten aber in Paris bestätigt werden.

**) Die Memoiren Dumouriez's weichen hier von den neuesten Forschungen ab. Die von mir hier gegebene Darstellung beruht auf nochmaliger Prüfung der verschiedenen Angaben, wie sie Dumouriez selbst, Schultz, Jomini, in neuerer Zeit Sybel, der durchaus nach den amtlichen Quellen der Pariser Archive gearbeitet hat, aufgestellt haben. Jomini bezweifelte zuerst die Angaben Dumouriez's, und die Forschungen von Sybel haben diese Ansicht vielfach bestätigt Unsere Darstellung wird zeigen, inwiefern wir von den in Bezug auf das Verdienst Dumouriez's gezogenen Schlußfolgerungen von jenen abweichen.

Dumouriez entwickelte vor dem Kriegsrathe die strategische Lage. Er zeigte die preußisch-österreichische Armee auf dem Marsche gegen Paris in einer Stärke von 80000 Mann. Die Truppen derselben seien den französischen nicht nur an Zahl, sondern auch an Ausbildung, Zucht und Erfahrung weit überlegen. — Das nächste Ziel des Feindes scheine Verdun zu sein, welches schwer zu halten sein werde. Auch eine Vereinigung mit der Armee von Metz, unter Luckner, sei nicht sofort ausführbar. Verstärkungen seien binnen Kurzem nicht zu erwarten, und man sei daher vorläufig auf die Kräfte der kleinen Armee von Sedan angewiesen. Nur ein größeres Wagniß könne Rettung bringen. Die Generale stimmten dem bei und erkannten im Einverständniß mit Dumouriez einen schleunigen Einfall in Belgien, welcher den Marsch der vereinigten Streitkräfte auf Paris in's Stocken bringen würde, als ein wirksames Mittel an. Die Maasfestungen müsse man einstweilen sich selbst überlassen. Die Armee müsse aus dem Innern verstärkt, die heranströmenden Freiwilligen bei Châlons und Soissons gesammelt werden.

In diesem Sinne schrieb Dumouriez noch an demselben Abend an Servan, indem er das Protokoll des Kriegsrathes beilegte.

„Die auf das Aeußerste demoralisirte Armee droht auseinanderzulaufen, wenn wir zurückgehen. Direct der deutschen Hauptarmee entgegenzutreten, ist noch weniger möglich. Nur ein Coup hardi kann uns retten. Daher verstärkt die Armee in Metz und wartet auf unsere Erfolge in Belgien."*) —

*) Dumouriez erzählt dagegen folgendermaßen: Er habe die Lage dargelegt und sodann den Kriegsrath aufgefordert, seine Meinung zu äußern. Dillon habe sich für den Rückzug hinter die Marne ausgesprochen, um Paris zu decken. Der Kriegsrath habe dem zugestimmt. Dumouriez, welcher den Kriegsrath überhaupt nur berufen habe, um die Persönlichkeiten zu studiren, nicht um sich von ihm das Gesetz geben zu lassen, habe die Sitzung sodann mit dem Bemerken aufgehoben, er werde seine Entscheidung später wissen lassen. Nach dem Kriegsrath habe er dem Adjutanten Oberstlieutenant Thouvenot, dessen ganzes Wesen und Haltung ihm gefallen, sich anvertraut und ihm, auf der Karte die Argonnen zeigend, gesagt: Dies sind Frankreichs Thermopylen. Es gilt vor den Preußen dort anzukommen. Von diesem Moment ab habe die Freundschaft Beider datirt, welche sich später thatsächlich so oft bewährte. Der General sei mit dem Vorsatz zur Ruhe gegangen, morgen alle Vorbereitungen für den Abmarsch nach den Argonnen zu treffen. — Diese Erzählung Dumouriez's geschieht mit aller Bestimmtheit, und kann man die Frage,

Jedenfalls aber kann die Ansicht Dumouriez's von dem belgischen Plan nicht lange vorgehalten haben, sondern muß schon am 29. August, wahrscheinlich in Folge weiterer Nachrichten über die Absichten der Preußen, einer besseren Einsicht gewichen sein. Dies ist mit Recht zu entnehmen aus den Befehlen, welche Dumouriez an die Truppen an der belgischen Grenze erließ und zwar an den General Lanoue, um mit 4 Bataillonen nach Avesnes, an Duval, um mit allen bei Pont-sur-Sambre befindlichen Kräften ebendahin zu marschiren, welche Detachements sodann vereinigt nach dem Passe von Chêne-Populeux aufzubrechen hatten. Auch die am 30. und 31. getroffenen Maßregeln zur Vorbereitung des Abmarsches der Armee lassen darauf schließen, daß seine Absicht feststand, die Argonnen zu erreichen, und daß der belgische Plan also gänzlich aufgegeben war.

Am 31. schreibt Dumouriez an Servan, daß ein feindliches Korps (Clairfait) in der Richtung auf Stenay im Anmarsch sei. Seine Avantgarde unter Dillon stehe in Mouzon; Miaczynski mit einem Detachement in Stenay. „Es scheint, daß Clairfait die Maas überschreiten will. Um größeres Unheil zu verhüten, muß ich Verdun sich selbst überlassen und bin genöthigt, nach Grandpré an der Aisne zu ziehen, um den Paß von Autry zu vertheidigen. — Nie ist Frankreich in größerer Gefahr gewesen. Schafft Magazine nach Châlons und Saint Menehould. Das sind die Folgen Eures Defensivkrieges. Ohne die Einnahme von Longwy wäre ich nie nach Sedan gegangen."

An demselben Tage (31. August) richtete nun Servan Namens des Ministerraths an Dumouriez ein Schreiben, worin er den belgischen Plan verwarf und Dumouriez aufforderte, sich in der Nähe von Grandpré hinter den Argonnen aufzustellen, von wo er sowohl einen Angriffs- als einen Vertheidigungskrieg führen und sich dabei durch die Truppen an den flandrischen Grenzen verstärken könne.

Auf diesen Brief gestützt, ist die Ansicht ausgesprochen worden, das Verdienst, die Argonnenstellung ausgesucht zu haben, gebühre

---

wie eine solche Abweichung von den amtlichen Acten möglich ist, nur als eine offene behandeln. Die Erzählung Dumouriez's paßt ganz zu der Lage und wäre gar kein Grund, sie als nicht wahrscheinlich zu bezeichnen, wenn die Acten des Pariser Archivs ihr nicht widersprächen. (Auszüge von Sybel.)

nicht Dumouriez, sondern dem Minister Servan. Die schon am 29./30. getroffenen Vorbereitungen Dumouriez's für den Abmarsch nach Sedan, sowie vor Allem sein Brief an Servan vom 31. August aber, scheinen mir zu beweisen, daß der Gedanke einer Vereinigung sämmtlicher Streitkräfte hinter den Argonnen zu gleicher Zeit, ja wahrscheinlich noch früher, als bei Servan, in Dumouriez entstanden, und daß diesem daher das Verdienst nicht genommen werden kann, die Maßregel zuerst in's Werk gesetzt zu haben, welche in ihren Folgen Frankreich damals von der deutschen Invasion errettete — um so mehr, als Servan weniger eine Vertheidigung der Argonnen selbst, als eine Vereinigung der Truppen hinter denselben zur Vertheidigung der Marnelinie in's Auge faßte, was seine späteren Briefe genugsam darthun.

Es ist nun nöthig, einen Blick auf den Schauplatz zu werfen, auf welchem sich die Kriegsereignisse abspielen sollten, die Dumouriez's Ruhm begründeten.

Das Ardennengebirge fällt nach Südwesten zu einem Hügellande ab, welches von Süd nach Nord von der Maas und dem Chiers, ihrem Nebenfluß rechtsseits, durchbrochen wird.

Westlich der Maas erhebt sich das Hügelland wieder zu dem waldigen Bergzuge der Argonnen, welche, von Süden nach Norden streichend, von den Quellen der Aisne bis etwa eine halbe Meile südlich Sedan sich hinstrecken. Die Aisne begleitet diesen Gebirgszug auf der westlichen Seite, die Aire fließt Anfangs mit dem ersteren Flusse auf der östlichen Seite des Gebirgszuges parallel, durchbricht aber sodann denselben, sich nach Westen wendend, und vereinigt sich mit der Aisne in der Nähe von Grandpré.

Die Argonnen fallen sodann westlich zu der lehmigen, kreidigen Fläche der Champagne pouilleuse ab, eines höchst unfruchtbaren und sehr armen Landstriches.

Die Argonnen selbst werden von Dumouriez als ein bedeutendes Hinderniß geschildert, was schon aus seinem Ausspruch von den Thermopylen Frankreich's hervorgeht. Diese Schilderungen sind in viele Geschichtswerke übergegangen, indeß schon durch Napoléon, später durch deutsche Schriftsteller auf ihr richtiges Maß zurückgeführt. Freilich hatte die damalige Kriegführung übergroßen Respect vor solchen

Hindernissen, und insofern war Dumouriez im Recht, auf die Schwierigkeit ihrer Ueberschreitung Werth zu legen.

Indeß waren die Argonnen damals für leichte Infanterie auch neben den Hauptstraßen durchschreitbar. Sie erheben sich 100 bis 200 Meter über die Wasserfläche der Aisne und der Aire. Die Gestaltung des Geländes weicht nicht besonders von der Beschaffenheit anderer mittlerer Gebirgszüge ab. Starke Waldungen, einige Sumpfstrecken finden sich in den meisten Gebirgen. Dagegen muß man als besonders erschwerenden Umstand die Thonerde dieses Gebirges betrachten, welche bei Regenwetter das Fortkommen erschwert. Da man damals nur einen höchst beschränkten Gebrauch von der zerstreuten Fechtart — besonders bei den Preußen — machte, so war eine Erzwingung des Durchganges schwieriger als jetzt. Jedenfalls konnten die Argonnen von einer Armee mit Artillerie und Train nur auf folgenden 5 Straßen passirt werden, ein Verhältniß, was sich auch jetzt noch nicht wesentlich geändert haben dürfte. (Uebersichtskarte I.)

Diese 5 Päße sind von Nord nach Süd gezählt:

1. Le Chêne Populeux, durch welche Enge ein Weg von Sedan nach Rethel führt.
2. Das Croix-aux-Bois. Diese Straße war damals ein Weg für leichtes Fuhrwerk und durchschnitt die Argonnen in der Richtung von Briquenai nach Vouziers.
3. Der Paß von Grandpré, durch welchen der Weg von Stenay direct nach Rheims führt.
4. La Chalade, durch welchen Paß der Weg von Varennes nach Saint Menehould führt.
5. Les Islettes. Hier tritt der Weg von Verdun in das Gebirge und führt durch dasselbe nach Saint Menehould.

Diese Päße faßte denn auch Dumouriez sogleich in das Auge, um dieselben fest zu halten. Inzwischen entfaltete er eine sehr bedeutende organisatorische und verwaltende Thätigkeit, um die Armee auf den Feldzug vorzubereiten. Er bezeichnete Vouziers, Rethel, Châlons, Saint Menehould als Depot- und Magazinpunkte und ordnete daselbst die Errichtung von Backöfen an. Châlons und Saint Menehould sollten die Sammelpunkte für eintreffende Verstärkungen sein.

Er ließ die Heranziehung von Munition aus entfernten Plätzen bewirken, um Sedan nicht zu entblößen und reorganisirte mit großer Schnelligkeit den Dienst des Stabes und die Verwaltung der Armee.

Der Chef des Stabes General Vouillers, der übrigens sonst keine bedeutende Rolle gespielt hat, der Oberstlieutenant Thouvenot und der Intendant der Armee Pitiet, welcher seinen Ruf als ein sehr tüchtiger Beamter bewährte, standen ihm treulich zur Seite.

Thouvenot war ein Mann von etwa 30 Jahren, von lebendigem Wesen, schneller Entschlußkraft und scharfem Verstande. Er war in den Einzelheiten des Generalstabsdienstes sehr erfahren, besaß besonders das Geschick, das Terrain sehr schnell aufzufassen und bei Rekognoscirungen des Feindes, richtige Schlüsse zu ziehen. Es bildete sich bald ein Verhältniß zwischen ihm und seinem General, welches sowohl auf der Gleichartigkeit der Ansichten und Anschauungen, als auch auf persönliche Sympathie gegründet war.

Die Eintheilung der damaligen französischen Infanterie gipfelte in der Brigade von 3—6 Bataillonen, welche gewöhnlich ein Maréchal de camp führte und der einige Escadrons zugetheilt waren. Größere Reiterabtheilungen wurden nach Bedürfniß vereinigt. Die Artillerie war in „Brigaden" von 8—10 Geschützen formirt. Die gesammte Artillerie marschirte gewöhnlich vereinigt und wurde erst am Tage eines Gefechts an die Truppen vertheilt.

Die Regimentsgeschütze dagegen blieben bei ihren Bataillonen. Die Eintheilung der Armee geschah daher ganz nach der augenblicklichen Lage und dem Bedürfniß. Sie wurde für die bevorstehenden Märsche derart festgesetzt:

1. Die Division Dillon, welche nach den Islettes und der Chalade entsendet werden sollte.
2. Eine neue Avantgarde unter General Stengel.
3. Das Hauptkorps (corps de bataille) unter Dumouriez's directem Befehl.
4. Ein Detachement zur Deckung des Trains und der Artillerie unter Chazot.

Ueberblickt man diese Thätigkeit, so offenbart sich abermals die enorme Arbeitskraft Dumouriez's, die Fähigkeit, Schwierigkeiten, vor denen ein anderer zurückgeschreckt wäre, mit Leichtigkeit zu überwinden.

Von den unter ihm stehenden Generalen war Dillon ein im Ganzen mittelmäßig befähigter Mann, der jedoch im Stande war, auf die Absichten seines Obergenerals einzugehen und sie in zweckmäßiger Weise zur Ausführung zu bringen.

Er war über den Gang der Dinge mißvergnügt, und wir werden sehen, daß er im Lager bei Saint Menehould eine etwas zweideutige Rolle spielte.

Außerdem ist Stengel hervorzuheben. Stengel war ein thätiger, tüchtiger Reiteroffizier vom Regiment Verchiny=Husaren und seine Wahl zum Befehlshaber der neuen Avantgarde eine ganz zweckmäßige.

In einigen Tagen war es so Dumouriez's rastloser Thätigkeit gelungen, die Armee in operationsfähigen Stand zu setzen, und es galt nun, festzustellen, auf welchem Wege man die Argonnen erreichen wollte, um sich dem Feinde vorzulegen und eine Vertheidigungs=Linie aus diesem Gebirgszuge zu machen.

Die Preußen standen in diesem Moment mit der Haupt=Armee vor Verdun, etwa 42,000 Mann stark. Sie waren nur drei Meilen von dem Passe Les Islettes entfernt, der in diesem Moment erst von ganz schwachen Kräften besetzt war.

Dillon mit seiner Division stand in Mouzon, und hatte 5 Meilen bis ebendahin zurückzulegen. — Dumouriez war von Sedan nach Grandpré, wohin er mit dem Gros der Armee abmarschiren wollte, circa 6 Meilen entfernt. Clairfait, der in der Nähe von Stenay stand, konnte ihm in Besetzung der Enge von Grandpré mit Leichtigkeit zuvorkommen.

Marschirte Dumouriez westlich der Argonnen über Rethel, Vouziers nach Grandpré, so hatte er einen Raum von 10 Meilen zurückzulegen, und es war wahrscheinlich, daß diese Bewegung erkannt wurde, und die verbündete Armee sofort zur Besetzung der Pässe schritt. Ging er östlich der Argonnen, zwischen diesem Gebirgszuge und der Maas, so mußte er dicht an Clairfait vorbeimarschiren und riskirte eine sofortige Entdeckung durch die feindliche Reiterei. Der Feind konnte ihm nicht allein auch dann noch in Grandpré zuvorkommen, sondern ihn auch während des Marsches angreifen.

Er beschloß deshalb, seinen Marsch durch einen Vorstoß gegen Clairfait maskiren zu lassen. Dieses Mittel ist an und für sich nicht ungefährlich. Es kann ein nachtheiliges Gefecht herbeiführen, aber auch dieses muß in den Kauf genommen werden, wenn es die Durchführung höherer strategischer Ziele gilt. Dumouriez rechnete darauf, dem General Clairfait durch einen kecken Angriff zu imponiren und den Marsch mit seiner Haupt-Armee unbelästigt fortsetzen zu können.

General Dillon erhielt deshalb Befehl, den General Miaczynski, einen ausgewanderten Polen, der soeben von Paris angekommen war, mit einer Vorhut von 1500 Mann von Mouzon auf Stenay vorzuschieben und dessen Angriff auf Clairfait zu unterstützen.

So ging er mit dem kecken Soldatensinn, der ihn in einem kleineren Wirkungskreise nie verlassen hatte, daran, den Kommandostab eines Oberfeldherrn zu führen.

---

3. Kapitel.

Der Flankenmarsch Dumouriez's, die Stellung im Argonnen-Walde. Einnahme von Verdun durch die Preußen.

Am 31. versammelte sich die Armee um am nächsten Morgen vollständig marschfertig zu sein.*)

Am 1. September begannen die eigentlichen Bewegungen. Dillon hatte den Behufs Deckung des Flankenmarsches gegebenen Befehl empfangen und entsandte den General Miaczynski, um die Oesterreicher bei Stenay anzugreifen. Clairfait befand sich an diesem Tage auf dem Marsche von Juvigny auf Stenay. Miaczynski besetzte daher ohne Widerstand Stenay, wurde aber von den Oesterreichern auf Mouzon zurückgeworfen, da Dillon nichts that, um ihn zu unterstützen.**)

*) Eine genaue Eintheilung (Ordre de Bataille) zu beschaffen ist mir wie anderen Autoren nicht möglich gewesen. Die Acten aus jener Zeit der fortwährenden Neuformationen zeigen natürlich viele Lücken.

**) Die Schilderung des Gefechts in Dumouriez's Memoiren stellt die Sache anders dar. Wir geben indeß der auf deutschen Quellen fußenden Darstellung den Vorzug.

Clairfait hätte nun sofort den Paß von Grandpré erreichen können, da er jedoch offenbar durch den Angriff Miaczynski's über die Marschrichtung der Armee unter Dumouriez getäuscht war, und nur die Deckung der Belagerung von Verdun, wie die Beobachtung von Montmédy in's Auge faßte, so bezog er ein Lager bei Baalon, wo er bis zum 7. September unbeweglich stehen blieb und den Feind, dicht an sich vorbei marschirend, die Argonnen-Pässe gewinnen ließ. Denn nun marschirte Dumouriez am 2. September von Yon bis La Berliére, Dillon bis Pierremont.

Eine dritte Kolonne unter Chazot marschirte über Grandes-Armoises. Dieselbe führte 60 schwere Geschütze und den Train der Armee mit sich, und Dumouriez mußte am 3. stehen bleiben, um den Marsch der Kolonne durch seine Aufstellung zu decken. — Dillon gelangte an diesem Tage bis Cornay, am 4. bis Vienne Le Château, und erreichte am 5., auf Wald- und Sumpfwegen, und auf der alten Römerstraße das Waldgebirge entlang marschirend, die Pässe von Les Islettes und der Chalade. Dumouriez aber traf am 4. in Grandpré ein. — Dieser Flankenmarsch ist eine geschickte und denkwürdige Bewegung. Angesichts der feindlichen Avantgarden, an ihnen vorbei, wurde sie ausgeführt. Die österreichische und preußische Kavalerie muß höchst mangelhaft zur Aufklärung verwendet worden sein, weil sonst die Bewegungen des Feindes sicherlich hätten entdeckt werden müssen.

Von welcher Zuversicht Dumouriez beseelt war, zeigt ein Brief vom 2. September aus La Berlière an Servan:

„Ich habe nicht gewartet, bis Ihr mich einludet, die Argonnen-Pässe zu besetzen. Clairfait hätte mich sehr belästigen können, wenn er in Stenay stehen geblieben wäre. — Ich hoffe, übermorgen in Grandpré zu sein. Galbaud soll schon in den Islettes sein. Der Feind muß dann bis Mézières marschiren, um in die Champagne zu gelangen. Schickt Geld! Verstärkungen nach Vouziers! Macht, daß ich bald diese traurige Defensive aufgeben und den Feind aus dem Lande jagen kann."

Die Argonnen-Pässe waren nun in den Händen der Franzosen, und Dumouriez ordnete die Besetzung wie folgt an:

Chêne Populeux wurde vorläufig von einem kleinen Detachement der Besatzung von Sedan besetzt.

Am 7. September traf daselbst Duval mit 6000 Mann ein, der am 10. zu Dumouriez in Grandpré stieß und durch den General Dubosquet mit 4 Bataillonen und 2 Escadrons ersetzt wurde. In Croix-aux-Bois standen 2 Bataillone und 2 Escadrons.

Bei Grandpré befanden sich am 4. 13,000 Mann unter Dumouriez's unmittelbarem Befehl. Am 10. waren dieselben durch das Eintreffen von Verstärkungen schon auf 20,000 Mann angewachsen. Bei La Chalade und les Islettes befanden sich etwa 8000 Mann unter Dillon.

Abgesehen von der mehr oder weniger großen Passirbarkeit der Argonnen litt diese langgedehnte Stellung an der gewöhnlichen Schwäche solcher Gebirgsbesetzung. Die einzelnen Postirungen sind stets in Gefahr einem stärkeren Angriff unterliegen zu müssen, oder der Angreifer findet irgendwo einen schwach besetzten oder nicht gekannten Pfad, der ihn zur Ueberraschung des Vertheidigers plötzlich jenseits des Gebirges erscheinen läßt, wodurch die anderen nicht angegriffenen Posten in den Rücken genommen sind.*) Dumouriez hatte sich nun allerdings möglichst wenig zersplittert und einen bedeutenden Theil seiner Armee zusammengehalten, aber dieser Theil (20,000 Mann) stand mitten in der Linie, nicht weiter zurückgehalten, wie das sonst für eine strategische Reserve die Regel ist. Die Argonnen bildeten eben nur eine einzige Vertheidigungslinie, und es fehlten hier die der ersten Hauptstellung parallel laufenden Höhenzüge, wie im eigentlichen Gebirgslande, gänzlich. Dumouriez hoffte, daß ein Angriff der Preußen auf die Enge von Grandpré, die Chalade oder les Islettes zurückgeschlagen werden würde, und daß es ihm, falls die feindliche Armee das Waldgebirge nördlich oder südlich umginge, gelingen würde, sich dem Feinde vorzulegen und mit Hülfe der im Anmarsch begriffenen Korps Kellermann und Beurnonville hartnäckigen Widerstand zu leisten. Kellermann hatte nämlich Luckner seit dem 30. August im Kommando der Armee von Metz ersetzt, zu welcher

*) Bei den mehrfachen Balkanübergängen der Russen 1877 zeigte sich fast überall Aehnliches.

von der Armee im Elsaß 4 bis 5000 Mann, 11 Bataillone und 15 Escadrons abgegeben worden waren. Dieser General hatte Anfang September den Befehl von Servan erhalten, sich mit Dumouriez hinter der Linie der Argonnen zu vereinigen. Dumouriez hatte gleich nach seinem Eintreffen in Grandpré sich mit der Armee von Metz durch Ordonnanzen und durch Spione in Verbindung gesetzt und Kellermann den Befehl zur Vereinigung ebenfalls zugeschickt. Er empfing von demselben die Antwort, daß er über Pont à Mousson, Toul, nach Bar le Duc marschiren würde, und daß er hoffe, am 14. oder 15. September in Revigny aux Vaches zu sein.

Dumouriez hatte die Absicht, sich in der Argonnenlinie mit Kellermann zu vereinigen, wodurch mit Hinzurechnung der aus dem Norden heranbeorderten Division unter dem General Beurnonville, ohngefähr 60,000 Mann versammelt gewesen sein würden. Diese Versammlung der Streitkräfte war um so nöthiger, als Dumouriez am 4. September schon die Nachricht von der Uebergabe von Verdun erhalten hatte.

Der Commandant Beaurepaire, von der Bürgerschaft mit Bitten bestürmt, und von der aus Nationalgarden bestehenden Garnison im Stiche gelassen, war genöthigt gewesen, die Capitulation nach einem vierundzwanzigstündigen Bombardement abzuschließen. Die Garnison zog frei ab, Beaurepaire aber erschoß sich an demselben Morgen (2. September).

Dumouriez hatte inzwischen in seinem Lager von Grandpré eine lebhafte Thätigkeit nach allen Richtungen hin entwickelt. Zuerst ordnete er die Verschanzung des Lagers an. Wie schon bemerkt, durchbricht die Aire an dieser Stelle die Argonnen. Zwischen Grandpré und Marque steigen die Berge aus dem wiesigen Flußthal der Aire, wie Dumouriez sagt, amphytheatralisch auf. Hier hatte Dumouriez das Lager herstellen lassen, welches sich rechts an die waldigen Thalränder, links an die Aire lehnte. Dieser Fluß deckte jedoch durch die hier stattfindende Biegung auch die Front des Lagers. Westlich Grandpré war die Artillerie bei Senucque in's Lager gegangen.*)

*) Bei Grandpré war am 29. August 1870, also 3 Tage vor der Schlacht bei Sedan, das Hauptquartier Sr. Majestät des Königs Wilhelm. Die 10. Division biwakirte in dem Wiesenthal der Aire, dicht bei Grandpré. Verfasser gewann bei dieser Gelegenheit einen Ueberblick über den Charakter dieser Gegend.

Ueber die im Rücken der französischen Stellung fließende Aisne führten schon damals mehrere steinerne Brücken.

Am östlichen Ausgange der Enge hatte man mehrfach Befestigungen angelegt. Die Wälder rechts und links des Passes, die Straße selbst hatte man mit Verhauen versehen. Eine Avantgarde war über die Aire vorgeschoben und hatte östlich dieses Flusses Stellung genommen. Die Verbündeten hätten bei einem Angriff die Avantgarde zurückwerfen, sodann den Uebergang über die Aire erzwingen und endlich den Eingang der Enge mit seinen Schanzen nehmen müssen.

Den Argonnenkamm entlang von dem Dorfe Marque bis nach der Chalade zog sich die französische Vorpostenkette. Die Einwohner waren durch Aufruf aufgefordert, beim Ertönen der Sturmglocke die Waffen zu ergreifen und die Verhaue an den Waldrändern mit Schützen zu besetzen.

Die Truppen hatten in der glücklichen Ankunft in dieser Stellung einen ersten Erfolg gesehen. Sie fühlten die feste Hand, die über ihnen waltete und richteten sich, trotz des andauernden Regenwetters, zwischen ihren Waldhügeln häuslich ein. Der Wald lieferte sowohl genügendes Brennholz, als auch Material zum Bau von Hütten, wo die Zelte nicht auslangten. Es wurde fleißig an den Schanzen und Verhauen gearbeitet und auch geübt. Dumouriez ritt in der Zeit, welche ihm die anderen Dienstgeschäfte ließen, viel im Lager umher und setzte seine Bemühungen, das Vertrauen der Truppen zn gewinnen, fort, was ihm auch vollständig gelang. Die freiwilligen Nationalgarden, welche sich in der Armee befande n, hatten zu dieser Zeit durch einen sechsmonatlichen Felddienst schon eine gewisse Erfahrung und Haltung gewonnen, und die schlechten Elemente abgestoßen, so daß er mit einigem Vertrauen ihrer ersten Probe entgegensehen konnte. In dieser Zeit aber kamen Verstärkungen von Freiwilligenbataillonen an, welche weder von Schulung noch von Erfahrung eine Spur besaßen. Die Sammelpunkte für die Freiwilligen-Bataillone, Châlons, Soissons und Rheims entsendeten fortwährend schlecht bewaffnete, zuchtlose Schaaren zur Armee. Bei Dumouriez trafen in den Tagen vom 1. bis 10. September wohl 6000, bei Duval im Chêne Populeux und bei Dillon in Saint Menehould wohl 4000 ein. Die Stärke der Armee stieg also schnell, dagegen sank ihre Kriegstüchtigkeit durch die Vermischung mit diesen Elementen. Wie Dumouriez mit denselben verfuhr, um sie in Ordnung zu bringen, davon soll später die Rede sein.

Die Stimmung Dumouriez's selbst war eine außerordentlich zuversichtliche. Sein Briefwechsel mit Servan ist davon erfüllt. Servan kam ihm darin durchaus entgegen. Die beiden sich im Ministerrath so feindlich gesinnten Männer fühlten hier sympathisch.

Servan schreibt an Dumouriez am 3. September 1792: „Hier denkt man an nichts als Stellung vor Paris. — Ich sende heut Geldmittel an Eure Intendanten. Es ist nöthig, neue Bahnen zu finden. Schont das Pulver, gebraucht das Bayonnett! Verstärkungen werdet Ihr bald an Euch ziehen. Die Befehle sind gegeben. Nehmt aber nur Bewaffnete! Schickt die unbewaffneten Freiwilligen unbarmherzig zu Hause."

Am 4. September: „Nur Muth! Die Amerikaner haben in schlimmeren Lagen ausgehalten! Die fremden Fürsten wissen nicht, wessen ein verzweifeltes Volk fähig ist. Die Emigrirten setzen ihre Familien dem größten Unheil aus! Vor dem Winter werden wir den Feind vernichten."

Dumouriez hatte Servan nach seinem Eintreffen in Grandpré sofort Bericht erstattet und zwar mit folgenden Worten: „Verdun ist genommen. Ich erwarte die Preußen. Das Lager von Grandpré und von Les Islettes sind die Thermopylen, aber ich werde glücklicher als Leonidas sein."

Dieser Brief berührt uns in der Gegenwart eigenthümlich, aber das war der Styl und die Sprache der Zeit. Brutus, Caesar, Coriolan, Scipio, das Capitol, die Thermopylen waren Dinge, die Allen im Munde lagen. — Und hier war der Ausdruck wenigstens kurz, zuversichtlich, schneidend und wurde durch die Ereignisse insofern nicht Lügen gestraft, als Dumouriez dem Vordringen des Feindes in jenen Gegenden Halt gebot, wenn auch eine Leonidasartige Vertheidigung der von ihm besetzten Pässe dabei keine Rolle spielen konnte.

Weitere Berichte an Servan folgten. Er theilte ihm die Instructionen mit, die er an die in Flandern zurückgebliebenen französischen Truppenführer ausgegeben hatte, und die in der

Führung eines lebhaften kleinen Krieges, um die Oesterreicher über die so stark verminderte Anzahl zu täuschen, gipfelten.

Er bat, die Beschleunigung der Annäherung der Armee von Metz befehlen zu wollen, in welchem Wunsche ihm Servan schon zuvorgekommen war.*)

Die Garnison von Sedan hatte er sehr verständigerweise aus den nicht direct bedrohten Festungen Givet und Mézières verstärken lassen, und wurde dem Kommandanten, General Miaczynski die lebhafte Beunruhigung der Verbindungen des Feindes von Sedan aus anbefohlen.

Am 10. September traf der General Miranda bei der Armee ein. Derselbe hatte durch Pétion seine Stellung erlangt. Dieser für die weitere Geschichte Dumouriez's so wichtige Mann war ein geborener Peruaner und an einer Verschwörung gegen die spanische Herrschaft betheiligt gewesen, deren Mißlingen ihn zur Flucht genöthigt hatte. In Europa umherirrend, ergriff er die Partei der Revolution, indem er glaubte, daß dieselbe seinem Vaterlande nützlich sein könnte.

Nach der Einnahme von Verdun erwartete Dumouriez mit der größten Spannung, in welcher Richtung sich der Angriff der Verbündeten wohl aussprechen würde.

Er konnte natürlich darin nicht klar sehen. Einmal vermuthete er den Marsch auf Paris, ein anderes Mal schreibt er an Servan (7. September): „Ich glaube kaum, daß sie vorhaben, nach Paris zu gehen. Sie werden den Winter in Lothringen und den Bisthümern zubringen wollen. Indeß fehlt mir sichere Nachricht. Ich muß hier stärker werden, habe kaum 30,000 Mann. Ich hoffe, die deutsche Langsamkeit giebt mir Zeit 50—60,000 Mann zu versammeln, und dann können wir einen weniger vorsichtigen Weg einschlagen.“

Obgleich die Islettes und die Chalade der preußischen Hauptarmee am nächsten lagen, beschloß er dennoch, sich bei Grandpré nicht zu schwächen, und die Tage vom 7. September ab bestätigten die Richtigkeit dieser Ansicht, denn nach den ihm zahlreich zukommenden

---

*) Briefwechsel zwischen Kellermann und Servan. (Auszüge von Sybel.)

Nachrichten bewegte sich die verbündete Armee mit dem Könige selbst nordwärts an den Argonnen entlang und sollte mit ihrer Hauptmasse dem Passe von Grandpré gegenüber lagern. Man bemerkte auch am 8. die preußischen Kolonnen, welche ihre Märsche theilweise in Gefechtsordnung ausführten.

Trotzdem sollte sich auch hier das Schicksal solcher gedehnten Gebirgsstellungen erfüllen, doch nur um Dumouriez's Talent um so glänzender leuchten zu lassen.

4. Kapitel.

Ueberblick über die Bewegungen der Verbündeten. Die Argonnenstellung durchbrochen. Rückzug Dumouriez's.

Die Einnahme von Verdun hatte den Erwartungen des preußischen Hauptquartiers zwar entsprochen, aber die Versprechungen der Emigranten von dem Ausbruch einer Gegen-Revolution und von dem Abfalle der Linie hatten sich keineswegs erfüllt. Oesterreich hatte bei Weitem nicht gestellt, was es an Truppen versprochen. Die Festungen Thionville, Metz, Montmédy, Sedan, die Armeen von Kellermann und Dumouriez ließ man in der Flanke, wenn man weiter auf Paris vorrückte. Der Herzog fand daher mit vollem Recht die Armee zu einem solchen Unternehmen bei Weitem zu schwach.

Er wollte daher an der Maas stehen bleiben, Montmédy und Thionville nehmen und sich eine Basis schaffen, von welcher aus man im nächsten Frühjahr weiter operiren könnte.

Die entgegengesetzte Ansicht, die der Emigranten, siegte jedoch beim König. Der Herzog beschloß, sich zu fügen und die seit dem 5. September besetzte Argonnenstellung nördlich zu umgehen. Er ordnete demgemäß nach einem Aufenthalt von mehreren Tagen in Verdun einen Rechtsabmarsch der Armee an*). Kalkreuth mit 7 Bataillonen und 15 Escadrons mar-

*) Diese Marschrichtung motivirte man mit der Absicht, die Verbindung mit der österreichischen Armee in Belgien halten zu wollen.

schirte zuerst und vereinigte sich mit Clairfait bei Briquenay am 12. September in der Nähe des Passes von Grandpré. Die „Armee des Königs“, wie man damals das Gros der Armee nannte, befand sich am 12. vor Landres, das Emigrantenkorps in Dun. Hohenlohe-Kirchberg und die Hessen sollten vor den Pässen Islettes und der Chalade stehen bleiben, den Feind möglichst beunruhigen und sich bei Gelegenheit der Pässe bemächtigen. Clairfait sollte versuchen Croix-aux-Bois zu nehmen, und wenn ihm die Wegnahme desselben gelungen wäre, sollte die Armee des Königs sich des Passes von Grandpré bemächtigen.

Am 8. 9. und 10. wurden die Franzosen durch Angriffe alarmirt, die sie damals als größere Gefechte bezeichneten, und die auch Dumouriez überschätzte. Es waren die Rekognoscirungen der preußischen Armee, welche gegen die Argonnen vor- und nach kurzem Gefecht wieder zurückgingen. Während dieser Bewegungen der verbündeten Armee hatte sich die französische unermüdlich verstärkt, und die von Nord und Süd nach der Vereinigung mit Dumouriez strebenden Korps, dort Beurnonville, hier Kellermann, hatten ihre Märsche fortgesetzt. Dumouriez hatte übrigens in dieser Zeit noch mehrfach Gelegenheit, die Ruhe und Festigkeit seines Charakters den eigenen Untergebenen gegenüber zu erproben. Sein Ausharren in dieser Stellung bei Grandpré wurde unter den höheren Offizieren vielfach kritisirt. Man litt in dem Waldgebirge oft Mangel, die Ruhr fing an sich unter den Truppen, — wie auch bei den Preußen, — zu zeigen, auch die höheren Offiziere hatten wenig zu brocken und zu beißen, der Unmuth griff um sich. Eines Tages erschienen 5 Generale in seinem Quartier und stellten das Verlangen an ihn, die Armee hinter die Marne zu führen. Dumouriez hörte den Sprecher ruhig an und erwiederte ihm sodann ebenso: „Meine Kameraden, wenn ich einen Kriegsrath brauche, werde ich ihn berufen. Ich allein bin verantwortlich. Gehen Sie und beschäftigen Sie sich damit, mich gut zu unterstützen.“

Die Offiziere entfernten sich still und betroffen. Aber die Kritiken und das Gemurmel hörten deshalb unter ihnen nicht auf. Jeder schickte seinen Feldzugsplan nach Paris, und Dumouriez erhielt von da aus alle möglichen Vorschläge und endlich auch vom Ministerium die Aufforderung, sich hinter die Marne zurückzuziehen.

Servan schreibt an Dumouriez am 7. September 1792:

„Ich lasse Euch freie Hand, sähe Euch aber gern in Châlons, um, was dringend nöthig ist, die Hauptstadt zu beruhigen. — Wenn der Feind auf Paris ginge, wäre Eure Stellung an der Marne gewiß kein Unglück."

Am 8. September 1792 schreibt Servan abermals:

„Schickt auf jeden Fall genügende Spione, es kommt Alles darauf an, zur richtigen Zeit unterrichtet zu sein. — Wenn Ihr da in Grandpré verfaultet, und der Feind ginge inzwischen über die Marne! Von hier gehen täglich 2400 Mann bekleidet und bewaffnet ab."

Dumouriez blieb fest in seinem Waldnest stehen. —

Am Nachmittag desselben Tages schon schreibt Servan:

„Ich fange an zu glauben, daß die Preußen den Plan auf Paris aufgegeben haben."

Dumouriez äußerte sich in dieser Zeit sehr unzufrieden mit Kellermann. Und in der That muß man zugestehen, daß der Marsch desselben zur Vereinigung mit Dumouriez durchaus nichts von der Kühnheit des Flankenmarsches Dumouriez's von Sedan nach Grandpré in sich trug. Die Armee im Elsaß unter Biron entsendete zur nämlichen Zeit den General Custine, welcher seinen Marsch gegen Frankfurt a/M. richtete. Dumouriez bat das Ministerium dringend, demselben die Richtung auf Coblenz anzuweisen, um eine mächtige Diversion gegen die Verbindungen der Preußen zu machen, aber in Paris fanden diese Vorschläge keinen Anklang.

Die Oesterreicher hatten inzwischen an den Grenzen von Flandern verschiedene kleine Vortheile davongetragen und die schwachen dort zurückgelassenen Streitkräfte der Franzosen zum Rückzuge auf die Festungen genöthigt. Der Herzog von Sachsen-Teschen schickte sich an, dem allgemeinen Feldzugsplan gemäß, gegen Lille vorzugehen und diese Festung anzugreifen, welche Bewegung Dumouriez dem Ministerium damals als vorläufig unwesentlich bezeichnete. Er sah die Lage vor den Argonnen als sehr günstig an und war etwa am 12. September der Hoffnung, daß der König von Preußen bald den Rückzug antreten würde, da er die Armee desselben durch die Ruhr decimirt und ihre Verbindungen durch die Detachements der Festungen gefährdet betrachtete.

So übel war nun damals die Lage der Verbündeten noch nicht und bei weniger zaudernder Führung hätten sie den Erfolg der Räumung des Argonnen-Waldes wohl eher erreicht, als in Wirklichkeit.

Am 11. September bat der den Posten in Croix-aux-Bois kommandirende Oberst den General Dumouriez brieflich, mit dem Gros seiner Abtheilung in das Lager von Grandpré rücken zu dürfen. — Er berichtete, daß die Waldstrecken rechts und links des schwierigen Engweges, sowie dieser selbst durch Abgrabungen und Verhaue undurchschreitbar gemacht worden seien, und daß sich die Verschanzungen in gutem Zustande befänden. Ein noch unbewaffnetes Bataillon Freiwilliger stände in Vouziers. Dasselbe sei von gutem Geiste beseelt; dies Bataillon mit Waffen versehen, und 100 Mann, die er nebst 2 Geschützen zurücklassen würde, genügten, um diesen fast unangreifbaren Posten zu halten.

Dumouriez genehmigte diese Vorschläge, ohne den Posten vorher besichtigt und sogar ohne einen Generalstabsoffizier zur Rekognoscirung dorthin entsendet zu haben, nur auf den Bericht des Obersten und auf die Karte hin. Er befahl sofort dem Kommandanten des Artillerie-Depots, das Bataillon in Vouziers mit Waffen und Munition zu versehen, aber dieser Befehl wurde nicht ausgeführt, so daß nach dem Abzuge des Obersten mit seinem Detachement Croix-aux-Bois nur von einem Capitain, 100 Infanteristen und 2 Geschützen besetzt blieb.

Croix-aux-Bois liegt eine deutsche Meile nördlich Grandpré. Die Wichtigkeit dieses Postens lag auf der Hand. Der so viele Dinge in Betracht ziehende, thätige Dumouriez versäumte die Rekognoscirung eines Postens, durch welchen der Feind einfach in den Rücken seiner Hauptstellung gelangen konnte.

Besondere Gründe für die Genehmigung des Gesuchs des Obersten sind aus dem ganzen Vorgange nicht ersichtlich, das Bestreben, jede unnütze Zersplitterung vermeiden zu wollen, ist vielleicht für Dumouriez die einzige Entschuldigung.

Der Vorgang zeigt uns, daß auch ein glänzendes Talent der strengen Schulung nicht entbehren kann, und diese gerade fehlte dem zur Zeit des größten Verfalls der französischen Kriegsmacht in den Dienst getretenen Dumouriez.*)

Nach den Schilderungen, welche die Gegner Dumouriez's von seinem Charakter machen, sollte man eine Ableugnung oder Vertuschung der ihn belastenden Umstände erwarten. Nichts von alledem! Offen und männlich gesteht er sein Versehen, sich auf den Bericht des Obersten verlassen zu haben, ein. Er nennt sein Verhalten fehlerhaft und von einem unverzeihlichen Leichtsinn (d'une légèreté impardonnable). Er klagt sich außerdem an, nicht die Ausrüstung des Postens in Croix-aux-Bois mit schweren Geschützen, Zwölfpfündern, befohlen zu haben, obgleich dieselben zahlreich in seinem Park bei Senucque vorhanden gewesen seien, kurz er nimmt willig die Schuld auf sich, obgleich bei der Menge der Geschäfte eines Obergenerals Entschuldigungen für ein solches Versäumniß nicht fern lagen, und und es ihm nicht schwer gewesen wäre, noch mehr Anklagen auf jenen Obersten zu werfen, dessen Bericht die Beschaffenheit der Schanzen und Verhaue als vorzüglich erwähnt, welche sich aber als sehr mangelhaft erwiesen.**)

Am 13. früh bei Tagesanbruch hörte man Feuer aus der Gegend von Croix-aux-Bois, und bald verkündeten heranstürzende Flüchtlinge, daß der Posten genommen worden sei. Clairfait, durch Spione von dem Abzuge des Detachement unterrichtet, hatte ihn durch eine starke Abtheilung unter dem Obersten Prinzen de Ligne dem Bruder des Fürsten, welcher in ganz Europa als Typus eines in jeder Beziehung gebildeten Aristokraten des 18. Jahrhunderts bekannt geworden ist, angreifen lassen, und war dieser Angriff alsbald gelungen.

Die ungeheuere Gefahr steht sogleich vor Dumouriez's Augen.

*) Es war derselbe Leichtsinn, dem man in der französischen Geschichte so oft begegnet, und der 78 Jahre später in denselben Gegenden den Ueberfall des Korps de Failly bei Beaumont durch das 4. preußische Korps gelingen ließ.

**) Derjenige, der selbst Feldzüge mitgemacht hat, weiß, wie schwer man begangene Fehler eingesteht und verschmerzt, eine wie große Rolle die Eitelkeit spielt, und wie man sogar immer geneigt ist, jede Schuld auf Andere zu werfen, die eigene zu vertuschen. Es giebt davon auch in allen Feldzügen Beispiele genug, sowohl in kleinen, wie in großen Verhältnissen. Die persönlichen Rücksichten spielen aber manchmal in der Geschichtsschreibung eine Rolle, die nur auf Kosten der Klarheit und also der Belehrung erkauft werden kann.

Er entsendet auf der Stelle den General Chazot mit 2 Infanterie-Brigaden, 6 Eskadrons und 4 Geschützen, außer den Bataillonsgeschützen, mit dem bestimmten Befehl, den Posten sogleich mit dem Bayonnett wieder zu nehmen. Ein Wagen mit Gewehren zur Bewaffnung des in Vouziers stehenden Freiwilligen-Bataillons und mehrere Wagen mit Schanzzeug folgten der Kolonne. Chazot konnte am 13., angeblich des aufgeweichten Bodens halber, nicht angreifen. Erst am 14. früh warf er die Oesterreicher aus dem Passe zurück, dieselben hielten sich aber in dem nahe gelegenen Walde. Clairfait entsandte der Wichtigkeit des Postens entsprechend, 3 frische Bataillone, welche mit vieler Entschiedenheit den Posten auf's Neue angriffen. Chazot hatte seine Truppen nach dem ersten Gefecht ruhen lassen, die Wagen mit Schanzzeug waren noch nicht herangekommen. Nicht die geringste Verschanzung war daher in's Werk gesetzt. Um 10 Uhr schon hatte die Sachlage sich wieder geändert, und die Oesterreicher, welche mit großer Tapferkeit fochten, hatten das Croix-aux-Bois zurückerobert.

Ihr Verlust betrug nur 107 Mann, darunter der Oberst Prinz de Ligne todt. Der Körper desselben war eine Zeit lang in den Händen der Franzosen. Man fand in der Tasche einen Brief, in welchem der Prinz sich bitter über die Emigranten beklagte und den Widerstand schilderte, den die verbündeten Truppen auch bei der Bevölkerung überall fänden.

Chazot zog sich auf Vouziers zurück, wodurch er mit Dumouriez augenblicklich ganz außer Verbindung kam.

An demselben Tage nun griff das Korps der französischen Prinzen den General Dubosquet bei Chêne-Populeux an.

Im offenen Kampfe stand die Lilienfahne auf französischem Boden der dreifarbigen gegenüber. Dubosquet behauptete seinen Posten, als jedoch um Mittag Versprengte von Chazot bei ihm anlangten, und er den Verlust des Croix-aux-Bois erfuhr, räumte er die Stellung und schlug die Richtung auf Châlons ein. Das Emigrantenkorps rückte in der Richtung auf Vouziers vor.

Dumouriez, der den ganzen Tag in leicht begreiflicher Spannung zugebracht hatte, sah seine Stellung durchstoßen, die Hauptmacht seines Heeres im Passe von Grandpré im Rücken bedroht. Denn im Falle die Oesterreicher baldigst von Croix-aux-Bois über Termes vorgingen, sperrten sie die Enge von Grandpré von Westen und schlossen die Armee Dumouriez's ein.

Die Lage war in der That eine sehr bedenkliche, wenn auch nicht so verzweifelt, wie Dumouriez sie selbst schildert, aber der geringste Zeitverlust konnte das Verderben bringen.

5. Kapitel.

Die Räumung von Grandpré. Rückzug auf Saint Menehould. Die Panik von Montcheutin.

Dumouriez handelte schnell und entschlossen. In der nächsten halben Stunde gingen nach allen Seiten die Adjutanten ab, um die nöthigen Befehle zu überbringen.

Den Artilleriepark nahm er mit Bedeckung sogleich über die Aisne auf die Höhe von Autry zurück.

An den General Beurnonville, der mit 9000 Mann aus dem Lager von Maulde in Rethel angekommen war, schickte er den Befehl, längst der Aisne auf Saint Menehould zu marschiren, wohin er sich mit dem Gros der Armee zurückzuziehen beabsichtigte.

General Chazot sollte sich mit dem am 14. geschlagenen Detachement in der Nacht längst der Aisne in Marsch setzen und dieselbe Richtung nehmen. An die Kommandanten der Lager zu Châlons und Rheims erging die Aufforderung, einige Truppen zur Deckung dieser Städte in günstig gelegene Stellungen vorzuschieben, an Kellermann, seinen Marsch auf Revigny-aux-Vaches zu beeilen. In der Richtung auf Croix-aux-Bois schob er einige Bataillone vor, um gegen ein plötzliches Erscheinen der Oesterreicher in der Enge von Grandpré gesichert zu sein.

Das Lager bei Grandpré beschloß er in der Nacht abzubrechen, um Vorsprung zu gewinnen, denn, falls die preußische Vorhut sofort in den Paß nachdrängte, war die Auflösung der Armee fast unausbleiblich.

Allen diesen Befehlen muß man großen Beifall zollen, die Richtung des Rückzuges aber auf Saint Menehould trägt den Stempel kühner Genialität an sich und ist eines Turenne, ja sogar eines Friedrich oder Napoleon I. würdig. — Die gewöhnliche Regel hätte den Rückzug hinter die Marne, also auf Châlons, geboten, woselbst er sich bequem hätte mit Kellermann und Beurnonville vereinigen können. Er hätte sich hierdurch den dortigen Verstärkungen genähert und die Hauptstadt gedeckt. Durch den Rückzug auf Saint Menehould entschloß er sich zur Behauptung des äußersten Endpunktes einer schon durchbrochenen Vertheidigungslinie, aber er stellte sich einem weiteren Vormarsch der feindlichen Armee in die Flanke, und zwang dieselbe, ihn früher oder später anzugreifen, wobei er freilich seine eigenen Verbindungen theilweise Preis zu geben genöthigt war.

Am Abend des 14. September erwartete man den Rückzug Dumouriez's von Grandpré im preußischen Hauptquartier, und, um sich dessen zu vergewissern, gebrauchte der Erbprinz von Hohenlohe, der die Avantgarde vor dem Passe von Grandpré kommandirte, die Kriegslist, Dumouriez durch den Major von Massenbach zu einer Unterredung auffordern zu lassen.

Massenbach — nicht Hohenlohe selbst, wie Dumouriez angiebt — kam nur bis zu dem Dorfe Marque, woselbst er zu dem General Duval, Befehlshaber der französischen Vorhut, gebracht wurde. — Er fand, statt der Gevatter Schneider und Handschuhmacher, durch welche, nach Aussage der Emigrirten, das französische Heer befehligt wurde, Soldaten von gutem Aussehen, und General Duval stellte sich ihm als ein alter Soldat von 40 Dienstjahren, echt militairischer Haltung und hoher martialischer Gestalt vor.

Dumouriez durchschaute die List und verweigerte jede Unterhandlung *), dagegen ertheilte er Duval den Auftrag, den Preußen möglichst hinzuhalten. Massenbach mußte ohne Bescheid zurückkehren, hatte indeß doch an mehrfachen Bewegungen der Truppen und dem Kommen

*) Nach einigen Quellen hatte das preußische Hauptquartier schon damals an Dumouriez politische Vorschläge machen wollen.

und Gehen von Ordonnanz-Offizieren die Absicht des Feindes, sich in der Nacht in Bewegung zu setzen, ziemlich deutlich zu erkennen vermocht.

Er theilte seine Beobachtungen denn auch sogleich dem Herzog bei seiner Rückkehr mit, dem dieselben sehr wahrscheinlich erschienen, da er bereits Nachricht von der Wegnahme von Croix-aux-Bois erhalten hatte. — Er schickte Massenbach zum König, Hohenlohe aber setzte sich sogleich mit einem Theil der Avantgarde in Bewegung.

Er traf keine Vorposten mehr, und fand das Lager bei Grandpré geräumt. Der König war sehr ungehalten, daß man den Feind hatte entwischen lassen. Er wollte seit einigen Tagen durchaus der langsamen Kriegführung des Herzogs ein Ende machen und den Feind zur Schlacht zwingen.

Um Mitternacht war Dumouriez mit seinem Stabe von dem Schlosse in Grandpré fortgeritten und hatte selbst den Befehl an die Truppen zum Aufbruch erlassen. Kein Signal war gegeben worden, der Regen fiel in Strömen, der Wind durchtobte die Argonnen, die Wege waren Sümpfe geworden. Es will etwas heißen, in solcher Nacht eine so mangelhaft disciplinirte Armee in Marsch zu setzen. — Erst 3 Stunden später befanden sich die Truppen in Bewegung, und die lange Kolonne wand sich durch das Thal von Grandpré. Der bleich heraufdämmernde Morgen fand die Armee bereits bei dem Uebergange über die Aire, und um 8 Uhr hatten die letzten Truppen diesen Fluß passirt und nahmen auf den Höhen von Autry Stellung. Der Artilleriepark setzte den Marsch in der Richtung auf Saint Menehould fort, und die Armee sollte allmälig folgen. — Die Nachhut, unter Stengel und Duval, befand sich noch an der Brücke über die Aire. Dumouriez, der die Armee von keiner wirklichen Gefahr bedroht wußte, begab sich mit seinem Stabe nach dem etwa 2 Meilen von Grandpré entfernten Dommartin sous Hans, um daselbst die Vorbereitungen für das Lager der Armee und ihre Verpflegung zu treffen, — aber er sollte Erfahrungen darin machen, wie schwer man eine solche Armee rückwärts bewegt.

Beschäftigt, das Lager abstecken zu lassen, sieht er einzelne Flüchtlinge anlangen, deren Zahl sich fortwährend vergrößert. Verrath! Die Armee ist auf der Flucht! Der Feind ist uns auf den Fersen!

waren die Rufe derselben. — Dumouriez begiebt sich mit Thouvenot im Galop zurück bis auf die Höhen von Autry, woselbst er Miranda beschäftigt findet, die fliehende Infanterie zu sammeln. Die Nachhut war indeß von der Panik gar nicht berührt. *)

Hohenlohe hatte den Paß gegen Morgen erreicht. Etwa zwölfhundert Husaren waren, mit der Verfolgung beauftragt, der französischen Nachhut gefolgt, und wurde dieselbe von den Preußen bei Montcheutin erreicht und angegriffen. — Die Nachhut leistete ganz braven Widerstand, aber die am gestrigen Tage geschlagenen Truppen des Generals Chazot, welche in diesem Moment, auf dem Marsche von Vouziers begriffen, in der Nähe von Autry erschienen, nahmen, erschreckt über die Erscheinung der preußischen Reiter, den Reißaus und brachten die Haupt-Kolonnen mit in Unordnung und Flucht. — Ein großer Theil — Dumouriez spricht von 2000 Mann — wendete sich gegen Châlons und verbreitete überall Schrecken, Verwirrung und Indisciplin. Durch die Bemühungen Dumouriez's und Miranda's wurde die Ordnung in der Haupt-Kolonne endlich hergestellt, und die Armee rückte gegen Mittag in's Lager. Sie hatte durch die Verfolgung mehrere Geschütze und Munitionswagen verloren. — Ein schnelleres Nachdrängen der Preußen von Grandpré und der Oesterreicher von Croix-aux-Bois oder wenigstens eine stärkere Verwendung der Kavalerie hätten wahrscheinlich jede Schlacht in den nächsten Tagen unnütz gemacht.

---

*) Der panische Schrecken ist ein schon bei den Römern anerkanntes eigenartiges Uebel im Kriege. Er entsteht nicht nur während des Kampfes oder nach einem verlorenen Gefecht, sondern ganz grundlos durch irgend einen Zufall, der einige Muthlose erschreckt. Dieselben glauben sich überfallen, geliefert, ihre Rufe pflanzen sich fort und finden Echo in dem Herzen anderer Muthloser in dem Gros der Truppen. Man wendet sich zur Flucht, der Tapfere — steht erstaunt, endlich wird er mit fortgerissen, die Stimme der Offiziere verhallt ungehört, und die Truppe wälzt sich ungeordnet rückwärts, wie eine Lawine, sich nach hinten zu vergrößernd. Wie der Trieb nach vorwärts beim Angriff, von den Tapfersten der Truppe mitgetheilt, oft einen gewissen Rausch verbreitet, wie derselbe in der Menschennatur tief begründet liegt, so gewinnt auch das unedle Gefühl der Selbsterhaltung im panischen Schrecken derart die Oberhand, daß eine Art Taumel sich der Gemüther bemächtigt, ein momentaner Wahnsinn des Ganzen, der taub für die Stimme der Ehre und Vernunft ist. — Der panische Schrecken ist bei den Völkern südlicher Abstammung häufiger, als bei den nördlichen, aber auch bei diesen vorgekommen.

Von Grandpré bis Saint Menehould nimmt die Aisne 3 kleine Flüsse von links her auf, die Dormoise, die Tourbe und die Bionne, welche, an manchen Orten durchschreitbar, immerhin Hindernisse bilden. Dumouriez ließ die Armee am linken Ufer der Bionne lagern. Wahrscheinlich wollte er die Bionne an demselben Tage nicht mehr passiren, um die ohnehin schon erschöpfte Armee nicht noch mehr zu ermüden. Er sah die Bewegung vollendet und (abgesehen von dem geringen Verlust bei der Verfolgung) glücklich vollendet. Um 6 Uhr setzte man sich im Hauptquartier zu Tische, als eine neue Panik in das Lager fuhr. — Infanterie, Kavalerie, Artillerie stürzte nach den Uebergängen der Bionne unter dem Rufe: Verrath!

Dumouriez und sein Stab werfen sich der flüchtenden Masse entgegen und hauen mit scharfer und flacher Klinge wacker auf dieselbe ein. Die Ordnung stellt sich endlich so weit her, daß Alles zum Stehen kommt, und jeder Haufe im tollsten Durcheinander dort lagert, wo er sich gerade befindet. Die Nacht verfließt ruhig. Am 17. geht die Armee, unbehelligt von den Preußen, in das Lager von Saint Menehould, wo die Truppenverbände sich wieder allmälig zusammenfinden. 28 Flüchtlinge läßt Dumouriez vor der Front ihrer Bataillone entwaffnen, ihnen die Uniform ausziehen, die Augenbrauen und die Haare abscheeren und sie zum Lager hinausjagen.

Durch solche Mittel mußte er unter diesen Republikanern die kriegerische Ehre erwecken und die Mannszucht herstellen. Wen erinnert dies nicht an die Stockschläge, welche Blücher den Marodeurs der schlesischen Landwehr zur Zeit der ersten Gefechte nach dem Waffenstillstand verabreichen ließ? So weit ist oft die Wirklichkeit von dem idealen Bilde entfernt, welches sich ohne nähere Kenntniß der Verhältnisse von den Zuständen und Institutionen, der Legende folgend, in der Meinung des Volkes festgesetzt hat.

Ist es darum gerechtfertigt, den idealen Triebfedern ganz zu entsagen, der Masse die Fähigkeit der Begeisterung und des Interesses für das gemeine Wohl und das Vaterland ganz abzusprechen? Es wäre dies ein ebenso großer Fehler, wie die Nothwendigkeit harter Strafmittel zur Aufrechthaltung der Zucht verneinen zu wollen, wie dies von Ideologen noch immer hin und wieder geschieht. — Im

Uebrigen unterließ der General alle weiteren Nachforschungen nach den Urhebern der Ausreißerei und hielt es für angemessen, das Ehrgefühl und das Schamgefühl der Mannschaften durch theils väterliche, theils spöttische Bemerkungen über ihre Flucht zu heben.

---

6. Kapitel.

Das Lager von Saint Menehould. Enge Versammlung der Franzosen. Bewegungen der preußischen Armee seit dem 15. September.

Das von Dumouriez bezogene Lager befand sich etwa eine halbe Meile westlich Saint Menehould, nördlich der Straße nach Châlons. (Siehe Skizze I.) Einige Hundert Schritt südlich dieser Straße und fast parallel derselben fließt die Auve, welche oberhalb Saint Menehould in die Aisne fällt. Die Bionne fließt eine Meile nördlich der Auve, im Allgemeinen derselben parallel und ergießt sich in der Nähe von Vienne le Château in die Aisne. Das rechte Ufer der Bionne ist von Höhen gebildet, von denen die westlichsten den Namen Côte l'Hyron führen.

Der Haupttheil des Heeres lagerte zwischen der Auve und der Bionne und zwar nördlich der Straße von Châlons, mit dem rechten Flügel an die Aisne, bei der Mühle Chaude Fontaine, gelehnt. Die westlich der Aisne bei Chaude Fontaine aufsteigenden Höhen ziehen sich sodann halbkreisförmig nach Süden, bis sie an die Auve stoßen.

Im Norden fallen dieselben zu dem sogenannten Thal von Maffrecourt, im Westen nach den Sümpfen und den Teichen Braux St. Cohiere ab, welche Hindernisse das Lager deckten. Ueber diese Sümpfe hinweg sieht man in eine Senkung, welche westlich von den Höhen von Valmy begrenzt ist.

Zahlreiche Batterien wurden bestimmt, um die vor dem Lager befindlichen Niederungen zu bestreichen. Um das Korps Dillon in der Chalade und den Islettes vor einer Umgehung zu schützen, besetzte man die Schlösser Saint Thomas und Vienne in den Argonnen. Ein Kavalerie-Korps stand bei Passavant, um ein Herumgreifen des Feindes in südlicher Richtung möglichst zu erschweren.

Betrachtet man die ganze Front der Armee Dumouriez's von den Islettes über die Chalade, der Linie des Lagers folgend, bis zur Chaussee nach Châlons, so erblickt man einen sehr großen Halbkreis. Seine Verbindungen aus demselben gingen nach Vitry und Châlons. Durch seine Aufstellung bei Saint Menehould wollte er die Preußen am Weitermarsch hindern. Wie aber, wenn die Preußen sich auf die Straße nach Châlons setzten und ihn mit verkehrter Front zur Schlacht zwangen? War diese verloren, so wurde die Armee aller Wahrscheinlichkeit nach vernichtet, da ihr nur der Ausweg nach Süden blieb. Gerade diese Möglichkeit macht den Entschluß Dumouriez's, die Aufstellung bei Saint Menehould zu nehmen, so ungemein kühn. Dumouriez zeigte in dieser Lage, daß er in hohem Grade besaß, was man die Errathungsgabe des Feldherrn nennt. Er hatte die zögernde Kriegsweise des Gegners schon wochenlang zu beobachten Gelegenheit gehabt und schätzte den ihm gegenüberstehenden Feldherrn wohl ziemlich richtig.

Sein Selbstvertrauen beraubte ihn indeß nicht der kalten Ueberlegung, denn er beschloß in Würdigung des geringen Halts seiner Truppen abermals ein möglichstes Hinhalten des Gegners anzustreben, eine entscheidende Kriegshandlung, so lange es anginge, zu vermeiden.

Dumouriez sah voraus, daß die gesammten Ereignisse der letzten Tage in höchst aufregender Weise wirken würden. Er sah im Geiste das Toben der Jacobiner und der Montagne, er hörte das Geschrei über Verrath und die Sprache der Muthlosigkeit. Er hielt es somit für angemessen, durch die zuversichtlichsten Berichte die Gemüther zu beruhigen. Diese Sprache wirkte deshalb in der That beruhigend, weil der Ton der Wahrheit durchklang, und er die Dinge beim rechten Namen nannte.

Er schrieb sogleich am 17. an den Präsidenten der Nationalversammlung: „Ich war genöthigt, das Lager von Grandpré zu verlassen. Während des Rückzuges entstand ein panischer Schrecken in der Armee: 16,000 Mann flohen vor 1500 preußischen Husaren. Der

Verlust beträgt höchstens 50 Mann und einige Fahrzeuge. Alles ist wieder in Ordnung, und ich nehme die Verantwortung für Alles auf mich."

Auch der Ton des Briefwechsels mit Servan athmet große Zuversicht. Trotz des Unglücks von Croix-aux-Bois erkennt er die Fehler des Feindes.

Er schreibt am 18. September:

„Glücklich aus der Verlegenheit und kann nun detaillirt berichten. Nach der Einnahme von Croix-aux-Bois konnte mich der Feind abschneiden. Er hat den Tag verstreichen lassen, und ich habe davon profitirt, um aus der Falle zu kommen. Jetzt ist nichts mehr zu fürchten, unsere enge Versammlung (mit Beurnonville und Kellermann) wird bald geschehen sein. Ich begreife nicht, wie man mir die Stellung bei Châlons vorschlagen kann. Hier schneide ich 15000 Hessen und Oesterreicher ab."

Servan aber schreibt am 18.: „Kellermann wäre lieber nach Châlons gegangen. Ich theile seine Ansicht. Vor Allem keine Schlacht, keinen Echec!"

Das Ministerium fürchtete offenbar im Falle einer Niederlage der Armee eine neue Septemberisirung, welcher es selbst sicherlich zum Opfer gefallen wäre.

Beurnonville war den empfangenen Befehlen zufolge am 15. von Rethel aufgebrochen, und am 17. hatte er glücklich, am linken Ufer der Aisne marschirend, die Auve erreicht. Allein auf die Höhe von Gizaucourt reitend, sieht er eine Armee sich in der Richtung auf Saint Menehould bewegen. Erschreckt durch die Nachrichten von einer gänzlichen Niederlage Dumouriez's, hält er diese Armee für die preußische und ohne auch nur sich durch eine Reiterpatrouille davon zu überzeugen, nimmt er sofort die Richtung auf Châlons, wo er noch an demselben Tage ankommt und, durch directe Nachrichten über seinen Irrthum aufgeklärt, nun am nächsten Tage den Weg an die Auve zur Vereinigung mit Dumouriez zurückmachen muß. (Uebersichtskarte I.)

Kellermann war auf die Nachricht von der Räumung Grandpré's nach Vitry zurückgegangen — jedenfalls in der Annahme, daß Dumouriez nunmehr mit der Armee die Marnelinie halten wolle — und es bedurfte wiederholter Aufforderungen Dumouriez's, um ihn nach Saint Menehould in Marsch zu setzen.

Dubosquet war nach der Aufgabe von Chêne Populeux direct nach Châlons marschirt, wo er seine Abtheilung mit der des Generals Sparre, welcher östlich Châlons ein Lager bezogen hatte, vereinigte.

Die preußische Armee hatte sich, anstatt zum Mindesten die Avantgarde unter Hohenlohe und die Kavalerie dem weichenden Feinde auf Saint Menehould nachzuschicken, damit begnügt, Grandpré zu besetzen. Ein unglaubliches Verfahren, das genugsam für die Unfähigkeit jenes damals als den ersten Feldherrn der Welt anerkannten Fürsten spricht, die sich darbietenden Glücksfälle richtig zu benutzen.

Schon auf die Nachricht von der Einnahme des Croix-aux-Bois hätte man einen starken Angriff auf den Paß von Grandpré richten müssen, um dem Feinde die geordnete Räumung unmöglich zu machen. Es war eben in jener Kriegsführung keine Spur von dem festen Willen der Vernichtung des Feindes zu finden, wie er sich in den nämlichen Gegenden so glänzend im Jahre 1870 in der deutschen Oberleitung offenbarte.

Um die Brotverpflegung sicher zu stellen, blieb man am 16. und 17. stehen. Nur Hohenlohe-Kirchberg ließ gegen die Islettes und die Chalade rekognosciren.

Für die weiteren Operationen nun hatte Braunschweig die Absicht, mit der Hauptarmee auf dem linken Ufer der Aisne, längs der Argonnen, und mit einem starken Detachement auf der alten Römerstraße in den Argonnen vorzugehen, sich so die Päſſe von La Chalade und Islettes von hinten zu öffnen und damit die Verbindung mit Hohenlohe-Kirchberg und mit Verdun herzustellen. Dumouriez, auf diese Weise im Rücken bedroht, wäre entweder zum Rückzuge genöthigt worden, oder hätte in sehr ungünstiger Stellung die Schlacht annehmen müssen.

Am 19. nun erreichte die „Armee des Königs“ die Höhen von Massige an der Tourbe, die Spitzen kamen bis an die Bionne. Das Korps Kalkreuth sollte an der Dormoise stehen bleiben, um den Rücken der Armee zu decken. Clairfait war bis Manre gekommen; das

Emigrantenkorps stand am weitesten nördlich, nämlich in Sainte Marie.*)

Der Erbprinz von Hohenlohe aber befand sich in Vienne le Château, um, dem Plane des Herzogs gemäß, die Besatzungen der Pässe der Chalade und Les Islettes von hinten anzugreifen.

Um Mittag nun war dem König eine Meldung zugegangen, daß der Feind sich auf Saint Menehould zurückziehe. Entrüstet darüber, daß ihm abermals die Gelegenheit zur Schlacht durch die Maßregeln des Herzogs entginge, hatte er sofort befohlen, daß die Armee rechts abmarschiren solle, um sich dem — wie man meinte — nach Châlons oder nach Vitry abziehenden Feinde vorzulegen. Obgleich bald darauf von dem die Vorposten kommandirenden Oberst Köhler die Meldung einging, daß die Hauptmacht des Feindes keineswegs in Bewegung sei, so blieb es doch bei dem Befehl, der Plan des Herzogs war über den Haufen gestoßen, und durch den Rechtsabmarsch entfernte man sich von der in Aussicht stehenden Hülfe des Fürsten Hohenlohe-Kirchberg und des Landgrafen von Hessen.**)

In Folge dieses Rechtsabmarsches stand die verbündete Armee am 19. Abends mit dem Gros der Preußen bei Somme Tourbe, der Erbprinz von Hohenlohe mit seiner Abtheilung bei Somme Bionne. Man konnte nun mit Leichtigkeit die Straße Saint Menehould—Châlons erreichen und stand dann auf einer Hauptverbindung des Feindes. Clairfait aber war am Morgen des 20. nach Somme Suippe marschirt, um die rechte Flanke der Armee zu decken. Hier angekommen, fand er einen Befehl des Herzogs vor, sofort zur Armee zu stoßen, was vor 4 Uhr Nachmittags unmöglich in's Werk zu setzen war.

Man stand in engster Fühlung mit den französischen Vortruppen. Der morgende Tag konnte ein großes Resultat haben, der König selbst hatte einen kühnen Schachzug gethan und den Feind gestellt. Es kam nur darauf an, wie man die geschaffene Kriegslage verwerthen würde. —

Dumouriez hatte den Vormittag des 19. September mit den Verpflegungsanordnungen, mit Berichten und mit Besichtigung der

*) Die Armee war sehr auseinander gezerrt, was sich am 20. September sehr fühlbar machte.

**) Ueber diese Verhältnisse geben Massenbach's Memoiren genaue Auskunft.

Stellungen zugebracht, aber gegen Mittag setzte er sich mit seinem Stabe in Bewegung, um der Division Beurnonville entgegen zu reiten, welche auf der Chaussee im Anmarsch war. Dies geschah zu derselben Zeit, als die preußischen Vortruppen sich auf den Höhen des linken Ufers der Bionne zeigten. — Er sah seine alten, im Lager von Maulde von ihm geschulten Bataillone wieder. Er ließ sie vorbeimarschiren; sie empfingen ihn mit Hochrufen. Linie und Freiwillige steckten die Hüte auf Säbel und Bayonnette, um ihn zu begrüßen. Man drängte sich um ihn, man frug, wann es gegen den Feind gehen würde. Die Ankunft dieser ihm ergebenen Truppen verbreitete eine erregte und vertrauensvolle Stimmung auch unter den Truppen von Grandpré. Mit dem Korps von Beurnonville waren allerdings 7 Bataillone Föderirte gekommen, wie man diese neuerdings aus allen Gegenden Frankreichs nach Paris, Soissons, Rheims und Châlons beorderten Nationalgarden genannt hatte, im Gegensatz zu den aus bestimmten Kreisen und Städten stammenden und derart benannten Freiwilligen.

Als die Nachricht von der angeblichen Vernichtung der Armee nach Châlons gekommen war, hatten sich mehrere dieser Bataillone den gröbsten Excessen überlassen. Man hatte die Läden geplündert und ausgeraubt. Die Föderirten rissen den Linienoffizieren die Epauletten und das Ludwigskreuz ab und hatten geschworen, alle Generale als Verräther niederzumachen, ehe sie gegen den Feind gingen. Der alte Luckner, welcher nach seiner Ablösung durch Kellermann von der Armee von Metz, Oberkommandant des Lagers von Châlons geworden war, wußte diesen Ausschreitungen nicht entgegenzutreten.*)

Aus solchen Elementen bestand ein Theil der Verstärkungen Dumouriez's. Sie waren den wahren Soldaten Gegenstände des Abscheus, und wurden von ihnen als Trainards d'armée. héros de carrefour, ardents à l'émeute, lâches au combat bezeichnet.

Kaum hatte Dumouriez die Truppen von Beurnonville begrüßt,

*) Aehnliche Scenen spielten im August 1870 im Lager von Châlons, als der Marschall Canrobert vor den zuchtlosen Mobilgarden des zweiten Kaiserreichs erschien.

als der Lieutenant Macdonald*) die Nachricht von dem Anrücken Kellermann's von Vitry her, brachte. Derselbe traf in der That gegen Mittag bei Dampierre le Château ein, etwa eine Meile von Dumouriez's linkem Flügel, wo er das Lager bezog. Er führte 17,000 Mann, fast nur Linie, darunter 5000 Reiter.

Kellermann war ein Offizier, der im siebenjährigen Kriege als Hauptmann gedient hatte, Erfahrungen als General aber so wenig als Dumouriez besaß. 1790 wurde er als Maréchal de camp nach Straßburg geschickt, zeigte sich den Grundsätzen der Revolution ergeben, stellte aber die Ruhe her. Bei den Soldaten war er beliebter, als bei den Offizieren. Er war Dumouriez, als er bei Saint Menehould eintraf, durch keinerlei Ordre unterstellt, und derselbe erwähnt dies als einen Hemmschuh für seine Operationen. Durch das Eintreffen von Beurnonville und Kellermann war Dumouriez auf fast 70,000 Mann verstärkt, von denen circa 55,000 Mann in engerer Versammlung zur einheitlichen taktischen Verwendung in der Nähe von Saint Menehould bereit standen.

---

7. Kapitel.

Die Kanonade von Valmy am 20. September.

Dumouriez hatte Kellermann die Instruction ertheilt, am 20. September sein Lager bei Dampierre sur Auve zu nehmen, wodurch die Front der Armee nach links verlängert worden wäre, und eine Schlachtlinie in Verbindung mit den Truppen Dumouriez's sich leicht hätte herstellen lassen. Er hatte ihm ferner die Höhen von Valmy als ein passendes Gefechtsfeld bezeichnet, falls der Feind sich weiter auszubreiten suchte. Bei dieser in seinen Memoiren erwähnten Instruction kann er nicht an die Annahme einer großen Schlacht, sondern nur an ein partielles Gefecht Kellermann's gedacht haben,

*) Der spätere Marschall von Frankreich. Ordre de Bataille des Korps Kellermann hinten.

welches derselbe allerdings im Stande war mit seinen 17,000 Mann zu bestehen. Dennoch muß man diese Anweisung für Kellermann als bedenklich bezeichnen, denn dessen Korps wurde dadurch weit über die von Dumouriez's Armee besetzte Stellung hinausgeschoben und gerieth in Gefahr, einzeln geschlagen zu werden, wenn es stark angegriffen und nicht rechtzeitig unterstützt wurde.

Die Stellung war in Bezug auf die rein taktische Abwehr übrigens vortheilhaft, wenn man die Höhe von Gizaucourt mit in dieselbe hineinzog, welche einen Angriff des Feindes von Westen her auf Valmy flankirte.*)

Kellermann war Führer einer selbstständigen Armee. Weder die französischen Gewohnheiten noch die augenblicklichen Zustände schienen es Dumouriez rathsam zu machen, sogleich den Oberbefehl über das Korps von Kellermann mit zu übernehmen, denn er hätte vielleicht nicht die Gewalt gehabt, sich Autorität zu verschaffen, aber diese unklare Stellung trug mit dazu bei, die Lage am Morgen des 20. September unklar zu gestalten.

Kellermann nahm nun aber schon am Abend des 19. sein Lager nördlich der Auve, wo er, mit dem Rücken an diesen Fluß gelehnt sehr ungünstig stand. Er wollte deshalb am 20. wieder über die Auve zurückgehen, als ihm der Anmarsch des Feindes gemeldet wurde, weshalb er nunmehr bis Valmy auf das von Dumouriez ihm bezeichnete Gefechtsfeld vorrückte.

Jedenfalls ist soviel festgestellt, daß Kellermann, als die preußische Avantgarde unter Hohenlohe erschien, schon auf den Höhen bei Valmy stand.**)

Die Avantgarde Dumouriez's hatte sich nach unbedeutenden Scharmützeln am 18. und 19., nach Verwüstung der Dörfer auf die Höhen von Hyron gezogen und nur Kavalerie-Patrouillen dicht am Feinde gelassen, welche den Preußen auch in der Nacht vom 19. zum 20.

*) Ich habe hier sowohl Kellermann's Bericht als Dumouriez's Aussage benutzt, und hiernach scheint mir der Hergang, der vielfach anders erzählt ist, derart festzustellen. (Siehe Skizze I.)

**) Die Erzählung Dumouriez's von der Kanonade von Valmy ist sehr kurz, und was Kellermann anbetrifft, nicht sehr deutlich. Von den Bewegungen der Preußen hatte er bei Abfassung der Memoiren, wie man deutlich merkt, noch nichts Genaues gewußt.

gegenüber standen. Kellermann ließ nun gleich nach seiner Ankunft auf den Höhen bei Valmy eine Batterie auffahren und auf vom Feinde sichtbare einzelne Abtheilungen das Feuer eröffnen. Ein dichter Nebel lag über den Hügeln der Champagne. Die Geschütze wurden auf's Gerathewohl gerichtet, und die Geschosse fuhren, ohne daß die Preußen wußten, woher sie kamen, durch den trüben Schleier. Das Korps Kellermann's marschirte während dessen in einer sehr dicht gedrängten Stellung am Windmühlenberge auf. Die französische Infanterie stand in Kolonnen mit kleinen Zwischenräumen dicht hinter dem Rande der Anhöhen. Die Flügel waren zurückgebogen, der Gestaltung des Geländes folgend; die Reiterei wurde rittlings der Straße nach Châlons aufgestellt. An eine Besetzung der Höhe von Gizaucourt, welche unbedingt zu der hier genommenen Stellung gehörte, wurde nicht gedacht. Hierbei mag der Nebel, welcher jeden Ueberblick verhinderte, sehr ungünstig eingewirkt haben. Dumouriez, welcher schon am frühen Morgen zu Pferde gestiegen war, verschaffte sich, als der Kanonendonner begann und bald stärker wurde, schnell Gewißheit über die Lage und suchte sie mit der ihm innewohnenden Spannkraft und Energie klar zu gestalten. Die Truppen im Lager von Saint Menehould traten unter das Gewehr. Die Kanonenschüsse wurden häufiger. Die Spannung der jungen französischen Soldaten war eine unsägliche. Diese Kanonenschüsse schienen ihnen, den Unerfahrenen, das Zusammentreffen mit den berühmtesten Kriegern der Welt, den Soldaten des großen Friedrich, geführt von den ausgezeichnetsten Generalen, zu verkünden. — Auge um Auge sollten sie bald diesen Bayonnetten und diesem schnellen Feuer der preußischen Infanterie-Linien gegenüber stehen, welches als das Muster der ganzen Welt angesehen wurde und doch noch nicht erreicht worden war. Es wird durch alle Berichte und Memoiren der Zeitgenossen bestätigt, daß die Stimmung der französischen Armee nicht muthlos war, aber daß eine ängstliche Spannung herrschte, ein Mißtrauen in die eigene Kraft, ob diese auch wohl ausreichen würde, den Gegner zu bestehen.*)

*) Was die Kriegserfahrung der preußischen Truppen anbelangt, welche die französischen Berichte immer im Vergleich zu ihren unerfahrenen Soldaten hervorheben, so war dieselbe damals auch eine geringe, denn außer dem Baierischen Erbfolgekriege und dem kleinen Feldzuge nach Holland 1787 hatte die Armee seit

Dumouriez entsendete nach Aufhellung der Situation, und als er bemerkte, daß Kellermann die Höhe von Gizaucourt nicht besetzte, sogleich den General Chazot mit 8 Bataillonen und 6 Escadrons längs der Chaussee nach Châlons, um jene Höhe zu erreichen und sich unter Kellermann's Befehle zu stellen. Er befahl ferner dem auf Côte l'Hyron mit seiner Avantgarde stehenden General Stengel bis auf den westlichsten Abhang dieses Höhenzuges vorzurücken, um die Angriffsbewegung der Preußen gegen Valmy zu flankiren, wie Chazot dasselbe von links her thun sollte. — Er entsendete General Beurnonville mit 16 Bataillonen zu Stengel's Unterstützung auf den Höhenzug Hyron, und endlich richtete er Leveneur mit 12 Bataillonen und 8 Escadrons über Vercieux auf Virginy, um die äußerste linke Flanke der Preußen, oder ihre Verbindungen zu bedrohen.

Auf diese Weise wurde Kellermann's Stellung rechts und links verlängert, und derselbe in den Stand gesetzt, vom rechten oder vom linken Flügel aus angriffsweise zu verfahren.

Wir werden sehen, daß nur ein Theil dieser Maßregeln zur Ausführung kam.

Dumouriez wollte die Kolonne von Leveneur selbst dirigiren, als ihm ein Ordonnanzoffizier Kellermann's die Aufforderung überbrachte, nach der Windmühlenhöhe von Valmy zu kommen.

Die Artillerie der preußischen Avantgarde unter Hohenlohe befand sich zu dieser Zeit im heftigsten Gefecht mit einem Theil der Artillerie von Kellermann.

Am Morgen des 20. September hatte sich die preußische Armee, welche in diesem Moment nur etwa 35,000 Streitbare zählte, aus ihren naßkalten Biwaks erhoben und ihren Rechtsabmarsch weiter verfolgt. Von einer Rekognoscirung der Stellung des Gegners, von einer Disposition, was man eigentlich beabsichtigte, war an diesem Tage nicht die Rede. Man wollte die Straße nach Châlons gewinnen, das war die einzige Anweisung, welche die Spitzen bekamen.

Die Avantgarde marschirte treffenweise in zwei aus allen Waffen gemischten Kolonnen von Somme Bionne ab und immer am Kamm

---

dem siebenjährigen Kriege nicht im Felde gestanden. Aber der Ruhm dieser wahrhaft unvergleichlichen Zeit strahlte noch hell von ihren Fahnen.

der dortigen Höhen entlang, bis eine Batterie Kellermann's von der Côte l'Hyron die ersten Kanonenschüsse abgab.

Der Erbprinz ließ nun die Avantgarde einschwenken und sich in zwei Treffen zwischen der Höhe von La Lune (Gizaucourt), die unbesetzt blieb, und Somme Bionne formiren. Allmälig zog er 4 Batterien vor und brachte nach einer heftigen Kanonade die französische Artillerie zum Schweigen.

Inzwischen bewegte sich die „Armee des Königs", deren eigene Vorhut der Herzog von Weimar führte, hinter der Avantgarde fort. Der Herzog ließ auf Anrathen Massenbach's die Höhe von La Lune besetzen. Gerade in diesem Moment kamen Chazot's Bataillone die Chaussee entlang auf die Höhe zu. Von Kartätschfeuer empfangen, und vom General von Wolfrath mit 10 Schwadronen in der Flanke bedroht, wichen sie in Unordnung zurück.*) Die gewonnene Höhe bot einen flankirenden Stützpunkt gegen die Stellung Kellermann's auf dem Windmühlenberge und wurde stark mit Artillerie gekrönt.

Die preußische Armee entwickelte sich nunmehr in zwei Treffen hinter der Avantgarde mit größter Regelmäßigkeit. Die Kavalerie hatte sich auf den Flügeln formirt. Die Artillerie entfaltete sich in der Stärke von etwa 80 Geschützen, darunter viele siebenpfündige Haubitzen und zwei zehnpfündige Mörser-Batterien, auf dem Höhenrande vor der Avantgarde und eröffnete unter Tempelhoff's eigener Leitung ein ungemein heftiges Feuer. Die französische Artillerie hatte ihrerseits die Höhen bei Valmy mit etwa 40 Geschützen gekrönt und erwiederte das Feuer. Kellermann's Lage hatte sich durch die Wegnahme von La Lune verschlechtert. Er hatte den Rückzug nur auf eine Brücke über die Auve frei. Nach der Côte l'Hyron konnte er nicht zurück, da das Thal vor diesem Höhenzuge sumpfig ist und auf das Lager von Saint Menehould ebensowenig, da dieses in der Front durch Teiche und Sümpfe gedeckt war. Der Nebel war um 11 Uhr gefallen. —

Um diese Zeit ertheilte der König von Preußen den Befehl zum

*) Massenbach schreibt sich die Führung dieser Kolonne und die schnelle Besetzung der Höhe in seinen Denkwürdigkeiten zu, und wohl mit Recht.

Angriff. Doch kaum nach hundert Schritten wurde die Bewegung unterbrochen. Die Linien machten Halt.*)

Auf der Höhe von Valmy hielt Kellermann, von einem glänzenden Stabe umgeben. In demselben befanden sich der junge Herzog von Chartres, Sohn des Herzogs von Orléans (Egalité), und sein Bruder, der Herzog von Montpensier.

Man erblickte die entfaltete preußische Armee; man glaubte den König selbst inmitten der Infanterie zu entdecken, mit der Hand nach den französischen Stellungen deutend. Die französischen Truppen hatten bis dahin das Feuer gut ausgehalten, trotzdem die Granaten der Preußen mehrfach in die hinter der Windmühlenhöhe gedeckt stehenden Kolonnen einschlugen. Zwei auffliegende Protzen änderten die Scene vollkommen. — Die Artillerie wollte abfahren, die Infanterie wandte sich zur Flucht, und Kellermann's Train-Kolonnen auf der Chaussee nach Saint Menehould jagten in regellosem Wirrwarr auf das Lager Dumouriez's zu.

Das war der Moment, den Massenbach beredt schildert, wie er, zu dem bei dem Gros der Infanterie sich aufhaltenden Herzog eilend, ihn beschwor, auf die Höhe von La Lune zu kommen.

Die französische Artillerie hatte während zehn bis zwölf Minuten keinen Schuß gethan, aus welcher Thatsache man sich einen Begriff von der dort herrschenden Verwirrung machen kann, aber gerade als der Herzog bei La Lune ankam, fing die Kanonade wieder an.

Auf Kellermann's Befehl hatte der Herzog von Chartres 2 reitende Batterien im Galop in die erste Linie vorgeführt, Kellermann hatte die Ordnung wieder hergestellt, und die fliehende Infanterie hatte Front gemacht. — Die preußische Infanterie hatte sich nun noch einmal in Bewegung gesetzt. — Die Franzosen sahen sie von ihrer Windmühlenhöhe mit der Ruhe und Regelmäßigkeit alter selbstbewußter und gedienter Truppen vorrücken. Les voilà! Maintenant ils avancent! ging es durch die französischen Glieder, deren Führer nach dem so eben Erlebten nur mit Unruhe im Herzen den Angriff erwarten konnten. — Aber Kellermann reitet weit vor die Front, steigt vom

*) Der Kronprinz von Preußen, nachmalige König Friedrich Wilhelm III. führte eine Infanterie-Brigade.

Pferde, steckt seinen Hut mit dem dreifarbigen Busch auf seinen Säbel und stimmt den Ruf an: Vive la Nation! der, von 30,000 Stimmen wiederholt, wohl eine Viertelstunde lang brausend von Hügel zu Hügel rollt. — Dann befiehlt er, daß die Kolonnen beim Herannahen der Preußen sich nicht entwickeln, sondern den anrückenden Feind in dieser Form auf die nächste Entfernung mit dem Bayonnett angreifen sollen. Zu gleicher Zeit hat drüben Braunschweig einen prüfenden Blick auf das Terrain geworfen, eine letzte Ueberlegung der Verhältnisse fliegt durch sein Gehirn, und er erklärt: Hier schlagen wir nicht! — Die Linien halten im Vorrücken inne und kehren in fester Ordnung n ihre frühere Stellung zurück.

Das Geschützfeuer währte mit vollster Heftigkeit fort.*) Der König war auf La Lune angekommen, und es bildete sich eine Gruppe der höchsten Führer und Vertrauten um den Monarchen. — Längere Zeit fand eine lebhafte Berathung statt. Der Herzog blieb fest; der König ließ endlich, obwohl mit größtem Unmuth, seinen Widerspruch fallen.

Somit hatte dem kühn Begonnenen die Durchführung gefehlt.

Es scheint, als ob Dumouriez schon vor der ersten kurzen Vorwärts-Bewegung der preußischen Infanterie auf der Windmühlenhöhe eingetroffen gewesen wäre. Jedenfalls hielt er das Vorrücken der Preußen, seiner kurzen Dauer halber, nicht für so wichtig, wie es die Masse der Armee, und mit ihr manche Geschichtschreiber thun, welche das Zurückgehen derselben dem französischen Geschützfeuer zuschreiben.

Er beobachtete den Gang des Geschützkampfes und bewährte seinen richtigen Blick durch die kühle Beurtheilung, welche er thatsächlich schon während des Gefechts über die Action fällte. Er schreibt die Unterlassung des Angriffs dem Umstand zu, daß die Preußen sich nicht der flankirenden Wirkung der Batterien auf der Côte l'Hyron hätten aussetzen wollen. Dies ist indeß bekanntlich nicht der Fall, sondern die Meinung des Herzogs stützte sich auf andere Beweggründe. — Die

*) Massenbach schreibt: Die Erde bebte, es war ein herzerhebendes Schauspiel. Ich umarmte Boguslawski (erster Adjutant von Hohenlohe, des Verfassers Großvater) und wir schwuren uns hier ewige Freundschaft. Diese Gefühlsseligkeit im Ausdruck war damals überall Mode. — Auch Dumouriez umarmte nach dem Kriegsrath in Sedan Thouvenot, und sie schwuren sich dasselbe.

Kanonade nahm gegen 5 Uhr allmälig ab, auf preußischer Seite ließ sie Tempelhoff, über den Munitionsverbrauch bestürzt, hemmen. Die Franzosen hörten auch allmälig zu feuern auf, die Dämmerung trat ein, und Dumouriez, überzeugt, daß kein Angriff mehr zu erwarten sei, kehrte in sein Hauptquartier nach Saint Menehould zurück.

Leveneur hatte am Vormittage seine Bewegung gegen Virginy angetreten. Setzte er dieselbe fort, so nahm er zum Mindesten die gesammte bei diesem Dorfe aufgefahrene preußische Bagage, unter Umständen erschien er in der linken Flanke der Preußen und brachte dieselben vielleicht in eine unangenehme Lage. Aber Leveneur besaß weder die Einsicht noch den Charakter zu einem selbstständigen Entschluß, und als der Kanonendonner bei Valmy heftig wurde, kehrte er mit einigen gefangenen Civilisten, unter denen sich der Privatsekretair des Königs von Preußen, Lombard, befand, nach dem Lager von Saint Menehould zurück.

Die Sache war eine regelrechte Einleitung zu einer großen Schlacht gewesen, aber es fehlte das Drama, es war bei der Ouverture geblieben. Das Korps Clairfait war erst angekommen, als die Dämmerung schon anbrach und stellte sich hinter dem linken Flügel der Preußen auf. Der König von Preußen nahm sein Hauptquartier in dem voll Verwundeter liegenden La Lune. Der Verlust der Preußen betrug 184, der französische kaum 300 Mann.

Schon am Abend desselben Tages offenbarte sich die durch diesen Tag unter den Truppen beider Parteien erzeugte Stimmung. In den Reihen der Preußen herrschte tiefer Mißmuth. Man hatte sich entwickelt, hatte kanonirt wie in einer großen Schlacht, aber man hatte nicht zu schlagen gewagt. Vor den Sansculotten hatte man Halt gemacht; dies galt dem Selbstgefühl der Offiziere und Soldaten als eine Niederlage, und mit Recht. In dumpfem Schweigen biwakirte die Armee ohne Zelte auf dem nassen Boden. In unwilliger Kritik saßen große Gruppen von Offizieren um die Wachtfeuer. Alle fühlten den Ernst des Tages trotz seiner Erfolglosigkeit, und unser größter Dichter hat der Nachwelt hier bewiesen, daß er durchaus nicht arm an politischem Verständniß war, wie Viele behaupten, und wichtige Momente sehr gut zu erkennen vermochte. Den unwilligen Aeußerungen einiger Offiziere gegenüber äußerte er:

„Von heute ab datirt eine neue Ordnung in der Weltgeschichte, und Ihr könnt sagen, Ihr seid dabei gewesen.“ Der alte Wolfrath aber sagte zu Massenbach: „Ich wollte Ihnen man sagen, so hätte es der Alte nicht gemacht! Was Teufel wollten wir denn hier, wenn wir nicht schlagen wollten? Sie werden man sehen, wie den Kerlchens drüben der Kamm wächst.“*)

Und so war es. Den „Kerlchens“ schwoll der Kamm und zwar noch an demselben Abend. Je stärker das Gefühl von der Ueberlegenheit der Soldaten Friedrich's in den französischen Reihen gewesen war, um so größer war der Jubel, daß diese berühmten Krieger nicht anzugreifen gewagt, daß sie vor dem Geschützfeuer der Franzosen gewichen seien, denn das war im gemeinen Soldaten die Meinung. Der Zauberbann war gebrochen; man war nicht fortgelaufen. Das galt den Franzosen von damals, diesen Soldaten gegenüber, als ein Sieg. Dies Bewußtsein äußerte sich schon in lautem Jubelrufen, als Dumouriez Abends, von Thouvenot und Westermann begleitet, durch ihre Reihen in's Hauptquartier zurückritt. Es war der Wendepunkt, dieser Tag; der Wendepunkt des Druckes des ersten Angriffs gegen Frankreich, und somit allmälig der politischen Gestaltung Europa's; es war der Verzicht Friedrich Wilhelm II. auf einen Feldherrnruf, der in der Geschichte so manches zugedeckt hätte, auf einen letzten möglichen Sieg gegenüber dem noch unvollendeten Heere der Revolution, es war das Vorspiel zu jenem blutigen Schlachttage, an welchem die stolze Heeresmaschine Friedrich's von dem Kriegsmeister der Revolution in Trümmer zerschlagen wurde, als derselbe alte Feldherr mit durchschossenem Haupt vom Felde der Ehre hinweggetragen wurde, um, von Ort zu Ort flüchtend, sein Leben auf fremdem Boden auszuhauchen.

Vielfach sind die Meinungen über den etwaigen Ausgang eines durchgeführten Angriffs der Preußen an jenem Tage für und wider erörtert worden. Der Herzog hatte in der Besprechung bei La Lune geltend gemacht, daß die feindliche Stellung eine sehr vortheilhafte sei, daß die Armee, mit verwandter Front fechtend, im Falle einer

*) Ich glaube, die politische wie militärische Lage ist durch diese beiden Aussprüche des Dichters und des alten Friedericianers vollständig characterisirt.

Niederlage den Rückzug nur mit den größten Schwierigkeiten sich werde erkämpfen können; daß man nicht genug Munition besitze, um die Schlacht am andern Tage fortzusetzen, da Tempelhoff die meisten Munitionskolonnen in Verdun und Luxemburg gelassen habe, und daß der Feind sehr wahrscheinlich die Stellung bei Saint Menehould in Folge der Stellung der Preußen selbst aufgeben werde.*)

Im Geheimen, kann man annehmen, wirkte bei dem Herzog noch Folgendes mit: Auch im Falle die Schlacht gewonnen wurde, sah der Herzog nichts Gutes, nämlich den Marsch auf Paris, mit einem für diese Aufgabe trotz des erfochtenen Sieges zu schwachen Heere und den wachsenden Einfluß der ihm so tief verhaßten Emigranten.

Die Gründe des Herzogs waren ohne Zweifel zutreffend, aber nachdem man sich in diese gefährliche Lage gebracht, konnte das Wagniß nur durch das Wagniß gekrönt werden. Dies aber in der Art und Weise eines Friedrich II. durchzusetzen, dazu war Friedrich Wilhelm nicht der Mann.

Sehr wahrscheinlich muß es trotz aller Gründe des Herzogs scheinen, daß die Preußen, im Moment der Verwirrung auf der Windmühlenhöhe angreifend, das Centrum der französischen Stellung durchbrochen haben würden, ehe die von Dumouriez so geschickt auf den Flanken angeordneten Maßregeln ihre volle Wirkung hätten äußern können, noch verderblicher aber würde der Angriff der Preußen den Franzosen gewesen sein, wenn derselbe anstatt in Front, von La Lune aus gegen die linke französische Flanke unternommen worden wäre. Dies wäre im Geiste Friedrich's gewesen. Der Aufmarsch, wie er geschah, war rein frontal. Dumouriez selbst nimmt die Vertreibung Kellermann's als wahrscheinlich an, nur hätte der Angriff der Preußen schnell erfolgen müssen. Er wirft ferner Chazot vor, mit dem Marsche auf Gizaucourt unnütz gezögert zu haben, in dessen Besetzung ihm die Preußen zuvorkamen. Er führt die Chancen auf, die ihm bei einem ernsten Angriff der Preußen um Mittag blieben und erwähnt besonders, daß er noch eine Masse von 12 Bataillonen in Reserve gehabt habe.

*) Die Möglichkeit, von der auch Massenbach spricht, die Straße nach Vitry durch ein Korps besetzen zu lassen, und so das französische Lager vollständig einzuschließen, ist damals nicht zur Sprache gekommen.

Alles dies ist richtig, aber nach den Erfahrungen der Haltlosigkeit der französischen Armee, wie sie sich in den letzten Tagen gezeigt hatte, kann man nicht mit Unrecht annehmen, daß das geringste Wanken der ersten Linie ein allgemeines Weichen der Franzosen zur Folge gehabt, und somit der Ruhm des außerordentlichen Mannes, der sie befehligte, durch die Mangelhaftigkeit seiner Truppen vielleicht schnell erblichen wäre.

---

8. Kapitel.

Die Lage nach der Kanonade.

In der Nacht zum 21. September hatte sich Kellermann über die Auve zurückgezogen und nahm eine Stellung, welche die Straße nach Vitry beherrschte, zwischen Dampierre sur Auve und Voilmont. Von einer Sperrung dieser Straße durch die Preußen konnte von nun ab nicht mehr die Rede sein.

Côte l'Hyron und Valmy blieben vor der Front des Lagers schwach besetzt von den Truppen Dumouriez's. Am 20. wie an den folgenden Tagen hatten Hohenlohe-Kirchberg und der Landgraf von Hessen an den Islettes und an der Chalade Scheinangriffe ausführen lassen. Zur ernsten Thätigkeit kam es hier nicht, da man diese von jenseits der Argonnen durch die Hauptarmee erwartete.

Am 23. veränderte die preußische Armee ihre Stellung, da Côte l'Hyron und Valmy von den Franzosen verlassen wurden, ohne etwas Entscheidendes zu unternehmen.

Hohenlohe's Detachement stand bei La Lune, Clairfait bei Valmy, Kalkreuth auf der Höhe von Hyron, die Armee dahinter. Das Hauptquartier war in Hans.

Dumouriez erwägte nach der Kanonade die mögliche Handlungsweise des Herzogs und fand jeder Möglichkeit gegenüber das Gegenmittel in dem Ausharren im Lager von Saint Menehould. Marschirten die Preußen auf Paris, so war er im Stande, ihnen allmälig zu folgen, sie im Rücken zu bedrohen, sie mit Hülfe der in Rheims, Soissons, Paris, Châlons sich bildenden neuen Korps überall zu beunruhigen und ihre Verbindungen zu unterbrechen. Von Krankheiten decimirt, ohne Verstärkungen vor Paris angekommen, schien ihm diese Armee mit Sicherheit dem Untergange geweiht. — Im Falle des Verlustes einer Schlacht wollte er sich nach Vitry abziehen und sich hinter der Marne daselbst mit den Neuformationen verstärken.

Den Entschluß zu dem sofortigen Rückzuge der Preußen hinter die Argonnen betrachtete er als den für sie am vortheilhaftesten. Sie hätten dann, gedeckt durch einen Theil ihrer Armee, Sedan und Montmédy belagern und nehmen können. Durch Einnahme dieser Festungen hätten sie sich eine Basis für die Operationen des künftigen Jahres geschaffen. Diese Anschauung der Dinge durch Dumouriez ist kein nach den Ereignissen zurechtgeschnittenes Urtheil, um den Geist des Feldherrn in höherem Licht strahlen zu lassen, seine Voraussicht zu preisen, einen unbedeutenden Entschluß zu einer ungeheuren That aufzubauschen, sondern der Beweis, daß er so und nicht anders urtheilte, wird einfach durch seine Briefe und dann durch seine Handlungsweise, durch sein Verharren in dem System des Hinhaltens, welches er in der Zeit vom 20. bis 30. September trotz aller Gegenströmungen festhielt, beigebracht.

Eine glückliche Eingebung während eines Gefechts kann man selten kontroliren. Man kann schwer ergründen, wieviel deren auf Rechnung des Verstandes und Charakters des Feldherrn, wieviel auf Rechnung glücklicher Zufälle zu schreiben ist. Bei Operationen von längerer Zeitdauer läßt sich dagegen die Lauterkeit des Motivs für die Handlungsweise des Feldherrn sehr wohl prüfen. So auch bei dem Verhalten Dumouriez's nach dem 20. September. Er hatte noch an demselben Abend Berichte an den Kriegs-Minister und an den Convent abgeschickt, in welchen er die Verantwortlichkeit für seine fernere Handlungsweise auf's Neue auf sich nahm und zugleich mit voller Bestimmtheit den Rückzug der Preußen binnen 10 Tagen aus Mangel und Noth in Aussicht stellte.

Selten wohl hat ein Feldherr mit größerer Kühnheit den Verlauf eines Feldzuges vorausgesagt. — Es ist ein keckes Wagniß, dies überhaupt zu thun — um wieviel mehr einer Versammlung wie dem Convent, dem in revolutionärer Gährung und in heller Verzweiflung sich in Zuckungen windenden Frankreich gegenüber. — Und dieser Mann des kühnen Wagens wußte das Feuer seines Temperaments und seines Geistes nicht Herr über sich werden zu lassen, er führte das für seine Truppen und für die Beschaffenheit des Gegners ihm passend dünkende Kriegssystem mit Unerschütterlichkeit und Ruhe durch. Seine Meinung überzeugte aber damals in Paris und auch in der eigenen Armee durchaus nicht.

Man sah ihn eingeschlossen durch Hohenlohe und Braunschweig, von seinen directen Verbindungen abgeschnitten, den König von Preußen auf dem Marsche nach Paris, wo man der Ankunft desselben in den nächsten Tagen entgegensehen zu müssen glaubte.

Ueberall im Lande Schrecken, Mißtrauen, Verwirrung. Sein Briefwechsel mit Servan giebt Zeugniß von den Kämpfen, die er zu bestehen hatte.

Am 23. September schreibt ihm Servan: Die Armee hat sich brav geschlagen (bei Valmy), aber ich finde, daß der Feind erreicht hat, was er wollte, er steht auf Euren Verbindungen. Am Besten schiene es mir, Kellermann ginge nach Châlons und vereinigte sich mit Sparre und Dubosquet.

Dumouriez antwortet an Servan am 25. September: „Kellermann theilte mir mit, er hätte Befehl von Euch nach Châlons über Vitry zu gehen. Ein schönes Ergebniß, wenn er Euch gefolgt wäre. Habe ich Euer Zutrauen, wie Ihr es mir schreibt, so thut Nichts im entgegengesetzten Sinne. Laßt Euch nicht den Kopf warm machen durch die Furcht der Pariser! Die Stimmung im Heere ist gut. Die Preußen hungern. Ich werde ihnen nicht einmal die Mittel lassen, um eine Schlacht zu liefern."

Servan dringt weiter auf den Abzug. „Die Ulanen streifen bis nach Rheims, und man betrachtet Euer Verhalten als eine sonderbare Hartnäckigkeit."

Er antwortet mit prächtiger Kürze: „Ich werde meinen Plan nicht wegen dieser Husarenstreiche (housardailles) ändern. Es sind an 10,000 Mann in Rheims. Jagt die Ulanen zum Teufel! Sie sind nicht zahlreich!"

In der Armee trat, nachdem der erste Jubel über die „Niederlage" der Preußen verklungen war, ein bedenkliches Schwanken ein. Kellermann, eifersüchtig auf seine selbstständige Stellung, war unzufrieden und wollte durchaus nach der Marne abziehen.

Dumouriez beruhigte ihn mit seltenem Takt und Geschick durch einen langen Brief vom 25. September, in welchem folgende Stelle vorkommt: „Wir sind unabhängig von einander! Wahr, so lange wir getrennt sind. Aber jetzt, da wir zusammen stehen, ist Eintracht nöthig. Ich bin bereit, wenn das Ministerium Euren Plan vorzieht, unter Euch zu dienen. Dann werden wir uns zurückziehen, wohin Ihr befehlt. Kommt heut zu Mittag zu mir! Wir müssen uns verständigen. Die Freiheit des Landes hängt davon ab, andernfalls sich einer von uns höchst verantwortlich macht."

Die Truppen waren auch nicht ganz zufrieden, sie hungerten wie die Preußen. Die Etappenlinie ging nach Vitry, und die Brotwagen trafen unregelmäßig ein. Die französische Armee hatte damals ebenfalls noch die Magazinverpflegung, und das System rücksichtsloser Requisition, wie es 1793 eintrat, war noch nicht Mode geworden. Im Allgemeinen wurde die Zufuhr derart gehandhabt, daß die Brotwagen von dem Depotplatz abgingen, das Brot zur Armee brachten und dann leer, oder mit den etwaigen Kranken beladen, zurückkehrten. Lag der Depotplatz sehr weit, so errichtete man eine Zwischenstation, wo die leer zurückkommenden Wagen die vollen trafen und umluden. War nun die Zufuhr durch die strategische Situation auf Umwege angewiesen, oder waren die Wege grundlos, oder störten die leichten Truppen des Feindes dieselbe, so war die Armee ohne Brot. Die Brotwagen aus Vitry kamen nun auch unregelmäßig an, und die Armee war einmal 2 Tage ohne Brot.*)

Es entstanden Zusammenrottungen, besonders der Föderirten und Freiwilligen. Du pain, du pain! ging es drohend durch das Lager. Dumouriez, dem sein treuer unermüdlicher Thouvenot sofort immer von solchen Vorfällen Meldung machte, saß sogleich zu Pferde und ritt

---

*) Die Preußen mußten, da ihre directe Verbindung mit dem Depotpunkt Verdun unterbrochen war, über Grandpré ihr Brot beziehen. Sie hatten mehrere Hungertage, da die Wagen der grundlosen Wege halber nicht rechtzeitig ankamen, einmal auch französische Streifkorps aus dem Argonnenwalde ausfielen und Wagen fortnahmen.

allein unter die murrenden Soldatenhaufen. „Was wollt Ihr, Kinder?“ fragte er. „Der Marschall von Sachsen ließ seine Soldaten mit Willen immer einmal die Woche hungern, um sie nicht zu verwöhnen. Was mich betrifft, ich thue es nicht mit Willen, und da könnt Ihr schon zufrieden sein!“

Die Leute lachten, denn der Franzose ist mehr, als jeder Andere geneigt, sich auf einen gut angebrachten Scherz hin zu beruhigen.

Ein anderes Mal nahm er die Sache ernsthaft. Er sprengte auf einen Haufen Schreier zu und herrschte sie mit seiner volltönenden Stimme an:

„Wer sind die schlaffen Gesellen, die nicht den Hunger ertragen können für ihr Vaterland? Herunter mit den Waffen und den Uniformen und zum Lager hinaus mit ihnen! Zeigt, daß Ihr Soldaten seid, Bürger! Es lebe die Freiheit!“ Und er nahm seinen Hut ab und schwenkte ihn über dem Kopf. Die Leute wiederholten enthusiastisch: Es lebe die Freiheit! Auf eine solche Anrede mußte damals eingestimmt werden, und das Geschrei erstickte für einige Zeit den Hunger.

Die fortwährende Thätigkeit Dumouriez's dämpfte die Meutereien im Entstehen, und, mag nun die Truppe gut oder schlecht sein, das persönliche Auftreten der höheren Vorgesetzten wird hierzu immer das passende Mittel bleiben.

Die 7 Bataillone neuer Föderirter, welche Beurnonville mitgebracht hatte, waren an den Excessen in Châlons und Rheims betheiligt gewesen, im Lager hatten sie sich bei der Schreierei nach Brod hervorgethan. Einzelne Stimmen hatten gerufen: Herunter mit den Ludwigskreuzen! Wir werden die Generale zur Ordnung bringen!

Hier beschloß er, mit Gewalt durchzugreifen.

Er ließ die Bataillone antreten und erschien mit seinem Stabe und von 100 Husaren begleitet, vor ihrer Front. Zu gleicher Zeit protzte auf ein Zeichen eine Batterie vor ihnen ab, und in ihrem Rücken erschienen mehrere Escadrons.

Vor der Front parirte Dumouriez sein Pferd und redete sie mit lautschallender Stimme an, erklärte ihnen, daß er sie weder Soldaten noch Citoyens nennen könne, und daß er im Lager weder Mörder noch Henker dulde. „Beim geringsten Zeichen von Meuterei lasse ich

Euch zusammenschießen! fuhr er fort. — Ihr habt unter Euch Verbrecher, die Ihr selbst ausliefern müßt. Ich mache Euch für dieselben verantwortlich!"

Die trotzigen Gesichter wurden lang und bleich.

Der General revidirte sie wöchentlich, und diese Bataillone haben sich nach seiner Aussage von diesem Moment ab durch Tapferkeit und Mannszucht hervorgethan.

Nicht nur mit den Soldaten, auch mit den höheren Offizieren gab es Schwierigkeiten. Dieselben pflichteten meistens der Ansicht Kellermann's von dem Abzuge nach Châlons bei. — Er blieb fest. Unterstützt wurde er hierbei besonders von dem General Valence, der unter Kellermann stand, und von Thouvenot, der, wie immer, mit ihm sympathisirte. Auch mit dem Herzog von Chartres trat er in nähere Beziehungen.

Dieser junge Prinz hatte sich bei Valmy sehr entschlossen gezeigt. Dumouriez sprach ihm persönlich seine Anerkennung aus, und es begann sich allmälig ein vertrautes Verhältniß zwischen ihnen zu bilden.

Die Erklärung der Republik, die ihm am 23. zuging, bedauerte Dumouriez aufrichtig, aber er mußte auf jede politische Meinungs-Aeußerung in diesem Moment mit Recht verzichten. Seine Thatkraft und seine Geistesgaben waren jetzt nur auf ein Ziel, den Feind, gerichtet. Die eintreffenden Commissare des Convents ließen die Truppen den Eid auf die Republik leisten. Es waren die Abgeordneten Sillery, Cara und Prieur, welche auf seine Aufforderung im Lager blieben, um den von ihm mit Bestimmtheit vorausgesagten Abzug der Preußen zu erwarten.

So hatte der Convent seine lange und schreckliche Laufbahn mit der Erklärung der Staatsform begonnen, die damals als ein neues Evangelium von Jacobinern und Girondisten gepriesen wurde, als ein Zeichen, unter dem die antiken Tugenden und die Glückseligkeit des Menschengeschlechts zugleich aufleben sollten.

9. Kapitel.

Unterhandlungen.

Der elende Zustand, in den sich die Preußen binnen einigen Tagen versetzt sahen, war Dumouriez genau bekannt. Das furchtbare Wetter zerstörte die Zelte, verwandelte den Boden in einen Morast, der Hunger und der Genuß einer Suppe von gekochten Aehren thaten das Uebrige, die Ruhr verbreitete sich mit furchtbarer Schnelligkeit; manche Regimenter hatten 4—500 Ruhrkranke.

In Châlons und Rheims sammelten sich täglich mehr Freiwillige, welche die Preußen früher oder später im Rücken bedrohen konnten. Die Streifparteien aus Sedan, Montmédy, Mézières bedrohten fortwährend die Verbindungen.

Dumouriez traf, um diese Verhältnisse auszunutzen, kräftige Maßregeln. Der Befehl ging ab an Dubosquet in Châlons, mit Allem, was er zusammen hatte, nach Fresnes vorzurücken. Starke Abtheilungen Reiterei, sowie auch gemischte Detachements wurden von Saint Menehould aus in die Flanken und in den Rücken der preußischen Armee geworfen.

Er entsendete ferner Beurnonville mit 24 Bataillonen und 15 Eskadrons auf dem rechten Ufer der Aisne in die Gegend von Servon und Condé, um die Transporte der Preußen total zu unterbrechen. Leichte Truppen sollten längs des Argonnenwaldes bis Grandpré vordringen.

Diese letzte Maßregel war vortrefflich, und es giebt Beurnonville ein schlechtes Zeugniß, daß überhaupt noch ein einziger Brotwagen im preußischen Lager ankam.

Alle Maßregeln Dumouriez's gingen darauf aus, die Preußen ohne Schlacht zum Rückzuge zu zwingen, um sie aber noch sicherer hinzuhalten, wollte er sich des Mittels der Unterhandlungen bedienen. Kam bei diesen Verhandlungen etwas Reelles heraus, so konnte er davon auch sonst Nutzen ziehen. Sein Hauptgesichtspunkt bei denselben war, Preußen von dem österreichischen Bündniß zu trennen. Ueber den Anfang derselben existiren verschiedene Angaben. Nach den von Dumouriez gemachten*) wäre er zuerst von preußischer Seite aufgefordert worden, und zwar wäre der Oberst von Manstein, Generaladjutant des Königs mit dem General Heymann, einem Emigrirten, im Hauptquartier Kellermann's erschienen und hätten daselbst mit Dumouriez eine erste Unterredung unter dem Vorwande einer Auswechselung von Gefangenen gehabt.

Man muß jedoch als festgestellt betrachten**), daß der am 20. Septbr. während der Kanonade durch die Kavalerie Leveneurs im Rücken der Armee gefangene und am 23. zurückgeschickte Privatsekretair des Königs, Lombard, eine ihm im französischen Lager eingehändigte kurze Denkschrift Dumouriez's dem Herzog von Braunschweig übergab. Ob Dumouriez später zuerst eine Unterredung durch Westermann nachsuchte, oder ob dieselbe preußischer Seits nachgesucht wurde, erscheint nicht von Wichtigkeit. Weshalb Dumouriez diese Motive zu den Unterhandlungen in seinen Memoiren nicht erwähnt, ist nicht aufgeklärt. Entweder geschah es absichtlich nicht, um den Anschein der Eröffnung der Unterhandlungen mit dem Feinde abzülehnen, oder er hat die Ueberreichung dieser Denkschrift nicht als eine Eröffnung von Unterhandlungen angesehen und nicht zu erwähnen für nöthig gehalten. Letzteres ist unwahrscheinlich, Ersteres das Wahrscheinliche. — In dieser Denkschrift wies Dumouriez auf die Schädlichkeit des Bündnisses Preußen's mit Oesterreich für Preußen selbst hin und stellte als Grundlage für Preußen's Politik: Frieden und Bündniß mit Frankreich auf.

Im preußischen Hauptquartier befand man sich in dieser Zeit schon in großer Verlegenheit, die verschiedensten Einflüsse bekämpften sich. Die Emigranten waren für eine Schlacht. Sie hatten Alles zu gewinnen und nichts zu verlieren. Der Herzog arbeitete ihnen aus allen Kräften entgegen und betrachtete sie als entlarvte Betrüger, da ihre Voraussetzungen vom Abfall der französischen Truppen sich in keiner Weise bewahrheitet hatten. Ein Angriff mit den täglich kränker werdenden Truppen konnte scheitern, es fehlte immer noch an Artilleriemunition, da die directe Verbindung mit Verdun noch nicht eröffnet war. Zum Rückzuge ohne Schwertstreich aber konnte sich der König noch nicht entschließen.

*) Band III. Kapitel II. seiner Memoiren.

**) Sybels gründliche Darlegung der Sache in seiner „Revolutionszeit“ Band I.

Sollte Friedrich Wilhelm, die Fahnen dieser unerschütterlichen Infanterie, die Standarten dieser ersten Reiterei der Welt, noch alle von Friedrich's Lorbeeren umlaubt, ohne Kampf vor einem Haufen „meineidiger Soldaten und zusammengelaufener Bürger“ zurückweichen, kampflos und ohne neue Ehren über die Grenzen zurückkehren lassen?

Es waren aber soeben Depeschen aus Wien und Petersburg eingetroffen, welche dem Könige anfingen, den Krieg in Frankreich sehr zuwider zu machen. Die Politik Preußen's bei der bevorstehenden Theilung Polen's einen bedeutenden Landstrich zu erwerben, schien abermals durchkreuzt, denn der russische Hof hatte noch nicht bewogen werden können, die früher allgemein abgegebenen Zusagen zu bestätigen, und der Kaiser Franz bestand darauf, für das entlegene Belgien Baiern und die fränkischen Fürstenthümer zu erhalten, im Falle die Annexion des polnischen Gebietes an Preußen erfolgte.*)

Die Unterhandlungen wurden daher, besonders von Seiten des Herzogs, mit großer Begierde ergriffen und in Folge dessen mit Genehmigung des Königs der Oberst Manstein abgesendet.

Manstein gehörte zu dem um den König gebildeten, frömmelnden Kreise. Er behauptete sich in der Gunst des Monarchen, da er demselben immer neue Nahrung für sein der Erregung bedürftiges Gemüth zuführte. Außerdem verstand er es, den Meinungen des Königs in militairischen Dingen gegen Braunschweig, und in diplomatischen gegen Bischofswerder einen gewissen Rückhalt zu verleihen. Den Genüssen der Welt nicht abhold, zeigte er äußerlich schroffe Formen und schmetterte diejenigen durch die Schärfe seines Wesens nieder, die seine Wege bei Hofe zu durchkreuzen suchten. Sein Wesen hatte etwas Finsteres, Verschlossenes, sein Gesicht etwas Ascetisches. Seine Manieren waren ziemlich ungelenk, und er drückte sich in der französischen Sprache nicht geläufig aus. Manstein's Ansichten stimmten in Bezug auf das Bündniß mit Oesterreich übrigens ganz mit denen Dumouriez's überein, und er nahm die Mission, welche ihm übertragen wurde, sehr gern an. In der ersten Unterredung schon, welche am 23. September in Kellermann's Hauptquartier in Dampierre stattfand, deutete er Dumouriez an, man erwarte von ihm, daß er Frankreich

---

*) Vergl. Sybel. Revolutionszeit. I. Band Seite 564. 4. Auflage.

den Frieden wieder geben werde, da er auf seine Armee einen gewaltigen Einfluß ausübe. Dumouriez verhielt sich diesen Andeutungen gegenüber zurückhaltend. Er antwortete, falls der König von Preußen sich von dem österreichischen Bündniß trenne und sich neutral verhalte, werde sich der Friede mit Oesterreich und Sardinien ganz von selbst ergeben. Vorläufig könne er auf weitere Verhandlungen nicht eingehen.

Nach Aufhebung der Tafel machte Manstein weitergehende Vorschläge, welche Dumouriez ebenfalls zurückwies, dagegen aber die Hoffnung aussprach, dem Könige seine Achtung noch einmal beweisen zu können und den Obersten wieder zu sehen. Die anfängliche Zurückhaltung war wohl berechnet; er wollte sich nicht sofort in eine entschiedene Lage bringen lassen, sondern die Dinge hinhalten.

Die preußischen Herren trennten sich von den französischen unter Austausch lebhafter Complimente.

Inzwischen waren an den preußischen Vorposten Elsaß'sche Soldaten erschienen, welche in deutscher Sprache die Preußen aufforderten, mit den Franzosen gemeinsam gegen die Oesterreicher zu fechten, und sich der Sache der Freiheit anzuschließen. Man wies sie zurück, aber sie streuten gedruckte Zettel mit denselben Aufforderungen aus.*)

Man schickte den Obersten Massenbach in das französische Lager, um sich diese Dinge zu verbitten. Kellermann empfing den Obersten, und derselbe dinirte im Hauptquartier dieses Generals.

Nach Tische zog ihn der General Dillon in eine Fensternische und flüsterte ihm zu, daß man in Paris an dem Projekt eines Einfalls in Deutschland in der Richtung auf Mainz arbeite, da am Rhein keine deutschen Truppen ständen.

Diese geheimen Mittheilungen an einen feindlichen Unterhändler werfen jedenfalls ein eigenthümliches Licht auf Dillon, falls man nicht annehmen will, daß sie im Einverständniß mit Dumouriez geschehen sind, um den Feind zu einem desto schnelleren Abzuge zu bewegen.

Massenbach verfehlte natürlich nicht, diese Mittheilung Dillon's an den Herzog zu berichten und wurde von demselben zum Könige

*) Dumouriez erwähnt dies garnicht. Möglich, daß die Sache von einem anderen französischen Führer arrangirt war. — Das Factum wird von Massenbach erzählt.

geschickt. Jedoch wurde kein großes Gewicht auf diese sich später bewahrheitende Nachricht gelegt.

Am 24. erschien Manstein wieder im französischen Hauptquartier, und man schloß einen Auswechselungsvertrag für die Gefangenen ab, bei dem Manstein sogar auf Verlangen Dumouriez's nachgab, daß der Emigranten garnicht Erwähnung geschah. Auch wurde eine Art Waffenstillstand für die Fronten der beiderseitigen Lager — aber nur für die Fronten, nicht weiter — verabredet. Das Herumschießen der Patrouillen sollte aufhören.

Diesmal war es Dumouriez, welcher ein politisches Gespräch mit Manstein begann. Im Verlaufe desselben kam der Letztere dann mit folgenden Vorschlägen heraus. Zuvörderst erklärte er, daß der König von Preußen die Beendigung des Krieges gleichfalls wünsche, und daß es ihm hauptsächlich auf den Schutz der Königlichen Familie von Frankreich ankäme. Es würde deshalb vorgeschlagen: Der König Louis wird in Freiheit gesetzt; er unterhandelt Namens der französischen Nation mit den Verbündeten; er erhält seine Autorität zurück, wie sie vor dem 10. August bestand, also als konstitutioneller König; die Propaganda der Franzosen für ihre Ideen hört sogleich überall auf.

Dumouriez mußte dem Obersten als Antwort das Decret des Convents, nach welchem die Republik erklärt worden sei, übergeben. Manstein war sehr betroffen und kehrte alsbald in das preußische Lager zurück.

Dumouriez führte diese Unterhandlungen nicht hinter dem Rücken der Regierung, sondern berichtete über dieselben nach Paris. — Er schreibt an Lebrun schon am 24.: „Ich bin nicht immer beschäftigt, Schlachten zu liefern, lieber Lebrun, wie die beifolgenden Aktenstücke zeigen. — Ich bin von dem österreichischen Prinzen Hohenlohe-Kirchberg auch zu Verhandlungen aufgefordert und habe sie sofort zurückgewiesen.“

Hierauf folgt die Darstellung dieser Unterhandlung. — Sodann fährt der Brief, mit Bezug auf die preußische Verhandlung, fort: „Westermann, den ich absende, war zuerst im preußischen Lager. — Morgen soll ich beim Könige diniren. Ich werde nicht hingehen, es wäre unklug. Die Unterhandlungen beweisen die elende Lage der Preußen. Natürlich thue ich Nichts ohne Vollmacht. — Antwortet mir hierüber — en attendant je continuerai à tailler ma plume à coups de sabre."

In einem Briefe an Servan vom 26. September entwickelt er, daß die beste Politik die Trennung Preußen's vom österreichischen Bündnisse anstreben müsse. — Freilich könne man Preußen nur versprechen, sich für Louis XVI. zu verwenden und die Armee ruhig ziehen zu lassen, etwas Weiteres nicht.

Die Regierung griff diese Gelegenheit ebenso begierig, als Braunschweig die Anerbietungen Dumouriez's auf, denn ein solcher Erfolg, wie die Räumung des französischen Gebietes, war selbstverständlich Jedermann wünschenswerth. — In Paris übte damals den größten Einfluß Danton aus, obgleich die Bluthat der Septembermorde ihn in offenen Zwiespalt mit der Gironde gesetzt hatte. Er war es, der die Politik der Republik bestimmte, und auch er wünschte das Gelingen der Unterhandlung.

Der Ministerrath erklärte allerdings am 25. September öffentlich, Dumouriez dürfe keine Unterhandlungen führen, bis die Verbündeten den Boden der Republik geräumt hätten, aber im Geheimen beauftragte man Westermann und Benoist mit neuen Unterhandlungen. — Ehe dieselben ankamen, hatten mehrfache Zusammenkünfte von gegenseitigen Abgesandten der beiden Lager stattgefunden, besonders auch hatte Thouvenot die Verhandlungen ganz in Dumouriez's Sinne im preußischen Lager geführt, und dabei durch die Festigkeit seiner Sprache und seines Ausdruckes selbst dem Herzog von Braunschweig imponirt.

Die gegenseitigen Artigkeiten dauerten fort.

Am 27. übersendet Dumouriez an Manstein 12 Pfund Kaffee und Zucker mit der Bitte, den König zur Annahme zu bewegen, da derselbe hieran Mangel leiden solle.

Manstein antwortet: Er habe die Eßwaaren dem Könige überreicht. Seine Majestät sei zwar nicht in der Lage, irgend etwas entbehren zu müssen, habe aber die Aufmerksamkeit für dieses Mal angenommen, verbitte sie sich jedoch in Zukunft.

An demselben Tage ließ Dumouriez dem Könige durch Manstein eine zweite Denkschrift überreichen. — Der Ton derselben war ein republikanischer, wie denn ein General in dieser Zeit schwerlich in Aktenstücken einen anderen hätte führen können. Er schilderte nochmals in freien und sehr energischen Ausdrücken die Nachtheile eines Bündnisses mit Oesterreich; er versicherte die Preußen der Sympathie der französischen Nation, die Emigranten und die Oesterreicher ihrer Verachtung. Das wahre Interesse beider Nationen sei ein Bündniß.

Folgende bezeichnende Stellen finden sich in der Denkschrift: Die Preußen lieben das Königthum, weil sie seit dem großen Kurfürsten gute Könige gehabt haben, und weil Derjenige, welcher sie führt, ohne Zweifel ihrer Liebe würdig ist. — Die Franzosen haben das Königthum umgestürzt, weil sie seit dem großen vierten Heinrich nur hochmüthige, und trotzdem schwache Könige hatten, schlaffe Fürsten, beherrscht von Weibern, Beichtvätern, feilen Höflingen, Räubern, welche über das schönste Reich des Weltalls alles mögliche Unheil heraufbeschworen.

Dumouriez mochte an einen sofortigen Erfolg dieses absichtlich in diesem Tone gehaltenen Schriftstückes wohl nicht glauben, aber es kam ihm darauf an, zum Mindesten im preußischen Hauptquartier Stimmung für künftige Zeiten zu machen.*)

Augenblicklich führte die Denkschrift zum Bruche, denn dem Könige mißfiel der republikanische Ton derselben höchlichst. Zudem war der Minister Luchesini soeben aus Verdun eingetroffen. Dieser erklärte vor Allem, daß er eine Vollmacht Dumouriez's vermisse, durchschaute den Zweck des Generals, die Dinge zum Nachtheil der Preußen hinzuhalten und überzeugte den König, daß ernsthafte Verhandlungen ohne Zustimmung Oesterreich's jetzt nicht möglich seien.

Der König war erzürnt auf Manstein, ihn soweit mit den Jacobinern in Unterhandlungen verwickelt zu haben, und mußte derselbe sofort an Dumouriez einen scharf abweisenden Brief aufsetzen.

Der Herzog aber erhielt den Auftrag, ein neues Manifest an Dumouriez hinüber zu senden, welches im Tone des ersten, im Juli erlassenen, gehalten sein sollte.

Am 28. früh überreichte dem General ein Adjutant des Herzogs dieses Schriftstück.

---

*) Diese Ansicht wird bestätigt durch seine Briefe an Lebrun und Servan vom 29. September. Alles in Allem genommen steckte in dem, was Dumouriez sagte, ein gutes Stück Wahrheit, denn die Geschichte hat gelehrt, daß dieser Feldzug den Interessen Preußen's durchaus nicht entsprach.

Derselbe las es und antwortete dann im Gefühl voller Einsicht der thatsächlich bestehenden Verhältnisse dem preußischen Offizier: „Mein Herr! Ich habe Seiner Majestät dem Könige von Preußen eine Denkschrift überreichen lassen, nicht dem Herzog von Braunschweig. Derselbe hält mich wohl für den Bürgermeister von Amsterdam?*) Melden Sie dem Herrn Herzog, daß ich sogleich die Befehle zum Aufhören des Waffenstillstandes ertheile."

Am nächsten Morgen bewies das Knattern der Karabinerschüsse vor der Front des Lagers, daß das seit einigen Tagen bestandene freundliche Verhältniß der Vorposten beider Parteien aufgehört hatte. Dumouriez beantwortete das Manifest durch einen Brief an Manstein von demselben Tage, in welchem er ihm kurz erklärte, daß nach Erlaß dieses zweiten Manifestes, welches er an den Convent geschickt habe, keine Unterhandlung mehr möglich sei.**)

Hierauf antwortete Manstein am 29.: Er bedauere den Abbruch der Verhandlungen und schlüge eine neue Zusammenkunft Mittags 12 Uhr bei den Vorposten vor.

Ein letzter Brief Dumouriez's von demselben Tage lehnte jeden Waffenstillstand, oder jede Unterhandlung nochmals ab. Der Brief schloß: Mon opinion sur votre honnête homme de roi, sur votre estimable nation et sur vous-même me font voir avec le plus grand regret que la négociation ne peut se faire avec des manifestes.***)

Hiermit hat, wie Dumoriez in seinen Memoiren behauptet, der directe Verkehr zwischen ihm und den preußischen Generalen sein

*) Anspielung auf die schnelle Eroberung Holland's durch die Preußen im Interesse des Erbstatthalters gegen die sogenannten Patrioten. (1787.)

**) Der Brief beginnt: „Je suis affligé, vertueux Manstein, de recevoir pour unique réponse à des raisonnements que m'inspiraient l'humanité et la raison, une déclaration qui ne peut qu'irriter un peuple libre. Wir begegnen diesem „vertueux" als Anrede mehrere Male in der späteren Correspondance mit dem jacobinischen Kriegsminister Pache und zwar immer dann, wenn er ihm die schneidensten Vorwürfe macht. Es scheint daher, als ob Dumouriez dieses „vertueux" im Sinne der Satyre gebraucht habe.

***) Diese letzterwähnten drei Briefe sind gedruckt in der „Réfutation de la vie du général Dumouriez" in den pièces justificatives dieses Buches, welches ich in der Metzer Bibliothek fand, und welches wohl nur in sehr wenigen Exemplaren noch vorhanden sein dürfte.

Ende erreicht. Diese Behauptung wird bestätigt durch einen Brief an den Minister Lebrun vom 29. „Hier Manstein's letztes Schreiben nebst der Antwort. Es ist die letzte Nachricht, scheint mir, die ich haben werde. Diese Leute sind unverschämt, aber sie haben den Frieden nöthig, die große Schwierigkeit für sie ist das Decorum zu finden. Aber ich glaube nicht, daß der König das österreichische Bündniß verlassen wird."

Im preußischen Lager jubelten die Emigranten und drängten den König zu einer Schlacht; es war jedoch nicht schwer, ihn zu überzeugen, daß dieselbe mit den kranken und geschwächten Truppen nicht möglich sei.

Aber ein längeres Stehenbleiben war auch nicht möglich, und eine energische Verfolgung mußte, das sah man ein, die Armee in große Gefahr bringen.

In diesem rathlosen Augenblick langten Westermann und Benoist aus Paris an, und man beschloß nun preußischer Seits, durch Unterhandlungen den Feind möglichst hinzuhalten, um den äußerst gefährlichen Rückzug der Armee zu erleichtern, denn der Herzog wußte sehr wohl, daß der Feind, den Römerweg längs der Argonnen verfolgend, zum Mindesten zu gleicher Zeit mit ihm am Passe von Grandpré anlangen konnte.

Westermann und Benoist gingen im Verein mit den Conventcommissaren im Lager sogleich auf neue Verhandlungen ein und gewannen bald Zuversicht auf eine glückliche Beendigung derselben.

Werfen wir inzwischen noch einen Blick auf das französische Lager während dieser Zeit.

Dumouriez war mit absichtlicher Offenheit bemüht gewesen, den Offizieren und sogar den Soldaten hin und wieder ein Wort zur Aufklärung über das fortwährende Gehen und Kommen von Parlamentären zukommen zu lassen, ein Verfahren, daß von seiner Einsicht des Zustandes dieser revolutionären Armee Zeugniß giebt.

Wenn er die Vorposten besichtigte, dann stieg er wohl bei der oder jener Feldwache vom Pferde, sprach zutrauliche Worte zu den Soldaten, erklärte ihnen die Lage und beruhigte sie über den Ausgang des Feldzuges.

Eines Tages sagte er zu einem ihn umringenden Haufen im

Lager: „Was denkt Ihr, meine Kinder, von diesen Unterhandlungen mit den Preußen? Habt Ihr nicht etwa Verdacht gegen mich?"

„Nein, General!" antwortete ihm ein Offizier, „mit Ihnen schließen wir die Augen! Sie sind unser Vater!"

Die Tage aber verstrichen, und die Preußen standen immer noch fest in ihrem Lager, der französischen Armee gegenüber. Da endlich am 30. früh mit Sonnenaufgang waren die preußischen Vedetten, welche bis dahin unbeweglich den französischen gegenüber gehalten hatten, verschwunden. Dumouriez's Feldherrngeist hatte seine Probe glänzend bestanden, und er konnte an Servan schreiben:

„Endlich! Die Preußen ziehen ab. Meine Voraussetzungen sind erfüllt. Wie, wenn ich Euren steten Aufforderungen gefolgt wäre? Die Feinde wären gerettet und das Vaterland in Gefahr."

---

10. Kapitel.

Rückzug. Unterhandlungen. Verfolgung.

Der Rückzug der Verbündeten konnte nur über die Engen von Grandpré und Croix-aux-Bois gehen. Erstere sollten die Preußen, letztere Emigrirte und Oesterreicher passiren. Es mußte darauf ankommen, denselben an dem Passe von Grandpré möglichst zuvor zu kommen — indem man ein Korps auf dem Römerwege längs des Kammes der Argonnen vorschob — sie durch Reiterei westlich der Argonnen von allen Seiten umschwärmen zu lassen, sie durch nachdringende Abtheilungen fest zu halten, sie zu Nachhutsgefechten zu nöthigen, von den Ardennenfestungen aus ihnen Detachements in den Weg zu werfen und ihre strategisch so äußerst ungünstige Lage gehörig auszunutzen.

Mit einem Blick auf die Karte sehen wir, daß Beurnonville am 30. derart stand, daß er, selbst wenn man schlechte Wege annehmen will, den Preußen beim Passe von Grandpré, zum Mindesten mit seiner Vorhut, zuvorkommen konnte. (Siehe Uebersichtskarte I.)

Dies ist nun nicht geschehen, und es handelt sich daher um die Frage: Haben die mit den angelangten Abgesandten Westermann und Benoist Seitens der Preußen geführten Unterhandlungen wirklich Einfluß auf die französischen Heeresbewegungen, speziell auf das Verhalten Dumouriez's gehabt? — Betrachten wir die militairischen Maßregeln des Oberfeldherrn.

Die geräumten Stellungen der Preußen wurden sofort besetzt. Man fand daselbst die entsetzlichsten Spuren der verheerenden Krankheit, unbegrabene Menschen- und Pferdeleichen lagen in Massen umher, ein unerträglicher Geruch erfüllte die Luft, die Abzugsgräben waren voll Blut. Das Korps Beurnonville wurde verstärkt und erhielt den Auftrag, über Condé les Autry hinaus, den Feind in seinem Rückzuge zu beunruhigen. General Stengel mit einer starken Avantgarde und zahlreicher Reiterei sollte der abziehenden Armee direct folgen und ihr möglichst Abbruch thun. Vom Korps Kellermann sollte der General Valence mit einer starken Division, meist aus schwerer Kavalerie bestehend, auf Ville sur Tourbe, Challerange und Brecy, links vom General Stengel, vormarschiren.

General Dillon endlich sollte versuchen, aus den Islettes hervorzubrechen, um den österreichischen Hohenlohe-Kirchberg möglichst zu drängen.

Die bei Châlons und Rheims versammelten neugebildeten Truppen unter Dubosquet und d'Harville wurden befehligt, sich gegen die Argonnen sogleich in Marsch zu setzen; die Festungen von Sedan und Mézières sollten Abtheilungen auf die Rückzugsstraße der Preußen werfen.

Als Depotplätze für die Zufuhren wurden die Orte Rethel und Sedan angegeben.

Vielleicht hätten diese Maßregeln vollständiger sein können. Beurnonville hätte unbedingt direct auf Grandpré in Marsch gesetzt, Kellermann, welcher seit dem 28. unter Dumouriez gestellt war, mit seiner ganzen Armee entweder auf Clermont, südlich der Argonnen, vorgehen, oder der Avantgarde Stengel und Valence folgen können.

Aber auch die angeordneten Maßregeln erscheinen genügend, um einen großen Erfolg einzuleiten, wenn die Führer der einzelnen Korps energisch und praktisch verfuhren. Dumouriez war aber genöthigt am 1. Oktober in Menehould zu bleiben, um die nöthigen Befehle über die Regelung der Bewegung der einzelnen Kolonnen, Verpflegung und Nachschub derselben zu erlassen.

Die damalige Magazinverpflegung zeigte sich bei jedem Neubeginn von Bewegungen als ein großer Hemmschuh. Der Generalstab aber arbeitete damals noch nicht dem Feldherrn in der Vervollkommnung in die Hände, wie später unter Napoleon I. Wäre dies der Fall gewesen, so hätte Dumouriez die Grundzüge der Befehle dictirt und sodann die Ausarbeitung seinem Stabe überlassen, während er selbst bei der Verfolgung seinen Einfluß einsetzen konnte.

Als er am 2. in Vienne le Château eintraf, fand er, daß von den drei vorgeschickten Korps so gut wie nichts geschehen war. Beurnonville war mit seinem Hauptquartier in Vienne le Château geblieben, Stengel hatte nicht heftig gedrängt, und Valence hatte sich, da er weder von Stengel noch von Beurnonville Nachricht bekam, wieder auf Massige zurückgezogen.

Dumouriez verwandte den 3. Oktober dazu, um wieder Uebereinstimmung in die Bewegungen dieser Korps zu bringen, empfing aber in der Nacht vom 3. zum 4. Oktober ein Schreiben von Valence des Inhalts, daß Kellermann nach Suippe marschirt sei, und daß er den Befehl habe, sich auf denselben zurückzuziehen. Kellermann hatte in der That den eigenthümlichen Beschluß gefaßt, sich nach Châlons in Marsch zu setzen, nachdem sein anfangs gemachter Vorschlag, ihn auf Clermont marschiren zu lassen, nicht durchgedrungen war.

Es erfolgte nun ein Hin- und Hersenden von Befehlen, welches damit endete, daß Valence wieder in Marsch nach vorwärts gesetzt wurde. Dumouriez mußte sich brieflich sehr energisch Kellermann gegenüber erklären, ehe dieser gefügig wurde.

Dumouriez schreibt darüber am 3. Oktober an Servan: „Es ist Euer Fehler, daß Ihr die Frage des Ober-Kommando's nicht entschieden habt. Das hat mich 24 Stunden an der Verfolgung der Preußen gekostet“.

Allerdings ließ die Ordre Servan's vom 27. September, betreffend den Oberbefehl, einige Zweifel. Kellermann glaubte, an dieselbe nach dem Abzuge der Preußen nicht mehr gebunden zu sein.

Diese Verzögerungen sind aus den Verhandlungen Kellermann's,

Benoist's und der Conventsdeputirten mit dem preußischen Hauptquartier zu erklären. Die Abgeordneten befanden sich während dieser Zeit bei Kellermann, und es ist aus dessen Correspondance mit dem Ministerium zu ersehen, daß dieser an einen glücklichen Ausgang der Unterhandlungen mit den Preußen glaubte. Ob diese Unterhandlungen, über welche ein actenmäßiges Material noch keinem Geschichtsforscher zu Gebote gestanden zu haben scheint, nun auch auf Dumouriez ihren Einfluß dahin geltend gemacht haben, daß er die Heftigkeit der Verfolgung mäßigte, erscheint um so fraglicher, als die an Kellermann ergangenen Befehle Dumouriez's entschieden ein Vorgehen forderten und ihm seine Autorität fühlbar machten. Die Memoiren Dumouriez's, welche über diese Unterhandlungen absolut keine Angaben enthalten, sondern im Gegentheil über die verkehrten Befehle Kellermann's sich entrüstet zeigen, will ich zwar durchaus nicht als endgültigen Beweis für die Nichtbeeinflussung Dumouriez's ansehen, denn es ist die Möglichkeit nicht in Abrede zu stellen, daß Dumouriez, von dem preußischen Hauptquartier in Wahrheit getäuscht, diese Täuschung nicht hat eingestehen wollen. — Aber es erscheint mir unwahrscheinlich, daß er in diesem Falle Kellermann seiner Verzögerung wegen so hart angegriffen haben würde, wie er es thatsächlich thut. Auch scheint es mir gleichfalls nicht wahrscheinlich, daß Dumouriez um eines zweifelhaften diplomatischen Erfolges wegen sich einen glänzenden militärischen aus der Hand hätte gehen lassen, der ihn mit unsterblichem Ruhm hätte krönen können.*)

Die Verzögerungen vom 2., 3. und 4. scheinen also nur von den Deputirten und Kellermann ausgegangen zu sein. Am 3. und 4. aber war während dieser Wirrnisse das Gros der Verbündeten durch das Gebirge gegangen, und stand die Hauptarmee an letzterem Tage in Busancy. Daß nun am 4., an welchem Tage die Nachhut der preußischen Armee noch durch den Paß von Grandpré zog, nicht

*) Jomini sagt darüber: Une absence totale des vues stratégiques, ou des motifs politiques sécrets peuvent seuls expliquer cet événement. D'un autre côté, on ne comprend pas la raison, qui aurait engagé le général français à taire, dans ses Mémoires, une négociation qui convenait également aux deux partis, et qui le justifiait de la retraite intacte des enuemis. Hierüber auch: Tome I., pag. 138, des guerres de révolution par Jomini.

energisch angegriffen wurde, sondern nur leichte Truppen Beurnonville's diesen Paß betraten, ist ein vollständiger Beweis für die Theilnahme Dumouriez's an den Verhandlungen keineswegs, da derselbe noch am 4. damit beschäftigt war, Valence in die richtige Direction zu bringen, und somit seine Aufmerksamkeit von Grandpré abgelenkt wurde.' Auch ist es sehr wohl möglich, daß man sich bei dem mangelhaften Aufklärungsdienst der Franzosen über die Bewegung des Feindes an diesem Tage nicht im Klaren befand und so den Moment verstreichen ließ.*)

Wir sehen also, sowohl auf französischer als auch preußischer Seite, die Unterhandlungen als ein förmliches Kriegsmittel auftreten, geeignet, die feindlichen Heerführer von entscheidenden Handlungen abzuhalten, wenn man die Vermeidung solcher im eigenen Interesse findet.

Es ist klar, daß ein solches Verfahren im Allgemeinen dem Kriege den entscheidenden kräftigen Charakter nimmt, den er unter den größten Feldherrn immer gehabt hat, denn das erste Wort muß, wenn man Erfolge sehen will, immer dem Schwerte gehören, die Unterhandlungen kommen nach dem Erfolge. Indeß giebt es auch bei kräftiger Kriegführung einzelne Lagen, in denen Unterhandlungen dieser Art bei ähnlichen Verhältnissen, wie bei Saint-Menehould, nicht verschmäht werden dürfen. Es muß dann Hauptsache sein, den etwa mit den Unterhandlungen verfolgten militärischen Zweck des Gegners — denjenigen, welchen er neben den Unterhandlungen, nicht direct durch dieselben verfolgt, genau im Auge zu behalten, um im richtigen Moment das Netz zerreißen zu können.

Jedenfalls war Dumouriez — und dies nimmt auch Sybel an — am 5. darüber im Klaren, daß diese Unterhandlungen des preußischen Hauptquartiers nicht ernst gemeint gewesen seien, wie aus einem Briefe an den Kriegsminister vom 5. Oktober hervorgeht, in welchem er sich nicht für stark genug erklärt, die Preußen ganz von dem französischen Boden zu vertreiben. Man hatte immer noch großen Respect vor ihnen

---

*) So wälzten sich die preußischen Kolonnen, Krankheit und Tod in ihren Reihen tragend, verfolgt von dem Feinde und den aufgestandenen Bauern, durch das Bergland zurück, das wir 1870 in den letzten Tagen des August mit freudigem Muth, mit dem festen Willen und dem Bewußtsein, auf die Vernichtung des Feindes auszugehen, durchzogen.

und fürchtete, daß in einer großen offenen Schlacht sich das Glück den Franzosen untreu zeigen könnte. Er schlug demnach vor, Kellermann mit hinreichenden Kräften und einem von Metz herangezogenen Belagerungsmaterial gegen Verdun zu entsenden, um diese Stadt womöglich durch Handstreich zurückzunehmen und die Preußen scharf zu drängen, während er selbst mit der Hälfte der Armee nach Vouziers abzumarschiren gedachte, um von dort aus Lille zu Hülfe zu eilen, welches von dem Herzog Albert von Teschen seit mehreren Wochen bombardirt wurde und in höchster Gefahr schwebte.

Kellermann, welcher durch eingetroffene Verstärkungen und durch Dillon's Korps an 60,000 Mann stark war, erhielt von Dumouriez eine auf energisches Handeln berechnete Instruction, welche ihm vorschrieb, in der Richtung auf Longuion die linke Flanke der zurückgehenden Preußen zu gewinnen, um dieselben möglichst von ihren Grenzen nach Norden abzudrängen. Kellermann dagegen ließ sich auf eine matte directe Verfolgung und auf fortwährende Unterhandlungen ein, in Folge dessen zwar Verdun und Longwy in aller Ruhe von den Preußen geräumt wurden, aber ihnen nicht der Abbruch geschah, der ihnen hätte geschehen können.

Der Herzog von Braunschweig beabsichtigte, nachdem der Rückzug bis hinter die Argonnen glücklich bewerkstelligt war, Thionville, Sedan und Mézières zu belagern und sich in Frankreich zu behaupten, aber die Oesterreicher, durch die ewigen Unterhandlungen und das absichtliche Prahlen der Franzosen mit der preußischen Freundschaft von tiefstem Mißtrauen erfüllt, riefen das Korps Clairfait zur Deckung von Belgien ab.*) Zu gleicher Zeit hatte Custine seinen Zug nach Deutschland mit 18,000 Mann begonnen, Mainz und Frankfurt genommen und die ganze „Pfaffenstraße", Höfe, Adel, Bürgerschaft, Militair, in die schimpflichste, unerhörteste Verwirrung und Flucht gesetzt. Wer sich ein Urtheil über den Segen geistlicher Herrschaft, das Ideal der Ultramontanen bilden will, der studire diesen Zug Custine's, welcher die jämmerliche Wehrlosigkeit, in welche die geistlichen Fürstenthümer und die Kleinstaaterei einen

*) In diesem Factum tritt der Nachtheil solcher Verhandlungen mitten im Kriege recht deutlich hervor.

von 8 Millionen Einwohnern bewohnten Landstrich gesetzt hatten, in's vollste Licht stellte.

Der gemeine Mann, das niedere Volk war damals der einzige Stand, der gegen die Franzosen in diesen Gegenden Kraft und Saft zeigte, und schlug sich auch tapfer, als die Hessen und Preußen Frankfurt wieder nahmen, gegen die brandschatzenden Befreier. In Folge der ersten Nachrichten vom Einfalle Custine's aber eilte der Landgraf von Hessen mit seinen Truppen in Eilmärschen nach Hause, um sein Land zu decken. — Nunmehr auf 30,000 Mann vermindert, räumte die preußische Armee ganz Frankreich und ging, die Straßen mit den Leichen gefallener Menschen und Pferde übersäend, nach dem Rhein zurück. Schon am 24. October war die französische Grenze überschritten, und stand kein Preuße mehr auf französischem Boden. Der österreichische Prinz Hohenlohe aber ging mit seinem Korps in das Luxemburgische, woselbst er Aufstellung nahm.

Der Feldzug von 1792 bietet uns Deutschen zwei große unvergeßliche Lehren. Die eine lautet, daß die Kenntniß des politischen Zustandes eines Landes für eine gute Kriegspolitik, und somit eine vielseitige politische Bildung für einen zum Feldherrn berufenen Mann unerläßlich ist. Fehlt diese Bedingung, so werden immer die ungeheuerlichsten Fehler in der Berechnung der zu einem kriegerischen Unternehmen nöthigen Kräfte die Folge sein.

Es tritt uns ferner hierbei lebhaft der Mangel an Charakter und zwar in der Person des Oberfeldherrn entgegen. Nichts schadet im Felde mehr, als Mangel an Klarheit. Diese vermag nur ein Charakter zu schaffen. Charaktere aber werden nicht gebildet, indem man die selbstständigen Regungen des Urtheils unterdrückt, sondern indem man dieselben, unbeschadet der Aufrechterhaltung der Autorität, möglichst pflegt.

Dumouriez hat in seinen Memoiren Betrachtungen über diesen in der That strategisch und politisch höchst merkwürdigen Feldzug angestellt, und in demselben dem Herzog von Braunschweig zwölf Fehler vorgeworfen, der französischen Heeresleitung aber nur drei.

Gegen die Richtigkeit seiner Auseinandersetzungen läßt sich Nichts einwenden, indeß ziehen sie — rein nach den Thatsachen urtheilend — die für die Handlungsweise maßgebenden Motive und die politischen

Verhältnisse, sowie die Unzulänglichkeit der Mittel des Herzogs wenig oder garnicht in Betracht. Sie tragen daher einen etwas akademischen Charakter. Die Antwort ist in den: Lettres sur l'ouvrage intitulé „Vie du Général Dumouriez ecrite par lui-même“ enthalten, welche Schrift — wie Sybel meint — von dem Herzog selbst beeinflußt war.

Betrachten wir die Periode der Verfolgung, so verschwindet sogleich die Größe, die wir in Dumouriez's Verhalten in Grandpré und in Saint Menehould bewundert haben. Friedrich II., Napoleon, Blücher würden es verstanden haben, die verbündete Armee halb zu vernichten, die, selbst nur eine Handvoll Menschen, — im Vergleich zu den Massen späterer Kriege — gewagt hatte, einem großen Volke leichten Kaufes einen fremden Willen aufzwingen zu wollen. Aber nur höchst selten wird sich ein Mensch absolut über seine Zeit erheben. Die blitzschnelle Bewegung großer Massen wieder zu finden, war erst einer späteren Zeit vorbehalten. Zudem traten, wie wir gesehen haben, Zufälligkeiten aller Art dazwischen. — Was nun den Entschluß Dumouriez's, mit der Hälfte seiner Armee nach Französisch Flandern zu marschiren, betrifft, so ist derselbe sehr verschieden beurtheilt worden.

Die großen Principien der Kriegskunst, wie sie später maßgebend wurden, hätten mit allen Kräften eine fortgesetzte Verfolgung der Preußen bis an den Rhein verlangt, um womöglich eine Verbindung mit Custine anzustreben.

Es ist anzunehmen, daß die preußische Armee in diesem Falle noch große Verluste erlitten haben würde, aber es erscheint zweifelhaft, ob die Streitkräfte Dumouriez's, wenn auch auf 100,000 Mann zu veranschlagen, ausgereicht hätten, einen Widerstand zu überwinden, den Deutschland, im eigenen Hause bedroht, unter Preußens Führung ihm doch wohl jedenfalls entgegengesetzt hätte, und ob nicht die ganze Invasion baldigst zum Stehen gekommen wäre, um so mehr, als die Armeen der Republik damals noch durchaus nicht geeignet zu schnellen Bewegungen und zu einem so weit ausgedehnten Invasionskriege waren, ein Umstand, der auf den ersten Märschen zur Verfolgung der Verbündeten durch die große Anzahl Kranker und Marodeurs bewiesen wurde. — Die Revolution hatte ihre volle Spannkraft in den militärischen Dingen damals noch nicht entfaltet. Zudem war Lille nicht unwichtig; seine Wiedereroberung hätte viel Blut und Anstrengungen gekostet. — Die Eroberung von Belgien, als eines mit seiner Regierung unzufriedenen Landes, schien eine glückverheißende Beute, und aus Dumouriez's Seele war der Gedanke dieses Unternehmens nie geschwunden. Hiermit kann man zum Mindesten erklären, wie Dumouriez sofort wieder den Belgischen Plan aufnahm und die Truppen Beurnonville's am 12. October nach Flandern aufbrechen ließ. Im Uebrigen waren die Absichten Dumouriez's auch gegen Deutschland insofern offensiv, als er Kellermann brieflich lebhaft drängte, energisch gegen den Rhein vorzugehen; er hoffe, ihm im nächsten Frühjahr bei Köln die Hand zu reichen.

Jedenfalls hat Dumouriez nicht nur den Ruhm, Frankreich vor der damaligen Invasion gerettet zu haben, er war es auch, der das wahre kriegerische Princip wieder in den Armeen der Republik zur Geltung brachte, der mit der Macht seiner Persönlichkeit den so verschiedenen Elementen als Stützpunkt und Sammelpunkt diente, und sie mit starker Hand zusammenzufassen und zu verarbeiten verstand. Kein anderer jener Generale hätte dies damals vermocht. — Er repräsentirte die Thatkraft Frankreich's, er war die Seele des Widerstandes, und alles dies hat ihm Frankreich später nur zu schnell vergessen. Damals freilich war sein Name auf allen Lippen. Mit einem Schlage hatte er einen großen militairischen Ruf erworben und sah sich wohl dem Ziele um ein Bedeutendes näher, das ihm beim Betreten seiner Laufbahn in der Revolution vor Augen geschwebt hatte.

---

11. Kapitel.

Dumouriez in Paris, Herbst 1792.

Am 11. schon war Dumouriez nach Paris abgereist, wo er am 12. eintraf. Er war von Westermann und Thouvenot, sowie von dem jungen Herzog von Chartres begleitet. Auch dieser Schritt ist ihm stark vorgeworfen worden. Man hat behauptet, daß er zur Armee gehört, und daß nur seine persönliche Eitelkeit ihn nach Paris geführt hätte, um sich daselbst bewundern zu lassen. Falls er unternommen hätte, mit der ganzen Armee den Preußen zu folgen, würde man dies richtig finden müssen, da er jedoch den Feldzug gegen Belgien vorbereiten wollte, war seine Anwesenheit in Paris erforderlich, um seinen Einfluß für die nöthigen Vorbereitungen einzusetzen, um so mehr, wenn man die Art und Weise der Regierung der Republik in jener Zeit erwägt.

Der Convent war am 20. September zusammen getreten. Er war unter dem Einfluß der Septembermorde gewählt. In Folge dieser entsetzlichen Ereignisse war Paris in eine große Abspannung verfallen. Die Nationalgarde war bald nach dem 10. August aufgelöst und auf breitester demokratischer Grundlage reorganisirt worden. Man nannte sie die „Sectionen" weil jede Section, in welche Paris behufs der Wahlen und Kommunalbeschlüsse eingetheilt war, eine gewisse Abtheilung stellte. Der bessere Theil der Bürgerschaft hielt sich zurück, nur der ärmste, unruhigste und revolutionärste erschien in den Versammlungen. Die Jacobiner besaßen organisirte und besoldete Banden in Paris. Die Regierung aber stützte sich auf etwa 5000 Föderirte und einige Linientruppen.

Die Commune von Paris, geleitet von Robespierre und Marat, welche über die Nationalversammlung ein vollständiges Uebergewicht erlangt hatte, suchte ihren Einfluß auch dem Convent gegenüber zu behaupten.*) Sie beherrschte nicht nur das Gemeinwesen, sondern sie trat als selbstständige politische Macht durch Abgesandte an die anderen Communen und durch weit über ihre städtischen Befugnisse hinausgreifende Beschlüsse in Paris auf.

Der Jacobinerclub war die dritte organisirte politische Körperschaft, welche in ihren zahllosen Verbindungen sich fast selbstständig neben den Convent hinstellte.

Die Regierung besaß durch die kriegerischen Erfolge und durch die in Paris herrschende Abspannung allerdings einige Festigkeit, aber dieselbe wurde nur durch außerordentliche Mittel aufrecht erhalten, besonders durch die Absendung von Regierungs- und Conventscom-

*) Dieser Kampf zieht sich durch die ganze Revolution, bis er durch den Sturz Robespierre's 1794 mit dem Siege des Convents endete.

missaren, welche in allen Departements die aufgelösten und zersplitterten Gemeindeorgane ersetzten und absolut schalteten und walteten.

Der Zustand Frankreich's war trotz des günstigen Ausganges des Feldzuges finanziell und wirthschaftlich ein durchaus trauriger. Handel und Wandel stockten gänzlich, weil das Eigenthum nicht sicher war, der größte Theil des niederen Volkes wurde durch Staats- und Gemeindezuschüsse erhalten, die Assignaten standen auf 60 pCt. des Nennwerthes. Die allgemeine Verschleuderung nahm großartige Verhältnisse an, und die Kosten für die Armeen betrugen monatlich 140 bis 190 Millionen. Unter diesen Umständen waren sowohl Jacobiner als Girondisten, welche sich vorläufig noch im Convent das Gleichgewicht hielten, entschlossen, die Waffen der Republik in's Ausland zu tragen und für die Armeen den Unterhalt daselbst zu suchen, den man in Frankreich schwer fand. Die Idee, zugleich mit der Invasion eine allgemeine revolutionäre Propaganda unter den Völkern zu verbreiten, fand immer mehr Anklang und war die maßgebende. — Savoyen war von Montesquiou bereits besetzt. Der Bruch mit Spanien stand bevor.

Das Ministerium war mit dem Zusammentritt des Convents insofern geändert, als Danton aus demselben ausgetreten war. Derselbe hatte sich aber einen ungeheuren Einfluß auf die Leitung des Ganzen bewahrt. Er war in diesem Zeitabschnitt unbestritten der Kopf der Republik. Ich will mich hier auf eine nähere Schilderung dieses Revolutionärs, über welchen wohl kaum etwas Neues zu sagen wäre, nicht einlassen, sondern ihn nur soweit betrachten, als es sein Verhältniß zu Dumouriez betrifft.

Danton's Charakter hatte mit Dumouriez die Thatkraft gemein. Daß sie sich in dem einen in Organisirung des Aufstandes am 10. August und den Septembermorden, bei dem anderen in glorreichen Kriegsthaten äußerte, kann die Gemeinsamkeit des Charakterzuges nicht aufheben. Auch die sorglose Keckheit, welche mit Selbstbewußtsein den Gefahren trotzt, war sowohl Danton als Dumouriez eigen. Endlich besaßen beide einen klaren praktischen politischen Blick. Beide hielten nichts davon, auf philosophischen Doctrinen das Staatsgebäude zu errichten. Dumouriez hatte die Errichtung der Republik bedauert, aber, dem Feinde gegenüber, sie nicht hindern können. Seine Gedanken schweiften bereits bis zur Wiedererrichtung des Königthums; Danton betrachtete den ganzen Zustand, trotz der Republik, als einen heillosen, war von aller Schwärmerei für dieselbe entfernt und sah in der Ferne nur die Dictatur. Aeußerlich blieb er selbstverständlich der Volksmann, Clubredner und Leiter des Berges.

Hieraus ergeben sich allerdings gewisse Berührungspunkte, da jedoch die in dem Innern beider Männer wirkenden moralischen Triebfedern vielfach verschieden waren, so mußte sich früher oder später auch wieder ihre Trennung folgerichtig entwickeln.

Dumouriez wünschte den König zu retten und zu befreien. Danton hatte denselben Wunsch, aber nur weil ihm die bezogenen Gelder das Gewissen doch in etwas schlagen machten.

Danton hatte seine Hand in den Kämpfen der Revolution weder rein von Erwerb, noch von unschuldigem Blut gehalten, seine Genußsucht machte ihn binnen Kurzem schlaff und unfähig, seine Rolle weiter zu spielen, seine Anschauung der Staatsverhältnisse hatte etwas nihilistisches. Dumouriez war der Soldat geblieben, der seine persönliche Ehre rein erhielt, und der an die Verbindung des Königthums mit der Freiheit immer noch glaubte. Um nun den Staat durch eine Verbindung Danton's mit Dumouriez vor der drohenden Anarchie zu bewahren, dazu hätte es eines Zusammenfassens der geeigneten politischen Elemente in der Hauptstadt unter Danton und der militärischen unter Dumouriez bedurft.

Die Vereinigung dieser Elemente fand aber bedeutende Hindernisse in dem Verhältniß der Girondisten zu Danton.

Schon am 10. August hatte sich das Gefühl der Girondisten gegen die unnützen Metzeleien empört, um wieviel mehr erst nach den Septembertagen. Sie hatten sich zu Danton in einen unversöhnlichen Gegensatz gestellt, den sie auch nicht aufgaben, als dieser sich ihnen zu nähern suchte.

Dies war in großen Umrissen die politische Lage, als Dumouriez am 11. Oktober in Paris eintraf. Der König, dem er vor vier Monaten nach Kräften zu dienen versucht hatte, saß gefangen mit seiner Familie im Temple, der unwürdigsten Behandlung durch die

Knechte der Commune ausgesetzt.*) Wohl mochte die edle großmüthige Seite in Dumouriez's Seele schmerzlich zusammenzucken, und Selbstanklagen in ihm ihr Haupt erheben — aber der Strom des politischen und militärischen Lebens, mit welchem er trieb, war zu stark und verhinderte ihn damals, seine Kräfte direct der Unterstützung der verlorenen Sache zu widmen.

Sein Lieblingsplan war es, der endlich Wirklichkeit werden sollte. Durch die Eroberung Belgien's hoffte er dem Hause Oesterreich einen Schlag zu versetzen, der es zum Frieden geneigt machen mußte. Nach solchen Erfolgen erst erschien ihm ein entscheidendes Auftreten in den inneren Wirren möglich. Am 12. erschien er im Convent. Die Bewohner in der Champagne hatten ihn mit Jubelrufen als Befreier begrüßt, der Convent in seinem Selbstbewußtsein empfing ihn mit würdevollem Stillschweigen.

Mit der sicheren und martialischen Haltung, die Freunden und Feinden imponirte, trat er an die Barre dieser berühmten Versammlung, in welcher sich jeder Einzelne jetzt einem Könige gleich dünkte und erstattete derselben in einer kurzen Rede eine Art Bericht über seine Thätigkeit und über die weiter verfolgten Angriffspläne. Daß diese Rede sich von dem damals üblichen Styl nicht ganz emancipirte, versteht sich von selbst. Der Convent erhob sich, gewährte ihm die Ehre der Sitzung, und die Männer der Mitte, wie die Girondisten, drängten sich an ihn, um ihn zu beglückwünschen. Die Montagne verhielt sich weniger enthusiastisch, aber auch durchaus nicht theilnahmlos. Jede der Parteien hatte doch den Werth seines Degens erkannt. Als er den Convent verließ, begrüßte ihn das Volk mit schallendem Beifall. Der Empfang bei den Ministern war ein äußerst herzlicher. Danton war zugegen und begrüßte ihn lebhaft. Servan war krank, seine Kräfte waren erschöpft, und er erschien nur noch vorübergehend auf der großen Bühne der Begebenheiten.

Am nächsten Tage war er zu den Girondisten eingeladen. Es schien dies eine Versöhnungsfeier werden zu sollen. Aber Dumouriez erschien auch jetzt wieder mit dem Vorsatz in dem Salon der Madame Roland, sich nicht von der Partei in Fesseln schlagen zu lassen.

---

*) Nach den damaligen Gesetzen standen die Gefängnisse in jeder Stadt unter Aufsicht der Commune.

Die Girondisten wollten allerdings einen Versuch mit Dumouriez machen. Dem kriegerischen Ruhm nicht instinctiv und principienmäßig abhold, noch immer von Begeisterung für die eben proclamirte Republik erfüllt, konnte ihnen eine feste Verbindung mit Dumouriez nur gelegen kommen. Madame Roland empfing ihn deshalb mit jener Liebenswürdigkeit, deren sie ganz besonders fähig war, wenn sie sich von einem Ereigniß oder von einem großen Gedanken angeregt fühlte. Dumouriez überreichte ihr, als er eintrat, ein Bouquet von Oleander. Sie nahm diese Huldigung des berühmt gewordenen Kriegers derart auf, daß er ihre Bereitwilligkeit zur vollen Verzeihung für vergangene Zwistigkeiten erkennen konnte. Er saß zwischen Vergniaud und Madame Roland, den beiden Häuptern der Partei. Es herrschte eine fröhliche Stimmung und Zuversichtlichkeit in der Versammlung.

Nach dem Diner begab sich Dumouriez in die Oper; Roland und seine Gattin, Vergniaud, und noch einige andere Girondisten wollten erscheinen, und man dachte wohl daran, sich vereint den Parisern zu zeigen. Madame Roland traf ein, nachdem das Stück schon angefangen hatte. Die Thür der Loge wird geöffnet, und sie sieht das finstere Gesicht Danton's neben Dumouriez. Ein Schauder überläuft sie; sie war seit den Septembermorden nicht im Stande, Danton's Anblick zu ertragen, und der neben dem Septembermanne sitzende Soldat von den Argonnen erschien ihr in einem anderen Licht. Sie zieht Vergniaud zurück, schließt die Thür und überläßt die Beiden sich selbst.

Dumouriez sah die heraufziehende Gefahr für die Girondisten. Die Anzeichen des Zusammenstoßes mit der Bergpartei lagen schon sehr deutlich vor. Offene Feindseeligkeit herrschte schon lange in der Presse beider Parteien, und die Reibereien im Convent vermehrten sich täglich. Danton schien sich den Girondisten nähern zu wollen. Dumouriez erkannte, daß denselben der Mann der That fehlte. Nur Danton war nach Dumouriez's Ansicht im Stande, an der Spitze aller Gemäßigten eine neue Ordnung fest zu begründen, die Anarchisten niederzuschlagen und das Leben des Königs zu retten.

Aber die Girondisten überschätzten bei Weitem ihre Kraft. Es gab unter ihnen eine Anzahl junger heißblütiger Köpfe wie Buzot, Guadet, Barbaroux, welche später den Kampf gegen Robespierre und

Marat an unrichtiger Stelle begannen, und, von ihren älteren Genossen im Stich gelassen, nicht im Stande waren, ihn siegreich durchzuführen.

Hingerissen durch den Eindruck, welchen die Führerin der Partei durch die Wärme ihrer Ueberzeugung, durch die Aeußerung ihres Widerwillens gegen den Septembermann auf ihren Verstand und ihr Gemüth ausübte, sahen sie in ihrem Widerstande gegen eine Verbindung mit Danton, den Gegensatz der Tugend zum Verbrechen, den man nicht verwischen dürfe.

Dumouriez, von den Parteirücksichten und dem Einfluß der Roland, dem sich bei manchem der jungen Girondisten rein persönliche Empfindungen zugesellt haben mochten, gänzlich frei, sah nur die praktische Seite der Sache und suchte die Verbindung der Fraction mit Danton im Stillen herbeizuführen. Er vereinigte die vorzüglichsten Chefs der Girondisten zu einem kleinen Diner bei sich, zu dem er auch Danton einlud.

Die Sache ließ sich gut an. Der Wein und das Zusammensein von geistvollen Männern öffneten die Herzen und den Mund. Dumouriez entwickelte den Plan, den Convent durch die Anhänger Danton's im Verein mit der Gironde zu beherrschen, während er durch neue Erfolge an den Grenzen die Sache Frankreich's sicher stellte. Die älteren Mitglieder der Gironde schienen der Versöhnung geneigt, aber der Eifer der jüngeren vereitelte dieselbe.

„Alles, ausgenommen die Nichtbestrafung der Mörder und ihrer Mitschuldigen," sagte Guadet schneidend, indem er sich entfernte. —

„Man erhält nicht die Verzeihung der Verbrecher, indem man das Verbrechen entschuldigt," erwiderte Guadet bei einer anderen Zusammenkunft mit Danton demselben auf seine Anerbietungen. „Eine unbefleckte Republik oder den Tod. Diesen Kampf müssen wir auskämpfen!"

„Die Girondisten sind nach Frankreich verpflanzte Römer," sagte Dumouriez zu Westermann. „Ihre Republik ist nichts als der Roman einer geistvollen Frau. Es giebt hier nur einen Mann, das ist Danton!"

So wurde das Verhältniß zwischen der Gironde und Dumouriez auch in diesen Tagen nicht zu einer gemeinschaftlichen politischen Action geeignet gemacht. Diese Partei betrachtete mit Mißtrauen die Annäherung zwischen Dumouriez und Danton, und der General beschwerte sich über den Mangel an Vertrauen, welchen die Girondisten gegen ihn zeigten.*)

Am dritten Tage nach seiner Ankunft lud ihn Mademoiselle Candeille zu einem sehr reizend arrangirten Feste ein. Diese Dame war Sängerin, Schauspielerin und Verfasserin mehrerer Bücher. Sie behauptete unter der schöngeistigen Gesellschaft von Paris einen bedeutenden Platz und stand in ziemlich enger Verbindung mit den Girondisten.

Der Salon der Mademoiselle Candeille vereinigte an einem Abende Alles, was unter den damals herrschenden Parteien noch auf eine gewisse Salonfähigkeit Anspruch machen konnte, sowie eine große Anzahl Künstler**) und bot ein belebtes Bild, — eins der letzten, ehe die Herrschaft des Schreckens und des Pöbels solche Unterhaltungen und alles Schöne, Anmuthige und Glänzende als aristokratische Gewohnheiten zum Verbrechen stempelte. — Da erschien inmitten der künstlerischen Musikaufführungen und des Tanzes plötzlich eine widerliche Gestalt, welche in saloppem Kleidung, ein cynisches Lächeln auf dem Gesicht und mit frechem, verächtlichem Blicke die Gesellschaft musternd, den Saal durchschritt. Es war Marat in Begleitung einiger Abgesandten des Jacobinerklubs, um Dumouriez über die von ihm noch vor seiner Abreise nach Paris verfügte und von Beurnonville ausgeführte strenge Bestrafung zweier Freiwilligen-Bataillone, wegen der von ihnen ausgeführten Ermordung von 4 preußischen Gefangenen***) zur Rede zu stellen. Bei seinem Erscheinen richten sich alle Blicke auf ihn, man weicht ihm aus, die Unterhaltung schweigt.

Er tritt an Dumouriez heran, nennt ihm seinen Namen und stellt ihn sogleich im Tone eines Richters zur Rede über sein Verfahren gegen die Bataillone Mauconseil und Republicain. Dumouriez wendet

*) Dumouriez's Memoiren geben über den Aufenthalt in Paris nur ungenügende Auskunft, und ist unsere Erzählung der Vorgänge daher vielfach aus anderen Memoiren und Schriften ergänzt. Seine Ansichten über die Pläne der Girondisten für diese Zeit leiden auch an vielfacher Einseitigkeit.

**) Auch Talma war gegenwärtig.

***) Dies Factum wird von Dumouriez in seinen Memoiren Band III. mitgetheilt und neuerdings von Camille Rousset „Freiwillige von 1791“ Seite 58 bestätigt.

sich langsam um, mustert den Ami du peuple von oben bis unten und sagt mit dem Ausdruck der Nichtachtung, den er so gut in gewissen Momenten anzunehmen verstand: „Sie also nennen sich Marat? Ich habe Ihnen nichts zu sagen.“ Und er dreht ihm den Rücken zu, die Unterhaltung mit einigen Damen fortsetzend. — Marat verlangt keine weitere Auskunft und zieht sich mit seinem Gift im Herzen zurück, um sich am nächsten Tage durch einen Artikel in seinem Blatte, in welchem er die Sache anders, wie hier berichtet, erzählt, vorläufig ohnmächtig zu rächen.*)

Ein Besuch bei den Jacobinern war nicht zu vermeiden. Dumouriez ging jedoch mit dem größten Widerwillen in den Club. Erst drei Tage war er in der Hauptstadt, und schon fühlte er die dämonische Kraft, welche alle sich dem Strudel der Revolution Nähernden hineinzog. In der Ueberzeugung von dem Mangel an Thatkraft bei den Girondisten, erschien es ihm aber um so wichtiger, die damals von Danton noch unbedingt beherrschten Kräfte sich nicht zu absoluten Feinden zu machen.

Danton präsidirte an diesem Tage. Nach einer kurzen Rede Dumouriez's in dem herkömmlichen, hier unvermeidlichen Revolutionsstyl bestieg der ehemalige Schauspieler Collot d'Herbois die Tribüne, um an den General eins der größten Prachtstücke revolutionärer Ansprachen zu richten, die sich in der ganzen Epoche vorfinden. Nachdem er in bekannter Weise die Tyrannei der Könige verflucht und den Edelmuth der Völker gepriesen hatte, schloß er seine Rede: „In Brüssel, o Dumouriez, wird die Freiheit der Völker unter Deiner Leitung wieder geboren werden! Ein ganzes Volk wird sich Dir hingeben! Du wirst die Kinder dem Vater, die Frauen dem Gatten zurückgeben! Kinder, Bürger, Frauen, Mädchen werden Dich umdrängen und Dich an ihren Busen drücken! Welche Glückseeligkeit wirst Du genießen, Dumouriez! Meine Frau ist in Brüssel, auch sie wird Dich an ihre Brust drücken, und Du wirst sie küssen!“

Hier unterbrach den Redner die stürmische Heiterkeit der Versammlung, in die vor Allem Danton's mächtige Stimme hindurch-

*) Die von Marat gegebene Darstellung kann man in Thiers „Revolution“ Note 50 des Anhangs lesen. Im Uebrigen stimmt die Erzählung Marat's in der Hauptsache mit Dumouriez's Erzählung überein.

tönte, was im Jacobinerclub ein fast unerhörtes Ereigniß war, denn der Humor fehlte dieser Versammlung sonst gänzlich. Hier herrschte nur die Wuth und Aufregung. Hier sprach man nur von Cato und Brutus, von den Dolchen der Gegner, von den Fallstricken der Aristokraten und Reichen und dem „peuple vertueux“. Dumouriez benutzte den günstigen Moment, um sich schleunigst zu entfernen.

War sein Empfang ein günstiger gewesen, so gelang es doch dem Hasse Marat's und dem kleinlichen Widerwillen Robespierre's gegen alles militairische Verdienst eine ungünstige Stimmung gegen ihn zu verbreiten. Ihre Blätter predigten: „Cäsar zu mißtrauen und Monk zu fürchten.“

Die Unterhandlungen mit dem Ministerrath nahmen nicht ganz den erwünschten Verlauf. Servan war sehr krank und bettlägerig, und Dumouriez hätte als einziger bedeutender Militär in Paris wohl Gelegenheit gehabt, seinen Ansichten das Uebergewicht zu verschaffen, aber er hatte in jener Periode einen Nebenbuhler. Dies war der General Custine, der einzige Eroberer bisher. Er stand mit seinem Korps in Frankfurt und wollte die Operationen in Deutschland mit den erbetenen Verstärkungen fortgesetzt wissen, in Verbindung mit denen in Belgien.

Dumouriez schlug vor, ihm selbst den Oberbefehl über die französischen Heere zu geben und den Feldzug gegen Belgien mit den ausreichendsten Mitteln in's Werk zu setzen. Die eroberten Lande aber wollte er als Freistaat organisirt haben und damit eine neue Stütze Frankreich's schaffen, die Rhein- und Moselarmee sollte gemeinschaftlich das linke Rheinufer säubern und dabei ihre Anstrengungen gegen Trier, Luxemburg und Coblenz richten, im Allgemeinen aber sollte die Rheinlinie als strategische Grenze betrachtet werden.

Die Vorschläge Custine's blendeten jedoch sowohl die öffentliche Meinung, als auch den Finanzminister Clavière, und den Leiter des Finanzausschusses Cambon, welcher damals vor Allem an Requisitionen und Contributionen dachte, und so wurden die Gedanken Dumouriez's in der Ausarbeitung des allgemeinen Kriegsplanes, an welcher er, trotz der Kürze seines Aufenthaltes, einen sehr thätigen Antheil nahm, modificirt und im Allgemeinen bestimmt, daß Montesquiou gegen Sardinien und bis zu den Alpen vorgehen, Custine jenseits des

Rheines verbleiben und nach Ermessen handeln sollte. Einige Korps frischer Truppen sollten in der Pfalz zu seiner Unterstützung und Deckung seiner Flanken versammelt werden, Kellermann sollte die Mosel abwärts drängen und Coblenz zu nehmen suchen. Die Ardennenarmee unter Valence, der den Titel eines Generals en chef erhielt*), etwa 20,000 Mann stark, sollte sich bei Givet zur Unterstützung Dumouriez's aufstellen, und dieser selbst mit der in Flandern inzwischen versammelten Armee gegen Belgien vorbrechen, sodann aber seine Operationslinie auf Köln richten, um Kellermann am Rhein die Hand zu reichen.**)

Damals schon zählten die Armeen der Republik etwa 200,000 Mann, das österreichisch-preußische Bündniß aber hatte von der Schelde bis zur Lauter nur etwa 125,000 Mann im Felde — zwei Mächte, welche 35 Jahre früher 400,000 Mann zur gegenseitigen Bekämpfung in's Feld gestellt hatten.

Wie es scheint, erschrak die Gironde in Folge dieser Forderungen über Dumouriez's Ehrgeiz und fing an, ihn geradezu als gefährlich zu betrachten, denn Roland schrieb ihm einen Brief, in dem er ihm das Mißtrauen deutlich zeigte, welches die Partei gegen ihn gefaßt hatte. Er trat für die Unabhängigkeit der einzelnen Generale ein und warf Dumouriez vor, daß er dem Schicksal des Königs Theilnahme gezeigt habe. Dumouriez zeigte den Brief an Gensonné, Brissot und Lebrun, die ihn zwar alle für unangemessen erklärten, aber Dumouriez legte auf ihr Wort kein Gewicht, weil er wußte, daß Roland nichts ohne seine Frau that, und diese wieder die Fraction größtentheils beherrschte. Dumouriez spottete im Uebrigen über die affectirte Sittenstrenge der Girondisten, und daß man Roland fortwährend mit Cato verglich.

„Dans ces vertus outrées, c'est souvent l'humeur qui gouverne et qui se glisse dans le masque de la vertu", sagte er einmal, an einen Satz von Plutarch erinnernd.

In der Frage der Ausrüstung der Armee hatte er bedeutende

*) General en chef war ein nach der Revolution eingeführter Titel, mit dem gewöhnlich der Befehl über ein größeres Korps oder über eine Armee verbunden war.

**) Diese Darstellung des allgemeinen Kriegsplanes weicht von der in den Memoiren gegebenen etwas ab, und folge ich hierin den Auszügen Sybel's aus den französischen Kriegsarchiven.

Schwierigkeiten zu bestehen. Die Artillerie mußte im Material ergänzt, und neues geliefert werden, er erhielt es aber nur sehr zögernd und hauptsächlich durch die Vermittelung Westermann's bei dem Kommandanten der Nationalgarde Santerre, welcher über die Arsenale von Paris verfügen konnte. Die Lieferung von Mänteln und Schuhen wurde sehr langsam betrieben. Außerdem hatte er 6 Millionen baares Geld zur Armee-Kasse gefordert, welche allein schon dringend nothwendig zur Zahlung des rückständigen Soldes waren. Hierüber war noch garnicht beschlossen. Indeß war doch der Anstoß gegeben, um die Heere der Republik in Bewegung zu setzen, und Dumouriez erwartete von diesem Feldzuge Alles für das Vaterland, für seinen Ehrgeiz und im Geheimen — für das Königthum.

---

12. Kapitel.

Ankunft bei der Nordarmee. Pache, Kriegsminister. Feldzugsplan gegen Belgien.

Am 20. reiste er mit seinen Begleitern zur Armee ab, voller Freude, dem Parteigetriebe den Rücken kehren zu können und in der Ueberzeugung, daß diese Regierung auf die Dauer unhaltbar sei. Am 24. October traf er in Valenciennes ein, woselbst Beurnonville's Truppen schon am 21. und 22. angekommen waren.

Die Belagerung von Lille, bei dessen Vertheidigung sich die Einwohner mit großer Aufopferung betheiligt hatten, wurde von den Oesterreichern beim Eintreffen dieser Streitkräfte sofort aufgehoben und kehrten sie auf belgisches Gebiet zurück.

Dumouriez hatte gleich bei seinem Eintreffen mit dem Uebelwollen des Generals Labourdonnaye zu kämpfen, welcher, aus einer alten Bretagneschen Familie stammend, und, vor der Revolution Maréchal de camp, sich den Jacobinern ganz in die Arme geworfen hatte und deren durch Marat und Robespierre erzeugte ungünstige

Stimmung gegen ihn in der Armee wiedergab. Mittelmäßig in seiner Auffassung der Dinge, unentschlossen und kleinlich, ohne militärisches Talent, war er gleichwohl auf Dumouriez's Ansehen sehr eifersüchtig. Es bedurfte sogleich einer sehr ernsten Auseinandersetzung des Generals mit ihm, um ihn vorläufig gefügig zu machen.

Aber ein anderes viel wichtigeres Ereigniß war in Paris eingetreten. Servan hatte seine Entlassung erbeten und erhalten. An seine Stelle war auf Fürsprache Roland's der bisher zur girondistischen Partei gehörige Bureauchef Pache getreten, der als ein stiller und unermüdlicher Arbeiter galt. Die Girondisten wollten hierdurch die Ernennung eines Jacobiners hintertreiben, aber sie hatten den Wolf unter ihre Heerde geschickt, denn sobald dieser Unterbeamte Kriegsminister der französischen Republik war, entpuppte er sich als einer der wüthendsten Jacobiner und eröffnete der durch Hebert, Chaumette, Ronsin und Marat repräsentirten, und in der Commune den Ton angebenden Fraction den weitreichendsten Einfluß auf die Verwaltung. Alle alten Beamten wurden verabschiedet, und die Bureaus des Ministeriums von den Kreaturen dieser Partei überschwemmt. Dieselbe ging darauf aus, den Aristokratismus, d. h. den Rest jenes liberal denkenden Adels, welcher noch einen Theil der Stellen in der Armee inne hatte, und welcher sich durch Patriotismus auszeichnete, auszumerzen und das Heer vollständig zu demokratisiren. Um dies zu erreichen, wurden den verdächtigen Generalen, unter denen Dumouriez und Custine selbstverständlich zählten, alle möglichen Schwierigkeiten in den Weg gelegt, ja wie einige Schriftsteller behaupten, die Desorganisation planmäßig angestrebt. Wahrscheinlich wirkte instinctiver Haß gegen das militärische Element, Furcht vor dem Ansehen eines siegreichen Feldherrn, Unordnung, Habsucht und Lässigkeit zusammen, um die Ausrüstung und Verpflegung der Armee auf das Aeußerste zu vernachlässigen.

Man sah die Beseitigung der aristokratischen Offiziere für bedeutend nothwendiger, als die Besiegung der Oesterreicher, an. Die Sache des reinen Jacobinismus erhielt durch diesen unglückseeligen Mißgriff Roland's neue Kräfte. Das Gespenst ihrer Vernichtung erhob sich drohend hinter der Gironde. Die Ernennung des Citoyen Pache zum Kriegsminister muß als einer der Wendepunkte in der militärisch-politischen Laufbahn Dumouriez's betrachtet werden, wenn auch die Absichten des Ersteren nicht sofort derartig hervortraten, wie ich es hier geschildert habe.*)

Dumouriez verfügte zu dieser Zeit über eine Armee von circa 80,000 Mann für die Eroberung Belgien's und war sich seiner Ueberlegenheit über den Herzog von Sachsen-Teschen so bewußt, daß er fast mit völliger Gewißheit auf einen glücklichen Ausgang rechnete. Von diesen 80,000 Mann waren diejenigen, welche den Feldzug in der Champagne mitgemacht hatten, natürlich die besten, gefechts- und marschfähigsten. Es waren dies die Korps von Beurnonville und die sogenannte Ardennenarmee unter Valence. Die Truppen von d'Harville, welche in Rheims formirt worden waren, hatten keinerlei Erfahrungen und sehr mangelhafte Mannszucht, da sie meist aus Freiwilligen und Föderirten bestanden. Die Truppen in Flandern unter Labourdonnaye waren fast in derselben Verfassung. In den Bataillonen von Valence und Beurnonville dagegen fing der kriegerische Geist an, immer mehr zu erwachen, jenes Selbstgefühl, welches die Demagogen in Paris so sehr fürchteten.

Die Armee war also zuvörderst in vier große Massen, welche wir die Korps Valence (Ardennenarmee), d'Harville, Beurnonville und Labourdonnaye (Nordarmee) nennen können. Eine genaue Eintheilung (Ordre de bataille) in Divisionen und Brigaden, sowie auch eine Nachweisung des numerischen Verhältnisses der drei Waffen anzugeben, ist mir nicht möglich gewesen, weil das damalige Uebergangsstadium und die im Rapport- und Listenwesen stattfindende Unordnung vollständige Acten überall vermissen läßt Es kann nur so viel mit Sicherheit bemerkt werden, daß die Armee stark mit Artillerie versehen, und daß ein kleiner Belagerungspark in Valenciennes und Lille bereit gestellt war. Das Verhältniß der Reiterei zu den anderen Waffen mag etwa ein Achtel betragen haben. Außer den französischen Truppen waren noch 3 Bataillone aus revolutionären Belgiern organisirt. Chef des Generalstabes war der General Moreton. Er war unter dem ancien régime Oberst des Regiments de la Fére gewesen und war daselbst cassirt worden, weil er Acte der Grausam-

*) Ueber Pache und seine Genossen: Memoiren der Frau Roland. Sybel, Revolutionszeit Band II Seite 40. 41.

keit gegen die Soldaten begangen hatte, welche sogar damals nicht verziehen wurden. Erbittert warf er sich der Revolution in die Arme. Durch die Gunst der Revolutionäre wurde er zum Maréchal de camp bei der Nordarmee ernannt. Als Dumouriez vor seinem Abgange nach Sedan den Oberbefehl übernahm, machte er ihn zum Chef des Generalstabes, da er keinen anderen tauglichen Offizier hatte, und Moreton wenigstens viele Dienstkenntnisse im Truppendienst besaß. Er versprach sich indeß für die Bearbeitung der Operationen nicht viel Gutes von ihm, indeß war er selbst an eine so große eigene Thätigkeit gewöhnt, daß er einen etwaigen Mangel an Befähigung hierdurch ausgeglichen glaubte und ihn vorläufig in seiner Stellung beließ.

Im Stabe bemerken wir vor Allen wieder den Oberst Thouvenot, den man als seine rechte Hand bezeichnen kann und den Obersten Devaux. Dieser tapfere und großherzige Mann war ein natürlicher Sohn des bekannten Prinzen Karl von Lothringen, des Besiegten von Leuthen, und in Brüssel geboren. Er schloß sich den belgischen revolutionären Bestrebungen gegen Oesterreich an, kämpfte gegen die kaiserlichen Truppen und mußte 1791 nach Frankreich gehen, wo er Dienste nahm. Er war ein Offizier von den feinsten Formen und dem energischsten Wesen. Er wurde überall da verwandt, wo es ein Mißverständniß durch persönliches Erscheinen aufzuklären, oder einen schlaffen Befehlshaber anzutreiben galt. Er erschien dann urplötzlich im Hauptquartier des Betreffenden und imponirte demselben durch das ruhige und entschiedene Wesen, mit dem er die Befehle Dumouriez's kund gab. Unter den Adjutanten nennen wir noch den Obersten de Montjoye, zu jenem liberalen Adel gehörig, der ein constitutionelles Königthum wollte, es aber für seine Pflicht hielt, dem Vaterlande auch nach Absetzung des Königs weiter zu dienen.

Von den noch bei dieser Armee kommandirenden Generalen sind als hervorragende Persönlichkeiten zu nennen, die Generale Valence,*) Beurnonville, Stengel, Miranda — der aber noch in Paris war —

*) General Valence hatte die Tochter der Gräfin von Genlis, der Erzieherin der Kinder des Herzogs von Orléans und damals bekannten Schriftstellerin, welche selbst erst im Alter von einigen und dreißig Jahren stand, geheirathet. Er hatte also Fühlung mit jenem Hause, ohne sich irgendwie zu den Partisanen des alten Herzogs von Orléans zu zählen.

Duval, der Herzog von Chartres, uns alle aus den Argonnen bekannt. General Ferrand war ein alter erfahrener Offizier, aber von mittelmäßigen Gaben.

Für die Eröffnung des Feldzuges wurden folgende Leitungsbefehle erlassen, über welche jedem General eine ziemlich ausgedehnte Instruction zuging. (Uebersichtskarte II.)

Valence sollte das zu dieser Zeit durch Luxemburg nach Belgien marschirende Korps Clairfait durch einen Marsch auf Namur von dem Herzog von Sachsen-Teschen abschneiden. Gingen die Oesterreicher auf Brüssel, so sollte er auf Lüttich marschiren und sie dadurch in ihrer Rückzugslinie auf Deutschland bedrohen. Marschirte dagegen Herzog Albert auf Lüttich, so sollte er die Citadelle von Namur belagern und die Armee von Dumouriez abwarten. Seine Stärke betrug etwa 22,000 Mann.

Der Generallieutenant d'Harville, welcher mit den bei Rheims angesammelten neuen Truppen, circa 12,000 Mann, nach Maubeuge dirigirt worden war, sollte von dort aus gegen Charleroi vorrücken, um sich mit Valence zu vereinigen und um die Belagerung von Namur zu decken. Dumouriez mit dem Centrum der Armee, fast 40,000 Mann, wollte gerade auf Mons vorrücken, wo die Hauptkräfte der Oesterreicher vermuthet wurden, um dem Herzog Albert, wenn er Stand hielt, eine Schlacht zu liefern. Endlich sollte Labourdonnaye seine Truppen — circa 20,000 Mann — bei Cisoing in der Nähe von Lille versammeln und sodann auf Tournay marschiren, um den Herzog zur Theilung seiner Kräfte zu zwingen. Ein kleines Korps von 4000 Mann sollte auf Courtray vorrücken, um die kleinen dort im Nordwesten befindlichen österreichischen Abtheilungen allmälig auf Antwerpen zurückzudrängen. Dumouriez wollte, indem er seine Armee in 4 größere Korps theilte, sie beweglicher machen und, wie er angiebt, den Fehler der Preußen vermeiden, welche in der Champagne ihre Hauptmassen immer eng zusammen gehalten hatten. Gegen diese Theilung der Armee vor der entscheidenden Kriegshandlung läßt sich nichts einwenden, sie ist sogar ganz im Geiste der heutigen Strategie, aber die Ausdehnung der Korps war dennoch für ihre Stärke eine zu große. Sie waren nicht im Stande, einem schnellen Gegner gegenüber sich taktisch baldigst zu unterstützen, und erkennt man hierin wieder deutlich, daß sich Dumouriez von den Reminiscenzen an die alte Schule noch nicht gänzlich loszumachen im Stande war. Dumouriez beurtheilte die Oesterreicher freilich richtig: es fehlte ihnen ein Führer, der mit Blitzschnelligkeit versucht hätte, eines der getrennten Korps nach dem andern zu schlagen, auch war die Uebermacht der Franzosen so groß, daß sie eine solche breite Front wohl wagen konnten. Indeß täuschte sich Dumouriez, wie der Verlauf der Ereignisse zeigt, in seiner Erwartung, daß der Herzog Albert das Land ohne Schlacht räumen würde.

Jomini verlangt, Dumouriez hätte sich mit den aus der Champagne kommenden Truppen, den Korps Valence, Beurnonville und d'Harville, gegen die linke Flanke der Oesterreicher, also auf Namur richten sollen, um ihre Rückzugslinie über die Maas sofort entscheidend zu bedrohen, ihren linken Flügel mit aller Macht anzufallen und so ihre zersplitterte Armee aufzurollen. Die Rückzugslinie der Oesterreicher mußte deshalb nach Deutschland gehen, weil sie bei dem Mangel an Festungen, bei der Feindseeligkeit der Bevölkerung und bei ihrer geringen Stärke nicht daran denken konnten, sich im Falle des Verlustes einer Schlacht im Norden von Belgien zu behaupten, vielmehr jedenfalls zur Niederlegung der Waffen gezwungen worden wären, falls es gelang, sie nach dorthin abzudrängen. Als Endziel schwebte Dumouriez vor Augen, nach der Eroberung Belgien's die Kaiserlichen über den Rhein zu drängen und seine Winterquartiere zwischen Cleve und Bonn zu nehmen.

Der Herzog Albert hatte sich entschlossen, das Land trotz der ungünstigen strategischen Lage zwischen Sambre und Schelde zu behaupten, wohl deßhalb weil er hiermit den Wünschen des Hofes am Meisten zu entsprechen glaubte. Demzufolge war seine Armee ungeheuer auseinandergezogen und zwar von Mons bis Ypern in einer Linie von 12 deutschen Meilen. Alles in Allem betrug damals die Stärke nicht über 24,000 Mann, denn Clairfait traf erst in den ersten Tagen des November mit circa 10,000 Mann ein; die Hälfte seines fast 20,000 Mann starken Korps hatte er in der Champagne verloren. 4000 Emigranten unter dem Herzog von Bourbon standen bei Namur.

Dumouriez stieß in Ausführung seiner Dispositionen sofort auf Hindernisse. Labourdonnaye verursachte, indem er einen in der That höchst widersinnigen Feldzugsplan vorschlug, sofort eine unnütze Correspondance, und die Truppen fanden an den meisten Versammlungs-punkten, trotz der in Paris verabredeten Maßregeln, nicht das Material, welches sie bedurften. Valence in Givet konnte nicht zu der ihm befohlenen Zeit ausrücken, da er weder Schuhe, noch Kleider, noch Artilleriebespannung vorfand, so daß es Clairfait in Folge dessen allein gelang, seine Vereinigung mit dem Herzog Albert zu bewerkstelligen. Es waren dies die ersten Folgen der Verwaltung von Pache, welcher die Geschäftszimmer mit gierigen, unwissenden und verhungerten Jacobinern angefüllt hatte.

Die von dem Kriegskommissar (Intendanten) der Armee Malus abgeschlossenen Lieferungs-Verträge hob er sämmtlich auf, weil dieser im Geruche des Aristokratismus stand und verkaufte sie an seine Pariser Kreaturen. Die Armee sollte die Folgen bald erkennen.

Dumouriez trat über diese Angelegenheiten sofort mit Pache in Correspondance und setzte die Interessen der Armee überzeugend auseinander, wie seine Briefe vom 24., 25., 26., 27., 28., 29. Oktober an den Minister beweisen. — Auch sandte er dem Militär-Ausschuß des Convents Abschrift eines dieser Briefe zu (25. Oktober). — Der Minister ging auf diese gründlichen Auseinandersetzungen fast garnicht ein, sondern antwortete in allgemeinen Phrasen, und stets mit der Versicherung, daß alle erforderlichen Maßregeln getroffen seien. *)

Dumouriez sah sich genöthigt, für das Erste auf die Mitwirkung von Valence zu verzichten, und änderte daher seine Leitungsbefehle dahin, daß d'Harville von Maubeuge auf Binche, Valence später auf Nivelles vorrücken sollte. Unter dem 26. Oktober erließ Dumouriez von Valenciennes aus einen Aufruf an die Bevölkerung von Belgien, welcher, im Styl der Revolution, im Uebrigen sehr geschickt abgefaßt, die Belgier aufforderte, sich mit der französischen Armee zur Erringung ihrer Freiheit vom österreichischen Joche zu vereinigen. — Zugleich wurden alle Generale angewiesen, die Bedürfnisse baar zu bezahlen, die Belgier als Freunde zu behandeln, und den Soldaten dies Verhältniß klar zu machen, die österreichischen Behörden aber abzusetzen, die Doppel-Adler abzureißen und den Freiheitsbaum aufzupflanzen.

In diesen Instruktionen ist wieder der umfassende Geist Du-

*) Correspondance du général Dumouriez avec Pache, Ministre de la guerre.

mouriez's erkennbar, welcher während der Operationen auch zugleich eine klare politische Stellung schaffen will und seine Untergebenen darüber aufklärt, was sie dabei zu thun haben, eine Sache, die nur zu oft bei der Eröffnung von Feldzügen versäumt wird.

Dumouriez hatte für das Centrum eine besondere starke Vorhut unter Beurnonville gebildet und derselben die 3 belgischen Bataillone zugetheilt.

Am 28. rückte Beurnonville bis Quiévrain vor. Dumouriez aber versammelte an demselben Tage sein Centrum in einem Lager etwa eine Meile östlich Valenciennes.

Ein starkes Detachement von 8000 Mann unter dem General Berneron wurde von Condé aus in der Richtung auf Büry entsendet. Durch diese Bewegung — welche von Jomini als eine unnütze Entsendung von der Hauptarmee charakterisirt wird, — wurde indeß Ath und damit die Verbindung zwischen Mons und den in Tournay und Ypern stehenden kaiserlichen Abtheilungen bedroht. Labourdonnaye sollte an diesem Tage bis auf die Höhen von Sanguin vorrücken, um Tournay anzugreifen, aber er weigerte sich, weil der Feind dort zu stark sei und bat um weitere Unterstützung. Es bedurfte wieder der Absendung von Devaux, um ihn mit den positivesten Befehlen und unter der Drohung, das Kommando an Duval übertragen zu wollen, vorwärts zu treiben.

Der Herzog versammelte in Folge des Vorgehens der Franzosen einen großen Theil seiner Kräfte bei Mons, um hier den Feind zu erwarten und ihm auf dem vorbereiteten Schlachtfelde von Jemmapes Stand zu halten.

Die Vertheilung seiner Truppen blieb indeß immer noch eine höchst verzettelte. Es standen in Ypern unter Latour 10 Bataillone 2 Escadrons, bei Büry 4 Bataillone 7 Escadrons, bei Tournay 8 Bataillone unter dem Herzog von Württemberg, endlich bei Mons 11 Bataillone 15 Escadrons. Dumouriez beschloß seinerseits, d'Harville, welcher, wie ihm befohlen, gegen Charleroi vorgerückt war, näher zur Entscheidung heranzuziehen, um des Erfolges sicher zu sein und befahl ihm daher, am 1. November bei Hon einzutreffen.

Am 3., 4. und 5. November wurden die österreichischen Avantgarden in den Gefechten bei Thulin, Boussu und Bois de Sars nach tüchtigem Widerstande allmälig auf Mons zurückgedrängt, wobei sich Beurnonville und der Herzog von Chartres auszeichneten, und am 5. Abends befand sich die französische Armee im Angesicht der österreichischen Hauptstellung westlich von Mons.

D'Harville, der während des Gefechts am 5. längs des östlichen Randes des Waldes von Sars vorgedrungen war, stand auf dem äußersten rechten Flügel, auf den Höhen von Siply, die Hauptmasse des Heeres aber dehnte sich von Frameries bis Hornu aus.

Die französische Armee biwakirte mit den hinteren Staffeln dicht an dem Saume der großen Waldung von Sars — in einem weiten Halbkreise vor den österreichischen Stellungen. Ihre Wachtfeuer rötheten weithin den Horizont. Die Truppen, Freiwillige und Linie, waren vom besten Geiste beseelt, hatten volles Vertrauen zu ihrem Führer und brannten auf den Kampf. — Der kommende Morgen sollte entscheiden, ob Dumouriez im Stande sein würde, die ungünstige Meinung von der Fähigkeit der Franzosen, in offener Schlacht zu siegen, welche seit den Tagen von Roßbach und Minden in Europa maßgebend gewesen war, auszulöschen und die Fahnen des neuen Frankreich zuerst mit Siegesehre zu taufen.

13. Kapitel.

Die Schlacht bei Jemmapes.*)

Der südwestlich von Mons aufsteigende Höhenzug ist durch zwei Senkungen durchbrochen, also in drei Hauptgruppen getheilt. An der östlichen liegt die Vorstadt von Bertaimont und giebt derselben den Namen, nordöstlich der mittleren Gruppe ist das Dorf Cuesmes gelegen. Hinter der westlichsten und bedeutendsten Höhengruppe liegt das Dorf Jemmapes, welches den äußersten rechten Flügelstützpunkt der Oesterreicher bildete. Der Trouillebach, durch sumpfige Wiesen fließend,

*) Hierzu Skizze 2.

wendet sich bei Jemmapes nordwestlich, wobei er den größten Theil des Dorfes links liegen läßt und sich gleich darauf in die Haine ergießt. Genau westlich von der letzten Höhengruppe aber liegt das Dorf Quaregnon, welches, sowie auch Jemmapes, durch die Straße Valenciennes-Mons durchschnitten wird. Südlich der westlichsten Höhengruppe liegt ein Busch von etwa 1000 Schritten Länge, welcher den Abhang zum Theil bedeckt.

Dieser Hügelzug war die Hauptstellung der Oesterreicher, welche sich somit von Bertaimont bis Jemmapes erstreckte und eine Ausdehnung von fast 8000 Schritten hatte. Oestlich und nördlich von Mons steigt das Gelände wieder auf zu dem Mont Palizel und den Höhen von Nimy, welche letztere die Straße nach Brüssel beherrschen. Die von Osten nach Westen laufende Haine geht um die letztgenannten Höhen herum, und tritt ziemlich nahe an Jemmapes heran. Dieselbe ist ein kleiner Fluß von ziemlicher Tiefe, welcher bei Condé in die Schelde fällt. Die südwestlich Mons gelegenen Höhen fallen nach Süden in ein flaches Thal ab, welches in dieser Richtung von sanfteren und niedrigeren Hügelzügen als jene begrenzt ist. Gerade der österreichischen Stellung gegenüber liegen von Osten nach Westen gezählt die Dörfer Siply, Framerier, Bauveries, Puturages und Wames.

Es war den Franzosen, welche, wie wir gesehen haben, während der Nacht der österreichischen Stellung sehr nahe gegenüber biwakirt hatten, möglich, auf den dem Feinde zunächst gelegenen niedrigen Hügeln, im Durchschnitt 2500 Schritt von demselben ihre Artillerie zu entwickeln. Die Rückzugsstraße nach Namur war der österreichischen Armee so gut wie verlegt, sie hätte sie nur durch einen Flankenmarsch gewinnen können. Somit blieb ihr nur die Straße nach Brüssel.

Die österreichische Stellung war seit lange vorbereitet und verschanzt. Jede der drei schon bezeichneten Hügelgruppen enthielt mehrere Redouten und andere Schanzen. Jemmapes war in Vertheidigungszustand gesetzt und auch von einigen Schanzen umgeben. Die Ausrüstung der Redouten mit Geschützen war jedoch nicht ganz vollständig und entsprach keineswegs den übertriebenen Schilderungen, welche einzelne französische Schriftsteller zur größeren Verherrlichung des Sieges machen. Die Streitkräfte der Oesterreicher betrugen nach dem glücklichen Eintreffen des Korps von Clairfait: 17 Bataillone, 25 leichte Kompagnien der Tyroler- und Kroaten-Freikorps, 23 Escadrons,*) 54 Geschütze außer den Bataillonskanonen, zusammen etwa 17,000 Mann.

Die österreichischen Streitkräfte waren zur Besetzung dieser Stellung in und zwischen den Schanzen ziemlich gleichmäßig vertheilt. Beaulieu kommandirte auf dem Mont Bertaimont; Clairfait von Cuesmes bis Jemmapes. Eine eigentliche Reserve war außer 18 Geschützen nicht vorhanden. Doch stand der größte Theil der Kavalerie vereinigt in der Ebene zwischen Cuesmes und Bertaimont. Siply und Quaregnon waren als vorgeschobene Posten vor dem rechten und linken Flügel von leichten Truppen besetzt.

Mons hatte zwar einen alten Wall und Graben, war aber nicht als vertheidigungsfähige Festung zu betrachten. Es war von einem Bataillon besetzt.

Im Stabe des Herzogs von Teschen befand sich ein junger Fürst, der einer der berühmtesten Krieger der Welt werden sollte, der Erzherzog Karl, um die Feuertaufe zu erhalten.

Die französische Armee wurde am Morgen nach Dumouriez's Befehlen folgendermaßen zum Angriff in Bewegung gesetzt.

General d'Harville sollte die Höhen von Bertaimont in der Flanke beschießen lassen, den linken kaiserlichen Flügel zu umfassen suchen und sich immer in der Höhe der Avantgarde halten. Im Fall eines günstigen Ausganges sollte er Mons östlich umgehen, um den Feind von der Straße nach Brüssel abzudrängen, wobei ihm der Berg Palizel und das Dorf Nimy, nördlich Mons, als Richtungspunkte angegeben waren. Die Stärke des Korps belief sich auf 12,000 Mann. Beurnonville's Avantgarde — ca. 15,000 Mann — hatte die Höhen von Cuesmes anzugreifen und bildete für diesen Tag den rechten Flügel.

Den linken Flügel der Armee führte der Maréchal de camp Ferrand. Unter ihm kommandirten die Generale Blottefières und Rozières. Die Truppenstärke betrug etwa 12,000 Mann. Das Cen-

*) Andere Schriftsteller, z. B. Renouard, machen andere Angaben, die hier angenommene hat nach meinem Dafürhalten deßhalb die größte Wahrscheinlichkeit, weil sie mit der Berechnung der gesammten Streitkräfte in Belgien am besten zu vereinbaren ist. Dumouriez behauptet sogar, daß die Stärke der Oesterreicher nach genauen Rapporten auf 28,000 Mann gekommen sei.

trum, etwa 16,000 Mann, stand unter dem General-Lieutenant Herzog von Chartres (Egalité), dem wieder Montpensier adjutantirte. — Beurnonville sollte zuerst angreifen, bald darauf der linke Flügel, wenn diese beiden Terrain gewonnen haben würden, sollte das Centrum vorgehen.

Die Gesammtstärke betrug ca. 55,000 Mann. Die Reiterei war für diesen Tag in 3 Divisionen von ziemlich gleicher Stärke — man kann jede etwa zu 10 bis 12 Schwadronen berechnen — getheilt und den Flügeln und dem Centrum zugewiesen.

Die Franzosen hatten sich früh aus ihren Biwaks erhoben. Die Stimmung der Truppen war die beste.

Lachend und plaudernd standen die Freiwilligen und älteren Soldaten um ihre Feuer, bis sie noch in der Dunkelheit die Gewehre in die Hand nahmen, um die Schlachtlinie zu formiren.

Als die Treffen zwischen 7 und 8 Uhr Morgens aufmarschirt waren, und Dumouriez, von seinem Stabe umgeben, Thouvenot an seiner Seite, die Fronten herumritt, wurde er freudig von den Truppen begrüßt. Ruhig musterte er die Stellung des Feindes. Der Augenblick der höchsten Ehre, aber auch der höchsten Verantwortlichkeit, die einem Sterblichen zu Theil werden kann, ein Heer in die Schlacht zu führen, war für ihn im Alter von 53 Jahren gekommen.

Er führte ein Heer zweifelhafter Zusammensetzung gegen eine alte Armee. — Die Ideen der Revolution sollten sich mit denen der reinen Monarchie im harten Zusammenstoß messen. Der Kranz des Siegers konnte ihn, dem Feldherrn des revolutionären Frankreichs, auch zum Retter des Vaterlandes gegen die Anarchie machen — so dachte er — das Beil der Guillotine aber blinkte drohend für den Geschlagenen im Hintergrunde.

Beurnonville erhält durch einen Adjutanten des Oberfeldherrn Befehl zum Angriff. Er zieht seine Artillerie, und zwar 10 Sechszehnpfünder und 16 Zwölfpfünder, vor und beginnt das Geschützfeuer gegen die 5 Redouten auf den Höhen von Cuesmes um 8 Uhr Morgens. Dasselbe wird von dem Artillerie-Obersten Labalette sehr gut geleitet. — Die französische Artillerie stand nicht in einer zusammenhängenden Linie, sondern war auf den Höhenkuppen derart vertheilt, daß sie im Stande war, die Facen der österreichischen Schanzen der

Länge nach zu bestreichen. Es war 8 Uhr Morgens, als die ersten Kanonenschüsse fielen.

Die Oesterreicher antworteten lebhaft. Besonders hatten sie einige schwere Haubitzen in ihren Redouten, die an diesem Tage ihre Granaten bis in die hintersten Treffen schickten. Der Artilleriekampf dauerte mehrere Stunden ununterbrochen fort, aber es gelang der französischen Artillerie nicht, die österreichische zum Schweigen zu bringen, obgleich Beurnonville noch 4 weitere Sechszehnpfünder zur Verstärkung erhielt.

Währenddessen hatte d'Harville das von 4 Kroatenkompagnien besetzte Dorf Siply wiederholt angreifen lassen, aber seine Angriffe waren abgeschlagen worden. Er mußte sich begnügen, die Schanzen von Cuesmes in der linken Flanke durch eine Batterie beschießen zu lassen. Feldmarschall-Lieutenant Beaulieu glaubte den Moment des letzten abgeschlagenen Angriffs zum Vorgehen gegen den rechten Flügel der Franzosen benutzen zu müssen, er konnte jedoch mit den wenigen verfügbaren Bataillonen nicht durchdringen und kehrte bald in seine Stellung zurück.

Dumouriez hatte sich inzwischen auf den linken Flügel begeben. Der Angriff gegen das Dorf Quaregnon hatte begonnen, kam aber nicht recht vom Fleck, bis Dumouriez selbst ermunternd eingriff und das Dorf den wenigen leichten Kompagnien der Oesterreicher abgenommen wurde.

Hierauf befiehlt Dumouriez das weitere Vorgehen auf Jemmapes. Zugleich mit dem Angriff in der Front soll es der General Rozières mit 4 Bataillonen von Nordwesten her umgehen und in der Flanke fassen. Dumouriez ordnet an, daß der Angriff in Bataillonskolonnen und ohne einen Schuß zu thun, mit dem Bayonnet erfolgen solle. Der Feldherr begiebt sich hierauf wieder mit seinem Stabe nach dem zurückgehaltenen Centrum, um die Operationen der Flügel abzuwarten.

Die Brigaden des Herzogs von Chartres standen eng massirt nahe bei Puturage. Bei dem Anblick Dumouriez's steckten sie den Dreispitz und das Casquet auf die Bayonnette und Säbelspitzen und begrüßten ihn mit: Vive la Rèpublique! Vive le général! Das Geschützfeuer von beiden Flügeln hält ununterbrochen an, aber die weißen Dampfwolken, welche die beiderseitigen Feuerlinien der Oesterreicher und Franzosen markiren, bewegen sich weder vor- noch rückwärts, das Gefecht steht, kein Erfolg ist sichtbar, und keine Botschaft kommt von den Flügeln. Dumouriez hatte mit großer Genauigkeit und Sicherheit die Wahrscheinlichkeit des Sieges, gestützt auf seine große Uebermacht, berechnet. Sollten nun dennoch die Anstrengungen an der Stärke jener verschanzten Stellung scheitern?

Als um Mittag Alles noch ebenso stand, entsandte er den vor einigen Tagen zum General ernannten Thouvenot, mit dem bestimmten Auftrag, auf dem linken Flügel den Befehl zu übernehmen und den Angriff auf Jemmapes ausführen zu lassen.

Thouvenot, in schnellster Gangart bei Quaregnon angekommen, fand die französischen Truppen eng zusammengedrängt im Dorfe, aus welchem Ferrand nicht herauszubrechen wagte, weil die Umgehung unter Rozières, durch die Trouille und deren sumpfige Uferwiesen aufgehalten, nicht vorwärts konnte, und er deren Wirkung abwarten wollte.

Thouvenot beruft sich auf seinen Auftrag von Dumouriez und gliedert 12 Bataillone und drei Batterien zum Angriff. Mit lautem Rufen, schlagenden Tambours und unter dem Gesange der Marseillaise setzen sich die Bataillonskolonnen in Bewegung. Das Feuer der Oesterreicher aus den Schanzen von Jemmapes ist aber so mörderisch, daß die Bataillone zum Theil stutzen, zum Theil sich nach rechts ziehen, wobei sie sich einem Punkt der österreichischen Stellung nähern, welcher schwächer als die übrigen schien. Es war dies ein sich südlich der großen Straße befindender Eingang in das Dorf, woselbst auch der Anschluß an die Verschanzungen auf den Höhen sehr mangelhaft war. Diesen Umstand benutzend, werfen sich einige der sehr zusammengeschossenen Bataillone des rechten Flügels im Trabe in jene Lücke, und es gelingt ihnen, den Eingang zu gewinnen. Große Verwirrung unter den Oesterreichern, die noch an der Straße von Valenciennes mit Hartnäckigkeit Stand hielten, war die Folge. Zugleich hatten drei französische Bataillone von der Kolonne unter Rozières auf Brettern und Balken eine von den Kaiserlichen für unpassirbar gehaltene sumpfige Wiese und die Trouille überschritten und griffen Jemmapes von Nordwesten an.

Zwei ungarische Grenadierkompagnien warfen sich ihnen entgegen und hielten den vordringenden Feind mit rühmlicher Standhaftigkeit auf, um der Besatzung von Jemmapes Zeit zum Abzug nach Mons zu verschaffen.

Zu gleicher Zeit mit dem Angriff auf dem linken Flügel war nun, abweichend von der Disposition, auf Befehl Dumouriez's auch das Vorrücken des Centrums erfolgt. Der Herzog von Chartres führte dasselbe gegen die dritte Höhengruppe vorwärts; durch diese Bewegung entfernte es sich von dem rechten Flügel derart, daß eine bedeutende Lücke entstand, welche Dumouriez durch den Aufmarsch von 7 Schwadronen in Linie auszufüllen befahl.

Die vorrückenden Truppen stießen nun zuerst auf das von 6 Kompagnien leichter Infanterie besetzte, vorhin erwähnte Gehölz. — Die Linie der 18 vorrückenden französischen Bataillone hatte eine nach innen gebogene Form angenommen. Sei es nun die Angabe eines falschen Richtungspunktes, sei es die absichtliche Direction des Angriffs der großen Truppenmasse auf das etwa 1000 Schritt lange Waldstück, sei es endlich, daß dasselbe, vom Feinde besetzt, wie so oft, die angreifenden Truppen sämmtlich anzog, genug, die Kolonnen des I. Treffens schoben sich zusammen, drängten sich endlich aneinander, kreuzten ihren Marsch, und die sicheren Schüsse der österreichischen Schützen räumten derartig in ihnen auf, daß sie erschüttert den Rücken wendeten, zumal das Feuer von den Höhen und Redouten die Angreifer schon erreichte und ihnen großen Schaden that. In diesem gefährlichen Moment brachen aus der Senkung zwischen Cuesmes und Jemmapes einige österreichische Schwadronen hervor und richteten ihren Stoß gegen die rechte Flanke der angreifenden Kolonnen. Die Verwirrung verbreitete sich weiter und die Brigade Drouin, im zweiten Treffen stehend, wurde von einem fliehenden Bataillon des ersten Treffens in die Flucht gerissen und wich in Auflösung zurück.

Der größte Theil der drei Bataillone, aus welchen diese Brigade besteht, drängt sich, Deckung gegen das feindliche Feuer suchend, hinter einigen kleinen Gebäuden zusammen. In diesem Moment erscheint ein Reiter in der Tracht eines Reitknechts. Mit dem Säbel auf den Feind deutend, wirft er sich den Flüchtlingen entgegen, macht Offizieren und Soldaten die kräftigsten Vorwürfe, wendet sich an den Brigadier und beschwört ihn, die Brigade wieder vorzuführen. Es gelingt ihm, sich Gehör zu schaffen, Ehrgefühl und Scham zu wecken. Der Brigadier setzt sich an die Spitze der wieder vorgehenden Brigade und fällt bald darauf, tödtlich verwundet, einen Moment der Schwäche mit seinem Leben sühnend.

Der Reiter sprengt hierauf zu den 7 Escadrons, um sie weiter vorrücken zu lassen, und die kaiserliche Reiterei, schon von den Kugeln der Infanterie decimirt, zieht sich wieder hinter ihre Hügel zurück.

Dieser Reiter, welcher hier durch seine Ermuthigungen und sein Beispiel das Gefecht herstellte, war Baptiste Renard, der Kammerdiener Dumouriez's. Die Thatsache, daß ein Kammerdiener hohe Offiziere und Soldaten an ihre Pflicht erinnert, mag sehr sonderbar erscheinen, die Wahrheit derselben ist aber deshalb nicht minder festgestellt und dürfte weniger auffallen, wenn man sich die Zusammensetzung der damaligen französischen Truppen vor Augen hält und daran denkt, daß unter den Freiwilligen Köche und Fechtmeister Offizierstellen bekleideten und im Laufe des andauernden Krieges zu den höchsten Ehrenstellen aufstiegen. Zu gleicher Zeit aber giebt dieses Faktum den Beweis, wie sehr Dumouriez seine Umgebung an sich zu ketten verstand.

Die Brigade links neben der Brigade Drouin hatte das Vorwärtsgehen in dem mörderischen Feuer der Oesterreicher ebenfalls vergessen und hatte in Unordnung den Rücken gekehrt, als der Herzog von Chartres, begleitet von seinem jugendlichen Bruder Montpensier, dem das Blut aus einer Hiebwunde über das Gesicht läuft, mit gezogenem Degen vor die Front derselben reitet: „Zusammen, zusammen, Soldaten!“ ruft er ihnen zu.

Er bildet eine einzige große Masse aus der Brigade, zieht die Fahnen der Bataillone vor die Front, benennt diese Kolonne laut: „Das Bataillon von Jemmapes“ und führt sie vorwärts.*)

Ein allgemeiner Impuls ist gegeben. Trotz des ruhmvollsten, hartnäckigsten Widerstandes der Oesterreicher dringen die französischen Massen zwischen einzelnen Schanzen durch, fassen sie von vorn und hinten

---

*) Am 24. Februar 1848 jagte das Pariser Volk diesen ruhmvollen Helden von Jemmapes aus dem Palais der Tuilerien, der in einem elenden Fiaker kaum der Dankbarkeit seiner Unterthanen zu entrinnen vermochte. Wunderbar genug, daß Louis Philipp am 24. Februar nicht mehr einen Funken von der Kraft von Jemmapes besaß, um die Aufrührer niederzuschmettern.

und nehmen sie mit stürmender Hand. Auch die französische Reiterei bricht schwadronsweise durch die Seitenabstände der Kolonnen, um auf die neben den Schanzen stehende Infanterie einzuhauen.

Zu gleicher Zeit sind endlich Thouvenot's Anstrengungen mit Erfolg gekrönt. Jemmapes wird von seinen Bataillonen genommen, und er richtet einen Theil seiner Streitkräfte auf die Höhenstellung des Centrums.

Hiermit war Clairfait's Widerstand, den er mit 7 bis 8000 Mann auf dem äußersten rechten Flügel gegen 25 bis 30,000 Mann in glänzender Weise geleistet hatte, gebrochen, und er zur Räumung der Stellung bei Jemmapes genöthigt, um so mehr als das Gefecht bei Cuesmes nach langem Schwanken auch eine ungünstige Wendung für die Oesterreicher nahm.

Dumouriez war, nachdem sich das Centrum in Bewegung gesetzt hatte, in scharfer Gangart zu den Truppen Beurnonville's geritten, in der Absicht, dem Angriff Nachdruck zu verleihen, oder, wenn der Stoß des Centrums mißglückte, Beurnonville's Truppen bis Paturages zurückzuziehen, um den Rückzug der Armee zu decken.

Er fand bei seiner Ankunft den Angriff schon im Gange und zwar waren 2 Brigaden, 5 Bataillone, unter dem General Dampierre, im ersten Treffen vorgehend, bis auf die Höhe von Cuesmes gelangt, deren Redouten sie nach rechts überflügelten. In ihrer rechten Flanke stand jedoch das Regiment Coburg-Dragoner und mehrere andere österreichische Schwadronen, sowie 2 Bataillone, wie es schien, auf den günstigen Moment zu einem Angriff wartend. Die Brigaden waren vor den von ungarischen Grenadieren besetzten Schanzen in's Stutzen gekommen und erlitten auf sehr nahe Entfernung von denselben empfindliche Verluste durch das österreichische Feuer.

Hinter diesen Brigaden hielt eine Kavaleriemasse von 10 Eskadrons. Beurnonville selbst war im zweiten Treffen mit 2 anderen Infanterie-Brigaden im Anmarsch. D'Harville kanonirte von den Höhen von Siply, ohne sich mit seinen Truppen von der Stelle zu rühren, auf die Stellung von Cuesmes, schoß aber auch in jene 10 Eskadrons hinein, welche außerdem noch Feuer von Beaulieu's Artillerie von den Hügeln von Bertaimont erhielten. Dumouriez erscheint vor der Front der Brigade Dampierre,*) deren Führer nach seinen Angaben nicht zur Stelle war, und wird mit: „Vive Dumouriez!“ empfangen.

Er sammelt sofort die in Unordnung gekommenen 10 Eskadrons und schickt den Befehl an Beurnonville, möglichst schnell mit dem zweiten Treffen heranzukommen.

In demselben Moment erfolgt der Anritt des Regiments Coburg-Dragoner gegen die rechte Flanke der Brigaden Dampierre's. Das Freiwilligen-Bataillon Vivarais, welches entwickelt stand, läßt nach der Flanke schwenken und empfängt den stürmischen Angriff mit Salven auf die nächste Entfernung (à bout portant). Die Husaren von Berchiny machen einen Ausfall in die linke Flanke des kaiserlichen Regiments. Mit ungeheuerem Verlust fluthen die österreichischen Reiter zurück und auch die hinter ihnen gestandene Kolonne Infanterie kann sich nicht behaupten.

Inzwischen haben die Brigaden Beurnonville's die Höhe erreicht, und die Infanterie Dampierre's geht auf's Neue gegen die österreichischen Schanzen vor, um deren Besitz ein wüthendes Ringen beginnt. Man schlägt sich auf die nächste Entfernung mit der Schußwaffe und Mann an Mann mit der blanken Waffe. Die Franzosen suchen die Brustwehren zu ersteigen, werden aber meist von den ungarischen Grenadieren zurückgeworfen; andere Bataillone dringen zwischen den Schanzen durch, treffen aber überall auf den heftigsten Widerstand. Inzwischen aber hat sich Dumouriez an die Spitze der schon erwähnten 10 Eskadrons gesetzt. Es waren dies die alten Husarenregimenter Berchiny und Chamborand und 6 Schwadronen reitender Jäger, welche von ihm um den linken Flügel der Redoutenstellung von Cuesmes in scharfem Trabe herumgeführt werden und die gegen die Infanterie Dampierre's und Beurnonville's fechtenden Oesterreicher im Rücken fassen, ja sogar in die zum Theil hinten offenen Schanzen durch die Kehle eindringen. — Viele österreichische Infanterietrupps werden niedergehauen, der größere Theil jedoch hatte in diesem Moment die Schanzen schon verlassen, denn der Herzog Albert hatte sich etwa um 1½ Uhr zum

*) Nach dem Werke: Victoires et conquêtes des Français befand sich Dampierre an der Spitze seiner Brigade und führte sie muthvoll vorwärts. Möglich immer, daß ihn Dumouriez nicht getroffen hat.

Rückzuge entschlossen, der auf die Brüsseler Straße dirigirt und trotz der ungünstigen Lage der Armee mit leidlicher Ordnung ausgeführt wurde. Von der Besatzung von Jemmapes wurden allerdings an 400 Mann in die im Rücken der österreichischen Stellung fließende Haine gedrängt, wo sie größtentheils ertranken. Es war circa 2 Uhr, als die Stellungen vor Mons von den Franzosen genommen waren.

Der Oberfeldherr hatte sich nach der Erstürmung der Höhen mit 6 Eskadrons Jäger wieder nach dem linken Flügel in Bewegung gesetzt, von welchem er noch keine Nachricht hatte, als ihm erst der Herzog von Montpensier, sodann Thouvenot mit der Nachricht entgegen kamen, daß der Sieg auch dort entschieden sei. Dumouriez hatte schon während des Kampfes bei Cuesmes einen Adjutanten nach dem anderen entsendet, um d'Harville zum Vorgehen gegen den äußersten linken Flügel der Oesterreicher auf den Höhen von Bertaimont und zur Einleitung der Umgehung um die Stadt Mons herum zu veranlassen. Dieser hatte sich aber nicht gerührt, da er die Stellung Beaulieu's bei Bertaimont für unangreifbar hielt. Auch nach dem erfochtenen Siege zögerte er, trotz fortgesetzter Aufforderungen Dumuoriez's, so lange, daß er erst nach 3 Uhr dazu gelangte, seine Truppen in Bewegung zu setzen.

Beaulieu hatte durch seine feste Haltung auf den Höhen von Bertaimont den Abzug des österreichischen rechten Flügels gedeckt und folgte nun gegen 3 Uhr allmälig gegen Mons nach.

Dumouriez war mit Thouvenot, den Herzögen von Chartres und Montpensier und seinem übrigen Stabe, unter denen sich die beiden Schwestern Ferney, begleitet von ihrem Vater und ihrem Bruder, befanden, auf die Höhen von Jemmapes geritten. Sie boten den gewöhnlichen Anblick einer verlassenen Stellung dar: stehen gebliebene Geschütze, umgestürzte Munitionswagen, todte Menschen und Pferde, Gruppen von Gefangenen. Alles dies war den jungen Soldaten der Republik etwas Neues. Die Siegesfreude schwellte ihre Herzen, sie blickten auf die Trümmer der abziehenden Oesterreicher und empfingen den Oberfeldherrn mit dem Schwenken ihrer Fahnen und mit begeistertem Jubelrufen. Für Dumouriez war es ein überwältigender Moment. Als Soldat war es ihm beschieden gewesen, die französische Waffenehre wieder herzustellen, als Patriot knüpfte er an diesen Tag die weitgehendsten Hoffnungen für die Zukunft des Landes.

Man umarmte sich, Baptiste Renard wurde von Dumouriez auf der Stelle zum Offizier ernannt.

Dumouriez erachtete die Armee zu einer sofortigen Verfolgung für unfähig, und in der That war die Abspannung der Truppen nach den Anstrengungen und Gefechten der vorhergehenden Tage eine große. Er befahl die Austheilung von Eau de vie und von Lebensmitteln. Er sah mit steigender Unruhe in der Ferne die österreichischen Truppen Mons gewinnen, aber d'Harville auf dem rechten Flügel rührte sich auch fürder noch nicht.

Nach Verlauf von zwei Stunden wurde der Aufbruch befohlen, und Dumouriez schickte eine Brigade gegen Mons vor. Die österreichische Armee mußte sich noch zum großen Theil in der Stadt befinden, und es war daher von größter Wichtigkeit, in dieselbe einzudringen. Die Brigade besetzte die verlassene Vorstadt, fand aber die Zugbrücken der Stadtumwallung aufgezogen, die Wälle besetzt und war unvermögend, sich der Stadt selbst zu bemächtigen. Zwei Brigaden wurden auf die Höhen von Bertaimont gerichtet, welche Beaulieu längst verlassen hatte. Aber auf das Gerücht, daß diese Höhen unterminirt seien, wirft sich eine dieser Brigaden, welche soeben erst brav gefochten hatte, in voller Auflösung von der Panik befallen, zurück, und kann erst in Cuesmes wieder gesammelt werden. Solchen Zufälligkeiten wird eine Armee von dieser Zusammensetzung stets im Uebermaß ausgesetzt sein.

Endlich zeigten sich d'Harville's Truppen und besetzten den östlich Mons gelegenen Berg Palizel, es war aber zu spät, um mit anbrechender Dunkelheit den Marsch um die Stadt herum nach der Höhe von Nimy auszuführen. D'Harville verfehlte die ihm von Anfang an übertragene Aufgabe durch seine Unentschlossenheit gänzlich, und waren daher die Oesterreicher im Stande, ihren Rückzug auf der Brüsseler Straße glücklich in's Werk zu setzen. Da nun Mons, zur Uebergabe aufgefordert, ablehnend antwortete, hatte die Verfolgung für diesen Tag ihr Ende erreicht. Die gegenseitigen Verluste werden sehr verschieden angegeben. Wenn man das Mittel aus den verschiedenen Angaben zieht, so verloren die Franzosen etwa 4000, die Oesterreicher etwa 8000 Mann nebst 8 Geschützen. Der geringe Geschützverlust beweist, wie geordnet der Rückzug derselben im Allgemeinen gewesen sein muß, was ihnen Angesichts der sehr großen Uebermacht zum besonderen Ruhme gereicht.

Durch die Richtung der Vorbewegung und durch den Umstand, daß das Korps Valence nicht zu richtiger Zeit marschfähig gewesen war, ferner durch die weite Entfernung von Labourdonnaye und Berneron, war die Wahrscheinlichkeit eines totalen Abdrängens der Oesterreicher von Deutschland nach Norden und einer Vernichtung derselben sehr verringert. Es fehlten Dumouriez von seiner 80,000 Mann starken Armee fast 30,000 zu der entscheidenden Action. Die Richtung seines Angriffes hatte strategisch im Ganzen und Großen senkrecht auf die feindliche Frontlinie geführt.

Die taktische Anlage der Schlacht sollte einen Angriff auf beide feindliche Flügel bedingen; durch den langen Widerstand der Oesterreicher gestaltete sich aber der Angriff, mit Ausnahme einer kleinen Umfassung bei Jemmapes, rein frontal, da das Centrum zugleich mit den Flügeln angriff. Eine Umfassung beider Flügel des Feindes ist bei großer Uebermacht an und für sich nicht zu verwerfen, aber nach der strategischen Lage mußte der Haupt-Accent auf den Angriff des linken Flügels der Oesterreicher gelegt werden. Dumouriez hatte dies wohl erkannt, wie die an d'Harville erlassenen Befehle beweisen, aber es wäre, im Einklang mit der Bewegung d'Harville's, entschieden vortheilhafter gewesen, das Gefecht auf der ganzen Front hinzuhalten, und mit starker Macht nur den linken Flügel der Oesterreicher auf dem Mont Bertaimont anzufallen. Hierdurch würde man direkt auf die Rückzugslinie der Oesterreicher gedrückt haben, und das Korps d'Harville würde dann auch wohl besser vorgegangen, sein zögernder Führer mit fortgerissen worden sein. Auch läßt sich nicht in Abrede stellen, daß der Befehl Dumouriez's an d'Harville, sich in gleicher Höhe von Beurnonville zu halten, in einigem Widerspruch steht mit der Anweisung: den linken Flügel des Feindes zu umgehen. Jedenfalls war aber genug gesagt, um einem General von Verständniß und Entschlossenheit seinen Weg vorzuzeichnen. — Auch die taktische Anlage der Schlacht erhebt sich also nicht zu jener Höhe der Kriegskunst, wie sie durch Friedrich und Napoléon I., in unseren Tagen durch Moltke, gezeigt worden ist, indeß muß man auch in Betracht ziehen, daß die Truppen Dumouriez's wenig geeignet zu einer sogenannten Manöverschlacht waren. Auf seine Uebermacht bauend, beschloß er sie stürmend an den Feind zu führen und durch einen ersten Sieg das schon in der Champagne gewonnene Vertrauen zu befestigen. — Dementsprechend war auch sein eigenes Verhalten. Er leitete nicht wie ein Napoleon von einem Punkte aus die Schlacht, sondern ist bald hier, bald da, um persönlich einzugreifen, die Truppen und Führer mit dem Feuer seiner Worte und seines Beispiels fortreißend, sie zum Sturm antreibend. Die Armee, welche er kommandirte, rechtfertigt ein solches Verhalten, denn seine Generale waren der Truppenführung im Großen ungewohnt, und sie befehligten Truppen, deren mangelhafte Disciplin und Ausbildung trotz Muth und gutem Willen plötzliche Rückschläge möglich machten, die gar nicht zu berechnen waren. — Was die taktische Ordnung bei der Infanterie betrifft, so sehen wir hier zum ersten Male die grundsätzliche Anwendung der Bataillons-Kolonne für das Gefecht, die erst in den letzten Kriegen (1866 1870/71) einer andern Form weichen sollte, bis zur Mitte unseres Jahrhunderts aber das Feld unbedingt beherrschte.

Auch Kellermann hatte, wie wir schon bemerkten, bei Valmy seine Bataillone in Kolonnen stehen. Die Einführung dieser Form geschah also nicht gewissermaßen instinktiv durch die Bildung tiefer Schützenhaufen im Gefecht, wie dies von manchen Schriftstellern behauptet wird, sondern wenigstens in diesen Fällen ganz überlegt. Man kann auch im Verlaufe dieses Buches verfolgen, daß die Kolonne eine seit lange in Frankreich geübte Form gewesen ist.*) Die Kavalerie tritt in kleineren Massen wirksam auf, die Artillerie ficht auf dem rechten Flügel unter einheitlicher Leitung, sonst sehr zersplittert. Sie fuhr aber mit der größten Kaltblütigkeit bis auf 200 Schritt an die österreichischen Bataillone heran, um ihr Feuer besser wirken zu lassen.

Die Schlacht bei Jemmapes trug den Ruf der Revolutionssoldaten in alle Länder, sie ist wichtig als der erste große Lichtstrahl einer lange leuchtenden Kriegssonne der Franzosen, wenn sie auch, unter die Schlachten des Kaiserreichs versetzt, nur einen Ruf zweiten Ranges besitzen würde.

---

*) Vergleiche Bd. I. Seite 63.

Belgien lag Dumouriez offen, und er schickte sich an, seinen Siegeslauf weiter zu verfolgen, aber durch den Jubelruf seiner Armee, die den Feldherrn feierte, klang es jetzt schon wie ein schneidender Mißton, wenn er an die Machthaber in Paris dachte.

---

14. Kapitel.

Einzug in Mons. Verwaltungsschwierigkeiten. Gefecht bei Anderlecht. Einzug in Brüssel. Der Conflict mit Pache. Die Operationen bis zur Maas.

Am nächsten Tage war Mons von den Oesterreichern geräumt. Die kaiserliche Armee war auf der Straße nach Brüssel zurückgegangen und biwakirte bei Soignies. Da die Bagage und der Train sehr weit zurückgeschickt worden war, so fehlte es an Nahrung und an Zelten. Clairfait's Truppen entbehrten des Nöthigsten. Große Entmuthigung machte sich geltend, und es begann sich unter den Wallonischen Truppen ein schlechter Geist und vielfache Fahnenflucht zu zeigen. Herzog Albert hatte sich nach dem damals beliebten System total zersplittert. Auf den Gedanken, durch Zusammenfassen der Kräfte zu wirken, war er gar nicht gekommen, obschon dies bei seiner numerischen Schwäche die einzige Aussicht auf Erfolg gegen Dumouriez's überlegene Macht versprach. Er hatte im Gegentheil Württemberg und Latour in Tournay und Ypern gelassen und ihnen erst den Befehl geschickt, zu ihm zu stoßen, nachdem die Schlacht bei Jemmapes geschlagen war.

Die Annahme der Schlacht vor Mons und die Richtung seines Rückzuges auf Brüssel konnte ihn in die größte Gefahr bringen, ganz von Deutschland abgedrängt zu werden, wenn der Gegner die Lage richtig auszunutzen verstand.

Er fühlte die Gefahr wohl heraus und entsandte Beaulieu mit 10 Bataillonen zur Sicherung seiner Rückzugslinie nach Deutschland nach Namur, wo auch noch der Herzog von Bourbon mit einem Korps von 4000 Emigranten stand. Mit dem Rest seiner Armee rückte er auf Brüssel, passirte diese in voller Gährung gegen die Kaiserlichen sich befindende Hauptstadt und lagerte östlich der Stadt, nachdem die Truppen von Latour und Württemberg sich glücklich mit ihm vereinigt hatten, und eine starke Nachhut von Reiterei unter dem Herzog von Württemberg noch südlich von Brüssel zurückgeblieben war.

Dumouriez war am 7. in Mons eingezogen, die sehr demokratische Bürgerschaft empfing ihn mit lautem Jubelrufen. — Er fühlte sich jedoch hier nicht mit Unrecht verletzt, weil dem General Dampierre, der nur an der Spitze der Pariser Freiwilligen und des Regiments Flandern gefochten hatte, dieselben Ehren zu Theil wurden, als ihm, dem Oberbefehlshaber, dessen persönlicher Thätigkeit zweifellos der Gewinn der Schlacht zukam.

Hier empfing er auch von seinen linken Flügelkorps, von Labourdonnaye und Berneron Nachrichten. Berneron hatte auf Ath marschiren und dadurch den Herzog von Württemberg an einer Vereinigung mit dem Herzog von Teschen hindern sollen. Aber da es ihm ebenso wie Valence an jeder Ausrüstung fehlte, so traf er erst am 8. in Ath ein, welchen Ort Latour schon vor ihm passirt hatte. Dumouriez erklärt diesen General an jeder Vernachlässigung für schuldlos. Labourdonnaye aber war am 6., 7. und sogar am 8. November nicht zu bewegen gewesen, gegen Tournay vorzugehen, obschon er die Nachricht von den Einwohnern erhielt, daß es geräumt sei. Am 8. früh ritt nun Deveaux mit 4 Husaren in die leere Stadt und dann direct nach Mons zu Dumouriez, um ihm von Labourdonnaye's Verhalten Meldung zu machen.

Endlich rückte Labourdonnaye ein und behandelte, der Instruction Dumouriez's zuwider, die Stadt als eine eroberte, so daß die Einwohner einen sehr sonderbaren Begriff von diesen Befreiern bekamen.

Dumouriez erhob entschiedene Beschwerde gegen Labourdonnaye und verlangte dessen Rückberufung*) erhielt jedoch vorläufig nur ausweichende Antworten.

Die Verfolgung der Oesterreicher einzuleiten, sah er sich vorläufig außer Stande. Der vornehmste Grund war die Verpflegung. Wir müssen hier wieder darauf zurückkommen, daß die Armee von 1792 sich in einem Uebergangsstadium befand.

---

*) Briefwechsel mit Pache.

Wenn man in einzelnen Dingen, wie der Aufruf von Freiwilligen, Gebrauch der Kolonnen, sich von den alten Ueberlieferungen entfernt hatte, so klebte man in Bezug auf andere noch ganz an denselben. — Die beiden großen Triebfedern des revolutionären Kriegssystems: die allgemeine Wehrpflicht und die Requisition waren noch nicht erfunden. Niemand dachte daran, daß das Land die Armee unmittelbar ernähren könne. In der preußischen Armee war es der einzige Tempelhoff, der diese Idee in allgemeinen Umrissen angedeutet, jedoch damit in der öffentlichen Meinung kein Glück gehabt hatte. — Auch Dumouriez verfuhr nach dem alten System des Abschlusses von Lieferungen und der Verpflegung aus Magazinen. Er würde, auch wenn er das System der Requisitionen hätte verfolgen wollen, es hier in Belgien nicht gethan haben, da er durchaus immer die Idee der Befreiung der Belgier und ihrer freien Verwaltung betonte, auch die den Augen der Welt damals noch verborgenen Rücksichten ihm riethen, sich die Belgier zu Freunden zu machen. Da nun von Seiten des Kriegsministers Pache absolut für nichts gesorgt war, so sah er sich außer Stande, vorzurücken, bis die Lieferungen abgeschlossen und in Gang gebracht waren. Durch die Geschicklichkeit des Unternehmers d'Espagnac und seines General-Intendanten Malus gelang es ihm, sowohl eine Anleihe bei dem belgischen Clerus zu machen, bei dem wohl einiger Zwang obgewaltet haben mag, als auch neue Verträge für die Lieferungen abzuschließen. Auch wurde der Kern einer Organisation für eine belgische Armee in's Leben gerufen. — Mit den geschlossenen Verträgen reiste d'Espagnac nach Paris ab, um sie bestätigen zu lassen. Auch ein Adjutant, begleitet von dem zum Offizier ernannten Baptiste Renard, ging nach Paris zum Bericht über die Schlacht bei Jemmapes. Baptiste, der von seinem General gewissermaßen als das dem demokratischen Geiste am Meisten schmeichelnde Wunder nach Paris geschickt worden war, wurde denn auch vom Convent zum Capitain ernannt, erhielt vom Präsidenten den Bruderkuß und die Ehre der Sitzung. —

Hier in Mons trafen mittelst Schreibens des Kriegsministers Pache vom 7. November zwei vom Ministerrath gefaßte Beschlüsse vom 29. October und vom 3. November ein. Nach dem ersten Decret sollte es den Generalen verboten sein, sich direct an den Convent mit Uebergehung des Ministerraths zu wenden, nach dem zweiten irgend welche politische Unterhandlungen mit dem Feinde anzuknüpfen. Beide Decrete verrathen die Angst und das Mißtrauen der Machthaber gegen die im Felde stehenden Generale deutlich, wenn auch vielleicht sachlich gegen diese Decrete nichts einzuwenden war.

Die weiteren Bewegungen wurden folgendermaßen eingeleitet. Das Korps Valence, welches nunmehr in Givet marschfähig geworden war, sollte am 14. in Nivelles eintreffen und derart weiter marschiren, daß es dem vor Brüssel etwa standhaltenden Feinde die linke Flanke abgewann; Labourdonnaye sollte ferner von Tournay auf Gent und von dort auf Dendermonde marschiren, das Centrum aber die Straße nach Brüssel verfolgen. Berneron sollte sich dagegen näher an Dumouriez heranziehen und am 11. in Herinnes sein. Ehe die Armee die Bewegung antrat, trafen die in Valenciennes krank gebliebenen Generale Stengel und Miranda, sowie der aus dem Gefängniß entlassene General Lanoue in Mons ein. Lanoue war wegen Verdachts des Aristokratismus von den Conventsdeputirten in Lille verhaftet und erst nach langen Verhandlungen freigelassen worden. Stengel wurde unter Beurnonville bei der Avantgarde verwendet, Miranda vorläufig beim Gros der Armee (corps de bataille). Am 11. begannen die Bewegungen. Am 12. standen in Folge dessen das Gros der Armee bei Enghien, die Avantgarde in Hal; am 13. schob Dumouriez ein gemischtes Detachement von 200 Jägern zu Fuß und 50 zu Pferde unter Deveaux gegen Brüssel vor. Diese Abtheilung stieß auf den Herzog von Württemberg, welcher mit 3 bis 4000 Mann, meist Reiterei und Artillerie, die Stellung von Sanct Peterslev vor Brüssel besetzt hielt. Die Chasseurs, heiß von den Kaiserlichen empfangen, weichen zurück. Dumouriez alarmirt die Avantgarde und eilt mit circa 3000 Mann dem Detachement Deveaux zu Hülfe. Der Feind weicht auf das Dorf Anderlecht zurück, wo er auf 5 bis 6000 Mann verstärkt, Dumouriez in der Flanke bedroht. Der General verlängert in Folge dessen seine Front übermäßig und eröffnet, um seine Schwäche zu verbergen, ein ungemein heftiges Geschützfeuer. Endlich kommt der Rest der Avantgarde heran, Dumouriez ordnet einen kecken Vorstoß an, und der Ort Anderlecht wird genommen.

Der Hauptheil der Armee unter Miranda, und das Corps d'Harville waren am Morgen in Hal eingetroffen und hatten Lager bezogen. Als der Kanonendonner von Anderlecht ertönte und von Minute zu Minute an Heftigkeit zunahm, schütteten die Soldaten die Kochgeschirre aus und nahmen freiwillig das Gewehr in die Hand. Miranda befahl hierauf den Aufbruch, doch kam zu richtiger Zeit Botschaft von Dumouriez über den glücklichen Ausgang des Gefechts und die Truppen, welche an diesem Tage ihre Anhänglichkeit an „ihren Vater" laut geäußert hatten, kehrten in das Lager zurück. Es war dies eine der ersten Aeußerungen jenes selbstständigen Geistes, welcher seit jenen Tagen in der Kriegsgeschichte oft so Großes bewirkte. Das „nach dem Kanonendonner marschiren": „marcher au bruit du canon" hat seit jener Zeit manche Schlacht gewinnen helfen*) und ist fast ein Axiom geworden. Brüssel wurde von Westermann sogleich aufgefordert, der alte Marschall Bender antwortete, daß die Stadt morgen geräumt sein würde. Dumouriez, welcher mit großer Umsicht alle Maßregeln zur Verhütung von Unordnungen getroffen hatte, hielt sodann am 14. seinen Einzug in die Hauptstadt und wurde wie in Mons als Befreier empfangen. Die Straßen waren voll von jubelnden Volksmassen und von Wallonischen Deserteuren, welche die österreichischen Fahnen verlassen hatten. — So war ihm der größte Triumph vorbehalten, der einem Feldherrn beschieden sein kann, der Einzug in eine Hauptstadt, welche in diesem Moment eine neue Aera der Freiheit und der Glückseeligkeit zu begrüßen vermeinte. — Für den 15. November hatte er die Besitznahme von Brüssel dem Convent angekündigt, und er hatte pünktlich Wort gehalten.

Die Dispositionen zu diesem Vorgehen sind ebenfalls, besonders von Jomini, getadelt worden und zwar, weil der strategische Gedanke, der nach Jomini von Anfang an die Operationen hätte leiten sollen, abermals außer Acht gelassen wurde. Wenn er, anstatt den Oesterreichern direct zu folgen, etwa die Richtung über Nivelles nach Löven nahm, so hatte er auf's Neue die Aussicht, sie von ihrem Rückzuge auf Deutschland nach Norden abzudrängen und sie zu vernichten. Von diesem Gesichtspunkte aus tadelt Jomini auch die Direction von Labourdonnaye auf Gent und Dendermonde. Gegen diese Meinung des berühmten Stra-

*) So im letzten Kriege die Schlacht bei Vionville, vor Allem aber die Schlacht bei Spichern, welche so recht durch die Selbstthätigkeit der zu Hülfe herbeieilenden Truppen gewonnen wurde.

tegen läßt sich im Ganzen und Großen vom rein militärischen Gesichtspunkte aus nur einwenden, daß durch den nothwendigen Verzug in Mons die Fühlung mit den Oesterreichern verloren gegangen war und erst wieder genommen werden mußte. Vor Allem scheint mir dabei der politische Standpunkt einigermaßen in Betracht zu kommen. Dumouriez wollte die Revolutionirung Belgien's, er wollte baldigst einen in die Augen springenden Erfolg erreichen, um seinen Gegnern in der Armee, vor Allem aber den Jacobinern in Paris, sein Uebergewicht fühlbar zu machen, er wollte die Verwaltung des Landes schnell organisiren. Alles das konnte nur von der Hauptstadt aus geschehen. Wir glauben, daß gegen diese Rücksichten die rein strategische, welche vielleicht endgültig viel größere Erfolge verhieß, zurücktrat. Ein Monarch an der Spitze seiner Armee hätte so gehandelt, wie es Jomini verlangte, bei einem General einer solchen Anarchierepublik, wie Frankreich augenblicklich war, sind noch andere Rücksichten maßgebend.

Die glänzende, persönliche Thätigkeit Dumouriez's tritt auch in dem Gefecht bei Anderlecht hervor, in welchem er durch eine geschickte Anwendung der Artillerie den Feind über die geringe Anzahl seiner Truppen täuschte.

Mag man über die Anwesenheit eines Ober-Generals bei der Avantgarde sagen, was man will, sie ist unbedingt besser, als ein zu weit rückwärts gelegenes Hauptquartier, denn sogar der Telegraph kann niemals das eigene Sehen ersetzen.

Hier in Brüssel entledigte sich Dumouriez seines Chefs des Generalstabes, des Generals Moreton, indem er ihn zum Kommandanten von Brüssel ernannte. Derselbe hatte sich zwar als ein tapferer Offizier, aber als ganz unfähig für den verantwortlichen und wichtigen Posten, den er inne hatte, gezeigt. Seine wüthende, affectirte Jacobinergesinnung machte ihn außerdem Dumouriez verdächtig und widerwärtig. Es gab nur eine Persönlichkeit, die ihm für diese Stellung vollkommen brauchbar erschien, und mit welcher er sich immer in vollster Uebereinstimmung befunden hatte, dies war Thouvenot. Er wurde sein Chef des Generalstabes; zum General war er schon vor Jemmapes ernannt.

Thouvenot zeigte sich in der That seiner neuen Stellung vollständig gewachsen. — Anfeindungen gegen seine Person blieben in der Armee und besonders unter den Generalen und Stabsoffizieren nicht aus. Er wußte ihnen jedoch mit Entschiedenheit und Ruhe die Spitze abzubrechen. Was seine politische Gesinnung anbelangt, so war er zwar ein freisinniger Mann, aber auch in ihm hatte das Treiben der Jacobiner in Paris und die Gesinnung des Kriegsministers schon wachsenden Ingrimm erregt, welches Gefühl er mit Dumouriez theilte.

In Brüssel traten sogleich große Schwierigkeiten an Dumouriez heran. Die erste war der Geldmangel. In der Armeekasse waren nur 14,000 Franken; der Sold war seit einigen Tagen nicht gezahlt. Es blieb kein anderes Mittel, als Anleihen bei den öffentlichen Kassen zu machen. Auch schoß ein patriotischer Banquier 300,000 Franken vor. An demselben Tage erhielt er eine sehr wichtige Nachricht. D'Espagnac kam aus Paris zurück und meldete, daß Pache die abgeschlossenen Lieferungs-Verträge sämmtlich verworfen habe.

In Paris hatte man einen besonderen Ausschuß für die Ankäufe organisirt, um diese einheitlich zu leiten. Dieser Ausschuß war aus drei Straßburger Juden, Namens Cerf-Ber, dem Schweizer Bidermann und einem Flamänder gebildet. Der Minister Clavière war der eigentliche Erfinder dieser Einrichtung und hatte den Ministerrath bewogen, seine Zustimmung zu geben. Cambon, welcher im Finanzausschuß des Convents großen Einfluß ausübte, wollte vor Allem mit Assignaten bezahlen und hatte Dumouriez's Absicht, mit klingender Münze in Belgien anzukaufen, verworfen.

Auch sollten durchaus die Pariser an diesen Lieferungen verdienen, nicht die Belgier. Es fehlte aber die ganze Maschinerie der Kriegsverwaltung, um diesen Ausschuß zur Versorgung so bedeutender Heeresmassen gehörig functioniren zu lassen, denn die in die Geschäftszimmer eingedrungenen Jacobiner hatten den regelrechten Gang des Dienstes gründlich zerstört. Außerdem aber wird Dumouriez von keiner Seite widersprochen, wenn er behauptet, daß Eigennutz und verwerfliche Finanzoperationen auf die Unternehmungen dieses Ausschusses von Einfluß gewesen seien. Von Seiten der Genossen der Pache und Marat war dies sicherlich der Fall, ob auch einige der Gironde angehörige Kapitalisten dabei ihren Vortheil hatten, mag dahin gestellt bleiben. Das Schlimmste an alledem war, daß die nöthigen Bedürfnisse an Kleidung, Lagergeräth und Verpflegung, die man in Belgien schon sicher gestellt hatte, nicht eintrafen, so daß diese siegreiche Armee in nicht allzulanger Zeit den größten Mangel an allem Nöthigen litt. Das Verfahren des Ausschusses, den Abschluß der Verträge in seiner Hand sämmtlich koncentriren zu wollen, war um so verkehrter, als Belgien Alles viel billiger als Frankreich lieferte und die Verträge Dumouriez's derart abgeschlossen waren. In Folge dieses verkehrten Systems ereignete es sich mehrfach, daß Getreide, Stoffe und Kleidungsstücke aus Belgien ausgeführt und von Frankreich an die Armee in Belgien zurückgeschickt wurden, dabei aber das Vierfache kosteten. Gegen die Aufhebung der von Malus abgeschlossenen Verträge that Dumouriez in einem Briefe an Pache vom 19. November lebhaften Einspruch, und forderte die Erlaubniß zum selbstständigen Abschluß von dergleichen Verträgen, weil bei dem schnellen Gange der Operationen dies das einzige Mittel sei, um die Armee zu versorgen. Er hatte damals vollkommen Recht. Später wußte man die Mittel anders zu finden. Man schloß keine Verträge, sondern man nahm, was man fand und lebte davon, so lange es ging. Die Magazine brauchte man nebenbei, wenn die Requisition nicht reichte — und so ist es geblieben bis auf den heutigen Tag. Daß dabei aber die Civilisation und die Humanität im Kriege gewonnen haben, die man im 19. Jahrhundert bis zum Ueberdruß im Munde führt, kann doch nur Jemand behaupten, der ohne auch nur im Geringsten rechts oder links zu sehen, willenlos der Phrase folgt, mit der sich das Jahrhundert selbst belügt.

Pache antwortete auf den Brief Dumouriez's vorläufig nicht, und die Sache blieb in der Schwebe. Die Besitzergreifung des den Emigrirten gehörigen und sich in mehreren Städten vorfindenden Materials verursachte Schwierigkeiten und Unordnungen aller Art. Die militairische Organisation der Belgier schritt sehr langsam vorwärts, da jede der Provinzen ihre eigene kleine Armee errichten wollte, aus welchem Factum man ersehen kann, wie tief die mittelalterliche Abgeschlossenheit diesem Volke noch im Blut stak.

Die Zustände in Belgien selbst erfuhren auch baldigst insofern eine Verbitterung, als die belgischen Kaufleute die fast ganz werthlosen Assignaten der Republik, welche ihnen von den französischen Soldaten angeboten wurden, nicht annehmen wollten, was zu Klagen bei Dumouriez und Zwistigkeiten aller Art Veranlassung gab.

Unter Dumouriez's Schutz bildete sich in Brüssel eine belgische Verwaltung, welche ihre Verfügungen nach gemäßigten Grundsätzen erließ. Außerdem aber hatte sich sofort ein Jacobinerclub gebildet, welcher nach dem Muster des Pariser die wildesten und zur vollen Desorganisation führenden Grundsätze verkündigte und mit jener Regierung bald in Conflict gerieth, wobei er sogar eine Stütze an Moreton fand. — Durch alle diese Schwierigkeiten sah sich Dumouriez abermals 5 Tage, bis zum 19. November, in Brüssel festgehalten, und es war nun die höchste Zeit, die Operationen fortzusetzen. Aber wie dies anfangen, ohne das Nöthigste? — Er entschloß sich kurz und befahl seinem Intendanten Malus schriftlich, die Verträge aufrecht zu erhalten, auf seine Verantwortlichkeit hin und wahrlich, diese Verantwortlichkeit wollte dem Convent gegenüber etwas bedeuten.

Ehe er Brüssel verließ, befahl er Labourdonnaye, die Belagerung von Antwerpen einzuleiten. Valence erhielt den Befehl, mit seinem Korps die Citadelle von Namur zu belagern.

Ein Ueberblick über den gesammten Stand der Dinge zeigt uns zu dieser Zeit: die preußische Armee bei Coblenz; Hohenlohe-Kirchberg mit 20,000 Mann in Luxemburg und Trier, gleichsam wie ein vorgeschobener Posten, der nunmehr durch die Wegnahme Belgien's auch von Norden bedroht wurde, sich aber auf die starke Festung Luxemburg stützte. Kellermann war nämlich nach dem Rückzuge der Verbündeten aus der Champagne diesen nur bis zur Grenze gefolgt und hatte daselbst Kantonnirungen bezogen. Er hielt es nicht für möglich, die Operationen fortzusetzen, wurde deshalb abberufen und durch Beurnonville ersetzt, welcher nunmehr mit etwa 20,000 Mann Hohenlohe-Kirchberg gegenüber an der Grenze stand. —

Bei Mainz und Frankfurt befand sich Custine mit 20,000 Mann vorgeschoben, die hessischen Truppen bei Marburg. Biron mit seiner kleinen Armee im Elsaß, Esterhazy gegenüber; Kellermann mit der Alpenarmee in Savoyen, gegen die Sardinier*).

---

*) Der frühere Befehlshaber Montesquiou hatte sich zu dieser Zeit schon mit den jacobinischen Machthabern des Kriegsministeriums überworfen und sich nach Genf geflüchtet.

Die Armee unter Dumouriez's unmittelbarem Befehl zerfiel nun in drei Haupttheile.

1. Die Avantgarde unter dem General Stengel.
2. Das Corps de bataille oder der Haupttheil.
3. Das Korps d'Harville.

Die Avantgarde hatte schon am 16. Mecheln besetzt und daselbst eine Geschützgießerei und Waffenfabrik vorgefunden. Um diese schnell in Thätigkeit zu setzen erbat er sich den Bruder Thouvenot's, einen in solchen Dingen erfahrenen Stabsoffizier, welcher auch bald darauf eintraf.

Die österreichische Armee war nach einigen Schwankungen in der Richtung auf Löven zurückgegangen, woselbst am 16. November Clairfait den Befehl übernahm, da der Herzog von Teschen krank die Armee verließ. Sie war von dieser Stellung aus im Stande mit Beaulieu, der bei Namur an der Maas stand, in Verbindung zu bleiben und konnte sich etwa bei Lüttich mit demselben vereinigen.

Das Korps Valence nöthigte aber einige Tage später Beaulieu bei Huy über die Maas und in der Richtung auf Arlon zurückzugehen. Clairfait aber, der nunmehr in seiner linken Flanke bei Löven sehr bedroht und dessen Rückzug nach Deutschland gefährdet erschien, brach am 20. nach Tirlemont auf, wo er sich zwischen der großen und kleinen Geete aufstellte. Dumouriez marschirte auf Löven, passirte diese Stadt und lagerte bei Pellenberg.

Das Korps d'Harville, welches zur Rechten der Hauptarmee marschirte, ging südlich Löven über die Dyle und stellte sich am Walde von Merdal auf. Die Avantgarde unter Stengel wurde bis an die Velpe vorgeschoben. Die österreichische Avantgarde stand auf den Höhen von Kumptich den französischen Vorposten gegenüber.

Am nächsten Tage machte d'Harville zur Umgehung der linken österreichischen Flanke eine Bewegung auf Hougaerde, eine Division (Befehlshaber nicht zu ermitteln) marschirte mit derselben Absicht gegen die österreichische rechte Flanke nach Oplinter. Der übrige Theil der Armee schloß auf die Avantgarde im Centrum auf. Am 23. wurde die österreichische Arrieregarde bei Kumptich stark angegriffen, aber nach hartnäckigem Kampfe erst Nachmittags vertrieben.

Die beiden Umgehungskolonnen waren zu spät gekommen. Die

Kaiserlichen verloren etwa 500 Mann. Dumouriez war wieder gegenwärtig und feuerte durch sein Beispiel seine Truppen an.

Er nahm sein Hauptquartier nach dem Gefecht in Tirlemont. An d'Harville ging der Befehl ab, sofort zur Deckung der Belagerung von Namur gegen den Prinzen Hohenlohe-Kirchberg, der im Luxemburgischen stand, abzumarschiren.

Dumouriez muß seiner Sache gegen Clairfait sehr sicher gewesen sein, daß er d'Harville in diesem Moment entsendete, aber freilich wußte er, daß der österreichische Feldherr schwerlich mehr als 16,000 Mann befehligte, und daß diese täglich durch die Fahnenflucht der Wallonen schwächer wurden.

Clairfait setzte nach diesem Gefecht seinen Rückmarsch in der Richtung auf Lüttich fort, und Dumouriez wäre ihm gern gefolgt, aber in diesem Moment fiel abermals ein Streich aus Paris, der seine ganze Aufmerksamkeit auf die politischen und Verwaltungs-Angelegenheiten richtete.

Am 24. erschien in seinem Hauptquartier der Citoyen Ronsin, und präsentirte ihm ein Decret des Convents vom 22. November, nach welchem Espagnac, die Intendanten Malus und Petit-Jean — Letzterer von dem Korps Labourdonnaye — sofort zu verhaften und vor die Barre des Convents zu führen seien.

Das war die Antwort auf den Befehl Dumouriez's, die Verträge mit den Belgiern aufrecht zu erhalten. Pache hatte den Brief Dumouriez's vom 19. November dem Convent zur Entscheidung überreicht, und die von ihm selbst, Marat, Robespierre u. A. geleiteten Jacobiner hatten jenen Beschluß durchgesetzt.

Mit Wuth im Herzen gehorchte Dumouriez dem Decret. Gern hätte er sich selbst sogleich dem Convent gestellt, aber die wieder eingeleiteten Operationen verboten ihm, an einen solchen Schritt zu denken. Er antwortete sogleich Pache, daß er sofort gehorcht und die Intendanten habe verhaften lassen, machte aber dem Minister bemerklich, daß man kein besseres Mittel habe ergreifen können, um die Armee zu desorganisiren, als dieses, und daß er zuversichtlich hoffe, die Verhafteten würden ihre Ankläger baldigst beschämen. Der neu ernannte Intendant Ronsin nannte sich einen Dichter. Er hatte einige schlechte Stücke im Jacobinerstyl geschrieben. Von dem Geschäft eines General-

Intendanten verstand er absolut Nichts, und da er den Abschluß irgend welcher Verträge in Belgien dem General gegenüber verweigerte, so vermehrte sich der Mangel in der Armee in der haarsträubendsten Weise. Ronsin gehörte zu der Fraction der Hebertisten, der wüthendsten Fraction der Jacobiner- und Commune-Partei, welche die Vernichtung des Eigenthums wie den krassesten Atheismus auf ihre Fahnen schrieb. Die Einführung der Déesse Raison war später ihr Werk.

Ronsin befehligte später die revolutionären Banden, welche in Paris die Revolten machten und die Höllenkolonnen in der Vendée bildeten.

Als die Hebertisten durch ein letztes Zusammenwirken Danton's und Robespierre's gestürzt wurden, fiel auch Ronsin am 24. März 1794 unter dem Beile der Guillotine.

Labourdonnaye hatte während der Operationen gegen Tirlemont die Belagerung der Citadelle eröffnet. Das Decret des Convents vom 15. November hatte, im Gegensatz zu den internationalen Verträgen, die Freiheit der Schelde proklamirt und schon um diesem Decret Folge zu leisten, war die Entsendung eines Belagerungskorps nöthig geworden. Dieses Verfahren mußte Frankreich in Conflict mit Holland bringen, denn den Holländern war durch jene internationalen Verträge die Schließung der Schelde garantirt. — Durch einen Brief ohne Datum benachrichtigte Pache den Ober-General, daß die Behörden von Gent über das Verfahren ihrer Befreier Klagen geführt hätten, schob dies aber ganz willkürlich dem Ober-Befehlshaber zu, welcher ihn dafür in seiner Antwort auf die Klagen verwies, welche er schon seit lange gegen Labourdonnaye in dieser Beziehung erhoben hatte. Labourdonnaye hatte überall, wo er in Nordbelgien eingerückt war, dasselbe Verfahren wie in Tournay beobachtet, d. h. er war als Eroberer aufgetreten im Gegensatz zu den Proclamationen Dumouriez's.

Dumouriez beschwerte sich über alle diese Dinge in einem längeren Briefe an Pache vom 24. November, welcher mit den Worten beginnt:

„Es ist Zeit, Bürger-Minister, daß ich alle Energie meines Charakters entfalte, und daß ich den vollen Unwillen ausdrücke, den ich empfinde, über Alles das, was gegen das Unternehmen, mit welchem ich beauftragt bin, angezettelt wird, sowie über alle die Mittel, welche man gebraucht, um es scheitern zu machen." —

Er entwickelte nun weiter, daß er Labourdonnaye's Abberufung unbedingt fordere, und daß es hier heiße: Er oder ich! Er wies detaillirt nach, wohin die Verwaltung der Armee durch das befolgte Pariser System gebracht werden würde und erklärte, er werde, falls keine Aenderung erfolge, dem Convent, nachdem Lüttich und die Maaslinie gewonnen sein würden, um seine Entlassung bitten.

Pache fühlte wohl, daß er trotz aller Anfeindungen des Generals durch seine Parteigenossen, nicht im Stande sei, Dumouriez's Entlassung dem Convent gegenüber zu vertreten und ertheilte daher Labourdonnaye den Befehl, nach den Nord-Departements von Frankreich zurückzukehren und das Kommando über die dortigen Nationalgarden und Depottruppen zu übernehmen. Die Besetzung seiner Stelle wurde Dumouriez überlassen. Dieser schickte Miranda zur Uebernahme des Befehls ab. Am 30. November kapitulirte die Citadelle von Antwerpen, womit Nord-Belgien in den Händen der Franzosen war. —

Pache wollte den General Thouvenot zu einer Expedition gegen rebellische Kolonien verwenden, eine Maßregel, welche ebenfalls entweder die Thorheit oder die blinde Feindschaft der jacobinischen Fraction gegen Dumouriez beweist. Ihm seinen Generalstabs-Chef im Feldzuge nehmen, hieß ihm enorme neue Schwierigkeiten bereiten. Dumouriez sträubte sich denn auch so energisch gegen diesen Versuch, daß Pache nicht darauf zu bestehen wagte.

In der ganzen Armee waren inzwischen sehr üble Zustände im Anzuge.

Die von dem Lieferungsausschuß in Paris abgeschlossenen Verträge wurden erst am 1. Januar gültig. Die Belgischen Verträge waren aber aufgehoben, das Heer erhielt also nichts. Der Unwille desselben richtete sich derart gegen den neuen Intendanten, daß diesem trotzigen Jacobiner in seiner Stellung doch sehr unwohl wurde. Er kam zu Dumouriez und bat ihn flehentlich, mit seiner Autorität für die Erhaltung des Verwaltungsdienstes einzutreten, was denn auch Dumouriez im Interesse der Armee soweit that, daß die entrüsteten Beamten wenigsten Ronsin gehorchten und ein Theil der Lieferungen fortdauerte. —

Diese Zustände waren bei Freund und Feind nicht unbekannt

geblieben. Man sah den siegreichen General täglich mehr in Conflict mit der jacobinischen Fraction und der Regierung gerathen. —

Man sah das Unwetter heraufziehen und man war von vielen Seiten bereit, das glimmende Feuer zu schüren. Der alte emigrirte Marschall de Castries, unter welchem Dumouriez auch im siebenjährigen Kriege gefochten hatte, schrieb damals: Bientôt Dumouriez aura le même sort que Lafayette! Und von der entgegengesetzten Seite tönte es in Marat's: Ami du peuple: Dumouriez wird desertiren wie Lafayette! —

Dumouriez meint, daß das ganze Verfahren Pache's nicht nur darauf berechnet gewesen sei, ihn selbst zum Aeußersten zu treiben, sondern auch ihn zu nöthigen, Belgien als erobertes Land zu behandeln. Ob nun ein bestimmter Plan vorlag oder nicht — jedenfalls vereinigten sich hier die Beschränktheit und die Habgier mit dem Gefühl des Hasses gegen den siegreichen General und vermutheten einstigen Dictator, um diese Ungeheuerlichkeiten hervorzubringen. — Es war ein Zeitabschnitt, in welchem die Revolution noch nicht ihre gesammte Wildheit, aber auch noch nicht ihre Größe, wie sie sich später z. B. in einem Carnot offenbarte, entfaltet hatte. In solcher Uebergangszeit stoßen aber die Gegensätze um so härter zusammen, und wenn sich später die Generale willenlos von den Conventskommissaren auf das Blutgerüst schleppen ließen, so war diese Zeit jetzt noch nicht gekommen.

Es würde mich zu weit führen, noch genauer auf die Einzelnheiten der Schwierigkeiten einzugehen, welche Dumouriez aus dem Hasse der Jacobiner und dem Verwaltungswirrwarr in dieser Zeit erwuchsen. Es ist genug gesagt, um sich ein Bild der Lage, wie sie sich schon in Tirlemont gestaltete, machen zu können.

Dumouriez sah seine Armee des Nöthigsten beraubt, seine Kraft gelähmt und seinen Widerwillen und die Verachtung gegen die Machthaber in Paris und ihre verkommenen Sendlinge, welche sich wie Schlingpflanzen um den kräftigen Baum ringelten, um ihm die Lebenskraft zu entziehen, auf das Höchste gesteigert.

Wenn man die ungeheure, geistige Thätigkeit, die Anspannung der Seelen- und Körperkräfte erwägt, die jede Ausübung der Stellung eines Oberfeldherrn an und für sich bedingt, so wird man ihn um so mehr bewundern müssen, in seiner Spannkraft, seiner Unermüdlichkeit und Widerstandsfähigkeit diesen Hindernissen gegenüber, wie sie kaum in der Geschichte ein zweites Mal einem Feldherrn in den Weg gelegt worden sind. — Dabei aber fuhr man in Paris fort, das Höchste von dem Feldherrn und der Armee zu verlangen. Durch einen Brief vom 25. November*) drängte Pache den General, auf keinen Fall an der Maas Halt zu machen, sondern seinen Plan, bis an den Rhein vorzurücken, bestimmt in's Werk zu setzen. Er benachrichtigt ihn, daß die 20 Bataillone, welche Dumouriez in einem früheren Briefe zur Besetzung der Etappen und Verbindungen in Belgien verlangt hatte, auf dem Marsche seien, und daß Beurnonville und Custine auf seine Action warteten.

Am 26. brach die Armee von Tirlemont auf und lagerte an demselben Tage bei Saint Tron. Clairfait befolgte das Princip, den Rückzug seiner Armee durch Gefechte der Nachhut zu decken. So fand Dumouriez, seinen Marsch auf Lüttich fortsetzend, am 27. bei Voroux und Waroux**) eine starke kaiserliche Arrieregarde unter Befehl des Generals Staray in verschanzter Stellung. Er ließ dieselbe in der Front durch etwa 8000 Mann angreifen, während er die Flanken der feindlichen Stellung durch Entsendungen bedrohte. Auch diese kamen an diesem Tage ebenso wenig zur Wirksamkeit, wie in den Gefechten von Tirlemont. Es beweist dies so recht, wie solche Bewegungen nur von einer disciplinirten Armee mit geschulten, erfahrenen Führern angewendet werden können. Truppen, deren Marschfähigkeit nicht gesichert ist, treffen nicht zur richtigen Zeit ein, und die beste Disposition kann ihnen diese nicht verleihen.

Das Gros der Armee von Clairfait ging während dieses Gefechts in aller Ruhe über die Maas, und die Nachhut folgte am Abend des 27. nachdem sie den ganzen Tag über die französischen Angriffe mit großer Tapferkeit abgeschlagen hatte, wobei ihr Führer, General Staray,

*) Der Brief ist in dem Briefwechsel vom 15. November datirt, was offenbar unrichtig ist; ich habe den 25. gesetzt, was sich mit den Ereignissen im Einklange befindet.

**) Dumouriez verwechselt hier die sehr ähnlichen Ortsnamen einiger Dörfer vor Lüttich. Nach meiner Prüfung sind die oben genannten Namen die richtigen.

schwer verwundet worden war. Dumouriez selbst nennt diesen Theil des Feldzuges der Oesterreicher une fort belle retraite.

Am 28. zog Dumouriez in Lüttich ein, von dem Jubel der stets sehr unruhig und democratisch gesinnten Bürgerschaft, welche ihren Bischof schon mehrere Male vertrieben hatte, empfangen.

Das Korps d'Harville hatte sich inzwischen mit Valence bei Namur vereinigt. Valence hatte eine Abtheilung über die Maas gehen lassen, welche bei Andoy dem Korps Beaulieu gegenüber stand.

Nach einigen Gefechten zog sich Beaulieu bis nach Arlon in das Luxemburgische zurück, wo er sich mit dem Fürsten von Hohenlohe-Kirchberg vereinigte, aber dadurch außer aller Verbindung mit Clairfait trat. Die Belagerung der Citadelle von Namur konnte nun ruhig stattfinden, und dieselbe kapitulirte am 2. December.

Miranda war nach der Kapitulation der Citadelle von Antwerpen mit ziemlicher Schnelligkeit gegen die Maas vorgerückt, und zwar in der Richtung auf Roermonde, wie ihm dies durch die Befehle Dumouriez's vom 29. November vorgeschrieben war. Diese Stadt wurde ohne Widerstand besetzt, so daß Anfang December die gesammte Armee die Maaslinie erreicht hatte, und die Eroberung Belgien's eine vollendete Thatsache war.

Jomini tadelt an den erzählten Operationen abermals, daß man nicht Valence und d'Harville habe direct auf Lüttich marschiren lassen, um den Oesterreichern den Rückzug nach Deutschland abzuschneiden. Sie hätten dann nach Holland übertreten müssen, wohin sie übrigens nach einem Decret des Convents auch verfolgt worden wären. Valence und d'Harville hätten, um nach Lüttich zu gelangen, zuerst Beaulieu, der damals in der Nähe von Huy stand, eine entscheidende Schlacht liefern müssen. Dieser General aber wich thatsächlich einer solchen aus, hätte dies wohl auch im Falle der Richtung des Marsches auf Lüttich gethan, würde aber wahrscheinlich dem Marsch von Valence sich ununterbrochen angehängt haben. Daß zuviel Kräfte auf die Belagerung der Citadelle von Namur verwendet wurden, ist richtig. Dumouriez legte noch immer einen zu hohen Werth auf kleine Festungen, die später kaum beachtet wurden, indeß giebt es wohl keinen Sterblichen, welcher sich von allen Ueberlieferungen *sofort* loszumachen versteht. Große Veränderungen brechen sich erst nach und nach Bahn.

Auch Friedrich II. hat nicht bei Mollwitz sogleich die schiefe Schlachtordnung angewendet. Im Ganzen und Großen charakterisirt sich die Bewegung der französischen Armee, von der Ueberschreitung der Grenze bis zur Erreichung der Maaslinie, als eine große Rechtsschwenkung, bei welcher das Korps Valence den Drehpunkt, das Korps Labourdonnaye — später Miranda — den herumgehenden Flügel abgab.

---

15. Kapitel.

Ueberblick. Die Lage an der Maas. Vorschläge Dumouriez's verworfen. Einnahme von Aachen. Winterquartiere.

Zum Verständniß der Lage Dumouriez's ist ein Ueberblick über die allgemeine politische Lage unbedingt nöthig.

Die diplomatischen Unterhandlungen zwischen Preußen und Frankreich waren nach dem Rückzuge Braunschweig's über den Rhein nicht abgebrochen, sondern zwischen dem französischen Minister des Auswärtigen durch den Agenten Madrillon und dem preußischen Minister Luchesini weiter fortgeführt worden. — Französischer Seits wurde immer das Ziel festgehalten, Preußen von Oesterreich zu trennen und diesem Staat gemeinschaftlich den Krieg zu machen. Lebrun zeigte dabei dem König Friedrich Wilhelm die Zertrümmerung Oesterreich's und die Herrschaft Preußen's über Deutschland in der Ferne. — Der König war indeß durchaus nicht gewillt, auf diese weitausschauenden Pläne Gewicht zu legen und ohne Oesterreich Frieden zu schließen. Er interessirte sich persönlich immer am meisten für das Schicksal Louis XVI. selbst, und da dies in den Unterhandlungen hervortrat, beschloß Lebrun diese Stimmung zu benutzen, und ließ dem Könige gegen einen Separatfrieden die Freilassung Louis' feierlich anbieten. Um diese aber um so wünschenswerther erscheinen zu lassen, schritt man zur Einleitung einer Untersuchung gegen den gefangenen Monarchen und am 6. November, am Tage der Schlacht bei Jemmapes empfing der Convent den ersten Bericht über diese Angelegenheit. — Die Jacobiner hatten zwar seit Wochen das Blut der Gefangenen des Temple verlangt, aber der directe Beweggrund der Einleitung der Untersuchung, welche auch auf Dumouriez's Schicksal eine so ungeheure Einwirkung ausübte, war die erwähnte Unterhandlung.

Zu gleicher Zeit wurde Seitens Oesterreich mit Preußen durch den Agenten Spielmann über Fortführung des Krieges und dessen Ziele unterhandelt, bei welcher Gelegenheit die Absicht Oesterreich's sich nunmehr durch Eroberungen seinerseits schadlos zu halten, schon sehr deutlich hervortrat. Inzwischen waren von der preußischen Armee alle Vorbereitungen getroffen, um das in Frankfurt und Mainz stehende Korps Custine wieder über den Rhein zu werfen.

Nachdem das Gros der preußischen Armee ausgeruht und gestärkt im November sich von Coblenz in Bewegung gesetzt hatte, wurde Frankfurt am 2. December im Beisein des Königs von den die Avantgarde bildenden Hessen mit Sturm genommen und somit der französischen Unterhandlung ein schnelles Ende bereitet. Einige Handwerker- und Arbeiterhaufen hatten den Sturm von innen unterstützt und hierdurch ein Anzeichen geliefert, daß man wohl die Vaterlandsliebe der Deutschen auch schon damals hätte erwecken können, wenn man es nur gewollt und das Geschick dazu besessen hätte. Custine räumte in Folge des Anmarsches der Deutschen mit seinen Feldtruppen das rechte Rheinufer gänzlich und besetzte erst später wieder das Städtchen Hochheim.

Dumouriez hatte seine alte Ansicht, daß man sich mit aller Energie der Rheinlinie bemächtigen müsse, daß aber eine Ueberschreitung derselben vorläufig unthunlich sei, auch in seinem Briefe an Pache vom 10. November, als Antwort auf Vorschläge Custine's, welche die Eroberung von Coblenz und ein weiteres Vordringen in das Herz Deutschland's in's Auge faßten, wieder entwickelt. Er drückt sich dabei folgendermaßen aus:

„Der General Custine ist ein vortrefflicher Soldat, aber er hat Euch, Bürger-Minister, nur die physische Seite des Krieges gezeigt. Er hat weder die inneren Triebfedern der Dinge, noch die politischen Resultate in Betracht gezogen. Ich bin einverstanden mit ihm in

Bezug auf die Eroberung von Belgien, mit dem Angriff auf Speier, weil dort die Magazine des Feindes waren, sowie mit dem Angriff auf Trier und Coblenz. Wenn wir aber weiter in Deutschland vordringen wollten, wenn wir über den Rhein gehen, so wissen wir weder wohin wir gehen, noch wie wir zurückkommen. Unser Krieg wird verlustreich und abenteuerlich. Wir zwingen dann um ihrer eigenen Sicherheit willen die germanischen Mächte zu Oesterreich zu halten, wir drängen sie darauf hin, während wir im Gegentheil sie schonen und die Last des Angriffs auf Oesterreich allein wälzen müssen."

Beweisen diese Worte nicht genugsam, daß Dumouriez's politischer Verstand ein weit über seinen Zeitgenossen stehender war, indem er, nicht durch die leichten Erfolge Custine's verblendet, diese große deutsche Nation, trotz ihrer elenden damaligen Verfassung, richtig beurtheilte? Es ist nicht zu bezweifeln, daß damals den ungenügenden Kräften der Republik in Deutschland eine furchtbare Niederlage bereitet worden wäre. — Die nächste Zeit bewies schon die Richtigkeit seiner Ansicht.

Kellermann und später Beurnonville konnten nicht bis zum Rhein vordringen, Custine aber war, im Gegensatz zu seinen hochfliegenden Plänen des Eindringens in Deutschland, bei Mainz sitzen geblieben, und verlor gegen den Herzog von Braunschweig vom December ab eine Stellung nach der andern.

Dumouriez schreibt dies, und gewiß nicht mit Unrecht, dem Mangel an einheitlicher Leitung der Heere der Republik zu, welche er in Paris dem Ministerrath vorgeschlagen hatte. Es ist behauptet worden, daß er durch die Wahl seiner Operationslinie in dem Belgischen Feldzuge die Ausführung des Planes, die Rheinlinie zu erreichen, nicht gerade beschleunigt, und daß er, die Maas entlang marschirend, den Nebenarmeen wirksamere Hülfe gebracht haben würde. — Die politischen Gründe, welche ihn zu dem Marsche auf Brüssel bewogen, haben wir schon erörtert, auch konnte er die unerhörten Verzögerungen, welche ihm die Verwaltung von Pache bereiten würde, unmöglich voraussehen. — Im Uebrigen bleibt immer die feindliche Armee das vornehmste Operationsobjekt, und falls die Armee in Belgien ihm nicht den Gefallen that, dieses Land ohne Kampf zu räumen, mußte er seine Marschrichtung ändern, um sie dennoch aufzusuchen und anzugreifen. Er war nun übrigens in noch nicht 4 Wochen an der Maas angelangt, und es entstand jetzt die Frage, was weiter zu thun sei. Clairfait hatte sich nach Henri Chapelle und nach Aachen zurückgezogen.

Die französische Armee kantonnirte längs der Maas, und zwar mit dem linken Flügel-Korps: Miranda, bei Roermonde, Hauptquartier Tongern. Centrum: Dumouriez mit der Haupt-Armee bei Lüttich. Rechter Flügel: Korps d'Harville und Korps Valence bei Namur und Huy. Starke Avant-Garden waren über den Fluß bis auf deutsches Gebiet vorgetrieben. Die ganze französische Armee war noch ungefähr 60,000 Mann stark.

Die Kriegsverhältnisse fingen in diesem Moment an einen verwickelten Charakter anzunehmen. Etwa 3 Meilen nördlich Lüttich liegt an der Maas die Stadt Mastricht. Diese niederländische Festung lag, so zu sagen, mitten in der längs der Maas hingestreckten, fünfzehn deutsche Meilen langen französischen Linie und bedrohte dieselbe, falls eine feindliche Haltung Holland's eintrat, auf das Aeußerste. — Nun hatte der Erbstatthalter von Holland, welcher erst 1787 durch Preußen gewaltsam wieder in seine Rechte eingesetzt worden war, allerdings sich nicht offen feindselig gegen Frankreich gezeigt, im Gegentheil hatten seine Minister stets die Neutralität Holland's betont, aber andererseits hatten sich sehr viele Emigranten nach diesem Staate geworfen, und man hatte sich unter der Hand doch den Verbündeten sehr geneigt bewiesen. — Lieferungen für die französische Armee waren verboten, für die Verbündeten dagegen gestattet worden. — Mastricht wimmelte von französischen Ausgewanderten. — Dumouriez hielt es unter diesen Umständen für unumgänglich nöthig, die Neutralität Holland's zu verletzen und Mastricht zu nehmen, welches er als ein absolutes Hinderniß für die weiteren Operationen gegen den Rhein ansah. Allerdings gerieth man dadurch mit Holland in Krieg, ein Fall, der mit den von Dumouriez früher ausgesprochenen Gesinnungen, das Haus Oesterreich möglichst zu isoliren und die Freiheit der Völker nicht ohne Noth anzutasten, nicht gerade übereinstimmte. Man kann zur Erklärung dieses Widerspruchs nur annehmen, daß ihm die Wegnahme von Mastricht als absolut nothwendig im militärischen Sinne erschien. Die Verhältnisse in Holland schienen ihm günstig für eine schnelle Ueberwältigung. In Holland war der kriegerische Geist längst erloschen. Das Land war wohlhabend und hatte kein Interesse am Kriege. Die Marine war noch gut, aber das Landheer in vollständigem Verfall. Es existirte die unzufriedene Partei der sogenannten Patrioten; Vorbereitungen zum Kriege waren nur wenige getroffen.

Eine weitere politische Schwierigkeit bestand in den Besitzungen der deutschen Fürsten, welche beim Vorrücken von den französischen Truppen passirt werden mußten. Das „Reich" war nämlich immer noch nicht im Kriege mit Frankreich. Hierüber hätte man sich freilich leicht hinweggesetzt, wie es Custine am Rhein that, aber die Festung Jülich, deren Besitznahme beim Vordringen gegen den Rhein und auch zur Sicherung der Kantonnirungen am rechten Ufer der Maas nöthig schien, war kurpfälzisches Gebiet. Verletzte man dieses, so konnte der Kurfürst auch leicht Custine gegenüber die bisher von ihm wundervoll gehaltene Neutralität aufgeben und demselben über Mannheim seine Truppen in den Rücken schicken. —

Zu dieser Zeit nun hatte sich auch das Verhältniß England's zu Frankreich bedrohlich zugespitzt. Die revolutionäre Regierung hatte die von Fox geführte englische Opposition ermuthigt, sogar einer in England damals in der That existirenden republikanischen Partei materielle Unterstützung für einen Aufstand versprochen und eine Verschwörung eingeleitet, die mit einem Handstreich auf den Tower beginnen sollte. —

Pitt hatte Anfangs durchaus nicht die Absicht, der französischen Revolution principiell oder mit den Waffen entgegenzutreten, sondern wurde durch ihre Ausschreitungen und durch die revolutionäre Propaganda dahin gedrängt. Schon am 13. November bat Holland um Hülfe. Die entgegen den Verträgen von den Franzosen erzwungene Oeffnung der Schelde, die Proclamation des Convents vom 19., welche alle Völker zur Freiheit und zur Revolution aufrief, erzeugten den Rückschlag in der Politik Pitt's und auch in der öffentlichen Meinung des englischen Volkes. Eine königliche Proclamation rief am 1. December einen Theil der Miliz zu den Waffen, Heer und Flotte wurden verstärkt.

Dumouriez hatte während dessen seine Vorschläge den Ministern Lebrun und Pache unterbreitet. In den Briefen an Pache führte er aus, daß er unmöglich gegen Köln vorgehen könne mit Holland in seiner linken und dem Korps Hohenlohe-Kirchberg bei Luxemburg und Trier in seiner rechten Flanke, daß man Holland durch die Oeffnung der Schelde auf das Aeußerste gereizt habe, und daher Alles von ihm zu erwarten sei. Er zeigte, welcher Fehler begangen worden sei, indem man nicht alle Anstrengungen der Moselarmee und des Korps Custine auf die Vertreibung von Hohenlohe-Kirchberg aus dem Luxemburgischen und auf die Eroberung von Coblenz gerichtet habe. — Er beklagt sich auf das bitterste über die Vernachlässigung der Armee und erklärt, ohne Schuhwerk, ohne Kleidung, ohne Brot und Futter nicht marschiren zu können.*) Der Minister vertheidigt sich gegen die erhobenen Anschuldigungen und erwartet ein weiteres Vorrücken bis an den Rhein.**)

Der Briefwechsel nahm einen immer erbitterteren Charakter an. Der Brief Dumouriez's vom 2. December beginnt mit den Worten:

„Seit einiger Zeit, Bürger-Minister, scheinen alle Eure Entscheidungen darauf berechnet zu sein, die Armee aufzulösen und in Verzweiflung zu werfen" (de la mettre en désespoir) und am 7. December, nachdem er dem Minister die mangelnde Uebereinstimmung in den Operationen der verschiedenen Armeen vorgeworfen:

„Ihr werdet mir darauf antworten, daß ihr nicht Militair seid. Diese Entschuldigung ist richtig, aber dann hättet Ihr Euch von mir nicht Raths erholen, oder wenn Ihr es thatet, meinen Rathschlägen folgen müssen." Und an anderer Stelle: „Wenn Ihr fortfahrt, mich als einen von Spitzbuben umgebenen und gemißbrauchten Soldaten, oder gar selbst als einen solchen hinzustellen, so werde ich diesen Briefwechsel drucken lassen, und ich erkläre Euch, daß derselbe weder verstümmelt noch abgeschwächt sein wird, wie das jetzt in den öffentlichen Blättern, welche das Siegel der Nation tragen, wie z. B. die „Gazette de France", das „Journal des débats" der Fall ist. Opfert 4—5 schamlose Subjecte in Euren Bureaux, opfert den Lieferungsausschuß, welcher Euch selbst verderben wird, dann werde Ich Euch als einen wirklich ehrenhaften Mann anerkennen."

Diese Proben werden genügen, um einen Begriff von der Ver-

*) Dumouriez's Briefe an Pache vom 20. November, 2. December, 7. December.

**) Briefe Pache's an Dumouriez vom 20. November, 2. December, 3. December.

bitterung zu geben, mit welcher Dumouriez diesen Leuten gegenüberstand. — Aber in Wahrheit war der Zustand der Armee ein höchst trauriger geworden. — Der größte Theil der Infanterie ging barfuß, viele Tausend Gewehre waren unbrauchbar, der größte Theil der Kavalerie hatte keine Schußwaffe; in Lüttich allein waren 6000 Artilleriepferde gefallen; ähnlich war es bei der Reiterei. Der neue Kriegskommissar Ronsin legte keine ordentlichen Magazine an, sondern ließ die Bedürfnisse Tag für Tag kommen, wodurch eine rechtzeitige und regelmäßige Ausgabe der Lebensmittel nicht möglich war. Die Kleidungsstücke waren Lumpen, der Sold blieb in der Regel wenigstens mehrere Tage im Rückstande. Dumouriez mußte ein neues Anlehen in Lüttich machen. Unter diesen Umständen fingen sich die Bande der kaum etwas befestigten Mannszucht wieder an zu lockern. Die Soldaten nahmen den Einwohnern ohne Autorisation was sie brauchten. Die „Befreiten" widersetzten sich dem und es gab mehrfache Zusammenstöße. Die Desertion unter den Freiwilligen nahm überhand, wozu noch der Umstand beitrug, daß der Convent schon vor Wochen das Vaterland außer Gefahr erklärt hatte, was die Freiwilligen zum Vorwande nahmen, um nach Hause zu gehen. Die Offiziere derselben gingen mit schlechtem Beispiel voran.

Die jacobinischen Blätter in Paris schrieben, daß Dumouriez und sein Stab im Ueberfluß lebten und sich mit Hundertfranks-Assignaten die Pfeife ansteckten.

Zudem waren die politischen Zustände in den eroberten Landen selbst sehr verwickelt. Lüttich war immer eine Stadt von unbedingtem Freiheitsdrange gewesen, was ihre fortwährenden Conflicte mit ihrem Bischof beweisen. Nach dem Einrücken der Franzosen bildete sich sofort ein Jacobinerklub, welcher sich das Verhalten des Pariser zum Muster nahm. Es gab in der Stadt heftige Auftritte mit den Gemäßigteren; die französischen Soldaten, kaum etwas des Parteigetriebes entwöhnt, wurden wieder in dasselbe hineingezogen. Die Convents-Kommissare Danton und Lacroix thaten nichts, um dem Unfug zu steuern, im Gegentheil fiel hier Ersterer ganz in seine Stimmung vom September zurück und wunderte sich, daß noch kein Aristokrat umgebracht sei. —

Mit dieser Armee sollte nun Dumouriez weiter vorgehen.

Durch eine Depesche vom 6. von Pache wurde Dumouriez nun benachrichtigt, daß der Ministerrath seine Angriffspläne auf Holland verworfen habe und das Vorrücken an den Rhein anordnete. Hierdurch würde zugleich die Mosel-Armee (Beurnonville) in ihrem Angriff auf Trier unterstützt werden. —

Dumouriez antwortete hierauf am 8. December, indem er auf den halb gebrochenen Bogen das Schreiben des Ministers setzte und daneben seine Widerlegung schreiben ließ. Er bewies darin nochmals, daß ein Vordringen nach Deutschland, wie Custine es vorschlage, ein Abenteuer und die von diesem General geforderte Rechtsschiebung der Mosel-Armee ein Unding sei. Man müsse Custine über den Rhein zurückrufen und gemeinsam mit Beurnonville Trier angreifen, welche Stellung sowie die von Luxemburg, sich wie ein Keil in die französische Linie eintreibe. Wenn die Oesterreicher aus den Gegenden zwischen Rhein und Maas vertrieben werden sollten, müsse zuerst Luxemburg genommen werden, und das sei unmöglich in Anbetracht des Zustandes der Armee. „Nehmt die Karte und seht, was Ihr mir mit einer durch die Entsendungen zur Beobachtung Luxemburg's und Mastricht's stark reducirten Armee auszuführen vorschlagt. Nein, Bürger-Minister, ich werde mich niemals mit der Ausführung eines so traurigen Planes für die Republik belasten. Ich würde mich für schuldbar halten, wenn ich Euch nicht die Gefahren zeichnete und wenn ich einen solchen Auftrag annähme. Wenn die Truppen sich einen Monat ausgeruht haben, wenn Verpflegung, Ausrüstung und Geld da ist, wenn Belgien 20,000 Mann auf den Beinen hat, dann wird es Zeit sein, nach einem vernünftigen Plan zu handeln. Ich schulde meinem Vaterlande die Wahrheit. Ich erhebe Einspruch gegen den Beschluß des Ministerraths, der unausführbar ist."

Hierauf theilte er noch mit, daß die in Lüttich anwesenden Conventsdeputirten seiner Meinung seien und daß der Bürger Camus und General Thouvenot nach Paris abgehen würden, um persönlich die Sachen zum Vortrage zu bringen.

Am 11. December schrieb er an den Convent und verwendete sich vor Allem abermals für den verhafteten Intendanten Malus, für dessen Handlungen er alle Verantwortung auf sich nahm. „Es ist Zeit, schloß der Brief, daß ein Zustand der Dinge aufhört, in welchem der eine Theil (Pache) falsche Etats einsendet und damit die gröbsten Betrügereien zudeckt, während der andere Theil, eine siegreiche Armee, Hungers stirbt."

Der Convent hatte nicht übel Lust den General vor ein Kriegsgericht zu stellen, aber die Unterhandlungen mit Thouvenot brachten die Sache vorläufig in's Gleiche, und der Plan, sogleich bis an den Rhein vorzurücken, wurde ad acta gelegt. —

Inzwischen hatte Dumouriez, um die noch in unmittelbarer Nähe der Maas stehenden Oesterreicher zurückzuwerfen und wohl auch um die Wünsche der Regierung wenigstens theilweise zu erfüllen, mehrere Kolonnen gegen Clairfait vorrücken lassen. — Clairfait stand mit dem Hauptheil seiner Armee bei Henri la Chapelle. Seine Nachhut stand bei Herve. Dumouriez ließ nun von Theux aus eine Kolonne unter Oberst Frécheville über Verviers gegen Henri la Chapelle vorgehen, um die Stellung der Oesterreicher zu umgehen, während die Avantgarde unter Stengel in der Front angriff. Es kam zu einem Nachhutgefecht bei Herve am 11. December. Clairfait aber entzog sich rechtzeitig der Umgehung durch den Rückzug nach Aachen und von dort hinter die Erft.

Am 13. nun schrieb Pache an Dumouriez, den Beschluß des Ministerraths, wie es scheint, entstellt wieder gebend, daß derselbe immer noch das Vorgehen an den Rhein für vortheilhaft erachte, daß aber der General mit dem Gros der Truppen vorläufig Kantonnirungen beziehen könne.

Dumouriez schob hierauf am 15. December seine Avantgarde nach Aachen vor und ließ dieselbe an der Roer Stellung nehmen.*) Die Meldung hiervon an Pache datirt von demselben Tage.

Das Korps von Valence, welches am wenigsten gelitten hatte, sollte versuchen gegen Köln vorzugehen.

Gleich darauf aber traf die Nachricht ein, daß die Moselarmee unter Beurnonville mit ihren mehrtägigen Angriffen gegen die Stellung Hohenlohe's bei Pellenberg und Trier total gescheitert sei, und nun weigerte sich Dumouriez auch das Korps Valence nach Köln

*) Die durch Dumouriez über diese militärischen Ereignisse gegebenen Zeitangaben sind nicht richtig. Die von uns gegebenen stimmen mit den österreichischen und anderen französischen Schriftstellern überein.

vorzuschicken. (Brief an Pache vom 18. December.) Der Ministerrath beruhigte sich hierbei, und Dumouriez legte seine Armee folgendermaßen in Winterquartiere:

Die Hauptlinie bildete wieder die Maas. Valence's Korps stand bei Huy. Avantgarden in Spaa, Verviers und Malmedy.

Das Centrum, — die von Dumouriez direkt geführten Truppen und das Korps d'Harville — zwischen Huy und Lüttich; das Korps Miranda von Lüttich bis Roermonde. Eine starke Avantgarde unter Stengel stand längs der Roer. Der General Dampierre war mit 12 Bataillonen nach Aachen vorgeschoben.

Als Versammlungspunkt bei einem plötzlichen Angriff war Aachen bezeichnet.

Augenblicklich ruhte der Waffenlärm auf der ganzen Linie, vom Mittel- bis zum Nordmeer. Die Alpenarmee stand in Savoyen und Nizza, Biron im Elsaß, Custine bei Mainz den Preußen gegenüber; Beurnonville war nach seinen mißlungenen Angriffsversuchen gegen Hohenlohe in Winterquartiere zwischen Sedan und Montmedy zurückgegangen. Die Truppen von Hohenlohe kantonnirten im Luxemburgischen.

Dumouriez macht über den belgischen Feldzug Betrachtungen in seinen Memoiren, welche auch jetzt noch manches Interessante enthalten. Man ersieht aus denselben, daß er den Vortheil eines Vorgehens längs der Maas wohl erkannt und diese Bewegung Valence zugedacht hatte, welcher aber bekanntlich durch seine mangelhafte Ausrüstung aufgehalten worden war. Den Anforderungen an die Strategie Jomini's wäre er freilich auch damit nicht gerecht geworden.

Er läßt dem Feinde volle Gerechtigkeit wiederfahren und betont besonders überall, daß derselbe sich in der Minderzahl befand. Er stellt den Mangel an Manöverirfähigkeit der Truppen, aber auch häufig an Angriffslust in's Licht und macht die Bemerkung, daß die französische Infanterie sich immer sehr auf die Unterstützung der Artillerie verließ und ohne diese oft nur matt vorging. — Schon diese Betrachtungen konnten darüber belehren, welchen Werth eine so zusammengesetzte Armee wirklich hat und stimmen vielfach mit denen überein, die wir in unseren Tagen gegen die neugebildeten Truppen der dritten Republik gemacht haben.

Das Ende des Feldzuges zeigte grell die Uebel, welche aus dem Mangel einer gemeinsamen Leitung entsprangen. Dumouriez hatte dem Ministerrath gegenüber gänzlich Recht behalten. — Wenn man den Briefwechsel zwischen Pache, Custine und Dumouriez liest, so ersieht man, daß beide Generale auf ihren Ideen beharren, d. h. jeder will das einmal von ihm angefangene Werk möglichst mit Unterstützung des Anderen vollenden. Wenn man den von Dumouriez begangenen Fehler, nicht sofort mit seinen Hauptkräften die Maas entlang marschirt zu sein, auch zugestehen will, so bleibt seine Ansicht von der Unausführbarkeit der Pläne Custine's, das Vordringen in Süd-Deutschland in der allgemeinen Richtung auf Wien, um so unantastbarer. Ebenso verhält es sich mit seiner Forderung, daß Custine nordwärts auf Coblenz operiren und Hohenlohe-Kirchberg aus Luxemburg gedrängt werden müsse, sowie daß man sich vorläufig begnügen müsse, die Rheinlinie zu erreichen.

Was den von ihm vorgeschlagenen Feldzug auf Holland anbelangt, so kann diese Idee nur durch die dringendste Nothwendigkeit der Eroberung von Mastricht gerechtfertigt werden, und war jedenfalls ein zweifelhaftes Unternehmen. Die Regierung hätte Recht gehabt, dasselbe ganz zu verwerfen, wenn nicht die französische Politik zu gleicher Zeit Holland derart gereizt hätte, daß ein Bruch an und für sich nahe war, und von diesem Gesichtspunkte aus handelte Dumouriez, als er vorschlug, Holland anzugreifen. — War es möglich, diesen Staat schnell zu überrennen, so war die Rheinlinie überschritten, und die strategische Stellung der Verbündeten den Rhein entlang umgangen.

Wir sehen in Paris eine Versammlung von Bürgern, unter denen der Kriegsminister, welche über die Vorschläge der streitenden Generale zu entscheiden haben, und es kann nicht Wunder nehmen, daß dabei nicht das Richtige getroffen wird. Diese Episode ruft uns mit Recht eine andere, von uns selbst erlebte, in's Gedächtniß, als auch ein Civilist an der Spitze der Kriegsverwaltung Frankreich's stand und seine Kriegspläne entwarf. Es geht aus beiden hervor, daß ein gescheuter Civilist ganz wohl einen strategischen Plan entwerfen kann, daß aber der Mangel an militärischen Kenntnissen ihn sowohl die Schwierigkeiten der Ausführung, als auch die richtigen Mittel verkennen lassen wird, selbst wenn es der genialste Mann wäre. Die Verwaltung von Pache zeigt uns den Zersetzungsprozeß der Revolution auf dem Höhepunkt, erst später treten die organisatorischen Kräfte an's Licht.

16. Kapitel.

Politische Zustände. Der Jacobinismus in Belgien. Dumouriez nach Paris.

Als Dumouriez belgischen Boden betrat, hatte er ein politisches Verfahren eingeschlagen, welches man nur in der Vernunft und Humanität begründet halten kann, und er blieb unverbrüchlich bei demselben stehen. Er proclamirte die Freiheit und Selbstständigkeit der Belgier und später der Lütticher. Er wollte aus beiden Ländern unabhängige Staaten, Freunde Frankreich's machen. Die Annexion der Länder an Frankreich schien ihm weder in Sitten, Neigung und Sprache derselben begründet, noch Europa gegenüber politisch klug zu sein.*) In diesem Sinne waren seine Maßregeln getroffen. Darauf mußten auch seine politischen Agenten wirken, die er schon als Minister des Auswärtigen unter die Bevölkerung geworfen hatte.

So schreibt Dumouriez an Lebrun den 10. December 1793: „.. reist heute nach Paris zurück; seit May habe ich ihn gebraucht, um die Gesinnung der Belgier zu bearbeiten."**)

Gleich zu Anfang machte sich jedoch eine starke Gegenströmung geltend, die ihren Sitz in dem wüsten Jacobinerthum in Paris hatte nnd in mehreren Generalen, wie Labourdonnaye, Moreton, in der Armee Anhänger zählte. Das Hauptbestreben dieser Richtung war, die Belgier zur Annexion an Frankreich zu drängen, und dabei aus ihnen möglichst viel herauszuschlagen. — Man sah aber, daß man sich in der

*) Noch jetzt verstehen fast alle Belgier flamändisch; für die niedere Bürgerklasse aber und die Landbewohner ist flamändisch die Umgangssprache.

**) Auszüge von Sybel aus den französischen Archiven.

Stimmung des Landes gründlich geirrt hatte. Die Belgier hatten ihre alten Rechte gegen Oesterreich vertheidigt, aber die eigentliche demokratische Partei zeigte sich bald als sehr gering. — Schon die von Dumouriez angeordnete Neuwahl der Behörden begegnete großen Schwierigkeiten. Die Demokraten blieben fast überall in der Minderzahl, und mußten durch französische Truppen geschützt werden, die hin und wieder, wo es an Citoyens fehlte, an der Abstimmung Theil nahmen. Nur in Lüttich hatten die Demokraten das entschiedene Uebergewicht. Pache und seine Abgesandten drängten Dumouriez ununterbrochen zur Entfesselung des Pöbels, zur Aussaugung des Landes, zum Zwangscours der Assignaten. Er widersetzte sich; und Belgien hat ihm hierin viel zu danken und kann sein Andenken ehren.

Der Clerus in Belgien war zwar auch für die Belgischen Rechte gegen Oesterreich aufgetreten, aber er war durchaus kein Freund der Jacobiner, und er besaß einen sehr bedeutenden Einfluß im Lande; Thouvenot schreibt an den Marineminister Monge am 15. December 1792: „Die Priester thun Alles, um das Volk gegen uns aufzuwiegeln. Sie sind hier gefährlicher als in Frankreich. Das Volk ist schrecklich in der Aufklärung zurück. Auch bei den Wohlhabenden findet man selten philosophische Principien.“ *)

Diese verschiedenen Strömungen verhinderten die Bildung einer wirksamen allgemeinen Landesregierung, in Paris aber begann man sich über die Undankbarkeit der Belgier, nicht sofort alle Segnungen der jacobinischen Freiheit mit erhobenen Händen zu ergreifen, stark zu empören.

Am 19. November hatte der Convent allen Völkern die Freiheit angeboten und sie als Brüder bezeichnet. Die Revolutionirung von Belgien, die Einverleibung von Savoyen hatten der Erklärung Nachdruck verliehen. — Einen Monat später nun war die Stimmung der reinen Brüderlichkeit derart umgeschlagen, das Verlangen nach materiellem Gewinn und die jacobinische Raubsucht derart in den Vordergrund getreten, daß man am 15. December ein neues Decret erließ, dessen Spitze hauptsächlich gegen Belgien gerichtet war.

„Duldet keine halbe Stellung“, sagte Cambon zum Convent, „ein

*) Sybel. Auszüge aus den französischen Archiven.

Volk, das seine Freiheit nicht will, ist Euer Feind, legt Beschlag auf die Güter der Edelleute, des Clerus, der Corporationen und der reichen Egoisten; erleichtert das arme Volk durch Nachlaß der Steuern und führt die Assignaten ein!"

Der Convent erließ sofort am 15. December ein Decret in diesem Sinne, welches die Eroberungspolitik sanctionirte, aber in Belgien den heftigsten Widerspruch erfuhr. In Belgien waren schon Mitte November Danton und Lacroix als Commissare des Convents eingetroffen, sowohl um den Gang der Dinge dort zu überwachen, als auch Dumouriez's Conflicte mit Pache vorläufig zu entscheiden. — Danton strebte zwar wie früher ein persönliches gutes Verhältniß mit Dumouriez an, aber die Verschiedenheit ihrer Ziele und ihrer Ansichten trat hier grell zu Tage. Danton wollte die Annexion, er handelte demgemäß; hierbei kam er in Gegensatz zu dem Oberfeldherrn. Er wendete die jacobinischen Mittel in Belgien an, welche Dumouriez haßte. —

Nach dem Decret vom 15. December nun trafen noch 4 Conventsmitglieder und zwar Camus, Treilhard, Merlin de Douay und Gossuin, den Dumouriez als eine „wilde Bestie" bezeichnet, ein. Bald darauf wurden noch 32 andere Commissare zur Ausführung der Conventsbefehle nach Belgien geschickt. Alle diese Menschen waren vom Ministerrath ernannt, aber vom Jacobinerklub in Paris erst als tauglich bezeichnet. Sie warfen sich wie ein Schwarm Hornissen auf Belgien. Nicht nur die Güter des Adels, der Kirchen, der Corporationen, auch die der irgend wie Verdächtigen fielen zum Opfer. Widerstand wurde mit Säbelhieben und Gewehrschüssen gebrochen, die Widersetzlichen nach den französischen Festungen geschleppt. Die Commissare hatten ihren guten Antheil an der Beute, da Rechnungslegungen in weitester Ferne lagen. Allgemein wird behauptet, daß Danton seine Hände auch hier nicht rein erhalten habe. Die Folge von alledem war ein schleuniger Umschlag in der Stimmung des Volkes. Geheime Abgesandte gingen schon im Januar zu den Oesterreichern ab, um sie des Beistandes zu versichern, wenn sie wieder vorrücken würden. Dumouriez sah durch das Verfahren des Convents seine Proclamationen an die Belgier verleugnet, er sah sich wortbrüchig gemacht. Er sah seine geheimen Hoffnungen scheitern, denn er gesteht zu, daß er den

Plan gehabt habe, nach Constituirung eines belgischen Staates und Errichtung einer belgischen Armee, gestützt auf diese und auf die unter seinen Befehlen stehenden französischen Truppen, für die Herstellung der Ordnung in Frankreich und des verfassungsmäßigen Königthums einzutreten. Er sah die Disciplin der Armee durch die politischen Bewegungen und die Räubereien in Belgien auf's Tiefste erschüttert, denn die Commissare des Convents — die Führer des Massenmordes vom September und ihre Genossen — sie untersagten dem General die Anwendung des Standrechtes in der Armee.

Cambon hatte im Einklange mit Marat und Robespierre versichert, daß nichts gefährlicher für eine Republik, als ein siegreicher General sei, und daß die Undankbarkeit als republikanische Tugend geübt werden müsse. In Folge dessen schlug man ihm alle Belohnungen für seine siegreiche Armee durch Beförderung ab.

Von Scham und Ekel gegen das Treiben seiner Landsleute erfüllt, verbrachte er trübe Tage in dem erzbischöflichen Schlosse von Lüttich, wo er sein Hauptquartier genommen hatte. Nicht die äußeren Schwierigkeiten beugten diesen glänzenden Geist, diese hätte er überwunden, aber er fand seine Würde als Soldat, als General, als Ehrenmann, durch den Verkehr und den Umgang mit Menschen angetastet, die dem Schmutz und dem Blute der Revolution entstammten. Ein tiefer Zwiespalt in sich selbst eröffnete sich ihm. — Zweifel an der Gerechtigkeit seiner Handlungsweise gegen den König, an der Sache der Republik mochten in ihm aufsteigen, wenn er in langen, einsamen Stunden sich in seinem Gemach verschloß. Und noch stand ihm das Schlimmste bevor. Er erfuhr die Einleitung der Untersuchung gegen Louis XVI. Diese Nachricht berührte die tiefsten Seiten seines Innern. Als er im August 1792, durch die Umstände gezwungen, glaubte dem Königthum seinen Arm verweigern zu müssen, hatte er mit dem größten Theil der Nation eine Anklage gegen Louis nicht für möglich gehalten, eher eine Gewaltthat, einen Mord, Angesichts eines siegreich vorrückenden Feindes. Jetzt, nachdem der Feind von den Grenzen zurückgewichen und die französischen Heere siegreich vorgedrungen waren, erschien sowohl eine Anklage, als eine Gewaltthat unwahrscheinlich. Um so größer war seine Erschütterung beim Eintreffen dieser Nachricht.

Dumouriez wußte nicht, daß Lebrun mit der Anklage eigentlich nur halte spielen wollen, um das Leben Louis' möglichst theuer zu verkaufen, und daß er nun vor dem blutdürstigen Jacobinismus nicht Halt zu machen wagte. Er sah das von ihm bei seiner Abreise im Juni 1792 geahnte Schicksal des unglücklichen Fürsten, welches er schon fern geglaubt hatte, sich nun doch langsam nähern. Das menschliche Mitleid mit der königlichen Familie im Temple vereinten sich mit der Entrüstung des Soldaten und der Trauer des Vaterlandsfreundes um das Schicksal seines in die Hände unwürdiger Menschen gefallenen Landes. — Er beauftragte im Geheimen Thouvenot durch einige zuverlässige Adjutanten die Stimmung der Soldaten erforschen zu lassen und fand selbst die Linientruppen in Bezug auf den König vollkommen gleichgültig.

Seine Bemühungen für die Zurücknahme des Decrets vom 15. December in Belgien waren umsonst geblieben, und er beschloß in Folge dessen selbst nach Paris zu gehen und diese Sache, die er als mit seiner Ehre verbunden betrachtete, zu vertreten. Sein Urlaubsgesuch vom 18. December blieb lange Zeit unbeantwortet, weil Pache sein Erscheinen in Paris fürchtete.

Inzwischen entschloß er sich ein anderes Decret des Convents geradezu zu verhindern. Dies betraf die Räumung und Ueberführung der Waffenfabrik und Geschützgießerei in Mecheln aus dieser Stadt nach Douay; die Gebäude sollten zerstört werden. Abgesehen davon, daß der Oberstlieutenant Thouvenot soeben die Fabrik in besten Stand gesetzt und mit der Reparatur und der Neufabrikation der Waffen der Armee begonnen hatte, war diese Maßregel geeignet, den Glauben in Belgien zu verbreiten, daß die französische Herrschaft von kurzer Dauer sein würde. Dumouriez hemmte die Ausführung des Decrets, setzte die Nachtheile auseinander und der Minister wagte nicht darauf zu bestehen.*)

Da er absolut keine Antwort auf sein Urlaubsgesuch erhielt, rief er die Vermittelung der Commissare des Convents an, welche endlich den Urlaub für ihn erlangten, aber erst, nachdem er die entschiedene Drohung ausgesprochen hatte, bei weiterer Weigerung

*) Briefe an die Convent-Commissare vom 19. December 1792.

sein Kommando niederzulegen. Am 20. December reiste er nach Brüssel ab.

Der Kommandant — sein ehemaliger Chef des Stabes — General Moreton empfing ihn an der Spitze einer Jacobinerbande, meist in französischen Uniformen, welche er errichtet hatte, um bei Ausführung des Decrets vom 15. December behülflich zu sein. Er musterte sie mit finsteren Blicken und hörte eine Anrede des Kommandanten mit an. Als jedoch einer der anderen Anwesenden ihn mit dem damaligen republikanischen „Du" und kurzweg „Citoyen" anredete, brach er los: „Nennt Ihr den Teufel „Du", wenn es Euch gefällig ist! Das paßt besser! Auch verbitte ich mir das: „Citoyen" kurzweg! Ihr nennt mich „General" oder meinetwegen „Citoyen-Général"! In der Armee sind wir nicht gleich, sondern ungleich, das merkt Euch für die Zukunft! Im Uebrigen, wo sind Eure Statuten? Wer hat Euch errichtet und legalisirt? Reicht sie ein! Ich werde dann sehen, ob ich Euch bestehen lasse!" Damit wandte er der verdutzten Gesellschaft den Rücken.

Seine Absicht, schnell eine belgische National-Versammlung zusammenzurufen, scheiterte an dem Widerstande der Conventscommissare — und so reiste er Ende December, trotz seiner Siege und des erworbenen Ruhmes, in der trübsten Stimmung und in einer schon sehr gefährlichen Lage nach Paris ab, denn die Jacobiner in Paris, von allen diesen Vorgängen unterrichtet, forderten immer lauter und drohender „Cäsar's" Absetzung und sein Blut.

IV. Abschnitt.

Der Feldzug von 1793 in Holland und Belgien und die Schilderhebung gegen den Convent. — Schluß.

1. Kapitel.

Aufenthalt in Paris. Hinrichtung des Königs.

Dumouriez kam am Neujahrstage 1793 in Paris an. Die Mitternachtsglocke hatte ihm den Beginn eines Jahres bezeichnet, in welchem, wie er voraussah, Frankreich's Geschick und das seinige einer entscheidenden Wendung entgegengingen.

Ganz verschieden war sein Empfang von dem im Herbst des vorigen Jahres. Kein Jubelruf der Bewohner in den Dörfern und Städten, die er eilig passirte, kein freudiger Empfang in Paris, keine herzliche Begrüßung. Und doch war aus dem Feldherrn von den Argonnen, der Sieger von Jemmapes und Anderlecht, der Eroberer von Belgien geworden. Aber damals athmete man von der Furcht vor den Preußen auf; jetzt glaubte man in thörichter Verblendung die Gefahr für immer beseitigt; man sah die Fahnen der Republik schon in den Hauptstädten Europa's flattern. Die jacobinische Wuth hielt die öffentliche Meinung im Bann. Die Commune von Paris beherrschte die Hauptstadt durch ihre Satelliten. Nur Robespierre, Marat, Hebert, Pache, Ronsin, Hassenfratz sollten die Götter sein. Die Generale sollten siegen, wehe ihnen, wenn sie es nicht thaten! Wehe ihnen aber auch, wenn sie an die Herrlichkeit der Commune und des Jacobinerklubs nicht glauben konnten.

Um alles Aufsehen zu vermeiden, machte der General nur seinen nächsten Verwandten und Freunden kurze Besuche und miethete sich eine abgelegene Wohnung. Dennoch wollte er sogleich sein Werk des Kampfes gegen das Decret vom 15. December und gegen die Verwaltung von Pache beginnen. Er blieb fünf volle Tage in seinem

Zimmer und verfaßte in dieser Zeit 4 Denkschriften, in welchen er die Aufhebung des Decrets vom 15. December, des Lieferungs-Ausschusses in Paris, die Ergänzung und Verstärkung des Heeres und den Feldzugsplan für 1793 behandelte. Jede dieser an den Präsidenten des Convents adressirten Schriften war geschlossen durch die Erklärung, im Falle der Abweisung seiner Vorschläge das Kommando nicht länger führen zu können.

Am 11. las man im Convent endlich den die Denkschriften begleitenden Brief und verwies die ersteren an eine Commission.

Der ersten Sitzung derselben wohnte der General bei. Die parlamentarische Disciplin in der Commission war der Stürme im Convent würdig. Eine geregelte Debatte fand nicht statt. Alle sprachen auf einmal. Man entschied sich zu nichts, sondern forderte eine genauere Denkschrift über diese Verhältnisse. Was den Feldzugsplan anbelangt, so fällte die Commission den ganz richtigen Ausspruch, daß dies ihre Sache nicht sei. In der Sitzung am 15., in welcher Dumouriez das verlangte detaillirte Memoire mitbrachte, wurde dasselbe verlesen und sodann vorläufig ad acta gelegt. Dieser Sitzung wohnte auch der General Valence bei, welcher ebenfalls in Paris eingetroffen war. Auch er hatte eine Denkschrift verfaßt, die er in derselben Sitzung vorlas. Dieselbe schlug vor, immer 2 Bataillone Freiwilliger mit 1 Bataillon Linien-Infanterie zu verschmelzen, ein Vorschlag, der das höchste Interesse der Versammlung nicht mit Unrecht erregte. Auch Biron war gegenwärtig und legte ebenfalls eine Denkschrift gegen das im Ministerium herrschende Unwesen vor. Der Kriegsminister Pache wurde gerufen und gerieth den Anschuldigungen der drei Generale gegenüber in eine böse Klemme. Die Commission wollte ihm ihre Autorität fühlen lassen und an die von ihm vorgelegten Etats, in denen die herrlichsten Dinge standen, nicht glauben. Im Uebrigen verwies man Alles an den sogenannten Militärausschuß. Eine vierte Sitzung der Commission hatte gar kein Resultat, so daß sich Dumouriez mit dem Ersuchen, ihn rufen zu lassen, wenn die Commission ernsthaft verhandeln wollte, auf ein Landhaus nach Clichy in der Umgebung von Paris zurückzog. Er beabsichtigte von diesem unbeobachteten, ländlichen Aufenthalte aus mit aller Kraft im Geheimen an der Rettung des Königs zu arbeiten.

Der Proceß desselben war schon ziemlich weit vorgeschritten. Nachdem der Convent sich für diesen Fall zum Tribunal erklärt hatte, war Ludwig XVI. am 11. Dezember vor seinen Schranken erschienen. — Die Zeit vor und nach diesem Tage ist mit Kämpfen zwischen der Gironde und der Montagne ausgefüllt. Die Gironde verschloß sich nicht der Einsicht, daß der Tod Louis' zugleich sie selbst dem Messer der Jacobiner näher bringen würde, daß von der Existenz des gefesselten Königs die ihre abhänge, sie war sich indeß bewußt, daß sie selbst viel zu viel gegen den König gesagt und gethan habe, um die Untersuchung und einen Urtheilsspruch gegen ihn vermeiden zu können. Auf jeden Fall beschloß diese Partei sich mit aller Macht gegen den Tod des Königs zu stemmen, und eine Anzahl Girondisten berieth in allabendlichen Versammlungen, die bei dem entschlossenen Valazé stattfanden, die Mittel zur Rettung. Hierbei verfielen sie auf den Vorschlag, das Urtheil des Convents durch einen Appell an das Volk bestätigen zu lassen, um welchen sich dann längere Zeit die Verhandlungen des Convents drehten und mit ungeheurer Heftigkeit geführt wurden. — Noch erklärten ihre Häupter um keinen Preis für den Tod des Königs stimmen zu wollen, dabei aber zitterten sie doch im Geheimen die Popularität einzubüßen, nach der sie immer gestrebt hatten. Sie verkannten damit den entscheidenden Punkt. Dieser bestand, gegenüber der von den Jacobinern wieder auf's Neue erregten revolutionären Leidenschaft des niederen Volkes, in der Erhaltung oder dem Neugewinn einer zuverlässigen, bewaffneten Macht. Die von Barbaroux für die Gironde zusammengerufenen bewaffneten Banden, Föderirte genannt, in diesem Moment etwa 5000 Mann stark, aber fingen in ihrer girondistischen Gesinnung an wankend zu werden, und, unaufhörlich von den Jacobinern und durch die von dem Kriegsminister Pache aus den Fonds des Kriegsministeriums zur Verfügung gestellten Gelder bearbeitet, sich den ultra-revolutionären Sectionärs der Vorstädte zuzuwenden. Die Versuche, neue Föderirte aus den Provinzen für die Gironde heranzuziehen, schlugen größtentheils fehl. Die wenigen Linientruppen aber, die noch in Paris waren, wußte Pache zu entfernen und ließ außerdem den Sectionärs 114 Kanonen ausliefern. Die wohlhabende und mittlere Bürgerklasse war aus den Sectionen schon längst durch die Insulten des Pöbels verdrängt, und diese meist ganz in den Händen der Jacobiner, welche die Girondisten durch Ansammlungen von Volkshaufen, nächtliche Angriffe und Tumulte auf das Aeußerste zu beunruhigen anfingen. Allerdings gab es eine nicht kleine Partei in der Pariser Bürgerschaft, welche den stillen Wunsch hegte, den König zu retten und dem weiteren Treiben der Jacobiner ein Ende zu machen — aber die Furcht vor der Wiederholung der Septembermorde ließ es nur zu einigen ohnmächtigen Demonstrationen in den Theatern kommen, auf welche die Jacobiner mit neuer Wuth und neuen Gewaltthaten antworteten. Dagegen flohen viele Tausende aus Paris nach den Provinzen, um neuen erwarteten Gräueln aus dem Wege zu gehen.

Roland, der „Cato“ der Gironde war in dem Ministerrath zu gänzlicher Bedeutungslosigkeit herabgesunken und unterzeichnete die Protokolle desselben seit dem 11. Januar nicht mehr. Die Vorlegung der durch einen Schlosser entdeckten Papiere des eisernen Wandschrankes des Königs in den Tuilerien, in welchem auch der Brief Dumouriez's vom 14. März 1791 an Louis XVI. gefunden wurde, hatte ihn nicht populärer gemacht, im Gegentheil schmiedete die Montagne aus den ebenfalls vorgefundenen Briefen einiger Girondisten an den König neues Angriffsmaterial gegen die Gironde. Sämmtliche vorgefundene Papiere beweisen übrigens nicht das Mindeste für die dem Könige ohne jede Rechtsbasis zur Last gelegten Verbrechen, aber da Louis den verhängnißvollen Fehler beging, die Schriften nicht anzuerkennen, so gewannen sie erhöhte Wichtigkeit. Labourdonnaye, welcher sich zu dieser Zeit ebenfalls in Paris befand, suchte den Brief Dumouriez's an den König sofort gegen denselben auszubeuten und die Jacobiner noch mehr gegen seinen ehemaligen Vorgesetzten aufzuhetzen. Der Bürger Hassenfratz, der Genosse von Pache im Kriegsministerium*), betrieb die Anklagen im Jacobinerklub hauptsächlich gegen ihn. Ueberall wurde gegen ihn declamirt. Nach den einen hatte er 120,000 Livres, nach den anderen gar 12 Millionen in Belgien gestohlen. Die Titel Caesar, Monk, Cromwell schwirrten durch alle Blätter. Marat zeichnet sich durch seine abscheuliche und erz-

*) Hassenfratz war ein verkommenes Subject aus Metz, der seinen französischen Namen Le Lièvre mit ekelhafter Freiheit derart übersetzt hatte.

gemeine Sprache gegen ihn aus. Eines Tages schrieb er im Ami du peuple, Westermann habe dem General in Belgien stehlen helfen. Westermann begegnete Marat zwei Tage darauf auf dem Pont neuf. Er faßte ihn an der Brust, schüttelte ihn und ertheilte ihm mit der Säbelscheide eine eindringliche Belehrung über die Wahrheit seiner Behauptung, ohne daß das Volk für seinen „Ami" Partei nahm.

Die Folgen waren die wüthendsten Anstrengungen Marat's, um den Pöbel gegen Dumouriez, dem er dieses Attentat zuschrieb, möglichst aufzuhetzen.

Die Föderirten waren denn auch bald in einer solchen Stimmung gegen den Sieger von Jemmapes, daß eine Gruppe ihn eines Tages, als er den Carrousselplatz passirte, mit à la Lanterne! begrüßte. Der General, welcher geglaubt hatte, das Schicksal Frankreich's durch Siege über den äußeren Feind in Händen zu tragen, sah, daß ihn noch eine ungeheure Entfernung von dem vermeintlichen Führerthum trennte, daß die Spannkraft der Revolution trotz aller Aderlässe noch lange nicht erschöpft war, und es noch ganz anderer Mittel bedürfen würde, um sie zu bändigen.

Täglich verschlimmerte sich die Lage für eine Rettung des Königs. Dumouriez's Seelenzustand war unbeschreiblich. Das Bild des Königs, der Königin, wenn auch schon bedroht, doch noch in den Tuilerien, umgeben von königlichem Glanze, oder im vertrauten Gespräche sich Rath's bei ihm erholend, erschien wie in längst vergangener Ferne vor seinem geistigen Auge, und doch waren es erst sieben Monate, daß er im Schlosse des Königs, an der Seite seines Monarchen gesessen und sich auf seine Hand gebeugt hatte. Freilich war er sich bewußt, ihm stets nach bestem Wissen die Wahrheit gesagt, seine Stellung ihm klar gezeichnet zu haben, aber dieses Bewußtsein konnte die Gefühle nicht bannen, die ihn durchströmten, konnte die Erinnerung an die Tage nicht auslöschen, in denen er genöthigt gewesen war, König und Königthum ihrem Schicksal zu überlassen.

Und es war nicht nur das menschliche Mitleid mit jener Familie, nicht nur der Rest der Ehrfurcht vor dem Haupte aus dem alten Herrschergeschlecht, der sich in ihm regte, es war auch das Bewußtsein, daß die Hinrichtung des Königs die Republik in Blut versenken, ganz Europa gegen Frankreich auf's Neue in die Waffen bringen und die ganze Revolution durch eine, mit Verletzung aller wirklichen Rechtsformen ausgeführte Gewaltthat, auf falsche und nicht wieder gut zu machende Bahnen lenken würde.

Eine Anwendung der militärischen Gewalt, die er in seiner Armee besaß, war in diesem Moment auf das Aeußerste erschwert; die Armee stand an der Maas bei Lüttich, zum Theil auf deutschem Boden, und wenn man bei einer anderweitigen Verwendung eines Theils dieser Armee auch wirklich voraussetzen wollte, daß der Feind ruhig blieb, so war der Marsch in dieser Winterszeit für diese schlecht versorgten Truppen an und für sich schwierig. Jede Bewegung in der Richtung auf Paris ohne den Befehl der Regierung hätte früher oder später, und jedenfalls lange, ehe Paris erreicht worden wäre, den Argwohn der herrschenden Partei erregt. Hierzu kamen noch alle Bedenken, welche die Erregung eines Bürgerkrieges stets im Gefolge haben, vor Allem die Ausnutzung desselben durch den Feind, sowie die Gefahr, in welche der König gerieth, wenn er nicht mit großer Schnelligkeit befreit wurde.

Diese Dinge schon in Brüssel erwägend, hatte er die Möglichkeit eines Befreiungsversuches in Paris selbst nicht ausgeschlossen, und um für alle Fälle eine sichere, wenn auch kleine Macht zur Verfügung zu haben, eine Anzahl Offiziere und Soldaten nach der Hauptstadt beurlaubt. Es waren dazu die dem Anscheine nach der Sache der Ordnung und des Königsthums am Meisten Zuneigenden ausgesucht und dieselben angewiesen worden, mit dem General en Chef in Paris in Verbindung zu bleiben. Eine Zeit lang hörte er, daß sie an öffentlichen Orten Beweise ihrer Anhänglichkeit gegeben hätten, bald aber sah er viele von ihnen in Gesellschaft der in Paris stehenden Föderirten und schlimmsten Sorte Sectionärs, welche sie im Interesse des Jacobinismus zu bearbeiten schienen.

Er that sein Möglichstes, um selbst unerkannt und durch einige Agenten die Stimmung der Pariser zu erforschen, ob nicht ein Theil der Bürgerschaft vorhanden sei, welcher durch eine kühne That zur Befreiung des Königs mit fortzureißen sein würde. In bürgerlicher Kleidung durchstreifte er Paris; er trat in die Läden, in die Bürgerhäuser, in die Verkaufshallen. Er fand den größten Theil der Bürgerschaft noch in den starren Schrecken versenkt, der in Folge der Septembertage entstanden war, gänzlich unfähig, gegen die bewaffneten

Banden des Jacobinismus etwas zu unternehmen. Die Zeit eines Rückschlages war noch nicht gekommen, sondern die Guillotine sollte erst Tausende, und unter diesen die Edelsten und Besten neben den Schlechtesten, unter ihr Messer nehmen. Die Massenmorde in den Provinzen durch Kartätsche und Gewehr, die republikanischen Hochzeiten Carrier's waren nöthig, um 18 Monate später eine kleine Anzahl Bataillone der Nationalgarde zu vermögen, die Waffen gegen den „Schrecken" zu ergreifen, und ihn mit leichter Mühe zu stürzen.*) Oft erhielt Dumouriez die Antwort: „Stille, stille! Was wollen Sie?" Wenn 80,000 Nationalgarden sich vor 5000 bewaffneten Jacobinern im September gefürchtet haben, was kann man jetzt erwarten? Wir sind Feiglinge, der König wird sterben."**)

Seufzend kehrte er nach jedem mißlungenen Versuch nach seinem einsamen Landhause in Clichy zurück. Neben diesen geheimen Bemühungen im Volke suchte er in den damals herrschenden Parteien überall Anknüpfungspunkte, um für das Schicksal des Königs Theilnahme zu erwecken, die Niederschlagung des Processes oder die Freisprechung zu erwirken. Zuvörderst schien ihm mit Recht die Gironde die Partei, mit welcher er Verbindungen anknüpfen konnte. Waren doch in Bezug auf die Rettung des Königs und auf die Herstellung der Ordnung die beiderseitigen Absichten dieselben. Er stellte Gensonné vor, daß der Tod des Königs unfehlbar den Fall aller rechtschaffenen Leute in Frankreich herbeiführen müsse und prophezeite ihm mit voller Bestimmtheit den Sturz der Gironde. Gensonné aber zog sich, obschon er nicht viele der Ausführungen Dumouriez's bestritt, allmälig von demselben zurück. Aehnlich ging es ihm bei den anderen Girondisten. Sie fürchteten, ihre Popularität auf das Spiel zu setzen, wenn sie mit dem den Jacobinern mißliebigen General in Verbindung träten, sie gehorchten ihrer alten Abneigung gegen denselben, und

*) 9. Thermidor (29. Juli 1794) Sturz Robespierre's.

**) Es wäre wünschenswerth, diese Anwort des bon bourgeois von Paris denen entgegen zu halten, welche von dem berühmten Knüppel sprechen, der nach einem bekannten Ausspruch die Socialisten hinwegfegen sollte. Nein, dieser Knüppel ist eine von den vielen Illusionen, er ist ein Knüppel der Doctrine, kein reelles Ding. Wenn die schlechten Elemente sich erheben, dann gehören andere Leute dazu, als die vielfach gespaltene Bürgerschaft einer großen Stadt, um dieselben niederzuschlagen.

stießen somit den einzigen Arm, den Degen zurück, der, mit ihnen vereint, in diesem Moment noch der Sache der gemäßigten Parteien den Sieg verleihen, den König retten, und damit auch Europa den Frieden hätte geben können.

Pétion versprach zu thun, was er könnte, „er hasse den König nicht." Vergniaud erklärte, auf keinen Fall für den Tod stimmen zu wollen. In den Salon der Roland war er diesmal nicht gekommen, da er die seit dem October 1792 immer mehr hervortretende Abneigung der Girondisten gegen ihn hauptsächlich den Einwirkungen der Frau Roland zuschreiben mußte.

Andere Parteimänner antworteten ihm: Alles das nütze Nichts. Spräche man den König frei, so erhöben die Jacobiner einen Aufstand wie im September, stürmten den Temple und richteten ihn vor einem provisorischen Revolutions-Tribunal à la Maillard.

Durch die Feigheit der Gemäßigten abgewiesen, suchte er bei den Jacobinern Einfluß zu gewinnen. Er versuchte, durch einen ganz geschickten Vertrauten auf die Stimmung des „vertueux Robespierre" einzuwirken und ihn bei der Eitelkeit zu fassen. Der Bruder des bekannten Postmeisters von Varennes, welcher Louis XVI. auf der Flucht angehalten hatte, diente ihm bei diesen geheimen Schritten als Unterhändler, obgleich er Mitglied der Montagne im Convent war. Er hatte diesen Mann von weichem Gemüth durch die Vorstellung dazu bewogen, daß doch eigentlich durch die Handlungsweise seines Bruders der König jetzt zum Tode geführt würde. — Einige Monate später hatte dieser Drouet übrigens nichts Besseres zu thun, als Dumouriez im Convent dafür zu denunciren. — Die Versuche bei Robespierre, der bei aller Unklarheit seiner Ideen und einer sonstigen Mittelmäßigkeit doch anderen Einflüssen sehr wenig zugänglich war, hatten keinen Erfolg.

Bei Danton fand er mit seinen Wünschen ebenfalls schlechte Aufnahme. Derselbe fürchtete für sich selbst. — Bertrand de Molleville hatte von London aus gedroht, mit Veröffentlichungen über den Empfang von Summen aus der Civilliste aufzutreten, wenn der König verurtheilt würde, aber er brachte bei denen, welche sich getroffen fühlten — und zu diesen zählte Danton — die entgegengesetzte Wirkung hervor, denn dieselben suchten nun mit allen Mitteln den Proceß zu beschleunigen, um sich von jedem Verdacht freizumachen und die Sache möglichst bald zu erledigen. Zudem war Danton zu dieser Zeit mit den Girondisten zerfallen, und schon deshalb zu ihren Gegnern gedrängt.

Unter den Girondisten murmelte man damals abermals von einer Verbindung Dumouriez's mit dem Herzog von Orléans (Egalité). Allerdings hat dieser in seinem Verhör vor dem Revolutionstribunal im Juni 1793 ausgesagt, daß er eine Zusammenkunft von circa 50 Minuten mit Dumouriez gehabt, daß dieser aber keinerlei Verschwörungsprojecte mit ihm besprochen habe.*) Dumouriez bestreitet eine Zusammenkunft und leugnet beharrlich jede Parteiverbindung mit dem alten Orléans, für die keinerlei Beweise vorliegen. —

Was nun den Ministerrath betrifft, so hatte Dumouriez persönlichen Verkehr nur mit Lebrun**) und Garat, dem Justizminister, mit welchen er fast täglich zu Abend aß. Mit Monge, Clavière und Roland verkehre er privater Weise gar nicht. Das Gebäude des Kriegsministeriums fand er voll einiger Hundert Jacobiner, welche in Gesellschaft einiger Frauenzimmer daselbst ihre Orgien feierten. Es gehörte zum Ton, alle Geschäfte mit der rothen Mütze auf dem Kopfe zu erledigen, und das republikanische „Du" war die strengste Pflicht. Pache's Gattin und seine sehr häßliche Tochter streiften in den Kasernen der Föderirten umher, um sie für die Jacobiner zu gewinnen. Lebrun, Clavière und Garat hielten im Allgemeinen zusammen und manöverirten zwischen den Jacobinern und Girondisten, um sich auf ihren Sesseln zu erhalten. Schon aus der Zusammensetzung des Ministeriums geht hervor, daß dasselbe in Bezug auf die Führung der meisten Fragen nicht einig sein konnte. Pache wollte den Tod des Königs. Lebrun, Monge, Clavière war die Sache ziemlich gleichgültig und waren sie nicht zu bewegen, einen Schritt für seine Rettung zu thun. Sie überließen die Entscheidung gänzlich dem Convent als der verantwortlichen Körperschaft. Nur Roland fühlte sich tief ergriffen. Er, der am meisten während seiner Ministerzeit dazu beigetragen hatte, den König mißbeliebt zu machen, hatte

*) Moniteur 25. Juny 1793.

**) Lebrun hatte im auswärtigen Amte unter ihm gearbeitet und war von ihm stets empfohlen worden.

den lebhaftesten Wunsch, ihn zu retten — aber die Tage seines Einflusses und der seiner Gattin waren vorüber.

Am 13. Januar erklärte der Convent Louis für schuldig und verwarf mit 424 gegen 283 Stimmen die Berufung an das Volk. Mit erhöhtem Eifer gingen die Jacobiner daran, das Todesurtheil des Königs ihren Gegnern zu entreißen. Die Zugänge und Galerien der Tuilerien waren täglich von bewaffneten Banden angefüllt, welche die Abgeordneten der Gironde bedrohten. Man hatte die kommunistische Losung gegen die Reichen und gegen das Kapital abermals unter die Massen geworfen. Der lebende König im Temple verursache die Unruhen, die Theuerung, er sporne zu Verschwörungen an. „Mit dem Tode des Tyrannen wird es Brot geben, und der Wucher aufhören, die Tyrannen und die Aristokraten werden zittern, und die Politiker — Name für die Gironde — entlarvt sein," lautete die Losung der Vorstädte. —

Dennoch hätte die Gironde und ein Theil der „Plaine"*) wohl noch Stand gehalten, wenn sich nicht kurz vor der entscheidenden Verhandlung der gänzliche Umschwung der 5000 Föderirten vollzogen hätte. Dieselben fraternisirten am 16. Januar auf dem Carousselplatz mit den einheimischen jacobinischen Banden, und die Gironde war nun gegen die Jacobiner waffenlos. Furchtbar ist der Seelenzustand vieler Deputirten in dieser Zeit gewesen. Manche wußten, verzweiflungsvoll in den Corridoren hin- und herirrend, nicht, wie sie votiren sollten, als sie schon die Stufen der Tribüne erstiegen. Matt erleuchtet war der weite Saal in den Tuilerien an jenem verhängnißvollen 16. Januar. Die Galerien und Corridore wimmelten von den Rothmützen, die Pike, das Bayonnettgewehr in der Hand. Die wilden Gesichter der Septembermörder, unter Führung der Fournier, der Maillard, blickten von den Galerien herab. Jeder Abgeordnete der Gemäßigten wurde beschimpft; sowie er aus dem Saal trat, richteten sich die Waffen gegen ihn. Bei vielen gewann die blasse Furcht um das Dasein das Uebergewicht. Aber noch stand die Gironde, wenn

*) Das Centrum des Convents, die Ebene genannt, wurde damals in der Regel vom „Berge" mit fortgerissen. Es wurde von diesem auch spottweise der Marais genannt und seine Mitglieder „Kröten des Sumpfes".

auch von ihren Schaaren verlassen und entwaffnet, doch fest in ihrer Meinung und in ihrer Ehre. Die jüngeren wie die älteren Mitglieder der Partei blickten auf den glänzenden hinreißenden Redner, den anerkannten Chef, der noch nicht drei Stunden vorher erklärt hatte: „Ich werde nicht gegen mein Gewissen stimmen, ich votire nicht für den Tod." Die Abgeordneten gehen in leisem Gespräch auf und ab, das Brausen der bewaffneten Volksmassen draußen erschallt fortwährend, wie die Brandung des Meeres und begleitet die Verhandlung, die ab und zu durch einen donnernden Wuthausbruch der Galerien unterbrochen wird. Von der Tribüne schallt es „der Tod", „die Verbannung". Beides bekämpft sich gleich, das Ergebniß scheint sehr zweifelhaft. Alles blickt auf den Chef der Gironde, da steigt er langsam auf die Tribüne, zögert einen Augenblick und von seinen Lippen tönt es: „der Tod!" Und Mann für Mann stimmt die Gironde dem Parteihaupte nach, bis auf fünf oder sechs rühmliche Ausnahmen, unter denen der gelehrte Condorcet, seinen Principien gegen die Anwendung der Todesstrafe treuer als Robespierre bleibend. Robespierre lächelt höhnisch, Danton zuckt die Achseln und sagt: „Herrliche Worte, feiges Thun! Was machen mit solchen Männern? Es ist aus mit Ihnen!" Der König war gerichtet. So bleibt diese Sitzung ein ewiges großes Beispiel für alle gemäßigten Parteien, wie man bei aller Hoheit der Empfindung, bei allem Glanz des Wissens, bei aller Vollendung der Form sogar um seine Ehre kommen kann, wenn man vergißt, daß nur die That von Anfang bis zu Ende die Welt geleitet hat.

Dumouriez war am 18. Januar in Folge des Kummers und der Anstrengungen erkrankt. Er zog sich nach Clichy zurück. Den 21., den Tag der Hinrichtung des Königs, brachte er machtlos und in einem trostlosen Gemüthszustande in seinem kleinen Landhause zu. Er hatte die Hand nicht erheben können, der Sieger von Jemmapes, um den König zu retten und um diese Schmach von Frankreich abzuwenden, aber er gelobte sich, nicht nach Paris zurückzukehren, es sei denn, um den Convent aufzulösen und die Jacobiner zu züchtigen.

„Die Ungeheuer haben den König getödtet, aber sie haben das Königthum wieder aufgerichtet. Dieses und das kommende Geschlecht wird die Strafe für die wilden Verbrechen erleiden, welche die Nachwelt kaum wird glauben wollen".

Dumouriez schrieb dies schon 1793 noch während der Schreckensherrschaft, und die Nachwelt konnte in vollem Maße erkennen, wie wahr dieses prophetische Wort geworden ist.

---

2. Kapitel.

Unterhandlungen über das Decret vom 15. Dezember.

Der eine Zweck der Reise Dumouriez's war gescheitert. Gleichzeitig hatten Verhandlungen über die Belgischen Zustände und Beziehungen mit den Mächten stattgefunden. Trotz der Anklagen Dumouriez's gegen Pache und des immer augenscheinlicher werdenden Verfalls der Kriegsverwaltung wurde derselbe dennoch von der jacobinischen Fraction noch immer gehalten, und Dumouriez war nicht im Stande, ihn zu verdrängen. Damals besaß Cambon, der spätere bekannte Finanzminister der Republik, schon den größten Einfluß auf die Leitung der Dinge. Er beherrschte den Finanz-Ausschuß des Convents und damit die Finanzpolitik vollkommen. Dumouriez schildert ihn sehr unvortheilhaft, aber hier tritt wieder sehr deutlich hervor, daß man, noch mitten in den Ereignissen stehend, nicht mit voller Unparteilichkeit schreiben kann*). Jedenfalls bleibt aber von seiner Schilderung so viel wahr, daß Cambon ein Mann von schlechten Manieren und wüthender revolutionärer Gesinnung war. Er galt damals mit Recht als hauptsächlicher Vertreter der Eroberungspolitik und des Grundsatzes, den Krieg auf Kosten der zu befreienden Völker zu führen. Der General hatte mehrere Zusammen-

*) Cambon wurde in den Sturz Robespierre's nicht verwickelt, weil er zu nothwendig war. Er beherrschte und hielt die gesammte Finanzwirthschaft der Republik. Er ist der Begründer des Papiergeld-Systems.

künfte mit ihm, in denen Cambon sehr entschieden für seine Ansicht auftrat. Er erklärte Dumouriez: der Schatz sei leer, das baare Geld koste 55 Prozent. Es wären 600,000 Mann, incl. der Nationalgarden in den Festungsbesatzungen, zu unterhalten, sowie auch ein Theil der Sectionnairs von Paris. Um sich baares Geld zu schaffen, sei das Decret vom 15. Dezember gut, und das Belgische Silbergeld, sowie sämmtliche Kirchenschätze müßten helfen. Wären die Belgier ruinirt, so würden sie sich Frankreich in die Arme werfen, und es sei billig, daß sie die Freiheit nicht ohne Opfer erkauften.

Dumouriez führte alle Gründe dagegen an, die sich aus seiner Ansicht von der Verwerflichkeit des Decrets entwickeln ließen, so auch besonders, daß man, ein Land seiner Kapitalien einfach beraubend, die Henne mit den goldenen Eiern tödte, und daß die Folge hiervon Aufstände der Bevölkerung gegen die Franzosen beim Wiederbeginn der Feindseeligkeiten sein würden. Umsonst. Cambon denuncirte ihn sogar im Convent als einen widerspenstigen General, der überall sein „Veto" einlege, und die Unterhandlungen nahmen ein Ende. So sehen wir hier das sonderbare Schauspiel, einen Soldaten, deren Sinn sonst im Allgemeinen mehr auf eine Anwendung von Gewalt und des Eroberungsrechtes gerichtet ist, — gegen die räuberische Absicht jener ankämpfen, die zuerst die philantropischen Grundsätze der allgemeinen Menschenliebe und Brüderlichkeit auf den Schild erhoben hatten. Man hatte damals schon den Sicherheits-Ausschuß eingesetzt, mit dessen Creirung sich die Regierung der Ausschüsse, welche später die der Minister ganz ablöste, allmälig Bahn zu brechen anfing. Der General wurde zu einigen Sitzungen zugezogen. — Man war so tief in die Eroberungspolitik verstrickt, und die Unterhandlungen mit England standen in diesem Moment schon derart auf einer Nadelspitze, daß man vor Allem die Armeen zu verstärken beabsichtigte. Man wollte das System der freiwilligen Verstärkung der Armee verlassen, wenn es nicht ausreichte, und den Waffendienst als Verpflichtung hinstellen, womit das moderne System der Heeresorganisationen eingeleitet war.

360,000 Mann sollten neu aufgebracht, und zwar sollten die Listen zur freiwilligen Anwerbung drei Tage in den Gemeinden ausliegen, der etwa noch nöthige Rest sollte von denselben gestellt werden.*) Dumouriez erklärte dem Sicherheitsausschuß, ehe sie das Aufgebot decretirten, sollten sie sich der Mittel für die Unterhaltung versichern, da dasselbe sonst, wie schon so viele erlassene Decrete — ein Schlag in's Wasser sei. Cambon stimmte dem bei, und es wurde viel über die einzuschlagenden Wege gesprochen, wobei sich Dumouriez energisch gegen eine weitere Veräußerung der in Beschlag genommenen Güter des französischen Clerus und der Emigration aussprach, welche im Gegentheil als Fond für die Sicherung der Assignatenausgabe erhalten bleiben müßten. — Man beschloß, dem Convent die Ausgabe von 6,000,000 Assignaten mit hypothekarischer Sicherheit und das Decret von 360,000 Mann im Februar vorzulegen und zur Annahme zu empfehlen. Den Verhandlungen des Ministerraths über diese Fragen und über den Feldzugsplan für 1793 wohnte Dumouriez gleichfalls bei. Der Gedanke der Annexion Belgien's wurde auch hier mit aller Kraft aufrecht erhalten. Die Mittel zum Kriege sollten auf jeden Fall beschafft werden, nur war man nach dem Stande der politischen Verhandlungen noch nicht klar, wen man Alles zu bekämpfen haben werde. England und Holland widerstrebten der Annexion Belgien's. — Der Krieg mit ihnen konnte sehr bald ausbrechen. Auch mit Spanien stand der Bruch vor der Thüre.**) Dumouriez legte dem Ministerrath einen Plan vor, nach welchem Frankreich sich, mit Ausnahme der Operationen an der Mosel, streng auf die Vertheidigung beschränken sollte, und zwar hatte er als Grenzen derselben die Pyrenäen, die Alpen, den Rhein, Belgien und im Norden die Küste angenommen, und demnach die Vertheilung der Armeen geregelt. Die stärkste Armee sollte mit Recht Belgien erhalten, nämlich 80,000 Mann Feldtruppen, weil es in diesem offenen, und größtentheils ebenen Lande ohne bedeutende Festungen galt, sich durch Feldschlachten zu behaupten. Dieser Plan war freilich abermals nicht im Geiste jener Strategie eines Napoleon oder Moltke, welche den Krieg in Feindesland spielen, die feindliche Armee aufsuchen, schlagen und in diesem Angriffsverfahren die beste aller Defensiven sehen. Er war aber den zerrütteten, zerfahrenen damaligen Verhältnissen, welche eine koncentrirtere gut geleitete Offensive aus-

*) Genehmigung des Convents datirt vom 21. Februar.

**) Die Kriegserklärung gegen Spanien datirt vom 9. März 1793.

schlossen, richtig angepaßt. Dumouriez verlangte für denselben 360,000 Mann Feldtruppen, darunter ein Sechstel Reiterei.

Ungeachtet mancher Gegenvorschläge nahm man den Plan Dumouriez's im Großen und Ganzen an. Es war aber schon gegen Ende Januar, und es fehlte noch sowohl an den Menschen als an der Ausrüstung und Versorgung der Armeen. Auch führten die Entwürfe zur Offensive und zur Revolutionirung anderer Länder fortwährend Aenderungen desselben herbei.

Neben den Sitzungen des Ministerraths und des Sicherheits-Ausschusses fanden noch Versammlungen bei Dumouriez statt, an welchen Lebrun und Clavière, die Girondisten Condorcet, Pétion, Gensonné und Brissot Theil nahmen und in welchen über die öffentlichen Angelegenheiten berathen wurde. Es scheint jedoch nicht, als ob diese Versammlung große Einwirkung auf den Gang der Dinge ausgeübt hätte. Dumouriez widersetzte sich in denselben der Absicht Clavière's den Kanton Genf zu revolutioniren und die Schweiz mit einem kräftigen Vorstoß zu erobern. Er erwähnt rühmend eines Obersten Weiß, als Abgeordneten der Schweiz, welcher dieser Politik mit Festigkeit und Würde entgegentrat — freilich schließlich umsonst, denn sowohl Basel als Genf befanden sich sehr bald in Revolution. Zu dieser Zeit legte Roland das Portefeuille nieder. Er hatte sich binnen Kurzem gänzlich verbraucht. Das, was Dumouriez über ihn und seine berühmte Gattin später geschrieben, ist vielleicht sehr scharf und hart, jedenfalls ist soviel überall anerkannt, daß Roland sich als praktischer Staatsmann nicht bewährt hatte, und daß er durch eine gewisse Pedanterie, verbunden mit dem absichtlichen Zurschautragen antiker Einfachheit und quäkerhafter Ausdrucksweise den Convent und seine Collegen zu langweilen anfing.

Seine eigenen Parteigenossen hatten ihn trotz seiner berühmten Gattin nicht mehr genügend unterstützt. Sein Ausscheiden aus dem Ministerium bewies aber, daß er wenigstens an einer Regierung nicht mehr Theil nehmen wollte, welche weder die Macht noch den Willen besaß, Frankreich gegen die Verbrechen der Jacobiner zu schützen. So war diese Gironde! Die Hand Danton's mit Würde und Consequenz zurückstoßend, hatte sie niemals die Entschlossenheit zuzuschlagen, wenn es nöthig war, nicht aus Mangel an Muth, sondern aus doctrinärem Bedenken.

Sie hatte nicht den Muth, ihr Votum für des Königs Unschuld abzugeben, aber sie starb mit der Würde antiker Helden, ihrer Vorbilder würdig.

---

3. Kapitel.

Unterhandlungen mit England und Holland.*)

Die Verhandlungen mit England hatten sich vom November ab hingeschleppt, ohne zu einem entschiedenen Resultat zu kommen. Dennoch konnte Frankreich auch jetzt noch den Frieden haben, sowie es auf die Annexion von Belgien verzichtete, aber dies wollte die Republik um keinen Preis. — Frankreich war in London durch den ehemaligen Marquis von Chauvelin vertreten, der aber für die englischen Minister seit dem 10. August einfacher Unterhändler war, da England die Republik noch nicht anerkannt hatte und also auch den Botschafter nicht. Chauvelin führte die Unterhandlungen im Allgemeinen in schroffer und renommistisch-jacobinischer Weise, um sich als geborener Aristokrat vor dem Verdacht des Aristokratismus sicher zu stellen, und obgleich mehrere Agenten Lebrun's — unter anderen Maret — der spätere Napoleonische Herzog von Bassano — von Pitt friedliebende Vorschläge übermittelten, beschloß die französische Regierung dennoch auf dem System der Einschüchterung gegen England zu verharren, und mußte Chauvelin am 7. Januar zwei Noten überreichen, in denen über das Verbot der englischen Regierung des Umlaufs der Assignaten und die Korn- und Waffenausfuhr Klage erhoben wurde. — Zu gleicher Zeit beschloß man die Vorschläge holländischer Patrioten — der gegen den Erbstatthalter feindlichen Partei, welche durch die Preußen 1788 besiegt worden war — zum Einfall in Holland und Revolutionirung des

*) Ich stelle dieselben in einem besonderen Kapitel hin, obgleich sie mit den eben berührten Ereignissen großentheils zusammenfallen.

Landes entgegenzunehmen. Dumouriez wurde zu den Verhandlungen durch Lebrun natürlich hinzugezogen. Die holländischen Revolutionäre schlugen einen Angriff auf Seeland vor. Diese Provinz besteht bekanntlich aus den in den Scheldemündungen liegenden Inseln und war in dem langen Freiheitskampfe gegen die Spanier der Schauplatz ausgezeichneter Thaten. Die holländischen Flüchtlinge wollten, von Insel zu Insel mit Schnelligkeit übersetzend, sich vor Allem der Inseln Zuid-Beveland und Walcheren bemächtigen, auf welche letztere der Statthalter sich in den Schutz der Flotte zurückzuziehen beabsichtigte. Dumouriez war, nach der Ablehnung des plötzlichen Angriffes auf Mastricht, seinem System gemäß, entschieden für den Frieden mit England und Holland, dennoch galt es nach dem Stande der Dinge die Vorbereitungen zu dem Feldzuge gegen Holland zu treffen. Von diesen Maßnahmen giebt sein Brief vom 10. Januar an Miranda, welcher ihn im Oberbefehl in Belgien vertrat, Zeugniß. Zufolge der Beschlüsse des Ministerraths, welcher die Vorbereitungen des Unternehmens für den eintretenden Fall befahl, ordnete er eine Truppenzusammenziehung bei Antwerpen, die in aller Stille vor sich gehen sollte und die Instandsetzung von mehreren Kanonier-Schaluppen auf der Schelde an. Die revolutionäre batavische Legion wurde auch nach Antwerpen dirigirt und die Befehle erlassen, um zu gleicher Zeit mit dem Unternehmen auf Seeland die Belagerung von Mastricht und die Wegnahme von Venlo in's Werk setzen zu können. —

Miranda äußerte in einem Briefe an Dumouriez vom 15. Bedenken gegen den Angriff auf Seeland, und Dumouriez entwickelte in seiner Antwort vom 18. an Miranda, daß die politische Frage noch ganz unentschieden sei, daß er dem Anschlage auf Seeland nicht zuneige und ihn nur als Scheinangriff gebrauchen wolle, und daß es besser scheine, mit den Hauptkräften, nachdem Mastricht genommen, mit großer Schnelligkeit über Utrecht auf Amsterdam vorzugehen.

Inzwischen war der Gesandte de Maulde aus dem Haag in Paris eingetroffen. Derselbe war von Dumouriez, als er das Ministerium des Aeußeren inne hatte, ernannt worden, jetzt aber durch den Citoyen Noël ersetzt worden. De Maulde suchte Dumouriez sofort auf und theilte ihm mit, daß die Neutralität England's und Holland's sich immer noch aufrecht erhalten lasse, es fehle nur an einem geschickten Unterhändler, und als einen solchen betrachte die holländische Regierung den General Dumouriez. Auch Benoist — derselbe, der als Abgesandter im preußischen Hauptquartier in der Champagne gewesen war — theilte Lebrun mit, daß das englische Kabinet gern mit Dumouriez unterhandeln wolle. Dumouriez ergriff diese Idee mit Lebhaftigkeit und bat den Ministerrath um den Posten eines englischen Botschafters. Der Antrag scheiterte an der Eifersucht und dem Hasse von Monge, Clavière und Pache gegen ihn. Dennoch aber wollten Lebrun, Garat und Dumouriez noch einen Versuch im Interesse des Friedens machen und eine Unterhandlung mit England ohne den Ministerrath anknüpfen. Lebrun willigte ein, Chauvelin von London zurückzurufen. Der Büreauchef Maret sollte nach England reisen, um Pitt anzuzeigen, daß Dumouriez mit den diplomatischen Unterhandlungen beauftragt sei. De Maulde wurde nach dem Haag zurückgeschickt, um dem dortigen britischen Gesandten Lord Aukland, sowie dem Großpensionar*) von Holland eine Zusammenkunft mit dem General Dumouriez an der holländischen Grenze in der Nähe von Antwerpen anzutragen, um über die Neutralität England's und Holland's zu verhandeln. Inzwischen aber war die Hinrichtung des Königs vollzogen. Sie tönte wie ein Donnerschlag in ganz Europa wieder, und nicht nur die Regierungen, auch die Freunde der Freiheit, welche in der französischen Revolution den Anfang einer neuen Aera des Glückes gesehen hatten, wandten sich von der in Blut getauchten Republik ab.

Dennoch wollte man in Anbetracht der großen Wichtigkeit der Sache dem Versuch nicht entsagen. De Maulde reiste sogleich nach dem Haag ab, Maret aber erst am 26. Januar nach England. Als Letzterer in England ankam, fand er die Sachlage absolut verändert. Chauvelin hatte am 17. Januar seine öffentliche Anerkennung als Botschafter entschieden begehrt. Pitt sah darin nur das Drängen zum Kriege.

Das Ereigniß vom 21. stieß nun dem Fasse den Boden aus. König Georg und die Nation waren gleichgestimmt in ihrer Entrüstung, und Chauvelin erhielt am 24. seine Pässe. Maret empfing daher bald nach seiner Landung die Aufforderung, nach Paris zurückzukommen.

*) Eine Art Reichskanzler.

Dumouriez war am 25. von Paris, das er nie mehr wiedersehen sollte, abgereist. Er fand sich in allen und jeden Hoffnungen getäuscht und sah auf das Düsterste in die Zukunft. Er sah Frankreich in den Händen von Männern, welche er zum Theil als fous furieux, zum Theil als Unfähige betrachtete. Er sah dem Vaterlande täglich neue Feinde erstehen, was durch eine verständige Politik hätte vermieden werden können. — Er hatte die Ungerechtigkeit gegen die Belgier nicht wieder gut machen können, das Decret vom 15. December bestand fort. — Die Aufstellung neuer Streitmassen, die Ergänzung der Armeen war in vollständigem Rückstande und für die Ausrüstung und Wiederherstellung so gut wie nichts geschehen. Die Armee von Belgien war in jammervollem Zustande, in ihren Dorf- und Stadtquartieren während des Winters jedenfalls in ihrer Disciplin noch mehr geschädigt, das Volk von Belgien im höchsten Grade unzufrieden und zum Aufstande bereit und dabei hatte man Nachricht, daß Clairfait aus Deutschland fortwährend Zuzüge erhalte und daß der berühmte Türkenbesieger, der Herzog von Coburg, das Kommando über die kaiserliche Armee an der Erft übernehmen werde. Brach der Krieg mit Holland unter diesen Umständen aus, so schien Dumouriez die Aufgabe eine fast übermenschliche. — Diese Verhältnisse wurden der französischen Regierung auch von anderer Seite berichtet, trotzdem beharrte sie auf ihrem System. Chépy, geheimer politischer Agent in Brüssel schrieb an Lebrun den 31. Januar 1793: Emigranten wirken stark in Holland; zahlen gut. 32 Mann der Garnison aus Brüssel dorthin desertirt. Es ist nöthig, schnell in Holland einzurücken. Unsere Soldaten ohne Begeisterung. Vorbereitungen stocken. In Brüssel gährt es stark. Man hegt die Hoffnung auf ein Wiederkommen der Oesterreicher.*)

Endlich war es immer und immer wieder der Tod des Königs, der seine Schatten über Dumouriez warf und seine Stimmung verdüsterte. Diese war eine derartige, daß er daran dachte, nachdem er durch seine Unterhandlungen Frankreich die Neutralität England's und Holland's gesichert hätte, sich nach dem Haag zurückzuziehen und den Franzosen in einem Manifest zu erklären, nicht mehr für den Jacobinismus kämpfen zu wollen. Auf der Reise schon erhielt er die ersten

*) Auszüge von Sybel aus den französischen Archiven.

Nachrichten von De Maulde, daß der Großpensionar sowohl, wie der englische Gesandte Lord Aukland die Unterhandlungen trotz der Todesnachricht Louis' gern aufgenommen hätten, und daß Aukland sofort um die Autorisation seiner Regierung eingekommen wäre, um mit Dumouriez an der Grenze zusammenzutreffen. Am 2. Februar traf er in Antwerpen ein, voll neuer Hoffnungen, noch die Neutralität England's und Holland's durch seine Unterhandlungen erwirken zu können, aber schon am 7. erfuhr er durch die Zeitungen und durch eine Depesche von Lebrun die Kriegserklärung gegen England und Holland. Es scheint, daß Lebrun den Frieden nicht aufrichtig gewollt und deshalb Maret's Abreise nach London verzögert hatte, auch mochte es ihm wohl unmöglich gewesen sein, nachdem Chauvelin auf Befehl Pitt's seine Pässe erhalten hatte, den Kriegseifer der Jacobiner zu zügeln.

So war am 1. Februar, nachdem Brissot — damals gewiß sehr gegen seine Ueberzeugung — dem Convent über den Stand der Dinge referirt hatte, leichten Herzens die Kriegserklärung ausgesprochen, und damit ein Kampf eröffnet worden, der nach 22 Jahren doch endgültig mit der Besiegung Frankreich's und der Eroberungspolitik endete. De Maulde kam am folgenden Tage in Antwerpen an und überbrachte einen Brief von Aukland an Dumouriez, daß er die verlangte Autorisation erhalten habe, und daß die Zusammenkunft auf den 10. Februar in Mordyck festgesetzt sei. Dumouriez konnte nun de Maulde weiter nichts erwiedern als: Zu spät! Der Krieg soll beginnen. — Dieser Versuch Dumouriez's, den Frieden mit dem furchtbarsten Feinde, den Frankreich damals hatte, zu erhalten, muß jedenfalls von der Nachwelt und nicht nur von Frankreich anerkannt werden, ist aber gerade, wie die Briefe des Kaisers Franz II. an Coburg bewiesen, sehr verkannt worden.*) Er beweist, daß der kecke Unternehmungsgeist der kalten Ueberlegung gewichen war. Was die Mittel anbelangt, so erinnern diese an das Intriguenspiel unter Louis XV. und an die Schule von Favier. Die künstliche Unterhandlung wird denn auch durch die beiderseitig erregten Leidenschaften und durch den Keulenschlag des Convents, die Kriegserklärung, zertrümmert, und Dumouriez

*) Brief des Kaisers an Coburg; Witzleben, Leben Coburg's B. II. S. 167.

findet sich vor die Thatsache gestellt, für eine ihm verhaßte Politik und für eine Regierung, die er verachtete, in einen Kampf einzutreten, der sogar für einen Cäsar wenig Aussichten des Gelingens bot. —

4. Kapitel.

Vorbereitungen zum Feldzuge. Operationspläne.

Dumouriez fand jetzt diesem gefährlichen Unternehmen gegenüber die volle Spannkraft seines Geistes und Körpers wieder. Sein Geschick war an das der französischen Armee in Belgien, und somit an die Sache der Republik weiter gebunden. Nachdem der Krieg gegen England und Holland erklärt war, dachte er nicht mehr daran, seine Armee in dieser gefährlichen Lage zu verlassen, sondern beschloß, Alles daran zu setzen, um den Sieg auch gegen die vermehrten Feinde an ihre Fahnen zu fesseln. — Es galt nicht nur dies. Es galt seine Rettung gegen den Jacobinismus, es galt den schnellen Gewinn erneuten Feldherrnruhmes, die Eroberung der reichen Mittel Holland's, die Gründung einer batavischen Republik — aber ohne Theilnahme des Jacobinismus — zu gleicher Zeit mit der eines Freistaats Belgien, und ein Bündniß beider neuer Republiken; es galt ferner die schleunige Organisirung von Belgisch-Holländischen Streitkräften in der Stärke von circa 80,000 Mann; die Reinigung der französischen Armee von jacobinischen Elementen; das Anerbieten eines Waffenstillstandes an England, Holland und die deutschen Mächte, — es galt endlich sodann. an der Spitze der vereinigten holländisch-belgisch-französischen Streitkräfte, den Marsch auf Paris, die Vertreibung des Convents, und die Errichtung eines verfassungsmäßigen Königthums.

Dies war der riesenmäßige Plan, den er im Innern trug, und den er nur wenigen Vertrauten, unter ihnen Westermann und Thouvenot, mittheilte.

Ehe aber diese Träume sich verwirklichen konnten, galt es den Sieg. — Seine Absicht war, sich auf Holland zu werfen, dasselbe zu überrumpeln, während der größte Theil der Armee die Deckung gegen den Herzog von Coburg übernahm, nach Holland's Revolutionirung gegen Coburg Front machen und diesen gleichfalls zu schlagen. Gelang dies, dann war die Zeit zur Durchführung seiner Pläne in Holland, zur schnellen Bildung der Streitkräfte, vorhanden. Schnelligkeit war hier Alles. Betrachten wir seine Lage und seine Maßregeln genauer.

In Luxemburg befand sich Beaulieu mit 13,000 Mann bei Arlon, Front gegen die Armee von Belgien machend; bei Trier Hohenlohe-Kirchberg mit 12,000 Mann, Front gegen die französische Mosel-Armee.

In Wesel war der Herzog von Braunschweig-Oels mit 10,000 Preußen eingetroffen, um die Holländer zu unterstützen und die rechte Flanke der Armee von Coburg zu decken. In Holland wurde eifrig gerüstet, und mehrere Emigrirten-Korps formirt. Ein Theil der englischen Flotte war bereit, sich mit der holländischen zu vereinigen. — Die holländische Landarmee war wenig furchtbar, besonders deshalb, weil ihre Offiziere alt und nicht sehr erfahren waren. Auch war eine größere Truppen-Ansammlung zu dieser Zeit noch nicht erkennbar. Die Hauptschutzwehr des Landes bestand in den dasselbe durchfließenden Strömen, der eigenthümlichen Insel- und Halbinsel-Gestaltung seiner Küsten, und endlich für den Nothfall, in der Oeffnung der Schleusen und der Ueberschwemmung ganzer Landestheile oder einzelner Landstrecken. Die Ueberschwemmungen sind deshalb so leicht zu bewerkstelligen, weil ein großer Theil des Landes unter dem Niveau des Meeres und der Flüsse liegt und nur durch hohe Deiche geschützt wird. Die Passirbarkeit einer Landstrecke kann sich daher eintretenden Falls nur auf die Wege beschränken, welche leicht zu sperren sind.

Für die Armee, welche Dumouriez in Belgien zurückgelassen hatte, war so gut wie Nichts unter Pache geschehen. Etwa 10 neue Nationalgarden-Bataillone waren, höchst mangelhaft bekleidet und größtentheils ohne Gewehre, in Belgien eingetroffen.

Eine Nachricht von guter Vorbedeutung erhielt er jedoch jetzt aus Paris. Pache war am 2. Februar gestürzt worden. Die Unordnung, die Defecte hatten eine so ungeheure Höhe erreicht, die in Belgien gewesenen Conventsdeputirten hatten sie so offen dargelegt und sie auf mehrere Hundert Millionen berechnet, daß dieser Liebling der Jacobiner doch nicht länger zu halten gewesen war. — Er wurde aber durchaus nicht zur Verantwortung gezogen, sondern auf den Vorschlag Barere's „über seine Rechnungen mit dem Schwamme hinweggefahren." Pache erhielt, um die Jacobiner nicht zu reizen, die einflußreiche Stellung eines Maire von Paris, auf welche Cambon verzichtete. Zum Kriegsminister wurde Beurnonville, Dumouriez's Waffengenosse und Freund ernannt.

Am 21. Februar beschloß der Convent auch die große Aushebung von 300,000 Mann und genehmigte in offener Sitzung nach dem Bericht Dubois-Crancé's, eines der wüthendsten Jacobiner auch eine Organisationsveränderung. Dubois-Crancé war der Ansicht, man müsse, um die republikanische Gesinnung in der Armee zu stärken, die ganze Armee zu Freiwilligen machen. Er betrachtete die Disciplin als eine aristokratische Erfindung. Deshalb schlug er Namens des Ausschusses vor, die Linienregimenter aufzulösen und immer eines ihrer Bataillone mit zwei der Freiwilligen zu einer „Halb-Brigade" zu verschmelzen. Dieses Decret, welches die Verbände der vor dem Feinde stehenden Truppen zerriß, wurde genehmigt, sollte aber erst am Ende des Feldzuges zur Ausführung gelangen. Es hatte später nicht die von Dubois-Crancé beabsichtigte Wirkung, sondern das Glück der französischen Waffen in den Feldzügen 1794 und 1795 ließ den militärischen Geist erstarken und flößte denselben den neuen Verbänden ein. Vorläufig jedoch schuf die Aushebung dieser Massen nur eine Vermehrung des Chaos, da dieselbe nicht nach einem bestimmten Princip ordnungsmäßig vor sich ging, sondern die einzelnen Gemeinden zusammenrafften, was ihnen unter die Hände kam, und daher auch viel unbrauchbares Volk schickten.

Was die Vertheilung der französischen Streitkräfte betrifft, so erinnern wir uns, daß die Hauptarmee auf einer langen Linie von Namur bis nach Roermonde längs der Maas aufgestellt war und starke Avantgarden auf das rechte Maasufer, im Centrum bis an die Roerlinie, vorgeschoben hatte.

Das **Korps d'Harville** stand bei Namur.

Die Ardennenarmee (Valence) von Huy bis Lüttich; die Armee des Centrums, d. h. das alte Korps de bataille Dumouriez's, jetzt unter Lanoue bei Lüttich.

Die Nordarmee, jetzt Korps Miranda, von Mastricht bis Roermonde.

In Antwerpen lagen nur 4 bis 5 französische Bataillone und die holländische revolutionäre Legion. Das Innere von Belgien war von elend ausgerüsteten Nationalgarde-Bataillonen besetzt. —

Dumouriez war über den Operationsplan gegen Holland nicht gleich einig mit sich. Seine erste Absicht ging dahin, sich nach dem linken Flügel zusammenschließend, Miranda vor Venlo und das Centrum unter seinem eigenen Befehl vor Mastricht rücken zu lassen; diese Plätze nicht durch methodischen Angriff, sondern durch heftige Beschießung, schnell zu nehmen und sodann auf Nymwegen zu marschiren. Hierdurch würde die Festungslinie der Holländer im Norden umgangen, und die Uebergänge über die vielen Meeres- und Stromarme, welche sich dem directen Marsch von Antwerpen nach Amsterdam entgegenstellen, vermieden worden sein. Aber andererseits mußte er seinen Marsch sehr nahe an dem in Wesel stehenden Herzog von Braunschweig-Oels vorbei ausführen und war einer Belästigung durch denselben in der Flanke ausgesetzt. — Er entschied sich für eine andere Operationslinie und zwar für eine höchst gewagte. Er beschloß von Antwerpen aus in Eilmärschen bis an den Meeresarm zu marschiren, welcher durch die Ausflüsse der Waal und der Maas gebildet, die Inseln Beijerland und Dort von dem Festlande trennt und in seinem westlichen Theil Holländisch Diep, gemeinhin aber nach dem Dorfe Mordyck, auch das Mordyck genannt wird, in seinem östlichen Theile aber den Namen Biesbosch führt. Die Festungen Breda und Gertruidenberg wollte er bei seinem Vormarsch rechts, Klundert, Willemstadt und Bergen op Zoom links liegen lassen. Dieselben sollten nur leicht eingeschlossen werden. Die Avantgarde sollte sich schnell der im Mordyck liegenden Schiffe bemächtigen, um den Uebergang zu ermöglichen. War dieser Meeresarm überschritten, so glaubte er die Waal und den Leck ohne viele Mühe passiren zu können, da der Erbstatthalter bis jetzt noch keine irgendwie bedeutende Truppensammlung zu Stande gebracht hatte.*) Von Rotterdam aus sollte der Marsch über Leyden sich auf Amsterdam richten. Dumouriez rechnete darauf, daß mit diesem plötzlichen überraschenden Erfolge der Widerstand in Holland erlöschen würde, insbesondere, da die „patriotische“ Partei immerhin im Lande nicht unbedeutend war und voraussichtlich wirksamen Beistand geleistet hätte. Zu gleicher Zeit sollte Miranda von Mastricht links abmarschiren und auf Nymwegen gehen, um sich mit Dumouriez zu vereinigen. General Valence sollte sowohl die Deckung der Maaslinie gegen Coburg als auch die Belagerung von Mastricht übernehmen, falls diese Festung in diesem Moment noch nicht genommen sein würde. Den holländischen Revolutionären in Antwerpen hatte Dumouriez den Angriff auf Seeland zugesagt und die Vorbereitungen dazu treffen lassen. Eine französische Fregatte und mehrere Kanonenboote lagen bereit, um die Ueberfahrt der Legion nach Zuid-Beveland zu decken. Diese Zusage und die Zurüstungen zu diesem Unternehmen waren jedoch nur auf Täuschung des Feindes berechnet. — Ebenso wurde überall bei den Armeekorps an der Maas die Ankunft des Obergenerals angesagt, auch der Stab der Armee mit Wagen und Pferden vorläufig dort belassen und im Stillen ein neuer Stab für die gegen Holland bestimmte Armee gebildet. — Außerdem ließ er unter dem General Leflers in Brügge ein kleines Korps aus den nachgerückten schlecht bewaffneten Nationalbataillonen sammeln, um den Feind an einen Angriff gegen die kleine Festung Sluis (Ecluse) oder gegen die Insel Walcheren glauben zu machen, zu dem wahren Zweck aber, die in Holland einbrechende Armee in Antwerpen und Umgegend zu ersetzen. Die gesammten Streitkräfte Dumouriez's bestanden zu dieser Zeit aus circa 90,000 Mann, wobei jedoch eine größere Anzahl nicht felddienstfähiger Nationalgardenbataillone eingerechnet sind.**) Es handelte sich nun darum, wieviel Kräfte man gegen Holland verfügbar machen konnte. Nach Dumouriez's Ansicht konnten dieselben nur gering sein, weil man gegen Mastricht und Venlo, gegen die Heere Coburg und Braunschweig-Oels eine bedeutende Truppenmacht und zwar die besseren Elemente verwenden mußte.

*) Bericht geheimer Agenten an den Minister Lebrun. Sybel's Auszüge aus den französischen Archiven.

**) Dumouriez giebt nur 60,000 Mann an; dies ist aber zu gering gegriffen.

Aus diesem Grunde bestimmte er zu dem Unternehmen 21 Bataillone, darunter nur das 82. Regiment (2 Bataillone) Linie. 3 Bataillone Freiwilliger hatten den Krieg schon mitgemacht, alle anderen waren neuer Nachschub, meist aus Kindern von 15–18 Jahren bestehend. Nur 8 Bataillone hatten Bataillonsgeschütze.

Außerdem waren noch einige Abtheilungen holländischer und belgischer revolutionärer Truppen vorhanden. Die Kavalerie bestand aus 1000 Pferden, einem Gemisch aus den verschiedensten Regimentern, aus belgischen Freiwilligen und einigen holländischen Reitern.

Die Artillerie zählte 12 Feldgeschütze, 4 größere und 20 kleinere Mörser und 4 Haubitzen. Alles in Allem zählte die Armee 16—17,000 Mann. Mit diesen höchst bescheidenen Kräften wollte er den schnellen vernichtenden Stoß gegen Holland führen. Freilich kann man, den Feldzugsplan betrachtend, die Frage aufwerfen: Weshalb nicht die Oesterreicher hinter der Erft mit ganzer Macht anfallen, sie hinter den Rhein werfen und sich sodann gegen Holland wenden?

Nach den Regeln der abstracten Theorie des großen Krieges, wie wir sie jetzt als richtig anerkennen, wäre dies wohl unbedingt vorzuziehen gewesen. Aber die früher geäußerten Bedenken mit Holland in der Flanke und Mastricht im Rücken gegen den Rhein vorzubrechen, bestanden ungeschwächt fort und mußten umso wichtiger hervortreten, je stärker die Oesterreicher hinter der Erft geworden waren, und je zweifelhafter der Ausgang erschien. Blieb Holland unbelästigt, so gewann es Zeit, seine Vertheidigungs-Anstalten zu vollenden, englische Truppen heranzuziehen und die Preußen von Wesel herbeizurufen. Es kann also hier jedenfalls, auch vom rein militärischen Standpunkt der damaligen Zeit in Frage kommen, welche Maßregel die beste gewesen wäre. Ein Bonaparte, ein Erzherzog Karl, ein Gneisenau, ein Moltke wäre wahrscheinlich, Mastricht cernirt haltend, gegen Coburg marschirt, aber Dumouriez war in anderen Anschauungen aufgewachsen. —

Maßgebend scheint hierbei nun noch der geheime politische Gedanke, dessen Durchführung er erstrebte, gewesen zu sein. Dieser Gedanke trägt den Zug großartiger Verwegenheit an sich, den wir in vielen Lebenslagen bei ihm bemerkten und auf den wir schon früher hinwiesen. Ob der politische Plan, wenn die Kriegsoperationen einen glücklichen Ausgang genommen hätten, gar keine Aussicht auf Gelingen gehabt hätte, wie von einer Seite behauptet worden ist, erscheint eine müßige Erörterung. Wer vermag zu berechnen, was ein siegreicher Feldherr, der es verstand, seinen Soldaten auch die Früchte ihres Sieges zu reichen, und der den Willen hatte, sie an sich zu fesseln, nicht hätte in's Werk setzen können?

Mag dem nun sein wie ihm wolle, Dumouriez fühlte sich innerlich getrieben, berufen, diese Regierung zu stürzen. Er hielt es für seine Mission. Vor seinem geistigen Auge schwebte das Bild des aus dem Temple befreiten jungen Königs, der, nach einer Verfassung regierend, gestützt auf den Degen des Befreiers, Frankreich eine neue Aera des Glückes bringen sollte. Die mächtigen Triebfedern des gekränkten Ehrgeizes, die Zurücksetzung in Paris, der Widerwille gegen die Machthaber, seine Verachtung derselben trieben ihn zu der Unternehmung gegen Holland, von der er sich eine schnellere Einwirkung auf seine politischen Pläne versprach. Was nun die Einzelnheiten anbetrifft, so war das Unternehmen auch darin auf das Wagniß gebaut. Er warf sich mit einer kleinen Armee mitten in einen von Meeresarmen und Strömen durchschnittenen Landestheil, in welchem er sich, von seiner Hauptarmee entfernt und in seinen Verbindungen sehr bedroht, befand.

Sicherer und einfacher wäre ohne Zweifel der Marsch auf Nymwegen gewesen, aber er war ein Umweg; er hatte, nachdem Nymwegen erreicht war, noch 8—9 Märsche nach Amsterdam, von Dortrecht aber nur 3—4.*) Dumouriez war sich der besonderen Gefahren des Weges über Dortrecht wohl bewußt. Wie aus seinem Briefwechsel mit Miranda, insbesondere noch aus einem Schreiben vom 5. Februar hervorgeht, entschloß er sich erst ziemlich spät zu dieser Operationslinie. In der Zeit vom 8. zum 11. Februar war jedoch Thouvenot bei ihm in Antwerpen eingetroffen, und hier wurde der endgültige Entschluß zu dem gewagten Unternehmen gefaßt. — Zusammen mit dem in Paris freigesprochenen General-Intendanten Petit-Jean und dem General Thouvenot wurde der Generalstabs- und Verwaltungsdienst der kleinen Armee von Dumouriez schnell organisirt. Oberst Thouvenot, Bruder

*) Die anderen Nachtheile des Marsches auf Nymwegen sind schon oben erwähnt.

des Generals, wurde zum Chef des Stabes ernannt. Den Stab der großen Armee an der Maas ließ Dumouriez unangetastet und beschloß deshalb, den General Thouvenot zu derselben zurückzuschicken, um als der Vertreter seines Willens dort gegenwärtig zu sein.

Am 11. Februar schrieb Dumouriez an Miranda:

Antwerpen den 11. Februar. 2. Jahre der Republik.

Der General Thouvenot, mein theurer Miranda, wird Euch die Einzelnheiten des gewagten Unternehmens mittheilen, das ich selbst entworfen habe, und dessen Ausführung am 18. oder 19. spätestens beginnen soll. Es ist durchaus nöthig, den Angriff auf Mastricht zu beschleunigen, denn zu einer regelmäßigen Belagerung haben wir weder die Zeit, noch ist die Jahreszeit dazu angethan. Alles hängt von Eurer Schnelligkeit ab, damit Ihr bald nach Nymwegen mit 25,000 Mann marschiren könnt. Wenn wir Zeit hätten, würden wir methodischer handeln, aber Nymwegen ist der Schlüssel der Niederlande, und es gilt den Preußen zuvorzukommen. Von dem Augenblick des Beginns Eures Feldzuges, und sobald ich mein gewagtes Unternehmen begonnen, (entreprise hasardeuse) könnt Ihr nicht mehr darauf rechnen, von mir Befehle zu empfangen, denn unsere Verbindung wird unterbrochen sein, bis wir uns in Utrecht vereinigen. Sobald die Revolution in Rotterdam und Amsterdam gemacht sein wird, werde ich mich nicht dort aufhalten, sondern auf das schnellste zu Euch stoßen. — Wir beginnen ein so schwieriges Unternehmen, daß man wohl sagen kann: Siegen oder sterben. Unsere Freundschaft wird die Schwierigkeit ebenen. Ich erwarte Alles von Euch.

Adieu, ich umarme Euch!

Der Obergeneral Dumouriez.

Aus diesem Briefe ersieht man die Anschauung Dumouriez's über das Unternehmen sehr klar, und man kann mit Recht nach alledem aussprechen: die Richtung auf Amsterdam war gewagt, aber sie war **überlegt** gewagt.

Am 12. antwortet Miranda, daß er Dumouriez die vier verlangten Adjutanten zur Formirung seines Generalstabes schicke und bittet ihn den Generaladjutanten de Ville bei ihm zu belassen. Er fände den Mann vortrefflich. General Thouvenot hätte zwar viel

Uebles über ihn gesagt, aber er hätte dies nicht bewahrheitet gefunden und könne nicht verbergen, daß man in der ganzen Armee über die Härten in Thouvenots Charakter nur einer Meinung sei. Miranda zeigt zugleich an, daß Stewensweerdt, ein kleines auf einer Maasinsel südlich Roermonde gelegenes Fort genommen sei.

Dumouriez antwortete darauf in seinem Briefe vom 13.: „Thouvenot ist ein wenig befehlshaberisch, aber man muß ihm das zu Gute halten. Er ist ein zu wichtiger und nützlicher Mann.“

Diese gegenseitigen Bemerkungen über Thouvenot lassen schon kommende Conflicte ahnen. Miranda's Charakter trug einen leidenschaftlichen und zugleich starren Zug. Seine Eifersucht auf den General Valence war seit der Zeit gereizt, als dieser „General en chef“ wurde. Valence wird als ein unerschrockener Soldat, nicht sehr weitblickend und entschieden, aber als offen und aufrichtig geschildert.

General Thouvenot ging in der That nach der Zusammenkunft mit Dumouriez wieder zu der großen Armee an der Maas, um dem General Valence zugetheilt zu werden, der erst am 24. Februar in Lüttich eintraf.

Die Streitkräfte an der Maas gliederten sich durch die Operationen naturgemäß in zwei Theile. Der eine, das Korps Miranda, sollte Mastricht und Venlo belagern, der andere mußte diese Unternehmungen gegen Coburg decken. Valence war der älteste General und führte den Oberbefehl über die Deckungs-Armee. Ein gemeinschaftlicher Oberbefehlshaber über die Deckungs- und Belagerungsarmee war nicht ernannt.

Miranda hatte nun den General Champmorin mit einer Division von 5000 Mann gegen Venlo entsendet, in welcher kleinen Festung nur ein holländisches Bataillon von 200 Mann als Besatzung stand. Champmorin hatte sich des Forts Saint Michel am linken Maasufer, gegenüber Venlo gelegen, ohne Widerstand bemächtigt. Als er aber an demselben Tage die Festung aufforderte, fand er zu seiner Ueberraschung Preußen in derselben. Braunschweig-Oels*) hatte von Geldern

*) Braunschweig-Oels, der Sohn des Oberfeldherrn, später berühmt durch seinen im Jahre 1809 in Deutschland erhobenen Aufstand gegen die französische Herrschaft, fiel am 16. Juni 1815 bei Quatrebras an der Spitze seiner schwarzen Schaaren. Vater und Sohn starben also beide den Heldentod auf dem Felde der Ehre.

aus, rasch entschlossen, 5 Bataillone entsendet, die Festung gegen den Willen des holländischen Kommandanten zwei Stunden vor Ankunft der Franzosen besetzt und dadurch gegen jeden Handstreich gesichert. —

Miranda hatte seit dem 6. Februar Mastricht eingeschlossen, den ersten Laufgraben eröffnet, Batterien erbaut und begann in der Nacht zum 25. eine heftige Beschießung, nachdem er zuvor den Magistrat zur Ergebung aufgefordert und die Aufrufe Dumouriez's an die holländische Bevölkerung ausgestreut, dem Gouverneur, einem Prinzen von Hessen aber angezeigt hatte, daß er ihn mit sämmtlichen Offizieren bei fortgesetztem Widerstande werde über die Klinge springen lassen.

Diese unerlaubte und unritterliche Einschüchterungsweise, die übrigens in den Herzen der in Mastricht zahlreich versammelten Emigrirten unter der Führung des geschickten und tapferen Generals d'Autichamp höchstens den Widerstand heftiger anfachen mußte, wurde von einem der im Namen der Befreiung und der Humanität auftretenden Generale gebraucht, wobei wir jedoch bemerken, daß zwischen Reden und Thun noch ein großer Unterschied ist.

Die Besatzung von Mastricht ließ sich denn auch nicht einschüchtern, sondern leistete, trotz der heftigen Beschießung und zahlreichen Brände in der Stadt, kräftigen Widerstand.

Ehe wir nun zu der Erzählung des Feldzuges in Holland übergehen, werfen wir einen Blick auf den allgemeinen Kriegsplan der Verbündeten, wie er, unter der Annahme einer baldigen Bedrohung Holland's, in Frankfurt am Main zwischen Braunschweig, Hohenlohe und den österreichischen Generalen unter der Aegide des Königs von Preußen verabredet worden war. — Man gebot Alles in Allem von der Maas bis nach Basel etwa über 210,000 Mann. Es wurde beschlossen, Holland und vor Allem Mastricht durch Ergreifung des Angriffsverfahrens gegen die Maas Seitens der österreichischen Armee unter Coburg Luft zu machen. Braunschweig-Oels sollte dazu von Wesel und Geldern aus mitwirken.

Nach dem Gewinn der Maaslinie sollte Coburg nicht weiter gehen, sondern bis zum Falle von Mainz an diesem Strome stehen bleiben. Das preußische Hauptheer sollte in der Nähe von Mainz über den Rhein gehen und Custine im freien Felde zu schlagen suchen;

der kaiserliche Feldmarschall Wurmser hatte mit circa 15,000 Mann den Rhein in der Nähe von Mannheim zu überschreiten und diese Operation angriffsweise zu unterstützen. Mainz sollte von Reichstruppen eingeschlossen und nach der Niederlage Custine's belagert werden. Sei Mainz gefallen, so wollte man entweder den Angriff auf Belgien fortsetzen, oder Saarlouis und Thionville angreifen. Auf der Strecke des Oberrheins von Rastadt bis an die Schweiz, sowie bei Luxemburg und Trier wollte man sich vorläufig auf das Vertheidigungsverfahren beschränken.

An diesem Feldzugsplane erscheint vor Allem unbegreiflich die Absicht: sich nach Gewinn der Maaslinie auf die Vertheidigung beschränken zu wollen, bis Mainz gefallen sei. Man fragt mit Recht, welche Einwirkung diese fast 30 Meilen von Lüttich gelegene Festung denn auf den Gang der Operationen in Belgien ausüben sollte? Es war der unglaubliche Respekt vor den Einwirkungen von Festungen, welcher durch das Mißlingen des Feldzuges von 1792, obgleich die Festungen daran einen verhältnißmäßig geringen Antheil gehabt hatten, sich auf's Neue befestigt zu haben schien. — Welcher Unterschied zwischen diesem Verfahren und dem von 1814 und 1870, in welchem letzteren Feldzuge man nicht nur sämmtliche Festungen, sondern sogar eine Armee von 175,000 Mann im Rücken ließ und direct auf Paris losging! —

Das Reich hatte endlich durch die schreiendsten Verletzungen seines Gebietes bewogen, nach langem Bedenken den Krieg an Frankreich erklärt. Der Kurfürst von der Pfalz hatte sich davon einfach ausgeschlossen. Er blieb neutral. Die damalige Festung Mannheim, von welcher aus man Custine sofort in den Rücken marschiren konnte, blieb den deutschen Truppen verschlossen. Dasselbe war, wie schon im vorigen Abschnitt erwähnt, mit der an der Roer gelegenen Festung Jülich der Fall. Ungestraft durfte damals ein deutscher Kleinfürst seine Theilnahme an dem Reichskriege gegen Frankreich verweigern.

5. Kapitel.

Der Einfall in Holland.

Dumouriez hatte, ehe er seine Armee in Bewegung setzte, noch den General Thouvenot beauftragt, die Vorbereitungen zur Errichtung von 25 belgischen Bataillonen zu treffen; er hatte ferner Mecheln mit Erdverschanzungen versehen lassen. Die Wiederherstellung der Werke von Mons und Tournay, die Pache verkehrter Weise hatte niederreißen lassen, wurde in Angriff genommen, auch die Höhe des Schlosses von Huy befestigt. Endlich war es ihm gelungen, ein Anlehen in Antwerpen aufzunehmen, welches dem dringendsten Geldmangel abhalf. — Am 17. Februar war die kleine Armee zwischen Bergen op Zoom und Breda eng versammelt und hatte folgende Eintheilung erhalten:

Vorhut. Kommandeur: General Berneron.

2 Bataillone Nationalgarde, 2 holländische Emigrirten-Bataillone, 1 Bataillon Belgier, ein kleiner Theil der Legion du Nord, 50 Dragoner vom 6. französischen Dragonerregiment; 84 holländische Dragoner, 1 Eskadron Kavalerie von der Legion du Nord (ein französisches Freikorps). Bei der Vorhut waren zugetheilt der emigrirte holländische Oberst Daendels, die revolutionärgesinnten Herren Koch und Nissen, welche als Ortskundige Dienste leisten sollten.

Rechte Flügeldivision. Kommandeur: General Arçon,*) zugetheilt Oberst Westermann.

9 Bataillone Freiwillige, 2 Bataillone nationaler Gendarmerie — welche Truppe die schlechteste der ganzen Armee war — ein halbes Regiment Husaren der Republik.

Linke Flügeldivision. Kommandeur: Oberst Leclerc.

8 Bataillone Freiwillige, 1 Bataillon Linie, 150 Husaren der Republik.

---

*) Ein verdienstvoller Ingenieurgeneral, den sich Dumouriez ganz besonders von Beurnonville erbeten hatte.

Diese Husaren der Republik waren ein neu errichtetes Freiwilligen-Regiment; zu Anfang des Feldzuges ohne Pferde. Zum Oberst hatte dieses „Husarenregiment“ einen Schneider gewählt, nach Aussage Dumouriez's ein Trunkenbold und Spitzbube, den er sofort wegjagte und dem Regiment den Oberstlieutenant Morgan, einen gedienten Offizier, zum Kommandeur gab.

Nachhut. Kommandeur Oberst Tilly, gleichfalls einer seiner Adjutanten.

1 Bataillon Freiwillige, 1 holländisches Bataillon, 200 Mann belgische Infanterie, 100 Reiter vom 20. Kavalerie-Regiment und 100 belgische Husaren.

Jeder dieser Heereskörper erhielt eine kleine Abtheilung Artillerie. —

Mit einer so zusammengesetzten Armee zog Dumouriez auf die Eroberung eines Landes aus, an welchem die Macht Philipps II. und Louis XIV. zerschellte, welches aber, von inneren Parteiungen zerrissen, 1787 von den Preußen fast ohne Schuß erobert worden war. Die Verhältnisse lagen 1793 nicht unähnlich. Damals kamen die Preußen für den Statthalter, jetzt Dumouriez für die Patrioten. Er wußte die Mannschaft in seiner alten Weise mit Begeisterung und gutem Willen zu erfüllen. Munter und sorglos marschirten sie unter ihrem bewährten Führer vorwärts, welcher ihnen die Schwierigkeiten nicht verbarg, aber ihnen zugleich ausmalte, daß jenseits der Meeresarme in Holland nicht nur gute Ausrüstung, Munition und Waffen zu haben seien, sondern auch gute Bekleidung, gute Verpflegung und ein freundlicher Empfang. Er that dasselbe, was Bonaparte unter viel günstigeren Verhältnissen that, als er seine nackten 30,000 Mann nach Italien führte. Dumouriez macht bei dieser Gelegenheit die Bemerkung über den französischen Soldaten: il est trés spirituel, il faut raisonner avec lui. — Vor dem Einmarsch erließ er eine Proclamation an die Holländer in französischer und holländischer Sprache, worin er dieselben zur Abschüttelung ihrer Ketten aufrief, dem Hause Oranien die Vernachlässigung aller Interessen der Niederlande und die Unterdrückung ihrer Freiheiten vorwarf und sie aufforderte, dieses ehrgeizige Geschlecht nach Deutschland zurückzuschicken. —

„Ich komme zu Euch“, hieß es weiter, „umringt von den Märtyrern

Eurer Revolution von 1787. Ich komme zu Euch an der Spitze von 60,000 Mann.*) Andere 60,000, welche Belgien decken, sind bereit, mir zu folgen, wenn ich Widerstand finde. Das Haus Oranien hat uns seit lange einen hinterlistigen Krieg gemacht, und im Haag hatte man die Verschwörungen gegen uns angezettelt. Ich führe nicht Krieg gegen Euch, sondern gegen Eure Unterdrücker. Niederländisches Volk, fasse Vertrauen zu einem Manne, welcher freie Männer zum Kampfe führt und vor dem die Preußen, die Satelliten Eurer Despoten, geflohen sind und fliehen werden."**)

Im Uebrigen war Dumouriez weit entfernt, die revolutionäre Wirthschaft, welche sich in Belgien mit dem Einmarsch der Franzosen breit gemacht hatte, in Holland einführen zu wollen. In einem Briefe an Miranda vom 18. Februar spricht er aus, daß er von der Errichtung von Klubs in Holland absehen würde. Auch nennt er die patriotischen Holländer in diesem Briefe ganz andere Männer, wie die revolutionären Belgier. Dumouriez ließ die Truppen den Vormarsch antreten, während er noch in Antwerpen, vorzüglich mit der Organisirung der Artillerie und des Trains, beschäftigt war.

Der Führer der Vorhut, General Berneron sollte in Eilmärschen vorrücken und den emigrirten holländischen Obersten Daendels mit 800 Mann schleunigst an das Mordyck werfen. Dieser sollte sich aller Schiffe bemächtigen, deren er habhaft werden konnte und sofort nach der Insel Dort übergehen, die sehr zahlreichen im Hafen von Dortrecht überwinternden Schiffe in Besitz nehmen und sie nach dem südlichen Ufer führen. Mit diesen sollte dann der Uebergang in's Werk gesetzt werden. Berneron erfüllte diese Aufgabe schlecht; d. h. er war nicht schnell genug. Er stand noch am 22. an der Marck und hatte die befohlene Entsendung nicht gemacht. Die Holländer waren im Stande gewesen, alle Fahrzeuge auf dem Mordyck nach dem nördlichen Ufer zu führen, und die Franzosen sahen sich aller Mittel zum Uebergange, da sie selbst solche nicht besaßen, beraubt. Hiermit entstand gleich von Anfang an eine verhängnißvolle Verzögerung.***)

---

*) Kaum 15,000. —

**) Auf diesen Aufruf erließen die Generalstaaten eine scharfe Widerlegung der gegen das Haus Oranien erhobenen Anschuldigungen.

***) Man kann wohl die Frage aufwerfen, weshalb man nicht von Antwerpen

Die holländischen Streitkräfte, die den Franzosen hier gegenüber standen, waren sämmtlich in den Festungen vertheilt. Eine Kavalerie-macht von drei guten Dragonerregimentern lag in den Festungen Breda, Bergen-op-Zoom, Gertruidenberg und Herzogenbusch, aber Niemand von den Gouverneuren dachte an eine Vereinigung derselben und ihren Gebrauch im freien Felde. Dumouriez hatte ein rein defensives Verhalten der Holländer mit großer Sicherheit vorausgesetzt und seine Maßregeln danach getroffen. Bevor andere Mittel zum Uebergange gefunden und vorbereitet waren, beschloß er die Zeit nicht ungenützt verstreichen zu lassen und den Versuch zu machen, die südlich der Maas gelegenen Festungen zu nehmen; demzufolge schob er die Vorhut links bis nach Prinsenland und befahl ihr die kleinen Festungen Willemstadt und Klundert zu belagern. Die Nachhut zog er an den Mordyck vor und stellte sie bei den Dörfern Mordyck und Lage auf, woselbst Batterien aufgeworfen und ausgerüstet wurden. Die rechte Flügeldivision erhielt den Befehl, Breda anzugreifen, die linke Bergen-op-Zoom und Steenbergen vorläufig einzuschließen.

Die holländische Befestigungsmanier hat bekanntlich die in der Natur des Landes begründete starke Anwendung der Ueberschwemmungen zur Voraussetzung. Die Werke enthalten daher nicht viel Mauerwerk und sind also der Zerstörung durch Geschützwirkung wenig ausgesetzt; andererseits fehlten in diesen Festungen die bedeckten Räume. —

Breda hatte eine Besatzung von 2200 Mann Infanterie und ein Regiment Dragoner. Es waren 200 Geschütze auf den Wällen. Die Pallissadirung war vollendet. Es fehlte also nichts zu einer hartnäckigen Vertheidigung, aber die Festung besaß einen Gouverneur in dem hoch betagten General Bylandt, welcher, meist am Hofe des Statthalters lebend, keine Erfahrungen hatte. General Arçon schritt zu einem beschleunigten Angriffsverfahren, ganz ähnlich, wie es die Preußen ein halbes Jahr zuvor bei Longwy und Verdun, und die Deutschen 1870 mit bestem Erfolge vor den meisten französischen Festungen anwendeten, sobald sie Belagerungsgeschütz hatten. Er errichtete zwei Batterien, beide nur etwa 5 bis 600 Schritt vom Platze entfernt, die eine mit 4 Mörsern, die andere mit 4 Haubitzen ausgerüstet.

aus in Ermangelung von Pontons, Fischerboote auf Wagen mitführte, um schnell einige Abtheilungen über den Meeresarm zu werfen.

Der Geschützkampf dauerte drei Tage. Am 4. hatte Arçon nur noch 60 Schuß und war also genöthigt, den Angriff einzustellen. Da trat der unermüdliche Sendbote Dumouriez's, der Oberst Devaux helfend ein. Er hatte den Gouverneur schon vor Anfang der Beschießung aufgefordert, jetzt ritt er noch einmal herein und erklärte demselben, Dumouriez wäre mit seiner ganzen Armee im Anmarsch, und es wäre sodann von Quartiergeben nicht mehr die Rede. Der Graf Bylandt war den Bomben der 8 Belagerungsgeschütze, die so gut wie gar keinen Schaden in der Stadt angerichtet hatten, bisher nicht gewichen, aber er wich den Drohungen Devaux'. Er kapitulirte am 24. Februar und übergab nach einem Verlust von 10 Mann, — sage 10 Mann — eine mit 250 Geschützen ausgerüstete Festung, in der sich ein weiteres sehr bedeutendes Kriegsmaterial befand. Wahrscheinlich hatte auch das Mißvergnügen der revolutionär gesinnten Bürgerschaft auf ihn Eindruck gemacht. — Während dessen war mit aller Anstrengung für den Uebergang über den Mordyck gearbeitet worden. Man hatte in verschiedenen Schlupfwinkeln aller Art, kleinen Häfen und Buchten, etwa 30 Boote, Schaluppen und Yachten zusammengebracht, darunter sogar einige mit Deck. Alle Zimmerleute, Fischer und Schiffer der ganzen Armee waren an den Mordyck befehligt, um die Fahrzeuge für den Uebergang tauglich zu machen. Die Strandbatterien wurden durch 12 schwere in Breda genommene Geschütze verstärkt, welche die holländischen Kanonenschaluppen, die in die Quartiere und Lager der französischen Truppen schossen, bald in respectvoller Entfernung hielten. Die Truppen lagerten in Hütten längs des Ufers. Dumouriez hatte in dem Dorfe Mordyck sein Hauptquartier und überwachte selbst die Arbeiten zum Uebergange, sowie er auch von dort im Stande war, auf die rechts und links von ihm stattfindenden Belagerungen einzuwirken.

Inzwischen sammelten sich holländische Truppen bei Gorkum unter dem Erbstatthalter. Die englische Fregatte Syrene zeigte sich an der Mündung des Mordyck, es hieß, daß auch schon englische Garden unter dem Herzog von York gelandet wären. Die Ansammlung der holländischen Truppen bei Gorkum aber schien zu beweisen, daß der Anschlag auf die Insel Dort noch nicht erkannt war. Die Vertheidigungs-Anstalten der Holländer auf dieser bestanden nach Dumouriez's Nachrichten nur in einer unbedeutenden Verstärkung der Besatzung und der Errichtung von Strandbatterien.*) Außerdem hatten sich 12 kleine holländische Kriegsschiffe, darunter eine Korvette von 20 Geschützen im Mordyck angesammelt, aber alle diese Verhältnisse bewogen Dumouriez nicht, seine Pläne aufzugeben.

Während dieser Vorbereitungen war das Fort Klundert angegriffen worden, und zwar hatte Berneron eine Batterie nur 300 Schritt von dem Platze hinter dem Ueberschwemmungsdeich errichtet. Er hatte 4 Vierundzwanzigpfünder und eine große Menge kleiner Mörser aufgestellt. Der Kommandant, ein Deutscher Namens von Kropf, vertheidigte sich mit der äußersten Tapferkeit. Nachdem alle Wohnräume zerschmettert waren, vernagelte er seine Geschütze und machte den entschlossenen Versuch, sich mit seinen 150 Mann nach Willemstadt durchzuschlagen. Im Handgemenge schoß er den revolutionären holländischen Obersten Hartmann nieder und fiel ruhmwürdig, ein echter deutscher Landsknecht, dem Kriegsherrn, welchem er geschworen, die Treue haltend. Die Schlüssel des Forts fand man in seiner Tasche. Der Rest seiner Besatzung, noch 20 Mann, wurde gefangen.

Sofort nach Besetzung des Forts mußte Berneron vor Willemstadt rücken und dessen Belagerung beginnen. Berneron legte hier, wie Dumouriez behauptet, die Batterien in zu großer Entfernung an. Der Platz antwortete lebhaft, das Bombardement hatte keine Wirkung; ein näheres Heranschieben der Batterien mißlang, und ein holländisches Geschwader unter dem Admiral Klingsberg unterstützte die Belagerten. Willemstadt hielt sich, bis es durch den allgemeinen Rückzug der Franzosen befreit wurde.

Währenddessen hatte sich die rechte Flügeldivision gegen Gertruidenberg gewendet. Dieser kleine Platz war ebenfalls durch eine Ueberschwemmung gedeckt und ganz vertheidigungsfähig. Die Besatzung bestand aus einem Schweizer-Regiment von nur 900 Mann und einem Regiment Gardedragoner. Gouverneur war der General Bédault, ein Greis von 80 Jahren.

Hier bedurfte es nur der Aufführung von 5—6 schweren Geschützen aus Breda, des Austausches einiger Kanonenschüsse und einer

*) In der That waren in Dortrecht mehrere englische Bataillone gelandet.

Aufforderung Devaux', um eine Kapitulation herbeizuführen. Dumouriez war gegenwärtig, dinirte nach der Kapitulation freundschaftlich mit dem Gouverneur und war in der besten Stimmung, als ein Oberstlieutenant der Freiwilligen in der Trunkenheit ohne Erlaubniß und mit Verletzung der Kapitulation in die Festung eindrang und den Kommandeur des Schweizerregiments, Oberst Hirtzel, mit der Waffe bedrohte. Dumouriez ließ ihn vor sich bringen, riß ihm in Gegenwart der Niederländer die Epauletten ab und degradirte ihn zum größten Erstaunen der fremden Offiziere sofort zum Gemeinen.

In Gertruidenberg fand man 150 Geschütze und ein bedeutendes Material.

Gertruidenberg besaß einen guten Hafen am Mordyck. Man fand in demselben circa dreißig zwar kleine, aber gut getakelte und gedeckte Schiffe. Diese maritime Verstärkung schien die Aussichten auf den Erfolg des Ueberganges zu erhöhen. — Dumouriez rekognoscirte und fand die Verhältnisse folgendermaßen. Gegenüber von Gertruidenberg liegt ein Insel-Archipel in dem Meeresarm, welcher hier den Namen Biesbosch führt. Diese Dünen- und Sumpfbildungen sind bebuscht, bewaldet und nur durch enge Kanäle getrennt, welche der holländischen Flotille die Annäherung erschwerten, da für die größeren Fahrzeuge das Fahrwasser zu schwierig war. Eine dieser Inseln, welche die anderen überhöht, ist von der Insel Dort nur noch etwa 1800 Schritt entfernt. Dumouriez wollte nun nach dieser Insel 4 Vierundzwanzigpfünder und 2 Bataillone übersetzen, von dort aus die holländischen Schiffe und Batterien in Schach halten, die anderen Truppen der rechten Flügeldivision sollten auf den vorbereiteten Fahrzeugen in Staffeln folgen und dann von diesem Zwischenpunkt aus den Uebergang nach der Insel Dort versuchen. — Um die leichten Schiffe der Niederländer zu bekämpfen, ließ er einige Kutter mit je einem Geschütz armiren und die anderen Fahrzeuge zum Transport einrichten. Ein ehemaliger englischer Seeoffizier und einer seiner Adjutanten, La Rue, welcher auch in der Marine gedient hatte, sollten diese Expedition leiten, während zu gleicher Zeit die bei dem Dorfe Mordyck stehenden Truppen einen Scheinübergang als Demonstration ausführen sollten. Dumouriez rechnete darauf, daß der Uebergang in der Nacht vom 9.—10. März in's Werk gesetzt werden sollte. —

Der General Deflers war inzwischen mit 6000 Mann in das holländische Gebiet nachgerückt und hatte die Einschließung von Steenbergen und Bergen-op-Zoom übernommen, sodaß Dumouriez die linke Flügeldivision näher an die bei Mordyck stehenden Truppen hatte heranziehen können. — Die Einwohner hatten sich sehr entgegenkommend gezeigt. Alles war fast freiwillig geliefert worden. Die Truppen litten keinen Mangel und waren in guter Stimmung. —

Ob das Unternehmen gelingen konnte, wenn es zur Ausführung gekommen wäre, erscheint sehr zweifelhaft, Jomini nimmt mit Bestimmtheit einen unglücklichen Ausgang an. Diese Sorte von Kriegshandlungen hängt jedoch sehr von Zufälligkeiten ab, und der Uebergang nach Alsen, 1864, über einen Meeresarm, im Angesicht der vorbereiteten verschanzten Dänen und des Panzerschiffes Rolf Krake zeigt, daß das Glück den Kühnen oft hold sein kann. Indeß lagen hier die Verhältnisse insofern anders, als der Alsensund viel schmaler war, denn die den weitesten Weg machende Bootskolonne hatte immerhin nur 2000 Schritt zurückzulegen. —

Jedenfalls war Dumouriez fest entschlossen, den Uebergang in's Werk zu setzen, koste es, was es wolle, und daß er der Mann dazu war, vor nichts zurückzuschrecken, beweisen seine früheren Unternehmungen ähnlicher Art. —

Am 3. März jedoch schon — also noch vor der Einnahme von Gertruidenberg, welche am 4. früh erfolgte — hatte er eine Depesche von Valence vom 2. März erhalten, welche mit den Worten begann: „Unser holländischer Traum ist zu Ende und das, was ich vorausgesehen habe, ist eingetroffen. Der Feind hat Lanoue*) angegriffen und ihn von allen Seiten umgangen. Er wurde bei Aachen geschlagen und zieht sich auf Herve zurück. Miranda muß sich entscheiden. Entweder muß er über die Maas gehen, um dem Feinde eine Schlacht zu liefern, oder er muß die Belagerung von Mastricht aufheben und den Feind am Vorgehen durch diese Stadt zu hindern suchen. Es ist augenscheinlich, daß Ihr den holländischen Feldzug nicht fortsetzen könnt, sobald wir die Belagerung von Mastricht aufgehoben haben.

*) Lanoue kommandirte die Truppen an der Roer.

Eilt hierher! Es ist Zeit, wiederhole ich, um sich zu entscheiden! Ihr allein, General, könnt hier die Sache wiederherstellen. Eile ist nöthig. Die Minuten sind Jahrhunderte. Ihr allein, General, könnt hier das Ganze zusammenfassen und entscheiden, was geschehen soll. —"

Dumouriez sah die Sache vorläufig nicht so bedenklich an, sondern glaubte nur an eine Niederlage der vorgeschobenen Truppen, nicht an ein Ereigniß, welches die Lage der Dinge vollständig veränderte. Er hielt es für sehr wohl möglich, daß diese Niederlage durch eine rechtzeitige und geschickte Versammlung der Armee, etwa bei Herve ausgeglichen und Lüttich gedeckt werden könnte. In diesem Sinne schrieb er am 4. März an Valence, er würde die Armee in Holland nicht inmitten ihrer Erfolge verlassen, es gälte die richtigen Maßregeln zu treffen und die Maas noch 14 Tage festzuhalten. Binnen dieser Zeit würde er Meister von Holland und im Stande sein, die wirksamste Hülfe zu bringen. —

Gleich darauf erhielt er Abschrift eines Briefes von Miranda, welcher unter dem 2. März an Valence mittheilt, daß er die Belagerung von Mastricht aufheben müsse und nach Tongern zurückgehe. —

Trotzdem beharrte er bei der Fortsetzung des holländischen Unternehmens und wies Miranda an, dem weiteren Vordringen des Feindes über die Maas entschieden entgegenzutreten. Der Brief athmet großes Vertrauen in Miranda. „Redonnez de votre énergie aux autres généraux! Refroidissez les têtes et suppléez moi."

Am 4. zeigte er Miranda die Uebergabe von Gertruidenberg sehr erfreut an. Der Uebergang über den Mordyck werde nun nächstens stattfinden, und er rechne auf einen glücklichen Erfolg. „Die Preußen (Braunschweig-Oels) werden wahrscheinlich den Holländern zu Hülfe marschiren. Verhindert ihren Uebergang bei Roermonde nach Möglichkeit. Haben sie die Maas schon passirt, so geht ihnen im Verein mit Champmorin und Lamarlière entgegen und greift sie an. — Ich habe außerdem Deflers mit 6000 Mann in Reserve, die ich bei Breda Stellung nehmen lasse. Gehen die Preußen über Nymwegen auf Amsterdam, so werde ich vor ihnen dort ankommen und sie wahrscheinlich schon gemeinschaftlich mit Holländern bekämpfen. Bleiben sie mit den Oesterreichern an der Maas vereint, so müßt Ihr und Valence Euch ihnen entgegenstellen." — Ehe wir seine Entschlüsse weiter verfolgen, wollen wir kurz berichten, wie die Lage sich an der Maas wirklich gestaltet hatte.

---

6. Kapitel.

Das Vorgehen der Oesterreicher und Preußen gegen die Maas. Rückzug der Franzosen. Aufgabe der holländischen Unternehmung. Dumouriez nach Belgien zurück.

Am 1. März hatte sich die Stellung der Franzosen an der Maas und Roer folgendermaßen gestaltet:

D'Harville in Namur	11,000	Mann
Valence in Lüttich	19,000	„
Dampierre in Aachen	8000	„
Lanoue an der Roer	10,000	„
Lamarlière in Roermonde . . .	5300	„
Champmorin Venlo gegenüber . .	5200	„
Miranda vor Mastricht	13,600*)	„

Selbst wenn man diese Streitkräfte um 8 bis 10,000 Mann niedriger annehmen will, mußten sie vollständig zur Abwehr der Oesterreicher genügen, wenn man sie nicht so enorm verzettelt hätte. Hierzu kam aber noch, daß die Truppen der Avantgarde auf dem rechten Maas-Ufer in weitläufigen Kantonnirungen lagen, und der Vorpostendienst jämmerlich betrieben wurde.

Valence war am 23. Februar eingetroffen, und seine erste Sorge mußte es sein, die zur Deckung der Belagerung von Mastricht verfügbaren Korps in enge Quartiere zu legen und sie an vertheidigungsfähigen Stellungen versammelt zu halten.

---

*) Diese Angaben sind aus Witzleben's „Leben des Prinzen von Coburg" geschöpft.

Valence behauptete zwar später, das Unheil vorausgesehen zu haben, man kann dann nur um so mehr fragen, weshalb er nicht die nöthigen Maßregeln zur Abwehr eines Angriffes traf.

Coburg hatte Ende Februar eine Armee von 48⅓ Bataillonen, 54 Eskadrons und 68 Reservegeschützen, zusammen etwa gleich 45,000 Mann zur Stelle.

Bei seiner Armee befand sich der junge Erzherzog Karl; Generalstabschef war der Oberst Mack, der eine hervorragende Rolle im österreichischen Generalstabe spielte, später aber als Oberfeldherr in Neapel und im Feldzuge von 1805 in so trauriger Weise dem Genie Bonaparte's erlag.

Coburg concentrirte seine Truppen am 28. Februar zwischen Jülich und Düren. Ein Detachement unter General Wenkheim entsendete er auf Erkelenz zur Verbindung mit dem preußischen Korps unter Braunschweig, welcher Ende Februar bis an die Niers vorgerückt war, um die Operationen gleichzeitig mit den Kaiserlichen beginnen zu können.

Am 1. März ging die österreichische Armee in zwei Kolonnen, die linke Flügelkolonne von Coburg selbst, die rechte von Clairfait geführt, bei Jülich und Düren über die Roer und stieß mitten in die in sorgloser Ruhe kantonnirenden französischen Korps hinein. Stengel raffte die nächsten Truppenabtheilungen zusammen und leistete in einigen Verschanzungen am Roerberge bei Eschweiler der linken Flügelkolonne Widerstand.

Coburg ließ die Abtheilung des Herzogs von Württemberg (7 Bataillone) gegen denselben beobachtend stehen und wandte sich auf Heugen, woselbst Lanoue den größten Theil seiner Truppen, etwa 8000 Mann, in verschanzter Stellung gesammelt hatte.

Um 2 Uhr Nachmittags von der linken Flügelkolonne unter Coburg angegriffen, wobei Erzherzog Karl mit der Vorhut sehr geschickt die linke Flanke des Feindes umfaßte, wurden Lanoue's Truppen total geschlagen und gegen Aachen zurückgeworfen.

Die gesammte kaiserliche Reiterei machte einen glänzenden Angriff — wobei sich die Latour-Dragoner besonders hervorthaten — und ritt das erste Treffen des Feindes vollständig über den Haufen.

Claifait griff inzwischen den Feind bei Aldenhoven an und warf ihn in der Richtung auf Herzogenrath zurück. 2000 Mann, 11 Geschütze und 2 Fahnen kostete den Franzosen dieser Tag.

„Dieser Sieg", schrieb der im österreichischen Hauptquartier anwesende Oberst von Tauentzien an den König von Preußen, „ist sehr bemerkenswerth. Die Oesterreicher verloren nur 30 bis 40 Todte und Verwundete. Die Reiterei vollbrachte wahre Heldenthaten, die Infanterie kam fast gar nicht zum Gefecht. Die französische Reiterei schlug sich erbärmlich, die Artillerie schoß auf sehr weite Entfernungen."*)

Am nächsten Tage drangen die Oesterreicher weiter vor. Erzherzog Karl, gefolgt von dem Gros, gerade in der Richtung auf Mastricht vorrückend, kam bis Valkenberg. Der Prinz von Württemberg aber nahm Aachen nach lebhaftem Straßengefecht und trieb die Division Dampierre in voller Auflösung auf Lüttich zurück.

Die 22 Meilen lange französische Kantonnementslinie war gesprengt und von einer Versammlung zur Vertheidigung des rechten Maas-Ufers konnte keine Rede mehr sein. Miranda zog den General Leveneur, welcher Mastricht auf diesem Ufer bei Wyk einschloß, schleunigst auf das linke und hob die Belagerung in der Nacht vom 2. zum 3. März auf, seine Hauptkräfte und seinen Park auf Tongern zurückschickend.

Am 3. zogen Erzherzog Karl und der Prinz von Coburg in das befreite Mastricht ein und sandten den Truppen Miranda's eine Vorhut nach. Miranda war nach Lüttich gegangen, um mit Valence Abrede zu nehmen. Eine Division von 7000 Mann unter General Ihler entsendete er nach dem Uebergange von Visé.

Der Feind ging nun aber von Mastricht, ohne sich an den in Frankfurt verabredeten Plan zu halten, sogleich weiter vor und am 5. wurden die unter Ruault und dem Herzog von Chartres stehenden Truppen nach lebhaftem Gefecht von Tongern vertrieben.

So in ihrer Rückzugslinie bedroht, und in der abscheulichsten Lage, räumten Miranda und Valence mit allen Truppen Lüttich und zogen sich in Eilmärschen auf Saint Tron zurück. Lüttich wurde an demselben Tage von dem Herzog von Württemberg besetzt. Die vereinzelten Divisionen Ihler, Champmorin, Lamarlière — welche letztere

*) Witzleben, Prinz von Coburg.

von dem zu gleicher Zeit vorrückenden Herzog Braunschweig-Oels aus ihrer Stellung an der Schwalm nach leichten Gefechten zurückgeworfen worden waren — zogen sich mit großen Schwierigkeiten von der Maas zurück, Ihler auf Saint Tron, Lamarlière und Champmorin auf Diest, von wo sie ein Befehl Miranda's auf Breda dirigirte, um gegen die etwa nachdringenden Preußen dem am Mordyck stehenden Dumouriez die rechte Flanke zu decken.

Die Franzosen waren sehr durcheinander gekommen. Stengel wurde mit einer Abtheilung seiner Kavalerie sogar auf Namur geworfen.*)

Dies siegreiche Vorgehen der Oesterreicher und Preußen hatte panischen Schrecken unter die französischen Freiwilligen-Bataillone geworfen. An 10,000 Mann liefen auf allen Straßen nach Frankreich zurück, ihre Fahnen verlassend, ihren Weg durch Ausschweifungen aller Art bezeichnend. Die nationale Gendarmerie benahm sich am schlimmsten und wurde später übrigens hart gestraft. Die Conventscommissare und ihre Sendboten wurden aus ihrer Sicherheit aufgescheucht. Danton und Lacroix gingen nach Paris um Bericht zu erstatten. 100 Kanonen, bedeutende Magazine waren in Lüttich genommen worden. Die Entmuthigung der Armee war eine allgemeine. Sie hatte das Vertrauen zu sich und ihren Führern verloren. Man sprach von Verrath. Der General Saint Eustache war schon vor den Gefechten an der Roer wegen Ungehorsams verhaftet und nach Paris geschickt worden. Andere Generale hatten sich groben Ausschweifungen ergeben und sich Nachlässigkeiten aller Art zu schulden kommen lassen. Man rief nach Dumouriez. Ganz besonders nachtheilig war der Mangel eines straffen Oberbefehls zu Tage getreten.

Miranda und Valence hatten gemeinschaftlich kommandirt. Thouvenot hatte bei dieser Gelegenheit eine besondere Wirksamkeit nicht zu äußern vermocht. Sein zurückhaltendes Benehmen, welches seine politische Richtung nicht erkennen ließ, hatten ihn nebenbei bei den jacobinischen Schreihälsen mißbeliebt gemacht. — Valence hatte sich stets als persönlich brav, aber als General durchaus nicht entschieden gezeigt. Miranda war wegen seines hochfahrenden Benehmens bei

*) Stengel soll, nach einem Briefe Tauentzien's an den König von Preußen, mit dem Feinde im Einverständniß gestanden haben.

den Truppen im Allgemeinen nicht beliebt, und ein Theil der Armee legte ihm die Schuld der erlittenen Niederlagen bei. — Beide Generale verstanden sich schlecht, und ihre gegenseitige Abneigung kam mehrfach zum Durchbruch. Unter diesen Umständen war an ein Halten der Stellung bei Saint Tron, oder selbst bei Tirlemont nicht zu denken, und Valence und Miranda führten das Heer in die weiter zurückliegende Stellung nach Löwen.

Die Stimmung der Belgier war im Allgemeinen eine den Franzosen durchaus feindliche geworden, wie ich dies oben schon geschildert habe. Die Bauern, an und für sich den Franzosen weniger geneigt, da sie ihre Sprache nicht verstanden, fingen an sich da und dort zu erheben und die Verbindungen zu beunruhigen.

Indeß — Coburg verfolgte nicht. Der Operationsplan, nach welchem er an der Maas Halt machen sollte, und die Nothwendigkeit zur Fortsetzung des Feldzuges, neue Entschlüsse über die Verwendung der Preußen zu fassen und dazu die Genehmigung des Königs von Preußen einzuholen, äußerten ihre lähmende Wirkung. Diese Zeit kam natürlich der französischen Armee zu Gute. Miranda, der den Stand der Dinge sehr bedenklich angesehen hatte, zeigte jetzt in seinen Berichten und Briefen an Dumouriez viel Zuversicht, und dieser bezeugte ihm allerdings in dieser Zeit großes Vertrauen. Schon nachdem das Gros der Armee am 6. März Saint Tron erreicht hatte, berichtet Miranda beruhigend und fast renommistisch:

„Ich kann Euch versichern, General, daß wir gut halten werden, und daß wir den Feind schlagen werden, wenn die Gelegenheit sich bietet."

„Ich glaube" — schreibt er in vollem Gegensatz zu dem Briefe Valence's vom 2. März weiter — „daß Ihr in diesem Moment nicht hierher zu kommen braucht, und daß Ihr Eure Unternehmung in Holland fortsetzen könnt. Adieu, mein theurer General! daß Minerva Eure Erfolge beschütze, und Mars Eure berühmten Thaten kröne."*)

*) Der Dienstverkehr in der französischen Armee war immer ein mehr persönlicher als bei den Deutschen. Die Revolution begünstigte dies. Indeß liefen doch neben diesen Schreiben offizielle Berichte über die Ereignisse ein. Diese an die Person gerichteten vertraulichen Schreiben aber kennzeichneten sowohl die Absichten als die Stimmungen natürlich am wahrsten.

Diese etwas affectirte Ruhe und die geschmacklosen Schmeicheleien am Schluß führen fast darauf hin, daß Miranda etwas gut zu machen, oder zu verbergen hatte. — Die Bemerkungen über den Geist der Armee sind unbedingt außerordentlich flüchtig, denn derselbe hatte sich thatsächlich am 6. März noch in keiner Weise gehoben.

Jedenfalls ging er sehr bereitwillig auf die Ideen Dumouriez's in Bezug auf Holland ein, sei es nun, daß er von der Richtigkeit dieser Ansichten überzeugt war, oder daß er sie nur äußerte, um Dumouriez günstig für sich zu stimmen und gegen Valence einzunehmen.

Dumouriez antwortete Miranda unter dem 7. März:

„Indem ich Eure beiden Briefe vergleiche, mein lieber Miranda, könnt Ihr Euch selbst sagen, welchen Dienst mir der zweite leistet. Bereit, den Mordyck zu überschreiten, sah ich Alles verloren, wenn Ihr mich nicht beruhigt hättet über unsere Lage und über den Geist der Armee. Vor Allem hatte mich der Brief von Valence vom 2. März in Verzweiflung gesetzt. (La lettre de Valence surtout me désespérait.) Ich sah darin nur Verwirrung und nicht eine einzige Aussicht. Jetzt sind meine Hoffnungen neu geboren, die Gefahren vermindern sich, wir haben Zeit vor uns, und wenn Ihr mir für Eure Aufgabe steht, stehe ich Euch für die meinige ganz sicher — — — — Benachrichtigt mich einfach davon, wie der General en chef sich benimmt. Wenn er Euch durch seine Unentschlossenheit beengt, so wird ein Courier das Uebrige thun. Die Räumung von Lüttich und Aachen ist nichts. Der Feind kann sich ebensowenig darin behaupten wie wir. Beeilt die Befestigung von Mecheln, nehmt eine taktisch günstige Stellung und haltet 14 Tage aus. Sucht durch die Besatzungstruppen und durch Versprengte einen neuen Heereskern in Antwerpen zu bilden. In 14 Tagen werden wir stärker als der Feind sein, und Euch werden wir dies zu danken haben. — — — — — — — — Adieu, mein Freund! Seien wir einander würdig, und denken wir daran, daß nur zwei oder drei gute Köpfe nöthig sind, um eine Republik zu retten.

Der General en chef.
Dumouriez."

Miranda antwortete hierauf aus Tirlemont am 8. März:

„Alles ist in diesem Moment in der besten Verfassung, um Eure heroischen Unternehmungen zu unterstützen. Valence hat Einwendungen gegen die Veröffentlichung des von Euch übersandten Aufrufs an die Truppen gemacht, und der Wunsch, unter diesen Umständen ein gutes Einvernehmen zu erhalten, läßt mich, wie in vielen Dingen, auch hierin nachgeben, in denen ich dies sonst nicht gethan hätte.*)

Die Armee wird in der Stellung bei Löwen so lange halten, wie Ihr es wünscht. Die Divisionen Champmorin und Lamarlière hat Valence nicht nach Antwerpen geschickt, sondern will sie in Löwen behalten. Eure Entscheidung ist nöthig. Berichte über die Gefechte an der Schwalm und Maas liegen bei."

Betrachten wir nun das Verhalten der französischen Heerführer an der Maas vom 1. März ab, so zeigt sich, daß der anfängliche strategische Fehler, welcher hauptsächlich auf Valence fällt, in jener ganzen Operationsperiode nicht wieder gut gemacht wird. Coburg, obgleich in zu ausgedehnter Front und in zu viele Detachements getheilt, angreifend, hatte dennoch mit seiner Hauptmacht den kürzesten Weg auf Mastricht genommen, um diese Festung zu entsetzen. Dies gelang. Der größte Theil derselben liegt auf dem linken Ufer der Maas, und er besaß also hier einen gesicherten Brückenkopf, um hervorzubrechen. Dumouriez macht Miranda den Vorwurf, sich vor Mastricht nicht länger gehalten und seine Armee nicht zwischen Tongern und dieser Stadt vereinigt zu haben, um den Prinzen von Coburg am weiteren Vorgehen zu hindern. Derselbe ist nicht ganz unbegründet, denn falls dem Feinde diese Bewegung gelang, waren alle die übrigen Heerestheile an der Maas in Gefahr abgeschnitten zu werden. Miranda hätte daher Alles, was er zusammenziehen konnte, auch die Division Ihler, zwischen Tongern und Mastricht vereinigen sollen, während er sie durch die von ihm befohlenen Bewegungen zersplitterte. Aber auch Valence handelte ohne Entschiedenheit. Nach den Gefechten vom 1. und 2. war die Maas nicht mehr zu halten, aber eine schnelle Versammlung der Armee in einer Stellung geboten, in welcher man im Stande war, den vordringenden Oesterreichern eine Schlacht zu liefern

*) Diese Behauptung Miranda's findet sich nirgends bestätigt.

und sie über die Maas zurückzuwerfen. Valence mußte den Oberbefehl übernehmen und an Miranda bestimmte Anweisungen ergehen lassen. Statt dessen blieb er bis zum 5. an der Maas stehen und setzte durch diese Zögerung die Armee vereinzelten Katastrophen aus.

Beide Generale hatten Fehler begangen und das Bestreben, sie sich einander zuzuschieben, verschlechterte ihr Verhältniß. Dumouriez nimmt in seiner sehr kurzen Erzählung dieser Kriegsepisode heftig gegen Miranda Partei.*) Er beschuldigt ihn, den Kopf verloren und seinen Befehlen nicht gehorcht zu haben. Miranda hat nun zum Beweise der angeblichen Unwahrheit dieser Behauptungen, sowie der später gegen ihn bei Gelegenheit der Schlacht bei Neerwinden erhobenen Anklagen, seinen Briefwechsel mit Dumouriez drucken lassen — aus dem wir hier, theils auszugsweise, theils wörtlich Mehrfaches mitgetheilt haben, — und ihn den von ihm verfaßten „Notes sur les mémoires du général Dumouriez" angehängt. Dieser Briefwechsel beweist aber nur, daß Dumouriez ein großes Vertrauen in Miranda setzte, und daß er vom Mordyck aus nicht im Stande war, die verwickelten Verhältnisse und das Benehmen seiner Generale genau und richtig zu beurtheilen, daß er augenblicklich eine günstige Meinung über Miranda und eine ungünstige über Valence gewonnen hatte, da ersterer die von ihm gemachten Fehler durch den Anschein der Bestimmtheit, den er seinen Aussagen zu geben wußte, in seinen Briefen zu verbergen verstand, die Verhältnisse bei der Armee wohl absichtlich in's Rosige malte und auf Dumouriez's Pläne — wie schon bemerkt — einging, Valence aber, obwohl unklar und ungenau berichtend, fortgesetzt seine Rückkehr zur belgischen Armee forderte. Wenn Miranda in seinen „Notes sur les mémoires du général Dumouriez" den holländischen Feldzug eine „épisode de roman" nennt, so stimmt dies schlecht zu den von ihm in seinen Briefen vom 2. bis 8. März zu lesenden Aeußerungen über dies „heroische" Unternehmen.

Nach der Rückkehr Dumouriez's zur Armee in Belgien mag der

*) Wir folgen hier durchaus nicht den Memoiren Dumouriez's, sondern bilden unsere Erzählung aus dem Briefwechsel Miranda's mit Dumouriez und mit dem Kriegsminister, sowie der Correspondance zwischen Valence und diesen Personen und anderen vorhandenen älteren und neueren Quellen.

Obergeneral darüber durch Thouvenot aufgeklärt worden sein, denn von diesem Moment ab erkaltete das Verhältniß zwischen ihm und Miranda, um endlich nach der Schlacht bei Neerwinden in offene Feindschaft überzugehen.

Dumouriez befand sich seit dem Beginn des holländischen Feldzuges auf schiefer Ebene, und dies war in Anbetracht der Regierungsverhältnisse in Frankreich nur zu erklärlich.

Nachdem er das holländische Unternehmen mit voller Energie ergriffen hatte, war er nicht im Stande, sich schnell davon loszureißen. Es wird als eine Tugend des Feldherrn bezeichnet, seine Entwürfe nicht bei jeder kleinen Widerwärtigkeit fallen zu lassen, aber andererseits ist es nöthig, die veränderte Lage schnell aufzufassen, zwischen wichtigen und unwichtigen Dingen zu unterscheiden und demnach zu handeln.

Wenn man zugestehen will, daß nach den ersten Nachrichten über das Vorgehen der Oesterreicher eine sofortige Abreise zur belgischen Armee noch nicht nothwendig erschien, so kann man es andererseits nicht rechtfertigen, daß er nach dem Verlust der Maaslinie nicht sofort persönlich an Ort und Stelle eilte. Er verlor über dem weitausschauenden holländischen Plan das Nöthigste und Bedrohlichste aus den Augen. Seine Energie und seine Einbildungskraft klammerten sich fest an dieses Unternehmen, mit dessen Aufgabe er auch zugleich seinen politischen Plan gegen den Convent wieder in die weite Ferne gerückt sah.

Kehren wir zu den Ereignissen zurück.

Die der französischen Armee versetzten Schläge hatten ein ungeheures Aufsehen und Schrecken bis nach Paris verbreitet. Zu tief hatte man sich vorher in Sicherheit gewiegt. Man rief nunmehr nach dem so kühl in Paris behandelten Feldherrn, um der Retter in der Noth zu sein. —

Am 8. erhielt Dumouriez, noch immer mit den Vorbereitungen zum Uebergange über den Mordyck beschäftigt, den bestimmten Befehl des Ministerraths, zur belgischen Armee abzugehen. In einem Briefe an Miranda erwähnt er diesen Befehl nicht, sondern führt an, daß er sich doch entschieden habe, abzureisen, weil die Briefe von Valence den Stand der Dinge als sehr gefährlich darstellten. Er befahl von den Divisionen Champmorin und Lamarlière die erste auf Liers, die andere auf Herrenthals zu richten, um die Hauptarmee in der linken Flanke zu sichern. Er übergab dem General Deflers den Befehl in Holland und wies ihn an, sowie die Vorbereitungen zum Uebergange fertig wären, denselben zu unternehmen. Aber mit seiner Abreise schwand das belebende Princip für ein Unternehmen, welches er selbst in einem Briefe an Miranda „la grande aventure“ nennt. Die holländische Armee verstärkte sich, englische Truppen unter dem Herzog von York waren gelandet, es wimmelte von holländischen Schiffen in den Mündungen der Maas und der Schelde, und endlich waren die Preußen unter Braunschweig auf Herzogenbusch im Anmarsch.

General Deflers wußte unter diesen Umständen nichts Besseres zu thun, als sich in den genommenen Festungen zu verkriechen und sein Hauptquartier nach Breda zu verlegen. So endete der Feldzug Dumouriez's gegen Holland. —

---

7. Kapitel.

Dumouriez's Maßregeln gegen die Jacobiner und Commissare in Belgien. Der Brief an den Convent. Die militärische Lage. Ankunft bei der Armee.

Dumouriez traf schon am 9. März in Antwerpen ein, von einem tiefgehenderem Ingrimm gegen die Jacobiner und ihre Sendlinge erfüllt, als in irgend einer früheren Zeit. Seine Pläne waren zerschlagen, der Rückschlag in seinem Inneren war ein betäubender, aber er raffte sich sofort auf und ging mit aller Thatkraft an das neue Werk. Und dieses Werk trug nichts vom Abenteuer an sich wie das Unternehmen gegen Holland. Ganz greifbare reelle Ziele stellten sich seinem Auge dar. Zuerst war er entschlossen, selbst auf die Gefahr hin mit dem Convent zu brechen, der schändlichen Wirthschaft der jacobinischen Proconsuls in Belgien, welche den guten Bürgern die französische Sache verhaßt gemacht, dagegen den Abschaum des

Volkes über die Einverleibung Belgien's in Frankreich hatten abstimmen lassen, ein Ende zu machen. Eine ganze Reihe voll der greulichsten Excesse, aber auch der lächerlichsten Anmaßungen dieser Menschen sind theils durch Dumouriez's Memoiren, theils durch andere Quellen auf die Nachwelt gekommen.*) So z. B. verlangte einer dieser Republikaner in einer kleinen Stadt die Ehren eines Erzherzogs, da er als Abgesandter des an die Stelle des Kaisers getretenen Convents in dem Verhältniß eines solchen Prinzen stände. —

Es war nicht nur die Verachtung und der Haß gegen die Jacobiner, welche Dumouriez zum Einschreiten bewogen, sondern der sehr reelle Grund, dem allgemeinen Aufstande der Belgier vorzubeugen. Schon waren an einzelnen Punkten tausende von Bauern zusammen und begannen den Kampf, der theils mit Gewalt, theils in Folge der Maßregeln Dumouriez's durch Uebereinkommen, vorläufig noch nicht in hellen Flammen aufloderte.

In Antwerpen angekommen, fand er die Stadtbehörden, den größten Theil des Clerus und des Adels eingekerkert oder auf der Flucht. Der Commissar der französischen Regierung hatte diese Schreckensherrschaft angeordnet. Er hob diese Befehle des Commissars, eines Citoyen Chaussard, welcher nach der damals beliebten Nachäffung des Alterthums den Beinamen Publicola führte, sofort auf, untersagte dem Jacobinerklub, sich in Regierungsangelegenheiten zu mengen und ließ den Commissar aus der Stadt entfernen. Chaussard kam, um ihn darüber zur Rede zu stellen, und erklärte ihm, diese Maßregeln schienen nicht von einem französischen General, sondern von einem Vezir verfügt zu sein, worauf ihm Dumouriez erwiederte: Allez, Monsieur, je ne suis pas plus visir, que vous n' êtes Publicola.

In Brüssel fand er eine entsetzliche Verwirrung. Den General Moreton hatte er schon vor einigen Tagen in der Kommandantur durch General Duval ersetzen lassen, aber dieser war nicht vermögend gewesen, so schnell Ordnung zu schaffen. Dumouriez griff sogleich mit aller Schärfe ein. Die Stadt wimmelte von Ausreißern und Flüchtigen, die einfach die Armee verlassen hatten und nach Frankreich gehen wollten. Offiziere seines Stabes und Patrouillen trieben dieselben an den öffent-

*) Frau von Genlis bestätigt in ihren Memoiren ebenfalls diese Angaben.

lichen Plätzen zusammen, sortirten sie nach Regimentern und Bataillonen, schrieben ihre Namen auf und setzten sie unter Androhung der Todesstrafe sofort in Marsch zur Armee nach Löwen.

Duval machte ihm sogleich eine andere Schilderung von dem Stande der Dinge in Löwen, als Miranda. Alle Zelte und fast alle Trains waren verloren gegangen, eine Menge Geschütze waren genommen. Das eigenthümlichste und die Auflösung und Bestürzung am meisten kennzeichnende Factum war, daß die Chefs der Artillerie beschlossen hatten, sofort mit ihren Parks nach Frankreich zu gehen. Die Belagerungsgeschütze befanden sich schon auf dem Wege nach Tournay nahe an der Grenze, die gesammte leichtere Artillerie, d. h. die Zwölf- und Achtpfünder waren hinter Brüssel bei Anderlecht, so daß die Armee in Löwen, außer einigen Bataillonsgeschützen, keine Kanonen bei sich hatte. — Und dabei hatte Miranda von guten Aussichten für den Gewinn einer Schlacht gesprochen. Aber auch für Valence, der doch nach der Vereinigung der Armeen unbedingt den Oberbefehl als General en chef führen mußte, ist Alles dies wenig schmeichelhaft.

Dumouriez befahl die sofortige Rückkehr der Feldartillerie zur Armee. — Die Belagerungsartillerie sollte in Tournay bleiben. Er ordnete an, daß d'Harville bei Namur seine Truppen sammeln sollte, um einem Marsch des Feindes auf Mons, wodurch er leicht von Frankreich hätte abgedrängt werden können, entgegenzutreten. Auch ließ er bei Judoigne durch den General Neuilly ein Verbindungs-Detachement formiren. Die 10,000 Mann neuen Aufgebots, welche ihm aus Frankreich zugekommen waren, Leute ohne jede Ausbildung mit Piken, Jagdmessern und Jagdflinten bewaffnet, schickte er, als nur Schaden bringend, nach Frankreich zurück. —

Dazwischen ging die politische Arbeit ihren Gang weiter. Der Conventscommissar Chepy hatte in Brüssel, ähnlich wie Chaussard in Antwerpen gehaust. Der General befreite die gefangen gesetzten Belgier und schickte Chepy unter Bedeckung nach Frankreich. Die von Moreton errichtete Legion Sansculotten, die unter dem sogenannten General Estienne die Stadt mit Schrecken erfüllte, jagte er auseinander. Estienne wurde eingesperrt. Die Stadtbehörden versammelte er um sich und bat sie, die französische Nation nicht für die Verbrechen dieser Schurken verantwortlich zu machen, er würde sie schützen. —

Die Bürger von Brüssel empfingen ihn mit Zurufen und betrachteten ihn als Retter. Zwei Proclamationen vom 11. März in französischer und vlämischer Sprache verboten den Jacobinerklubs sich in die Verwaltung zu mengen und gaben den Kirchen das geraubte Silbergeräth wieder, verboten die willkürlichen Verhaftungen durch die Commissare und luden die belgischen Behörden und Bewohner ein, sich mit ihren Klagen an ihn zu wenden. Die Stimmung in Belgien besserte sich sofort, und die Erhebung der Bauern beruhigte sich vorläufig. In jedem Lande, um dessen Besitz noch gekämpft wird, muß die militärische Gewalt die maßgebende, und alle anderen ihr untergeordnet sein. Geschieht dies nicht, so werden sich die Nachtheile für den Verlauf des Ganzen bald genug fühlbar machen. Im revolutionären Frankreich war der Convent an die Stelle der früheren souveränen Gewalt getreten. Derselbe glaubte durch bürgerliche Abgesandte die Generale beaufsichtigen zu müssen, was eine Ungeheuerlichkeit und ein Widerspruch in sich selbst war, wenn auch in einzelnen Fällen die Furcht vor dem Blutgerüst und die Energie einzelner Conventsdeputirter auf schwache Charaktere antreibend gewirkt haben kann. Hier in Belgien nun trat die militärische Gewalt nicht, wie dies in der Regel geschieht, als Vertreterin größerer Entschiedenheit, größerer Strenge auf, sondern als Beschützer der gesunden Vernunft und des eroberten oder befreiten Volkes. Jedenfalls aber muß man bei Betrachtung der Handlungsweise des Feldherrn nicht den politischen Gedanken außer Acht lassen, welcher hier zu Grunde lag. Derselbe hieß: die Stimmung des Volkes für sich gewinnen, um gegen die Regierung in Paris Front machen, und um die Pläne, welche er im Innern barg, verwirklichen zu können.

Aber er ging noch einen Schritt weiter. Am 12. März richtete er ein Schreiben direct an den Convent, was den Generalen durch ein früheres Decret verboten war.

Der Brief wirft einen Rückblick auf die Vernachlässigung der Armee unter Pache und führt aus, daß das Ministerium Beurnonville noch nicht im Stande gewesen sei, das verursachte Unheil wieder gut zu machen. Der Zustand der Armee erkläre zum Theil die Niederlagen an der Maas. Er beschwert sich sodann darüber, daß Pache sofort die Mairie in Paris erhalten habe, und Hassenfratz auch einen wichtigen Posten in der Pariser Commune, wodurch sie im Stande sein würden, die Blut- und Mordscenen in Paris zu erneuern. — Er erinnert den Convent daran, daß eine Vergeltung sich schon in dem irdischen Verlauf der Dinge stets fühlbar mache. „Geht die Geschichte durch, und Ihr werdet sehen, daß die Völker diesem Geschick nicht entgehen. So lange unsere Sache gerecht ist, haben wir den Feind besiegt. Sobald die Habsucht und die Ungerechtigkeit unsere Schritte führten, haben wir uns selbst zu Grunde gerichtet, und unsere Feinde haben den Vortheil davon. Man schmeichelt Euch und täuscht Euch, Repräsentanten, ich will den Schleier lüften!"

Er schildert nun die Zustände in Belgien und hebt besonders hervor, daß die Beschlüsse der Gemeinden für die Einverleibung in Frankreich in der ungerechtesten Weise erzwungen wurden. Er fällt ein hartes Urtheil über die Finanzmaßregeln Cambon's, über die Absendung der 30 Commissare und anderer von dem Convent gebilligter Regierungsmaßregeln. Der Brief schließt mit den Worten: „Repräsentanten! Ich rufe Euer Pflichtgefühl und Euren Rechtlichkeitssinn an! Ich erwarte mit Ungeduld Eure Entscheidung. Ihr habt das Schicksal des Staates in Eurer Hand! Ich bin überzeugt, daß die Wahrheit und Tugend Eure Entscheidungen lenken, und Ihr nicht leiden wollt, daß unsere Heere durch Verbrechen beschmutzt und die Opfer derselben werden." Ich glaube nicht, daß er sich von diesem Briefe großen Erfolg versprach. Und man kann, in Betracht seiner geheimen Pläne wohl fragen, ob es klug gehandelt war, sich schon so früh in eine solche Stellung zum Convent zu bringen. Es scheint, daß der Brief nicht nur ein Ausfluß seiner Entrüstung, sondern daß er wohl überlegt war. Er wollte vor Belgien und Frankreich und vor der Armee ein offenes Wort mit dem Convent gesprochen haben, er wollte, daß derselbe sich in's Unrecht setzte, indem er die an und für sich gerechten Beschwerden ablehnte. Hierauf deutet auch hin, daß der Brief im Druck in Antwerpen erschien.

„Une copie de cette lettre se glissa dans le publique, elle fut imprimée á Anvers" erzählt Dumouriez.

Man sieht, wie vortrefflich man schon in damaliger Zeit verstand, etwas in die Presse zu „glissiren."

Ein Blick auf Paris zeigt uns, daß sich die Jacobiner auf die

Kunde des Rückzuges aus Aachen in wilder Gährung erhoben, daß die Communepartei, Marat, Chaumette, Hassenfratz die Lage sogleich zu Forderungen ausnutzten, welche auch der jetzige Socialismus als höchst annehmbar bezeichnen würde, und bedeutende Geldbewilligungen des Convents für die „harten Fäuste", wie die in den Sectionen die eigentlichen Bürger vertretenden bewaffneten Banden genannt wurden, durch die Erregung von Plünderungstumulten durchsetzten. Robespierre forderte den Tod aller aristokratischen Offiziere als Sühne für die Niederlagen, damit die „armen" Soldaten nicht länger von diesen auf die Schlachtbank geführt würden. Danton vom Kriegsschauplatz zurückkehrend, war sich der ganzen Lage wohl bewußt und warf den noch immer von doctrinären Principien und von einer im jetzigen Moment doppelt unmöglichen Freiheit des Einzelnen erfüllten Köpfen die Forderung einer starken Regierung entgegen. Seine Neigungen zogen ihn jetzt, wie schon Ende 1792, zu den Gemäßigten, zur Gironde, schon begann er bei den von der Commune abhängigen Pöbelmassen verdächtig zu werden und dachte immer noch daran, sich des Generals Dumouriez und seiner Armee als Rückhalt zu bedienen. Aber die Gironde, von unüberwindlichem Widerwillen sowohl gegen Danton, als gegen Dumouriez erfüllt, zerriß abermals das schon geschlossene Bündniß.

Danton unterhandelte nun mit Robespierre und Marat, und es wurde ein vorläufiges Einverständniß erzielt, nach welchem einem Ausschuß — dem später creirten Wohlfahrtsausschuß — die Aufsicht über die Minister ertheilt werden sollte, vorläufig aber wurde am 5. März die Errichtung des großen und später zu schrecklicher Berühmtheit gelangten Revolutions-Tribunals beschlossen.

In diese gährenden Verhältnisse nun waren die Nachrichten von den Maßregeln Dumouriez's in Belgien gegen den Jacobinismus und dem Briefe an den Convent gefallen, welcher aber vorläufig nicht zur Verlesung und zur Verhandlung gestellt worden war.

Dumpfe Gerüchte über die Pläne Dumouriez's gingen in Paris herum und erhitzten die Stimmung in Verbindung mit den unglücklichen Nachrichten ähnlich, wie nach dem Falle von Verdun und dem Abfalle Lafayette's. Die Commune nahm durch ihre revolutionäre Polizei, eine Anzahl bewaffneter Banditen in jeder Section, zahlreiche

Verhaftungen vor, und man forderte Ende August abermals die Köpfe der Aristokratie, der Reichen und Verdächtigen. — So war die Lage, als Dumouriez nach Löwen in das Armee-Hauptquartier abging. Einige Tage später empfing er daselbst die Conventscommissare Camus, Treilhard, Merlin und Gossuin.

Dieselben warfen ihm die in Antwerpen und Brüssel erlassenen Verfügungen vor, besonders die Rückgabe der Kirchenschätze.

„Das erste Gesetz ist das öffentliche Wohl“, antwortete ihnen der General. „Der Convent kann in der Ferne getäuscht werden. Ich habe als General en chef auf diesem Boden die Verantwortlichkeit vor der Mit- und Nachwelt, und ich habe alles das, was Ihr mir sagen könnt, vorher wohl erwogen. Wäret Ihr gegenwärtig gewesen, so hätte ich versucht, mich mit Euch in's Einvernehmen zu setzen, um ein Ende mit den Verbrechen zu machen, welche Belgien unterdrücken und Frankreich entehren. Hättet Ihr Euch widersetzt, so wäre ich ohne Euch vorgegangen.“

„Wie könnt Ihr“, wendete er sich wieder an Camus, — der ein sehr frommer Jansenist, wenn auch Jacobiner, war, — „an den unter die Füße getretenen Hostien, an den zerschlagenen Altären Gefallen finden? Gab es ein anderes Mittel, um dieses Volk hier zu beruhigen, als das Kirchensilber zurückzugeben? Wisset, daß ich kein Verbrechen begehe, sogar nicht um des Vaterlandes willen. Alle diese Verbrechen werden sich gegen Frankreich kehren!“

„Mag dem sein, wie ihm wolle“, erwiederten ihm Camus und Treilhard im weiteren Verlauf der Unterhaltung, „Ihr habt den Respect gegen den Convent durch Eure willkürlichen Maßregeln verletzt, General! Der Convent ist die souveräne Gewalt, und Ihr konntet unmöglich seine Commissare fortschicken, ohne seine Erlaubniß.“

Die Unterhandlung drehte sich noch lange um diesen Punkt. — Merlin und Gossuin schienen mehr und mehr von den Gründen des Generals überzeugt und geriethen in Widerspruch mit den anderen beiden Commissaren.

Camus drohte, er müsse über diese Dinge an den Convent berichten, worauf Dumouriez erwiederte, das hätte er schon gethan und ihnen eine Abschrift seines Briefes an den Convent vom 12. März zeigte.

Die Unterredung wurde von dem jähzornigen Camus sehr heftig geführt, und er sagte zum Schluß in einem Tone, der die Mitte zwischen Scherz und Ernst hielt: „General, man schuldigt Euch an, Cäsar zu sein. Wäre ich dessen sicher, ich würde auf der Stelle Euer Brutus, und ich würde Euch treffen.“

„Mein lieber Camus“, antwortete der General ironisch, „ich bin nicht Cäsar, Ihr seid nicht Brutus, aber schon die Drohung, von Eurer Hand zu sterben, ist für mich ein Patent auf die Unsterblichkeit“ (un brevet d'immortalité).

Er beendigte die drei Stunden lange Unterhaltung, indem er sich mit einer Verbeugung zurückzog, und die Commissare reisten sogleich nach Brüssel ab.

---

8. Kapitel.

Eintreffen bei der Armee. Einwirkung auf die Truppen. Beide Heere im Vormarsch. Gefecht bei Tirlemont.

Der König von Preußen hatte den Operationsplan Coburg's gebilligt, und damit war nun die Möglichkeit, Belgien zu erobern, ohne Mainz zu besitzen, anerkannt. Nach demselben sollte Braunschweig mit den 12,000 Preußen auf Grave in Holland marschiren, nicht wie Dumouriez erwartet hatte, direct nach Breda. Eine Division von etwa 12 Bataillonen sollte aus dem Luxemburgischen gegen Namur vorrücken, das Hauptheer unter Coburg aber auf Brüssel vorgehen. Die Avantgarde d'Harville's war schon aus Huy durch eine von Lüttich dorthin entsendete österreichische Abtheilung unter Latour vertrieben worden.

Abgesehen davon, daß man mit der Einholung der Genehmigung dieses Planes fast 14 Tage verlor, in welcher Zeit sich das französische Heer wieder herstellte und sammelte, zeigte derselbe wieder so recht, wie weit man damals von den großen, ewig wahren Principien der Strategie sich entfernt hatte. Anstatt mit dem Herzog von Braun=

schweig zusammen dem französischen Hauptheer zu folgen und es zu zertrümmern, wodurch Holland am schnellsten befreit worden wäre, glaubte man dies nur erlangen zu können, indem man das preußische Korps auf einem weiten Umweg dorthin sandte. — Dumouriez war am 13. früh in Löwen eingetroffen. Es galt vor Allem das veni, vidi, vici zu erneuern, wenn er einmal das alea jacta est aussprechen wollte. Mit allen Kräften seines reichen Geistes und seines Willens ging er daran, seine Aufgabe zu lösen.

Er stieg sofort zu Pferde und begab sich zu den um Löwen lagernden und kantonnirenden Truppen. Er sprach mit den Soldaten, die ihn mit freudigem Zuruf empfingen, im Tone eines zwar erzürnten aber wohlwollenden Vaters. Er warf ihnen ihre geringe Ausdauer, ihr Zurückweichen vor dem Feinde vor und sagte ihnen, daß ihre Niederlage ihm die Eroberung Holland's aus den Händen gerissen habe. Er unterstützte die Autorität der Führer, indem er den Soldaten ihr Mißtrauen gegen die Generale verwies.

Die Wirkung seiner kurzen und klaren Ansprachen war wieder außerordentlich. Der Ruf: Es lebe der General! ging durch das ganze Lager und bei allen Bataillonen erscholl der Ruf: Vorwärts, an den Feind!

Wenn sich auch die Meinung Dumouriez's über Miranda nicht sogleich gänzlich änderte, so nahmen die Dinge hier doch im Allgemeinen den Verlauf, den ich schon oben andeutete. Die politischen Ansichten des Oberfeldherrn und des Generals Miranda mögen sich außerdem gegenüber getreten sein. Miranda erzählt in seiner am 29. März vor dem Convent gehaltenen Rede, daß er bei dem Ritt durch die Lager an Dumouriez's Seite gewesen und diesem Vorstellungen über seine, die Truppen gegen die Jacobiner aufreizenden Worte gemacht habe. Bei Tische sei Dumouriez offener herausgekommen und habe ihm gesagt, es würde nöthig sein, die Freiheit in Paris wieder herzustellen und zwar mittelst der Armee. Er habe dem widersprochen, und der Obergeneral habe ihn dann erstaunt gefragt: „Wie, Ihr würdet Euch gegen mich schlagen?"

„Das kann wohl sein, wenn Ihr Euch gegen die Republik schlagt."

„Gut, gut, Ihr werdet also Labienus sein."

„Gilt gleich, Cato oder Labienus, Ihr werdet mich immer auf Seite der Republik finden."

Gleich darauf hätte Dumouriez die Unterhaltung in's Lächerliche gedreht, er hätte aber von dieser Zeit an keine vertrauliche mündliche Erörterung mehr mit ihm gehabt.*)

Am Tage zuvor waren auf Befehl des Convents die Generale Stengel und Lanoue wegen ihrer Niederlagen an der Roer verhaftet und nach Paris abgeführt worden.

Dumouriez befahl noch am 13. März eine neue Gefechts-Eintheilung der Armee. Die Hauptmasse der Infanterie wurde in 4 Abtheilungen getheilt:

1. Der rechte Flügel, 18 Bataillone. Befehlshaber General Valence. Diesem unterstand auch das rechte Seitenkorps (flanqueurs de droite) 2000 Mann Infanterie und 1000 Pferde unter General Dampierre.
2. Centrum, Herzog von Chartres, 18 Bataillone.
3. Reserve, General Chancel, 8 Bataillone Grenadiere. Dieselbe unterstand ebenfalls dem Herzog von Chartres.
4. Linker Flügel, General Miranda, 18 Bataillone und linkes Seitencorps, General Miaszynski (flanqueurs de gauche), 2000 Mann Infanterie, 1000 Pferde.

Außerdem waren noch vorhanden die Division Champmorin, 5000 Mann Infanterie und 1000 Reiter; die Division Neuilly, 3000 Mann Infanterie und 1000 Reiter, welche zur taktischen Verwendung bei einer bevorstehenden Schlacht herangezogen werden konnten. Endlich war noch eine Avantgarde von 4500 Mann Infanterie und 1500 Reitern unter dem General Lamarche gebildet, einem ehemals sehr schneidigen, zu dieser Zeit aber schon sehr verbrauchten Reiteroffizier, welchem Dumouriez seinen Generaladjutanten Montjoie und den Oberstlieutenant Barrois, Führer der reitenden Artillerie, zugetheilt hatte. Diese letztere muß also wohl bei der Vorhut verwendet worden sein. Die Hauptmasse der Artillerie war wie immer zusammengehalten.

Die Stärke der Armee betrug nach Dumouriez's eigenen Angaben

*) Soweit Miranda in den „Notes sur les mémoires du général Dumouriez" pag. 47—49.

44—45,000, nach Witzleben 48,500 Mann. Das Korps d'Harville bei Namur zu der für die taktische Handlung verfügbaren Macht hinzuzurechnen, wie dies einige Schriftsteller thun, erscheint nicht gerechtfertigt.

Der häufige Wechsel der Generale, und die Beförderung von manchmal ganz unfähigen Leuten zu diesen Stellungen, die mangelhafte Haltung derselben, ihr Ungeschick und ihr Mangel an Selbstständigkeit im Gefecht, erhöhten die Schwierigkeit der Befehlsführung und der Operationen.

Am 14. recognoscirte Dumouriez und befahl, daß die Armee folgende Stellung einnehmen sollte:

Dampierre mit dem rechten Seitenkorps hielt den Uebergang bei Hougaerde über die kleine Geete. Die Division Neuilly mußte von Juvoigne nach Lummen zur besseren Deckung der rechten Flanke rücken. Miaszynski mit dem linken Seitenkorps stellte sich zwischen Diest und Tirlemont auf. Die Division Champmorin besetzte die mit einer alten Mauer und Graben versehene Stadt Diest selbst. Die Division Lamarlière wurde nach Liers entsendet, um einem Anmarsch preußischer Truppen, den Dumouriez sehr vernünftiger Weise in dieser Richtung erwartete, zu begegnen. Die Hauptmasse der Armee blieb westlich Löwen im Lager.

Der Prinz von Coburg war am 14. mit seiner Armee vorgerückt, deren Vorhut wieder der Erzherzog Carl führte, um den Feind bei Löwen anzugreifen. Die Stärke der Armee betrug nach Witzleben 42,568, nach den Mittheilungen des K. K. Kriegsarchivs 40,153 Mann, darunter 9500 Reiter, wobei jedoch die Entsendungen nach Haag und Diest begriffen sind. Zur taktischen Verwendung können höchstens 39,000 Mann zusammen gewesen sein.

Am 15. erreichte er mit dem Haupttheil Saint Tron. Die äußerste Vorhut griff Tirlemont an, wo ein vorgeschobener französischer Posten von 400 Mann stand. Derselbe wurde überrascht und mit Verlust hinausgeworfen. Der General Dampierre nahm hieraus Veranlassung, seinen Posten bei Hougaerde gleichfalls zu verlassen und auf Löwen zurückzugehen*).

---

*) Dumouriez fällt wieder bei dieser Gelegenheit ein sehr scharfes Urtheil über

Dumouriez befahl ihm sogleich, noch in der Nacht wieder auf den verlassenen Posten zurückzukehren, was auch geschah. Auffallend bleibt, daß auch das linke Flankenkorps Miaszinski bis in die Nähe von Löwen in die dortigen Wälder zurückwich und daselbst 2 Tage lang nicht aufzufinden war. — Die Division Champmorin erhielt den Befehl, auf die Höhe von Oplinter zu rücken, woselbst dieselbe am 16. Abends auch eintraf, um Tirlemont zu flankiren. Dumouriez war entschlossen, auf das Schleunigste das Angriffsverfahren aufzunehmen und den Oesterreichern eine Schlacht zu liefern. Er urtheilte richtig, daß ein weiterer Rückzug die kaum wieder ermuthigten Truppen auflösen würde, und daß ein Erfolg, sowohl in militairischer, als in politischer Beziehung dringend nöthig sei. Er ließ deshalb noch am 15. die ganze Armee vorrücken, entschlossen, sogleich das seinen Vortruppen abgenommene Gelände den Oesterreichern wieder zu entreißen, um den erhaltenen, üblen Eindruck sofort zu verwischen.

Am nächsten Tage wurde die kaiserliche Vorhut in Tirlemont mit vollem Ungestüm in Gegenwart Dumouriez's angegriffen und aus der Stadt hinausgeworfen. Der Prinz von Coburg war mit seiner Armee im Vorrücken begriffen, um ein Lager an der großen Geete zu beziehen, kam also der ebenfalls im Vorgehen begriffenen französischen Armee geradenwegs entgegen. Er entschloß sich, seine Armee auf den Höhen östlich der Dörfer Hackendoven, Wommersom und Goidsenhoven aufmarschiren zu lassen, während Dumouriez's Avantgarde, und das Gros der Armee aus Tirlemont debouchirten, das Korps Miranda aber sich auf Oplinter in Marsch setzte. In Folge dieser Bewegung Miranda's dehnten die Oesterreicher ihren rechten Flügel bis zum Walerhof aus.

Südlich Tirlemont liegt auf einem Hügel das Dorf Goidsenhoven, welches von Gräben und Hecken umgeben, sehr vertheidigungsfähig ist.*)

Während beide Armeen ihre Artillerie vorzogen und sich eine lebhafte Kanonade entspann, bildete auch Dumouriez seine Schlachtlinie und ließ durch seine Avantgarde mit großer Schnelligkeit das

---

diesen General. Dampierre fiel 1793 als Oberbefehlshaber der Nordarmee an der Spitze seiner Truppen.

*) Siehe Skizze 3 zur Schlacht bei Neerwinden.

Dorf Goidsenhoven besetzen, welches einen vortrefflichen Stützpunkt abgab.

Der Prinz von Coburg, sich plötzlich dem Feinde gegenübersehend, beschloß nach diesem überraschenden Aufeinandertreffen es hier nicht zu einer Schlacht kommen zu lassen, weil es ihm zu bedenklich schien, mit der kleinen Geete im Rücken zu fechten, und weil er sich durch feindliche Ueberflügelungen auf beiden Flanken bedroht glaubte. Er gab deshalb nach mehrstündiger Kanonade, welche beiden Theilen wenig Verluste verursachte, Befehl zum Rückzuge hinter dieses Flüßchen.

Zuvor jedoch kam es aber zu lebhaftem Gefecht bei Goidsenhoven und Wommersom. Aus ersterem Dorfe brachen mehrere französische Infanteriekolonnen mit Artillerie hervor, welche durch einen Angriff des Regiments Kaiser-Karabiniers und mehrerer Bataillone unter dem General Rehbach zurückgeworfen wurden. Die österreichische Reitertruppe prellte mehrere Male bis an den Dorfrand heran, wurde dort aber von der hinter Hecken liegenden französischen Infanterie stark zusammengeschossen und mußte eine schon genommene Batterie wieder im Stich lassen. Ein Versuch des Generals Rehbach, mit einigen Bataillonen Goidsenhoven links zu umgehen, wurde durch die Division Neuilly vereitelt, welche bei Lummen über die große Geete gegangen war und nun die Oesterreicher ihrerseits überflügelte.

Bei dem Dorfe Wommersom auf dem entgegengesetzten Flügel entspann sich zu derselben Zeit ein lebhaftes Infanteriegefecht, welches damit endete, daß die Oesterreicher das Dorf in Besitz behielten.

Etwa um 4 Uhr Nachmittags sprach sich die Rückzugsbewegung der kaiserlichen Armee hinter die kleine Geete aus. Dieselbe wurde durch den Erzherzog Karl mit der Avantgarde gedeckt. Der Tag war für die französischen Waffen im Allgemeinen ein glücklicher gewesen. Der Verlust der Oesterreicher belief sich — nach französischen Angaben — auf circa 1200, nach österreichischen auf 900 Mann. Der Verlust der Franzosen wird nicht viel geringer, jedenfalls nicht unter 7- bis 800 Mann gewesen sein.

Am Abend traf, von Diest kommend, die Division Champmorin auf dem linken Flügel ein; von Hougaerde das Flankenkorps Dampierre, welches bei Orsmael aufgestellt wurde. Der gleichfalls mit seiner Reiterei eintreffende Miaszynski sollte die Brücke bei Orsmael über die kleine Geete besetzen, was ihm jedoch nicht gelang. Die französischen Vorposten mußten weiter zurückgezogen werden, und Orsmael blieb in den Händen der leichten kaiserlichen Infanterie.

Die Front der am Abend des 16. März lagernden französischen Armee erstreckte sich von Goidsenhoven bis Oplinter, wobei die Division Neuilly jedoch rechts bis nach Neerhelissen vorgeschoben war. Auch die Dörfer Esemael, Elissem, Overhespen wurden von den französischen Vorposten besetzt. Mit Ausnahme der noch bei Löwen befindlichen Infanterie von Miaszynski, waren alle Truppentheile herangezogen, welche überhaupt zur taktischen Verwendung gelangen konnten.

Während die große Geete von Tirlemont bis Neerlinter in einem ziemlich großen, breiten Wiesenthal fließt, dessen rechter Thalrand sich mehrere hundert Schritt von dem Flüßchen entfernt, ist der Lauf der kleinen Geete rechts und links von einem Hügellande begrenzt, welches sowohl mehrere parallel laufende Ketten, als auch vereinzelte Kuppen, tief eingeschnittene Schluchten, wie die sich von Overwinden zur Geete herabsenkende, aufzuweisen hat. Beide Geeten sind sogar nicht überall für Inanterie, für Reiterei und Geschütz aber nur an einzelnen Stellen passirbar. Das Hügelland rechts der kleinen Geete bildete im Allgemeinen die Stellung der Kaiserlichen. Die Ortschaften waren damals schon meist massiv gebaut, das Städtchen Leau hatte einige ältere Bastione und einen Graben.

Die österreichische Armee lagerte in folgender Vertheidigungsstellung:

Erzherzog Carl mit der Vorhut auf den Anhöhen westlich Dormal, südlich der Chaussee. Die Schlachtlinie des Hauptkörpers folgte in zwei Treffen, zuerst den Uferhöhen der kleinen Geete, bog aber sodann im Haken ab und hatte der linke Flügel somit den Grund von Neerwinden und dieses Dorf selbst vor der Front. Etwas rückwärts hinter Overwinden war das Reservekorps unter Clairfait aufgestellt.

Die Vorposten standen im Thal auf dem rechten Ufer der kleinen Geete; nur bei Orsmael waren sie über dieselbe vorgeschoben.

Zwischen Neerwinden und Overwinden liegt das Hünengrab von Mittelwinden, welches mit Unrecht von Dumouriez von entscheidender Bedeutung erklärt wird, da es zu klein war, um eine geeignete breite

Aufstellung für Artillerie zu bilden, und außerdem von der Stellung der Oesterreicher beherrscht wurde. *)

Von der Stellung beider Heere aus konnte man sich gegenseitig beobachten, soweit nicht die Hügel dieselben verdeckten.

Beide Heere blieben am 17. März sich gegenüber stehen. Nur das Korps Miranda machte eine Vorwärtsbewegung, indem es bei Tirlemont über die große Geete ging und sich auf den Höhen bei Wommersom aufstellte. Die Division Champmorin aber blieb jenseits der großen Geete, zwischen Oplinter und Neerlinter. (Befehl an Miranda vom 17. März, Morgens 9 Uhr.)

Coburg wollte den Gegner vorrücken lassen, um ihm zu gelegener Zeit angriffsweise entgegenzutreten. Dumouriez sagte sich mit Recht, daß bei der Beschaffenheit seiner Armee und der Ungewandtheit ihrer Führer eine sehr genaue Recognoscirung und sehr bestimmte Angriffs-Befehle nöthig sein würden. Es galt für ihn, den Aufschwung der Armee vom 16. auszunutzen. Gewann er die fest beschlossene Schlacht, so mußten die Oesterreicher bis unter die Mauern von Mastricht zurückgehen. Er beabsichtigte dann, Valence, verstärkt durch die in der Organisation begriffenen 25 Bataillone belgischer Infanterie, in einem verschanzten Lager dem Prinzen gegenüber zu lassen, und sich mit einer Masse von 40,000 Mann auf Holland zu werfen, diesen Staat zu erobern, und sodann seine politischen und militärischen Ziele weiter zu verfolgen. Im Falle einer Niederlage wollte er durch eine Aufstellung bei Löwen möglichst lange Brüssel decken, und inzwischen mit den Oesterreichern in Verhandlung treten, um einen Waffenstillstand zu erlangen, während dessen die belgischen Bataillone in die Armee eingereiht werden sollten. So verstärkt, beabsichtigte er dann, nachdem die Truppen gehörig bearbeitet worden waren, gegen den Convent Front zu machen. Daß diese Gedanken ihn nicht gehindert haben, alle Kräfte an eine günstige Entscheidung zu setzen, liegt auf der Hand.

*) Jomini, der in taktischen und topographischen Einzelnheiten manchmal nicht zuverlässig ist, hat hier nicht genau gearbeitet, indem er ebenfalls diesem Grabhügel eine größere Bedeutung beimißt, die er erst in der 2. Auflage durch eine Bemerkung abschwächt. Jomini ist dafür um so größer in Betrachtung der rein strategischen Gesichtspunkte.

Die Thorheit der Gegenbehauptung ist zu augenscheinlich, um sie hier zu widerlegen.

Dumouriez konnte sich nur über die Bedeutung eines Sieges oder einer Niederlage für ihn vollständig klar sein, und er unterzeichete seine Anordnungen zur Schlacht in diesem Bewußtsein.

---

9. Kapitel.

Die Schlacht bei Neerwinden.

Die Gesichtspunkte, von denen Dumouriez bei Ertheilung der Angriffsbefehle ausging, waren folgende:

Er glaubte mit Recht, die Verbindungen des Gegners in der Richtung auf Saint Tron—Tongern suchen zu müssen und beabsichtigte demgemäß, den linken feindlichen Flügel zu umfassen, um ihn in der Richtung auf die Straße Tirlemont—Saint Tron zu drängen. Das Hünengrab von Middlewinden faßte er als einen beherrschenden Punkt in's Auge, der schnell erreicht werden müsse. Das mit alten Befestigungen umgebene Städtchen Leau dachte er als Stützpunkt für die beabsichtigte, allmälige Linksschwenkung der Armee zu benutzen, und deshalb schnell zu besetzen.

Der Hauptgesichtspunkt, die Umfassung des linken feindlichen Flügels, war ohne Zweifel ein praktischer und richtiger Gedanke, und der strategische Punkt vor Allem richtig getroffen, es kam nur darauf an, die Ausführung dem Gedanken entsprechend zu gestalten.

Um an den Feind zu gelangen, mußte die Armee die kleine Geete passiren, und zwar im feindlichen Geschützbereich. — Hierzu waren mannigfache Brücken vorhanden, da fast jedes Dorf eine solche besaß. Von der Zerstörung dieser Brücken durch die Kaiserlichen liest man in älteren und neueren Berichten Nichts. Es ist dies ganz erklärlich, da der Prinz von Coburg selbst beabsichtigte, am 19. zum Angriff überzugehen.

Der rechte Flügel des französischen Heeres unter General Valence zerfiel nach der Disposition von Dumouriez in drei Kolonnen.

Die 1. Kolonne, die Avantgarde, unter General Lamarche, sollte über die Brücke zwischen Neerhelissem und Ophelissem gehen, das offene Gelände zwischen Landen und Overwinden erreichen, und die linke feindliche Flanke umfassen.

Die 2. Kolonne, nur Infanterie, unter General Leveneur, hatte nach der ersten dieselbe Brücke zu benutzen, sollte sich des Grabmals Middlewinden bemächtigen, den Hügel mit Geschütz krönen und dann Overwinden angreifen. *)

Die 3. Kolonne, unter General Neuilly, sollte über die Brücke von Neerhelissem gehen, und sodann sich gegen Neerwinden wenden. Im Falle des Gelingens sollte der rechte Flügel eine Viertelschwenkung links machen und in Gefechtsordnung, mit der Front nach Saint-Tron vorgehend, den linken österreichischen Flügel vor sich hertreiben.

Das Centrum stand unter Befehl des Herzogs von Chartres und war in zwei Kolonnen (die 4. und 5. der ganzen Armee) getheilt. Die 4. unter General Dietmann sollte die Brücke von Esemael passiren und sich sodann ebenfalls gegen Neerwinden richten. Die 5. unter Dampierre hatte Befehl, nachdem sie die Geete bei Elissem passirt hatte, ebenfalls auf Neerwinden zu gehen, welches Dorf also von den Kolonnen 3, 4 und 5 angegriffen werden sollte. **) Der linke Flügel unter General Miranda war aus der 6., 7. und 8. Kolonne zusammengesetzt. Die 6. Kolonne unter Miaszynski sollte bei Overhespen den Uebergang ausführen, die gegenüberliegende Stellung der Oesterreicher

*) Sie scheint thatsächlich über eine andere kleine Brücke gegangen zu sein. — Das Aufstellen von Geschütz auf dem Grabhügel war eben wegen der geringen Breite höchstens für zwei Geschütze möglich, und diese hätten durch Menschen den ganz steilen Abhang heraufgewunden werden müssen. Dieses Versehen der Disposition Dumouriez's erklärt sich leicht, wenn man bedenkt, daß sich die Größenverhältnisse einer Höhe aus der Ferne oft sehr schwer beurtheilen lassen.

**) Ueber die Uebergangspunkte der Kolonnen 4 und 5 existiren ganz verschiedene Angaben, und hat dies vor Allem darin seinen Grund, daß Dumouriez sich in seinen eigenen Angaben hier der Ungenauigkeit schuldig macht. Er sagt nämlich, die 4. Kolonne sei über die Brücke von Laer gegangen. Laer liegt aber nicht an der Geete. Es bleibt also zweifelhaft, ob er die Brücke von Esemael oder Elissem meint. Ich habe mich nach Prüfung aller Angaben für obige Annahme entschieden.

angreifen und in der Richtung auf Neerlanden vordringen, dabei aber darauf achten, nicht über die Front der neben ihr fechtenden 5. Kolonne hinauszugehen — jedenfalls um der allmäligen Frontveränderung der Armee nach der Straße Tirlemont—Saint Tron nicht im Wege zu stehen. Die 7. Kolonne unter General Ruault hatte die Geete bei Orsmael zu überschreiten und entlang der Chaussee auf Saint Tron vorzudringen.

Die 8. Kolonne endlich, die Division Champmorin, sollte am Morgen auf den Tags zuvor geschlagenen Brücken über die große Geete gehen und sich dann des Städtchens Leau bemächtigen, welches sie bis zum Ende der Schlacht besetzt halten sollte.

Dumouriez wollte die dem rechten Flügel befohlene Schwenkung allmälig auch von den übrigen Kolonnen durch die Direction ihres Vordringens ausführen lassen, so daß also im Falle des Gelingens die Armee etwa mit dem linken Flügel an Leau — dem Drehpunkt — mit dem rechten in der Nähe von Saint Tron gestanden hätte. —

Schon etwa um 7 Uhr Morgens begann der Aufmarsch der französischen Armee. Zugleich entspann sich das Gefecht an der kleinen Geete bei Elissem und Esemael. Französische Vorposten-Abtheilungen drangen über den Fluß vor, wurden aber von den Oesterreichern wieder zurückgeworfen.

Um 8 Uhr begann der Vormarsch der verschiedenen französischen Kolonnen, eine Bewegung, deren Ruhe und Ordnung an diesem Tage anerkannt ist. Die Oesterreicher konnten denselben im Allgemeinen von ihrer Stellung aus übersehen, und die Meldung davon ging sofort an den Prinzen von Coburg ab, der sich in Neerlanden befand und im Begriff war, die Anordnungen für den am 19. beabsichtigten Angriff zu entwerfen.

Die Ausdehnung, welche die französische Front in diesem Augenblick hatte, oder sehr bald durch die Vorwärtsbewegung gewann, war eine sehr große, nämlich von Leau bis Racour 24,000 Schritt. Dumouriez hielt mit Valence, Thouvenot, Devaux und seinem übrigen Stabe auf der Höhe von Hautmare, so daß er die Bewegungen seines rechten Flügels überwachen konnte.

Die französischen Kolonnen erreichten ziemlich gleichzeitig die Geete, begleitet von dem heftigen Geschützfeuer der Oesterreicher, welche ihre Artillerie auf den besetzten Höhen entwickelt hatten.

Die 8. Kolonne, Division Champmorin (linker Flügel), schob ein Bataillon an die Brücke von Bethanien bei Leau und ein Bataillon an die Brücke bei Heelen vor. Außerdem drangen Kavalerie-Abtheilungen in Leau ein und schwärmten von dort aus in die rechte Flanke und den Rücken der Oesterreicher.

Gegen 9 Uhr griff die Kolonne Miaszynski, den Fluß überschreitend, Gutzenhoven, die Division Ruault Orsmael an. Um beide Dörfer wurde mit der kaiserlichen leichten Infanterie, dem Freicorps O'Donnel, den Tiroler Schützen, Kroaten lebhaft gefochten, schließlich wurden sie von den Franzosen genommen. Auch die Brücke von Orsmael fiel nach heftigem Kampfe in französische Hände. — Aber dies war nur ein Vorspiel. Es galt nunmehr die Massen jenseits der Geete zu entwickeln und die Höhen zu nehmen. Orsmael und Gutzenhoven gegenüber stand die österreichische Vorhut unter Erzherzog Karl. Derselbe ließ die Dorfausgänge und die Chausseen derart unter Geschützfeuer nehmen, daß das Hervorbrechen (Debouchiren) an und für sich schwierig war. Die Artillerie von Miranda fuhr auf den linken Uferhöhen auf, und es entspann sich ein sehr heftiger Geschützkampf, bei dem die österreichische Artillerie nicht unbedeutend litt.*)

Der Prinz von Coburg hatte auf die Nachricht, daß feindliche Kolonnen von Leau aus seine rechte Flanke und somit die Rückzugsstraße nach Saint Tron bedrohten, befohlen, daß der Herzog von Württemberg mit der gesammten Infanterie des 2. Treffens vom Gros und 8 Schwadronen nach Halle rücken sollte, um dem Feinde dort entgegenzutreten. 2 Bataillone und 2 Schwadronen unter General Benjowski sollten den rechten Flügel der Avantgarde unterstützen, um den Feind an weiterem Vordringen gegen Dormal zu hindern.

Wir verlassen jetzt diese Gegend des Schlachtfeldes und wenden uns zu dem rechten französischen Flügel.

---

*) Mittheilungen aus dem K. K. Kriegsarchiv: Schlacht bei Neerwinden. Witzleben, Leben Coburg's. Band II. Die französischen Geschütze hatten weniger Spielraum als die österreichischen und trugen weiter.

Kampf des rechten Flügels.

Die 1. Kolonne, Lamarche, ging gegen 9 Uhr über die Geete, bemächtigte sich im raschen Anlauf des Dorfes Racour und warf die österreichischen Vorposten zurück.

Gleich darauf beging Lamarche einen verhängnißvollen Fehler, der im ganzen Verlauf der Schlacht nicht wieder gut zu machen war. Er bemerkte nämlich in der Gegend von Landen, welcher er sich vor Allem Behufs Bedrohung der linken österreichischen Flanke bemächtigen mußte, keine Truppen und beschloß deshalb, die ihm angewiesene Richtung dorthin aufzugeben und sich auf Overwinden zu wenden, welches Dorf in dieser Zeit gerade von der bei Neerhelissem übergegangenen 2. Kolonne angegriffen wurde. Er bewies durch diesen Entschluß, daß ihm die Fähigkeit gänzlich mangelte, auf den Plan des Oberfeldherrn einzugehen. — Während er nun auf den Abhängen bei Racour seine Batterien auffahren ließ und das österreichische Reserve-Korps beschoß, ging seine Infanterie, zusammen mit der Kolonne Leveneur, gegen Overwinden vor, vermischte sich mit derselben beim Angriff und kam ihm derartig aus der Hand, daß sie später nicht mehr in die beabsichtigte Richtung auf Landen zu bringen war, womit die Absicht Dumouriez's, den Feind zu flankiren und seine Linie aufzurollen, absolut unvereinbar blieb. Nur einige Schwadronen und einige Geschütze entsendete Lamarche in der Richtung auf das Hünengrab von Waesmont, welche aber von dem zur Deckung der linken österreichischen Flanke aufgestellten Regiment Latour-Dragoner aufgehalten wurden. Schon durch die Linksschiebung der Infanterie der ersten Kolonne entstanden in der Vorwärtsbewegung der zweiten solche Stockungen, daß erst um 2 Uhr der Angriff auf Overwinden erfolgen konnte. Das Dorf und auch das Hünengrab von Middelwinden fielen den Franzosen nach lebhaftem Gefecht in die Hände.

Etwas früher schon hatte nun die dritte französische Kolonne Neerwinden angegriffen und genommen. Gleich darauf aber ereignete sich ein ähnliches Mißverständniß wie bei der Kolonne Lamarche.

General Neuilly verließ Neerwinden, um sich rechts zu ziehen und die bei Overwinden stehenden Truppen zu unterstützen. Er sagte später aus, daß General Valence ihm dazu den Befehl ertheilt hätte, Valence dagegen behauptete, sein Befehl müsse mißverstanden worden sein. Die Oesterreicher gingen in Folge dieser Bewegung nun sogleich gegen Neerwinden wieder vor und eroberten dieses Dorf zurück. Gleich darauf aber wurde Neerwinden, wie die Angriffsbefehle besagten, von der ebenfalls über den Fluß gegangenen 4. und 5. Kolonne heftig angegriffen und den Oesterreichern wieder entrissen. Auch Laer wurde von Theilen der 5. Kolonne (Dampierre) besetzt.

Auf dem äußersten linken österreichischen Flügel hatte inzwischen Clairfait Anordnungen zur Wiedereroberung der Dörfer Racour und Overwinden getroffen. 2 Bataillone und 2 Schwadronen wurden gegen Racour, 6 Bataillone unter Feldmarschall-Lieutenant Alvinczy gegen Overwinden gerichtet.

3 Brigaden Infanterie und 1 Kavalerie-Brigade standen bereit, diesen Angriff zu unterstützen.

Um beide Dörfer entspann sich ein sehr heftiger, hin- und herschwankender Kampf. Die Franzosen zogen frische Truppen nach, die Oesterreicher gleichfalls. Coburg, welcher auf den Höhen hielt, befahl, nachdem der zweite Angriff der Oesterreicher mißlungen war, einen dritten und ließ zugleich 21 Schwadronen gegen die zwischen den Dörfern stehenden französischen Truppen anreiten. Die entgegentretenden Schwadronen waren diesem Reitersturm nicht gewachsen, sie wurden geworfen, das erste Treffen der Infanterie überritten, aber das zweite wies durch nahes Feuer die österreichische Reiterei mit schweren Verlusten zurück. — Inzwischen hat ein neuer Angriff die Oesterreicher in den Besitz von Racour gesetzt, und das im ausspringenden Winkel liegende, von den Höhen fortwährend durch die österreichische Artillerie beworfene und beschossene Overwinden wird von den Franzosen geräumt.

Die einbrechende Dunkelheit beendete hier den Kampf. Die Franzosen blieben auf dem rechten Ufer der kleinen Geete stehen. Das Centrum der Franzosen war ebenfalls bald in eine höchst mißliche Lage gerathen. Das Dorf Neerwinden war zwar genommen, aber diese Eroberung konnte nichts entscheiden, so lange die Oesterreicher die Höhen hielten. Es galt also eine neue Anstrengung, um dieselben von dort zu vertreiben. Ehe jedoch hierauf bezügliche Befehle eintrafen, und ehe dieser Angriff in's Werk gesetzt werden konnte, traten die Anordnungen Coburg's in Kraft, welcher zu dieser Zeit Befehl an alle Befehlshaber seiner Armee ertheilt hatte, nunmehr zum Angriff gegen die Kolonnen des Feindes vorzubrechen.

Demgemäß trat das erste Treffen des österreichischen Centrums unter Feldzeugmeister Colloredo zum Angriff auf Neerwinden und den Grabhügel von Middlewinden an. Das österreichische Geschützfeuer hatte unter den in der Thalebene stehenden, gedrängten, französischen Massen so gewüthet, daß der Angriff, mit Entschlossenheit durchgeführt, auf keinen sehr heftigen Widerstand stieß.

Die Franzosen geriethen in die Flucht und strömten nach dem Uebergange der kleinen Geete zurück. Da erscheint Dumouriez. Auf der Höhe von Hautmare haltend, hat er die bedenkliche Wendung des Gefechts wahrgenommen und den Moment für gekommen erachtet, um wie bei Jemmapes selbst einzugreifen.

Im Galopp mit seinem Stabe die Brücke von Esemael passirend, sprengt er in die zurückweichenden Massen, die Flüchtigen mit Wort und Geberde zum Standhalten und Frontmachen auffordernd. Die Soldaten hören und gehorchen, dichte Haufen formiren sich, da wo sie zusammengerafft werden, und so geht es unter dem Gesange der Marseillaise und dem Sturmmarsch wieder gegen Neerwinden vor. Der Vorstoß ist unwiderstehlich. Neerwinden wird genommen, die herausgeworfenen Truppen weichen gegen die Höhen zurück. Aber das mit neuer Heftigkeit von den Höhen wieder beginnende Geschützfeuer überschüttet das Dorf mit Geschossen, und ein abermaliger Angriff frischer Truppen wirft die Franzosen wieder hinaus. In diesem Moment stürzt sich die kaiserliche Reiterbrigade Hoditz, zwischen Neerwinden und dem Hünengrabe vorbrechend, auf die flüchtigen Massen. Indeß sind 10 französische Schwadronen bei der Hand, welche die kleine Geete zur richtigen Zeit passirt haben. Valence setzt sich an ihre Spitze und führt sie dem österreichischen Reitersturm entgegen. Beide Reitermassen reiten ineinander, und die blanke Klinge entscheidet. Valence muß, aus mehreren Wunden blutend, das Schlachtfeld verlassen, aber der von ihm geleitete Angriff behauptet das Feld und wirft die kaiserliche Reiterei im wüsten Durcheinander zurück. Zu gleicher Zeit ist nordwestlich Neerwinden eine andere Reiterbrigade in das Thal vorgebrochen und hat ihren Stoß auf die zurückgehende französische Infanterie gerichtet. Ein Theil derselben wird überritten, aber der dort anwesende General Thouvenot übernimmt das Kommando und läßt das Regiment Deux Ponts mit seinen Bataillonsgeschützen halten. Eine furchtbare, auf die nächste Entfernung abgegebene Kartätsch- und Musketenlage bedeckt das Feld mit österreichischen Leichen, und der Reiterangriff fluthet hinter die schützenden Linien der kaiserlichen Infanterie zurück.

Neerwinden bleibt, mit Todten und Verwundeten angefüllt, in dem Besitz der Oesterreicher, aber es gelingt Dumouriez, seine Truppen auf einige hundert Schritt von dem Dorfe wieder zu sammeln, die Ordnung herzustellen und sich dort auf dem rechten Ufer der kleinen Geete zu behaupten.*)

Große Verluste waren auf beiden Seiten zu verzeichnen. Die Anstrengungen der Franzosen gegen die österreichische Stellung waren unfruchtbar gewesen, aber trotzdem die Oesterreicher ihnen die schon genommenen Dörfer wieder abnahmen, waren sie nicht im Stande gewesen, sie zum Rückzuge über die Geete zu zwingen. Das Gefecht endete also hier unentschieden. Ob es möglich war, den Angriff am nächsten Tage zu erneuern, mußte ganz von dem Ausfall des Kampfes am andern Flügel abhängen. Jedenfalls war der Gedanke Dumouriez's, die österreichische Schlachtlinie vom linken Flügel aufzurollen, in den ersten Anfängen verloren gegangen.

Kampf des linken Flügels.

Die Franzosen waren zwischen 10 und 11 Uhr Vormittags in dem Besitz der Uebergänge, die Oesterreicher im Begriff dem Hervorbrechen derselben und einer von Leau aus erwarteten Umgehung entgegenzutreten. Um 11 Uhr erhielt Miranda den Befehl Dumouriez's über die Geete vorzubrechen und anzugreifen.

Miranda selbst erzählt in seiner am 29. März 1793 an der Barre des Convents gehaltenen Rede, daß er um 10 Uhr einen Befehl Dumouriez's erhielt, persönlich zu ihm zu kommen. Er habe Du-

*) Was jetzt in dem Feuer der Hinterlader in ähnlicher Lage nicht möglich wäre. Siehe unten: Betrachtung über die Schlacht.

mouriez auf dem rechten Flügel — eine Ortsangabe findet sich nicht — mit Thouvenot allein getroffen, und der General en Chef habe ihm, statt mündlicher Erörterung, einen versiegelten Befehl übergeben, mit dem Auftrage, denselben zu öffnen, wenn er zu seinen Truppen zurückgekehrt sei. Mündlich sei ihm nur mitgetheilt worden, daß die Schlacht geliefert werden sollte. Miranda hätte sich darauf die Bemerkung erlaubt, man sei in der Minderzahl — was in Bezug auf die Armeen im Ganzen sich umgekehrt verhielt — Dumouriez hätte aber einfach auf dem Angriff bestanden.

Diese Erzählung, abgegeben in einer den General Dumouriez politisch wie militärisch anschuldigenden Vertheidungsrede, enthält viele unwahrscheinliche Angaben, so unter Anderem erscheint es wenig glaubhaft, daß der Feldherr ihm erst in diesem Moment Mittheilung von der beabsichtigten Schlacht gemacht habe, denn zu diesem Zwecke war die ganze Armee vormarschirt und hatte den Kampf bereits begonnen. Gewiß ist, daß Miranda einen vom 18. März datirten Befehl aufweist, dessen Echtheit nicht anzuzweifeln ist. Derselbe lautet in wörtlicher Uebersetzung:

„Der General Miranda wird mit seinen Truppen und der Division Champmorin zwischen Orsmael und der Brücke von Bethanien angreifen. Er wird den Fluß auf den dortigen Brücken passiren und in eben so viel Kolonnen vorgehen. Er ist benachrichtigt, daß der Angriff von Overwinde bis Bethanien ein allgemeiner ist. Der Angriff des linken Flügels ist ganz unter seinem Befehl. Der General Champmorin muß die Brücke von Budingen*) besetzen und hier starke Kräfte verwenden, um nach Bedürfniß den Feind mit einem Flanken-Angriff von Leau her zu bedrohen."

Nach seinen Aussagen instruirte er, mit dem Befehl Dumouriez's in der Hand, seine Generale selbst, was in Bezug auf Champmorin, wie dessen Angaben beweisen, nicht richtig ist, und ordnete den Angriff an.

Die Kolonne Miaszynski brach über die Brücke von Orsmael vor; die Kolonne Ruault folgte. Ein Theil derselben dürfte auch über Gutzenhoven vorgegangen sein. Miaszynski richtete seine Anstrengungen

*) Auf der Skizze III. nicht mehr ersichtlich. Der Ort liegt nördlich Leau.

gegen Dormal und nahm dieses Dorf. — Ruault mußte sich aber zwischen Dormal und der Brücke von Orsmael, mit der Front gegen Erzherzog Karl, entwickeln, welcher mit seiner Avantgarde südlich der Chaussee stand, worauf sich ein stehendes Feuergefecht entspann.

Champmorin hat nach seinem Bericht*) den Befehl zum Angriff schriftlich erhalten, und zwar war derselbe fast wörtlich mit dem ihn betreffenden Passus aus dem Befehl von Dumouriez an Miranda gleichlautend. Er hatte denselben so aufgefaßt, daß er auf weiteren Befehl zu der Umgehung über Leau warten sollte und hatte daher die kleine Geete noch nicht überschritten. Er befand sich mit seinen Truppen in der Nähe von Heelen. Um 2½ Uhr kam Miranda selbst nach Heelen und sprach sein Erstaunen aus, daß Champmorin nicht angegriffen habe. Er befahl, 6 Bataillone bei Heelen, 6 andere bei Leau übergehen und angreifen zu lassen. Die Truppen setzten sich sofort, aber zu spät, in Bewegung, um das Gefecht zum glücklichen Ende zu führen; denn inzwischen waren die schon früher von Coburg angeordneten Gegenmaßregeln wirksam geworden. Der Herzog von Würtemberg, der am Vormittag mit dem 2. Treffen, 8 Bataillone, nach Halle geschickt worden war, setzte sich gegen Leau in Bewegung. Der General Benjowski ging mit 3 Bataillonen gegen Dormal vor, um dessen Besitz ein hartnäckiges Ringen begann. — Die Franzosen wurden durch kräftigen Angriff herausgeworfen, verstärkten sich aus den zahlreich vorrückenden Truppen der Kolonnen Ruault und Miaszynski, und zwangen die Truppen Benjowski's, aus dem Dorfe zu weichen.

Das Dorf wird von den Oesterreichern noch ein Mal genommen und wieder verloren. Benjowski ordnet außerhalb des Gewehrfeuers seine Bataillone zu einem dritten Angriff. Dieser, mit äußerster Wuth und Energie geführt, gelingt, und die aus dem Dorfe zurückweichenden Truppen reißen die längs der Chaussee stehenden Massen mit in die Flucht. Wenn es richtig ist, wie die österreichischen Berichte angeben,

*) Die mir vorliegenden Auszüge Sybel's aus den französischen Archiven enthalten den Bericht Champmorin's vollständig. Witzleben, der denselben Bericht in seinem „Coburg" benutzt hat, macht die sehr richtige Bemerkung, daß alle ohne denselben früher gelieferten Darstellungen der Schlacht, besonders in Bezug auf das Gefecht des linken französischen Flügels, werthlos sind.

daß die 3 Bataillone Benjowski's diesen dreifachen Angriff ohne Verstärkung ausführten, so muß man diesen Kampf als eine ganz hervorragende Leistung in der neueren Kriegsgeschichte betrachten. — Die Truppen von Miaszynski, unter welchen sehr viele Freiwilligen-Bataillone, warfen sich großentheils in wilder Flucht in der Richtung auf Heelen zurück.

Inzwischen hatte Erzherzog Carl mehrere Angriffe der Division Ruault abgewiesen und war dann derselben, den günstigen Moment des Zurückweichens von Miaszynski benutzend, entgegen gegangen. Es ist wohl zu merken, daß die Division Ruault ziemlich im Haken zu der ursprünglichen Schlachtlinie der Oesterreicher, parallel der Chaussee zwischen Dormal und der Chausseebrücke stand und ihnen Erzherzog Carl also dementsprechend entgegentrat. Auch hier kam es im freien Felde und an den Thalabhängen zu einem lebhaften hin- und herschwankenden Gefecht, in welchem sich die Franzosen insofern schon an und für sich im Nachtheil befanden, als sie ihre Massen noch nicht ordentlich am rechten Ufer entwickelt hatten, während ihnen die österreichische Avantgarde ganz geordnet entgegentrat. Die österreichische Artillerie fuhr mit großer Tapferkeit bis auf einige Hundert Schritt an die französischen Bataillone heran, sie durch ihr Kartätschfeuer zerschmetternd, dagegen wirkten mehrere Batterien Miranda's vom linken Ufer der kleinen Geete gleichfalls mörderisch. Diejenigen französischen Batterien und Bataillonsgeschütze aber, welche den Truppen über die Geete folgten, kamen schwer zum Aufmarsch und wurden von dem nahen Feuer der österreichischen Artillerie unbrauchbar gemacht, ehe sie recht wirken konnten. Der Kampf kam zur Entscheidung, als Benjowski mit seinen siegreichen Truppen nun seinerseits auf Dormal vorbrach und die gegen Erzherzog Carl fechtende Linie in die Flanke nahm. Zu gleicher Zeit warf ein Vorstoß des Regiments Staray und des Freikorps O'Donnel die Truppen Ruault's gegen die Geete zurück. Fast in demselben Augenblick brach ein österreichischer Reiterangriff von 6 Schwadronen gegen die linke französische Flanke los und ritt die Weichenden über den Haufen. Die Freiwilligen-Bataillone wendeten zuerst den Rücken, Alles gerieth in die Flucht, die Kanoniere verließen die Geschütze, deren eine große Anzahl in die Hände der

Oesterreicher fiel.*) Die Masse wälzte sich den Brücken zu. — Miranda war selbst gegenwärtig in diesem Getümmel. Umsonst waren die Bemühungen seines Stabes und der höheren Führer. General Guiscard, der Chef der Artillerie fällt tödtlich getroffen. Die Generale Ihler und Ruault**) werden nebst anderen höheren Offizieren verwundet, zwei Adjutanten Miranda's erschossen. Einige französische Bataillone versuchen sich in Gutzenhoven und Orsmael zu halten. Vergebens. Die über die Brücke nachdringenden Oesterreicher werfen die Franzosen unaufhaltsam über Orsmael zurück.

Während dieser Kämpfe waren nun die 6 Bataillone Champmorin's über die Brücke von Heelen vorgerückt und hatten ebenfalls die Richtung auf Dormal genommen. Etwas früher eingetroffen, hätten sie dort die Entscheidung geben, oder dem Herzog von Württemberg, der in diesem Moment auf dem Abhange zwischen Halle und Leau stand, in die linke Flanke fallen können. — Aber schon kamen ihnen die Freiwilligen-Bataillone Miaszynski's in heller Flucht entgegen. Die kaum aufmarschirten Bataillone stutzen und werden bald, vom panischen Schrecken erfaßt, in die Flucht mit fortgerissen. In wildem Durcheinander drängt Alles über die Brücke von Heelen, verfolgt von den Oesterreichern, zurück. Kaum ist Champmorin im Stande, die Brücke zerstören zu lassen. Er trifft an derselben den hierher versprengten, verwundeten General Ruault, welcher in Verzweiflung über die Feldflucht seiner Freiwilligen ist. Beide Generale beschließen, ihre Truppen bis hinter die große Geete auf Oplinter zurückzuführen, was noch an demselben Abend geschah. Ein Theil der Division Ruault ging mit Champmorin vereint dorthin zurück. Die aus Leau hervorbrechende Kavalerie Champmorin's war von einigen kaiserlichen Schwadronen zurückgejagt worden. Seine zweite Infanterie-Kolonne, 6 Bataillone hatte keinen Angriff auf die den Abhang südlich Leau besetzt haltenden Truppen des Herzogs von Württemberg gewagt, wurde vielmehr gegen Abend nach der für die Franzosen so ungünstigen Wendung des Gefechts durch einen umfassenden Angriff

---

*) Witzleben giebt 25 Stück an. Die Mittheilungen aus den K. K. Kriegsarchiven nur 16.

**) Ruault und Ihler waren nur leicht, nicht schwer verwundet. Der Erstere blieb zu Pferde.

dieser Truppen vertrieben und wich ebenfalls bis hinter die große Geete zurück.

Die bei Orsmael geschlagenen französischen Truppen waren auf die Höhe von Wommersom zurückgegangen, welche eine sehr günstige Stellung zur Verhinderung des weiteren Vordringens der Oesterreicher darbot. Miranda glaubte jedoch hier nicht halten zu können, sondern ließ den Rückzug unaufhaltsam bis Tirlemont fortsetzen. Hierselbst traf er 8 Bataillone von Miaszynski — welche von Löwen kommend, soeben eingetroffen waren, aber diese Verstärkung ließ ihn keinen anderen Entschluß fassen. Einige Bataillone wurden zur Deckung von Tirlemont etwa eine Viertelstunde östlich dieses Ortes vorgeschoben, woselbst sie ohne jeden Befehl für die Vertheidigung und den Sicherheitsdienst biwakirten. Miranda behauptet zwar, er hätte ihnen um 7 Uhr Abends den Befehl ertheilt, die Höhen von Hackendoven und Wommersom zu halten, doch ist dies ganz unerwiesen und wenig wahrscheinlich. Erzherzog Carl hatte seine Infanterie bei Orsmael gesammelt. Coburg hatte ein weiteres Nachdringen verboten und nur einzelne Schwadronen hatten bis Hackendoven verfolgt.*) — Dieser Befehl entspricht dem bedächtigen Charakter Coburg's und ist einigermaßen erklärlich, weil das Gefecht bei Neerwinden noch fortdauerte. —

Dumouriez war bei den Heerestheilen geblieben, deren Gefecht er mit Recht die größte Bedeutung beilegte. Er konnte das Gefecht der 6. und 7. Kolonne nicht übersehen, hatte aber, während der Kampf bei Neerwinden tobte, deutlich den Kanonendonner seines linken Flügels vernommen. — Er will schon um 2 Uhr bemerkt haben, daß der Kanonendonner aufhörte, welche Angabe wohl nur aus einer veränderten Windrichtung, zeitweisem Verstummen des Feuers, oder auf einer Irrung in der Zeit beruhen kann. Er schloß aus seiner Wahrnehmung, daß der linke Flügel Erfolge gehabt, nun aber sein Vorschreiten hemmte, um dem rechten Flügel Zeit zu seiner Schwenkung zu lassen. Meldungen über den Gang des Gefechts erhielt Dumouriez nicht. Sehr beschäftigt mit der Leitung des Gefechts bei Neer-

*) Mittheilungen aus dem Kriegsarchiv. Witzleben glaubt den Erzherzog an dem Unterlassen einer weiteren Verfolgung nicht schuldlos. —

winden und mit der Wiederherstellung der Ordnung nach dem Kampfe, glaubte er, auf den Erfolg des linken Flügels rechnen zu können. Gegen Abend will Dumouriez Kolonnen gesehen haben, welche vom rechten nach dem linken österreichischen Flügel marschirten, was nur kleine Abtheilungen gewesen sein können, denn eine größere derartige Bewegung hat nicht stattgefunden, jedenfalls aber wurde der Feldherr nunmehr von Unruhe über den Ausgang des Gefechts erfaßt und ritt gegen 9 Uhr mit Thouvenot, zwei Flügel-Adjutanten und 2 Reitknechten aus der Umgegend von Neerwinden, dicht an der feindlichen Linie hin, nach Laer. — Er fand dieses Dorf von den Franzosen verlassen. Die 5. Kolonne war auf Befehl ihres Führers Dampierre über die kleine Geete zurückgegangen. Von bösen Ahnungen erfaßt, ritt er nun auf dem linken Ufer der Geete in scharfer Gangart weiter und längs des Flusses auf Fußpfaden gerade auf die Brücke von Orsmael zu, woselbst er Reiter-Posten und Wachtfeuer bemerkte. Auf ganz nahe Entfernung wird er mit: Halt! Werda! angerufen und erkennt — österreichische Ulanen. Der kleine Trupp prallt zurück und nimmt auf der Chaussee im Galopp die Richtung auf Tirlemont, in jedem Augenblick erwartend, auf die Franzosen zu stoßen. Aber eine Viertelmeile nach der anderen wird zurückgelegt, und die unheimliche Stille ist nicht unterbrochen. Das Korps Miranda scheint vom Erdboden verschwunden zu sein. Endlich entdeckt man, schon nahe vor Tirlemont, eine dunkle Masse, und als der Feldherr mit seiner Begleitung näher reitet, sieht er rechts und links der Straße und in den Gräben derselben einige Bataillone französischer Infanterie bei ihren zusammengesetzten Gewehren liegen. — Stumpf, und ohne die geringste Sicherheitsmaßregel zu nehmen, ruhten Offiziere und Mannschaften nebeneinander auf dem Boden. Er fragt, ruft nach den Befehlshabern und erfährt, daß dies die so eben von Löwen angekommenen Bataillone Miaszynski's sind. Er befiehlt einem seiner Adjutanten, Sicherheits-Maßregeln anzuordnen, und reitet nach Tirlemont hinein. Die Stadt ist angefüllt mit Soldaten, Bagage, Geschützen. Endlich findet er das Quartier Miranda's. Derselbe ist mit der Abfassung von Briefen an seine Freunde beschäftigt. Der verwundete Valence ist gleichfalls zur Stelle. Er hatte sich vergeblich bemüht, Miranda zu bewegen, wieder vorzugehen. Dumouriez machte Miranda keinen Vorwurf, ging auch nicht auf Erklärungen und Erörterungen ein, sondern beschränkte sich darauf, ihm in sehr ernstem Tone zu befehlen, sofort seine Truppen wieder unter das Gewehr treten zu lassen und die Anhöhen von Wommersom und Neerhespen zu besetzen. Diese Aufgabe war für die geschlagenen und gesprengten Truppen eine ausnehmend schwierige.*)

Die schriftlichen Befehle wurden sofort erlassen, aber nur sehr mangelhaft ausgeführt, so daß die meisten Truppentheile erst gegen Morgen an der östlichen Umfassung von Tirlemont Aufstellung nahmen.**)

Während der Nacht befanden sich die Heerestheile thatsächlich: Die Divisionen Champmorin und Ruault bei Oplinter, die übrigen Truppen Miranda's, Divisionen Ihler und Miaszynski, westlich Tirlemont. Die Division Dampierre bei Elissem, auf dem linken Ufer der kleinen Geete. Die übrigen Truppen der Mitte und des rechten Flügels zwischen Racour und Laer, auf dem rechten Ufer der kleinen Geete.

Dumouriez war sich über seine Lage klar. — Die Schlacht war durch die Niederlage des linken Flügels verloren. Es galt nur noch, für die Mitte und den rechten Flügel einen geordneten Rückzug zu ermöglichen.

Zu diesem Behufe erschien es ihm durchaus nöthig, die Truppen Miranda's wieder bis zu den Höhen von Wommersom vorzuführen, um ein Einschwenken der Oesterreicher gegen die Mitte und den rechten Flügel zu verhindern.

---

*) Die an die Truppenführer hierauf erlassenen Befehle Miranda's liegen mir vor, der an Miaszynski ertheilte Befehl lautet:

Tirlemont à $11^1/_2$ heures du soir. 18 Mars 1793.

Il est ordonné au général Miaszynski sous sa responsabilité, que du moment ou les troupes auront pris deux heures de repos, de leur faire prendre la position, qu'elles occupaient ce matin entre Hackenhoven et Wommersom, la cavalerie en avant.

sig. Le général Miranda.

**) Miranda behauptet, sie hätten schon um 4 Uhr Morgens die Höhe von Wommersom besetzt, was weder mit den Angaben Dumouriez's noch mit denen der Oesterreicher zusammenstimmt.

Dumouriez verbrachte die Nacht in Tirlemont, mit dem Empfang von Meldungen und dem Erlaß von Befehlen beschäftigt.*)

Der General Dampierre wurde angewiesen, mit seiner Division eine Linksschwenkung auszuführen und eine die Straße Saint Tron—Tirlemont flankirende Stellung zu nehmen, um ein Vorgehen der Oesterreicher auf dieser oder gegen die französische Mitte möglichst zu hindern. Die Mitte und der linke Flügel erhielten den Befehl, mit Tagesanbruch abzuziehen und die vor der Schlacht innegehabte Stellung wieder einzunehmen.

Am frühen Morgen saß er mit seinen in Tirlemont anwesenden Begleitern wieder auf, um sich zu überzeugen, ob die in der Nacht erlassenen Befehle für das Korps Miranda ausgeführt seien. Er fand die Truppen noch meist dicht an dem östlichen Rande von Tirlemont (Divisionen Ihler und Miaszynski). Die Truppentheile wurden in Gefechtsformation rechts und links der Straße geordnet, aber erst gegen 10 Uhr Morgens gelang es, den Vormarsch anzutreten. Inzwischen war der Feind den Franzosen in der Besetzung der Höhen von Wommersom zuvorgekommen. General Benjowski war mit 10 Bataillonen und 11 Eskadrons von Coburg mit der Verfolgung beauftragt und bis dahin vorgerückt. Er empfing daher die anrückenden Franzosen mit einem heftigen, durch den in den österreichischen Berichten mehrfach erwähnten Oberstlieutenant Smola geleiteten Artilleriefeuer, welches von den Franzosen von der Höhe von Hackenhoven erwiedert wurde. Die französische Infanterie, die gestern angekommenen Bataillone Miaszynski's voran, sollte nun zum Angriff vorgehen, aber nachdem dieselben in dem heftigsten Artilleriefeuer eine kurze Strecke vorgegangen waren, machten sie Halt, und keine Ermahnungen, keine Drohungen konnten sie bewegen, den Vormarsch fortzusetzen. Die österreichische Artillerie sandte auf nahe Entfernungen fortwährend den Tod in ihre Reihen. Dumouriez selbst, vor die Front der Infanterie reitend, stellte der Mannschaft vor, daß es viel gefährlicher sei, hier zu halten, als einen Anlauf zu machen. Vergebens. — Stumpf

*) Unter anderen gingen Meldungen ein von Champmorin und Ruault, vom Abend 11 Uhr, welche bittere Klagen über das Betragen der Freiwilligen führten: Le plus grand nombre des fédérés ou des volontaires nous a lâchement abandonné quellqu' effort que nous ayons fait pour les rallier.

und gleichgültig hören die Soldaten die Worte des Feldherrn. Weder diese, noch sein glänzendes Beispiel vermögen sie vorwärts zu treiben. Eine Vollkugel streckt Dumouriez's Pferd nieder. Er erhebt sich ganz von Erde bedeckt, besteigt ein anderes Pferd und macht neue Versuche bei anderen Bataillonen. Endlich sieht er sich genöthigt, den Befehl zum Rückzuge auf die Höhen von Hackenhoven zu erlassen. Auch Dampierre, der seinen Auftrag nach Dumouriez's Zeugniß mit großer Umsicht ausführte, wich ganz allmälig auf diese Stellung zurück. Inzwischen hatten die Mitte und der linke französische Flügel unter der Führung des jungen Herzogs von Chartres, der an diesem Tage eine außerordentliche Umsicht und Kaltblütigkeit bewies, den Rückzug, Angesichts der Oesterreicher und vollständig ungestört durch dieselben, in guter Ordnung begonnen. Thouvenot war nach Goidsenhoven geritten und wies den Kolonnen ihre Plätze an, so daß die Armee am Abend vollständig geordnet in der Linie Hackenhoven-Goidsenhoven im Lager stand. — Es war indeß ganz augenscheinlich, daß eine Wiederaufnahme der Schlacht nur zu einer großen Niederlage geführt hätte. Abgesehen von den Verlusten in der Schlacht selbst, waren bereits an 6000 Freiwillige fahnenflüchtig. Kompagnie-, Bataillonsweise waren sie auf dem Wege nach Frankreich, um, wie sie sagten, ihr Land zu vertheidigen. Die Leistungsfähigkeit der Truppen beruhte zu dieser Zeit mehr als je auf dem guten Willen der Soldaten, da die Disciplin und die Strenge der Militairgesetze derart nachgelassen hatten. Dumouriez beurtheilte die Lage jedenfalls richtig, als er in der Nacht vom 19. zum 20. mit seiner Armee durch Tirlemont bis auf die Höhen von Kumptich zurückging. Daß ihm dieser Entschluß schwerer wurde, als jedem anderen Feldherrn, geht aus seiner Stellung dem Convent und den Jacobinern gegenüber hervor. Seine Hoffnungen, der Retter seines Landes vor sich selbst zu werden, hatten einen gewaltigen Stoß erhalten. Nur ein siegreicher Feldherr konnte den Parisern furchtbar werden. —

Die Schlacht bei Neerwinden war für die französische Armee kein Waterloo, aber es war Dumouriez's Waterloo.

Die Verluste in dieser Schlacht werden sehr verschieden angegeben. Nach den von uns angestellten Vergleichen ergiebt sich, daß die Franzosen unmittelbar durch die Schlacht fast 4000 Todte und

Verwundete, 200 Gefangene*) und 30 Geschütze verloren hatten. Auf Miranda's Korps entfallen allein 2000 Todte und Verwundete. Der Verlust der Oesterreicher betrug 97 Offiziere, 2762 Mann und 779 Pferde.

---

10. Kapitel.

Betrachtungen über die Schlacht.

Wie die Organisation der französischen Armee und ihre Kriegführung 1792 und Anfang 1793 noch auf einer Mischung von alten und neuen Grundsätzen und Manieren beruhte, so auch die Schlacht bei Neerwinden. — Die österreichische Armee gliedert sich in Treffen, Avantgarde, Hauptheil (Gros) und Reserve, ohne jedoch eine Reserve im heutigen Sinne zu besitzen. Dieselbe wird vielmehr in unvollkommener Weise durch das 2. Treffen vertreten. —

Die Franzosen gliedern sich nach dem Terrain in einzelnen Kolonnen, was absolut nothwendig war, um den Fluß auf den verschiedenen Uebergangspunkten zu passiren. Eine allgemeine Reserve aber fehlte auch hier gänzlich. Die Avantgarde ist als eine rechte Flügelkolonne formirt. — Ist somit die Gliederung der Armeen der alten Taktik gemäß, so ist die Kampfweise modern. In Folge des bei der französischen Infanterie eingebürgerten zerstreuten Gefechts, welches von den leichten Truppen der Oesterreicher aufgenommen wird, gewinnt das Dorfgefecht in dieser Schlacht eine große Wichtigkeit. — Von dem geregelten Treffengefecht des siebenjährigen Krieges ist auf beiden Seiten wenig, auf Seite der Franzosen durch die Ausdehnung ihrer Front und durch die Theilung in 8 große Kolonnen, deren jede mehr oder weniger selbstständig handeln muß, gar nichts zu bemerken. Die directe Einwirkung des Feldherrn ist abgeschwächt. —

*) Die Mittheilungen aus dem K. K. Kriegsarchiv geben 1000 Gefangene an, wobei wahrscheinlich die am nächsten Tage gemachten mitgerechnet sind. Jedenfalls wurden nicht viele Gefangene gemacht.

Das Werkzeug, um diese zu ersetzen, ein gut organisirter Stab und dem entsprechend streng geregeltes Meldungswesen noch nicht in dem Maße vorhanden, wie dies bei solcher Taktik nöthig, was auf Seite der Franzosen zu ihrem großen Nachtheil stark hervortritt. — In der Verwendung der Artillerie bemerkt man auf Seite der Oesterreicher auf dem rechten Flügel das Bestreben, die Batterien zu Massen, wenn auch in kleineren Verhältnissen, zusammenzufassen und mit denselben nahe an den Feind heranzugehen. Die Kavalerie tritt ein Mal in einer Masse von circa 20 Schwadronen, sonst in Brigaden und Regimentern im Gefecht auf und greift in passenden Momenten in dasselbe ein. — Von einer Aufstellung und Verwendung größerer Massen auf den Flügeln wie im siebenjährigen Kriege ist nicht die Rede.*)

Was nun die Anlage der Schlacht und die Führung anbelangen, so habe ich schon auseinandergesetzt, was Dumouriez beabsichtigte, und daß ohne Zweifel der strategisch günstigste Punkt mit dem Angriff auf den linken Flügel der Oesterreicher getroffen war. Um aber den taktischen Erfolg zu erringen, galt es, den linken österreichischen Flügel mit überlegenen Kräften und unter günstigen Terrainverhältnissen anzugreifen, den rechten Flügel und die Mitte aber zu beschäftigen. Die erstere Bedingung erfüllte Dumouriez, denn er richtete an 30,000 Mann gegen den linken österreichischen Flügel, aber um mit Sicherheit diesen zu umfassen und somit den Frontangriff auf die Höhen von Neerwinden und Overwinden zu vermeiden, mußte der rechte französische Flügel weiter ausholen. Allerdings hatte Dumouriez die Kolonne I. derartig dirigirt, und ihr Führer nur aus Ungeschicklichkeit seine Aufgabe verfehlt, aber die Umfassung dieser einen Kolonne bot noch keine große Wahrscheinlichkeit des Erfolges dar. Es mußte eine größere Rechtsschiebung der französischen Armee vor dem Angriff stattfinden. Da dieselbe aber schon so nahe den Oesterreichern gegenüber stand, so war diese Rechtsschiebung unbemerkt nur noch unter dem Schutze der Dunkelheit denkbar, und nach sorgfältiger Recognoscirung des Geländes und der Wege in den frühen Morgenstunden des 18. März wohl ausführbar. Wenn der Abmarsch derartig ausgeführt wurde, daß der rechte Flügel der Armee

*) Vergleiche meine Betrachtungen in der „Entwickelung der Taktik" 2. Theil, Band II. Abschnitt Reiterei.

um 4 Uhr Morgens von Goidsenhoven aufbrach, die Armee in allgemeiner Rechtsschiebung unter dem Schutze der an der kleinen Geete stehen gelassenen Vorposten zweckmäßig gegliedert folgte, so konnte die 1. und 2. Kolonne zwischen 7 und 8 Uhr Morgens bei Pellaines und Linsmeau mit der Richtung auf das Hünengrab von Waesmont die kleine Geete überschreiten, während die anderen Kolonnen bis zu Nr. 5 bei Hamptiau und Over-Helissem übergingen. Durch diese Angriffsrichtung würde eine wahrhafte Umfassung des linken kaiserlichen Flügels erreicht worden sein. Miranda, der die Division Champmorin durch Tirlemont an sich gezogen haben würde, hätte einen Angriff in der Richtung auf Elissem führen können, bei welchem er vorläufig die Geete nicht zu überschreiten brauchte. — Ob diese Bewegung entdeckt und Gegenmaßregeln vom Feinde getroffen worden wären, hing freilich von den Umständen ab, jedenfalls waren Uebergang und Angriff bei Pellaines und Linsmeau nach der Gestaltung des Geländes leichter, als bei Over- und Neerwinden. — Außerdem würde die Ausdehnung der französischen Schlachtlinie statt circa 26,000 Schritt nur circa 10,000 betragen haben.

Statt also einen ähnlichen Angriff, wie den hier angedeuteten, auf den linken, oder wenn man dies der Verbindung mit den Truppen in Holland wegen vortheilhafter erachtete, auf den rechten österreichischen Flügel zu richten, wurden die Kolonnen mehr oder weniger in der Front gegen den in starker Stellung stehenden Feind geführt und verbluteten sich in hartnäckigen Kämpfen. — Auch die große Ausdehnung der Truppen Miranda's bis Leau und darüber hinaus, muß man als fehlerhaft bezeichnen. Dagegen kann man nur wieder mit Bewunderung auf das persönliche Eingreifen von Dumouriez bei Neerwinden blicken. Aeußerste persönliche Tapferkeit, Umsicht, Herrschaft über die Truppen vereinigten sich dort in seiner Thätigkeit. Nur ihm war es zu danken, daß die Truppen sich wieder sammelten und den besetzten Dörfern gegenüber mit Zähigkeit ausharrten, bereit die Schlacht am nächsten Morgen zu erneuern. — Der verhängnißvollen Fehler der Generale Lamarche und Neuilly in der Führung der Kolonnen ist schon gedacht.

Was nun den Kampf des linken Flügels betrifft, so schuldigt Dumouriez den General Miranda auf das Härteste an und giebt nicht undeutlich zu verstehen, daß er an bösen Willen glaube, weil er, nachdem sein Angriff abgewiesen, das Schlachtfeld geräumt und sich bis hinter Tirlemont mit dem Gros seiner Truppen zurückgezogen habe. Miranda selbst vertheidigt sich dagegen, indem er Dumouriez dafür verantwortlich macht, seine angeblich schwächeren Truppen derartig gegen den Feind vorgeschickt zu haben. Er macht eine glänzende Schilderung von den Thaten seines Armee-Korps und behauptet, daß die Soldaten sich durchgängig gut geschlagen und sich nach der Niederlage gut geführt hätten,*) womit er sich in vollem Widerspruch mit den Aussagen Dumouriez's, aber auch Champmorin's und Ruault's befindet. Noch mehr! Er setzt sich in Widerspruch mit seiner eigenen Handlungsweise. Hatten sich diese Soldaten so musterhaft betragen, weshalb ordnete er dann den Rückzug bis hinter Tirlemont an? Aus dem Urtheil Miranda's über seine Soldaten kann man nur das Bestreben erblicken, den Jacobinern in Paris möglichst zu schmeicheln, denn diesen war jede Lobeserhebung der Soldaten und jeder Angriff auf die Führer willkommen. Aber auch mit geschlagenen Truppen mußte es ihm möglich sein, eine Stellung bei Wommersom oder Hackenhoven zu nehmen. Das Zurückgehen hinter Tirlemont gab, falls der rechte Flügel der Kaiserlichen nach dem Kampfe unternehmender gewesen wäre, die Mitte und den französischen rechten Flügel einfach der größten Niederlage ohne alle Rettung Preis. Wäre er mit dem Aufwande von Energie eingetreten, wie Dumouriez bei Neerwinden, so scheint es zweifellos, daß er die Truppen, die nur von einzelnen Reitertrupps über Wommersom hinaus verfolgt wurden, zum mindesten bei Hackenhoven sämmtlich zum Stehen gebracht hätte.

Thatsächlich ist keine Meldung von diesem ganzen wichtigen Ereigniß an Dumouriez gelangt. Es ist nie aufgeklärt, ob überhaupt Miranda einen Adjutanten abgeschickt, oder ob dieser verhindert wurde, seinen Auftrag zu erfüllen. Jedenfalls ist die Absendung einer solchen Meldung nicht genügend, und ist Miranda auch hierin nicht frei zu sprechen. Man kann sich dem Eindruck nicht verschließen, als ob der Peruaner zwar die Befehle Dumouriez's für den Angriff pünktlich ausgeführt, in seiner Handlungsweise aber eine gewisse Lauheit

*) Seine Rede an der Barre des Convents am 29. März 1793.

gezeigt hätte, die aus seinem Mißtrauen in Dumouriez's politische Absichten erklärlich ist. Daß dieses Mißtrauen vorhanden war, zeigt sich in seiner Correspondance mit Petion vom 13. und 21. März, in welcher er seine Ueberzeugung, daß Dumouriez die Armee mit Willen in eine ungünstige Lage brachte, deutlich genug ausspricht.*)

Das würdevolle Betragen Dumouriez's in Tirlemont, die schnelle Erkenntniß dessen, was zu thun war, die Entschiedenheit seiner Befehle während der Nacht und seine Haltung vor den Truppen am nächsten Tage sind eines großen Kriegers würdig.

Die Aufstellung Coburg's war sehr passend gewählt, um einen über die kleine Geete gehenden Gegner anzufallen und wieder die Höhen hinunterzuwerfen. Sie erfüllte auch, wie man gesehen hat, vollständig diesen Zweck. Eine Besetzung der Uebergänge der Geete hätte zu einer Verzettelung der Streitkräfte geführt, welche dann überall nur schwachen Widerstand hätten leisten können. Daß Coburg dem Erzherzog Carl die Einstellung der Verfolgung auf dem rechten Flügel befahl — und daß er nicht versuchte noch am Abend die aus Neerwinden gedrängten Kolonnen in die Geete zu werfen, muß man als ein fehlerhaftes Verhalten bezeichnen, bei Weitem schlimmer aber noch war es, daß der Abzug des französischen Centrums und des rechten Flügels am nächsten Morgen nicht gestört wurde. Es beweist dies, daß die feste Haltung der Franzosen auf diesem Flügel bei den Oesterreichern keineswegs das Gefühl eines unbedingten Sieges hatte aufkommen lassen. —

Vergleichen wir schließlich diese Schlacht hinsichtlich ihrer Verluste mit den Kämpfen der letzten Kriege, so finden wir, daß dieselbe an einzelnen Punkten zwar einen sehr blutigen Charakter trägt, jedoch im Allgemeinen weniger blutig ist, als mehrere der Schlachten der ersten Periode des deutsch-französischen Krieges von 1870/71, und auch die Verluste der österreichischen Truppen 1866, sowie der Russen vor Plewna sind zum Theil viel beträchtlicher. Jomini hat Dumouriez getadelt, daß er nicht, von Holland zurückgekehrt, alle seine Streit-

*) Witzleben weist schon auf das Thörichte dieser Behauptung hin. In diesem Prozeß zwischen Dumouriez und Miranda hat zuerst Jomini gegen den ersteren Partei genommen, und viele ältere deutsche Schriftsteller sind ohne sorgfältige Prüfung gefolgt.

kräfte in Belgien bei Löwen zur Entscheidung versammelte; er hätte durch Heranziehen von d'Harville wohl 65—70,000 Mann vereinigen können. Dies erscheint nicht ganz unbegründet. Denselben Vorwurf kann man gegen Coburg richten, welcher auch sehr viele Entsendungen gemacht hatte. Man glaubte eben in jener Zeit nicht ohne diese auskommen zu können. Die kühne Strategie, einen Nebenpunkt einmal Preis zu geben, um auf dem Hauptpunkt desto stärker zu sein, war zu lange vernachlässigt worden, um auch von einem so thätigen unternehmenden Feldherrn, wie Dumouriez war, sogleich wieder gefunden zu werden. — Nur Genies ersten Ranges — und auch diese nicht immer — vermögen im Anfange ihrer Laufbahn sofort das Richtige zu treffen. Eine weitere Ausbildung durch die Praxis der Schlachtenlenkung aber wurde Dumouriez abgeschnitten.

---

11. Kapitel.

Die Rückzugsgefechte bei Löwen. Erste Unterhandlungen mit den Oesterreichern. Brüssel geräumt.

Der Lorbeerkranz von Jemmapes war entblättert, aber Dumouriez war vorläufig noch entschlossen, dem Feinde durch kräftigen Widerstand zu zeigen, daß die Schlagfähigkeit der Armee nicht gebrochen sei. Er räumte am 20. die Stellung von Kumptich und besetzte die von Bautersem. Die Division Neuilly wurde nach rechts entsendet, um Brüssel gegen Süden zu decken und am Walde von Soignes Widerstand zu leisten. d'Harville erhielt Befehl, 2000 Mann in die Citadelle von Namur zu werfen und sich mit dem Rest seiner Division marschbereit zu machen. Der General Ruault wurde nach Antwerpen geschickt, um das Kommando über die dortigen Truppen zu übernehmen, welche mit der von Diest dorthin zurückgeschickten Division Lamarlière an 20,000 Mann betrugen. Jomini tadelt hier abermals, daß Dumouriez nicht Alles zusammengehalten und an der

Velpe entschiedenen Widerstand geleistet hätte. Aber war hier ein glücklicher Ausgang wahrscheinlich und war vorauszusetzen, daß das preußische Korps in Holland gar keine Einwirkung ausüben würde?

Da aber am 20. schon Diest, welches mit Feldbefestigungen versehen und durch eine Entsendungsabtheilung der Division Champmorin besetzt war, von einem kleinen kaiserlichen Korps genommen wurde, zog sich Dumouriez in eine Stellung vor Löwen zurück. Die Division Champmorin besetzte Pellenberg; links davon stand Miaszynski, Leveneur stand mit dem Centrum auf der Höhe von Corbeck bei und in dem Walde von Merdal und dem Dorfe Bierbeeck; der General Neuilly in dem östlichen Theil des Waldes von Soigne, außerhalb des taktischen Bereichs.

Coburg, welcher vergeblich den mit seinem Korps bei Herzogenbusch in Holland eingetroffenen Herzog Friedrich von Braunschweig zur Mitwirkung aufgefordert hatte, die dieser, sei es durch einen Marsch auf Mecheln, sei es, indem er Anschluß an die kaiserliche Armee in der Richtung auf Diest suchte, sehr wohl gewähren konnte, war am 22. vorwärts marschirt und griff die Franzosen in drei Kolonnen an.*) Benjowski ging gegen Pellenberg, Coburg selbst gegen Bierbeeck, Clairfait gegen den Wald von Merdal vor. Das Gefecht dauerte den ganzen Tag. Die französische Infanterie und Artillerie empfing die Kaiserlichen mit wirksamstem Feuer auf die nächsten Entfernungen; das alte Regiment d'Auvergne schlug sich muthvoll in Bierbeeck gegen die ungarischen Grenadiere, welches Dorf erst spät am Tage von den Oesterreichern genommen wurde. Der Wald von Merdal, durch die umfassende 3. Kolonne unhaltbar gemacht, wurde geräumt, und wichen die dort stehenden Abtheilungen auf die Höhe von Corbeck zurück. Champmorin aber leistete bei Pellenberg den hartnäckigsten Widerstand und schlug alle Angriffe ab.

Miranda, welcher auch in dem Gefecht gegenwärtig war, da seine

*) Ueber die Correspondance zwischen Coburg und Braunschweig siehe Witzleben: Leben Coburg's. Diese Haltung des Herzog Friedrich von Braunschweig bildet ein trauriges Blatt in der preußischen Kriegsgeschichte. Auch der erste Theil des Feldzuges von 1793 bei der preußischen Hauptarmee konnte nur dazu dienen, Offiziere und Soldaten an Thatenlosigkeit zu gewöhnen. Erst die Schlacht bei Pirmasens brachte wieder ein wenig Leben in die Sache.

Divisionen kämpften, mißt sich einen bedeutenden Antheil an diesem ruhmvollen Widerstande bei. — Das französische Hauptquartier blieb in Löwen.

Noch vor dem Gefecht hatte Dumouriez sich mit seiner Stellung zum Convent beschäftigen müssen. Danton und Lacroix waren auf die Nachricht von der Niederlage von Neerwinden, welche in Paris natürlich einen großen Sturm erregt hatte, zur Armee gesendet worden. Danton kam in der Absicht hin, den Zwist Dumouriez's mit dem Convent möglichst beizulegen, wobei er den Hintergedanken hatte, den General für eine politische Action zu seinem Vortheil zu benutzen. Aber die Unterhandlungen zerschlugen sich an den belgischen Angelegenheiten, an denen Danton zu entschieden Partei für die gewaltsame Eroberungspolitik des Convents genommen hatte. Dumouriez konnte nur dahin gebracht werden, ein kurzes Schreiben an den Convent zu richten, in welchem er diesen ersuchte, seinen Brief vom 12. vorläufig nicht in Berathung zu ziehen. Hiermit eilte Danton, der sich damals wirklich mit der Gironde in's Einvernehmen über eine Action gegen die Ultrademokraten gesetzt hatte, nach Paris zurück.*)

Dumouriez aber sah sich schroff vor seinen Untergang gestellt. Nimmermehr konnte seine Aussöhnung mit dem Convent nach der Niederlage von Neerwinden vollständig und aufrichtig werden. Dem standen sowohl die in Belgien im März erlassenen Verfügungen, als auch sein tiefinnerstes Gefühl, das Mißtrauen und der Haß seiner Feinde entgegen. Seine eigene Vertheidigung drängte ihn außerdem, ähnlich wie Wallenstein, zu entschiedenen Schritten. Es blieb ihm nur zweierlei, um dem Blutgerüst zu entgehen; entweder die Armee, wie Lafayette, zu verlassen, oder an ihrer Spitze der augenblicklich in Frankreich anerkannten Gewalt entgegenzutreten, sich gegen dieselbe zu empören. —

Er entschloß sich noch am 22. zu den vorbereitenden Schritten, vielleicht, daß ihm der Moment jenes ruhmvollen Rückzugsgefechts von Pellenberg besonders passend erschien. Er entsendete den Obersten Montjoye in das österreichische Hauptquartier, unter dem bei solchen Gelegenheiten immer passenden Vorwande des Austausches von Ge-

*) Dieses Einvernehmen ging bald wieder auseinander, wie auch unten an gelegener Stelle erwähnt ist.

fangenen und der Behandlung von Verwundeten. Bald knüpfte sich an diesen Gegenstand eine andere Auseinandersetzung, in welcher Oberst Mack und Montjoye, unter Zustimmung Coburg's, übereinkamen, daß die Franzosen sich auf Brüssel langsam zurückziehen, diese Hauptstadt räumen und nicht übermäßig gedrängt werden sollten, daß andererseits Dumouriez von jeder größeren Kriegshandlung seinerseits absehen, und daß man die Unterhandlungen später fortsetzen wolle. —

Montjoye hatte genug gesagt, um im österreichischen Hauptquartier erkennen zu lassen, in welchem Gegensatz Dumouriez zum Convent stand, und war man daher auf weitere Eröffnungen gefaßt, wenn man auch in Erinnerung an die Vorgänge in der Champagne zur Vorsicht entschlossen war. —

Am nächsten Tage erneuten die kaiserlichen Generale das Gefecht bei Pellenberg, da sie über die abgeschlossene Uebereinkunft noch nicht unterrichtet waren. Der Widerstand war äußerst hartnäckig. Die Avantgarde unter Lamarche, welche zwischen Champmorin und Leveneur focht, trat jedoch, nach Dumouriez's Aussage ohne Noth, den Rückzug an, welchem Leveneur folgen mußte, und nun erst wich Champmorin, welchem Dumouriez hohes Lob spendet, über die Dyle zurück. Die Oesterreicher verloren in diesen zweitägigen Gefechten 43 Offiziere, 1212 Mann und geben den Verlust der Franzosen auf 4000 Mann an.

---

12. Kapitel.

Die Räumung Brüssel's. Entscheidende Unterhandlung.

Die vorläufig mündlich abgeschlossene Convention bahnte nicht nur die politische Action Dumouriez's an, sie war auch dringend nothwendig geworden durch den Zustand der Armee. Von höchst mittelmäßigen Divisions- und Brigadegeneralen geführt, mehrfach hintereinander geschlagen, verlor der größte Theil des französischen Heeres alles Selbstvertrauen und zu zehntausenden bedeckten die Nationaltruppen aufgelöst die Landstraßen, der französischen Grenze zueilend, und sich auf dem Wege groben Ausschweifungen überlassend.

Die verschiedenen Strömungen, denen dies Heer ausgesetzt gewesen war, hatten auch unter den an und für sich mittelmäßigen Generalen Muthlosigkeit und üble Stimmung verbreitet, so daß es des strengen Einschreitens auch gegen diese bedurfte, um die Ordnung auf dem weiteren Rückzuge aufrecht zu erhalten. So werden in dem Tagesbefehl vom 24. März die Generale angewiesen, auf den Märschen zur Erhaltung der Ordnung bei ihren Truppen zu bleiben.

Man kann Dumouriez hierbei nicht von aller Schuld freisprechen. Er hatte sich zu unvorsichtig geäußert und daher den Alarmruf in das Lager geworfen. Miranda's Briefwechsel mit Petion giebt davon Zeugniß, wessen er sich zu versehen hatte. In dem schon einmal erwähnten Briefe an Petion vom 23. März spricht sich Miranda dahin aus, daß eine Verschwörung gegen die theure Freiheit (notre chère liberté) bestehe und fordert Petion auf, bei der Armee zu erscheinen, um mit ihm mündliche Abrede zu nehmen. —

Nach dem am 23. bewerkstelligten Rückzug aus Löwen bildete Dumouriez eine starke nur aus Linientruppen bestehende Nachhut von 15,000 Mann, welche den Rückzug der aufgelösten Massen beschützen sollte.

Dumouriez verblieb selbst bei dieser Nachhut. Der Dienst wurde vom Hauptquartier aus ganz regelmäßig besorgt, wie die mir vorliegenden Marschbefehle beweisen, und besonders Sorge getragen, daß zum wenigsten Brüssel und die zu passirenden größeren Ortschaften von Ausschreitungen und Plünderungen verschont blieben, was auch durchgeführt wurde und in der That, in Betracht der Zusammensetzung dieser Armee, dem Feldherrn zum unvergänglichen Lobe gereicht. Thaten beweisen. Wohin Dumouriez kam, zeigte er dasselbe Gerechtigkeits-, dasselbe Menschlichkeitsgefühl — er theilte es seinen Truppen mit, so weit es ihm möglich war, er war weit entfernt von jenem unbilligen Thun, welches 15 Jahre später so viele jener Generale, die damals in bescheidenen Stellungen als Hauptleute und Majors unter ihm dienten, in Deutschland so verhaßt gemacht hat. Und diesem Manne hat man edles Gefühl überhaupt absprechen und ihn in die Klasse niedriger politischer Intriguanten stellen wollen.

Es war am 25. März Morgens, als die französische Nachhut mit klingendem Spiel Brüssel passirte unter der schlecht verhehlten Freude der meisten Einwohner. Als jedoch der Stab Dumouriez's und er selbst erschienen und langsam die Stadt durchritten, begegnete er nur Zeichen der Sympathie und Achtung. Die Belgier hatten zwischen ihm und den Sendlingen des Convents unterscheiden gelernt. —

Um 1 Uhr Mittags zog Coburg in Brüssel ein, an seiner Seite der zum Statthalter von Belgien ernannte Erzherzog Karl, und wurde mit Jubelrufen empfangen.

An demselben Tage befahl Dumouriez auf den Bericht d'Harville's, daß er die Citadelle von Namur nicht verproviantiren könne, die Räumung derselben und ließ das Korps d'Harville nach Givet in Marsch setzen, um Hohenlohe und Beaulieu das Eindringen in das französische Gebiet auf dieser Seite zu verwehren. General Neuilly mit seiner Division wurde auf Mons dirigirt, um daselbst Stand zu halten, das Gros der Armee sollte auf Tournay zurückgehen, die bei Antwerpen versammelten Truppen aber die Richtung auf Courtray nehmen und daselbst Halt machen. Die Citadelle von Antwerpen sollte von einer ausreichenden Garnison besetzt bleiben. General Deflers hielt noch in Holland Breda und Gertruidenberg und konnte dort vorläufig Kräfte der Verbündeten fesseln. —

In der Linie Courtray, Tournay, Mons hoffte Dumouriez die Armee zu sammeln, um wenigstens für den Moment eine achtunggebietende Stellung den Oesterreichern gegenüber einnehmen zu können. Gestützt auf dieselbe, wollte er sodann die Verhandlungen weiter fortsetzen. Am 26. war das Hauptquartier in Enghien, am 27. in Ath.

Schon in Brüssel hatten die Commissare des Convents am 21. März, ob auf den Antrag Dumouriez's, ob aus eigenem Antrieb ist nicht festgestellt, den Beschluß gefaßt, Miranda vor die Barre des Convents zu fordern.*) Das bezügliche Decret wurde Miranda am 25. in seinem

*) Dumouriez irrt sich in seinen Memoiren, wenn er angiebt, das Decret sei von dem Convent selbst erlassen worden. Auch war nicht der 27., sondern der 25. der Tag von Miranda's Verhaftung. Alle Papiere Dumouriez's sind den Jacobinern später in die Hände gefallen, daher manche Ungenauigkeiten der Data's in seinen Memoiren zu erklären sind.

Quartier zu Bouvignies ausgehändigt, und derselbe reiste sogleich nach Paris ab, wo er am 29. März die schon erwähnte Vertheidigungsrede vor dem Convent hielt. Später wurde er vor das Revolutions-Tribunal gestellt, aber von demselben freigesprochen, wozu nicht unbedeutend die Erhebung Dumouriez's gegen den Convent zu seinen Gunsten mitwirkte. Hiermit endete das persönliche Verhältniß Dumouriez's zu Miranda, welcher letztere auch von der politischen Bühne verschwand. —

In Ath traf am 27. der Oberst Mack*) ein, um gemäß der früheren Verabredung die Unterhandlungen weiter zu führen. Er wurde in Dumouriez's Quartier geführt, woselbst er die Generale Valence, Thouvenot, den Herzog von Chartres, den Obersten Montjoye und eine Anzahl anderer Offiziere um den Feldherrn versammelt fand. Dumouriez, erzählt Mack, empfing mich sehr höflich, aber mit vieler militärischer Würde. Man ging zu Tische, und Mack mußte neben Dumouriez Platz nehmen. Der Champagner erheiterte die Stimmung, die Franzosen wurden sehr redselig, sprachen über die Gefechte und schätzten die Stärke der Oesterreicher, auf welche Aeußerungen Mack nur mit Lächeln und ausweichenden Antworten erwiedern konnte. Dumouriez sprach wenig, machte aber dann eine sehr richtige Schätzung der Oesterreicher bei Neerwinden. Bald darauf trank er auf die Gesundheit Seiner Majestät des Kaisers, des Erzherzogs Carl und des Prinzen Coburg, und zwar, indem er diesen Toast in deutscher Sprache dem Obersten Mack in's Ohr sagte.

Auch brachte er auf dieselbe Weise die Gesundheit Louis XVII. aus, und Mack that ihm mit den Worten Bescheid: Ja, Herr General, und auf die Ihrige!**)

Dumouriez hob nun die Tafel auf und verfügte sich mit Mack, den Generalen Valence, Herzog von Chartres, Thouvenot und dem

---

*) In einem im Jahrgang 1865 in der Streffleur'schen Zeitung veröffentlichten Manuscript Mack's giebt dieser den 25. an, was ich nach den Bewegungen der Armee für unwahrscheinlich halte. Im Uebrigen habe ich die interessante Erzählung Mack's ebenfalls benutzt, wenn auch dieselbe, wie Mack in einem sehr sonderbar geschriebenen, an das „liebe Publikum" und sogar an die Damen gerichteten Eingangswort sagt, hauptsächlich zur Rechtfertigung des österreichischen Hauptquartiers in Betreff jener Unterhandlungen verfaßt wurde.

**) Nach Mack's Erzählung.

Obersten Montjoye in ein Nebenzimmer, setzte sich mit den Herren und eröffnete dem österreichischen Generalstabschef mit Offenheit seine Pläne. Mack erwiederte, die erste Bedingniß jedes Einvernehmens mit dem Prinzen von Coburg wäre die Räumung Belgien's und Holland's.

Dumouriez antwortete hierauf etwas bitter, er habe Truppen genug, um bei Ath Widerstand zu leisten, und auch seine holländische Armee müsse doch erst zum Rückzuge gezwungen werden, worauf Mack nur mit einem bedauernden Achselzucken geantwortet haben will. Dumouriez erhob sich hierauf, um mit seinen Vertrauten in der Fensternische ein leises Gespräch zu führen, kam dann zurück und zeigte sich geneigt, auf die Forderungen des Oesterreichers einzugehen. Das Wort, das inhaltschwerste, was gesprochen werden kann, war heraus, der Plan, das Geheimniß hatten nicht nur Mitwisser, sondern waren zur That geworden. Die „schmale Grenze, die zwei Lebenspfade scheidet," war überschritten.

Dumouriez stellte in dieser Unterredung als seine Absicht hin, mit dem besten Theil seiner Armee auf Paris zu marschiren, das verfassungsmäßige Königthum herzustellen, die Tyrannei des Convents zu stürzen und sodann den Frieden mit den Mächten zu Stande zu bringen. Es wurde verabredet, daß die französische Armee noch eine Zeit lang in der Stellung von Mons, Tournay und Courtray ohne beunruhigt zu werden, stehen bleiben solle, daß sodann das belgische Gebiet gänzlich geräumt, daß aber die Oesterreicher an den Grenzen Halt machen und Dumouriez handeln lassen sollten. Dieser werde, wenn er den Moment gekommen erachte, seine Armee auf Paris führen und sich nur dann Unterstützung von den Oesterreichern erbitten, wenn er allein nicht im Stande sein sollte, etwaigen Widerstand zu bewältigen. Auf den Vorschlag Mack's, statt der „fehlerhaften Verfassung von 1791" die alte Ordnung der Dinge zu proclamiren, erwiederte Dumouriez, daß dies unter keinen Umständen angängig sei, weil er sonst Neunzehntel von Frankreich gegen sich haben würde. Doch würde er auf die Verbesserung der Verfassung hinwirken. Auch die Einmischung des Auslandes und der Emigranten in die inneren Angelegenheiten Frankreich's müsse er entschieden ablehnen.

„Ich würde hundert Leben opfern", soll der General gesagt haben, „um Frankreich von der Herrschaft der Jacobiner zu befreien, aber tausend, um die Herrschaft der Emigranten und des Auslandes zu verhindern."

Um aber den Oesterreichern eine gewisse Sicherheit zu geben, willigte Dumouriez auf Mack's Forderung ein, daß denselben Condé ohne irgend welche Berechtigung auf Besitzansprüche eingeräumt werden sollte. — Mack entfernte sich sehr befriedigt von dem Ergebniß der Zusammenkunft, über welche auch an den König von Preußen durch Tauentzien berichtet wurde. Der König war der Ansicht, daß die Bewilligung eines Waffenstillstandes nichts schaden könne. —

Vorläufig war den beiderseitigen Truppen und Generalen von dem Abschluß irgend welcher Verabredungen nichts mitgetheilt. Die Kriegsoperationen wurden von den Hauptquartieren aus möglichst gehemmt, aber jedem kriegerischen Ereigniß konnte deshalb bis zu dem formellen Abschluß des Waffenstillstandes nicht vorgebeugt werden.

Am nächsten Tage, 28., ging die Armee weiter zurück, das Hauptquartier kam nach Tournay. Auf allen Märschen war Dumouriez stets bei der Nachhut gewesen. Der Letzte auf dem Platze hatte er für die Soldaten gesorgt und sie in väterlicher Weise aufgemuntert. Er hatte seine Herrschaft über die Linientruppen vollständig behauptet. Die Neigung der Soldaten zu dem General hatte trotz der Niederlagen nicht abgenommen.

Offiziere und Soldaten hatten laut die Machthaber in Paris als alleinige Schuldige an dem erlittenen Unheil angeklagt. — Dumouriez fühlte sich der Armee noch vollkommen sicher.

---

13. Kapitel.

Mademoiselle von Orleans. Die Gräfin von Sillery-Genlis. Fallstricke.

In Tournay fand er die Gräfin von Sillery-Genlis mit ihrer hohen Schülerin, Mademoiselle Adele von Orleans, einer jungen Dame voll Grazie und Anmuth, welche in dieser Zeit der Leidensschule eine edle und hohe Gesinnung bewies.*) Die als Erzieherin der Kinder des Herzogs von Orleans, wie als Schriftstellerin bekannte Gräfin von Genlis hatte sich, als das Decret gegen die ausgewanderten Prinzen erlassen wurde, mit der etwa 16 Jahre alten Tochter des Herzogs, welche sie zärtlich liebte, auf belgischen Boden nach Tournay begeben, um die Ausnahmen, welche der Convent von dem Decret festsetzen wollte, und welche voraussichtlich die Kinder des Herzogs betreffen würden, abzuwarten. Auch Frau von Valence, ihre Tochter, war in Tournay anwesend, um ihrem Manne, dem General, nahe zu sein. Aber das Ausnahme-Decret kam nicht. Die Gräfin und Mademoiselle von Orleans waren inzwischen Zeugen der unerhörten Brutalität, mit welcher die Convents-Commissare das unglückliche Belgien behandelten. Mehrere Menschen wurden vor den Augen der jungen Prinzessin in Tournay getödtet.

So kam der März heran und mit ihm der Rückzug der Franzosen. Als am 28. März das Hauptquartier nach Tournay kam, sah Mademoiselle von Orleans ihre Brüder, die Herzöge von Chartres und Montpensier, wieder, ein schmerzliches, tief tragisches Wiedersehen. Der Chef der Familie, ihr Vater, welcher sich von allen Ueberlieferungen der Bande des Blutes losgesagt und sogar für den Tod des Königs gestimmt hatte, war nicht im Stande gewesen, zu Gunsten seiner Kinder das Auswanderungsgesetz zu ändern, so daß

*) Von mehreren Seiten ist Madame de Sillery-Genlis als zu dem Herzog von Orleans in einem sehr intimen Verhältniß stehend, geschildert worden, jedoch ohne ausreichende Gründe anzuführen. Ihr Gatte Sillery starb mit den Girondisten.

die Herzöge von Chartres und Montpensier, obgleich im französischen Heere dienend, noch immer von Frankreichs Boden gesetzlich verbannt waren. Obgleich die Briefe des Herzogs von Chartres an seinen Vater kindlichen Respect athmeten, war er doch in politischer Beziehung von ihm getrennt, denn Chartres verabscheute gleich Dumouriez die Hinrichtung des Königs. Auch zeigte er Frau von Genlis einen Brief an den Convent, worin er ihn um die Erlaubniß der Auswanderung anging, beschloß jedoch, erst seinem Vater davon Anzeige zu machen.

Dumouriez machte bald nach seinem Eintreffen Mademoiselle von Orleans und der Gräfin von Genlis einen Besuch. Aus seinem Zusammensein in Tournay und später in Saint Amand mit diesen Prinzen und dieser Prinzessin hat man auf seine Absicht geschlossen, den Herzog von Chartres zum Könige ausrufen zu wollen. Man bezeichnet die Gräfin von Genlis als die Seele der dort angesponnenen Intrigue, und Lamartine schließt sich dieser Meinung in einer artigen, aber sehr unwahrscheinlichen Schilderung in seinen Girondisten an. — Dieselbe ist jedoch vollkommen haltlos. Es soll die Möglichkeit nicht in Abrede gestellt werden, daß Dumouriez, falls ihm seine Schilderhebung geglückt, der Dauphin aber ermordet oder verhindert gewesen wäre, den Thron zu besteigen, seine Augen auf den Herzog von Chartres geworfen hätte, für die Annahme aber, daß er dies gleich zu Anfang gewollt, welche in mehrere Geschichtswerke übergegangen ist, kann man nicht ein einziges Factum oder auch nur Anzeichen nennen.

Die Gräfin von Genlis befand sich mit ihrer hohen Schutzbefohlenen zudem augenblicklich in der schrecklichsten Lage. Vor den Jacobinern hatte sie aus Frankreich flüchten müssen. Um den Oesterreichern und den in ihrer Armee befindlichen Emigranten, welche die Familie Orleans auf das Tödtlichste haßten, aus dem Wege zu gehen, sah sie sich jetzt in der Lage, wieder Tournay zu verlassen.

Während des Aufenthaltes des Generals daselbst trafen drei dem Jacobinerklub angehörende Abgeordnete mit einem Briefe Lebrun's an Dumouriez ein. Der Brief war nichtssagend und zeigte ihm nur an, daß dieselben ihm Mittheilungen über die Lage Belgien's zu machen hätten. Diese Abgeordneten waren der wenig bekannte Schriftsteller Dubuisson, Proly, ein natürlicher Sohn des Prinzen von Kaunitz, welcher sich der französischen Revolution angeschlossen hatte, und Pereyra, ein portugiesischer Jude. —

Dubuisson und Proly ersuchten den General mehrfach, ihnen eine Unterredung zu bewilligen. Proly traf ihn in der Gesellschaft des Herzogs von Chartres, der Gräfin Genlis und der Mademoiselle von Orleans, des Generals Valence und mehrerer Offiziere seines Stabes. Dumouriez begrüßte ihn ruhig und erklärte ihm, er werde ihn in der Nacht bei sich empfangen, in Gegenwart von Damen verhandele er nicht.*)

Am 29. in der Nacht empfing Dumouriez, nachdem er den Abend bei dem Herzog von Chartres und den Damen zugebracht hatte, die drei Abgesandten.

Dieselben lenkten das Gespräch sogleich auf die inneren politischen Verhältnisse und auf den Convent. Sie gingen lebhaft auf die Ideen Dumouriez's über die Nothwendigkeit einer anderen Regierung, über die Ohnmacht des Convents ein und äußerten sich dahin, daß es nöthig sei, mit oder ohne Convent für die Rettung des Landes zu handeln. Dumouriez schien kein Hehl aus seinen Gesinnungen zu machen. Er äußerte sich auf das Schärfste gegen den Convent.

„Derselbe ist eine Bande von 730 Königsmördern", erklärte er. „Ich mache keinen Unterschied zwischen ihnen, ob sie für die Berufung an das Volk gestimmt haben, oder nicht. Im Uebrigen mögen sie decretiren, was sie wollen. Es soll mir gleichgültig sein."

Die Deputirten machten einige Einwürfe, welche ihn zu neuen Erwiederungen veranlaßten, er ging auf das Revolutionstribunal über und sprach seinen Abscheu gegen diese Institution aus.

„So lange ich noch drei Zoll Eisen an der Seite habe, werde ich mich nicht fügen. Erneuern sich in Paris blutige Auftritte, so marschire ich auf der Stelle. Im Uebrigen glaube ich nicht, daß der Convent noch drei Wochen zu leben hat."

Durch geschickte Einreden gereizt, fühlte er sich vollständig fortgerissen und entwickelte seine Absichten klar.

*) So die Aussage der Gräfin Genlis gegenüber dem später über die Erlebnisse der drei Abgesandten aufgenommenen Protokoll, in welchem behauptet wird, Dumouriez habe sich sofort in Ausfällen gegen den Convent ergangen.

Auf die Frage, ob er denn die jetzige Verfassung nicht wolle, antwortete er mit aller Entschiedenheit: „Nein, aber die alte von 1791."

„Aber doch ohne Königthum?"

„Mit einem König, ganz sicherlich! Frankreich hat ihn absolut nöthig."

Hier fuhren zwei dieser Jacobiner heftig auf und erklärten, schon der Name Louis errege Abscheu in Frankreich.

„Was liegt am Namen?" erwiederte Dumouriez. „Es ist gleichgültig, ob er Louis oder Jacob heißt."

„Oder vielleicht Philipp?"*) frug Proly bedeutsam.

„Das ist eine alberne Behauptung", entgegnete Dumouriez, „daß ich mit Egalité im Einverständniß sein soll. Es ist eine jacobinische Finte. Die Girondisten sind entweder die Betrogenen, oder sie sprechen es absichtlich nach."

Die Unterhaltung wurde durch den Eintritt von Valence und Montjoye unterbrochen, welche die Nachricht von der Flucht der Division Neuilly aus Mons brachten.

Dumouriez begab sich in ein anderes Zimmer, kam jedoch bald zurück und nahm die Unterhandlung wieder auf. Dubuisson frug den General, was er denn an die Stelle des Convents setzen wollte, und er erwiederte, er wolle einfach die fünfhundert Districtspräsidenten zusammenberufen und aus diesen eine neue gesetzgebende Gewalt bilden.

„Aber", bemerkte Dubuisson, „wollen Sie nicht wenigstens den Wunsch des Volkes vernehmen?"

„Das würde zu lange dauern", erwiederte Dumouriez. „In drei Wochen sind die Oesterreicher in Paris. Es handelt sich jetzt nicht um die Republik oder um die Freiheit. Das ist leerer Schall, die Republik! Nicht drei Tage habe ich an sie geglaubt und seit Jemmapes jedesmal geweint, wenn ich Erfolge für eine so schlechte Sache erfocht. Wenn wir nicht schnell handeln, wird unser Gebiet überschwemmt. Der Friede ist nöthig."

„Einverstanden", sagte Dubuisson, „aber welche praktische Mittel

*) Vorname des Herzogs von Orleans.

haben Sie, um das Vaterland zu retten. Wer wird den Wunsch nach einem König zuerst aussprechen?"

„Die Armee!" erwiederte Dumouriez.

Dubuisson schwieg, und der General fuhr lebhaft fort: „Ja wohl die Armee. Sie wird mir folgen und gehorchen wie die Mameluken, und sie wird aus ihrer Mitte oder von einem festen Platze aus den König ausrufen."

Hierauf stellte ihm Dubuisson die persönlichen Gefahren eines solchen Unternehmens vor, welche jedoch von Dumouriez mit Verachtung behandelt wurden.

„Aber wie, wenn Ihre Schritte, General, den Tod der Gefangenen im Temple herbeiführten?" frug ihn Dubuisson weiter.

„Und wenn der letzte der Bourbonen getödtet sein sollte, wird sich immer ein König finden", antwortete Dumouriez. „Ich werde übrigens schnell vor Paris sein und werde allerdings nicht die Belagerung à la Broglie machen, sondern Paris einschließen und durch Mangel bezwingen."

Endlich schlugen ihm die drei Abgesandten vor, den Jacobinerklub an die Stelle des Convents zu setzen und dadurch eine feste energische Regierung zu begründen, eine Idee, welche Dumouriez mit Entrüstung zurückwies, worauf die drei Citoyens wieder einlenkten und sich endlich mit den Versicherungen, die Ideen Dumouriez's sehr beachtenswerth zu finden, und demnächst weiter zu verhandeln gegen 4 Uhr Morgens entfernten, um sofort nach Lille abzureisen.

Die ganze Verhandlung mit Dumouriez war nichts weiter als eine diesem gestellte Falle der jacobinischen Partei. Absichtlich waren die drei Männer in Dumouriez's Ideen theils eingegangen, theils hatten sie ihre Einwendungen gemacht, um ihn zu weiteren Enthüllungen zu verleiten. Es war ihnen gelungen. Dumouriez hatte die Schlinge nicht vermieden. In Lille angekommen, hatten Dubuisson, Pereyra und Proly mit den Convents-Deputirten Delacroix, Robert und Gossuin eine Unterredung, entdeckten sich ihnen aber nicht vollständig, um aus ihrem erschlichenen Wissen in Paris möglichst viel Kapital schlagen zu können, sondern warnten nur vor dem Feldherrn und riethen zur Vorsicht. In Paris angekommen, legten sie ihre Aussage in einem Protokoll vom 31. März nieder. Dumouriez hat dieselbe im Allgemeinen für richtig erklärt mit Ausnahme der Behauptung, daß er darauf eingegangen sei, sich des Jacobinerklubs gegen den Convent zu bedienen, was er ausdrücklich bestreitet. —

Den drei Sendlingen nützte der von ihnen bei dieser Gelegenheit bewiesene Spioneifer nichts. Alle drei wurden, als zur Fraction der Hebertisten gehörig, im Jahre 1794 zum Schaffot geschickt.

Die Hauptschwierigkeit eines solchen Unternehmens, welche sich auch in dem Wallenstein's zeigt, ist die Nothwendigkeit, die Truppen zu bearbeiten, die Stimmung zu gewinnen. Dies kann nicht geschehen, indem man schweigt, sondern es ist nöthig, sich bis zu einem gewissen Grade auszusprechen. Augenscheinlich ist es ferner, daß hierdurch andererseits die Gegner gewarnt werden. Aber selbst eingestanden, daß der Alarm in Paris und in dem Lager der Jacobiner schon verbreitet war, bleibt die Unvorsichtigkeit Dumouriez's unbegreiflich, mit der er diesen Männern gegenüber seine Pläne enthüllte, so daß ihnen kein Zweifel mehr über den Ernst derselben bleiben konnte, und sie dadurch in den Stand gesetzt wurden, Gegenmaßregeln treffen zu lassen.

Was konnte also den Erfahrenen derart verblenden, daß er seiner Zunge gegen die ihm Fremden freien Lauf ließ? — Es ist unfaßbar, wenn man nicht einen Blick in sein Inneres thut, wenn man nicht annimmt, daß die nunmehr durch die letzte Uebereinkunft in Ath unwiderruflich gemachten Schritte zu einem solchen Unternehmen den Mann in seinem ganzen Sein und Denken zeitweise aus dem Gleichgewicht zu bringen im Stande waren. Der scharfe Blick, der Beurtheilungssinn war getrübt, gedrückt durch die Last, welche auf seiner Seele lag. Die Lebendigkeit wurde für den Augenblick zur Schwatzhaftigkeit, das Selbstbewußtsein wohl gar zur Prahlerei. Es ist dieselbe Erscheinung, derselbe psychologische Proceß, den wir in ähnlichen Lagen mehr oder minder im Menschen oft beobachten können. Das Zweifelhafte eines solchen Unternehmens, welches von dem Wege eines Soldaten so weit abführt, stellt sich als etwas Ungeheures vor die Seele, bewegt, verwirrt. So wird es uns berichtet von Coriolan bis Wallenstein, und nur die Natur eines Cäsar vermag mit ruhiger Energie auf ein solches Ziel loszusteuern. — Möglich endlich noch, daß Dumouriez durch diese Unterredung absichtlich alle Brücken hinter sich abbrechen wollte, um alle Bedenklichkeiten rasch zu besiegen, mit welcher Vermuthung der Inhalt der als Anhang mitgetheilten Briefauszüge übereinstimmt.*)

An demselben Tage noch erhielt er ein Decret der in Lille anwesenden Commissare des Convents, des Inhalts, sich schleunigst zu seiner Verantwortung nach Lille zu begeben. Er antwortete, daß er augenblicklich bei der Armee nöthig sei, daß er aber die Commissare aufforderte, ihn in seinem Hauptquartier zu besuchen, wo er ihnen Rede und Antwort stehen würde. —

14. Kapitel.

Rückzug auf französischen Boden. Stimmung der Führer und Truppen. Die 6 Freiwilligen vom 3. Bataillon der Marne. Versuch auf Lille und Valenciennes.

Die von Mons eingetroffenen Nachrichten machten allein schon ein längeres Verweilen auf belgischem Boden unmöglich. Die Infanterie der dorthin dirigirten Division Neuilly war nämlich bei ihrem Eintreffen daselbst, nachdem sie die Magazine geplündert hatte, vollständig auseinander gelaufen und war nicht wieder zusammen zu bringen gewesen. Neuilly hatte sich mit der Kavalerie, welche in diesem Augenblick die zuverlässigste Truppe bildete, nach Condé zurückgezogen.

*) Dumouriez selbst giebt über die Motive seiner Handlungsweise diesen Männern gegenüber keine Auskunft. Sybel meint, es sei zweifelhaft, ob sie nicht wirklich von dem Jacobinerklub, oder von Danton abgesendet worden seien, um Dumouriez zu gewinnen. Ich will bei dieser Gelegenheit indeß noch die Worte von Madame Roland über Dumouriez anführen: Avec des vues étendues, toute la hardiesse nécessaire pour les suivre, il est capable de concevoir de grands plans et ne manque de moyens de les mettre en exécution, mais l'impatience et l'impétuosité le rendent indiscret et précipité. Il ne sait pas longtemps cacher son but, il lui fallait une tête plus froide pour devenir chef de parti.

Am 26. nun hatte sich ein ähnliches Ereigniß an seinem entgegengesetzten strategischen Flügel vollzogen.

Die bei Antwerpen versammelten Truppen, circa 20,000 Mann, hatten sich schon theilweise in Marsch auf Courtray gesetzt, als der unternehmende kaiserliche Parteigänger Oberst Mylius vor der Stadt erschien und sie aufforderte. Der alte General Marassé, welcher jeden Versuch des Widerstandes an diesem Punkt für zwecklos hielt, kapitulirte sofort in der Absicht, das zahlreich dort angehäufte Material für Frankreich zu erhalten. — Das Armeekorps sollte frei abziehen, löste sich aber auf dem Marsche vollständig auf, und marschirte in einzelnen sehr ungeordneten Haufen nach Frankreich zurück.

Im Laufe des 30. war nun übrigens der Oberst Mack zu einer erneuten Zusammenkunft in Tournay eingetroffen, um über die Erfüllung des Versprechens der gänzlichen Räumung Belgien's zu unterhandeln. Er erhielt die Auskunft, daß dieselbe bereits angeordnet sei. Auch kam man über die Räumung der noch von den Franzosen besetzten holländischen Festungen dahin überein, daß die schon ganz abgeschnittenen Besatzungen freien Abzug erhielten.

Dumouriez theilte ferner Mack mit, es seien Conventscommissare im Anzug, um ihn jedenfalls zu arretiren. Er werde sich aber nicht fügen, sondern im Gegentheil dieselben als Geiseln einliefern.*)

Die kaiserliche Armee war der französischen Hauptarmee unter Dumouriez ruhig in ziemlich breiter Front gefolgt und traf am 30. und 31. März in Mons, Clairfait mit dem Reservekorps in Tournay ein, welches die Truppen Dumouriez's an demselben Tage geräumt hatten. Nachdem Friedrich von Braunschweig krank das Heer verlassen hatte, waren die Preußen unter dem General Knobelsdorf am 1. April in Antwerpen eingetroffen und marschirten auf Coburg's Weisung auf Courtray.

Coburg war nun entschlossen, sein Versprechen zu halten. Er erblickte in der Herstellung des verfassungsmäßigen Königthums, nicht des ancien régime in Frankreich, ebenfalls das Heil und den Frieden und begegnete sich in diesem Gedanken mit Dumouriez. Anders dachte jedoch der Wiener Hof. Am 27. war demselben nämlich der

---

*) Nach Mack's Erzählung.

Vertrag zwischen Preußen und Rußland vorgelegt worden, welcher die Einigung dieser Mächte in Bezug auf Polen bestätigte, und in welchem der österreichischen Eroberungspolitik nicht genug Rechnung getragen wurde, denn wie wir schon oben kurz erwähnt, war es seit 1793 die Absicht des Hauses Oesterreich, die Waffen ohne reellen Machtzuwachs nicht niederzulegen. Der Kaiser Franz war höchst unzufrieden. Er entließ den Grafen Coblenzel und den Unterhändler Spielmann, welcher letztere die Verhandlungen mit Preußen geführt hatte, und ernannte den Grafen Thugut zum Premierminister, dessen Politik die Einheit in der Coalition vollständig sprengte. Der Kaiser antwortete auf die Eröffnungen Coburg's über die Abmachungen von Ath sogleich, daß er vor Dumouriez, der im vorigen Jahre den Herzog von Braunschweig auf schändliche Weise hingehalten habe, ernstlich warne. Er wäre nicht der Mann dazu, um den Frieden herzustellen. Er habe den Tod des Königs befördert, (!!) er wolle den Herzog von Orleans jetzt zum König proclamiren, um der fast sicheren Contrerevolution entgegen zu treten. Der Abfall der beiden Egalité von ihrem Vater sei nur ein zwischen diesen Leuten verabredetes, neues Bubenstück. Dumouriez wolle Coburg nur hinhalten, um Zeit für eine neue Vereinigung der Kräfte von ganz Frankreich zu gewinnen. Der Krieg sei daher fortzusetzen.*)

Aus dem ganzen Briefe tritt die Besorgniß augenscheinlich hervor, den Frieden auf irgend welche Weise zu Stande kommen zu sehen, welcher das Haus Oesterreich auch hier um die Vortheile seiner Siege und um die angestrebten Erwerbungen hätte bringen können. Coburg beurtheilte die Lage Dumouriez's von Belgien aus richtiger, als der Kaiser. Er wußte, daß es Dumouriez aufrichtig meinen mußte und berichtete in diesem Sinne, legte auch seine Truppen vorläufig in Quartiere längs der Grenze und wartete den Erfolg des Unternehmens ab.

Dumouriez hatte seine Truppen vor und nach der Räumung von Tournay derart vertheilt, daß der General Leveneur mit der sogenannten Ardennenarmee in das alte Lager von Maulde abgerückt war. Der Haupttheil der Armee (Corps de bataille) rückte am 30.

*) Witzleben. Coburg. II. B. Seiten 166—170.

früh aus der Umgegend von Tournay ab in das Lager von Bruille. Miaszinsky kam mit seiner Division nach Orchies. Das Hauptquartier wurde in der Stadt Saint Amand genommen. —

In den letzten Tagen war nun im Schooße der Armee eine bedeutende Gährung entstanden. Wenden wir uns zuerst zu den Führern, so zeigen sich uns nur die Generale Valence, die beiden Orleans, der General Thouvenot und sein Bruder, die Obersten Montjoye, Nordmann und Devaux in das Unternehmen gegen den Convent eingeweiht. Mehrere Generale glaubte sich Dumouriez durch Wohlthaten und rechtzeitige Hülfe unbedingt verbunden zu haben, von anderen, daß sie nicht zögern würden, sich für ihn zu erklären, wenn die Stunde schlagen würde. Indeß hatte doch so viel über seine Pläne und Gesinnungen verlautet, daß die unter den Generalen bestehende Gegenpartei ebenfalls thätig war. Die Briefe von dem allerdings in diesem Moment verhafteten Miranda an Petion haben wir erwähnt, aber auch Dampierre, zu dem sich Dumouriez immer in einem gewissen Gegensatz befunden hatte, correspondirte mit den Jacobinern. Jedenfalls unterschätzte Dumouriez diese Gegenströmung unter den höheren Offizieren und achtete nicht genug auf dieselbe. Aber sie war auch unter den Truppen vorhanden. Es bestand ein gewisser Gegensatz zwischen den Linientruppen und den Freiwilligen-Bataillonen. Die ersteren waren mit geringen Ausnahmen in diesem Moment für den Feldherrn, die letzteren, an und für sich von republikanischer Gesinnung, fingen an, den ganzen Stand der Dinge mit Mißtrauen zu betrachten, wobei die Erinnerung an Lafayette's Abfall natürlich nicht fern lag.

Was die Garnisonen in Lille, Valenciennes, Condé anbelangte, so waren sie in diesem Moment schon getheilter Meinung. In Valenciennes befanden sich die drei Convents-Deputirten Lequinio, Cochon und Bellegarde, welche sich genugsam unterrichtet glaubten, um den Krieg gegen Dumouriez durch Erlaß einer Proclamation, durch Zurückhaltung der Zufuhren und der Geldsendungen und durch Bearbeitung der Soldaten zu eröffnen. Auch entsandten sie sofort Agenten mit ganzen Packeten von Assignaten, um mit dem nie versagenden Mittel materiellen Vortheils nachzuhelfen. Aehnlich wie gegen das Unternehmen Wallenstein's wirkten also feindliche Kräfte dem Feldherrn entgegen, ehe er sich noch über die Bedeutung derselben ein klares Bild zu machen im Stande war. —

In einer so außergewöhnlichen Lage wird der Theil der Führer, welcher sich nicht direct durch die Regierung bedroht sieht, auch seiner Stellung und der damit verbundenen Einkünfte und Vortheile wegen schwierig sein. Wer garantirt einem solchen Unternehmen einen glücklichen Ausgang? Statt der jetzt innehabenden Stellung konnte das Schaffot dem „Verräther" winken. Diese Stimmung machte sich schon in diesem Moment geltend. Einige Führer, die sich nicht direct gegen ihren Feldherrn erklären wollten, kamen Krankheits halber um ihren Abschied und um Urlaub ein.

Wir besitzen in dem größten deutschen geschichtlichen Drama ein so lebendiges Bild jener Strömungen und Schwankungen, jener unterirdischen Maulwurfsarbeit der Parteien, daß man dasselbe im Allgemeinen ruhig auch als gültig für die damals in Dumouriez's Heere herrschenden Zustände annehmen kann, wenn es auch hier nicht galt, die herrschende Gewalt, „die ruhig sicher thronende" zu erschüttern, sondern den revolutionären despotischen Convent zu stürzen. —

Eine dumpfe Gährung herrschte in den Lagern, die Luft war mit Electricität geschwängert. Jeder erwartete den zündenden Schlag. Frau von Sillery-Genlis macht davon in ihren Memoiren eine lebendige Schilderung. Um nicht mit Mademoiselle von Orleans in die Hände der Oesterreicher zu fallen, war sie mit dem Hauptquartier nach Saint Amand gegangen und erfuhr erst hier, daß Dumouriez sich anschicke, die Fahne des Aufruhrs aufzupflanzen (lever le drapeau de l'insurrection). Oberst Devaux theilte es ihr mit. Von Dumouriez selbst hat sie nichts erfahren. Da man nun in den Lagern in jedem Moment einen blutigen Zusammenstoß zwischen der Linie und den Freiwilligen erwartete, so entschloß sich die Gräfin mit Mademoiselle von Orleans — wie ich hier vorgreifend erzähle — am 2. April unter einem englischen Namen abzureisen, um durch Belgien nach Deutschland zu entkommen. Die Damen waren dabei begleitet von dem Obersten Montjoye, dem Adjutanten und Mitwisser der Pläne Dumouriez's, welcher sie über die Grenze bringen, dann aber zurückkehren wollte. Nach mannigfachen Gefahren kamen sie durch die französischen und österreichischen Posten. In Mons erkannt und von den Emigrirten angefeindet, verschaffte ihnen jedoch Mack sehr ritterlich von Coburg Pässe, mit denen sie nach der Schweiz abreisten. —

Dumouriez hatte trotz der auf ihn einstürmenden Empfindungen aller Art doch seinen gewöhnlichen Scharfblick wieder gefunden. Es fehlte ihm nicht die Einsicht, daß rasches Handeln nöthig sei, daß nach der Unterredung in Tournay jeder Tag ihm Gefahr bringe, daß entschiedene Maßregeln allein das Gelingen des ungeheuren Streiches verbürgen konnten. Das zunächst in's Auge zu Fassende war die vollständige Erklärung der Armee und die Ueberwältigung der widerstrebenden Elemente. — Aber es verging der 30., ohne daß irgend etwas von Seiten des Hauptquartiers geschah.

Am 31. nun ließen sich 6 Freiwillige von dem dritten Bataillon der Marne bei ihm melden.

Sie erschienen in vollständiger Ausrüstung und Waffen vor ihm, hatten aber das hintere Ende des Dreispitzes nach vorne gekehrt und auf demselben mit Kreide geschrieben: République.

Der Wortführer trat vor den General hin, während die anderen einige Schritte zurück standen und hielt eine Anrede in republikanisch fanatischem Sinne an ihn.

Er schloß damit: „Wenn Sie, General, dem Decret des Convents, welches Sie an die Barre rufen wird, ungehorsam sind, so haben wir und viele Kameraden geschworen, Brutus nachzuahmen und Sie zu tödten.“*)

Der General antwortet ihnen ruhig und versucht die Macht des oft bewährten Wortes, um sie zu seiner Ansicht zu bekehren. Vergebens! — Die Unterhaltung nimmt einen drohenden Charakter an, und plötzlich sieht sich der Feldherr umringt, die Bayonnette gegen sich gerichtet. In diesem Moment wirft sich Baptiste, der in der Nähe des Generals geblieben war, dazwischen, ruft nach der Stabswache; die Freiwilligen werden entwaffnet. Die herbeiströmenden Soldaten verlangen ihren Tod. Dumouriez begnadigt sie. — Die Nachricht

---

*) Das Original des Gefreiten und der 10 Kuirassiere von Pappenheim sind zweifellos diese 6 Freiwilligen, denn keine Geschichtsschreibung weiß von einer solchen Unterhandlung Wallenstein's mit einer Deputation von Pappenheim's Reitern zu berichten.

von diesem Mordanfall, der erweislich von den Jacobinern angestiftet war,**) verbreitete sich wie ein Lauffeuer durch die Lager der Truppen. Die Regimenter strömen um ihre Fahnen zusammen und bringen dem Feldherrn Lebehochs. Fast von allen Linientruppen und einigen Freiwilligen-Bataillonen empfängt er Adressen, welche ihn ihrer Treue versichern und ihn auffordern, sie auf Paris zu führen. Es war ein Moment, aber — er wurde nicht benutzt. Es konnte zwei Wege geben. Der erste war die Versammlung aller Truppen der Linie und der Freiwilligen, um sie alle zu der Schilderhebung fortzureißen. Dieser Weg wurde nicht eingeschlagen. Der zweite war die Versammlung der Linientruppen auf einem Punkte und die Entwaffnung der National-Bataillone. Hierzu wurde Dumouriez — wahrscheinlich von Thouvenot — gerathen, aber er weigerte sich diesen Weg zu gehen, der allerdings fast sicher zum Zusammenstoß und zum Blutvergießen führen mußte. Er gesteht offen und frei ein, dieses Verfahren wäre von der Vernunft geboten gewesen, daß er sich aber nicht dazu hätte entschließen können. Und in der That lag es seinem Charakter fern, die Bataillone, welche bisher gegen den gemeinschaftlichen Feind zusammengestanden hatten, nun gegeneinander zu führen, französisches Blut Angesichts des Feindes zu vergießen. Vom grünen Tisch aus läßt sich so etwas leicht als das Richtige herausfinden und über die Unterlassung ein hartes Urtheil fällen, wenn man aber in das Innere eines Menschen bei solcher Gelegenheit sieht, wird Vieles erklärlich. Wir wollen nicht vergessen, wie schwer es ihm, dem Feldherrn, werden mußte, die Leute, die er in manchen Schlachten geführt, die er zu Soldaten gemacht, nun plötzlich niederschießen zu lassen. Wahrlich, das Zögern hierzu macht seinem Herzen Ehre. Es war ihm sonst nicht auf ein Menschenleben mehr oder weniger angekommen — hier bedachte er sich. Unter den Freiwilligen gab es tüchtige und ihm ergebene Bataillone — sollte er diese ebenso behandeln? Und wenn nicht — wo sollte die Ausnahme aufhören?

**) Sybel. Revolutionszeit. Band II. Seite 271. Die Behauptung, daß Dumouriez selbst einen Theatercoup veranlaßt habe, ist durch nichts begründet. — Die Begnadigung der 6 Freiwilligen war das schlechteste, was er thun konnte. Cromwell ließ bei einer ganz ähnlichen Scene sofort einige Leute des Regiments Lilburne vor der Front kriegsrechtlich erschießen.

Denn war denn der Soldat zu tadeln, der die Waffen gegen ihn ergriff? Mochte sein Unternehmen vom Standpunkt der Ethik auch noch so gerechtfertigt sein, wie konnte er dem Soldaten ein Verbrechen daraus machen, seine Dienste gegen eine Regierung zu verweigern, die er selbst anerkannt hatte? Es liegt im Menschen, daß man, auf so schwankendem Boden stehend, das Gefühl mächtiger sprechen läßt, als sonst.

Er meint selbst, er hätte die Verbrechen der Jacobiner nur durch größere Verbrechen besiegen können, diese aber hätte er nicht anwenden wollen. —

Das Gefühl sagt zu dieser Beweisführung Ja, der Verstand und Charakter sagen Nein! Wer ein solches Unternehmen beginnt, muß auf Alles gefaßt sein. Es heißt hier schlagen, ehe man selbst getroffen wird.*)

Dumouriez schlug einen Mittelweg ein, d. h. er begann die Aktion, aber er begann sie stückweise. Er beschloß, sich der nächsten Festungen zu bemächtigen, um sich eine Basis zu schaffen, von welcher aus er seine Operationen beginnen, auf welche er im Nothfalle zurückweichen konnte. Er verlegte daher am 1. April das Hauptquartier von dem Städtchen Saint Amand in das Bad Saint Amand, woselbst die ihm ergebensten Kavalerie-Regimenter concentrirt worden waren, und welcher Ort günstig für die Leitung der Handstreiche gegen Condé und Valenciennes lag.

Noch ein anderer und nicht unpraktischer Grund hielt Dumouriez davon ab, sich vor Wegnahme der Festungen zu erklären. Das war die Rücksichtnahme auf die Gefangenen des Temple. Schon in Tournay war der Plan zur Sprache gekommen, den Obersten Montjoye mit 300 Husaren unter dem Vorwande, die zahlreichen im Lande zerstreuten Ausreißer aufzusammeln, in der Richtung auf Paris abmarschiren zu lassen und ihm andere Abtheilungen allmälig nachzuschicken. Montjoye sollte, vor Paris angekommen, plötzlich in den Boulevard du Temple einreiten, die Wache des Gefängnisses überwältigen, die hohen Gefangenen auf den Sattel werfen und im Galopp

*) Wallenstein. „Ihr drängt mich sehr, ein solcher Schritt will wohl bedacht sein." — Wrangel. „Eh' man überhaupt dran denkt! Herr Fürst, durch rasche That nur kann er glücken."

bis an das Gehölz von Bondy entführen, woselbst eine Kutsche bereit gestanden hätte. Die Schwierigkeiten jedoch dieses abenteuerlichen Planes hatten ihn bei Seite legen lassen, und Dumouriez war zu dem reelleren übergegangen, für die Sicherheit der königlichen Familie bürgende Geiseln zu nehmen. Diese erblickte er in den Convents-Commissaren in den Festungen. —

Er übertrug die Ausführung dem General Miaszynski, der ihm seinen Grad verdankte. Derselbe sollte sich zuerst gegen Lille wenden, die Stadt besetzen, die Convents-Deputirten verhaften und die Verfassung von 1791 ausrufen. Sodann sollte er auf Douay marschiren, sich dieser Stadt bemächtigen und den General Moreton arretiren.

Der einzige Weg war hier die List, die Verstellung. Miaszynski mußte in Lille ruhig einrücken und erst in der Festung die Maske abwerfen. Statt dessen vertraute er seinen Auftrag mehreren der unter seinem Befehl stehenden Stabsoffiziere an. Unter diesen befand sich der Mulatte Saint George, Oberst eines Reiter-Regiments. Miaszynski brach am 1. April früh von Orchies auf und kam gegen Mittag vor den Thoren von Lille an. Saint George war vorausgeritten und kam Miaszynski mit der Nachricht entgegen, daß in der Festung Alles für Dumouriez sei, worauf Miaszynski mit seinen Adjutanten und Saint George ohne weitere Bedeckung das Thor passirte. Kaum war dies geschehen, als das Fallgatter fiel, die Zugbrücke in die Höhe ging und Miaszynski verhaftet wurde. Saint George hatte den Verräther gespielt.

Die Division Miaszynski lag nun rathlos auf dem Glacis und wußte nicht, wie sie sich verhalten sollte. Dumouriez entsendete auf die Nachricht von diesen Vorgängen den Obersten Devaux, um sie zu führen. Aber schon hatte der Geist des Verrathes weiter um sich gegriffen. Die Division war schon halb zerstreut, als Philippe Devaux ankam, und derselbe wurde von einem Stabsoffizier der Division alsbald verhaftet..

Beide, Devaux und Miaszynski, endeten baldigst auf dem Schaffot.

In Valenciennes kommandirte der alte General Ferrand, uns durch die Führung des linken Flügels der Armee bei Jemmapes bekannt. Dumouriez glaubte diesen General, dem er ebenfalls seinen

Grad verschafft hatte, vollkommen sicher. Der Großprofoß der Armee Ecuyer, hatte sich erboten, nach Valenciennes abzugehen und daselbst für Dumouriez bei den Truppen und der Bevölkerung zu wirken. Derselbe setzte sich aber, dort angekommen, sofort mit den Commissaren in Verbindung und bestimmte den General Ferrand dazu, sich gegen Dumouriez zu erklären. Diese beiden Männer bearbeiteten die Garnison nun für den Convent und erreichten ihr Ziel sehr bald. — Auch Valenciennes war für Dumouriez verloren. Alle diese Nachrichten gingen am 2. April bei ihm ein. Er sah das Unheil sich zusammenthürmen, aber er beschloß auszuharren und die Partie nicht zu verlassen.

Unbekannt aber blieb ihm, daß schon in der Mitte der Armee ein förmlicher Plan, sich seiner zu bemächtigen, von dem Kommandeur des 3. Bataillons Freiwilliger der Yonne, dem später so berühmt gewordenen, damals eifrig jacobinisch gesinnten Major Davoust,*) angezettelt war, der aber vorläufig weder die Hände, noch die Gelegenheit zur Ausführung fand.

---

15. Kapitel.

Die Verhaftung der Commissare des Convents.

Thouvenot hatte dem Feldherrn am 30. März gerathen, das Hauptquartier nach Condé zu verlegen, um sich dieses Platzes selbst zu versichern. Er verwarf den Vorschlag, weil er die Einwirkung auf die Armee selbst nicht verlieren und bei einem plötzlichen Umschwunge zu leicht in der Festung eingeschlossen zu werden besorgte. — In

---

*) Marschall Davoust, Duc d'Auerstädt, Prince d'Eckmühl war durch hervorragende Talente, durch Entschiedenheit und Strenge ausgezeichnet. Sein glänzendster Tag war die Schlacht bei Auerstädt, 14. October 1806, in welcher er die ihm überlegene, aber sehr ungeschickt geführte und in veralteter Taktik kämpfende preußische Hauptarmee schlug, wobei der Gegner Dumouriez's, der Herzog von Braunschweig, tödtlich verwundet wurde.

Condé kommandirte der ihm ganz ergebene General Neuilly. Er hatte indeß das 6. Linienregiment unter seinem Befehl, die einzige Linientruppe, welche immer einen auffässigen und jacobinischen Geist gezeigt hatte. —

Schon waren die Sendlinge der Jacobiner auch hier thätig, und die Meinung gespalten. Neuilly aber hatte keine Ahnung von diesen geheimen Umtrieben und versicherte Dumouriez, daß die Besatzung ihm ergeben sei.

Dumouriez hätte, durch den Fall von Lille gewarnt, sogleich sich selbst der Festung versichern sollen, was in diesem Moment wohl noch durch persönliches Erscheinen möglich war, um so mehr, als weitere bedenkliche Anzeichen aus der Mitte der Armee zu Tage traten. Die Generale Leveneur und Stetenhofen baten ihn um Erlaubniß, die Armee verlassen zu dürfen; er erhielt Winke, daß Dampierre, Rosières und Kermorvan mit den Convents-Commissaren in Verbindung ständen. —

Unter diesen Verhältnissen kam der für Dumouriez so verhängnißvolle 2. April heran.

Von den Reiterposten, welche auf Befehl von Thouvenot zur Beobachtung von Lille aufgestellt worden waren, erhielt Dumouriez die Meldung, daß der Kriegsminister Beurnonville nach Lille einpassirt sei. Zwei andere Offiziere brachten Nachricht, daß der Kriegsminister mit 4 Convents-Commissaren von Lille aufgebrochen sei, um ihm ein Decret des Convents zu überbringen und ihn nach Paris zu führen. Die Husaren der Republik — jene neu ausgehobene Truppe, von welcher schon im holländischen Feldzuge ihrer Zuchtlosigkeit wegen die Rede gewesen ist — lägen an verschiedenen Orten der Straße im Hinterhalt, um den General niederzumachen, sobald er den Weg nach Paris angetreten haben würde.

Der Generalstab und mehrere höhere Offiziere, darunter der General Valence, waren um Dumouriez versammelt, als Beurnonville mit den 4 Commissaren eintraf. Diese waren die Conventsmitglieder Camus, jener alte fanatische Republikaner und Jansenist, Lamarque, Bancal und Quinette. Vor dem Hause des Oberbefehlshabers bemerkten sie das ganze Husarenregiment Berchiny, meist deutsche Angeworbene aus der königlichen Zeit, unter seinem Obersten Nordmann in

Linie aufgestellt. Letzterer hatte von Dumouriez den geheimen Befehl erhalten, einen Offizier und 30 Husaren abgesessen zur augenblicklichen Verwendung bereit zu halten. —

Die Abgeordneten wurden in ein größeres Zimmer geführt, wo sie der General mit seinen Offizieren erwartete. Die hier Anwesenden waren aus lauter absoluten Anhängern des Feldherrn zusammengesetzt; gegen die Herrschaft der Jacobiner auf das Höchste erbittert, waren sie bereit, das Loos des Generals zu theilen und sich nicht den Beschlüssen von Paris zu unterwerfen.

Die Repräsentanten erschienen mit dem Zeichen ihres Amtes, der dreifarbigen Schärpe, umgürtet. Sobald Beurnonville eingetreten war, ging er auf Dumouriez zu und umarmte ihn herzlich.

Sodann erklärte er dem General, daß diese Herren ihm ein Decret des Convents überbrächten.

Camus nahm das Wort und bat den General mit unsicherer Stimme, mit ihnen in ein anderes Zimmer zu gehen, um das Decret des Convents zu hören.

„Meine Handlungen bei der Armee waren stets öffentlich. Ein Decret, von 740 Personen erlassen, kann kein Geheimniß sein," erwiederte Dumouriez.

Beurnonville jedoch unterstützte das Ansuchen der Deputirten in so sehr dringender Weise, daß der General sich dazu bereit erklärte und mit denselben in ein kleineres Nebenzimmer trat. Die Offiziere des Stabes bestanden aber laut darauf, daß die Thür geöffnet bliebe, und der General Valence begab sich ebenfalls in das Nebenzimmer.

Camus überreichte dem General nun das Decret des Convents; dasselbe war vom 23. März datirt und lautete:

„Der General en Chef Dumouriez ist vor die Barre des Convents geladen und hat sofort nach Paris zu diesem Behufe abzureisen. Es werden Commissare abgeschickt, um ihm diesen Beschluß zu überbringen, und die nöthigen Maßregeln zu treffen." —

Dumouriez las das Decret durch und gab es Camus ruhig zurück.

„Ich will mir nicht herausnehmen", sagte er, „ein Decret des Convents ganz zu verwerfen. Aber ich glaube, daß dasselbe nicht an seiner Stelle ist. Ich kann die Armee jetzt nicht verlassen, ihr Zustand ist nicht der beste. Sobald sie reorganisirt ist, werde ich Rechenschaft geben. Bis dahin wird man urtheilen können, ob meine Gegenwart in Paris nöthig ist. Im Uebrigen lese ich aus dem Decret heraus, daß Ihr mich im Falle des Ungehorsams meines Befehls entheben sollt. Ich weigere mich nicht absolut; aber ich ersuche um Aufschub. Der Aufschub wird Euch in Stand setzen zu beurtheilen, ob meine Suspension nöthig ist. Im Uebrigen will ich Euch Eure Mission gern erleichtern und meine Entlassung anbieten, wie ich das seit drei Monaten schon so oft gethan habe."

„Es steht nicht in meiner Macht, Eure Entlassung anzunehmen, Bürger-General", erwiederte ihm Camus, „aber nachdem Ihr Eure Entlassung gegeben habt, was werdet Ihr thun?"

„Was mir beliebt", entgegnete der Feldherr. „Auf keinen Fall werde ich mich nach Paris begeben, um mich vor Euer Revolutionstribunal zu stellen."

„Ihr erkennt also dies Tribunal nicht an?" frug Camus.

„Ja wohl", antwortete der General, „ich erkenne es als ein Tribunal des Blutes und des Verbrechens an. Hätte ich die Macht, so würde ich es aufheben, denn es ist die Schmach der Nation."

Die anderen Abgesandten legten sich nun in das Mittel und erklärten, daß es sich nur darum handle, vor dem Convent Aufklärungen zu geben, von dem Revolutionstribunal sei nicht die Rede. „Ich werde Euch mit meinem Körper decken, General!" rief der Abgeordnete Quinette.

Das Gespräch wurde ruhiger. Beide Theile wollten sich offenbar nicht gern in die Lage setzen, als erster den Bruch veranlaßt zu haben, die Abgeordneten nicht, weil sie persönliche Gefahr inmitten dieser Armee liefen, Dumouriez nicht, um eine Verletzung der Volksvertreter nur als einen Act der unumgänglichen Nothwendigkeit und der Abwehr erscheinen zu lassen. Bancal, ein gelehrter und geistvoller Mann, glaubte auf den General einwirken zu können, indem er ihn an den Gehorsam der Römer und Griechen gegen das Gesetz erinnerte.

„Monsieur Bancal", erwiederte ihm der General, „wir haben jetzt die Manie, falsche Citate anzuwenden, um unsere Verbrechen zu entschuldigen. Haben die Römer Tarquinius getödtet? Hatten sie Jacobinerklubs und Revolutionstribunale? Sie hatten eine gut geregelte Republik. Wir sind in einer Zeit der Anarchie. Der Convent ist von jenem Scheusal, dem Marat, von den Jacobinern und den von ihren Söldlingen angefüllten Galerien beherrscht. Die Tiger wollen meinen Kopf, aber ich will ihn nicht hergeben. Wenn Ihr durchaus römische Beispiele wollt, nun wohl, ich habe vor dem Feinde oft den Decius gespielt, aber ich werde nicht Curtius sein, um mich in den Abgrund zu stürzen."

Die gegenseitig vorgeschobenen Gründe, Erklärungen, Vergleiche und Betrachtungen förderten natürlich die Sache nicht, und endlich führte sie der alte Camus wieder auf den wesentlichen Punkt zurück, indem er an den General die kategorische Frage stellte: „Ihr wollt also nicht dem Convent gehorchen?"

„Ich habe schon meine Beweggründe gesagt, weshalb ich es nicht kann", sagte der General. „Geht nicht bis zum Aeußersten! Ich schlage Euch vor, nach Valenciennes zurückzukehren und Rechenschaft von meinen Motiven zu geben. Es ist unmöglich, mich in diesem Augenblick von der Armee zu trennen."

„Bedenkt doch, daß Euer Ungehorsam die Republik zu Grunde richtet", bemerkte Quinette.

„Die Republik ist ein Name. Sie existirt nicht", rief Dumouriez. „Nur die Anarchie besteht. Ich gebe Euch mein Ehrenwort, daß ich mich, sobald wir einen geordneten gesetzlichen Zustand haben, vor jedem Gerichtshof stellen und mich jedem Urtheil unterwerfen will. Jetzt aber wäre das ein Act des Wahnsinns."

Die ganze Unterredung hatte fast zwei Stunden gedauert, und die Abgeordneten des Convents beschlossen endlich, sich in ein anderes Zimmer zurück zu ziehen, um einen entscheidenden Beschluß zu fassen.

Beurnonville hatte sich an der Verhandlung nicht betheiligt. Die ganze Lage drückte diesen ehrenwerthen Mann auf das Tiefste nieder. Im Herzen mochte er wohl mehr mit Dumouriez, als mit dem Convent sein, aber als ihm der Feldherr jetzt Vorwürfe darüber machte, ihn nicht benachrichtigt zu haben und ihm anbot, bei der Armee zu bleiben und den Befehl über die Avantgarde zu übernehmen, antwortete er fest: „Ich weiß, daß ich meinen Feinden unterliegen muß, aber ich werde auf meinem Posten sterben. Meine Lage ist schrecklich. Ich sehe, daß Ihr zu verzweifelten Schritten entschlossen seid, und ich bitte nur darum, mich das Schicksal der Abgeordneten theilen zu lassen."

„Zweifelt nicht daran", erwiederte Dumouriez, „ich glaube sogar, Euch damit einen Dienst zu leisten."

Dumouriez, Beurnonville und Valence traten nun wieder in das Zimmer, in welchem die Offiziere des Stabes mit Ungeduld den Ausgang der Dinge erwarteten. — Sie hatten unter sich beschlossen, auf keinen Fall die Abreise des Generals zu dulden, sondern sich derselben mit bewaffneter Hand zu widersetzen. Sie gaben ihre Absicht sehr deutlich zu erkennen, und der General hatte Mühe, sie zu beruhigen.

Dumouriez ging, das Wiedererscheinen der Abgeordneten erwartend, im Zimmer auf und ab. „Nun, Doctor," sagte er zu dem Oberarzt der Armee, „welche Medicin würdet Ihr hier rathen?"

„Die vom vorigen Jahre im Lager von Maulde," erwiederte der Arzt, „ein Körnchen Ungehorsam."

Nach Verlauf einer Stunde traten die Abgeordneten wieder in den Saal.

„Bürger-General", nahm Camus in einem zugleich verlegenen und rauhen Tone das Wort, „wollt Ihr dem Beschluß des Convents gehorchen und Euch nach Paris begeben?"

„Nicht im jetzigen Moment", antwortete Dumouriez.

„Wohlan! Ich erkläre Euch, daß ich Euch suspendire von Eurem Kommando. Ihr seid nicht mehr General. Ich befehle hiermit, daß man Euch nicht mehr zu gehorchen hat, und daß Ihr zu verhaften seid. Ich werde sogleich Eure Papiere versiegeln!"

Ein dumpfes Gemurmel des Unwillens ging durch die Reihen der Offiziere, ein Anzeichen, daß die bluttriefende Gestalt des revolutionären Gesetzes hier in dem Schoße der Armee den erstarrenden Schrecken nicht ausübte, den sie im übrigen Frankreich verbreitet hatte.

„Nennt mir die Namen dieser Leute", sagte Camus, auf die ihn umgebenden Offiziere deutend, zu dem Obergeneral.

„Sie werden sich Euch selbst nennen," erwiederte dieser.

„Das dauerte zu lange", rief Camus, von der kritischen Lage überwältigt. „Gebt mir Alle Eure Brieftaschen und Papiere!"

„Das ist zu stark", sagte jetzt der General vortretend, „und es ist Zeit, dieser Verwegenheit ein Ende zu machen. Die Husaren sollen eintreten!" rief er in deutscher Sprache einem Ordonnanzoffizier von den Berchiny-Husaren zu.

Das bereit gehaltene Kommando Husaren trat, einen Offizier an der Spitze, mit aufgenommenem Seitengewehr in den Saal.

„Nehmt diese Männer fest", sagte er zu demselben, „thut ihnen aber kein Leid! Verhaftet auch den Kriegsminister, laßt ihm aber den Degen."

„General Dumouriez", rief Camus, die Hände zusammenschlagend, „Ihr stürzt die Republik!"

„Ihr selbst, wahnsinniger Alter!" erwiederte Dumouriez. —

Man führte sie in das Nebenzimmer, richtete ihnen einen Imbiß an und nach einer halben Stunde befanden sie sich unter Bedeckung auf dem Wege nach Tournay in das Hauptquartier des Generals Clairfait. In einem dem Führer der Bedeckung mitgegebenen Briefe theilte Dumouriez an Clairfait das Vorgefallene mit und ersuchte ihn, diese Männer als Geiseln für etwa in Paris mögliche Ausschreitungen in Haft zu nehmen.

Hätte Dumouriez einen festen Platz in Händen gehabt, so würde er die Gefangenen nicht den Oesterreichern übergeben haben. Er glaubte aber die letzteren nach der mit Coburg abgeschlossenen Uebereinkunft in diesem Moment gewissermaßen als Hülfstruppen betrachten zu können.

Beurnonville und die vier Abgeordneten blieben unter den später veränderten Umständen Gefangene der Oesterreicher, wie Lafayette. Der Convent ließ jedoch, unbekümmert um diese Geiseln, die Königin und Madame Elisabeth hinrichten, später aber wurden die Gefangenen gegen die Tochter Louis' XVI. ausgewechselt.

16. Kapitel.

Aufruf. Die Erhebung. Gegenschlag.

An demselben Tage noch sendete Dumouriez Montjoye nach Tournay, um dem Obersten Mack eine Zusammenkunft zwischen dem Prinzen von Coburg und ihm selbst vorzuschlagen, behufs näherer Festsetzung des Vertrages und der Bewegungen der Armeen. Außerdem wurde der General Valence nach Brüssel geschickt, woselbst ein Congreß von Bevollmächtigten der gegen Frankreich verbündeten Mächte zusammentreten sollte. Valence hatte den Auftrag, sich um den Zutritt zu bemühen, um die Absichten und Aussichten Dumouriez's darzulegen.

In der Nacht arbeitete der General selbst ein Manifest an die Nation aus, das in den nächsten Tagen auf den Tagesbefehl gesetzt und vor den Truppen verlesen werden sollte. Hiermit war nun die eigentliche Erklärung erst gegeben, der Beginn der Erhebung formell erst bezeichnet. — Die Truppen, welche großentheils eine solche feierliche Erklärung erwarteten, waren bis dahin allen Verführungsversuchen der anderen Seite ausgesetzt geblieben, denen am besten durch Offenheit und Strenge gegen die Emissäre entgegen getreten worden wäre.

Was nun jenes Manifest anbelangt, so wäre es in diesem Moment vor Allem nöthig gewesen, das militärische Selbstgefühl des Soldaten, welches gegenüber dem bürgerlichen Element hier unbedingt in den Vordergrund treten mußte, zu entflammen. Aber der General, welcher so gut zu den Truppen zu sprechen verstand, verfehlte die sofortige Abfassung eines solchen Aufrufs.

Nachdem er in demselben des Längeren auseinander gesetzt hatte, was er und die Armee für das Vaterland gethan, ging er auf die Ausschreitungen der Jacobiner und des Convents über und führte, gleichfalls ziemlich breit, jene Anschuldigungen an, die allerdings alle auf Wahrheit beruhten, und die er in dem Briefe vom 12. März an den Convent niedergelegt und seitdem oft genug wiederholt hatte. Er bezeichnete endlich die Constitution von 1789 als den Sammelpunkt, um der Anarchie ein Ende zu machen und schloß mit der Versicherung, sich nach geschehenem Werke in das Privatleben zurückziehen zu wollen. Nur an einzelnen Stellen erhob sich der Aufruf zu einer wahrhaft zündenden Ansprache. Dieselben verschwanden unter der Breite der Auseinandersetzungen.

Es wurde indeß noch rechtzeitig erkannt, daß dieses Manifest für die Armee nicht geeignet war und somit noch am Vormittage des 3. ein kurzer, kraftvoller Aufruf an die Truppen abgefaßt, auf den Tagesbefehl gesetzt und bei den Appells verlesen. (Siehe Anhang.)

Als nun am Morgen des 3. April Dumouriez die nächsten Lager durchritt und die unter die Waffen getretenen Regimenter einzeln sprach, da äußerte sich die alte Kraft des kernigen Wortes, das er so oft in ihre Reihen geworfen hatte, und er wurde mit lautem Hoch- und Beifallrufen empfangen. Nur einige Freiwilligen-Bataillone hörten seine Ansprachen schweigend an, die gesammte Linie und auch die Artillerie äußerten ihre Anhänglichkeit. Er nahm für den 3. sein Quartier in dem Städtchen Saint Amand, wo die Masse der Artillerie im Lager lag, um dieser am Meisten im französischen Heere geachteten Waffengattung sein Vertrauen zu bezeugen.

Am Abend erschien Montjoye und brachte ihm die Aufforderung Mack's, zu einer Zusammenkunft mit dem Prinzen von Coburg und dem Erzherzog Karl sich am nächsten Morgen in der Nähe von Boussu bei Condé einzufinden. Die Befehle für eine engere Versammlung der Armee bei Orchies, welche am 5. stattfinden und durch welche die Truppen dem Einflusse der jacobinischen Emissäre entzogen werden sollten, wurden erlassen. Auch war er von dort aus im Stande, sich sowohl gegen Lille, als auch gegen Condé, Valenciennes und Douay zu wenden, um sich dieser Festungen beim Eintritt günstiger Umstände schnell zu bemächtigen. An eine förmliche Belagerung dachte er selbstverständlich nicht, denn erstens besaß er keine Belagerungsgeschütze, zweitens wäre eine solche, Angesichts der Oesterreicher, wohl das denkbar schlechteste Mittel gewesen. Jede langwierige Operation mußte ihm Verderben bringen, rasche Entscheidung war nothwendig. Er wollte nunmehr das thun, was schon lange hätte geschehen müssen, nämlich selbst in Condé erscheinen, die verdächtigen Elemente aus der Garnison ausmerzen und sich der Stadt versichern.

Für den 4. früh war eine Bedeckung von 50 Pferden von Berchiny-Husaren für ihn kommandirt. Durch einen Zufall, wie er so oft auf die Geschicke einwirkt, verspätete sich dieselbe derart, daß der General in Begleitung der Obersten Thouvenot und Montjoye, des Herzogs von Chartres, einiger Adjutanten, seines Neffen, des Herrn von Schomberg, welcher so eben bei ihm eingetroffen war, des ehemaligen Kammerdieners Baptiste Renard, einiger Reitknechte, des Sekretärs Cantin und 8 Kavalerie-Ordonnanzen abritt und nur einen Offizier zurückließ, um die erwartete Bedeckung nachzuführen. — General Thouvenot blieb ebenfalls in Saint Amand zurück, um die Marschbefehle zu bearbeiten.

Die Straße schweigend mit seinem Gefolge entlang trabend, wog er die Wechselfälle des Unternehmens in sich ab. Er war sich bewußt, großen Gefahren entgegen zu gehen. Die Spannkraft seines Geistes hatte jedoch nicht gelitten. Endlich war die Stunde des Handelns unwiderruflich gekommen. Das befreite Königthum — das Blut des unglücklichen Louis gerächt — sich selbst als Wiederhersteller und Hüter der verfassungsmäßigen Freiheit und Ordnung — das war der ihm in der Ferne winkende Preis. —

Ohngefähr eine halbe Meile von Condé, zwischen den Dörfern Fresnes und Doumet angekommen, bemerkte er eine Kolonne Infanterie, drei Bataillone mit ihrer Bagage und ihren Bataillonsgeschützen, auf der großen Straße, in der Richtung auf die Festung marschirend. Näher kommend, erkannte man drei Bataillone Freiwilliger aus dem Lager von Bruille, darunter das 3. Bataillon des Yonne-Departements unter dem Kommando des Major Davoust.

Dumouriez entsann sich nicht, diesen Marsch angeordnet zu haben, dessen Zweck ihm nicht klar war. Er befrug einige neben der Kolonne gehende Offiziere, wohin sie marschirten, und erhielt die Antwort: Nach Valenciennes. Ihnen bemerklich machend, daß sie nicht auf dem Wege dorthin seien, hatte er sein Pferd am Rande des Straßengrabens angehalten, und die Kolonne setzte schweigend ihren Marsch an ihm vorbei fort. Die Mienen der Leute hatten etwas trotziges, verschlossenes, von einer Begrüßung des Feldherrn, wie sonst häufig geschehen, war nichts zu bemerken. Ehe er noch Näheres in Erfahrung bringen und sich an den ältesten Offizier wenden kann, erscheint in scharfer Gangart ein Adjutant des in Condé kommandirenden Generals Neuilly. Derselbe meldet ihm im Auftrage seines Generals, daß die Garnison, in zwei Parteien getheilt, sich in großer Gährung befinde. Neuilly riethe davon ab, nach Condé zu kommen, sondern auf den Ausgang der Bewegung zu warten. — Er sendet den Adjutanten mit dem Befehl an Neuilly zurück, ihm das 18. Kavalerieregiment, welches ihm sehr ergeben war, entgegen zu schicken, er würde es in Doumet erwarten. — Aus diesem Befehl geht nicht hervor, daß er die Absicht aufgab, nach Condé zu gehen, nur scheint es, wollte er, gewarnt durch das Beispiel Miaszynski's und Devaux', dies nicht ohne genügende Bedeckung thun. — Ob er hierin Unrecht that, und ob es nicht der Moment war, mit der Gewalt seiner persönlichen Autorität einzutreten, um die Truppen in Condé durch sein überraschendes Erscheinen auf seine Seite zu ziehen, läßt sich schwer entscheiden.

Währenddessen ist die Kolonne vorbeimarschirt, und der General schöpft nun, indem er die von Neuilly empfangene Meldung mit dem Marsch dieser Bataillone zusammenhält, den dringenden Verdacht, daß letztere in einer gegen ihn feindseligen Absicht aufgebrochen seien. Er begiebt sich nach einem etwa hundert Schritt von der Straße seitwärts liegenden Hause, um denselben einen schriftlichen Befehl zufertigen zu lassen, sogleich nach dem Lager von Bruille zurückzukehren. Er sitzt ab und will in das Haus eintreten, als plötzlich die Spitze der Marschkolonne Kehrt macht und in vollem Laufe auf ihn zu kommt. Dieser Bewegung folgte die ganze Kolonne. Aus dem wirren und dichten Haufen Menschen erschallen die Rufe: Halt! Halt! Verräther! Deserteur! Einige der Freiwilligen bleiben stehen und schlagen auf ihn an. Dem General muß in diesem Moment die Bewältigung des ausgebrochenen Aufstandes, welcher unbedingt durch den Major Davoust in's Werk gesetzt war, durch sein persönliches Einschreiten unmöglich erschienen sein, denn er stieg zu Pferde und entfernte sich im Trabe mit seiner Begleitung quer feldein, gerieth jedoch sofort in ein sumpfiges Gelände und vor einen breiten und tiefen Wassergraben. — Sein Pferd verweigert den Sprung hartnäckig.

Er steigt ab und springt zu Fuß herüber, während sein Pferd in großen Sätzen den Freiwilligen entgegen geht und in ihre Hände fällt. Alsbald richten dieselben auf die kleine Truppe, welche im Begriff ist, den Graben theils zu Fuß, theils zu Pferde zu überschreiten, ein ununterbrochenes Gewehrfeuer auf die nächste Entfernung. Ein Theil der Freiwilligen eilt auf der Straße zurück, um ihm den Weg nach dem Lager von Bruille abzuschneiden, der größte Theil setzte das Feuer fort. Sein Neffe, der junge Baron von Schomberg, hat den Graben übersprungen, sitzt ab und bietet ihm sein Pferd an. Er weigert sich, dasselbe anzunehmen und besteigt endlich auf dringendes Bitten das Pferd eines Bedienten des Herzogs von Chartres. Dem Obersten Thouvenot werden zwei Pferde unter dem Leibe erschossen, zwei Husaren und zwei Reitknechte werden getödtet. Thouvenot springt zu Baptiste in den Sattel, der auch so eben das dritte Pferd besteigt. Sein Sekretär Cantin kann den Graben nicht überschreiten und wird gefangen. Die kleine Truppe fährt nach allen Richtungen auseinander. Die Freiwilligen hatten mehrere tausend Schüsse abgegeben. — Von Bruille abgeschnitten, folgte Dumouriez selbst mit dem Herzog von Chartres, den beiden jungen Amazonen*) und zwei Ordonnanzen dem Laufe der Schelde, bis zu einer kleinen Fähre bei dem Dorfe Wickers nordwestlich von Condé, woselbst sie ihre Pferde zurücklassen müssen.

Jenseits der Schelde befanden sie sich auf belgischem Boden. Einen Sumpf durchwatend, gelangen sie zu einem Landhause, deren Bewohner erschrocken ihre Thür schließen, aber nachdem Dumouriez sich genannt hat, ihn zu einer kurzen Rast aufnehmen. Sodann setzte er mit den Begleitern seinen Weg zu Fuß nach Bury fort, woselbst er auf österreichische Posten stieß.

Es waren zwei Escadrons Latour-Dragoner unter einem Stabsoffizier. Bis zum Tode erschöpft, nahm er einige Nahrung zu sich und schrieb sodann an den Obersten Mack, um ihn zu ersuchen, sofort nach Bury zu kommen.

---

*) Dumouriez erwähnt die beiden jungen Mädchen in seiner Erzählung nicht. Es scheint aber sicher, daß sie mit ihrem Vater zugegen waren. Daß Lamartine es in seinen Girondisten erzählt, würde mich nicht bestimmen, es zu glauben, aber die Gräfin Genlis berichtet es in ihren Memoiren ebenfalls sehr genau.

Das Ereigniß gehörig zu beurtheilen, ob dasselbe aus einer allgemeinen Bewegung hervorgegangen, oder ob die That als eine vereinzelte zu betrachten war, sah er sich in diesem Moment außer Stande. Es dauerte jedoch nicht lange, und der treue unermüdliche Baptiste kam auf schaumbedecktem Pferde in Bury an.

Er war durch das Lager von Maulde geritten, hatte überall die Nachricht von dem Attentat auf den Feldherrn verbreitet und die Truppen zur Rache gegen die Rebellen aufgerufen. Und in der That hatte die Nachricht eine für Dumouriez durchaus günstige Wirkung hervorgebracht. Die Mannschaften verlangten nach dem General. Die später eingetroffene, zur Bedeckung kommandirte Escadron von Berchiny-Husaren und andere Kavalerie-Abtheilungen hatten die drei Bataillone Freiwilliger verfolgt, die in der Richtung auf Valenciennes sich geflüchtet hatten.

Auf diese Nachrichten hin entschied sich Dumouriez sofort dafür, zu seiner Armee zurückzukehren und das vorläufig gescheiterte Unternehmen fortzusetzen. Im Herzen jedoch hatte er, nach seinem eigenen Geständniß, wenig Hoffnungen auf das Gelingen. Das Beispiel des Generals Lafayette stand vor seinen Augen. Die von ihm damals gebrauchten Waffen kehrten sich jetzt gegen ihn selbst. —

Der Prinz von Coburg hatte mit seiner Begleitung vergeblich an dem verabredeten Orte gewartet und war endlich nach seinem Hauptquartier zurückgekehrt, als der Brief des französischen Feldherrn aus Bury eintraf. Mack reiste sofort dahin ab, erreichte das Städtchen aber erst spät am Abend.

Dumouriez trat ihm mit Ruhe und Sicherheit gegenüber, versicherte, daß das Ereigniß vom Vormittage nur ein vereinzeltes Factum sei, und theilte ihm seine Entschlüsse mit.

Mack barg sein Erstaunen über dieselben nicht, verabredete dann aber Alles Nöthige mit dem General.

Sie setzten während der Nacht zusammen eine Proclamation des Prinzen von Coburg auf, in welcher derselbe die Franzosen aufforderte, sich dem Unternehmen des Generals Dumouriez anzuschließen, der von den besten Absichten erfüllt sei, um die Anarchie in Frankreich niederzuschlagen und das verfassungsmäßige Königthum wieder aufzurichten. Er — der Prinz — verspreche nur dann mit Hülfstruppen aufzutreten, wenn Dumouriez es verlange; er verpfände sein Ehrenwort, daß er keine Eroberungen in Frankreich suche, und daß er eine ihm etwa in Folge der Uebereinkunft mit dem General Dumouriez eingeräumte Festung sofort zurückgeben werde, so wie Dumouriez oder die von ihm eingesetzte Regierung dies verlangen würden.

Die Proclamation datirt von Mons, den 5. April und wurde am nächsten Tage überall veröffentlicht.

Mack führt in seiner mehrfach erwähnten Erzählung an, er hätte keinen Anstand genommen, die Proclamation — auf welcher Dumouriez durchaus bestanden hätte — dem Prinzen zur Unterzeichnung vorzulegen, weil die Erfüllung der darin enthaltenen Bedingungen doch jedenfalls von der Genehmigung des Kaisers abhängig gewesen wäre.

Im Falle des Mißlingens der Unternehmung hätte von der Rückgabe des von Dumouriez eingeräumten Platzes gar keine Rede sein können, und so sei doch zum Allerwenigsten ein Vortheil wahrscheinlich gewesen. Man kann hier allerdings die Frage nicht unterdrücken, ob es mit diesen Reservationes ganz vereinbar war, so feierliche Versprechungen öffentlich abzugeben.

Es wurde hierauf an demselben Abend noch verabredet, daß Condé den Oesterreichern übergeben werden sollte, sobald es in der Gewalt Dumouriez's sei. —

Hierauf trennten sich die beiden Männer, und Dumouriez suchte mit dem Bewußtsein, daß der morgige Tag die Würfel endgültig fallen lassen werde, eine kurze Ruhe unter dem Schutze seiner bisherigen tapferen Feinde, der Dragoner von Latour.

17. Kapitel.

Der letzte Versuch und der Fall.

Mit dem Morgengrauen des 5. April saß Dumouriez zu Pferde. Vor seiner Thüre hielten 50 Latour=Dragoner zu seiner Bedeckung. In scharfem Trabe ging es den Weg nach Maulde entlang. Die französischen Vorposten begrüßten den General trotz seiner bedenklichen Begleitung freudig, sobald sie ihn erkannten.

So betrat er ohne Hinderniß das Lager, wo er einst die halb aufgelösten Truppen geschult, der Linie die alte Ordnung zurückgegeben, den Freiwilligen Mannszucht gelehrt, alle an das Feuer und an den Feind gewöhnt — wo er endlich Lafayette, der sich damals in einer ganz ähnlichen Lage befand, den Gehorsam aufkündigte und ihn verließ. —

Die Truppen im Lager von Maulde empfingen den schon Todtgeglaubten im Allgemeinen mit Beifall, doch hatte Dumouriez Gelegenheit, einige bei Seite stehende Gruppen und finstere Gesichter zu bemerken.

Seine Sache gesichert haltend, schickte er die österreichische Reitertruppe zurück, und eilte in Begleitung von 2 Escadrons Berchiny, des Regiments de Saxe, Dragoner von Bourbon und 50 Kuirassieren, nach Saint Amand, um die Bewegung der Armee auf Orchies in die Wege zu leiten. Ehe er jedoch in das Städtchen einreiten konnte, kam ihm ein Adjutant mit der Nachricht entgegen, daß die gesammte Artillerie zusammengetreten, ihre Offiziere weggejagt, angespannt habe und mit ihren Batterien und Fahrzeugen nach Valenciennes im Aufbruch begriffen sei. Emissäre hatten die Abwesenheit des Generals benutzt und den Mannschaften erzählt, daß er in der Schelde bei dem Versuche, zu den Oesterreichern überzugehen, ertrunken sei. Sie hatten den Ruf erhoben: Nach Valenciennes! der sich alsbald im ganzen Lager verbreitete.

Zu Anfang wollte er einen Angriff auf die Abziehenden aus=

führen, aber auf mehrfache Vorstellungen stand er davon ab, und in der That — abgesehen von der Zweifelhaftigkeit des Erfolges — würde sogar im Falle des Gelingens die Artillerie nicht wieder für ihn verwendbar geworden sein. Der Moment, Gewalt zu brauchen, war vorbei.

Die Erhebung des angesehensten Korps der Armee, der prätorianischen Garde der Revolution, pflanzte sich wie ein elektrischer Funke durch alle Lager und Kantonnirungen fort. Ueberall traten die Emissäre und die Jacobiner in der Truppe offen hervor und riefen: Nieder mit dem Verräther! Nach Valenciennes!

Die Anhänger Dumouriez's verstummten, die ihm feindlichen Generale setzten sich an die Spitze der Bewegung gegen ihn und marschirten mit ihren Truppen nach Valenciennes ab. Lamarlière, kürzlich zum Generalstabschef der Ardennenarmee ernannt, der sich sonst als heftiger Gegner der Anarchisten gezeigt hatte, benutzte die Abwesenheit des Generals Valence und ging mit dem Stabe nach Valenciennes.*)

Dumouriez hatte Befehl ertheilt, das Hauptquartier nebst allen Fahrzeugen und der Kasse nach Rumégies überzuführen und sich selbst dahin begeben, wo er Quartier nahm und versuchte eine Concentration der Reste der Armee zu bewirken. Hier ereilte ihn nun Meldung auf Meldung über den Fortgang der Bewegung gegen ihn. Endlich ließen ihm auch die Bataillone im Lager von Maulde erklären, daß sie mit den Oesterreichern zusammen gegen ihre Landsleute nicht fechten würden. Die Kriegskasse wurde von einem Bataillon Jäger mit Beschlag belegt und sollte nach Valenciennes gebracht werden. Eine Schwadron Bourbon-Dragoner hieb sie heraus, konnte sie aber nicht für Dumouriez retten, sondern mußte sie einigen anderen Infanterietrupps überlassen, welche ihr den Weg versperrten. Man hat behauptet, daß Dumouriez nunmehr noch einen persönlichen Versuch auf die Truppen hätte machen müssen. Aber hatte er denselben nicht am 3., 4. und 5. gemacht und war nicht trotzdem der Abfall eingetreten? Selbst wenn es ihm gelang, einen Theil der Truppen wieder für sich zu gewinnen, so konnte er nichts thun, als den ab-

*) Auch ihn rettete seine Handlungsweise nicht. Er war unter den 42 Generalen, welche die Jacobiner 1793 und 94 auf das Schaffot schickten.

gefallenen Bataillonen ein Gefecht liefern, und wenn er im Anfang der Erhebung Unrecht that, vor Gewaltmaßregeln zurück zu weichen, so führten diese im jetzigen Moment ganz bestimmt nur zu einem Blutvergießen von Franzosen gegen Franzosen, ohne die Armee zu gewinnen. — Er konnte nur eine Anzahl Menschen mehr in die Verbannung ziehen. — Nein, seine Sache war verloren, seine Absichten gescheitert, sein Traum, Frankreich den Händen der Jacobiner zu entreißen, zerronnen. Die Geister des beleidigten Nationalstolzes und der Vaterlandsliebe, das Gespenst des Abfalls von seinem Volke — hatten seine Gegner heraufbeschworen, und diese hatten ihn, trotz der Tage von Saint Menehould und Jemmapes, in das Nichts geschleudert. Und als er mit den beiden Thouvenot's, dem Herzog von Chartres, Montjoye, dem Oberstlieutenant Barrois und einigen Adjutanten zu Pferde stieg und langsam ohne jede Bedeckung den Weg nach Tournay einschlug, da wußte er, daß die herrschende Partei in Frankreich nicht verfehlen würde, ihm den furchtbaren Namen nachzuschleudern, der zum Brandmal eines ganzen Lebens wird, den Namen des Verräthers.

Einige Stunden später war er in Tournay, wo er bei dem General Clairfait abstieg.

Bald darauf trafen das ganze Husarenregiment Berchiny, einige andere Escadrons und 8—900 Mann Infanterie in Tournay ein, welche den Feldherrn nicht verlassen und unter der jacobinischen Regierung nicht dienen wollten. So war er zu den Oesterreichern gekommen, nicht als der verbündete Feldherr, sondern als heimathloser Verbannter.

Ich will die Geschichte Dumouriez's nicht fortsetzen, ohne einige Betrachtungen an den Verlauf dieser so seltenen Begebenheit zu knüpfen, daß ein Feldherr mit einer im Felde stehenden Armee sich bewogen findet, einen Vertrag mit dem Feinde zu schließen und die Waffen gegen die Regierung zu kehren, von welcher er sein Kommando erhalten hat.

Allerdings finden wir mehrere Beispiele in der neueren Kriegsgeschichte, daß ein General Angesichts des Feindes selbstständige Politik getrieben hat, ohne die Erlaubniß seiner Regierung oder seines Souveräns einzuholen. Das uns Deutschen am nächsten liegende Beispiel ist das des Generals York 1812 in Rußland, der von den Franzosen auch als ein Verräther gebrandmarkt wurde. Dies Unternehmen kann indeß mit dem Dumouriez's in keiner Weise verglichen werden. Gegen den Buchstaben des militärischen Gesetzes allerdings auch verstoßend, war die Handlungsweise York's dem höchsten ethischen Gesetz gemäß, da er die von dem Sieger nur erzwungene Heeresfolge brach, also seine Handlung sich keineswegs gegen die zu Recht bestehende Regierung seines Vaterlandes richtete, er auch nicht sofort gemeinsame Sache mit den Russen machte, sondern nur seine Neutralität erklärte und seinem Könige somit die Verfügung über seine Truppen vorbehielt. Ihm zunächst steht Romana, der, nachdem er sich dem König Joseph Bonaparte unterworfen, 1808 mit seinem Korps von Fünen aus sich plötzlich auf englischen Fahrzeugen einschiffte, um in Spanien gegen die Franzosen zu fechten. —

Wenn wir von dem Unternehmen Lafayette's als eigentlich gar nicht zur Ausführung gekommen, absehen, so bleibt nur die Empörung Wallenstein's als einigermaßen mit dem Unternehmen Dumouriez's vergleichbar. Beide, Wallenstein und Dumouriez, wurden von der herrschenden Partei, trotz ihrer unläugbaren großen Verdienste, angefeindet, ihre persönlichen Rechte und auch die der Armee wurden gekränkt, beide wurden als Abtrünnige und Verräther angesehen und behandelt, ehe sie es wirklich waren und dadurch dazu gedrängt, ihre geheimen Gedanken in die That zu übersetzen. Was sie jedoch scheidet, das sind die inneren Motive ihrer Handlungsweise. Wenn wir auch in Wallenstein einen gewissen deutschnationalen Zug im Gegensatz zu dem spanischen und Jesuitenwesen in der Hofburg nicht verkennen wollen, so steht doch wesentlich das rein egoistische Motiv der Erhaltung seiner Stellung dem Kaiser gegenüber, die Erweiterung seiner Macht im Vordergrunde. Die Triebfedern des persönlichen Ehrgeizes sollen auch bei Dumouriez nicht geläugnet werden, aber er vertritt außerdem ein Princip.

Das Princip heißt die Wiederherstellung eines geordneten Zustandes in Frankreich auf der Basis einer vernünftigen Verfassung. Nicht nur durch die ihm und der Armee in Belgien angethanen

Unbilden, sondern auch vermöge der seinem Charakter innewohnenden Billigkeit geräth er mit den anarchischen Gewalten in Conflict, und weil die Umstände zu einer Krisis drängen, sieht er sich in eine ähnliche Lage wie Wallenstein gesetzt, aber aus anderen Beweggründen. Wallenstein erklärte sich gegen eine zweifellos ordnungsmäßige, altbefestigte Regierung, während Dumouriez sich gegen eine, noch nicht seit lange am Ruder befindliche revolutionäre Regierung wandte, die von vielen Seiten als eine usurpatorische betrachtet wurde, und während das Land sich thatsächlich in voller Anarchie befand.

Freilich entstand ein neuer Rechtszustand für denjenigen, der diese Regierung anerkannte, und dies hatte Dumouriez nach dem 10. August 1792 gethan. — Lafayette hatte einen formellen Rechtstitel zu seiner Erhebung, Dumouriez war nicht in demselben Fall. Was aber die ethische Berechtigung eines Aufstandes anbelangt, so ist dieselbe zu jeder Zeit gegen eine Regierung zu begründen, welche, in der Hand des Pöbels, in jedem Moment von demselben gestürzt und geändert werden kann, welche selbst Grundsätze proclamirt, die den Aufstand unter gewissen Verhältnissen als ein Recht des Volkes heiligen, und denselben nur nicht gegen sich selbst angewendet wissen will. „Denn die Revolution“, sagt Sybel, „setzt nur scheinbar die Freiheit, in Wahrheit die Gewalt auf den Thron“, und ruft also auch die Gewalt gegen sich in die Schranken.“

Bei der Unternehmung Dumouriez's handelte es sich nun aber nicht allein um einen Aufstand gegen die revolutionäre Regierung, sondern um einen solchen im Angesicht des Feindes und einen Vertrag mit demselben, um sich dessen Neutralität, und äußersten Falles seine Mitwirkung zum Sturze der bestehenden Regierung zu versichern. Eine Einmischung des Feindes oder einer fremden Macht hat aber, unter welcher Form sie auch erfolge, eine hoch bedenkliche Seite.

Freilich hatte der Feind versprochen, die Hülfe nur in dem Sinne Dumouriez's zu leisten, aber wer garantirte diesem, daß er sein Versprechen hielt, oder daß der Kaiser es bestätigte? — Wenn man also das von Dumouriez ergriffene Mittel nicht billigen kann, so ist damit das ethische Motiv, welches ihn gegen den Convent in die Schranken rief, in seiner Reinheit nicht getrübt.

Ich will hier die sittliche Berechtigung seiner Auflehnung nicht wiederholen. Sie geht aus den erzählten Thatsachen unbezweifelt hervor.

Das Bewußtsein, das Verbrechen der Hinrichtung des Königs sühnen zu wollen, die offene Feindseligkeit gegen ihn Seitens der jacobinischen Partei, die vaterlandsverrätherische Behandlung der Armee durch Pache, die in Belgien verübte scheußliche Tyrannei, der brennende Wunsch, Frankreich einem geordneten Zustande entgegenzuführen und in der Achtung Europa's wiederherzustellen, die Selbstvertheidigung, und endlich auch die Ueberzeugung von der Hoffnungslosigkeit ferneren Widerstandes gegen den äußeren Feind unter dieser Regierung führten ihn auf diesen Weg und ließen ihn zu jenen Mitteln greifen. — Der Vertrag mit dem Feinde sicherte ihn andererseits, im Gegensatz zu Lafayette's Handlungsweise, davor, daß derselbe nicht, die augenblickliche Wehrlosigkeit der sich gegen den Convent erhebenden Armee benutzend, diese selbst angriff und in Trümmer schlug.

Es ist fanatisch und thöricht, von einem gemeinen Landesverrath da zu sprechen, wo solche Beweggründe obwalteten, und wo es nur den Sturz der bestehenden Regierung galt. Wenn aber das Mittel des Uebereinkommens mit dem Feinde nicht zu rechtfertigen sein mag, so waren doch die Verhältnisse, unter denen er handeln mußte, derartig zwingende, die von ihm verfolgten Absichten so durchaus patriotische, daß die Anwendung desselben einen Flecken auf den Charakter Dumouriez's nicht werfen, sondern man ihn höchstens eines politischen Irrweges zeihen kann.

Wenden wir uns zu der Wahrscheinlichkeit des Erfolges des von ihm begonnenen Unternehmens, so ist von vielen Seiten, unter anderen von Jomini, behauptet worden, daß dasselbe ganz aussichtslos gewesen sei. Die Revolution wäre nicht durch solche Mittel zum Stehen zu bringen gewesen.

Die Revolutionen von 1793—1800 und von 1830—1871 haben uns später allerdings bewiesen, daß die Aera derselben durch die Errichtung dieses oder jenes Herrscherthums nicht geschlossen werden konnte, aber wie kann man mit solchen oder ähnlichen viel später gemachten Erfahrungen einen Maßstab an die Handlungsweise eines Mannes in einer so kritischen Lage legen? Die Einsetzung Louis XVII. mit einer Verfassung wäre vielleicht eine keineswegs zu verachtende Stufe in dem Laufe der Entwickelung Frankreich's geworden. Das Gelingen war in Anbetracht der gegen den Convent damals herrschenden Stimmung, die sich bald in den Aufständen von Toulon, Lyon, Marseille, der Vendee u. a. m. Luft machte, keineswegs von vorn herein als unmöglich zu betrachten. Aber der militärische Geist konnte zu dieser Zeit noch nicht in dem Grade gestärkt sein, um dem Jacobinismus den Garaus zu machen. Derselbe sollte in den von ihm selbst vergossenen Blutströmen ertrinken.

Was die bei dem in kühnen und großartigen Zügen entworfenen Unternehmen begangenen politisch-taktischen Fehler anbelangt, so habe ich sie schon erörtert. — Ein tapferer Soldat, rücksichtslos auf dem Schlachtfelde, fehlte ihm die Härte des Gemüths und des Charakters, welche die revolutionären Mittel durch die einzig wirksamen zur richtigen Zeit zu bekämpfen vermag.

---

18. Kapitel.

Das Emigrantenkorps in Leuz. Dumouriez's Rücktritt.

Der Prinz von Coburg hatte den Vertrag pünktlich gehalten. Die kaiserliche Armee war Zuschauer der Ereignisse an der Grenze geblieben. Nach dem Mißlingen der Erhebung wurden Dumouriez und die mit ihm übergetretenen Offiziere und Soldaten so gut aufgenommen, als es die Umstände nur immer gestatteten, wobei allerdings die Idee noch obwaltete, sich des Generals und der mit ihm übergetretenen Truppen weiter zu bedienen. Dem Prinzen von Coburg schwebte dabei immer als Endziel des Krieges die Beendigung der Revolution in Frankreich, nicht die Eroberung dieses oder jenes Gebietstheiles vor.

Es waren an höheren Offizieren mit Dumouriez übergetreten: der General en chef Valence, welcher sich bereits in Brüssel befand, der Generallieutenant Marassé, die Generalmajors Neuilly, Bouillé, de Bannes, Second, Dumas, Ruault, Berneron, Thouvenot, die Obersten Montjoye, Thouvenot II., Nordmann, einige Adjutanten und auch einige Kommandeure von Freiwilligen-Bataillonen. Auch der alte Ferney mit seinen beiden Töchtern, und Baptiste Renard sind zu erwähnen.

Alle diese Personen bildeten nebst den anderen Offizieren und Mannschaften die sogenannte dritte Emigration. Die erste bestand aus den Anhängern des absoluten alten Königthums, die zweite war aus Lafayette's Partisanen gebildet. Die zweite und dritte vertraten beide die Ansicht, ein verfassungsmäßiges Königthum herstellen zu wollen. So bot auch die Emigration ein den Vorgängen im Innern analoges Bild. Eine Partei vertrieb und verdrängte die andere. —

Der Prinz von Coburg bestimmte, daß die Stadt Leux der Sammelpunkt für das kleine französische Korps sein sollte, welches von der Berührung mit den, die weiße Kokarde tragenden, im Heere des Kaisers befindlichen alt-emigrirten Truppentheilen fern gehalten wurde. — Es wurde Dumouriez der Titel eines Feldzeugmeisters und sein Einkommen zugestanden. Die übergetretenen Truppen wurden vorläufig in Sold genommen, und ein Vorschuß aus der kaiserlichen Armeekasse für ihre Verpflegung angewiesen. Die Organisation sollte eine von der kaiserlichen Armee abgesonderte sein. Später wurden diese Truppen in den kaiserlichen Dienst vollständig übernommen und mußten dem Kaiser schwören. Jedenfalls war es eine der ersten Sorgen Dumouriez's, sich bei dem Prinzen von Coburg für seine Gefährten zu verwenden, und es gelang ihm die Sicherung ihres Looses in jener Weise herbeizuführen.

Bei einer schon am 5. April in Mons veranstalteten Zusammenkunft war Dumouriez sowohl von Coburg, als auch dem Erzherzog Karl mit großer Zuvorkommenheit und Aufmerksamkeit aufgenommen worden. Dieselbe ließ auch nicht nach, als später eine Wendung in der Politik Coburg's eintreten mußte.

Was nun die nächsten Operationen anbelangte, so kam man überein, Condé im Namen Dumouriez's aufzufordern, was aber keine weiteren Folgen hatte. Die französische Armee, durch die am 4. und 5. erzählten Ereignisse in voller Auflösung begriffen, hatte sich in die

Festungen Lille, Valenciennes, Condé geworfen. Nichts hätte die kaiserliche Armee gehindert in das französische Gebiet einzurücken, aber der Prinz von Coburg fühlte sich mit seiner auf 32,000 Mann herabgekommenen Armee nicht stark genug, um die zahlreichen französischen Festungen zu maskiren und sogleich den Marsch auf Paris anzutreten. Er hatte den Plan, in welchem er auch mit dem Könige von Preußen übereinstimmte, Dumouriez ferner zu benutzen, und ihn mit seinem Korps an der Spitze der kaiserlichen Armee einrücken zu lassen, um wo möglich eine Bewegung in dem von Dumouriez angestrebten Sinne zu Wege zu bringen. Zuvor jedoch galt es nun, an dem in Antwerpen zusammentretenden Congreß Theil zu nehmen, wohin Coburg und Mack mit Valence am 7. April abreisten. —

Auf diesem Congreß traten die wahren Gedanken Oesterreich's, und der Seemächte zu Tage. Es handelte sich schon damals nicht darum, das Königthum in Frankreich herzustellen, sondern den größtmöglichsten Vortheil aus dem Kriege gegen die Republik heraus zu schlagen. Die Vorschläge Coburg's in Bezug auf die fernere Benutzung Dumouriez's wurden daher einfach abgewiesen, wozu auch noch das durch die erste Emigration gegen ihn überall gesäete Mißtrauen beigetragen haben mag. Die Republik in Frankreich war den Vertretern der Mächte augenblicklich das Bequemste. Die Fortsetzung des Krieges wurde beschlossen, die Neuaufstellung der Heere geregelt. Coburg aber mußte sich entschließen, eine Proclamation zu unterschreiben, nach welcher er die am 5. an die Franzosen erlassene feierlich aufhob,*) denn letztere stand mit den eigennützigen Absichten der Verbündeten durch das bestimmte Versprechen, keine Eroberungen machen zu wollen, durchaus im Widerspruch. Die Proclamation erklärte Eingangs, daß die vom 5. nur der Ausdruck der persönlichen Gefühle Coburg's sei, daß aber nach der nunmehr veränderten Sachlage und dem üblen Erfolge jener ersten Erklärung — dem Scheitern des Unternehmens Dumouriez's — der Krieg ohne Weiteres seinen Fortgang nähme. Diese Wendung befriedigte den Wiener Hof und Thugut zwar, Coburg mußte aber dennoch die kränkendsten Vorwürfe von Seiten des vierundzwanzigjährigen Kaisers über sein ganzes Ver-

*) Diese Vorgänge siehe bei Witzleben, Leben Coburg's.

halten in dieser Angelegenheit hinnehmen, trotzdem er nachwies, daß Dumouriez's Unternehmen keineswegs so aussichtslos und auch aufrichtig gemeint gewesen sei, so wie, daß doch mindestens den Oesterreichern dabei eine Festung in die Hände gefallen sein würde. Auch daß Coburg sich für die Proclamation einer Verfassung ausgesprochen hatte, wurde ihm sehr zum Vorwurf gemacht. *)

Coburg sah mit Recht aus dem ganzen Verfahren des Congresses zu Antwerpen keine guten Früchte erwachsen. — Von einer kräftigen Kriegführung war trotz der Beschlüsse der Antwerpener Conferenz in Zukunft keine Rede, und die nächstfolgende Kriegs-Epoche bestand wesentlich in einem Festungskriege. Der Wurm saß in der Coalition seit der Ernennung Thugut's, die vollständigste Uneinigkeit, hauptsächlich die Spannung zwischen Preußen und Oesterreich, trat immer mehr hervor und erleichterte der französischen Republik in ihrer damals höchst gefährlichen Lage den Widerstand.

Coburg war am 9. nach Mons zurückgekehrt. Hier erhielt er eine Aufforderung der in Lille anwesenden Convents-Commissare zur Auslieferung Dumouriez's, welche er zurückwies, und in seinem Antwortschreiben Dumouriez's Verfahren rechtfertigte.

Am 10. erhielt Dumouriez Kenntniß von der Proclamation Coburg's, und ließ sich sogleich bei demselben anmelden. Es fand nun folgende Unterredung zwischen den beiden Herren statt:

„Ich habe diesen Morgen eine Proclamation gelesen, gnädiger Herr, welche mich in Erstaunen und Betrübniß versetzt. Sie enthält nicht das, was Sie mir versprochen haben, und ich komme, von Euer Hoheit die Ursache dieser Aenderung zu erfahren."

„Sie enthält die Befehle, die ich erhalten habe, General, ich bin darüber selbst betrübt, aber ich muß gehorchen."

„Aber unsere Uebereinkunft ist verletzt, gnädiger Herr!"

„Ich habe dem Congreß Alles das auseinandergesetzt. Unsere Lage ist nicht mehr die nämliche. So lange Sie Ihre Armee hatten, waren wir einverstanden, neutral zu bleiben, aber nunmehr, da Ihre Armee Sie verlassen hat, ist es Sache des Kaisers, die Operationen wieder beginnen zu lassen. Wir müßten jetzt nicht nur ein Korps

*) Correspondance zwischen dem Kaiser und Coburg vom 19. 4., 24. 4., 6. 5., 12. 5. 1793.

als Hülfstruppen, sondern unsere ganze Armee zu Ihrer Verfügung stellen."

„Ich komme auch nicht, gnädiger Herr, um ein Kommando zu erbitten, sondern nur, um mich gegen jede Theilnahme an der Proclamation von gestern und an den angekündigten Maßregeln zu verwahren und Ihnen anzukündigen, daß ich mich zurückziehen muß. — Meine weitere Gegenwart würde gegen mich zeugen, und ich würde sie mir selbst vorwerfen. Und deshalb werde ich gehen."

„Sie setzen mich da in eine peinliche Stellung, General", erwiederte Coburg, „aber wohin werden Sie gehen?"

„Ich weiß es nicht, Hoheit, es ist gleichgültig. Ich danke Ihnen herzlich für alle Rücksichten, die Sie gegen mich und meine Offiziere genommen haben. Ich empfehle Ihnen meine unglücklichen Kameraden, welche die Verbannung und der Hunger unter den kaiserlichen Fahnen zurückhalten werden."

„Sicherlich", antwortete der Prinz, „werde ich für sie sorgen. — Aber was kann ich für Sie thun?"

„Achten Sie mich, gnädiger Herr! Es ist das Alles, was ich wünsche." *)

Coburg hat sein Versprechen für die Verbannten treu gehalten. Er war stets ihr Fürsprecher und Beschützer.

Der Entschluß Dumouriez's bedarf keines Commentars. Er war sowohl klug, als auch patriotisch. Klug, weil er nach der Proclamation vom 9. nicht mehr als französischer Parteichef, sondern als kaiserlicher General den französischen Heeren gegenübergestanden hätte; patriotisch — weil dies seinem Gefühl widersprach, und er jetzt die Ueberzeugung gewonnen haben mußte, unter diesen Umständen nicht nur den Convent, sondern auch Frankreich zu bekämpfen.

Nachdem er Abschied von seinen Unglücksgenossen genommen, reiste er nach Brüssel ab. Auf den Feldern von Maulde und Saint Amand, wo er sich gegen Lafayette erklärt hatte, war die Schild-Erhebung gegen den Convent gescheitert; in Mons, dem Ort seines größten kriegerischen Triumphes — wenigstens in den Augen der Welt — verließ er für immer den politischen Schauplatz. Mühsam, voll

*) Dies Gespräch ist aus den „Correspondances inédites du Général Dumouriz publieés en 1835, Leipzig et Bruxelles" entnommen.

Gefahren und unermüdlicher Arbeiten war sein Leben gewesen. — Plötzlich erhob er sich, mit kecken Schritten die höchsten Stufen erklimmend, zu ungeahnter Größe, um nach einer kurzen, strahlenden Laufbahn in das Nichts zu versinken. Die Nemesis der Revolution hatte auch ihn ereilt.

Aber er war nur der Vorläufer dessen, was kommen sollte. — Die letzten Reste des alten Heeres verschwanden mit ihm, aber nachdem einige Jahre später ein neues Heer aus den zuchtlosen Banden der Revolution erwachsen war, unterwarf es das Land unbedingt dem Arme des neuen Cäsaren.

Werfen wir, ehe wir zum Schluß seines Lebens übergehen, noch einen kurzen Blick auf die Zustände, welche sich in Folge seines Abfalls in Frankreich entwickelten.

Nachdem der Convent schon in Folge der durch Miranda und Anderen eingegangenen Nachrichten die schon erzählten Decrete gegen ihn geschleudert hatte, durcheilten am 3. und an den folgenden Tagen die Nachrichten von den Ereignissen des 2., 4., 5. April das gährende Paris. Der Sturm war furchtbar, und wie immer suchten die Parteien die Ereignisse gegeneinander auszunutzen. — Danton, wegen seiner Thätigkeit in Belgien und Verbindungen mit Dumouriez vielfach von den Jacobinern und ihren Banden beargwohnt, hatte kurz vor dieser Zeit ein Bündniß zum gemeinschaftlichen Handeln gegen die Ultras zu Stande gebracht. Als aber die Nachrichten von der Grenze eintrafen, hatten die Girondisten den unglücklichen Gedanken, diese Umstände für sich ausnutzen zu wollen, Danton der Verbindung mit Dumouriez anzuklagen und damit auch ihrem Patriotismus neue Weihe zu verleihen. — Da erhob sich Danton mit ungezügelter Wuth und Energie und kündigte den Girondisten im Convent den Krieg auf Tod und Leben unter dem Jubel des Berges an. — „Ich habe mich verschanzt in der Citadelle der Vernunft, ich werde mit dem Geschütz der Wahrheit ausfallen und meine Feinde in den Staub schmettern", lautete der Knalleffect seiner Rede. Sogleich suchte er nun Fühlung mit Robespierre und Marat, und aus diesem Verhältniß ging sodann die Einsetzung des Wohlfahrts-Ausschusses mit fast dictatorischer Gewalt, die neue Form der Regierung der Republik, hervor.

Der Convent erklärte Dumouriez für vogelfrei und setzte einen Preis von 300,000 Franken auf seinen Kopf. Die von ihm getrennt lebende Gattin, seine Schwester, die Aebtissin von Fervacques, seine Nichte, die liebenswürdige Baronin von Schomberg, wurden verhaftet. Sie hatten sämmtlich nicht das Mindeste von Dumouriez's Plänen gewußt. Allen Mitgliedern der Familie Orleans erging es eben so, und wurden sie sogleich in Anklagezustand gesetzt. — Die Errichtung eines Lagers von 40,000 Mann zur Deckung der Hauptstadt wurde decretirt, der Jacobiner Bouchotte wurde zum Kriegsminister, und Dampierre zum Oberbefehlshaber der Trümmer der Nord-Armee ernannt, wohin auch Volks-Repräsentanten mit dictatorischer Vollmacht, und mit einem neuen, sehr theatralischen Kostüm ausgerüstet, abgingen.

Nachdem am 2. Juni jene glänzende Partei der Gironde dem Schicksal erlegen war, welches sie dem Königthum mit denselben Waffen und zum großen Theil mit denselben Horden bereitet hatte, suchte die Bergpartei durch das Regiment des Schreckens mit unerhörter Energie und Grausamkeit sich zu behaupten und die Mittel für die Landes-Vertheidigung aufzubieten. — Die Spannkraft der Revolution entwickelte sich mit neuer Gewalt und ließ einen Mann auf die Bühne treten, welcher es verstand, das von Dumouriez nicht vollendete Werk, die Wiederherstellung der französischen Wehrkraft, auf neuen Grundlagen aufzurichten, und der jämmerlichen Wirthschaft eines Pache und Bouchotte eine wirkliche große Organisationsthätigkeit folgen zu lassen, einen Mann, der gleich groß in seiner eisernen Arbeitskraft am Schreibtische und in seiner Kühnheit und Ruhe auf dem Schlachtfelde war, einen Mann, welcher die so oft fälschlich gepriesenen sogenannten republikanischen Tugenden mit der Energie und Festigkeit eines Soldaten in der That verband.

Neben Carnot rettete die Republik die Uneinigkeit der Verbündeten, welche im Mai 1793 von ihren überlegenen Heeresmassen so gut wie gar keinen Gebrauch machten, und daher Ersterem Zeit gaben, die aufgebotenen Massen so gut zu organisiren, wie ihm dies nach solcher Zerrüttung und unter einer solchen Regierung überhaupt möglich war. Demnach muß man das Verdienst der Führer des Berges hierbei nicht überschätzen.

Viele Anhänger der französischen Revolution haben behauptet, daß die Schreckensherrschaft eine Nothwendigkeit gewesen sei, sowohl um die Principien der Revolution im Innern zu retten, als auch Frankreich zum Siege zu verhelfen. Man wird aber nicht bestreiten können, daß die Franzosen 1795 und 96 ohne Schreckensherrschaft erst recht siegten, und daß der erste Held derselben, Robespierre, sich um die Armeen absolut nicht kümmerte; daß ihm sogar deren Siege ein peinliches, eifersüchtiges Gefühl erweckten, ist durchaus nachgewiesen.*) — Dictatur und blutige Strenge kann in gefährlichen Krisen am Ort sein; Wahnsinn und Verbrechen erzeugen nur Reaction.

Gegen das Verbrechen war Dumouriez aufgetreten. Es gelang ihm nicht, den Tiger zu bändigen, er hatte ihn nur zu größerer Wuth entflammt, und so mußte er den ganzen Lauf der Revolution, den Tod seiner Freunde, seiner Kampfgenossen, der Girondisten, Danton's, der Königin, der Madame Elisabeth, alle die erhebenden und furchtbaren Scenen an sich in der Ferne vorbeiziehen sehen, — damit dem Bilde des großen Dramas auch die ewige Verbannung eines der Helden nicht fehlen sollte.

Schluß.

Dumouriez in der Verbannung. Schriftstellerische Thätigkeit. Sein Leben in England. Sein Tod.

Dumouriez traf am 10. April in Brüssel ein und hatte daselbst eine Unterredung mit dem österreichischen Bevollmächtigten von Metternich. Ob noch Verhandlungen zwischen ihm und diesem Minister, wie einige behaupten, dort stattgefunden haben, ist unaufgeklärt, wahrscheinlich ist es nicht. Am 11. nahm er Pässe nach Deutschland und

*) Héricault. Révolution du Thermidor.

ging zuerst nach Köln. Hierselbst erhielt er sogleich einen Vorgeschmack von der über ihn verbreiteten Meinung und von dem Haß, mit dem ihn die erste Emigration verfolgte.

Er hatte das Gesuch an den Kurfürsten von Köln gerichtet, ihm den Aufenthalt in Mergentheim zu gestatten. Der Kurfürst beantwortete dies Gesuch durch einen Brief, welcher die Ansichten der ersten Emigration über Dumouriez treu wiedergab und die thatsächlichen Verhältnisse vollständig auf den Kopf stellte. Er warf ihm nämlich vor, die Intervention von ganz Europa in die Angelegenheiten von Frankreich veranlaßt zu haben. Der Brief wurde in allen Zeitungen abgedruckt, und Dumouriez aus des Kurfürsten Staaten ausgewiesen.

In ganz Europa tappten die Meinungen über ihn gänzlich im Dunkeln. Fast Niemand sah in der Sache und den Beweggründen Dumouriez's klar, und die Wenigen, welche es gekonnt hätten, verschwiegen entweder ihre Meinung absichtlich, oder waren vom Parteigeist verblendet. Für die Jacobiner war er natürlich der Verräther, der Erkaufte, der Anhänger der Bourbonen. Für die Royalisten war und blieb er der Revolutionär, der Minister Bonnet ronge. Deutschland's Volk besaß in seiner Mehrheit zu jener Zeit weder eine nationale Existenz, noch eine politische Meinung, und mußte das glauben, was einige schlecht unterrichtete Zeitungen über ihn berichteten. Die große Masse verlangt überall ein Schlagwort. So trat im Allgemeinen die Ansicht, daß er einfach zum Feinde übergegangen sei, in den Vordergrund. Man war in Deutschland unvermögend, die Parteiunterschiede zu verstehen, und war man an höchster Stelle so wenig unterrichtet — wie der Brief des Kaisers Franz, oder vielmehr Thugut's an Coburg vom 18. April beweist — wie sollte man es von der Menge verlangen? Wie immer in ähnlichen Fällen, beschränkte man sich nicht darauf, seine Handlungsweise zu verurtheilen, sondern man griff den Charakter und die persönliche Ehre des Generals auf das härteste an, worin sogar bedeutende Federn mit einander wetteiferten. So erzählt Archenholtz in der „Minerva", daß Dumouriez eine Liste der in Holland verborgen lebenden Revolutionäre an den Prinzen von Coburg verkauft habe. Dumouriez erklärte den von Archenholtz erwähnten Gewährsmann in seinen: Lettres au Traducteur de l'Historis de sa vie für einen Betrüger und Verläumder. Daß er bedeutende Summen hinter sich gebracht und in England angelegt haben sollte, wurde mehrfach wiederholt, während sein ganzes späteres Leben das Gegentheil beweist.

Im Ganzen und Großen kann man sagen, daß in Dumouriez der einzige kräftige Vertreter einer gemäßigten constitutionellen Freiheit in der öffentlichen Meinung ruinirt war. Die Anarchie und der Despotismus, welche Beide sagen: Der Staat bin ich! hatten die Stimme der Vernunft erstickt. —

Nach seiner Ausweisung aus Köln durchreiste er einen Theil von Süddeutschland, der Schweiz, von Italien, ohne sich irgendwo niederlassen zu können.

Ende 1793 entschloß er sich daher, in England eine Zufluchtsstätte zu finden, aber in diesem Lande gingen damals die Wellen der Kriegsbegeisterung und des Hasses gegen die blutige und eroberungssüchtige Republik hoch. Mit Mißtrauen betrachtet, mußte Dumouriez auf Befehl der Regierung auch den englischen Boden verlassen. Man war besonders argwöhnisch geworden seit der Entdeckung der Verschwörung der englischen Radikalen Anfang 1793 und ihrer Verbindungen mit den französischen Machthabern. Von dem unauslöschlichen Hasse der ersten Emigration verfolgt, welche theils versuchte, die Behörden des Landes, wo er sich gerade befand, gegen ihn aufzuhetzen, um ihm Lafayette's Schicksal, der noch immer gefangen gehalten wurde, zu bereiten, theils den Pöbel zu Ausschreitungen gegen ihn anleitete, von Spionen der französischen Regierung, die ihn in Verdacht hatte, Verschwörungen anzetteln zu wollen, im Auge behalten, führte er das Dasein eines von Ort zu Ort Verfolgten.*)

Er war genöthigt einen falschen Namen anzunehmen und fand endlich ein Asyl unter dem Schutze der dänischen Regierung in Altona. Ob ihn der Umstand, daß dort und in Hamburg einige Emigranten seiner Farbe, unter Andern auch der General Valence, sich nieder-

*) Zu dieser Zeit lebte auch Frau von Genlis mit dem Herzog von Chartres und Mademoiselle von Orleans in der Schweiz. Sie waren ebenfalls Gegenstände des tiefsten Hasses der ersten Emigration. Frau von Genlis erzählt, eines Tages habe auf offener Straße ein Emigrant Mademoiselle von Orleans absichtlich mit seinen Sporen das Kleid zerrissen.

gelassen hatten, hierzu bewog, habe ich nicht aufklären können. Wahrscheinlich ist es jedenfalls, daß die Kriegsgenossen dort öfter zusammen verkehrt haben.

Valence hatte als Sekretär die eine der beiden Amazonenschwestern Theophile Ferney zu sich genommen. Dieselbe wird von Frau von Genlis als sehr hübsch, bescheiden und sittsam geschildert. Sie schrieb mit den zartesten kleinen Händen — die so oft die Waffe geführt — eine allerliebste Handschrift. Die Mädchen ernährten in der Verbannung ihren alten Vater durch ihre Arbeit. Theophile starb in Brüssel, Felicitas Fernez aber heirathete einen Offizier belgischer Nationalität.

Die Gräfin von Sillery-Genlis, deren Gatte der Revolution inzwischen zum Opfer gefallen war, lebte, nachdem sie Mademoiselle von Orleans endlich in andere sichere Hände gegeben hatte, gleichfalls unter angenommenem Namen allein in Altona, wo sie von dem Ertrage ihrer Schriftstellerei sich erhielt. — Man behauptete damals, daß sie mit Dumouriez in einem intimen Verhältniß gestanden und mit ihm zusammen in Altona gewohnt habe. Sie widerlegt dies ausdrücklich in ihren Memoiren und erklärt, daß nicht sie, sondern Madame de Beauvert, Schwester des Herrn von Ricarol, mit Dumouriez damals in Altona zusammengelebt habe. Und in der That hatte diese treue Freundin*) Frankreich verlassen, um sein Geschick zu theilen. Mag man über die Natur eines solchen Verhältnisses urtheilen, wie man will, jedenfalls finden wir hier wahre Neigung, Opferwilligkeit und Anhänglichkeit. Frau von Beauvert hatte auch in der Revolution den größten Theil ihres Vermögens verloren; sie theilte mit ihm hier den Rest ihres Besitzes und er mit ihr den Ertrag seiner Feder.

Unter den Producten derselben muß man der Memoiren vor allen Dingen Erwähnung thun. Er veröffentlichte zuerst die Denkwürdigkeiten seiner Thätigkeit vom Januar 1793 ab, um den Anschuldigungen seiner Feinde seine eigene Erzählung der letzten und zweifelhaftesten Ereignisse seines Lebens entgegenzustellen. Später in den Jahren 1795 und 96 erschienen die ersten Bücher, sein Leben von seiner Ge-

*) Vergleiche Band I. Seite 83 dieses Buches.

burt bis zum Jahre 1793 enthaltend. Schon dieser ihm durch die Umstände gebotenen stückweisen Abfassung und Herausgabe halber, kann dieses Werk nicht als ein harmonisches Ganze erscheinen. Es enthält viele Wiederholungen und in Bezug auf die ersten Jugendjahre besonders viele Weitschweifigkeiten, die des Interesses entbehren. Schon der Charakter der Memoiren als einer Abwehrschrift weist auf die ihr nothwendig anhaftenden Mängel hin. Der so vielfach verkannte, aber auch oft mit Recht angegriffene Mann will sich vertheidigen und verfällt nun seinerseits hin und wieder in Schroffheiten, Leidenschaftlichkeiten und wohl auch in Uebertreibungen. Auch kann nicht geläugnet werden, daß die Darstellung der Thatsachen hierunter manchmal leidet, es daher nicht ganz unbegründet erscheint, wenn man behauptet hat, diese Memoiren seien mit Vorsicht als Quelle zu gebrauchen, was übrigens mehr oder weniger bei allen der Fall ist. Seine politischen Gegner haben dies natürlich ausgenutzt und die gesammten Angaben Dumouriez's als ein Gewebe von Lügen und Unwahrscheinlichkeiten darzustellen gesucht.

In einzelnen Punkten hat die Forschung seine Angaben als gefärbt und widerlegbar bezeichnen müssen, in anderen aber hat sie — zum wenigsten die meine — eine große Aufrichtigkeit und Uebereinstimmung mit anderen Quellen festgestellt. Ich habe gefunden, daß vieles als neue Entdeckung Angeführte in den Memoiren Dumouriez's längst enthalten war.

Der Styl derselben ist ein ruhig fließender; manchmal ein wenig breit, ein wenig bombastisch, erhebt sich die Erzählung an einzelnen Stellen zu großer Lebendigkeit. Sie ist häufig von bitteren Ausfällen gegen einzelne Personen, auch von Ausbrüchen der Verzweiflung und Rührung über den Zustand Frankreich's unter dem Schreckensregiment unterbrochen. Was die Memoiren hauptsächlich werthvoll macht, sind einzelne politische Sätze, welche Dumouriez's praktischen Scharfblick beweisen und ihn hoch über seine Zeitgenossen stellen, eine Thatsache, die auch in den andern in der Verbannung abgefaßten Schriften überraschend vor Augen tritt. Ebenso verhält es sich mit den Folgerungen für die Zukunft Frankreich's.

So sagt z. B. Dumouriez bei Erzählung der Hinrichtung Louis' seinem Volke eine lange, lange Periode von Revolutionen voraus.

Der Herausgeber der neueren Auflage unter der Restauration dementirt ihn frohlockend durch eine Note. Die Juli-, die Februar-, die September-Revolution, die hunderte von Aufständen, die Junischlacht von 1848, und die Commune von 1871 beweisen, daß der General Dumouriez sein Volk besser kannte.

Dumouriez war trotz seiner wahrhaft freisinnigen Auffassung der Dinge für die Herstellung des Adels, welchen er durchaus nothwendig für einen europäischen Staat hielt. Er wich hierin, wie in Vielem, von den absoluten wüsten Gleichmachern ab und blickte auf das englische Vorbild. Er wünschte einen Adel als Wächter der Rechte der Nation, gleich vor dem Gesetz, aber die Waffenehre, die Bildung, die Erziehung der Nation möglichst repräsentirend. — Er war es, der zuerst an die Pflichten des Volkes neben seinen Rechten erinnerte.

Mit der Herausgabe der Memoiren waren selbstverständlich seine Gegner nicht stumm geworden. Eine Unzahl Aufsätze, Brochüren, Bücher erschienen gegen dieselben, welchen Dumouriez wieder in öffentlichen Schriften entgegentrat.

Die Anstrengungen und Aufregungen des militärischen und politischen Lebens hatten dieser rastlosen, thätigen Natur nichts von ihrem Feuer geraubt. Zu einer erzwungenen Ruhe verurtheilt, konnte er es nicht ertragen, sich in Unthätigkeit und Schweigen zu hüllen. Daß ihn außerdem noch Gründe des Lebensunterhaltes zum Schriftstellerthum leiteten, haben wir schon gesagt.

Sein mehrjähriges Leben in Altona war nur durch eine Reise nach Rußland unterbrochen, die er 1800 antrat, und wobei er in Petersburg dem späteren Kaiser Alexander I. vorgestellt wurde. Auch hatte er in Mitau eine Zusammenkunft mit dem Grafen von Provence, dem späteren Louis XVIII. — Von politischen Plänen oder gar von einem Anschluß an die alte Emigration war dabei durchaus nicht die Rede. Ob er die Reise nach Rußland unternahm, um eine Verwendung im russischen Dienst nachzusuchen, ist nicht festgestellt. *)

Abgesehen hiervon, liegt weder in dieser Zeit, noch in einer späteren, ein Anzeichen vor, daß er versucht hätte, thätig in die Ge-

*) Ich verweise auf das Vorwort zum zweiten Bande, wonach ich für das spätere Leben Dumouriez's nur sehr wenig authentisches Material habe erwerben können.

schicke seines Vaterlandes einzugreifen. Er war an keiner politischen Intrigue betheiligt. Aber mit dem ungeheuersten Interesse die politischen und militärischen Ereignisse verfolgend, reizte ihn seine Thatkraft doch wenigstens dazu, seine Fähigkeiten durch Mitrathen kund zu thun, wo ihm das Thaten verwehrt war, und so finden wir ihn denn im Laufe seines noch langen Lebens vielfach damit beschäftigt, den Leitern der Staaten Denkschriften über theils politische, theils militärische Fragen einzureichen, oder mit Staatsmännern in Verbindung zu treten, deren Beifall er sich vielfach errang. — Es ist nicht richtig, anzunehmen, daß er seine Rathschläge selbst bei diesen Gelegenheiten immer nur angeboten habe. So z. B. ersuchte ihn sein tapferer und um diese Zeit so hoch berühmter Gegner, der Erzherzog Karl, im Jahre 1803 um eine Denkschrift über die Reorganisation der österreichischen Wehrkraft. Diese Denkschrift, für welche ihm der Erzherzog 3000 Gulden überreichen ließ, hat seinen Feinden abermals Gelegenheit gegeben, ihn anzuklagen, gegen sein Vaterland gearbeitet zu haben.

Aber Oesterreich war 1803 mit Frankreich im Frieden, den Kriegsausbruch von 1805 konnte man nicht voraussehen, und es handelte sich also für Dumouriez einfach darum, dem Erzherzog, der ihn mit Coburg zusammen als Gestürzten und Vertriebenen freundlich aufgenommenen hatte, seine Meinung auszusprechen und vielleicht indirect hierdurch zur Reorganisation der Wehrkraft Oesterreich's beizutragen. Daß hier von Verrath nicht die Rede sein kann, liegt auf der Hand. —

Dumouriez hatte sich, den Gang der Revolution beobachtend, über die Siege der Generale der Republik aufrichtig gefreut, denn obwohl er die jacobinische Regierung hatte stürzen wollen, vergaß er nie, daß er Franzose war, und daß ein großer Theil der Coalition nach dem Antwerpener Congreß sich offen mit Eroberungsgedanken herumtrug. Zudem wurde am 9. Thermidor 1794 die Schreckensherrschaft gestürzt, was unter allen Emigranten mit Jubel aufgenommen worden war. *) Die aber bald zu Tage tretende Eroberungssucht, das freche, hoch-

*) Hiervon giebt Madame de Sillery-Genlis im 4. B. ihrer Memoiren eine anziehende Schilderung.

müthige Benehmen der französischen Gesandten, die einfachen Annexionen, ohne jeden Titel von Recht, verwarf er entschieden, wie er sich denn auch zu dem im Jahre 1800 auf den Thron steigenden Cäsarismus in den schärfsten Gegensatz stellte. Schon 1795 wies er nach, daß das Stichwort der natürlichen Grenzen — welches zu dieser Zeit im Convent Mode war und zu unserer Zeit nur aus der Vergessenheit gezogen, nicht neu erfunden wurde — ein gehaltloses, und daß besonders der Rhein niemals die Grenze des alten Gallien gewesen sei. Auch die von ihm als Minister und General verfochtene Idee, den Rhein und die Alpen als strategische Vertheidigungsgrenzen zu betrachten, sei fälschlich als eine politische aufgefaßt worden.

Mit dieser Haltung blieb er seinen alten Principien treu. Er erblickte das Heil nicht in der Herrschaft einer Nation in Europa, selbst wenn diese noch so sehr die freiheitlichen Errungenschaften der großen Revolution mit Wort und Schrift verherrlichte — wußte er doch, daß dies leerer Schall, und daß die Revolution in ihren Ausschreitungen dahin geführt hatte, wohin sie führen mußte: zur Vernichtung der Freiheit. Der Convent hatte ihn einfach für vogelfrei erklärt, die späteren Regierungen ließen die Sache, wie sie war, denn abgesehen von den fortdauernden Kriegen, suchten sie alle, vorzüglich die bonapartistische, den Patriotismus, die Nationalliebe in gewissem Sinne auf das Höchste zu entwickeln. Dumouriez achtete diese Gefühle, wie kein anderer, aber er sah bereits zu einer Zeit, wo sich Alles in dem kriegerischen Ruhm des neugeborenen Frankreichs berauschte, mit richtigem Blick den Anfang des Weges, welcher Napoleon I. später nach Moskau und Waterloo führte. Er war frei von allen Verpflichtungen und trat dieser Richtung in weiteren Schriften entgegen. — Unter diesen ist besonders zu erwähnen das 1798 erschienene „Tableau speculatif de l'Europe".

In demselben betrachtet er kritisch die durch den Präliminarfrieden von Leoben geschaffene Lage von Europa und kommt zu dem Schlusse, daß dieselbe gänzlich unhaltbar sei. Besonders zutreffend, und durch die Geschichte unseres Jahrhunderts bestätigt, sind die Bemerkungen über den Erwerb von Venetien durch Oesterreich, den Zustand Deutschland's, und die Aufgabe Preußen's. Er erklärt, daß der Erwerb Venetien's für Oesterreich ein Danaergeschenk sei, welches ihm früher oder später die größten Verlegenheiten bringen und ihm wieder entrissen werden würde. „Sa possession en Italie est précaire et sera une source de grandes guerres“.

Was Deutschland anbetrifft, so schildert er in kräftigen Worten den elenden Zustand dieses im Zerfall begriffenen mittelalterlichen Reiches. Zu einer Zeit, als die besten Köpfe Deutschland's nur in dem Bereiche der Wissenschaft und Kunst ihre Geisteskraft verwertheten, als man in Deutschland einen Sieg oder eine Niederlage des Erzherzogs Karl ohngefähr mit demselben Interesse betrachtete, wie jetzt einen Kampf der Zulus oder Afghanen mit den Engländern — da erkannte er, der Franzose, schon sehr gut, wie es mit der deutschen Nation bestellt und wie ihr zu helfen sei. „Nur der Franzose und Engländer, schrieb er damals, sind heut in Europa als Nationen zu rechnen, eine deutsche Nation, ein deutsches Nationalgefühl existiren nicht in Deutschland.“

Er zeichnet die Schmach des Congresses zu Rastatt für diese Nation, und kommt zu dem Schlusse, daß nur Preußen im Stande sei, diesem Zustande ein Ende zu machen und neues Leben zu begründen. Er sagt darüber Seite 43: „Quel remede à ces maux menaçants? La rupture des conférences honteuses de Rastatt; une guerre nationale; de l'union et un Homme-Roi qui relève l'aigle germanique sans autre ambition que de sauver sa patrie.“

Wir werden weiter unten noch sehen, wie er seine Meinung von der Aufgabe Preußen's trotz der so häufig vom Ziele abirrenden Politik dieses Staates, nie aus den Augen verlor.

Kein Versuch Dumouriez's ist bekannt, zu Kriegszeiten, wie z. B. Moreau und die alte Emigration, in fremde Kriegsdienste zu treten, um die Waffen gegen Frankreich zu tragen. Dagegen wurde er in seinem Hasse gegen das Napoleonische Regiment in Wort und Schrift wohl oft zu weit geführt und zu ungerechten Urtheilen verleitet, in denen die ganze Bitterkeit des verbannten, in seinen Hoffnungen und in seinem Ehrgeiz getäuschten Mannes nicht zu verkennen ist. So ist z. B. das „Jugement sur Bonaparté*) adressé par un Militaire

*) Man bemerke das é in dem Namen Bonaparte. An der Aussprache dieses é wurde damals von allen seinen Gegnern festgehalten, um anzudeuten, daß er eigentlich aus italienischem Blute sei.

à la nation française et à l'Europe", zwar eine Schrift voll der richtigsten politischen Sätze, aber in der Kritik Napoleon's als Feldherrn und Staatsmann im Urtheil entschieden getrübt. Die Schrift ist 1809 erschienen und sagt mit der vollsten Bestimmtheit Napoleon's Sturz voraus, sowie, daß es Alexander zuerst beschieden sein würde, der Rächer Europa's zu werden.

Das nämliche spricht Dumouriez 1810 in einer Denkschrift an den englischen Minister Lord Castlereagh aus, in welcher der Fall des Kaisers als unfehlbar nahe bevorstehend bezeichnet wird. An einer andern Stelle der ersten Schrift weist Dumouriez mit überraschender Schärfe darauf hin, daß der Geist der französischen Armee des ersten Kaiserreichs in Verfall gerathen sei, daß die Vaterlandsliebe eine geringe Rolle, die Schmeichelei und Vergötterung des Einzelnen aber, die Sucht nach Avancement, nach Geld und Gütern, nach Wohlleben die Hauptrolle spielten, daß Härte und Raubsucht sich den unterjochten Völkern in ganzer Nacktheit zeigten und den französischen Namen verhaßt machten. Das haben allerdings viele Franzosen später ebenfalls gesagt. Wer aber hat es 1809 gesagt? Doch wollen wir hierbei freilich nicht vergessen, daß Dumouriez unter eben diesen Völkern gelebt hatte, in Deutschland, welches einen Vandamme, einen Davoust, Jerome so lange auf seinem Boden sah, und daß sich hierdurch sein Gesichtskreis erweiterte, schärfte — Vortheile, welche er selbst anerkannte. — Eine Armee bedarf des Pflichtgefühls und des Korpsgeistes, jenes kriegerischen Bandengeistes, wie ihn Clausewitz nennt. Die Liebe zum Vaterlande aber kann sie nicht entbehren; sie ist die Quelle der Kraft, welche das Ganze durchdringt, und keine andere Idee vermag dieselbe zu ersetzen. Aus dieser Liebe zum Vaterlande geht der Gehorsam und die Treue gegen den Monarchen hervor, welcher der erste Soldat und der erste Diener seines Landes sein soll. Wohl dem Lande, wo diese Monarchie blüht. Sie ist eben so weit entfernt von dem verächtlichen Byzantinismus, als von dem Freiheitstaumel, der Frankreich so oft mit Blut und Verbrechen bedeckte.

Inzwischen drang der neue Cäsar unaufhaltsam weiter auf dem Europäischen Kontinent vor. Es mag dieser Umstand mit auf Dumouriez's Entschluß nach England überzusiedeln, eingewirkt haben, es scheint aber auch die Neigung zur freieren literarischen Bewegung und der Wunsch, das englische Volks= und Staatsleben an der Quelle zu studiren, einwirkend gewesen zu sein. Er erhielt die nachgesuchte Erlaubniß zum Aufenthalt in England im Jahre 1804 und machte sofort davon Gebrauch. Er wählte als Aufenthalt das kleine 9 deutsche Meilen von London entfernte, in der Grafschaft Oxfordshire gelegene Landstädtchen Henley=on=Thames. Er bewohnte daselbst ein kleines Landhaus im Turville=Park.

Der unruhige vom Schicksal hin= und hergeworfene Mann hatte das letzte Heim gefunden, welches er nur mit seinem Tode verlassen sollte. — Aber ein ruhiges und beschauliches Dasein war deßhalb nicht für ihn gekommen. Er vermochte es nicht, den Blick von dem Welttheater abzuwenden. Sehr bald entstanden Beziehungen zwischen ihm und den englischen Staatsmännern.

Mit Lord Canning wurde er persönlich bekannt und stand längere Zeit im Briefwechsel mit ihm. Der Mann, welcher die nationale Ehre auf das Aeußerste mit dem großen Pitt zusammen vertheidigte, der den Grundsatz gemäßigter Volksfreiheit verfocht — welcher England's Flagge nur zum Schutze des Rechts und der Freiheit entfalten wollte, mochte von dem, was Dumouriez damals sprach und schrieb, sympathisch berührt sein.

Sicher ist, daß Castlereagh und Canning des Oefteren seine Ansicht, letzterer besonders auch nach Napoleon's Sturz einholten. Die ihm von der englischen Regierung bewilligte Pension von 1200 Pfund Sterling scheint ihm auf Verwendung von Lord Canning ausgesetzt worden zu sein. — Sie machte dem Mangel ein Ende und gab seiner Existenz einen festen Halt. Die englische Regierung und ein englischer Staatsmann wurden somit zuerst davon überzeugt, daß von Zweideutigkeiten in dem Betragen Dumouriez's bei den Unterhandlungen mit Coburg 1793, wie sie der österreichische Hof ihm vorwarf, nicht die Rede sei, und trug hierzu zweifellos die in England zu findende größere politische Erfahrung bei, welche die Beweggründe Dumouriez's zu der Schilderhebung gegen den Convent besser durchschauen ließ, als anderswo.

Während die Machthaber Frankreich's vielleicht die Stimme des Verbannten belächelten, vollzog sich das, was er angekündigt hatte, mit überraschender Gewalt. Eine Zeit von 15 Monaten reichte hin, die französische Armee vom Kreml bis auf den Montmartre zu treiben, dies anscheinend so fest gegründete Reich nicht nur zu zerstören, sondern auch den schwankenden Grund zu zeigen, auf welchem es schon längst stand. Freilich haben wir in unseren Tagen das französische Kaiserreich in 4 Wochen umgeworfen, aber wir sind im Zeitalter der Eisenbahnen und Telegraphen und begannen den Krieg jenseits des Rheins. Dennoch hatten wir einen Kampf von fast 7 Monaten zu bestehen, ehe Frankreich besiegt zu Boden lag, die Schnelligkeit der Ereignisse von 1812—1814 wird also nicht in den Schatten gestellt.

Der Kaiser war gefallen, er war von seinen Generalen verlassen. Jene aus den Freiwilligen von 1792 hervorgegangenen stolzen Marschälle von Frankreich kündigten ihm den Gehorsam auf. Frankreich begrüßte die Bourbonen. Die Emigranten kehrten mit den alten Vorurtheilen im Herzen und im Kopfe nach Frankreich zurück. Ehemalige Mitglieder des Convents, die für den Tod Louis XVI. gestimmt hatten, verließen Napoleon, unterwarfen sich den Bourbonen und steckten die weiße Kokarde auf. Sie lebten auf französischem Boden ruhig und geehrt bis an ihr Ende. —

460,000 Verbündete führten 1814 das aus, was Dumouriez 1793 an der Spitze seiner Armee — unter bedingter Beihülfe der Fremden — hatte ausführen wollen.

Auch Dumouriez hätte es freigestanden zurückzukehren, denn alle die Decrete des Convents und der bonapartistischen Regierung über die Emigranten aller Farben waren aufgehoben, aber er sah die Klasse als die tonangebende in Frankreich, welche ihn mit dem unauslöschlichsten Hasse im Auslande verfolgt hatte.

Auch von Louis XVIII., in dem übrigens die Verbannung viele verständige Grundsätze hatte reifen lassen, konnte er nichts Günstiges erwarten, denn es war dem Könige bekannt, daß sich Dumouriez der Regentschaft von „Monsieur" widersetzt hätte, im Falle ihm die Befreiung Louis' des XVII. aus dem Temple gelungen wäre, und daß er diese für sich beansprucht haben würde. Endlich sprach damals und spricht auch heute gegen ihn die Legende von dem absoluten Landesverrath, welche die bonapartistische Regierung nicht zerstört, sondern genährt hatte. — Es ist bekannt, daß ein Stichwort in Frankreich schwerer als in allen anderen Ländern beseitigt wird.*) So blieb das Odium an ihm haften, obgleich viele seiner Genossen unbeanstandet nach Frankreich zurückkehrten. So z. B. Valence, der 1822 als Pair von Frankreich starb; so vor Allem der Herzog von Chartres selbst, welcher 1830 den französischen Thron bestieg, so Lafayette, dessen Erhebung zwar dem Buchstaben des Rechts nach begründeter, dafür aber für das Vaterland desto gefährlicher gewesen wäre. Er sah diesen, an praktischem politischem Verstande tief unter ihm stehenden Mann in Frankreich eine neue glänzende Laufbahn beginnen. — Davoust, das Werkzeug seines Falles, Ney, wechselten in den hundert Tagen zwei bis drei Mal die Kokarden, sie sind dafür von Frankreich nicht als Verräther gebrandmarkt worden.

Unter diesen Umständen zog Dumouriez vor, auf dem freien Boden des großen eisernen Gegners Frankreich's zu bleiben und einen Umschwung der Stimmung, oder der politischen Geschicke dort abzuwarten, in welcher Haltung auch die hundert Tage nichts änderten. Er traute den Bourbonen nichts Gutes und fand sich mit dieser Ansicht im Einklange mit den besten und größten Männern Deutschland's und Rußland's.

Als er 1815 bei dem Aufenthalt der verbündeten Monarchen in London von dem Kaiser Alexander wieder angeredet und ausgezeichnet wurde, sagte derselbe zu Dumouriez: „Le duc d'Orléans (ehemals Chartres) est le seul de la famille qui soit de son époque, mais il ne peut être question de lui qu'à son tour, et c'est fâcheux." —

Die zwanzigjährigen Kriegsstürme waren vorüber gebraust, der große Corse war auf Sanct Helena gefesselt. Die Zeit schien dem Verbannten günstig, um den Völkern die Versprechungen zu halten, und die Freiheiten zu gewähren, welche in England schon längst eine Aera des inneren Friedens begründet hatten. — Dumouriez glaubte bald zu erkennen, daß der Keim zu neuen Verwickelungen sowohl durch die innere Politik der meisten Regierungen, als auch durch die Aufrichtung unnatürlicher Grenzen der Staaten gelegt worden sei.

Bald nach der Restauration war der Herzog von Orleans (ehe-

*) Auch bei uns hat die Phrase in neuester Zeit gewaltigen Boden gewonnen.

mals Chartres) wieder mit Dumouriez in Verbindung getreten. Der Briefwechsel wurde besonders lebhaft im Jahre 1819, und Dumouriez — ob es nun auf Aufforderung, ob freiwillig geschah — gelangte dahin, seinem ehemaligen Schüler und Waffengefährten seine Ansicht über den Zustand der Staaten Europa's in zusammenhängender, planmäßiger Weise auszusprechen, eine Arbeit, die lange nach seinem Tode als ein Abschnitt der „Mémoires et correspondance inédits du général Dumouriez" 1835 von einem Freunde und Anhänger des Generals französischer Nationalität veröffentlicht worden ist, unter dem Titel: „Coup d'oeil politique sur l'Europe. Au mois de decembre 1819."

Es waren aus diesem Schriftstück nicht nur alle irgendwie in den Briefen enthaltene kompromittirende Stellen entfernt, sondern auch manches schroff Gesagte in eine milde Form gegossen. Ganz außerordentlich interessant ist wieder der in dem Coup d'oeil sich kundgebende politische Scharfblick, das klare Urtheil, welches sich auf die richtige Erkenntniß von dem Wesen der verschiedenen Staaten und ihres Ursprunges gründet. Die augenblickliche Situation ist so richtig beurtheilt, daß Vieles davon, z. B. die spanische Revolution von 1820, schon erfüllt war, als das Manuscript 1823 gedruckt werden sollte. Einige erklärten es après coup verfaßt. Es war dies nicht der Fall, aber selbst wenn es der Fall gewesen wäre, würde das Buch dennoch immer höchst interessant bleiben, da es Urtheile über die Zukunft und Entwickelung der Staaten enthält, die sich in unseren Zeiten erst vollzogen haben, die aber von Dumouriez mit voller Bestimmtheit hingestellt wurden. Im Allgemeinen beklagt er den Gang der Dinge durch die Bildung der heiligen Alliance und das Uebergewicht Oesterreich's und Rußland's in Europa, welches Frankreich auf falsche und reactionäre Bahnen drängen werde. — Er räth den deutschen Fürsten zum constitutionellen System, zum wenigsten zur Einführung von Provinzialständen überzugehen und einem gemäßigten Antheil des Volkes an der Regierung sich nicht zu widersetzen. Mit Bezug auf den wachsenden Einfluß Rußland's sagt er über Deutschland und Preußen:

„Kann Deutschland, nachdem es soeben das Joch Bonaparte's

abgeworfen, daran denken, das Joch einer halb barbarischen Macht (Rußland's) auf sich zu nehmen?"

An anderer Stelle: „Kein Fürst würde sich auf die richtigen Vorstellungen seiner Minister schneller entscheiden, als der König von Preußen. An ihm wäre es, sich an die Spitze der Völker von Deutschland zu setzen. Er ist es, welcher nach der Natur der Dinge dazu bestimmt ist, das Haupt des Deutschen Bundes zu sein in dieser zweiten Reformation. Dies fürchten die Minister Oesterreich's und Rußland's, welche die künftige Größe Preußen's voraussahen, wenn Preußen ein solches System befolgte. — Aber das, was dieser so achtungswerthe, gute und gerechte Fürst thun würde, wollen seine Minister nicht. Sie werden in ihrer Verfolgung der Burschenschaft, der Professoren, der Universitäten, der Presse fortfahren, womit sie die Idee der Einheit und Freiheit Deutschland's unter Preußen's Führung verfolgen." —

An einer dritten Stelle über Preußen: „Sein Länderbesitz bietet nirgends den Charakter der Einheit für einen gemeinsamen Mittelpunkt dar. Preußen ist ungemein angreifbar, es hat zu auseinandergereckte Grenzen. Man gelangt leicht dahin, eine oder mehrere seiner Provinzen im Kriegsfalle von dem Mittelpunkt des Staates abzuschneiden. Es ist unmöglich, daß Preußen in diesem Zustande weiter verharrt."

Alles das schrieb Dumouriez schon 1819. — Ich denke, das Factum spricht für sich.

Als Napoleon III. 1867 — also post festum — ähnliche Bemerkungen machte, war man im Auslande erstaunt über seinen Scharfsinn und seine Unparteilichkeit im Urtheil. —

Ueber Deutschland und Preußen wäre noch — neben einigen irrigen — eine ganze Reihe ähnlich treffender Bemerkungen — in denen sich immer die hohe Meinung ausspricht, die er von der Bestimmung der Monarchie Friedrich's von seiner Jugend ab hatte, und die er niemals änderte — aus jener Schrift zu entnehmen. — Ich beschränke mich auf Anführung der obigen, und erwähne nur noch eine kurze Betrachtung über die Lage der Türkei, welche seitdem durch die Kriege von 1828, 54—56 und 77—78 eine vollständige Bestätigung erfahren hat.

Dumouriez entwickelt kurz, daß die Auflösung des Osmanischen Reiches seit Beendigung der großen Kriege gegen Napoleon I. allmälig auf die Tagesordnung gesetzt werden würde. Das Bestreben Rußland's würde es sein, am Bosporus zu herrschen. Diese Herrschaft sei unmöglich, weil dem Oesterreich entgegenträte. Die gänzliche Theilung biete fast unübersteigliche Schwierigkeiten. Eine Abreißung einzelner Provinzen Seitens der beiden Kaisermächte würde England nur dann dulden, wenn es auf den Kleinasiatischen Inseln festen Fuß fasse. Eine erste Etappe der Theilung müsse die Abreißung der Moldau, Wallachei, Bulgarien's zur Machtsphäre Rußland's, die von Bosnien, Albanien, Serbien zur Machtsphäre Oesterreich's sein. —

Die nächste Gefahr drohe der Türkei jedoch von dem Griechenthum. — Man vergleiche hiermit den Lauf der Ereignisse von der Abreißung Griechenland's bis zur Annexion von Cypern und Bosnien, und man wird mir beistimmen, wenn ich sage, daß man über eine solche Beobachtungsgabe und solche Zukunftsschlüsse wahrhaft erstaunt sein kann. —

Inzwischen war ein Theil von Europa abermals in revolutionäre Gährung übergegangen. Am 13. Februar 1820 fiel der Herzog von Berry durch Louvel's Dolch vor dem Pariser Opernhause, und Frankreich wurde in Folge dieses Attentats allmälig in eine reactionärere Bahn geführt, als bisher von Louis XVIII. befolgt worden war.

Der Spanischen Revolution, welche das Regiment Ferdinand's — des Herstellers der Jesuiten und der Inquisition — umwarf und dafür die Constitution von 1812 einführte, auch der bald nachher ausbrechenden neapolitanischen Erhebung sollte mit Waffengewalt entgegen getreten werden. Der Congreß zu Laybach 1820 stellte eine Vereinigung der Kräfte der heiligen Alliance hierfür in Aussicht. Dumouriez erblickte in beiden Revolutionen die Erhebung wahren Fortschrittes — wie er sich nach seiner Meinung 1789 zu Anfang der französischen Revolution gezeigt hatte — gegen ein degenerirtes Königthum und geistigen Zwang. Er zögerte deshalb nicht, sowohl den Spaniern als den Neapolitanern auf das Verlangen der augenblicklich herrschenden Partei Denkschriften zugehen zu lassen, welche die Organisation der Armee und die Art ihrer Vertheidigung besprachen. —

Die Denkschrift über Spanien wurde von französischen Militärs, welche Land und Leute genau aus der Zeit Napoleon's kannten, für eine vorzügliche Arbeit erklärt. — Im Allgemeinen basirten seine Vorschläge auf Schaffung einer mittelgroßen, tüchtigen, stehenden Armee und Aufstellung einer Nationalmiliz, welche sowohl selbstständig fechten, als auch die Reserve des stehenden Heeres bilden könnte. Er war also in seinen Entwürfen allen Staaten Europa's, mit Ausnahme Preußen's, auch hierin weit voraus. — Die Vertheidigung führte er von einzelnen Centralpunkten aus unter Verwendung zahlreicher Guerillas.

Er sendete seine Denkschrift Ende August 1821 ab und wurde bald darauf von der Wendung der französischen Politik überrascht, welche Frankreich im Auftrage des heiligen Bundes das Executionsmandat in Spanien übernehmen ließ. Das alte Feuer flammte in dem zweiundachtzigjährigen Greise auf. Er hielt diese Interventions-Politik — welche eine spätere Zeit mit Recht verwarf — sowohl den Interessen Frankreich's, als auch der Aufklärung und dem wahren Fortschritt der gesammten Menschheit zuwider. Sein Sinn empörte sich bei dem Gedanken, seine Landsleute für dieses Königthum, den spanischen pfäffischen Despotismus, zu Felde ziehen zu sehen. — Er glaubte, der endliche Rückschlag dieses Feldzuges auf Frankreich könne nicht ausbleiben und würde Frankreich neuen Revolutionen zutreiben. Er trat wieder in Verbindung mit dem Herzog von Orleans und war von diesem Moment ab für die Ersetzung der älteren Linie der Bourbons durch die Orleaniden sehr eingenommen. Als der Krieg wirklich ausbrach, sprach er sich in mehreren Briefen an Lord Canning, damals Minister der auswärtigen Angelegenheiten, dahin aus, daß ein Dynastiewechsel in Frankreich, Angesichts des Verhaltens der Bourbons, zur Nothwendigkeit werden würde. Canning soll damals schon dieser Ansicht zugeneigt haben, was dem Herzog von Orleans nicht unbekannt blieb. Die von ihm ausgesprochenen Ansichten ließen die 1793 verbreitete Anschuldigung wieder auftreten, daß er schon früher für die Orleans gearbeitet habe, und die Liberalen

Frankreich's zeigten sich unter den obwaltenden Umständen geneigt, ihm jetzt ein Verdienst daraus zu machen.

Meine Darstellung hat gezeigt, daß dieser Schluß ein ganz unbegründeter war.

Die Spanier hatten nichts zu ihrer Vertheidigung gethan und standen nun auf einmal den Rüstungen Frankreich's überrascht und wehrlos gegenüber. Der spanische Gesandte kam, nachdem er seine Pässe erhalten hatte, von Paris nach London und suchte Dumouriez auf, um ihm einen Versuch zur Revolutionirung Frankreich's und Erhebung gegen die Bourbons vorzuschlagen. — Dumouriez verweigerte jede Theilnahme.

„Das, was ich Euch geschickt habe", sagte er, „hätte genügt, wenn Ihr zur Zeit angefangen hättet zu rüsten, es kann es noch, wenn Eure Maßregeln schnell und entschlossen sind. Weiter kann ich Euch nichts sagen, diesseits der Pyrenäen ist mein Vaterland."

Es hatte sich in den letzten Jahren ein kleiner Kreis französischer und englischer Freunde um ihn versammelt, welche beherrscht und gefesselt von dem Feuer und dem noch immer waltenden Zauber seiner Unterhaltung, von der Erfahrung und den Erlebnissen seines wechselvollen Lebens, den ehrwürdigen alten Herrn als ihren geistigen Mittelpunkt betrachteten. —

Häufig kam dieser Kreis meist bedeutender Männer in dem kleinen Hause, welches er in Turville-Park bewohnte, zusammen und war immer wieder auf's Neue erfreut von der Frische und Lebendigkeit dieses Mannes, der in seinem Alter die Ruhe und heitere Zufriedenheit wiedergewonnen hatte, deren Genuß ihm durch die Stürme des Lebens und seines Temperamentes bisher versagt worden war. Jedesmal hatte man sich gesagt: So spricht und denkt kein Verräther.

Die Kunde aber von dem Feldzuge Frankreich's raubte ihm diese letzte, schwer erworbene Gemüthsruhe. Fortwährend weilten seine Gedanken auf diesem Gegenstande, und seine Freunde sahen deutlich, wie sich der Gesundheitszustand des Vierundachtzigjährigen verschlechterte, wozu noch der scharfe Winter von 1823, der ihm die gewohnten Spaziergänge abschnitt, beitrug. Mehrfach wünschte er sich, noch einmal für die Sache der Vernunft und wahren Freiheit mit seinen Landsleuten zusammen in das Feld ziehen und auf dem

Schlachtfelde fallen zu können. Wie oft mögen an dem alten Verbannten die Siegesklänge von Jemmapes vorbeigezogen sein, ähnlich wie die von Austerlitz und Marengo dem großen Corsen auf dem öden Felsen.

So sah er sich im späten Alter noch einmal in die Lage versetzt, daß sein Herz nicht freudig und frei für die Fahnen seines Landes schlagen konnte, weil er den Krieg für einen ungerechten, im Dienst des schlimmsten Despotismus unternommenen, hielt.

Oft saß er lange grübelnd an seinem gewohnten Platz, am Fenster des Landhauses.

„Was thut ein Verdammungsurtheil, wenn es ungerecht ist?" murmelte er eines Tages vor sich hin.

„Aber fühlt man deswegen weniger das Gefängniß, den Tod, die Verbannung?" antwortete einer seiner Freunde.

„Nein", sagte er sich umdrehend, „aber die Vernunft schreitet vorwärts, die Zukunft rächt. Ich fühle, daß ich Frankreich nicht wieder sehen werde. Wird man meine Reste nicht zurück führen? Möchten die Franzosen immer ihre Aufgabe nur darin erblicken, ihre Freiheit gegen den Despotismus zu vertheidigen".

Wenige Tage später verschlimmerte sich sein Leiden, und am 14. März 1823 schloß sich das rastlose Auge zur ewigen Ruhe.

Die alte Kirche von Henley-on-Thames nahm seine Reste auf. Nahe dem südlichen Portal enthält eine von seinen Freunden dem Todten gewidmete lateinische Inschrift die Anerkennung der Verdienste desselben um sein Land und seiner vielfachen liebenswürdigen persönlichen Eigenschaften, und ruft den Gerechtigkeitssinn seines Volkes für ihn an. Auf derselben Seite der Kirche befindet sich ein Grabstein mit der Inschrift: „Ici repose le Général Dumouriez."

Seitdem sind ihm auf dem englischen Boden so manche Verbannte nachgefolgt und sind dort in das Grab gestiegen. Die Asche der beiden letzten Monarchen Frankreich's, des Waffengenossen und Zöglings Dumouriez's, des Königs Louis Philippe und des dritten

Napoleon ruhen mit ihm in derselben Erde. Auch sie scheiterten an der Aufgabe, Frankreich auf neuen Grundlagen zu errichten.

Neunzig Jahre sind vergangen seit jener großen Umwälzung, und noch ist die Bewegung für den größten Theil des europäischen Kontinents in ihren mittelbaren und unmittelbaren Folgen nicht zum Stillstand gekommen. Die große Aufgabe der Verbindung einer kräftigen Staatsgewalt mit den Anforderungen wahrer Freiheit harrt noch fast überall der Lösung und gerade jetzt wieder in diesem Moment (1879) beruht das Schicksal Frankreich's auf dem Verfolg des Weges der Mäßigung, welchen Dumouriez stets anstrebte. Die durch die französische Revolution hervorgerufenen inneren und äußeren Erschütterungen haben in gewaltigen Schlägen und Rückschlägen bis heute Europa durchbraust. Wer will es an der Hand der Geschichte in Abrede stellen, daß Dumouriez sich als erster dem Mißbrauch des Eroberungsrechtes widersetzte, welcher die französische Revolution auf eine verhängnißvolle Bahn leitete?

Wer mir durch sein Leben gefolgt ist, wird meine Meinung über diesen außerordentlichen Mann bei Erzählung der einzelnen Momente seines Thun's, ausführlich ausgesprochen finden.

Ich fasse sie dahin zusammen:

Sein innerstes Wesen hatte auf den verschlungenen Pfaden, die er in der Politik schon in der Jugend zu wandeln gezwungen war, nicht Schaden gelitten. Sein kühner Muth, sein Ehrgefühl, sein Sinn für das Große und Gute, waren dieselben geblieben, aber die Lebensgewohnheiten aus der Zeit des alten Regimes wichen nicht von ihm und ließen ungünstigem Urtheil über sein Privatleben freies Spiel. Seine Ziele und Absichten waren rein, er verfolgte dieselben konsequent und behielt sie stets im Auge, jedoch in den Anschauungen früherer Zeiten befangen und von strebendem Ehrgeiz erfüllt, wußte er den Weg in der Revolution eben so wenig, wie die meisten Anderen zu finden und vergriff sich mehrfach in den Mitteln. — Dies hat hingereicht, um in dem Strudel der Parteiströmungen und der politischen Stürme das Bild seines Charakters zu trüben, und doch verdient er das bei Weitem weniger, als viele Andere, über deren Irrthümer und Schwächen die Geschichte zur Tagesordnung übergegangen ist. Noch in vollster Kraft in die Verbannung gehend, mit rastlosem Thätigkeitsdrange begabt, fähig, in die Geschicke seines Landes einzugreifen, fast von allen Seiten ungerecht angegriffen, verkannt und verhöhnt, hat er die von ihm begangenen Irrthümer gebüßt, und die Nachwelt, vor Allem sein Land, dessen Retter er 1792 wurde, dessen Waffenehre er zuerst wieder erhob, sollte seine großen Seiten nicht beschatten lassen.

Die Vorliebe, mit welcher ich, der Fremde, mich der Aufklärung und Erzählung seines Lebens gewidmet habe, kann zur Bestätigung des Mottos der Aufzeichnungen seines Lebens dienen:

Non omnis moriar!

Nachtrag.

Die in der vierten Auflage der „Revolutionszeit“ niedergelegten neueren Forschungen Sybel's haben ergeben, daß die auf Seite 117 des I. Bandes dieser Lebensgeschichte auch erwähnten geheimen Unterhandlungen des damaligen Ministers des Auswärtigen Dumouriez mit Preußen nicht durch den Sohn des Generals Custine geführt, sondern durch ein kurzes Schreiben Dumouriez's an den ausgewanderten französischen General Heymann, einen Mann von ziemlich liberaler Gesinnung, eingeleitet worden sind. Später schickte Dumouriez den Agenten Benoist nach Berlin, denselben, welcher im September 1792 mit Westermann zusammen in der Champagne mit dem preußischen Hauptquartier im Geheimen unterhandelte. — Es wurde Preußen damals — April 1792 — eine Vermittlerrolle zwischen Frankreich und den Elsasser Fürsten angeboten. Gelänge dies, so könne auch die Zurückberufung der Emigranten beantragt werden, und eine allmälige Aenderung der französischen Verfassung im conservativen Sinne würde durchzusetzen sein, freilich ohne Herstellung der aufgehobenen feudalen Rechte. —

Es geschahen diese Eröffnungen zu derselben Zeit, als der Bruch Frankreich's mit Oesterreich zur Thatsache wurde. Auf Schulenburg's Vortrag entschied der König, daß auf diese geheimen Eröffnungen nicht einzugehen sei, und daß sich Preußen von Oesterreich in den Unterhandlungen nicht trennen wolle.

Benoist erkärte nach Empfang dieser Antwort, das letzte Wort sei noch nicht gesprochen und werde vielleicht erst dann gesprochen werden, wenn ein preußisches Heer auf französischem Boden stehe.

Anhang.

Es erscheint nicht uninteressant, zu den bereits mitgetheilten Urtheilen der Madame Roland über Dumouriez noch folgende hinzuzufügen, und diesen Urtheilen das von Dumouriez über diese geistreiche Frau gefällte entgegenzustellen, wobei wir nicht an den Zwist zwischen der Gironde und Dumouriez zu erinnern brauchen, um den wahren Werth dieser Auslassungen zu erkennen, wohl aber daran, daß Madame Roland ihre Denkwürdigkeiten schon 1793 in der schmerzlichsten Lage, nämlich im Gefängniß und ihren Tod vor Augen sehend, schrieb.

Sie sagt in dem 2. Abschnitt ihres „Appell à l'impartiale posterité“: „Je trouvai à Dumouriez l'air délibéré d'un militaire, la tournure d'un adroit courtisan et le ton d'un homme d'esprit, mais nullement le caractère de la vérité“. An anderer Stelle: „Je croyais reconnaître un roué trés spirituel, un hardi chevalier, qui devait se moquer de tout hormis de ses interêts et de sa gloire“.

Seite 47 und 48: „Diligent et brave, bon général, habile courtisan, écrivant bien, s'énoncant avec facilité, plaisant avec ses amis et prêt à les tromper tous, galant auprés des femmes mais nullement propre à réussir auprés de celles qu'un commerce tendre pourraient séduire, il était fait pour les intrigues ministérielles d'une cour corrompue.

Das Urtheil Dumouriez's über Madame Roland, Band III., Seite 374 seiner Memoiren lautet: „Le pauvre Roland espérait jouer le rôle de Numa Pompilius, il faut dire un mot de sa nymphe Égérie, qui était sa femme, madame Roland, qui, interrogée à la barre de la convention dans une accusation injurieuse et calomnieuse d'un aventurier, nommé Viard répondit qu'elle était la citoyenne Roland, du nom d'un homme vertueux qu'elle était glorieuse de porter. Elle se tira de cette espèce d'affront avec beaucoup d'honneur et certainement il n'a pas fallu moins que l'acharnement des jacobins contre son mari pour l'avoir depuis persécutée et emprisonnée ..... Parmi toutes les femmes dont les noms sont inscrits dans l'histoire de cette révolution aucune n'a joué un rôle plus noble et plus intéressant que Madame Roland. C'est une femme de trente à quarante ans, très-fraîche. d'une figure trés intéressante, toujours mise élégamment, parlant bien et peut-être avec trop de recherche d'esprit, vertueusement coquette, et s'étant fait le coryphée d'une société de métaphisiciens, de gens de lettres, de membres de la Convention et des ministres, qui tous les jours allaient prendre ses ordres, mais qui particuliérement s'assemblaient chez elle le vendredi. C'est à ce dîner que se déployait la politique de toute la semaine, et qu'on arrangeait le plan de conduite de toute la semaine suivante. Quoique avec beaucoup d'esprit Madame Roland était imprudente et hautaine. elle était fort aise qu'on sut qu'elle dominait son mari, et par-là elle lui avait nui plus, qu'elle n'a jamais pu lui être utile par ses conseils ....

Plusieurs autres femmes se sont montrées sur les trétaux de la révolution, mais d'une manière moins décente et moins noble que madame Roland, excepté Madame Necker, qui peut seule lui être comparée, mais qui, vu son âge et son expérience, était plus utile á son mari et moins agréable à ses entours".

Den schon äußerlichen Gegensatz, in welchen der in den socialen Gewohnheiten und Manieren der alten französischen Gesellschaft erzogene Dumouriez zu dieser Partei treten mußte, welche die antiken Tugenden auf modernen Boden zu verpflanzen gedachte, oder sich wenigstens den Anschein dazu gab, ersieht man aus diesen beiderseitigen Urtheilen besser, als aus jeder Darstellung.

Beilage 1.

Ordre de bataille de l'armée du centre,
le 5. Septembre 1792.

General en chef: Lieutenant-Général Kellermann.

Divisions	Généraux-Commandeurs	Regiments	Bataillons	Escadrons	Compagnie d'Artillerie
1er corps d'avant-garde	Général Salomon	Légion Kellermann	1	—	—
2e corps d'avant-garde	Général Desprès-Crassier	1er bat. d'infanterie légère .	1	—	—
		1er „ de grenadiers	1	—	—
		3e régiment de hussards . . .	—	3	—
		4e „ de dragons . . .	—	2	—
		1er „ de chasseurs . .	—	3	—
3e corps d'avant-garde	Labarolière	1er bat. de grenadiers	1	—	—
		8e régiment de chasseurs . .	—	2	—
		9e „ „ . .	—	3	—
		10e „ „ . .	—	2	—
1re ligne	Général Linch, 1re brigade	1er régiment de ligne	1	—	—
		24e „ „	1	—	—
		81e „ „	1	—	—
		22e „ „	1	—	—
	Général Linch, 2e brigade	5e „ „	1	—	—
		90e „ „	1	—	—
		102e „ „	1	—	—
		44e „ „	1	—	—
	Général Pully	8e régiment de cavalerie . .	—	2	—
		10e „ „ . .	—	2	—
	Duc de Chartres	14e régiment de dragons. . .	—	2	—
		17e „ „ . . .	—	2	—
2e ligne	Muratel	30e régiment de ligne	1	—	—
		1er bat. de Saône et Loire .	1	—	—
		62e „ de ligne	1	—	—
		2e „ de la Moselle	1	—	—
		96e „ de ligne	1	—	—
		4e régiment de cavalerie . .	—	2	—
		17e „ „ . .	—	2	—
		1e „ de dragons . .	—	2	—
Réserve	Général Valence	1er bat. de grenadiers de ligne	1	—	—
		3e „ de ligne	1	—	—
		3e „ de gardes nationales .	1	—	—
		6e „ de grenad. nationaux .	1	—	—
		4e „ de grenad. du Rhin . .	1	—	—
		2e „ de grenadiers	1	—	—
		1er régiment de carabiniers .	—	3	—
		2e „ „ .	—	3	—
Artillerie	Général d'Aboville	1er bat. de l'Yonne	1	—	8
		Total . . .	24	35	8

Auszug zweier Briefe des Generals Dumouriez an den Kriegsminister Beurnonville vom Ende März 1793.

— — — — — — — — — — — — — — —

Je compte voir demain à mon quartier général le chef de l'Etat-Major du prince de Cobourg, avec lequel je compte arranger une capitulation de la même espèce pour nos garnisons de Breda et Gertruidenberg. Ce sont 7 à 8 mille hommes sacrifiés que je sauverai à la patrie pour en faire un meilleur usage. Je conçois d'avance tout ce que les scélerats qui agitent la République produiront de calomnies sur cette manière de traiter avec les ennemis. Je me défendrai avec autant de vigueur contre les ennemis intérieurs que contre les ennemis extérieurs. — —

— — — — — — — — — — — — — — —

Dites au comité de sureté générale que, revenu sur les frontières de la France, je me separerai en deux parties, pour empêcher d'une part l'envahissement des étrangers, et de l'autre, pour rendre à la partie saine et opprimée de l'assemblée la force et l'autorité dont la privation les jette dans l'avilissement, même aux yeux des départements.

Les commissaires de la convention viennent de me sommer d'aller à Lille. Je vous déclare que je regarde ma tête comme trope précieuse pour la livrer à un tribunal arbitraire. Je ne peux être jugé de mon vivant que par la nation entière, comme je le serai après ma mort, par l'histoire.

Deux jours avant la lettre des commissaires, il m'est venu des députés de la part du club des Jacobins; ceux-ci m'ont proposé les plus belles choses du monde, à condition que je les aidasse à culbuter la convention. Ce qui m'a fort étonné c'est qu'ils fussent porteurs d'une lettre de recommendation du ministre Lebrun. Il faut-en finir, et je vous prie surtout de communiquer mes lettres, sans quoi vous savés qu'elles seront un jour publiques. Lorsqu'il sagit de Sauver l'Etat, lorsque la France est au moment de sa perte entière, je ne vois que factions, que projets sinistres, que dénonciations, que crimes; je ne vois ni l'amour de la liberté, ni la liberté elle même: je vois tous les individus prêts à se poignarder et se couvrant mutuellement de boue; je vois partout la honte d'une grande nation; et pour toute ressource, l'ingratitude envers nos malheureux généraux, qui, depuis un an, sacrifient tout, et le désir de les accabler sans savoir certainement, qui on mettra à leur place. —

Les nouveaux décrets de l'assemblée me frappent d'étonnement; je vous manderai, sous deux jours, les réfléxions profondes qu'ils occasionnent: Reprenons le bon sens sans lequel on ne fait rien de bien; ne voulons point de montagnes, car nous sommes de pygmées qu'elles écraseront. Le vrai courage n'employe point de métaphores. Il mesure le danger: il cherche dans sa prudence les moiens de la diminuer, et après avoir tout calculé, il supporte l'évenement avec constance. Dites tout cela au comité. Ce comité à une demi-douzaine d'individus près, m'a paru bien composé; il me comprendra, et il arrêtera les criminelles éxagérations de ceux qui tyrannisent l'Asemblée par les tribunes. On a bientôt dit que la nation se lève! Ce n'est pas tout d'être de bout il faut agir: ce n'est ni avec des clameurs ni avec des poignards, ni même avec des piques; ce n'est qu'avec de bonnes armes de la sagesse et de la discipline que nous sauverons la France; c'est surtout avec un plan sage, et ce plan nous indique de chercher à faire la paix. Pensés donc bien à négocier, puisque vous n'avés pas la faculté de vous battre, et croiés que les hommes qui, comme vous et moi, ont soutenu le poids de la guerre, ne se laisseront pas écraser par de vils assasins. — — — — — — — — — — — — — — — — — —

Moniteur du vendredi 5. Avril 1793. No. 95. p. 422

La séance du 27 de la Convention me montre ce que je dois attendre des suivantes. Je mettrai toute la prudence possible dans ma conduite; mais j'annonce que je ne me laisserai pas accabler. — — — — — — — — — — — — —

La portion d'armée qui est restée fidelle à ses drapeaux et à l'honneur françois, est prête à combattre également les ennemis intérieurs et extérieurs de la patrie. Quant à moi qui me suis entièrement dévoué à cette cause, je dirai toujours la verité, et je croirois manquer de respect aux représentans de la nation, si je les trompois ou si je les flattois. —

Une fermeté sage peut nous tirer encore du danger; mais pour cela il faut, au lieu d'une frénésie aveugle qui brave tout sans rien calculer, il faut une prudence froide qui rapproche les esprits. Notre sort est encore dans les mains de ceux qui gouvernent.

Les puissances qui nous font la guerre ont intérêt à la finir, et même à nous ménager; mais bientôt il ne sera plus temps. Si c'est un crime d'avoir cette opinion, je suis très-criminel: car vraisemblement je ne vous écrirai pas une dépêche sans la retracer sous toutes les formes, tant que je croirai qu'il-y-a encore du remede.

Signé le général en chef Dumouriez.

Moniteur du vendredi 5. Avril 1793. No. 95. p. 422.

Beilage 3.

Au Quartier Général de St. Amand le 3. Avril 1793.
Mot d'ordre: Enfans suivés moi.
Ralliement: Je réponds de tout.

Mes amis, mes braves fréres d'armes nous touchons à un moment attendu depuis longtems par les vrais amis de la patrie. Tous voient avec bien de la douleur ce tems d'anarchie où les bons citoyens ont tous à craindre, et où les brigands et les assassins font la loi. Depuis cinq ans notre malheureux pays est devenu leur proie. Une représentation populaire, la convention nationale, aulieu de s'occuper de vos besoins, de votre subsistance, de créer des loix qui vous assurent un avenir paisible et tranquille, passe son tems à l'intrigue, à former et combattre perpétuellement des factions, et employe les revenus publics à faire voyager des intriguans, des factieux, sous le nom de commissaires.

Ils viennent prés des armées non pour les secourir, non pour diminuer l'étendue de leurs besoins, mais pour les désorganiser par des rapports calomnieux, et envoyer à l'échafaud en empruntant la forme des loix, vos braves frères d'armes, vos généraux que vous avés vus si souvent à votre tête, braver des dangers de toutes espéce. Il est tems de mettre fin à cette cruelle anarchie; il est tems de rendre à votre pays sa tranquillité; il est pressant de lui donner des loix; les moyens sont dans mes mains, si vous me secondés, si vous avés de la confiance en moi. Je partagerai vos travaux, vos dangers. La posterité dira de nous: sans la brave armée du Dumouriez, la France seroit un désert aride: elle la conservée, elle la régénérée; soyons les dignes fils di si glorieux pères. Je ferai connoitre demain à mon armée, par un mémoire imprimé, ma conduite envers ma patrie, et celle de la convention nationale, et l'armée pourra juger entre elle et moi qui de nous a le plus à coeur le salut de son pays.

Le quartier général de l'armée est établi à St. Amand.

Le général en chef signé: Dumouriez.

Moniteur du lundi 8. Avril 1793. No. 98, pag 436.

—•○○—○○•—

FSC
www.fsc.org
MIX
Papier aus ver-
antwortungsvollen
Quellen
Paper from
responsible sources
FSC® C141904

Druck:
Customized Business Services GmbH
im Auftrag der
KNV Zeitfracht GmbH
Ein Unternehmen der Zeitfracht - Gruppe
Ferdinand-Jühlke-Str. 7
99095 Erfurt